DER GROSSE

KULTURFÜHRER

DURCH GESCHICHTE

KUNST UND

WISSENSCHAFT

Genehmigte Lizenzausgabe für Impian GmbH, Hamburg 2021

Umschlaggestaltung: Nele Schütz Design, München
unter Verwendung von einer Illustration von Shutterstock/Painterstock
Innenillustrationen: Hauke Kock
Druck: CPI books GmbH, Leck
Printed in Germany

ISBN 978-3-96269-107-3

www.impian.de

FRANK KOLB

DER GROSSE KULTURFÜHRER DURCH GESCHICHTE KUNST UND WISSENSCHAFT

Beiträge:
Dr. Hartmut Blum (Geschichte, Religion, Philosophie und Literatur in der Antike und Spätantike), Rainer Crummenerl (Naturwissenschaften), Anne Grimmer (Musik), Prof. Dr. Michael Hochgeschwender (Geschichte, Religion, Philosophie und Literatur in der Neuzeit), Prof. Dr. Ludger Körntgen (Geschichte, Religion, Philosophie und Literatur im Mittelalter), Prof. Dr. Frank Kolb (Geschichte, Religion, Philosophie und Literatur der Frühen Hochkulturen), Susanne Rebscher (Kunst)

Mit Bildern von Hauke Kock

impian

INHALT

17. Jahrhundert

18. Jahrhundert

19. Jahrhundert

20. Jahrhundert

Vorwort des Herausgebers

Wer nicht von dreitausend Jahren
sich weiß Rechenschaft zu geben,
bleib im Dunkeln unerfahren,
mag von Tag zu Tage leben.«

Diese Verse aus Johann Wolfgang Goethes Gedichtsammlung *West-Östlicher Diwan* sind geeignet als Motto über diesem Buch zu stehen. Die gewaltigen technischen Fortschritte des 19. und 20. Jahrhunderts und die oft rasanten Veränderungen unserer Umwelt können leicht den Eindruck erwecken, als ob die Vergangenheit für unser heutiges Leben unbedeutend sei. Zwar werden Museen und Ausstellungen rege besucht, wenn Gegenstände längst vergangener Kulturen, wie etwa der ägyptischen oder altgriechischen, dargeboten werden. Aber man muss sich fragen, was die meisten Besucher dabei anzieht. Sind es nur kostbare Schmuckstücke, ist es bloße Neugier, etwas ganz Fremdes, Exotisches zu sehen? Solche Neugier ist zweifellos begrüßenswert, sie ist die Voraussetzung für Wissen. Ist sie jedoch auch verbunden mit dem Bewusstsein, dass man bei diesen Überbleibseln alter Kulturen der eigenen Vergangenheit gegenübersteht?

Goethe war sich dessen bewusst, obwohl auch schon zu der Zeit, als er jene Verse schrieb, um 1814/15, die Welt ganz anders aussah als 3.000 Jahre zuvor. Unerfahren im Dunkeln bleibt nach Goethes Meinung derjenige, der die Vergangenheit nicht kennt. Ein solcher Mensch kann nur in den Tag hineinleben, d. h. er kann sich selbst und seine Umwelt nicht in einen größeren Zusammenhang einordnen. Er kennt sich selbst nicht richtig und ist deshalb nicht in der Lage, seine Möglichkeiten in der Zukunft angemessen abzuschätzen. Jeder Mensch ist geprägt von der Gemeinschaft, in der er lebt und in deren Vorstellungen, Werten und Verhaltensweisen er aufwächst. Diese sind das Ergebnis einer jahrhunderte- und jahrtausendelangen Entwicklung. In deren Verlauf hat der Mensch, der mit Gedächtnis begabt und daher von Natur aus ein geschichtliches Wesen ist, immer wieder gezielt auf die Vergangenheit zurückgegriffen. Er hat dies gerade dann getan, wenn seine Umwelt sich besonders rasch oder gar bedrohlich veränderte. Die Vergangenheit dient der Orientierung, denn nur aus Vergangenem, aus der Erfahrung kann man lernen.

Aber aus welcher Vergangenheit kann man was lernen? Der Inhalt des hier vorgelegten Bandes beschränkt sich auf jene Kulturen, welche die so genannte abendländische bzw. europäische Zivilisation hervorgebracht haben. Aber sind nicht Jugendliche fasziniert von Geschichten über nordamerikanische Indianer? Sollte nicht die Geschichte Chinas, wo es schon früh eine bemerkenswerte Hochkultur gab, im Schulunterricht ebenso behandelt werden wie der Alte Orient oder die griechisch-römische Antike? Wohl kaum! Die in steinzeitlichen Verhältnissen lebenden nordamerikanischen Indianer mögen als Gegensatz zu unserer Welt eine gewisse Faszination ausstrahlen, aber zum Verständnis unserer eigenen Zivilisation tragen sie nichts bei. Die chinesische Kultur hat nur gelegentlich einen fernen Einfluss auf die westliche Welt ausgeübt. In ihrem Kern aber ist sie uns fremd. Selbst Wissenschaftler, die sich als Spezialisten mit China befassen, haben Mühe, die Kultur dieses Landes und die Denkweise seiner Bewohner zu verstehen. Der Versuch, eine fremde Kultur zu begreifen, ist jedoch völlig aussichtslos, wenn man seine eigene Geschichte nicht kennt. Dann steht man dem Fremden hilflos, orientierungslos gegenüber.

»Wissen ist Macht«, dieses Wort des englischen Philosophen und Naturforschers Francis Bacon (1561–1626) will besagen, dass man nur mit Wissen seine Umwelt bewusst und gezielt zu gestalten vermag. Zu solchem Wissen will dieses Buch beitragen. Es setzt sich das Ziel, dem Leser das Verstehen der Gegenwart zu erleichtern. Es soll ihm nicht zuletzt die Entstehung des heutigen Europa erklären und ihn so in die Lage versetzen, die gegenwärtige politische Diskussion um dieses Europa angemessen zu beurteilen. Natürlich kann auf so begrenztem Raum nur eine Auswahl aus der unglaublichen Vielfalt, dem ungeheuren Reichtum der Vergangenheit Europas geboten werden. Der eine oder andere mag dies oder jenes, das ihm selbst wichtig erscheint, vermissen. Aber das Buch hat seinen Zweck erfüllt, wenn es ihm gelingt, einem jugendlichen Publikum grundlegendes Wissen zu vermitteln, die Lektüre spannend zu gestalten, Neugier auf mehr zu wecken, eigenes Nachdenken und Fragen zu fördern.

Viel Spaß!
Prof. Dr. Frank Kolb

Frühe Hochkulturen und Antike

Frühe Hochkulturen und Antike

Goethe kannte, wie wir im Vorwort sahen, nur 3.000 Jahre Menschheitsgeschichte. Erst die Entzifferung der altorientalischen Schriftzeichen hat die Menschheitsgeschichte verlängert. Zwar kann man Spuren menschlicher Existenz anhand von Bodenfunden ab etwa 500.000 v. Chr. verfolgen, aber dies gehört zur Vorgeschichte. Genauere Auskunft über menschliche Gemeinschaften und Ereignisse erhalten wir erst mit dem Einsetzen der Schrift. Diese war zwangsläufige Folge der Entstehung größerer, gut organisierter Gemeinschaften, die zum Beispiel im Stande waren, Überschwemmungsgebiete von Flüssen in fruchtbare Landschaften zu verwandeln.

Es ist faszinierend zu sehen, wie rasch nun der technische und kulturelle Fortschritt vonstatten ging: Metallhandwerk, Wagenrad, Töpferscheibe, gewaltige Bauwerke aus Lehmziegeln und Stein, ummauerte Städte, Rechtsordnungen, Literatur und anspruchsvolle Kunstwerke, Rechensysteme usw. entstanden binnen etwa eines Jahrtausends. Verglichen mit der Entwicklung des Menschen während der halben Million Jahre zuvor war dies ein rasanter Sprung. Auf politischem Gebiet ermöglichte er die Bildung zunächst von Stadtstaaten, dann von Großreichen. In diesen frühen Hochkulturen durchdrang jedoch die Religion alle Lebensbereiche. Man konnte sich die Welt nur als Ergebnis göttlichen Wirkens erklären: Kunstwerke wurden als Weihegeschenke an die Götter hergestellt, Naturforschung zwecks Erkundung des göttlichen Willens, Medizin als Zauberpraktiken betrieben. Die Macht der Priester und Tempel durchzog das wirtschaftliche und politische Leben.

Seit dem 8. Jahrhundert. v. Chr. vollzog sich in Griechenland ein revolutionärer Neuanfang: An die Stelle der Herrschaft von Priestern und Königen über Untertanen trat die Gemeinschaft freier Bürger, die Polis. Die Griechen haben erstmals die politische Ordnung nicht mit dem Willen der Götter gerechtfertigt und für unabänderlich gehalten. Vielmehr haben sie über die »beste Ordnung« nachgedacht und sie zu verwirklichen gesucht. Volks- und Ratsversammlung sowie regelmäßig wechselnde, gewählte Amtsträger kennzeichneten das griechische politische System. Der politischen Freiheit entsprach die wirtschaftliche: Der freie Austausch von Waren auf dem Markt brachte eine Geldwirtschaft mit Münzgeld hervor.

Die griechische Kolonisation verbreitete dieses politische und wirtschaftliche System im gesamten Mittelmeerraum. Sie förderte aber auch die Kenntnis fremder Länder, Völker und Sitten und damit das Nachdenken über die Welt und den Menschen, über die Ursachen seiner Entwicklung und die Gründe seines Handelns. Man suchte nach den allgemeinen Gesetzen des Universums, erklärte Naturerscheinungen auf mathematischer Grundlage und machte technische Erfindungen. Man erkannte, dass die Sonne und nicht die Erde, deren Kugelgestalt man bestimmte, im Zentrum unseres Sonnensystems steht. Natur und Zweckbestimmung des Menschen und seine Erziehung zum »Guten« standen jedoch im Zentrum griechischen Denkens. Den menschlichen Körper stellte man nicht mehr, wie im Alten Orient, als Ausdruck von Macht und Erhabenheit dar, sondern um seine ideale Gestalt zu erfassen. Auch in der Architektur wurden ideale geometrische Verhältnisse angestrebt. Die Musik, nach mathematischen Regeln komponiert, war wichtiger Bestandteil der Erziehung. Aus dem Chorgesang entfaltete sich das Theater als Darstellung grundlegender Probleme menschlichen Lebens.

Die seit der zweiten Hälfte des 4. Jahrhunderts v. Chr. entstehenden Großreiche Alexanders des Großen, seiner Nachfolger und schließlich der Römer bauten auf diesen Errungenschaften auf. Die Römer haben die griechische Literatur, Kunst und Philosophie zur Festigung ihres Staates benutzt. Die Verfassung ihres Gemeinwesens ähnelte jener der griechischen Polis; die Res Publica, d. h. »die öffentlichen Angelegenheiten«, war Sache aller Bürger, aber stärker aristokratisch bestimmt als in Griechenland. Die Begabung der Römer lag vor allem im politischen und militärischen Bereich, im Ingenieurwesen, in der Baukunst und im Rechtswesen.

Neben Disziplin und Kampfkraft des römischen Heeres war die kluge Organisation der eroberten Gebiete entscheidend für die Dauer des Römischen Reiches. Man überließ die lokale Selbstverwaltung den Unterworfenen. Der Ausbau des Städtewesens und die damit verbundene Ausbreitung der römischen Kultur, insbesondere der lateinischen Sprache im Westen, sorgten für eine weitgehende Romanisierung der Provinzen. Eine ertragreiche Landwirtschaft, ein einheitlicher Wirtschaftsraum mit einer Reichsmünzprägung und ein blühender Handel schufen Wohlstand und hohe Steuererträge. Mit Wagen befahrbare, gepflasterte Straßen und große Wasserleitungen waren bis weit in die Neuzeit hinein nicht übertroffene technische Leistungen. Die einst zum Imperium Romanum gehörenden Landschaften sind heute noch tief geprägt von den Auswirkungen der römischen Zivilisation.

Chigi-Vase, um 650 v. Chr.

Die Entstehung einer Hochkultur: Stadtstaat und Großreich

Was ist unter Tempel- und Palastwirtschaft zu verstehen?
Im 4. und 3. Jahrtausend v. Chr. scheint alles Land den Tempeln und Herrschern gehört zu haben. Es wurde von Pachtbauern bewirtschaftet, die Naturalabgaben leisten mussten. Mit diesen Erträgen bezahlten die Priester und Könige die Schreiber, Händler, Handwerker usw., die alle in ihrem Dienst standen. Eine Privatwirtschaft gab es nicht.

Was war ein Rollsiegel?
Rollsiegel sind zylinderförmige, kleine Steine. Auf ihnen wurden Symbole, später auch Schriftzeichen angebracht. Sie gaben den Besitzer an. Der Stein wurde auf weichem Ton abgerollt, sodass man ein Bild erhielt. Gefäße und andere Gegenstände wurden so versiegelt.

Laut Bibel lebten die ersten Menschen, Adam und Eva, im »Paradies in Eden«, wo Milch und Honig flossen. Doch was ist damit gemeint? Ist diese Beschreibung reine Phantasie oder liegen ihr doch einige historische Gegebenheiten zu Grunde?
Eden ist ein sumerisches Wort und bedeutet »Wüste«. Mit dem »Paradies in der Wüste« ist das südliche Mesopotamien, das Land zwischen den Flüssen Euphrat und Tigris gemeint; es grenzt zum großen Teil an Wüsten.
Die frühesten Ackerbau-Kulturen entstanden jedoch nicht in der Flusslandschaft des südlichen Mesopotamien, denn dort schafft der Wechsel von langen Trockenzeiten mit überaus heftigen Regenfällen und Überschwemmungen eher ungünstige Lebensbedingungen. Nur durch ein kunstvolles Bewässerungssystem konnte dieses Land in ein »Paradies« von legendärer Fruchtbarkeit verwandelt werden. In den angrenzenden, höher gelegenen Gebieten des »Fruchtbaren Halbmonds« ließen hingegen regelmäßige Niederschläge den Ackerbau und die Entstehung dörflicher Siedlungen zu, die dort ab dem 7. Jahrtausend v. Chr. entstanden. Aus Lehm errichtete man Häuser und formte Geschirr. Daraus erklärt sich die Vorstellung der Bibel, auch der Mensch sei aus Lehm gebildet.

Die Urbarmachung des biblischen »Paradieses«, der mesopotamischen Flusslandschaft, durch Ent- und Bewässerungssysteme begann etwa 4000 v. Chr. Sie setzte eine gemeinsame Arbeitsleistung voraus, eine gut organisierte Gemeinschaft. Um 3000 v. Chr. entstand in diesem Gebiet eine Hochkultur mit Schrift und städtischen Siedlungen. Ihre Träger waren die Sumerer. Ihnen folgten viele andere Völker, die in das fruchtbare Zweistromland einwanderten und die Herrschaft über das »Paradies« an sich rissen.
Die Sumerer gründeten keinen Großstaat, sondern ein Nebeneinander mehrerer Stadtstaaten. Unter ihnen waren Ur und Uruk die bedeutendsten. Städtebaulich boten sie ein unregelmäßiges, verschachteltes Bild mit zahlreichen gewundenen Gassen.
Die weltliche und religiöse Herrschaft lag anfangs in der Hand von Priesterfürsten. Um die Mitte des 3. Jahrtausends v. Chr. wurden die geistliche und die weltliche Macht getrennt. Neben die **Tempelwirt-**

schaft trat die **Palastwirtschaft** des Herrschers. In den Tempeln und Palästen sammelte man die Erträge des Landes und verteilte sie an die Bevölkerung. Gerste und Weizen, Datteln, Feigen und Granatäpfel waren die wichtigsten landwirtschaftlichen Erzeugnisse. Die reichen Erträge tauschte man zum Teil gegen Rohstoffe aus entfernten Ländern, denn das Zweistromland war arm an Holz und Bodenschätzen. Esel und Maultiere, später auch Kamele, transportierten die Waren in großen Karawanen. Aus Kupfer und Zinn erzeugte man seit dem 3. Jahrtausend v. Chr. Bronze. Man erfand das Wagenrad und die schnell drehende Töpferscheibe. Mit **Rollsiegeln** markierte man sein Eigentum. Die Schrift diente zunächst nur der Verwaltung. Dort nahm der Beruf des Schreibers eine hohe Stellung ein.

Angelockt vom Reichtum des Landes, wanderten seit der ersten Hälfte des 3. Jahrtausends v. Chr. semitische Nomadenstämme in das südliche Mesopotamien ein. Zahllose Kriege zwischen den Stadtstaaten mündeten ab etwa 2300 v. Chr. in die erste Reichsbildung unter dem König Sargon I. von Akkad. Er eroberte ganz Mesopotamien, Teile vom Iran, von Syrien und Kleinasien.
Ab Anfang des 2. Jahrtausends zerfiel dieses Reich und im 18. Jahrhundert v. Chr. konnte sich der westsemitische Stamm der Amurriter durchsetzen. Das Zentrum des Reiches verlagerte sich jetzt in die Stadt **Babylon.** Der König Hammurabi (1728–1686 v. Chr.) ließ dort seine berühmte **Gesetzessammlung** veröffentlichen. In ihrer Strenge spiegelt sie das harte Leben in Steppen und Wüsten, aus denen die Amurriter kamen, wider. Aus einem ihrer Stämme soll auch der Abraham der Bibel entsprossen sein.

BEMERKENSWERTES

Der Mauerring von Uruk

Der 10 km lange, mit mehr als 900 Türmen befestigte Mauerring von Uruk soll der Legende nach von dem Helden Gilgamesch um 2700 errichtet worden sein. Uruk, das Erech der Bibel, wies außerdem große Tempelanlagen auf.

Welche Bedeutung hat Babylon?

Babylon wurde erst unter Hammurabi eine bedeutende Stadt. Nach ihr wurde später das südliche Zweistromland als Babylonien bezeichnet. Es grenzte an den Persischen Golf und ist heute Teil des Irak. Die Stadt Babylon wuchs zu einer der größten Städte der alten Welt heran und wurde später durch die Bibel als Stadt des Lasters gebrandmarkt.

Was enthielt die Gesetzessammlung des Königs Hammurabi?

Der Codex Hammurabi *ist auf einem 2,25 m hohen Pfeiler aus schwarzem Stein erhalten. Ein Reliefbild zeigt, wie der König von dem sitzenden Sonnengott Gesetze erhält, ähnlich wie Moses die Zehn Gebote auf dem Berg Sinai von Gott empfing. Unter dem Bild sind etwa 280 Vorschriften zu Straf- und Verwaltungsrecht aufgeführt. Die Strafen sind hart, sie vergelten Gleiches mit Gleichem.*

Aufstieg und Niedergang von Großmächten

Was macht uns die Stadt des Aton, Tell Amarna, heute so interessant?
Beim heutigen ägyptischen Ort Amarna, etwa 400 km südlich von Kairo, gründete Amenophis IV. seine Residenz Achet-Aton als Kultplatz für den Sonnengott Aton und als neues Zentrum des Reiches. Nach nur etwa 15 Jahren wurde die Siedlung aufgegeben und vom Wüstensand bedeckt, sodass ein Hügel (Tell) entstand. Man hat mehrere Paläste und Aton-Tempel sowie Verwaltungsgebäude, Gräber und Wohnhäuser freigelegt, darunter dasjenige eines Bildhauers, in dem die berühmte Büste der Königin Nofretete gefunden wurde, die heute in Berlin ausgestellt ist. Außerdem hat man mehr als 35 in Keilschrift auf Tontafeln aufgezeichnete Briefe aus dem 14. Jahrhundert entdeckt. Sie enthalten die Korrespondenz der Könige von Babylonien, Assyrien, Mitanni, Zypern, des Hethiterreiches und verschiedener Herrscher kleinerer Staaten mit dem Pharao. Darin werden politische Fragen, Heiratsverbindungen, der Austausch kostbarer Geschenke usw. behandelt.

Babylonien und Assyrien

Die amurritische Königsdynastie wurde von den Hethitern beseitigt, die in Zentralanatolien um die Hauptstadt Hattuscha ein mächtiges Reich errichtet hatten. Sie drangen 1530 v. Chr. mit ihren von Pferden gezogenen Streitwagen bis nach Babylon vor. Nach dem Abzug der Hethiter wurde das geschwächte Babylonien von dem iranischen Bergvolk der Kassiten erobert. Unter ihrer Herrschaft gehörte Babylonien zu den Großmächten jener Zeit, gemeinsam mit Ägypten, den Hethitern und dem Reich Mitanni im nördlichen Mesopotamien. Eine umfangreiche diplomatische Korrespondenz, Heiratsverbindungen und reiche Geschenksendungen dienten der Friedenserhaltung, wie das im ägyptischen **Tell Amarna** gefundene Archiv zeigt.

Vom Ende des 13. bis zum Ende des 12. Jahrhunderts v. Chr. wurde Babylonien von verschiedenen Völkern bedroht. Aramäer und Chaldäer brachten im 11. Jahrhundert das Land unter ihre Kontrolle. Die **aramäische Sprache** wurde in den folgenden Jahrzehnten die wichtigste Verkehrssprache des Vorderen Orients.

Seit Beginn des 2. Jahrtausends spielte die Stadt Assur eine wichtige Rolle, die am Ufer des Tigris und an wichtigen Handelswegen lag. Schon im 18. Jahrhundert v. Chr. hatte das Assyrische Reich das nördliche Mesopotamien beherrscht, war aber rasch wieder zerfallen. Erst nach dem Niedergang des Hethiterreiches konnten die Assyrer ihre Macht zeitweilig bis zur Mittelmeerküste ausdehnen. Ab dem 9. Jahrhundert wurde das Assyrische Reich zur größten Macht im Vorderen Orient. Es erstreckte sich vom südöstlichen Kleinasien bis nach Babylonien, vom Kaukasus bis nach Palästina. Die Hauptstadt wurde von Assur nach Niniveh verlegt, wo König Sanherib (705–681) eine prachtvolle Residenz errichtete. Im Jahr 689 machte er Babylon dem Erdboden gleich. Seine Nachfolger besetzten sogar Ägypten. Unter König Assurbanipal (669–627) stand Assyrien auf dem Höhepunkt seiner Macht.

Grundlage der assyrischen Vorherrschaft war ein stehendes Heer mit einer schlagkräftigen Reiterei. Unterhalten wurde es durch Beute und Tribut der Unterworfenen. Nur kriegerische Taten sicherten Stellung und Nachruhm des Königs, weshalb die Assyrer ständig

nach neuen Eroberungen strebten. Siegesinschriften und Wandreliefs in den Königspalästen zeigen eine grausame Behandlung der besiegten Feinde, die freilich im Alten Orient nichts Ungewöhnliches war. Ganze Völkerschaften wurden deportiert, um dünn besiedelte Gegenden zu kolonisieren und fähige Arbeiter in Kerngebiete des Reiches zu verschleppen.
Nur 18 Jahre nach dem Tod Assurbanipals brach das Assyrische Reich zusammen. Es hatte wohl durch allzu große Ausdehnung seine Kräfte überspannt. Die Chaldäer und die iranischen Meder eroberten Assyrien und teilten das Reich unter sich auf. Etwa um 612 vor Christus wurde Niniveh zerstört wie in der Bibel angedroht. Noch einmal wurde Babylon zur Hauptstadt eines Großreichs. Das spätbabylonische Chaldäerreich konnte unter Nebukadnezar II. (605– 562) nicht nur große Teile Mesopotamiens, sondern auch Syrien und das nördliche Palästina einschließlich Jerusalems erobern. Ein Großteil der Juden wurde nach **Babylonien** deportiert.
Doch die Herrschaft der chaldäischen Könige war den Unterworfenen offensichtlich ebenso verhasst wie jene der Assyrer. Fast ohne Widerstand konnte Kyros (559–530), der König des iranischen Volkes der Perser, die Herrschaft über Babylonien, den Iran und sogar über ganz Kleinasien bis zur Ägäis gewinnen. Seine Nachfolger eroberten Syrien, Palästina und Ägypten und dehnten das Perserreich im Osten bis an die Grenze Indiens aus. Die Toleranz der Perser gegenüber anderen Religionen und Kulturen trug zu einer dauerhaften Herrschaft bei. Die Juden konnten beispielsweise in ihr Land zurückkehren und den Tempel in Jerusalem wieder aufbauen. Das Perserreich war das größte Weltreich, das der Alte Orient je gesehen hatte – bis es von Alexander dem Großen erobert wurde.

BEMERKENSWERTES

Die Lasterhöhle Babylon

Jerusalem wurde 597 zerstört, ein Großteil der Bevölkerung nach Babylonien verschleppt. Dies ist die in der Bibel erwähnte »Babylonische Gefangenschaft«. Die Juden waren nur eine von vielen in der glanzvollen Metropole Babylon versammelten Völkerschaften. Das Alte Testament schildert die Stadt als Ort von Laster, Sünde und Sprachverwirrung.

Worin lag die Bedeutung der aramäischen Sprache?

Die aramäische Sprache, die im phönizischen Alphabet mit 22 Buchstaben geschrieben wurde, löste seit dem 8. Jahrhundert vor Christus das Akkadische als Verkehrssprache des Vorderen Orients ab. Im Perserreich (6.– 4. Jahrhundert v. Chr.) war das Aramäische die Verwaltungssprache. Bis zur islamischen Eroberung des Vorderen Orients (7./8. Jahrhundert n. Chr.) blieb das Aramäische eine wichtige Umgangssprache. Auch Jesus sprach nicht etwa hebräisch, sondern aramäisch.

Wer machte Babylon wieder zur Hauptstadt seines Reiches?

Nebukadnezar II. erneuerte das Stadtbild Babylons von Grund auf. Ein prachtvoller Herrscherpalast und zahlreiche Tempel wurden von einer gewaltigen, 9 km langen doppelten Stadtmauer mit acht Toren umgeben. Die Fassade des Thronsaals mit ihren schönen Glasurgemälden und Reliefs befindet sich heute auf der Museumsinsel in Berlin.

Eine Hochkultur von Dauer: das Land der Pharaonen, Pyramiden und Tempel

Woher wissen wir so viel über Tutanchamun?
Im Jahr 1922 wurde das Tutanchamun-Grab mit seinen Schätzen durch den englischen Archäologen Howard Carter (1874–1939) entdeckt. Dies gilt als eine der größten archäologischen Sensationen des 20. Jahrhunderts.

Als »Geschenk des Nils« bezeichnet der griechische Geschichtsschreiber Herodot (5. Jahrhundert v. Chr.) das Land Ägypten. Starke Regenfälle in den tropischen Gebieten Afrikas lassen den Fluss von Ende Juni bis Ende September anschwellen. Er lagert im Wüstenland Ägyptens fruchtbaren Schlamm ab – die Voraussetzung für mehrere Ernten im Jahr und damit für Überschüsse und eine höhere Kultur.

Der Nil bestimmte das Leben der alten Ägypter. Sie legten Deiche und Kanäle an und brachten das Wasser mit Schöpfrädern in höher gelegene Landgebiete. Der Fluss war auch die wichtigste »Straße« des Landes, auf der man die Waren transportierte. Das sumpfige Nildelta erschwerte Feinden den Zugang vom asiatischen Kontinent her; im Westen und Osten legte die Wüste einen Schutzgürtel um Ägypten. Diese Abgeschlossenheit des Landes erklärt seine politische und kulturelle Einheitlichkeit. Hier entstand ab dem 4. Jahrtausend eine dauerhafte Hochkultur und seit etwa 3000 v. Chr. ein ganz Ägypten umfassendes Reich.

Seit der Zeit der Ersten Dynastie (2982–2803 v. Chr.) existierte eine auf Schreiber gestützte zentralistische Verwaltung. Die Macht im Staat lag beim König (Pharao). Alles Land gehörte ihm und den Göttern und wurde von abhängigen Bauern bearbeitet. Alle standen im Dienst des Palastes und der Tempel.

In der Glanzzeit des so genannten »Alten Reiches« (2657–2297 v. Chr.) wurde die Verwaltung wirkungsvoller gestaltet. Man teilte das Land in Gaue, denen königliche Amtsträger vorstanden. Sie waren für die Organisation der Landwirtschaft, die Steuereinziehung und die Versorgung der Bevölkerung verantwortlich. Handelsexpeditionen beschafften Zedernholz aus dem Libanon und Gewürze, Weihrauch, Elfenbein sowie Raubtierfelle aus Punt, dem heutigen Somalia, an der Ostküste Afrikas. Feldzüge führten bis auf die Sinai-Halbinsel und nach Palästina sowie in das goldreiche Nubien, das im Süden an Ägypten angrenzte. Pyramiden, Tempel und Paläste wurden errichtet.

Mit dem Ende des 3. Jahrtausends zerfiel das glanzvolle »Alte Reich«. Zwar gelang es zwischenzeitlich, Ober- und Unterägypten wieder zu vereinen – diese Zeit nennt man das »Mittlere Reich« –, doch wurde Ägypten dann von den aus Vorderasien einfallenden Hyksos erobert, deren militärische Überlegenheit auf den von Pferden gezogenen Streitwagen beruhte.

Erst nach der Vertreibung der Hyksos durch die 18. Dynastie (1540–1292) erfolgte ein erneuter Aufstieg Ägyptens zum Großreich (»Neues Reich»). Unter dem Pharao Thutmosis I. (1494–1482) erlangte Ägypten die größte Ausdehnung seiner Geschichte. Von seiner Großmachtstellung zeugen diplomatische Kontakte, Heiratsverbindungen und das Austauschen von kostbaren Geschenken mit den Hethitern, Babylonien und Assyrien.

Unter der Herrschaft von Amenophis IV. (1353–1336) und seiner Gemahlin Nofretete ereignete sich ein großer Umbruch. Bisher war in Ägypten eine Vielzahl von Göttern angebetet worden. Der König jedoch erhob die Sonnenscheibe Aton zum alleinigen Gott und nannte sich selbst fortan Echnaton. Beim heutigen Amarna errichtete er eine neue Hauptstadt, die Theben und Memphis ablösen sollte. Echnatons Religionspolitik erregte den Widerstand vieler hoher Amtsträger und der Priesterschaft. Sein Nachfolger **Tutanchamun** wandte sich wieder von ihr ab.

Die Herrscher aus der Familie der Ramessiden (1292–1070 v. Chr.) waren vom Bestreben bestimmt, die Vorherrschaft über Palästina und Syrien zurückzugewinnen. In der Schlacht beim syrischen Kadesch im Jahr 1274 unterlagen die Streitkräfte **Ramses' II.** jedoch dem Hethiterkönig. Am 21. November 1259 kam es zwischen den beiden Königen zum ersten überlieferten Staatsvertrag zweier Großmächte in der Menschheitsgeschichte. Er sollte dauerhaft gültig sein und sah die Verpflichtung zur gegenseitigen Hilfeleistung bei feindlichen Angriffen vor.

In der Regierungszeit Ramses' III. (1184–1153 v. Chr.) griffen so genannte Seevölker, unter ihnen die Philister des Alten Testaments, Ägypten an. Die kostspieligen Kriege zehrten die Finanzreserven des Reiches auf. Teuerung, Aufstände, Korruption und Grabräubereien waren an der Tagesordnung. Es folgten Jahrhunderte der Fremdherrschaft: Libyer, Assyrer, Perser, Makedonen und Römer wechselten einander ab.

Kennen wir Ramses II. nicht auch aus der Bibel?

Ramses II. wird in der jüdisch-christlichen Überlieferung als »Pharao der Bedrückung« dargestellt, weil angeblich unter seiner Regierung die Israeliten in Ägypten verfolgt wurden und ausziehen mussten. Dies ist jedoch eine Legende. Es ist umstritten, ob überhaupt und wann eine Flucht aus Ägypten stattfand. Wenn ja, so betraf sie gewiss nur eine kleine Gruppe der späteren Israeliten. Das Volk Israel bildete sich ab dem 12. Jahrhundert v. Chr. hauptsächlich aus verschiedenen in den Gebirgen Palästinas ansässigen Bevölkerungsgruppen.

BEMERKENSWERTES

Vertrag in doppelter Ausfertigung

Der Vertrag von 1259 ist in zwei Fassungen überliefert: Auf einer Tempelwand im oberägyptischen Karnak steht der in Hieroglyphen abgefasste Text. Auf zwei Tontafeln aus Hattuscha, der Hauptstadt des Hethiterreiches, ist das zweite Exemplar in babylonischer Keilschrift erhalten.

Die Geburt des griechischen Staates

Wer waren die Seevölker?
Ägyptische Inschriften aus der Zeit um 1200 v. Chr. berichten, dass das Land am Nil sich damals erfolgreich gegen Angriffe von so genannten Seevölkern aus dem Norden verteidigte. Woher die Seevölker genau kamen und wie groß der Ansturm war, ist schwer einzuschätzen. Manche Forscher vermuten, es habe damals eine große Völkerwanderung wie 500 n. Chr. gegeben, in deren Verlauf auch die mykenische Kultur unterging.

Welche Bedeutung hat das griechische Alphabet?
Das griechische Alphabet wird noch heute in Griechenland benutzt. Von ihm stammen letztlich alle anderen europäischen Alphabete ab.

Wenn heute vom alten Griechenland die Rede ist, denkt man zum Beispiel an die Akropolis von Athen, an die Olympischen Spiele oder an Alexander den Großen. Eine Hochkultur gab es in Griechenland allerdings schon lange vorher: Bereits um 2000 v. Chr. errichteten die Minoer auf Kreta große Paläste und ab etwa 1600 v. Chr. taten es ihnen die Mykener auf dem griechischen Festland gleich. Die mykenische Silbenschrift, Linear B genannt, konnte inzwischen entziffert werden. So fand man heraus, dass die Mykener eine frühe Form des Griechischen sprachen. Sie breiteten sich ab 1450 v. Chr. nach Kreta aus und lösten die minoische Kultur dort ab. Regiert wurden die Mykener von Königen, die sich auf eine schon weit entwickelte Verwaltung stützten und die mit den mächtigen Staaten ihrer Zeit, den kleinasiatischen Hethitern und den Ägyptern, wirtschaftliche und politische Verbindungen pflegten.

Um 1200 v. Chr. jedoch ging die mykenische Kultur relativ plötzlich unter, warum, ist nicht geklärt. Vielleicht waren die **Seevölker** dafür verantwortlich. Das Königtum verschwand ebenso wie die hoch entwickelte Palastorganisation, die Schrift ging verloren und die Bevölkerung nahm ab.

Nur ganz langsam erfuhr die Kultur in Griechenland wieder einen Aufschwung. Ab dem 11. Jahrhundert v. Chr. besiedelten die Griechen die ägäischen Inseln und die kleinasiatische Westküste (ionische Wanderung). Ab etwa 800 v. Chr. knüpften sie engere Handelsbeziehungen zum Nahen Osten, vor allem zu den Phöniziern, die im heutigen Libanon lebten. Von ihnen übernahmen die Griechen auch eine neue Schrift, die Buchstabenschrift, die sie für ihre Sprache leicht abwandelten. Das griechische **Alphabet** wird um 750 v. Chr. datiert. Eine neue griechische Hochkultur war geboren. Warum es dazu kam, ist unklar. Durch den Handel stieg jedenfalls der Wohlstand und die Bevölkerung begann rasch zu wachsen. Die Siedlungen wurden größer, deshalb musste das Leben organisiert und geregelt werden: So entstanden nach und nach in vielen griechischen Orten feste politische Ordnungen. Die Bürger verwalteten ihre Angelegenheiten in Volks- und Ratsversammlungen, deren Beschlüsse von Amtsträgern umgesetzt wurden, die sich abwechselten – meistens jährlich. Eine solche Bürgergemeinde nannte man eine *Polis* (Mehrzahl: *Poleis).* An vielen Orten stand eine begüterte Oberschicht, die so genannten Aristokraten, einer zunehmenden

Zahl von Kleinbauern und Tagelöhnern gegenüber. Da sie mehr besaßen, hatten die Aristokraten damals ein politisches Übergewicht in den griechischen *Poleis*.
Die Bevölkerung aber wuchs weiter. Dies führte schon im 8. Jahrhundert v. Chr. zu einer großen Auswanderungsbewegung, der so genannten griechischen Kolonisation. Im griechischen Kernland wurde der Boden dennoch knapp. Die *Poleis* begannen gegeneinander Kriege um Land zu führen. Daran beteiligten sich alle Bürger, die sich eine Rüstung leisten konnten. Im Massenkampf entscheidend waren die schwer bewaffneten Fußkämpfer aus der Bauernschicht (Hopliten), die in dicht geschlossenen Schlachtreihen gegeneinander anstürmten (Phalanxtaktik). In der *Polis* hatten die Hopliten jedoch wenig mitzubestimmen.
Im 7. und 6. Jahrhundert v. Chr. kam es zu sozialen Spannungen, die sich mit der Erfindung des **Münzgeldes** verschärften. Viele Kleinbauern verschuldeten sich, während einige Aristokraten nun große Reichtümer aufhäuften und sehr mächtig wurden. In einigen *Poleis* schwangen sie sich zu Alleinherrschern auf, zu so genannten »Tyrannen«. Dies erreichten sie mithilfe von Söldnern, die man jetzt mit viel Geld kaufen konnte. Das stellte eine Bedrohung für den anderen Teil der Aristokraten dar. Sie benötigten die Hilfe der bäuerlichen Hopliten, um solche Tyrannenherrschaften zu beenden oder von vornherein zu verhindern. Um sich die Loyalität der Hopliten zu sichern und ihr Interesse an der *Polis* zu wecken, räumte man ihnen vielerorts politische Mitsprache ein und Gesetzgeber wie Drakon (ca. 620 v. Chr.) und Solon (ca. 594 v. Chr.) in Athen versuchten, die Gegensätze auszugleichen. Obwohl dies nicht immer auf Anhieb gelang – gerade in Athen konnte noch nach den Reformen Solons eine Tyrannenherrschaft errichtet werden (545–510 v. Chr.) –, war der eingeschlagene Weg doch erfolgreich: Nach 500 v. Chr. gab es für lange Zeit so gut wie keine Tyrannen mehr in Griechenland.

Woher kam das Münzgeld?
Das Münzgeld wurde gegen Ende des 7. Jahrhunderts v. Chr. von den in Westkleinasien lebenden Lydern erfunden. Deren griechische Nachbarn übernahmen diese Errungenschaft schon bald. Münzen waren sehr viel praktischer als die bisherigen Zahlungsmittel, z. B. Metallbarren.

BEMERKENSWERTES

Die griechische Kolonisation

Zwischen 750 und 550 v. Chr. gründeten die Griechen zahlreiche Kolonien an der Schwarzmeerküste und rund um das Mittelmeer, vor allem in Süditalien und auf Sizilien. Berühmte Griechenstädte, die es heute noch gibt, sind z. B. Marseille und Neapel.

Der Kampf um die Freiheit: Athen, Sparta und die Perser

Wer waren die Perser?
Die Perser kamen aus dem heutigen Iran. In kürzester Zeit, zwischen 549 und 525 v. Chr., eroberten sie ein Reich, das von Kleinasien über Ägypten bis nach Afghanistan reichte. Im Perserreich lebten aber so viele Völker, dass es schwer zusammenzuhalten war. Rebellionen waren häufig. Seit 546 v. Chr. waren auch die westkleinasiatischen Griechen Untertanen des Perserkönigs.

Was bedeutet Demokratie?
Demokratie bedeutet Volksherrschaft. In der Demokratie von Athen regierte nicht eine kleine Gruppe von Menschen, sondern alle wichtigen Entscheidungen wurden von einer Volksversammlung getroffen, in der jeder männliche Bürger frei reden durfte und jede Stimme gleich zählte.

Die Polis Sparta hatte sich im 7. und 6. Jahrhundert v. Chr. in eine ganz eigene Richtung entwickelt: Den Spartanern war es gelungen, ihre Nachbarn zu unterwerfen, vor allem die Bewohner der Landschaft Messenien. Die Menschen dort zwang man als unfreie Bauern, so genannte Heloten, für die Spartaner zu arbeiten. Diese mussten ihrerseits, um die Herrschaft über die Heloten zu behalten, sehr wachsam sein und hielten deshalb ihr Bürgerheer immer bereit. So wurde aus Sparta ein Kriegerstaat. Die spartanischen Hopliten galten als unbesiegbar und mit dieser Armee errang Sparta schließlich auch die Vorherrschaft auf der Peloponnes. Die dortigen Griechen wurden in einem Bündnis unter spartanischer Führung vereinigt (peloponnesischer Bund, 550 v. Chr.). Damit war Sparta die stärkste Macht in ganz Griechenland geworden.
Eine weitere bedeutende Polis war Athen. Dort regierte Peisistratos seit 545 v. Chr. als Tyrann, doch nach seinem Tod gelang es den Athenern, die Herrschaft seiner Söhne zu beenden (510 v. Chr.). Daraufhin führte der Aristokrat Kleisthenes eine neue Verfassung ein, in der die Hopliten die wichtigste Gruppe waren.
Da geschah etwas Unerwartetes: Um 500 v. Chr. erhoben sich die Griechen in Kleinasien gegen den persischen König Dareios I. Athen unterstützte sie, doch der Aufstand brach bald zusammen. Nun wollten die **Perser** Athen bestrafen, aber sie hatten den athenischen Widerstand unterschätzt: Eine persische Expedition wurde bei Marathon unweit von Athen besiegt (490 v. Chr.). Das konnte der Perserkönig Xerxes, der Nachfolger von Dareios I., nicht hinnehmen. 480 v. Chr. zog er mit einem gewaltigen Heer und einer großen Flotte nach Griechenland, das er ganz unterwerfen wollte. Viele Griechen fügten sich, aber Athen und Sparta wagten als Verbündete den Kampf und erreichten das scheinbar Unmögliche! Die Perserflotte konnte 480 v. Chr. bei Salamis vor Athen geschlagen werden und das persische Heer, das zuvor noch Athen in Brand gesteckt hatte, unterlag der griechischen Phalanx im folgenden Jahr bei Plataiai (479 v. Chr.).
Wie sollte es weitergehen? Athen wollte nun auch die kleinasiatischen Griechen von der Perserherrschaft befreien. Doch die Spartaner fürchteten ihre Kräfte durch allzu weit gespannte Unternehmungen so zu schwächen, dass sie ihre Heloten nicht mehr im Zaum halten könnten. Also übernahmen die Athener die Führung im

Kampf gegen Persien. Sie gründeten ein Bündnis, das die Griechen auf den ägäischen Inseln und, nach weiteren Erfolgen über die Perser, auch die in Kleinasien umfasste. Dies war der so genannte »attische Seebund« (478 v. Chr.). Das Kernstück des Seebundes war eine große Flotte, mit der man in den folgenden Jahren sogar bis nach Zypern und Ägypten fuhr. Dafür bezahlten die meisten Mitglieder des Bundes Beiträge, mit denen Athen Schiffe ausrüstete und bemannte. Als Rudermannschaften heuerte man in Athen viele Besitzlose und Tagelöhner an. Damit spielten erstmals die ärmeren Bevölkerungsschichten eine tragende Rolle im Krieg und nach dem Vorbild der Hopliten musste auch ihnen politische Mitbestimmung zugestanden werden. Auf diese Weise entstand die athenische **Demokratie** (461 v. Chr.).

Wer war Perikles?
Der Staatsmann Perikles (ca. 490–429 v. Chr.) war verwandt mit Kleisthenes. Obwohl er zu den Aristokraten gehörte, war er beim Volk sehr beliebt und konnte seine Meinung in der Volksversammlung meistens durchsetzen.

Durch den Seebund wurde Athen reich und mächtig. Es entwickelte sich zu einem Anziehungspunkt für Künstler und Schriftsteller und wurde durch prächtige Bauwerke verschönert. Damals errichtete man den berühmten Parthenontempel auf der Akropolis (432 v. Chr.). Die Politik Athens wurde lange Zeit von **Perikles** gelenkt. Er wollte Athen zur führenden Polis Griechenlands machen. Dadurch aber fühlte sich Sparta in seiner Stellung bedroht. Schließlich kam es zum Entscheidungskampf, dem »Peloponnesischen Krieg« (431–404 v. Chr.). Sparta blieb hier siegreich, jedoch nur, weil es am Ende von Persien unterstützt wurde. Der Seebund wurde aufgelöst, die Perser verlangten für ihre Hilfe die Herrschaft über die kleinasiatischen Griechen zurück. Darüber kam es zu Streitigkeiten, die erst im so genannten »Königsfrieden« beigelegt wurden, der Sparta die Vorherrschaft in Griechenland und dem Perserkönig die Herrschaft in Kleinasien garantierte (386 v. Chr.).

BEMERKENSWERTES

Der erste Marathonlauf

Nach der Schlacht bei Marathon bestiegen die Perser ihre Schiffe und versuchten das von Truppen entblößte Athen mit ihrer Flotte durch einen Überraschungsangriff einzunehmen. Ein junger Soldat legte die etwa 40 Kilometer zwischen Marathon und Athen im Dauerlauf zurück und war noch vor den persischen Schiffen in der Stadt. So konnten die Wachposten gewarnt und Athen gerettet werden. Daher kommt die Bezeichnung für unseren modernen Marathonlauf, ein Rennen über 42,195 Kilometer.

Wo lag Makedonien?
Makedonien lag am Rande der griechischen Welt. Es hatte nie eine große Rolle in der griechischen Politik gespielt. Dies änderte sich erst mit Philipp II.

Wer waren die Diadochen?
»Diadochen« ist ein altgriechisches Wort und bedeutet eigentlich »Nachfolger«. Wenn man in der alten Geschichte von den Diadochen spricht, sind die Generäle Alexanders des Großen und deren Söhne (auch Epigonen genannt) gemeint.

Bis ans Ende der Welt: die Entstehung der hellenistischen Welt

Sparta konnte seine Vorherrschaft in Griechenland nicht lange behaupten. Es war einfach nicht groß und stark genug, um das ganze Land zu beherrschen. In der Schlacht bei Leuktra (371 v. Chr.) unterlagen die Spartaner den Thebanern, die Folgen waren der Verlust Messeniens und die Auflösung des peloponnesischen Bundes. Danach kämpfte in Griechenland jeder gegen jeden: Die größeren Poleis versuchten sich die Vorherrschaft zu sichern, aber dabei hatte die jeweils stärkste Macht immer ein Bündnis aller anderen gegen sich. Daher gelang es keiner Partei, einen dauerhaften Erfolg zu erringen.

Im Norden Griechenlands erstarkte das Königreich **Makedonien.** König Philipp II. (359–336 v. Chr.) schuf damals ein schlagkräftiges Heer. Dadurch und mittels einer geschickten Diplomatie weitete er seine Herrschaft aus. Als die mit sich selbst beschäftigten und sich untereinander bekriegenden Griechen endlich Philipps Absichten erkannten, war es schon zu spät: In der Schlacht bei Chaironeia (338 v. Chr.) besiegten die Makedonen ihre griechischen Gegner und gründeten ein Bündnis, in dem fast alle Poleis unter makedonischer Führung vereint waren (korinthischer Bund, 337 v. Chr.).

Philipp plante Persien anzugreifen, den Rivalen Makedoniens am Bosporus. Der neue Bund benötigte eine Aufgabe, wenn er nicht gleich wieder auseinander fallen sollte, und die Vergangenheit hatte gezeigt, dass die Perser der griechisch-makedonischen Hoplitenphalanx nicht gewachsen waren – ein Krieg gegen Persien war also möglich. Bevor er sein Vorhaben in die Tat umsetzen konnte, wurde Philipp jedoch ermordet (336 v. Chr.).

Sein erst 20 Jahre alter Sohn Alexander übernahm die Pläne des Vaters und marschierte 334 v. Chr. nach Osten. Hier errang er rasch so überwältigende Erfolge, dass er sich vornahm das gesamte riesige Perserreich zu erobern. Davon hatte zuvor niemand auch nur zu träumen gewagt, doch Alexander erreichte dieses Ziel in nur wenigen Jahren. Noch heute

Alexander der Große

nennt man ihn deswegen »Alexander den Großen«. Er machte sich zum König über ein Reich, das vom Balkan bis zum Indus reichte, und hätte vielleicht noch mehr Land erobert, wäre er nicht schon 323 v. Chr., im Alter von nur 32 Jahren, in Babylon an Fieber gestorben. Nach Alexanders Tod zerfiel sein Reich; rund 50 Jahre lang kämpften die so genannten **Diadochen** um die Herrschaft, bis sich um 270 v. Chr. drei große und mehrere kleine Staaten herausgebildet hatten, die einander die Waage hielten: In Makedonien regierten die Nachkommen des Antigonos (Antigonidenreich), in Ägypten Ptolemaios und seine Nachfolger (Ptolemäerreich), und den weiten Raum zwischen Kleinasien und Afghanistan kontrollierte Seleukos (Seleukidenreich). Gerade dieses große Reich aber war, wie bereits das Persische vor ihm, nur sehr schwer zusammenzuhalten; schon bald spaltete sich in Kleinasien das Attalidenreich mit der Hauptstadt Pergamon ab und um 240 v. Chr. gingen zunächst der Iran, später dann auch Mesopotamien an die **Parther** verloren. Die eigentliche Gefahr drohte jedoch von Westen: Im Zuge der Punischen Kriege verwickelten sich die Erben Alexanders ab 215 v. Chr. in Kriege mit der neuen Großmacht Rom und wurden nach und nach besiegt, bis dann 30 v. Chr. das Ptolemäerreich als letztes den Römern zum Opfer fiel.

Kulturell aber hatte sich der östliche Mittelmeerraum durch den Alexanderzug dauerhaft verändert: Viele Griechen und Makedonen wanderten in die neu eroberten Gebiete aus und die Könige gründeten vor allem in Kleinasien und Syrien zahlreiche neue Griechenstädte. Die einheimische Bevölkerung dieser Gebiete gewöhnte sich die Lebensart, Bildung und Sprache ihrer neuen griechischen Nachbarn an und so wurde der Osten stark griechisch beeinflusst. Die so genannte **hellenistische Welt** war entstanden, deren Kultur noch lange fortbestehen sollte.

Wer waren die Parther?

Die Parther waren ein Reitervolk aus dem Iran und mit den Persern verwandt. Sie gründeten um 240 v. Chr. ein Reich, das sich später vom Euphrat bis nach Pakistan erstreckte.

Was bedeutet »Hellenismus«?

Der Begriff »Hellenismus« leitet sich ab vom griechischen Wort für Griechenland, »Hellas«. Man bezeichnet damit die Epoche nach Alexander dem Großen, in der sich die griechische Kultur im Osten ausbreitete und dadurch die »hellenistische Welt« entstand.

BEMERKENSWERTES

Das Ende der Welt

333 v. Chr. schlug Alexander den Perserkönig Dareios III. in der berühmten Schlacht bei Issos. Von dort wandte er sich zuerst nach Ägypten, zog dann weiter nach Mesopotamien, wo er Dareios in einer noch größeren Schlacht besiegte (Gaugamela, 331 v. Chr.), und erreichte schließlich sogar Indien, das Ende der damals bekannten Welt (327 v. Chr.)! An diesem Punkt kehrte er um und marschierte zurück nach Babylon. Er war weiter gekommen als jeder andere griechische Feldherr vor ihm.

Vom Hirtendorf zur Weltmacht

Was ist eine Republik?
Unter einer Republik versteht man eine Staatsform, in der es keinen König oder Kaiser gibt. In der römischen Republik hatten die Adligen das Sagen, d. h. es war eine Adelsrepublik.

Wer waren die Plebejer?
In Rom gab es schon sehr früh einen Geburtsadel, die so genannten Patrizier. Zu ihnen gehörten nur ganz bestimmte Familien. Die übrigen Römer nannte man »Plebejer«. Sie hatten ursprünglich weit weniger politische Rechte als die Patrizier.

7–5–3: Rom kroch aus dem Ei« – diesen Spruch kennt jedes Kind. Der Legende nach soll im Jahr 753 v. Chr. Rom gegründet worden sein. Bauern und Hirten lebten aber schon lange vorher auf dem Gebiet des späteren Rom. Eine Stadt entstand aus ihren verstreuten Dörfern allerdings erst um 600 v. Chr., und zwar unter dem Einfluss der Etrusker, der nördlichen Nachbarn der Römer. Zunächst wurde Rom von Königen regiert, um 500 v. Chr. aber vertrieben die Römer ihren Herrscher und gründeten eine **Adelsrepublik.** Zu dieser Zeit war Rom noch keine Großmacht, ganz im Gegenteil: Die Stadt wurde sogar von Kelten aus Norditalien vorübergehend erobert (387 v. Chr.). Um sich gegen die Feinde zu schützen, schlossen sich die Städte der Landschaft Latium, in der auch Rom lag, zu einem lockeren Bündnis zusammen. Rom wurde ein Teil dieser Gemeinschaft; sein Machtbereich beschränkte sich zunächst auf ein sehr kleines Gebiet. Dies änderte sich schlagartig um 340 v. Chr.: Zuerst gelang es Rom, ganz Latium unter seine Kontrolle zu bringen, dann, im Lauf von nur 70 Jahren, unterwarfen die Römer die gesamte italische Halbinsel.

Man hat sich oft gefragt, wie dieser plötzliche Wandel und der große Erfolg Roms ab der Mitte des 4. Jahrhunderts v. Chr. zu erklären ist. Wahrscheinlich hängt dies damit zusammen, dass sich in der ersten Hälfte des 4. Jahrhunderts die Zusammensetzung des Adels durch den Aufstieg von **Plebejern** verändert hatte. Statt adliger Geburt war nun Leistung, vor allem in siegreichen Schlachten, gefragt. Von nun an gingen die Römer keinem Krieg mehr aus dem Weg und manchmal forderten sie ihn sogar heraus. Dass man die vielen Kriege, die man führte, stets gewinnen konnte, lag freilich an einer klugen Politik. Die Römer gaben niemals klein bei, sicherten Eroberungen durch Straßen und Festungen und behandelten unterlegene Feinde nicht als Untertanen, sondern schlossen Verträge mit ihnen, die diese zur militärischen Unterstützung Roms verpflichteten. So wurde Rom mit jedem Krieg stärker, und als es 270 v. Chr. ganz Italien beherrschte, war es allen anderen Mächten dieser Zeit überlegen.

Die kapitolinische Wölfin

Nur wenig später, im Jahr 264 v. Chr., stießen die Römer auf Sizilien mit der nordafrikanischen Handelsmacht Karthago zusammen. Dies löste eine Kette von neuen Kriegen aus, an deren Ende Rom die Herrin der gesamten Mittelmeerwelt war. Zuerst wurden die Karthager, die man auch Punier nennt, in den so genannten Punischen Kriegen besiegt; danach wandten sich die Römer nach Osten, denn Karthago hatte von dort Unterstützung erhalten. Der römischen Armee waren auch die hellenistischen Könige, die Erben Alexanders des Großen, nicht gewachsen: Bis 168 v. Chr. wurden sie alle in Abhängigkeit zu Rom gebracht. Rom war nach damaligen Maßstäben eine Weltmacht geworden.

Anders als in Italien verwandelten die Römer die neu eroberten Länder nach und nach in Untertanengebiete (Provinzen); so entstand das römische Weltreich. Das aber brachte den Römern schon bald viele Probleme: Die Reichtümer der Provinzen wurden ungleich verteilt, einzelne Adlige wurden immer mächtiger, da sie als Statthalter und Generäle fern von Rom schwer zu kontrollieren waren, und der ständige Kriegsdienst überforderte das Bauernheer. Politische und soziale Spannungen traten auf und entluden sich ab 133 v. Chr. gewaltsam. Als der Staatsmann und Feldherr **Gaius Marius** den militärischen Notwendigkeiten Rechnung trug und das Heer **reformierte,** überschlugen sich die Ereignisse: Die Soldaten kämpften jetzt nicht mehr für den Staat, sondern für ihren General, denn sein Erfolg war ihre Altersversorgung in Form von Landgütern. Dies führte zu Bürgerkriegen, denn es gab genügend Adlige, die bereit waren, den Griff nach der Alleinherrschaft zu wagen. Erst standen sich Gaius Marius und Sulla gegenüber (ca. 88–80), dann Caesar und Pompeius (49–44). Schließlich setzte sich nach der Ermordung Caesars dessen Großneffe und Adoptivsohn Octavian, der spätere Augustus, siegreich gegen alle Konkurrenten durch (43–30) und wurde zum Alleinherrscher Roms. Dies war das Ende der römischen Republik.

Welche Reformen führte Gaius Marius ein?

Gaius Marius führte zwischen 106 und 100 v. Chr. ein Heer von besitzlosen Soldaten ein, die nach ihrer Militärzeit versorgt werden mussten.

BEMERKENSWERTES

Hannibal

Im Zweiten Punischen Krieg (218–201) hätte der karthagische General Hannibal die Römer fast in die Knie gezwungen: Er zog mit seinen Soldaten und mit Elefanten von Spanien über die Alpen nach Italien und brachte den Römern dort bei Cannae eine schwere Niederlage bei (216). Dennoch konnte er Roms Bundesgenossen nicht für sich gewinnen und musste schließlich abziehen.

Patrizier, Plebejer und Nobiles

Was war eine Klientelbeziehung?
Viele ärmere Römer standen in einem Schutz- und Treueverhältnis zu den Reichen, einer so genannten Klientelbeziehung: Ein reicher Mann kümmerte sich als Patron um ihre Angelegenheiten (z. B. Vertretung vor Gericht; in Notlagen Sicherung des Lebensunterhalts) und dafür waren sie ihm als Klienten zu Diensten aller Art verpflichtet (v. a. politische Unterstützung). Eine solche Klientelbeziehung wurde vererbt.

Wie entwickelte sich die Nobilität weiter?
Ab dem 2. Jh. v. Chr. gelang es Außenstehenden nur noch selten, in die Nobilität aufzusteigen. Dort galt man dann als »Emporkömmling« (homo novus). Die Nobilität hatte sich also, obwohl sie kein Geburtsadel war, gesellschaftlich abgeschlossen.

Schon sehr früh gab es in Rom einige wenige Familien, die sich – nicht zuletzt durch größeren Grundbesitz – vom Rest der Bevölkerung abhoben. Ihre Oberhäupter, die im Senat (Ältestenrat) saßen, nannte man »patres« (Väter), die gesamte Gesellschaftsgruppe daher »Patrizier«. Die übrigen Römer wurden als »Plebejer« bezeichnet, vom lateinischen Wort »plebs«, d. h. »Volksmenge«. Die Patrizier grenzten sich als Geburtsadel ab, und das bedeutete, dass ein Plebejer, selbst wenn er zu Reichtum kam, nicht in ihren Kreis aufgenommen wurde.

Als in Rom um 500 v. Chr. die Königsherrschaft beseitigt wurde, übernahmen die Patrizier die Macht. Das wollten die reicheren Plebejer nicht hinnehmen. Zudem verschlechterte sich damals die wirtschaftliche Lage der Unterschichten: Viele **Klientelbeziehungen** funktionierten nicht mehr richtig und so kam es zu einer allgemeinen Unzufriedenheit mit der Herrschaft der Patrizier. Dies war der Beginn der Ständekämpfe zwischen Patriziern und Plebejern, die jedoch ohne Gewalt abliefen. Das wichtigste Druckmittel der Plebejer war die Weigerung, für Rom in den Krieg zu ziehen. Die Patrizier mussten schließlich einlenken. Ein erster Ausgleich war das Zwölftafelgesetz, die erste schriftliche Aufzeichnung römischen Rechts, doch die Beteiligung an der Herrschaft erstritt sich die Plebs erst, als die patrizische Führung im Krieg gegen die Kelten versagt hatte (387 v. Chr.). Reiche Plebejer, die sich als Generäle hervortaten, stiegen nun in die höchsten Ämter und in den Senat auf. Sie wurden dadurch zur Konkurrenz für die Patrizier, die sich jetzt ebenfalls ständig militärisch beweisen mussten. Die kriegerische Außenpolitik, zu der dies führte, war aber erfolgreich, und das entspannte die Lage. Die vornehmen patrizischen und plebejischen Familien wuchsen zu einer neuen Oberschicht zusammen, der **»Nobilität«;** diese bewährte sich in der Leitung des Staates. Begünstigt wurde ihre Herrschaft auch durch die vielen Kolonien, die im 3. Jahrhundert v. Chr. in Italien als militärische Stützpunkte gegründet wurden und durch Ansiedlung vieler ärmerer Römer der wachsenden Bevölkerung eine Versorgung mit kleinen und mittleren Bauernhöfen boten.

All dies änderte sich im 2. Jahrhundert v. Chr., als Rom zur Weltmacht geworden war: Das Weltreich gab einzelnen, militärisch besonders erfolgreichen Adligen die Möglichkeit, ihre Standesgenossen zu überflügeln. Dadurch ging der Zusammenhalt im Adel verloren. Von der Ausbeutung der Provinzen profitierte aber nicht nur die Nobilität. Unterhalb des Adels entstand eine Schicht durch Pacht von Staatsaufträgen reich gewordener Männer, die in den Quellen als »Ritter« bezeichnet werden. Den neuen Reichtum investierte man in Landgüter, auf denen Sklaven arbeiteten. Andererseits gerieten viele Kleinbauern in Schwierigkeiten. Durch die langen Kriege konnten sie sich nicht hinreichend um ihre Höfe kümmern, machten Schulden und mussten ihr Land an Großgrundbesitzer verkaufen. Neue Kolonien gab es nicht mehr, denn in Italien selbst herrschte Frieden. Viele verarmte Bauern beschlossen in Rom ihr Glück zu machen und so bildete sich dort eine große Gruppe besitzloser Tagelöhner, die »Proletarier«. Bald war klar: Wer sie als Klienten gewinnen konnte, wurde politisch mächtiger. Zuerst versuchten dies die Brüder Tiberius und Gaius Gracchus (133–122 v. Chr.), indem sie eine **Landreform** vorschlugen. Das konnte die Mehrheit des Adels nur mit Gewalt verhindern, beide wurden erschlagen. Das von Gaius Marius eingeführte neue Heer aus Proletariern verlagerte das Problem dann in den militärischen Bereich: Der Feldherr war für die Versorgung seiner Soldaten mit Land zuständig; dadurch wurde er ihr Patron und sie seine Klienten. Diese »Heeresklientel« ermöglichte die Bürgerkriege, in denen die Republik unterging.

Wie sah die Landreform der Gracchen aus?

Die Gracchen wollten die verarmten Proletarier mit Bauerngütern versorgen. Dazu musste in Italien das Ackerland neu aufgeteilt werden. Es ging aber nur um Staatsland, von dem es seit den Punischen Kriegen in Italien genug gab. Obwohl also niemand hätte enteignet werden müssen, fürchtete die Senatsmehrheit den politischen Erfolg der Gracchen so sehr, dass sie die Reform mit Gewalt verhinderte.

BEMERKENSWERTES

Das Zwölftafelgesetz

Das Zwölftafelgesetz (ca. 450 v. Chr.) war die erste schriftliche Veröffentlichung römischer Gesetze. Es sorgte für größere Rechtssicherheit und Schutz vor Willkür gegenüber dem Volk. Inhaltlich regelten die zwölf Tafeln unter anderem auch soziale Fragen: Einen Patron, der seine Pflichten nicht erfüllte, konnte man von nun an bestrafen.

SPQR – Senat, Magistrate und Volk

Was bedeutet SPQR?
Die Buchstaben SPQR sind ein Kürzel und stehen für den lateinischen Ausdruck Senatus populusque Romanus, *»Senat und Volk von Rom«. Dies war die offizielle Selbstbezeichnung des römischen Staates.*

Welche Aufgaben hatten die Prätoren?
Die Prätoren kümmerten sich zunächst vor allem um die Rechtsprechung in Rom. Später wurden Prätoren auch als Statthalter eingesetzt.

Für die Römer war die Vertreibung ihres letzten Königs (um 500 v. Chr.) die Befreiung von einer Tyrannenherrschaft. Politik war nun eine öffentliche Angelegenheit, lateinisch: »res publica«. Daher bezeichnet man noch heute jede Staatsverfassung, in der es keine Könige oder Kaiser gibt, als Republik.

Die Römer waren auf ihre republikanische Ordnung sehr stolz. In ihr spielte zum einen das Volk eine Rolle, zweitens gab es Amtsträger (Magistrate) und drittens einen Rat, den Senat. Das nach Heeresgruppen und Wohnbezirken gegliederte Volk traf sich in Versammlungen, um Gesetze zu beschließen oder Magistrate zu wählen. Stimmberechtigt waren aber nur die erwachsenen Männer, und auch deren Stimmen hatten nicht gleiches Gewicht, sondern waren nach Besitz abgestuft, und nicht die Einzelstimme, sondern diejenige der Heeresgruppe oder des Wohnbezirkes als Ganzes wurde gezählt. Schon deshalb war die römische Republik sicher keine Demokratie; hinzu kam, dass die Römer in der Versammlung nicht diskutieren, sondern nur abstimmen durften. Als Klient unterstützte man in der Regel die Interessen seines Patrons, und so hatte der Adel den Staat fest im Griff. Aus seinen Reihen kamen die jährlich wechselnden Amtsträger, die gemeinsam mit dem Senat die tatsächliche Macht ausübten.

Es gab verschiedene Ämter, die jeweils für klar abgegrenzte Aufgaben zuständig waren und in einem Rangverhältnis zueinander standen. Am wichtigsten war das Amt der beiden Konsuln, die den Staat leiteten und das Heer befehligten, darunter rangierten **Prätoren, Ädilen,** Volkstribunen und **Quästoren.** Üblicherweise begann ein Adliger seine Karriere mit der Quästur, nach der man in den Senat kam, und durchlief dann alle folgenden Stufen, möglichst bis zum Konsulat (Ämterlaufbahn). Um Machtmissbrauch zu verhindern, wurde grundsätzlich jedes Amt auf ein Jahr befristet (Annuität) und mindestens doppelt besetzt (Kollegialität). Es gab also zwei Konsuln, bis zu acht Prätoren, vier Ädilen usw. Die Kollegen einer Amtsstufe kontrollierten sich gegenseitig und sie durften den niedriger stehenden Magistraten Weisungen erteilen. Die zunächst zwei, später zehn Volkstribunen konnten gegen die Amtshandlungen aller Magistrate einschreiten (Veto), ein Recht, das aus den Ständekämpfen stammte.

Die Krönung einer Politikerlaufbahn war das Zensorenamt, das aber nur alle fünf Jahre für kurze Zeit besetzt wurde. Die beiden Zensoren schätzten die Bürger nach ihrem Vermögen (Census) und konnten neue Mitglieder in den Senat aufnehmen oder unwürdige Senatoren aus ihm entfernen. Dies war ein politisch wichtiger Vorgang, denn der Senat war das Zentrum der Verfassung. Dort saßen alle ehemaligen Magistrate und damit die Oberhäupter des Adels, und zwar auf Lebenszeit. Alle wichtigen Fragen wurden im Senat beraten und entschieden, und auch wenn seine Vorschläge nicht rechtlich bindend waren, wurden sie von den Magistraten und vom Volk zumeist befolgt.

Diese Senatsherrschaft funktionierte jedoch nur, solange sich der Adel einig war. Um das System nicht aus dem Gleichgewicht zu bringen, vermied es der Senat lange Zeit, neue Ämter und Machtpositionen zu schaffen. Das wurde aber immer schwieriger, je größer das römische Weltreich wurde, und schließlich führte kein Weg mehr daran vorbei: Rom brauchte immer mehr Provinzstatthalter und für die langen Kriege fern von Italien bewilligte man längerfristige Befehlsgewalten. Dies weckte den Ehrgeiz einzelner Adliger, und schon bald versuchten sie am Senat vorbeizuregieren. In Rom betrieben die Gracchen eine solche Politik, indem sie die Volksversammlung für ihre Zwecke benutzten. Nach der Heeresreform des Gaius Marius war es dann viel versprechender, ein militärisches Kommando, wie es Caesar gegen die Gallier im heutigen Frankreich erhielt, gegen den Senat auszuspielen. So bekamen die Machthaber der späten Republik die Armeen in die Hand, die sie in den Bürgerkriegen um die Alleinherrschaft, bisweilen in Gestalt einer Diktatur, einsetzten.

Wofür war ein Ädil verantwortlich?

Als Ädil war man für die Tempel und anderen Bauwerke zuständig sowie für die Märkte. Außerdem wurde von den Ädilen die Veranstaltung von Spielen erwartet.

Was war ein Quästor?

Die Quästoren waren für die Verwaltung der Staatskasse zuständig. Sie konnten aber auch mit anderen Verwaltungsaufgaben betraut werden.

BEMERKENSWERTES

Das Amt des Diktators

Das Amt des Diktators war ein Notamt für militärische Krisen wie etwa den Krieg gegen Hannibal. Der Diktator hatte keinen Kollegen, amtierte dafür aber nur sechs Monate. Das war nur innerhalb Italiens sinnvoll, ab 200 v. Chr. verzichtete man auf die Diktatur. Sulla und Caesar benutzten dann im 1. Jahrhundert v. Chr. das Amt, um den Staat alleine zu regieren, Caesar machte sich sogar zum Diktator auf Lebenszeit. Das war ein Verfassungsbruch, und deswegen wurde Caesar ermordet.

Rom wird Monarchie

Was geschah in der Schlacht im Teutoburger Wald?
Diese Schlacht ist auch als Varusschlacht bekannt. Im Jahre 9 n. Chr. besiegten germanische Stämme unter der Führung des Cheruskers Arminius (Hermann) den römischen Feldherrn Varus im Teutoburger Wald in Norddeutschland. Die Niederlage war vernichtend. Varus beging Selbstmord. Die Römer verzichteten schließlich auf das Gebiet zwischen Rhein und Elbe.

Im Jahre 30 v. Chr. war Octavian der mächtigste Mann im Römischen Reich. Er hatte alle Gegner besiegt und besaß damit die Alleinherrschaft. Trotzdem stand er vor einem großen Problem: Um das Weltreich zu regieren, brauchte er die Mithilfe aller Adligen, nicht nur seiner Anhänger, und der römische Adel war nicht bereit, einen König über sich zu dulden. Das widersprach dem Selbstverständnis der Römer. Caesar hatte verfassungswidrig versucht als Diktator auf Lebenszeit zu regieren, seine Ermordung war Octavian eine Warnung.

Octavian musste also eine Form für seine Herrschaft finden, die mit der Verfassung zu vereinbaren war. Er fand die Lösung hierfür in den langjährigen Befehlsgewalten, die am Ende der Republik häufiger vergeben wurden. Um das Prinzip der Annuität zu wahren, hatte man damals das Kommando über große Heeresverbände nicht in Verbindung mit einem Amt übertragen, sondern nur einem führenden Politiker, als sei er eine Privatperson in öffentlichem Auftrag, die entsprechende Amtsgewalt verliehen. Diesen spitzfindigen Gedanken griff Octavian auf: Um die Truppen rechtmäßig zu kommandieren, ließ er sich den militärischen Oberbefehl übertragen und für die Kontrolle der Innenpolitik erhielt er das umfassende Vetorecht eines Volkstribunen. Beide Gewalten behielten Octavian und die Kaiser nach ihm auf Lebenszeit. Dadurch war die Form gewahrt: Volksversammlungen, Senat und Magistrate konnten vordergründig wieder so arbeiten wie vor den Bürgerkriegen, die mächtige Person im Hintergrund, die alle Fäden in der Hand hielt, war theoretisch ein Privatmann. Octavian erklärte feierlich die Republik für wiederhergestellt und erhielt dafür den Ehrennamen Augustus, d. h. »der Erhabene« (27 v. Chr.).

So genial diese komplizierte Ordnung war, barg sie doch Risiken. Sie verpflichtete die römischen Kaiser dazu, auf die republikanische Tradition und auf den Senat Rücksicht zu nehmen. Wer dies nicht tat, lief Gefahr, ermordet zu werden. Noch schwieriger war die Herrschernachfolge: Da es offiziell keine Monarchie gab, konnte es auch keine geregelte Thronfolge geben. In der Praxis versuchten die Kaiser noch zu Lebzeiten ihre Nachfolger zu be-

Kaiser Augustus

stimmen, und natürlich waren dies meist Verwandte. Dies gelang aber nicht immer, und dann drohte Bürgerkrieg.
Augustus regierte 44 Jahre. In dieser langen Zeit versuchte er die Wirren des vorangegangenen Jahrhunderts vergessen zu machen. Alle Menschen im römischen Herrschaftsbereich sollten friedlich leben können. Die Verwaltung der Provinzen, die zuvor teilweise schamlos ausgebeutet worden waren, verbesserte sich durch die kaiserliche Aufsicht und viele Aufgaben, um die sich die wenigen republikanischen Magistrate nicht hatten kümmern können, wurden jetzt von kaiserlichen Beauftragten erledigt. Ferner wurden Dienstzeit und Entlohnung der Soldaten von Augustus verbindlich geregelt. Die Grenzen des Römischen Reiches schob Augustus bis an den Euphrat im Osten und an die Donau im Norden vor. Den Rhein hatte bereits Cäsar erreicht; der Versuch, bis zur Elbe vorzustoßen, misslang in der **Schlacht im Teutoburger Wald.** Als Augustus 14 n. Chr. starb, war das Imperium wohl geordnet.
Seine Familie, die so genannte iulisch-claudische Dynastie, konnte sich noch bis 68 n. Chr. an der Macht halten. Tiberius (14–37) und Claudius (41–54) regierten im Einvernehmen mit dem Senat. Caligula (37–41) und Nero (54–68) wollten gegen den Senat regieren und scheiterten. Im **Vierkaiserjahr** 68/69 n. Chr. setzte sich Vespasian als Herrscher durch (69–79) und begründete die Dynastie der Flavier. Sein älterer Sohn Titus (79–81) starb früh, dessen jüngerer Bruder Domitian (81–96) fiel einer Verschwörung zum Opfer, denn auch er hatte sich mit dem Senat überworfen. Damit war zum zweiten Mal nach 68 eine Herrscherfamilie erloschen. Doch anders als damals einigten sich Senat und Militär friedlich. Kaiser wurde der schon betagte Nerva (96–98), der als Sohn und Nachfolger seinen mächtigsten General, Traian, adoptierte.

Was war das »Vierkaiserjahr«?
Nach Neros Tod war die Familie des Augustus ausgestorben. In dieser Situation wurden die Adligen, die im Auftrag des Kaisers die Heere befehligten, wie schon in der späten Republik zu Konkurrenten im Kampf um die Alleinherrschaft. Der Bürgerkrieg kehrte zurück, entscheidend war, wer die meisten Truppen hatte. In weniger als einem Jahr gab es vier Kaiser: Galba, Otho, Vitellius und Vespasian, der schließlich Sieger blieb.

BEMERKENSWERTES

Der Ursprung des Wortes »Kaiser«

Das deutsche Wort »Kaiser« geht auf das lateinische »Caesar« zurück. Dabei handelte es sich ursprünglich um einen Beinamen, den ein Zweig der iulischen Familie führte. Der Name »Caesar« wurde zum Titel, weil Augustus von seinem Onkel Caius Iulius Caesar adoptiert worden war und deshalb dessen Namen – und damit auch den Beinamen Caesar – übernommen hatte. Die späteren Herrscher behielten diesen Beinamen, um sich in die Tradition des Augustus zu stellen, und so wurde der Name zur Herrschaftsbezeichnung.

Die Pax Romana und ihr jähes Ende

Was versteht man unter »Adoptivkaisern«?
Die Kaiser von Nerva bis Antoninus Pius hatten keine Söhne und mussten ihre Nachfolger adoptieren. Dabei wurde die Adoption zum Prinzip erklärt (Adoptivkaisertum): Nur so sei gesichert, sagte man, dass der jeweils beste Mann Kaiser werde. Als aber mit Marc Aurel wieder ein Kaiser regierte, der einen Sohn hatte, war nicht mehr die Rede davon, einen anderen als diesen zum Nachfolger zu machen. Man hatte also nur aus der Not eine Tugend gemacht.

Mit Nerva begann die Zeit der **Adoptivkaiser**. Sein Nachfolger Traian (98–117) eroberte in zwei Kriegen (101–102; 105) Dakien, das heutige Rumänien, machte 106 die Sinaihalbinsel und das Ostjordanland zur römischen Provinz (Arabia) und unternahm am Ende seines Lebens einen erfolgreichen Feldzug gegen Roms großen Gegner im Osten, die Parther, die das Zweistromland und Persien beherrschten (114–117). Im Zweistromland entstand ebenfalls eine römische Provinz.

Damit hatte das Römische Reich jedoch den Bogen überspannt. Durch die notwendigen Reformen in Verwaltung und Heer seit der späten Republik hatten sich beide Bereiche mittlerweile zu wirklichen Berufszweigen entwickelt, in denen zwar gut und wirkungsvoll gearbeitet wurde, die aber teuer waren und deshalb nicht beliebig vergrößert werden konnten. Schon mit den Eroberungen des Augustus, Claudius und Domitian war das Imperium an die Grenzen dessen gestoßen, was die Armee leisten konnte. Natürlich war es noch möglich, neue Länder zu erobern, aber es wurde immer schwieriger, diese dann auch zu verwalten und zu verteidigen. Es war absehbar, dass vor allem bei einer gleichzeitigen **Bedrohung** an verschiedenen Orten die erforderlichen Reserven fehlen würden.

Hadrian (117–138) gab daher die traianischen Gebietsgewinne östlich des Euphrat wieder auf. Unter Antoninus Pius (138–161) blieb die Situation noch ruhig, doch schon Marc Aurel (161–180) kam in außenpolitische Schwierigkeiten: Unmittelbar nacheinander griffen zuerst die Parther im Osten (162–165) und darauf die germanischen Markomannen im Norden an (167–175; 178–180). Nur mühevoll konnte man die Feinde zurückschlagen, aber die Lage an den Grenzen wurde für die nächsten 50 Jahre stabilisiert. Dafür entstand bald Aufruhr im Inneren; 192 n. Chr. wiederholten sich die Ereignisse des Vierkaiserjahres 68/69. Marc Aurels Sohn Commodus (180–192), der wie andere vor ihm versuchte gegen den Senat zu regieren, wurde ermordet und ein Bürgerkrieg brach aus. Sieger war dieses Mal Septimius Severus (193–211), dessen Familie bis 235 herrschte.

Alles in allem jedoch erlebte das Reich in den zweieinhalb Jahrhunderten zwischen Augustus und dem letzten Severerkaiser, Severus Alexander (222–235), im Inneren eine fast ungetrübte Friedensperiode, die so genannte »Pax Romana« (d. h. »römischer Frieden«). Dadurch wuchs es langsam zu einer Einheit zusammen. Der Höhe-

punkt dieser Entwicklung war die »Constitutio Antoniniana« von 212, ein Gesetz, durch das Caracalla (211–217), der Sohn des Severus, alle freien Reichsbewohner zu römischen Bürgern machte.
In der Zwischenzeit aber waren Rom neue, gefährliche Gegner erwachsen: Seit 224 regierten im Osten an Stelle der Parther die neupersischen Sassaniden und im Westen schlossen sich verschiedene germanische Stämme im Laufe des 3. Jahrhunderts zu großen Verbänden zusammen: die Sachsen, Franken und Alemannen. Auch an der Donau war mit den Goten eine neue Bedrohung aufgetaucht. Darauf waren die Römer nicht vorbereitet. Als die Feinde Roms zwischen 235 und 284 mehrmals gleichzeitig angriffen, stürzten sie das Reich ins Chaos. An allen Fronten musste gekämpft werden und die Kaiser konnten nicht überall sein. Niederlagen waren die Folge: 251 fiel Kaiser Decius gegen die Goten, 260 wurde Kaiser Valerian von den Persern gefangen genommen. Hinzu kamen Bürgerkriege, denn militärisch erfolglose Herrscher wurden von den Truppen häufig ermordet und erfolgreiche Generäle schnell zu Gegenkaisern ausgerufen. Insgesamt zählt man in 49 Jahren 70 Kaiser. Unter Gallienus (260–268) bildeten sich in Gallien und Syrien Sonderreiche mit eigenen Herrschern, die ihre Verteidigung selbst organisierten, da die Reichsregierung überfordert war. Damals wurde das Gebiet des heutigen Südwestdeutschland aufgegeben. Unter Aurelian (270–275) wurden die Sonderreiche wieder mit dem Imperium vereinigt, doch mussten die Römer Dakien räumen. Erst Diocletian (284–305) gelang es durch Aufbietung aller Kräfte, die Lage zu beruhigen.

Welche Maßnahmen wurden ergriffen, um der Bedrohung vorzubeugen?

Ab dem 2. Jahrhundert n. Chr. geriet das Römische Reich immer mehr in die Defensive. Deswegen wurden große, durchgängige Grenzbefestigungen gebaut, in Britannien der Hadrianswall und im Gebiet des heutigen Südwestdeutschland der Limes. Im 3. Jahrhundert n. Chr. konnten die Feinde Roms immer wieder tief ins Reich vorstoßen. Viele Städte mussten befestigt werden und unter Aurelian erhielt sogar Rom selbst eine neue Mauer.

BEMERKENSWERTES

Gebietserweiterungen

In der römischen Kaiserzeit wurden die Grenzen des Reiches kaum mehr ausgedehnt. Die meisten Gebietserweiterungen hatte noch Augustus selbst veranlasst (30 v. Chr.–14 n. Chr.): Er ließ die iberische Halbinsel vollständig besetzen und eroberte das gesamte Gebiet südlich der Donau. Claudius (41–54 n. Chr.) griff das südliche England erfolgreich an, Domitian (81–96 n. Chr.) fügte dem Reich Nordengland und Südwestdeutschland hinzu. Unter Traian (98–117 n. Chr.) erreichte das Reich dann vorübergehend seine größte Ausdehnung.

Eine Welt von Städten

Was geschah im Bundesgenossenkrieg?
Ursprünglich war es eine Stärke des römischen Bündnissystems gewesen, den römischen Bundesgenossen weitgehende Unabhängigkeit einzuräumen – die Verbündeten selbst wollten es so. Als Rom im 2. Jahrhundert v. Chr. eine Weltmacht war, erschien es vielen Bewohnern Italiens aber nunmehr vorteilhafter, das römische Bürgerrecht zu bekommen. Weil die Römer sich dagegen wehrten, spalteten sich viele Bundesgenossen 91 v. Chr. ab und gründeten einen eigenen Staat. Den folgenden Bundesgenossenkrieg (91–89 v. Chr.) konnten die Römer nur beenden, indem sie den Forderungen ihrer Verbündeten nachgaben und ihnen das römische Bürgerrecht verliehen. Die Italiker legten daraufhin ihre Waffen nieder.

Die Römer waren von jeher vergleichsweise großzügig bei der Vergabe ihres Bürgerrechts an Angehörige anderer Völker. In der Republik bedeutete die Aufnahme von Fremden in die eigene Bürgerschaft aber auch, die politische Macht mit ihnen teilen zu müssen. Deswegen blieb man in den Jahrhunderten der römischen Republik in dieser Frage eher zurückhaltend und entwickelte für die nichtrömische Bevölkerung Italiens sogar ein besonderes Bürgerrecht ohne politische Mitbestimmungsmöglichkeit. Die italischen Verbündeten Roms erzwangen ihr volles römisches Bürgerrecht schließlich durch einen Aufstand, den **Bundesgenossenkrieg** (91–89 v. Chr.).

In der Monarchie war die politische Teilhabe von Senat und Volk stark eingeschränkt und die Kaiser waren daran interessiert, das Bürgerrecht auszuweiten. So konnte man wichtige Gruppen in den Provinzen für sich und die eigene Politik gewinnen. Auch viele Provinzbewohner strebten das römische Bürgerrecht an, denn es bot zumindest den Reichen unter ihnen die Chance, gesellschaftlich aufzusteigen, womöglich bis in den Senat. Voraussetzung dafür war allerdings, sich in den Augen der Römer zu »zivilisieren«, und das bedeutete für die Menschen im Westen des Römischen Reiches, sich mit römischer Kultur, Bildung und Lebensweise vertraut zu machen und sie zu übernehmen. Unter diesen Rahmenbedingungen breiteten sich römisches Bürgerrecht, römische Lebensart und auch die **lateinische Sprache** nach und nach in den Provinzen aus. Man nennt diesen Prozess »Romanisierung«.

Da die römische Kultur zutiefst urban, d. h. städtisch geprägt war, führte die Romanisierung auch dazu, dass immer mehr **Städte** im Reich entstanden (Urbanisierung). Das hatte für die Regierung einen weiteren großen Vorteil: Die Städte konnten, durch Ratsversammlungen und städtische Magistrate wie in Rom selbst, Verwaltungsaufgaben erfüllen und so die Provinzstatthalter entlasten. Daher gründeten die Kaiser auch von sich aus Städte, in denen oft Veteranen angesiedelt wurden. Diese dauerhafte Anwesenheit römischer Bürger in den Provinzen verstärkte die Ausbreitung der römischen Kultur zusätzlich, denn sie wurden für ihre neuen Nachbarn zum kulturellen Vorbild. Die Bewohner des Reiches verwandelten sich so allmählich in Römer; die »Constitutio Antoniniana«, die alle freien Reichsbewohner zu römischen Bürgern machte (212), bildete den rechtlichen Abschluss. Immer mehr Senatoren und Ritter kamen

aus den Provinzen und schließlich sogar die Kaiser – schon Traian stammte aus Spanien, die meisten späteren Kaiser kamen ebenfalls nicht aus Rom.
All dies spielte sich jedoch zunächst nur im Westen des Römischen Reiches ab, im Osten verlief die Entwicklung anders. Dort hatte sich seit Alexander dem Großen die griechisch-hellenistische Kultur tief verwurzelt und es existierten dort bereits viele Städte, viel älter als die römischer Zeit. Die Griechen waren sehr stolz auf ihre Kultur und die Römer respektierten dies, denn sie empfanden die Griechen auf vielen Gebieten als Lehrmeister (z. B. in Architektur und Literatur). Deshalb blieb man im Osten des Reiches griechischsprachig und war auch nicht bestrebt das römische Bürgerrecht zu bekommen. Dementsprechend kam erst während des 2. Jahrhunderts n. Chr. eine größere Zahl von Senatoren aus diesen Provinzen.
Die lange Friedenszeit in den Jahrhunderten nach Augustus führte zu einer Wirtschaftsblüte, von der insbesondere die Städte profitierten. Der städtische Reichtum floss hauptsächlich in Bauwerke, öffentliche und private. In diesem Zusammenhang gab es eine ganze Reihe von Bauten, über die eine Stadt unbedingt verfügen musste, wenn sie etwas gelten wollte, und noch heute kann man viele Überreste dieser Zeit rund um das Mittelmeer bewundern. Das berühmteste Beispiel ist sicherlich Pompei südlich von Neapel.

Römischer Aquädukt

Welche Bedeutung hat die lateinische Sprache heute?
Aus der lateinischen Sprache, die in der Kaiserzeit im gesamten westlichen Mittelmeerraum gesprochen wurde, entwickelten sich später viele moderne Sprachen, z. B. Italienisch, Französisch, Spanisch und Rumänisch. Man nennt diese Sprachen »romanische Sprachen«.

Wie viele Städte gab es im Römischen Reich?
Man schätzt, dass es in der Kaiserzeit ca. 2.000 Städte gab. Insgesamt lebten damals im Römischen Reich mindestens 70 Millionen Menschen.

BEMERKENSWERTES

Das verschüttete Pompei

Pompei wurde 79 n. Chr. beim Ausbruch des Vesuvs verschüttet und blieb daher vorzüglich erhalten. Die Ausgrabungen seit dem 18. Jahrhundert förderten eine typische Römerstadt zu Tage: Um den Marktplatz (Forum) stehen Tempel, Verwaltungs- und Geschäftsgebäude, es gibt drei große Badeanlagen (Thermen), ein Theater und eine Arena für Gladiatorenspiele sowie Mietskasernen und vornehme Villen mit prächtigen Mosaiken und Gemälden.

Religion und Weltsicht

Welche Maßnahmen ergriff Echnaton?
Die »Neue Sonnen-Theologie« des Pharaos Echnaton (1353–1336) erhob die Sonne (Aton) zum obersten Schöpfergott, der aus der Ferne die Welt mit seinem Glanz erfüllt. Dieser Gott wurde als Sonnenscheibe dargestellt und erhielt einen riesigen Tempel im oberägyptischen Karnak, der alle vorherigen ägyptischen Tempelbauten an Größe übertraf.

Der gewaltige »Turmbau zu Babylon« wird in der Bibel als Größenwahn und Frevel gegen Gott geschmäht. In Wirklichkeit war er der größte in Mesopotamien errichtete Tempel zu Ehren eines Gottes. Schon die Sumerer haben Tempel auf Hochterrassen errichtet. Einer der ältesten stand in Uruk und war der Göttin Ischtar geweiht. Diese Göttin war für die körperliche Liebe, aber auch für Zwietracht und Krieg zuständig. Geliebt werden die übermächtigen Götter von den Menschen nicht. In den religiösen Texten Mesopotamiens ist von Unterwerfung, Dienst, Ehrfurcht und Anbetung der Götter die Rede. Als die Menschen zahlreich geworden waren und viel Lärm machten, soll der im Schlaf gestörte höchste Gott Enlil so sehr gezürnt haben, dass er sie durch eine Sintflut vernichten wollte. Aber der Gott Enki rettete sie, indem er einem von ihnen riet, ein Schilfboot zu bauen und darin seine Familie und die Tiere unterzubringen. Dies ist die mesopotamische Version der biblischen Arche Noah.

Die Gottheiten dachte man sich in menschlicher Gestalt. Abgesehen von ihrer Unsterblichkeit lebten sie wie die Menschen. Jede Stadt hatte ihre Lokalgötter. Eine zahlreiche Priesterschaft von Männern und Frauen aus der Oberschicht besorgte den Götterkult. Um die Absichten der Götter zu erfahren, beobachtete man die Eingeweide von Opfertieren und den Flug von Vögeln. Es gab eine eigene Literaturgattung, die sich mit Vorzeichen befasste und genaue Regeln für ihre Deutung aufstellte.

An bedeutenden Feiertagen wurden die Götterbilder mit wertvollen Gewändern und Schmuck bekleidet und in einer feierlichen Prozession herumgeführt. Am Neujahrsfest im Frühjahr fand eine heilige Hochzeit zwischen einem Gott und einer Göttin statt. Dadurch sollten Fruchtbarkeit und Wohlergehen der Gemeinschaft beschworen werden.

In Ägypten befahl der Pharao **Echnaton** während seiner Herrschaft die ausschließliche Anbetung der Sonne als des einzigen Gottes. Doch das war eine Ausnahme. Denn die Ägypter verehrten besonders viele göttliche Wesen. Sie wurden oft in Gestalt von Tieren dargestellt: Kuh, Falke, Hund, Krokodil, Stier usw. Die Kraft dieser Tiere sollte das Wesen der Götter kennzeichnen. Wichtige Götter waren vor allem der Sonnengott, der Re oder Amun genannt wurde, und der Himmelsgott Horus. Eine göttliche Natur schrieb man auch dem

Pharao zu, der als Sohn und Abbild dieser höchsten Götter verehrt wurde. Nur die richtige Götterverehrung konnte eine gute Weltordnung (Maat) und ein gutes Zusammenleben der Menschen sichern. Daher war die Priesterschaft ein bedeutender Machtfaktor, zumal die Tempel mit großem Landbesitz ausgestattet und somit wirtschaftlich mächtig waren.

Das Universum dachte man sich in Mesopotamien als eine gewaltige Kugel. Oben im Himmel herrschten die Götter. In der Mitte befand sich das Meer, aus dem die Erde herausragte. Ganz unten war das Totenreich angesiedelt. In diesem führten die Menschen nach ihrem Ableben ein freudloses Dasein. Zur Entstehung des Kosmos gab es unterschiedliche Erklärungen, darunter die einer göttlichen Schöpfung wie im Alten Testament.

Auch die Ägypter glaubten, dass die Welt durch Gedanken und Worte eines Schöpfergottes (Ptah) erschaffen und in die Welt der Lebenden und der Toten aufgeteilt sei. Das **Jenseits** haben sie sich zuerst in der westlichen Wüste, dann am Himmel und später in der Unterwelt vorgestellt. Herrscher des Totenreiches und oberster Richter über die Verstorbenen war der Gott Osiris. Er übergab die Ungerechten dem Fraß durch ein schreckliches Wesen, während die Gerechten ein jenseitiges Leben führen durften. Dieses ähnelte demjenigen auf der Erde. Deshalb wurden die Toten einbalsamiert, sodass ihre Körper erhalten blieben (Mumien), und erhielten Gegenstände, die sie im Leben genutzt hatten, als Grabbeigaben.

Echnaton

Wie kamen nach Ansicht der Ägypter die Toten ins Jenseits?

Seit der zweiten Hälfte des 2. Jahrtausends stellten die Ägypter sich den Weg ins Totenreich offensichtlich als Schiffsreise vor. Bei der Cheops-Pyramide wurden große Schiffe bestattet, die der Pharao auf seiner Fahrt ins Jenseits benutzen sollte.

BEMERKENSWERTES

Die Macht eines göttlichen Königs

Körperliche und kriegerische Tüchtigkeit bestimmen unter der 18. Dynastie in Ägypten das Idealbild vom König. Dazu gehört, dass er sieben Fürsten mit der Keule erschlägt und ihre Leiber am Bug seines Schiffes aufhängt.

Zwischen Göttern und Philosophen

Wer war Herakles?
Herakles ist eine griechische Sagengestalt. Er war der Sohn von Zeus und Alkmene, der Königin von Tiryns. Herakles vollbrachte viele übermenschliche Taten und wurde deshalb unter die Götter aufgenommen.

Was war ein Orakel?
Orakel waren besondere heilige Orte, an denen die Götter ihren Willen offenbarten. In Delphi geschah dies durch Weissagungen, die Apollon, so glaubte man, einer Priesterin (der Pythia) in den Mund legte und die dann von anderen Priestern gedeutet wurden.

Die Griechen stellten sich ihre Götter in Menschengestalt vor. Die wichtigsten von ihnen, so glaubte man, wohnten auf dem Berg Olymp und bildeten eine Familie: Zeus war der Göttervater, Hera war seine Frau, Athene, Apollon und Aphrodite waren nur einige von Zeus' vielen Kindern. Daneben kannte man zahlreiche andere Götter und sogar Halbgötter, die von den Unsterblichen mit Menschen gezeugt worden waren, zum Beispiel **Herakles.**
Für die Griechen sahen die Götter nicht nur wie Menschen aus, sie hatten auch menschliche Stärken und Schwächen. Sie waren aber viel mächtiger als die Sterblichen und konnten deren Leben tief greifend beeinflussen. Die griechischen Götter forderten von den Menschen eigentlich kein besonderes moralisches Verhalten. Um die Götter günstig zu stimmen, verehrte man sie, indem man ihnen Tempel errichtete, Tiere opferte und Feste und Spiele für sie veranstaltete. Dafür waren in jedem Heiligtum Priester und Priesterinnen zuständig. Normalerweise fand die Götterverehrung in den einzelnen Gemeinden statt; jede Polis hatte ihre eigenen Tempel, Opfer und Feste und nur die örtliche Bevölkerung nahm daran teil. Es gab aber auch Heiligtümer mit »panhellenischer«, d. h. gesamtgriechischer Bedeutung. Eines der wichtigsten war das Zeusheiligtum von Olympia, zu dem alle vier Jahre Menschen aus ganz Griechenland reisten, um an den dortigen Spielen teilzunehmen. Ein anderes panhellenisches Heiligtum war das des Apollon in Delphi, wo sich ein berühmtes **Orakel** befand. Sogar Ausländer kamen von weit her und fragten hier um göttlichen Rat.
Fragen wie die nach dem Ursprung der Welt beantworteten sich die Griechen mit Göttergeschichten, so genannten Mythen. Um 600 v. Chr. aber fing man an, diese althergebrachten Begründungen zu hinterfragen. Einzelne Denker traten auf, die versuchten die Welt mit dem Verstand zu erklären. Dies war der Beginn der griechischen Philosophie und Naturwissenschaft. Wieso es gerade zu diesem Zeitpunkt dazu kam, bleibt rätselhaft. Vielleicht war die griechische Kolonisation dafür verantwortlich, durch die man viele fremde Völker und deren Kulturen kennen gelernt hatte; dies könnte manchen Griechen zum Nachdenken über die eigenen Weltbilder gebracht haben.
Die frühen Philosophen beschäftigten sich mit der Natur, sie waren auf der Suche nach dem Urgrund aller Dinge. Thales (ca. 585

v. Chr.) dachte, dass das Wasser Urelement der Natur sei. Für Pythagoras (um 540 v. Chr.) war die Welt nach Zahlenverhältnissen geordnet und Heraklit (ca. 550–480 v. Chr.) glaubte an eine stete Veränderung; er sagte: »Alles fließt.«

Im 5. Jahrhundert v. Chr. rückten immer stärker der Mensch selbst und die Gesellschaft in den Mittelpunkt des philosophischen Denkens: *Was kann man als Mensch überhaupt wissen? Wieso leben Menschen zusammen, und welche Art des Zusammenlebens ist die beste? Woher kommen Recht und Gesetz?* Dies sind nur einige der Fragen, die damals aufgeworfen wurden und über die man heute immer noch nachdenkt.

In Athen traten ab 450 v. Chr. »Weisheitslehrer« auf, die so genannten **Sophisten,** die vieles in Zweifel zogen – auch und gerade den Glauben an die Götter. Dagegen wehrten sich die Bürger: Einige Gelehrte wurden wegen Gottlosigkeit angeklagt, unter anderem auch der berühmte Sokrates, obwohl er eigentlich ein Gegner der Sophisten war. 399 v. Chr. wurde Sokrates hingerichtet. Sein Schüler Platon (429–347 v. Chr.) und dessen Schüler Aristoteles (384–322 v. Chr.) führten dann in umfangreichen Schriften, die zum Großteil noch heute erhalten sind, die verschiedenen philosophischen Ansätze systematisch zusammen und entwickelten sie weiter. Beide begründeten Schulen, die bis zum Ende der Antike das philosophische Wissen weitertrugen. Auf diese Weise wurden Platons und Aristoteles' Lehren zur Grundlage der Philosophie des Mittelalters und auch der Neuzeit.

Welche revolutionären Ansichten vertraten die Sophisten?

Ein berühmter Sophist war Protagoras (ca. 490–420 v. Chr.). Er sagte, der Mensch sei das Maß aller Dinge und über die Götter könne man nichts wissen. Andere Sophisten behaupteten, es gebe keine allgemein gültigen Gesetze, sondern nur das natürliche Recht des Stärkeren.

Sokrates

BEMERKENSWERTES

Die Olympischen Spiele

Die Olympischen Spiele fanden seit 776 v. Chr. alle vier Jahre statt; einen solchen Vierjahreszeitraum nannte man daher »Olympiade«. Für die Zeit der Spiele galt ein heiliger Frieden. Veranstaltet wurden unter anderem Wettkämpfe im Laufen, Ringen, Boxen und Wagenrennen. Als sich im 4. Jahrhundert n. Chr. auch in Griechenland das Christentum durchsetzte, wurden die Spiele, die ein Fest für Zeus waren, verboten (394 n. Chr.). Seit 1896 gibt es wieder Olympische Spiele, allerdings ohne religiösen Hintergrund.

Eingeweideschau und Vogelflug

Wer war die Magna Mater?
Die Magna Mater, die »große Göttermutter«, wurde auch Kybele genannt und war eine Gottheit, die in Kleinasien schon seit dem 2. Jahrtausend v. Chr. verehrt wurde. Im Jahre 204 v. Chr., mitten im Zweiten Punischen Krieg, führten die Römer ihren Kult aus Kleinasien nach Rom ein und errichteten der Göttin einen Tempel.

Was waren Bacchanalien?
Die Bacchanalien waren geheime, ausschweifende Feiern zu Ehren des griechischen Weingottes Bacchus, die sich zu Beginn des 2. Jahrhunderts v. Chr. in ganz Italien ausgebreitet hatten. Der Senat betrachtete dies als eine Bedrohung von Ruhe und Ordnung und verbot den Kult 186 v. Chr.

Das Wirken der Götter war für die Römer allgegenwärtig. Deshalb war es wichtig, sich mit ihnen gut zu stellen. Das geschah, indem man sie durch Opfer, Feste und Spiele verehrte (Kult). Dabei waren die überlieferten Regeln und Vorschriften peinlich genau einzuhalten. Nur dann, so glaubten die Römer, waren die Götter zufrieden gestellt und den Menschen wohlgesonnen.

Es ging in der römischen Religion also um die korrekte Einhaltung der kultischen Form, nicht um Glaubensinhalte oder eine Botschaft, die eine bestimmte Lebenseinstellung gefordert hätten. Darüber hinaus war der Frieden mit den Göttern in der Vorstellung der Römer eine Sache, von der alle betroffen waren und die darum jeden anging. Aus diesem Grund war die Religion, anders als heute, eine öffentliche, staatliche Angelegenheit und die Leitung der öffentlichen Kulte lag in den Händen der Magistrate und des Senats. Es gab auch Priesterämter, doch bestand deren Aufgabe eher darin, das genaue Wissen um die Kultvorschriften zu bewahren und Kulthandlungen durchzuführen. Die Priester waren, wie die Magistrate, in Kollegien organisiert (z. B. die Pontifices) und stammten wie diese aus den vornehmen Familien. Viele durchliefen eine politische Ämterlaufbahn. Im Unterschied zur Politik aber hatten in der Religion auch die Frauen ihren festen Platz, denn weibliche Gottheiten konnten nur von Priesterinnen verehrt werden. Berühmt waren die Vestalinnen, die der Göttin Vesta geweihten Jungfrauen.

Die Römer hatten viele Götter (Polytheismus); die wichtigsten waren der oberste Staatsgott Iupiter, die Göttin Iuno, der Kriegsgott Mars und die Minerva. Man errichtete ihnen Tempel und Altäre, auf denen geopfert wurde, zumeist Tiere. Der Haupttempel Roms stand auf dem Kapitolshügel und war Jupiter, Juno und Minerva geweiht. Da die Römer in der Vielzahl von Göttern kein Problem sahen, waren sie fremden Gottheiten gegenüber sehr offen. Schließlich konnte es nicht schaden, auch deren Gunst zu gewinnen. Manche erhielten sogar einen Tempel in Rom, wie z. B. die **Magna Mater.** Entscheidend war aber, dass der jeweilige Kult nicht von den römischen Vorstellungen religiöser Verehrung abwich und dass er nicht, wie etwa die **Bacchanalien,** die öffentliche Ordnung gefährdete.

Da die Götter nach römischem Glauben alle Lebensbereiche beeinflussten, war es wichtig, ihren Willen und ihre Pläne zu erkunden. Dies taten die Römer stets vor wichtigen Staatsgeschäften. Spezielle

Priester, die Auguren, beobachteten den Flug bestimmter Vögel, um so die Meinung der Götter herauszufinden (Auspizien). Bei manchen Opfern wurden die Innereien der geschlachteten Tiere überprüft; waren diese gesund, war das Opfer angenommen worden. Aus Etrurien ließ man eigens Seher kommen (Haruspices), die aus den Eingeweiden von Tieren die Zukunft vorhersagten. Über Vorzeichen wie etwa außergewöhnliche Naturereignisse führte man sorgfältige Listen und im äußersten Notfall wurden alte Aufzeichnungen mit Weissagungen befragt, die *sibyllinischen Bücher.*

Wer war Cato der Ältere?

Marcus Porcius Cato (234–149 v. Chr.) war in der ersten Hälfte des 2. Jahrhunderts v. Chr. einer der einflussreichsten römischen Politiker. Er war 195 v. Chr. Konsul und 184 v. Chr. Zensor und galt als besonders energischer Verfechter altrömischer Tugenden.

Insgesamt wirkt diese Art der Religion wie ein Geschäft, als habe man mit den Göttern einen Vertrag geschlossen: Man verehrte sie und erwartete dafür ihren Beistand. Waren sie zornig, musste und konnte man sie wieder versöhnen. Zu Fragen wie dem Sinn des Lebens und zu dem, was nach dem Tod kommt, hatte die römische Religion wenig beizusteuern. Hier wurde für die gebildeten Römer die griechische Philosophie wichtig, die sie seit dem 2. Jahrhundert v. Chr. kennen lernten. Viele Adlige nahmen Unterricht bei griechischen Philosophen und veränderten dadurch ihr Weltbild. Andere, wie **Cato der Ältere,** empfanden dies als moralischen Verfall und forderten eine Rückkehr zur »Sitte der Väter« (mos maiorum). Im 1. Jahrhundert v. Chr. setzte sich die griechische Bildung schließlich auch im römischen Adel durch, aber der Gedanke einer Rückbesinnung auf altrömische Tugenden blieb lebendig und sollte auch die römische Kaiserzeit beeinflussen.

Römischer Priester bei einer Opferprozession

BEMERKENSWERTES

Der Pontifex Maximus

Der Pontifex Maximus stand den Pontifices vor und war der wichtigste Priester Roms. Er führte die Aufsicht über die gesamte Priesterschaft. Seit Augustus übernahmen die römischen Kaiser dieses Amt und erst der christliche Herrscher Gratian verzichtete 382 n. Chr. darauf. Seit dem 5. Jahrhundert führen die Päpste diesen Titel bis auf den heutigen Tag.

Vielfalt, Toleranz und Verfolgung

Welche Kulte »reisten« durch das römische Imperium?
Viele Kulte breiteten sich in der römischen Kaiserzeit von Osten nach Westen aus, zum Beispiel die der ägyptischen Gottheiten Isis und Serapis, der kleinasiatischen Kybele, des syrischen Sonnengottes (Sol invictus) und des persischen Gottes Mithras.

Eine Ausbreitung ihrer Religion lag den Römern fern. Ihre traditionelle Offenheit gegenüber fremden Göttern schloss dies von vorneherein aus und deshalb gab es im Römischen Reich eine große Zahl von Kulten und Religionen nebeneinander. Wichtig war den Römern allerdings die Form der kultischen Verehrung und sie unterdrückten Sitten, die sie merkwürdig oder gar gesetzwidrig fanden. Das betraf etwa die einheimischen Religionen in den keltisch geprägten Provinzen des Donauraums, Galliens und Britanniens. Hier verboten die Römer Menschenopfer und die Priesterschaft der Druiden, die man für romfeindlich hielt. Die Romanisierung dieser Gebiete führte dazu, dass sich die keltischen Kulte in der Form langsam den römischen anglichen: So bekamen die Götter z. B. Standbilder in Menschengestalt, die in Tempeln aufgestellt wurden.
Die meisten nichtrömischen Religionen im Imperium waren zunächst auf eine bestimmte Gegend beschränkt. Dies änderte sich durch den Aufschwung von Handel und Verkehr, der mit der wirtschaftlichen und kulturellen Blüte der Kaiserzeit einherging. Immer mehr Menschen waren unterwegs oder ließen sich an fremden Orten nieder und mit ihnen reisten ihre **Kulte.** So verbreiteten sich manche Religionen über das ganze Reich und es blieb dabei nicht aus, dass sich Göttervorstellungen vermischten und dadurch neue Kulte entstanden (Synkretismus).
Ein einigendes Band in dieser Vielfalt war der Kaiserkult. Die meisten Kaiser wurden nach ihrem Tod zu Göttern erklärt und in den Provinzen verehrte man die Herrscher und ihre Familie schon zu Lebzeiten; im Osten war bereits mit den hellenistischen Königen so verfahren worden. Man betrachtete die Herrscher zwar nicht als unsterbliche Götter, glaubte aber, dass sie über eine von den Göttern verliehene Kraft und Macht verfügten. Der Zweck des Kaiserkultes bestand vor allem darin, Zustimmung zum Staat zu bekunden. Dies war schwierig für Christen und **Juden,** die nur einen Gott verehren durften (Monotheismus). Die Juden als Nation waren vom Opfer im Staatskult ausgenommen, sie mussten stattdessen eine Sondersteuer zahlen. Mit dem Christentum, das sich aus dem Judentum heraus entwickelt hatte, aber keine nationale Gemeinschaft bildete, lagen die Dinge anders. Da zudem Christus aus römischer Sicht als Aufrührer hingerichtet worden war, betrachtete man diese neue Religion von Anfang an als ordnungswidrig. Deshalb trafen

sich die frühen Christengemeinden heimlich. Doch dies weckte nur zusätzliches Misstrauen, zumal sich das Christentum rasch verbreitete. Das lag nicht nur daran, dass die Christen dazu aufgefordert waren, ihre Religion in die Welt zu tragen (Mission). Im Unterschied zu anderen Kulten hatten sie auch eine viel versprechende Glaubensbotschaft. Die Aussicht auf Wiederauferstehung nach dem Tod und die christliche Nächstenliebe stießen bei vielen Menschen auf Anklang.

Abgesehen von kurzzeitigen und örtlich begrenzten Verfolgungen ließ der Staat die Christen jedoch lange Zeit unbehelligt. Traian verbot Fahndungsmaßnahmen und anonyme Anzeigen. Im 3. Jahrhundert verschlechterte sich dann aber das gegenseitige Verhältnis. Einige Kaiser deuteten die politischen Wirren als Bestrafung durch die Götter, die über die Vernachlässigung der Staatskulte erzürnt seien. Die Kaiser Decius (249–251) und Valerian (253–260) forderten eine religiöse Rückbesinnung und erließen allgemeine Opferbefehle, um die Götter wieder zu versöhnen. Dies richtete sich vor allem gegen die Christen und löste systematische reichsweite Verfolgungen aus. Dabei kamen viele Christen, die das Opfer an die heidnischen Götter und den Kaiser verweigerten, ums Leben (Märtyrer). Gallienus (260–268), der Sohn Valerians, war der Auffassung, dass die Verfolgung dem Reich in seiner Bedrängnis eher schadete und stellte sie ein. Erst ab 303 kam es unter Diocletian (284–305) wieder zu einer groß angelegten Christenverfolgung. Doch die inzwischen **gut organisierte christliche Kirche** erwies sich als widerstandsfähig.

Wie erging es den Juden in der römischen Kaiserzeit?

Zwar hatten die Römer die jüdische Religion immer respektiert und toleriert, doch sie konnten die deutlichen politischen Unabhängigkeitsbestrebungen der Juden im 1. und 2. Jahrhundert n. Chr. nicht dulden: Im großen »jüdischen Krieg« (67–70 n. Chr.) wurde der Tempel in Jerusalem zerstört und nach dem Aufstand des Bar Kochba (132–135 n. Chr.) mussten viele Juden Palästina verlassen und verbreiteten sich im ganzen Römischen Reich.

Wie war das Christentum organisiert?

Im 2. Jahrhundert n. Chr. entwickelte das Christentum eine fest gefügte Organisation, die Kirche. In ihr bildeten sich bezahlte Ämter heraus (Klerus): Der Bischof war der Leiter der Gemeinde, unter ihm standen Priester und Diakone.

BEMERKENSWERTES

Kaiser Neros Angriff auf die Christen

Als in Rom 64 n. Chr. ein großer Brand wütete, machten viele den allseits unbeliebten Kaiser Nero dafür verantwortlich. Dieser gab daraufhin den Christen die Schuld, denen man ohnehin verbrecherische Praktiken vorwarf. Unter anderem glaubte man, dass die Christen bei ihren geheimen Treffen Kinder ermordeten. Nero ließ in Rom viele Christen töten, bis sich das Volk wieder beruhigt hatte.

Anfänge der Schrift und der Literatur

Wovon handelt das Gilgamesch-Epos?
Das Gilgamesch-Epos ist das berühmteste literarische Werk der mesopotamischen Kultur. Es handelt von der Suche nach dem ewigen Leben und vom Sündenfall des Helden Gilgamesch, von seiner Bestrafung durch die Götter, seiner Reue und seinen heldenhaften Taten gegen die bösen Mächte sowie vom Tod als menschlichem Schicksal.

Die sumerische Schrift bestand ursprünglich aus Bildern, die sich seit etwa 2700 v. Chr. zu der für Mesopotamien typischen Keilschrift entwickelten. Die Keilschriftzeichen wurden mit einem Griffel in die weiche Oberfläche von Tontafeln eingeritzt. Einzelne Zeichen standen zunächst für ganze Worte, später vor allem für Silben. Zu Anfang des 19. Jahrhunderts wurde die Keilschrift von dem Gymnasiallehrer Georg Friedrich Grotefend entziffert.

Die Ägypter haben um 3000 v. Chr. die Hieroglyphen-Schrift entwickelt. Die Hieroglyphen sind »heilige Schriftzeichen«. Ursprünglich gaben sie Bilder wieder, die für den täglichen Gebrauch allmählich zu Buchstaben vereinfacht wurden. Daraus entstand die demotische, d. h. volkstümliche Schrift. Die Ägypter meißelten ihre Hieroglyphen-Schriftzeichen in Stein. Das wichtigste Schreibmaterial lieferte jedoch die im Nildelta wachsende Papyrusstaude. Auf Papyrus konnte man mit Pinsel und Tinte schreiben. Die Erhaltung der uralten Texte auf dem leicht vergänglichen Material verdanken wir dem trockenen Wüstensand.

Sowohl in Mesopotamien als auch in Ägypten waren literarische Werke vor allem auf die Religion ausgerichtet. Ein Buch wie die Bibel, das eine göttliche Offenbarung und Heilserwartung für die Menschen enthält, gab es freilich nicht. Vielmehr stehen Beschwörungsformeln und religiöse Lieder am Anfang der mesopotamischen Literatur. Aus Ägypten hingegen ist uns ein Kultspieltext erhalten, der bezeugt, dass es im Rahmen religiöser Riten bereits dramatische Aufführungen, also eine Art frühen »Theaters« gab. Zur Zeit der 18. Dynastie (1540–1292) entstand in Ägypten die *Schrift des verborgenen Raumes:* eine großartige Schilderung des Jenseits, in deren Mittelpunkt die tägliche Reise des Sonnengottes steht. Der Pharao Echnaton verfasste einen Sonnengesang, der das Wesen Atons als Schöpfer und seine Liebe zu den Menschen pries. Schon früh entstand auch das Epos. Es erklärt die Ordnung der Welt durch die Götter, die Erschaffung der Menschen und deren Schicksal.

Seit dem Ende des 3. bis in die erste Hälfte des 1. Jahrtausends vor Christus entstanden verschiedene Fassungen des größten literarischen Werkes Mesopotamiens über den sumerischen Helden **Gilgamesch.** Die weltliche Literatur umfasste »Weisheitslehren«, Königslisten und die Darstellung von großen Taten der Herrscher in Krieg und Frieden. So haben wir einen ausführlichen Bericht über die

Schlacht zwischen dem Pharao Ramses II. und den Hethitern beim syrischen **Kadesch.** Eine große Felsinschrift des Königs Dareios I. (522–486) rühmt die Taten und Eigenschaften dieses persischen Königs.

Die Pharaonen haben auch in Briefen Ereignisse festgehalten. Ein Brief des Königs Pepi II. (2229–2169) an einen Gaufürsten erwähnt ägyptische Siege in Nubien. Der Pharao zeigt sich begeistert über den Import eines Pygmäen, der als Tanzzwerg von Nubien nach Ägypten gebracht wurde.

Der bedeutendste ägyptische Roman wurde in der Blütezeit des Mittleren Reiches von einem brillanten unbekannten Erzähler verfasst: *Die Geschichte des Sinuhe, von ihm selbst erzählt* schildert in Ich-Form das abenteuerliche Leben eines hohen Amtsträgers. Dieser musste ins Ausland fliehen und konnte erst nach langer Zeit in seine Heimat zurückkehren.

Vom Prinzen Chaemwese, einem Sohn Ramses' II., stammt ein Roman, in dem er selbst die Hauptrolle spielt.

Eine besonders beliebte Literaturgattung war zur Zeit der 18. Dynastie das Märchen. Der Schatzhausschreiber Enene verfasste mit dem *Zwei-Brüder-Märchen* den bedeutendsten Text dieser Art. Der Schreiber Kenherchpeschef komponierte Liebeslieder, die man in seiner Bibliothek in der Arbeitersiedlung von Deir-el-Medineh gefunden hat.

Wie die Niederlage bei Kadesch zu einem Sieg umgedichtet wurde!

Die Niederlage von Kadesch wurde in Ägypten in einem bebilderten Schlachtenbericht festgehalten und in einem längeren Gedicht, das die Not des von seinem Heer verlassenen Königs schildert. Die Niederlage wird jedoch in einen großartigen Sieg des Königs gegen einen übermächtigen Feind umgewandelt.

BEMERKENSWERTES

Der Stein von Rosette

Die Entzifferung der Hieroglyphenschrift erfolgte anhand des »Steins von Rosette«. Dieser wurde bei der Eroberung Ägyptens durch Napoleon I. im Jahr 1798 gefunden. Er bietet einen Text in drei Schriftformen: Hieroglyphen, Demotisch und Griechisch. Der griechische Text ermöglichte es dem Franzosen Jean François Champollion 1822, die beiden ägyptischen Schriftsysteme zu entziffern.

Die Geburt der abendländischen Literatur

Wer war Homer?
Als Verfasser der Ilias *und der* Odyssee *galt bei den alten Griechen ein Mann namens Homer, der um das 8. Jahrhundert v. Chr. gelebt haben soll. Bereits in der Antike war man sich jedoch über die genauen Umstände seines Lebens und seine Lebensdaten uneinig. Heute hält man es für möglich, dass* Ilias *und* Odyssee *von zwei verschiedenen Dichtern stammen.*

Wer waren berühmte Theaterdichter?
Berühmte athenische Tragödiendichter waren Aischylos (ca. 525–456 v. Chr.), Sophokles (496–406 v. Chr.) und Euripides (480–406 v. Chr.). Ein Meister der Komödie war Aristophanes (446–388 v. Chr.).

Am Beginn der griechischen Literatur stehen die beiden berühmten homerischen Gedichte, die *Ilias* und die *Odyssee*. Auch heute sind sie noch allgemein bekannt. In der *Ilias* wird der sagenhafte Krieg griechischer Helden gegen Troia beschrieben, ihr Höhepunkt ist der Zweikampf zwischen dem Griechen Achill und dem Troianer Hektor. Die *Odyssee* schildert die jahrelangen Irrfahrten des Odysseus auf seinem Rückweg von Troia und seine glückliche Heimkehr. Beide Heldengeschichten wurden im 8. oder 7. Jahrhundert v. Chr., also kurz nach Einführung der Alphabetschrift, in Form von langen Gesängen aufgezeichnet; man glaubt aber, dass der Stoff älter ist und lange Zeit mündlich überliefert wurde. Ilias und Odyssee waren die »Klassiker« der Antike, die Werke, die jeder gelesen haben musste, und **Homer** wurde geradezu sprichwörtlich »der Dichter« genannt.

Etwa gleichzeitig mit Homer, um 700 v. Chr., schrieb Hesiod ein Werk über die Götter, in dem er die Entstehung der Welt darstellte, und er schilderte in einem anderen Gedicht den harten Alltag der kleinen Bauern, die stets am Rande der Not lebten. Ansonsten stammt die Dichtung des 7. und 6. Jahrhunderts v. Chr. allerdings fast durchweg von Aristokraten. Die Reichen und Mächtigen feierten Trinkgelage, bei denen es zum guten Ton gehörte, aus dem Stegreif dichten zu können. Viele Gedichte entstanden aber auch zu anderen Anlässen, zum Beispiel für Götterfeste. Manche sind erhalten geblieben; Themen sind Schönheit, Liebe und Kunst, aber auch Politik.

Mit dem 5. Jahrhundert v. Chr. begann die große Zeit des griechischen **Theaters.** In Athen fanden beim Fest des Gottes Dionysos tagelange Wettbewerbe statt, bei denen die beliebtesten Stücke einen Preis gewannen. Man unterschied zwischen Tragödien, in denen üblicherweise Sagenstoffe so bearbeitet wurden, dass den Zuschauern die Schicksalhaftigkeit des Lebens vor Augen geführt wurde, und Komödien, die sich über prominente Personen, politische Verhältnisse und die kleinen Dinge des Alltags lustig machten. Die großen politischen Ereignisse des 5. Jahrhunderts v. Chr. weckten aber auch das Interesse der Menschen an geschichtlichen Zusammenhängen. Als Vater der Geschichtsschreibung gilt Herodot (485–425 v. Chr.), der die Perserkriege behandelte. Danach verfasste Thukydides (460–396

v. Chr.) seine unvollendete Darstellung des Peloponnesischen Krieges, die von Xenophon (430–350 v. Chr.) fortgesetzt wurde.

Griechische Theatermaske

Gleichzeitig entwickelte sich in Athen die Redekunst (Rhetorik), denn gute Redner konnten vor Gericht und vor allem in der Volksversammlung viel erreichen. Am bedeutendsten waren im 4. Jahrhundert v. Chr. die Redner Aischines (390–315 v. Chr.) und Demosthenes (384–322 v. Chr.) sowie der Rhetoriklehrer Isokrates (436–338 v. Chr.). Als weiterer Zweig der Literatur kam das philosophische Schrifttum hinzu: Platon verfasste Lehrdialoge, in denen Personen wichtige Fragen diskutierten, während Aristoteles nüchterne Abhandlungen schrieb.

Im Hellenismus stammten immer mehr Schriftsteller aus dem Vorderen Orient und viele von ihnen waren nur der Bildung nach, nicht aber von der Abstammung her Griechen. Dabei lehnte man sich eng an die »echten« griechischen Literaten an, die athenischen Autoren des 5. und 4. Jahrhunderts v. Chr. – ihre Schriften waren nun »Klassiker«. Die so genannten **»Attizisten«** ahmten sogar die altertümlich gewordene Sprache der klassischen Zeit nach. Bedeutende Vertreter dieser Haltung waren noch in der römischen Kaiserzeit Plutarch (50–120 n. Chr.), der in seinen Biografien große Griechen und Römer miteinander verglich, und Pausanias, der um 180 n. Chr. alle wichtigen Orte Griechenlands in einem Reiseführer beschrieb. Ihrem Bildungsideal ist es zu verdanken, dass die klassische griechische Literatur noch lange Zeit bedeutend blieb und nicht, wie so vieles andere, verloren ging.

Woher hatten die Attizisten ihren Namen?

Bis zur Epoche des Hellenismus wurde in Griechenland in verschiedenen Dialekten gesprochen und geschrieben. Die wichtigen Klassiker des 5. Jahrhunderts v. Chr. lebten in Athen und schrieben deshalb attisches Griechisch. Im Hellenismus entstand daraus ein modernes, einfacheres Griechisch. Dies erschien manchen Schriftstellern aber als ein Abweichen von den klassischen Vorbildern, sie orientierten sich am alten attischen Dialekt und wurden daher Attizisten genannt.

BEMERKENSWERTES

Weibliche Dichtkunst

Um 600 v. Chr. lebte Sappho, die erste und größte Dichterin des Altertums. Ihre Heimat war die Insel Lesbos, wo sie einen Kreis junger vornehmer Mädchen um sich versammelt hatte, der sich ganz mit Dichtung, Tanz und Musik beschäftigte. Sapphos Werk ist nur noch in Bruchstücken erhalten, sie beleuchtet in ihren Versen die (ansonsten eher unbekannte) weibliche Seite des damaligen aristokratischen Lebens.

Von der Antike ins Mittelalter: Literatur im Römischen Reich

Wer war Cicero?
Marcus Tullius Cicero (106–43 v. Chr.), Politiker, Anwalt und Literat, war der wohl größte Redner Roms. Neben vielen seiner Reden veröffentlichte er auch zahlreiche philosophische Schriften. Außerdem sind von ihm rund 800 Briefe erhalten.

Welche Schriften verfasste Vergil?
Publius Vergilius Maro, genannt Vergil (70–19 v. Chr.), schrieb unter anderem nach dem Vorbild Homers ein großes Heldengedicht über die römische Gründungssage, die Aeneis.

Viele der schriftlichen Aufzeichnungen aus dem Altertum sind verloren gegangen. In der langen Zeit, die uns von der Antike trennt, sind nur einige der Werke, die damals verfasst wurden, immer wieder abgeschrieben und dadurch überliefert worden. Dies geschah im Mittelalter, und zwar oft in Klöstern, denn die Mönche gehörten zu den wenigen Menschen, die damals lesen und schreiben konnten. Die antiken Werke, die auf diese Art bis zum heutigen Tag bekannt sind, vermitteln uns sehr viel über das Leben und Denken in griechischer und römischer Zeit und sind daher eine der wichtigsten Quellen für unser Wissen über die alte Geschichte.

In Rom begann man erst recht spät sich literarisch zu betätigen. Das Vorbild hierfür waren die Griechen: Der erste Dichter Roms, Livius Andronicus, übersetzte um 250 v. Chr. die homerische *Odyssee* ins Lateinische. Seine etwas jüngeren Zeitgenossen Naevius und Ennius verfassten nach griechischer Art römische Heldenlieder (Epen) und Plautus und Terenz dichteten, wie die Griechen, Komödien. Beide siedelten sogar die Handlung ihrer Stücke in Griechenland an. Alle diese Dichter gehörten allerdings nicht zur römischen Oberschicht, für die es damals offenbar noch nicht schicklich war, selbst schriftstellerisch tätig zu sein.

Dies änderte sich erst ab etwa 160 v. Chr., als der jüngere Scipio und andere Adlige sich für griechische Literatur und Philosophie begeisterten, eine Mode, gegen die der konservative Staatsmann Cato der Ältere vergeblich ankämpfte: Auf der Grundlage einer umfassenden griechischen Bildung entfaltete sich im 1. Jahrhundert v. Chr. schließlich eine blühende lateinische Literatur: Catull schrieb leidenschaftliche Liebesgedichte, Sallust widmete sich der Geschichtsschreibung und Caesar schuf mit seinen Kriegsberichten (Commentarii) sogar eine neue Literaturgattung. Der Höhepunkt der damaligen Literatur aber ist zweifellos mit **Cicero** erreicht, der die römische Philosophie und Redekunst (Rhetorik) auf ihren Gipfel führte.

Nach den Bürgerkriegen erfuhr besonders die lateinische Dichtung eine Blüte: Tibull und Propertius verfassten Liebesgedichte, Horaz und **Vergil** feierten das durch Augustus erneuerte Römertum. Etwas distanzierter war der vielseitige Ovid, der in Ränkespiele am Kaiserhof verwickelt und von Augustus 8 n. Chr. an das Schwarze Meer verbannt wurde. Im 1. und 2. Jahrhundert n. Chr. traten immer mehr Literaten aus den romanisierten Provinzen des Westens in Erscheinung: Seneca, der Lehrer Neros und Verfasser philosophischer und moralischer Schriften, kam aus Spanien, ebenso Martial, der in seinen Spottgedichten die Gesellschaft seiner Zeit aufs Korn nahm. Hierin wurde er von Juvenal (58–130 n.Chr.) noch übertroffen, der manches geflügelte Wort prägte, das uns auch heute noch geläufig ist (z. B. den Ausspruch **»Brot und Spiele«**). In dieser Zeit schrieben auch Sueton, dessen Kaiserbiografien noch im Mittelalter vorbildhaft waren, und Tacitus, der bedeutendste römische Historiker.

Insgesamt lässt sich in der Literatur der römischen Kaiserzeit eine wachsende Abkehr von aktuellen politischen Fragen feststellen. Große Männer und ihre Taten waren wichtig und oft wandte sich der Blick zurück in die »gute alte Zeit«. Daneben gab es nach wie vor philosophische Schriften und es entstand eine christliche Literatur: Tertullian schrieb eine Verteidigung der neuen Religion auf Latein und im griechischen Osten entwickelten sich die Kirchengeschichtsschreibung, die Heiligenliteratur (Hagiografie) und auch eine christliche Bildungslehre und Wissenschaft (Theologie). Im 4. und 5. Jahrhundert n. Chr. wurden durch die Verschmelzung der griechisch-römischen Bildung mit dem Christentum die Voraussetzungen dafür geschaffen, dass in der christlichen Literatur die antike Tradition bewahrt wurde. Nicht zuletzt ist dies Augustinus (351–430 n. Chr.) zu verdanken, der über 1000 Einzelschriften verfasste. Seine theologischen und philosophischen Werke haben das Mittelalter entscheidend geprägt und auch viele moderne Denker angeregt.

Was bedeutet der Ausspruch »Brot und Spiele«?

Seit der späten Republik gab es für römische Bürger, die in der Stadt Rom wohnten, kostenlose Getreideverteilungen. Gleichzeitig ließ man sich gern durch öffentliche Spielveranstaltungen, z. B. Wagenrennen oder Gladiatorenkämpfe, unterhalten. In der Kaiserzeit übernahmen die Herrscher die Organisation der Getreideverteilung und auch der Spiele. Beides wurde stark ausgeweitet, um sich beim Volk beliebt zu machen. Juvenal kritisierte in diesem Zusammenhang, dass die Volksmenge schließlich überhaupt keine anderen Interessen mehr habe als eben »Brot und Spiele«.

BEMERKENSWERTES

Ein Förderer der Kunst

Gaius Maecenas (ca. 70–8 v. Chr.) war ein reicher römischer Ritter und enger Freund des Augustus. Nach den Bürgerkriegen sah er seine Hauptaufgabe darin, junge römische Dichter wie Vergil und Horaz finanziell zu fördern. Sein Kreis wurde so berühmt, dass man noch heute einen wohlhabenden Gönner von Künstlern als »Mäzen« bezeichnet.

Anfänge der Kunst

Wie sieht eine Zikkurat aus?
Sie bestand aus drei bis sieben pyramidenförmig übereinander gelagerten Terrassen. Ganz oben befand sich das eigentliche Tempelgebäude. Das berühmteste Beispiel ist die ca. 70 m hohe Zikkurat Nebukadnezars II. (605–562 v. Chr.) in Babylon, der »Turm zu Babel«. Auf der obersten Stufe stand der mit blauen Ziegeln verkleidete Tempel des babylonischen Stadtgottes Marduk.

Was ist ein Sphinx?
Der Sphinx ist eine liegend dargestellte, männliche Mischgestalt mit dem Körper eines Löwen und dem Kopf eines Menschen. Nicht selten zeigt der Kopf das Porträt eines Königs. In diesem Fall verkörpert der Sphinx die Königsmacht. Der Sphinx von Giseh ist 57 m lang und 20 m hoch.

Wo findet man noch solch eindrucksvolle Tempel?
Die beiden vollständig aus einem Berg herausgearbeiteten Tempel beim ägyptischen Abu Simbel – mit 22 m hohen Sitzstatuen von Ramses II. – zählen zu den bedeutendsten

Die ersten uns bekannten Zeugnisse bildender Kunst stammen aus der Vorgeschichte der Menschheit. Bereits vor etwa 35.000 Jahren malten die Jäger und Sammler der Altsteinzeit ihre Bilder an die Wände von Höhlen: Berühmt sind zum Beispiel die erstaunlich lebensechten Tierdarstellungen in der Höhle von Lascaux in Frankreich, die vermutlich Teil eines magischen Jagdzaubers waren. Im Latmosgebirge in der Türkei dagegen trug man in der Steinzeit mit roter Farbe längliche Menschenfiguren auf eine Höhlenwand auf.
Die dem 6. Jahrtausend v. Chr. angehörende Siedlung von Çatal Höyük auf der anatolischen Hochebene weist sogar bereits Lehmhäuser auf, in denen man Tonfigürchen sowie zahlreiche Wandmalereien mit Abbildungen von Menschen und Jagdszenen entdeckt hat. Alle diese Motive hatten wahrscheinlich vor allem religiöse Bedeutung.

Zikkurate, Pyramiden und das großplastische Menschenbild

Wesentlich anspruchsvoller waren Kunst und Architektur der ersten Hochkulturen – wie beispielsweise jene der Ägypter oder der Sumerer, die in Mesopotamien (heute Irak) sesshaft waren.

Sphinx

Beide Hochkulturen waren geprägt von einer festgefügten und komplexen Gesellschaftsstruktur. In Mesopotamien wurden riesige Tempel und Paläste aus luftgetrockneten Ziegeln errichtet. Die Paläste verfügten über zahlreiche Räume, vor allem einen Thronsaal, Empfangshallen und Wirtschaftsanlagen. Besonders eindrucksvoll sind aber die terrassenähnlichen Bauten, auf denen man üppige Gärten anlegte. Die »Hängenden Gärten« von Babylon zählten sogar zu den sieben Weltwundern der Antike.
Seit dem 3. Jahrtausend v. Chr. errichtete man in Mesopotamien für den jeweiligen Stadtgott die besondere Form des Tempelturms aus luftgetrockneten Ziegeln: die **»Zikkurat«**. In Ägypten baute man Tempel und Gräber für die Ewigkeit, indem man Stein als Baumaterial verwendete. Während man in Mesopotamien auch für die Könige Schachtgräber in der Erde anlegte, errichteten die Ägypter für ihre

Pharaonen gewaltige Steinpyramiden, die häufig ein **Sphinx** bewachte. Ebenfalls aus Stein bestanden die dem ägyptischen Sonnengott Re geweihten Obelisken – bis zu 50 m hohe, nach oben spitz zulaufende Pfeiler mit Hieroglyphen-Inschriften.

Die **Tempel** und die ägyptischen Pyramiden waren mit kostbaren Weih- und Grabbeigaben sowie Statuen, Reliefs und prachtvollen **Wandgemälden** ausgestattet. In den Malereien und Reliefs wurde die Tierwelt naturgetreu wiedergegeben. Die Menschen hingegen wurden in einer typisierten Darstellungsweise gezeigt: das Gesicht im Profil, der Oberkörper in Frontansicht. Bei Sumerern und Ägyptern entstanden die frühesten Großplastiken in Stein. Oft sind es überlebensgroße Darstellungen von Herrschern und Göttern. Sie tragen keine persönlichen Züge, sondern sollen die Erhabenheit, Macht und Kraft der Figur ausstrahlen.

Die ägyptische Statue konnte verschiedene Stellungen zeigen: eine frontal ausgerichtete Stand-Schreit-Figur, eine Sitzfigur, einen am Boden hockenden Schreiber oder einen würfelartigen Körper mit aufgesetztem Kopf. Beispielsweise flankieren den Eingang des Totentempels des Pharao Amenophis III. (1402–1364 v. Chr.) heute noch erhaltene, fast 20 m hohe Sitzstatuen, die »Memnonkolosse«.

Auch die Kunst des **Reliefs,** d. h. aus dem Stein gehauene Figuren und Motive, war seit dem 2. Jahrtausend v. Chr. in Mesopotamien wie in Ägypten bekannt. Die Darstellungen zeigen Kriegszüge, Jagdszenen, Götter sowie Herrscher und Hofstaat.

Das gesamte Kunstschaffen dieser längst untergegangenen Kulturen war so gewaltig und beeindruckend, dass noch heute – nach mehreren tausend Jahren – unzählige Besucher davon angelockt werden.

BEMERKENSWERTES

Der Aufstieg zum Himmel

Die Pyramide sollte wohl den gewaltigen Urhügel wiedergeben, der nach frühen ägyptischen Religionsvorstellungen als erstes Land aus dem Urgewässer auftauchte. Dem verstorbenen König sollte sie den Aufstieg zum Himmel ermöglichen. Die größte Pyramide errichtete der Pharao Cheops bei Giseh. Auf einem Quadrat von 230 m Seitenlänge wurden 2,5 Mio. tonnenschwere Blöcke bis zu einer Höhe von fast 147 m aufgeschichtet. Dies war das gewaltigste Bauwerk der Antike und galt als eines der sieben Weltwunder.

Architekturwerken der Menschheit. Um sie vor dem Versinken im Becken des Assuan-Staudamms zu retten, wurden sie mit Geldern der UNESCO 180 m landeinwärts auf ein 64 m höheres Niveau versetzt.

Was war auf den Wandgemälden zu sehen?

Im Totentempel der Königin Hatschepsut stellen die farbigen Wandgemälde unter anderem Geburt und Krönung der Königin sowie eine Expedition in das Weihrauchland Punt (heute: Somalia) dar. Im Grab des Astronomen Nacht unter König Thutmosis IV. fand man z. B. die Gruppe der musizierenden Mädchen, die als »kleine Nacht-Musik« weltberühmt ist.

Was wurde auf einem Relief gezeigt?

Reliefs zeigten wie die Wandgemälde historische Ereignisse, aber auch Situationen aus dem Alltag. Ein besonders schönes Relief (heute British Museum, London) zeigt in einem Garten den assyrischen König Assurbanipal auf einer Liege. Ihm gegenüber sitzt vor einem Tisch die Königin. Beide trinken aus Schalen. Diener warten ihnen auf.

Der ideale Mensch und die geometrische Baukunst

Wie sieht ein Kuros aus?
Das linke Bein dieser Statue ist etwas nach vorne gesetzt, als wolle sie einen Schritt tun. Die Arme hängen herab, die Hände sind zu Fäusten geballt und liegen an den Oberschenkeln an. Der Blick ist geradeaus gerichtet.

Was besagte Polyklets Proportionenlehre?
Symmetrie und mathematische Klarheit bestimmten den Körperaufbau: Ein kleiner Körperteil sollte sich zum größeren so verhalten wie dieser zum Ganzen, d. h. die Größenverhältnisse mussten immer gleich sein. Die Statuen aus Stein und Bronze stellten den »guten und schönen Menschen« dar, welcher der Bürgergemeinde verpflichtet war.

Die Anfänge der griechischen Kunst im 8./7. Jahrhundert v. Chr. haben dem Alten Orient viel zu verdanken. Sie übernahmen für ihre Großplastiken den ägyptischen Typus der Stand-Schreit-Figur. Der griechische **Kuros,** der immer einen jungen Mann zeigt, ist wie die ägyptischen Königsstatuen überlebensgroß dargestellt. Er ist das Bildnis eines stolzen griechischen Adligen. Das Besondere ist das »beseelte Lächeln« der Figur. Man nennt es das »archaische Lächeln«, da man diese Epoche der frühen griechischen Kunst (bis 480 v. Chr.) als »Archaik« bezeichnet. Typisch griechisch sind auch die Nacktheit der Figur und die Nennung des Künstlernamens.
Die griechische Malerei ist uns fast nur von den Vasenbildern her bekannt. Die Bilder zeigen orientalische Fabelwesen, Reiter- und Trauerprozessionen, Darstellungen aus der griechischen Sagenwelt, Kriegsszenen und Gelage.
Der griechische Tempel war trotz ägyptischer Vorbilder eine architektonische Neuerung; ein langer rechteckiger, frei stehender Bau mit offener Vorhalle und einer Cella, dem Raum für das Kultbild. Der Tempel war meist mit einer Säulenringhalle umgeben. Die Proportionen des Tempels waren von Symmetrie und Geometrie gekennzeichnet. Die Formen Dreieck, Rechteck, Quader und Kreis bestimmten den Gebäudeaufbau und schufen die großartige Harmonie des griechischen Tempels. Diese Bauprinzipien bleiben durch die gesamte Antike prägend – auch für den römischen Tempel.
Entsprechende geometrische Grundsätze wurden vor allem in klassischer Zeit (5./4. Jahrhundert v. Chr.) maßgebend für die Skulptur. Zunächst sorgte die Einführung des »Kontrapost« für eine größere Natürlichkeit in den Bewegungen. Das Gewicht der menschlichen Figur wurde auf das Standbein verlagert und das andere Bein (Spielbein) entlastet. In der zweiten Hälfte des 5. Jahrhunderts entwickelte der Bildhauer Polyklet eine für die Folgezeit maßgebende **Proportionenlehre.** Ab dem 3. Jahrhundert v. Chr. gaben die Bildhauer ihren Figuren lebhafteren Ausdruck, das ruhige Idealbild wich der Darstellung von Dramatik und Gefühlen.
Die römische Kunst und Architektur verdankt ihre Entstehung weitgehend griechischen Anregungen. Ab dem 2. Jahrhundert v. Chr. brachten die Römer unzählige griechische Kunstwerke mit in ihre

Heimat. Die Beute galt als Luxusgut, man schmückte damit Haus, Garten und öffentliche Gebäude. Außerdem fertigte man zahlreiche, möglichst exakte Kopien der griechischen Kunstwerke an. Diesen Kopien verdanken wir heute vor allem unsere Kenntnis der griechischen Kunst.

Originalität entwickelten die Römer freilich mit ihrem Realismus in der Porträtplastik. Diese hatte ihren Ursprung in der Totenmaske aus Wachs, welche adelige Familien von ihren Verstorbenen anfertigen ließen. Die Maske gab das Aussehen des Verstorbenen realistisch wieder. Erst die Porträts der römischen Kaiser wurden häufig idealisiert, d. h. »verschönert«, dargestellt.

Auch die römische Architektur nahm sich die griechische zum Vorbild. Doch entwickelten die Römer bald neue Gebäudeformen: die mehrschiffige Basilika für Gerichts- und Finanzangelegenheiten, die Thermenanlage, die z. T. oberirdisch auf Bögen geführte Wasserleitung (Aquädukt), das Amphitheater für die Gladiatorenspiele und den Zirkus für die Wagenrennen. Eine wichtige Errungenschaft war die Erfindung von Beton; sie ermöglichte die Errichtung weit gespannter Gewölbe.

Die griechische und römische Architektur beeinflussen die Baukunst Europas bis in die heutige Zeit. Für die antike **Malerei** gilt dies erst, seitdem man um 1800 das vom Vesuv verschüttete Pompei entdeckte.

Wie sah die römische Wandmalerei aus?
Sie gliederte die Wand in rechteckige Flächen und verwandte dafür architektonische Motive, wie Nachbildungen von Pfeilern und Säulen. Dargestellt waren vor allem Motive aus der Sage und dichterisch verklärte, idyllische Landschaften mit idealisierten Personen. Die Kunst der Perspektive war wohl bekannt.

BEMERKENSWERTES

Steinsäulen mit Charakter

Es gab drei grundlegende Säulenformen: die dorische, die ionische und die korinthische. Der römische Architekt Vitruvius verband die griechischen Säulenformen in seinem zehnbändigen Werk *De architectura* (erschienen nach 23 v. Chr.) mit bestimmten Eigenschaften: Die eher stämmige, nach oben schmaler werdende dorische Säule mit schlichtem Kapitell symbolisierte Beständigkeit, Macht und Kraft. Der schlankeren ionischen Säule mit Voluten am Kapitell schrieb er Milde zu. Die korinthische Säule mit Voluten und Akanthusblättern am Kapitell steht für Anmut, Lieblichkeit und Frische. Die Renaissance-Architekten orientierten sich an Vitruvs Einteilung. Die dorische Säule war bei ihnen männlich, die ionische weiblich und die korinthische jungfräulich. Deshalb findet man z. B. in den Kolonnaden am Petersdom in Rom dorische Säulen.

Kosmos, Seele und Musik: Musik(auffassung) in der griechischen Antike

Was sind Tonarten?
Tonarten sind Tonreihen, die innerhalb einer Oktave angeordnet sind. Die einzelnen Töne können ganz verschiedene Abstände haben und deshalb klingen die Reihen unterschiedlich. Steht ein Lied in einer bestimmten Tonart, sind überwiegend Töne aus der gewählten Tonreihe verwendet. Die verschiedenen Reihen haben verschiedene »Charaktere«, das heißt, sie lösen – der Theorie der Antike zufolge – auch verschiedene Emotionen aus.

Welche Zahlenverhältnisse sind gemeint?
Pythagoras errechnete die mathematischen Verhältnisse zwischen Grundton, Quarte, Quinte und Oktave, indem er eine lange Saite in der Mitte teilte und das Teil anzupfte – es entsteht die Oktave des Grundtons. Dann teilte er das Geteilte wieder in der Mitte und zupfte dieses »Viertel« an (Quinte) etc. Je einfacher und näher liegend das Zahlenverhältnis, desto konsonanter (zusammenklingender) ist das Intervall. (Oktave = 1:2, Quinte = 2:3, Quarte = 3:4).

Wir brauchen keine Schwächlinge, sondern starke, junge Männer, nach innen friedlich, nach außen kriegerisch. Unser Staat braucht Wächter.«

So beginnt Platon (unter dem Pseudonym »Sokrates«) sinngemäß in *Der Staat* seine Ausführung zur Erziehung junger Männer – unter anderem nennt er die Musik als wichtiges Hilfsmittel. Um die Jünglinge nicht zu verwirren, sondern sie zu stärken, führt Platon aus, sollten sie nur Lieder über »wackere Männer« hören. Sie sollten ausschließlich mit zwei **Tonarten** konfrontiert werden, nämlich mit der »gewaltigen« und der »milden«, keinesfalls aber mit einer, die verweichliche. Sie sollten nur Rhythmen zu hören bekommen, die mannhaft und geordnet dahinfließen. Jeder andere musikalische Ausdruck sei für die zukünftigen »Wächter« zu verurteilen, weil er nicht dem Staatszweck diene.

Das sind harsche Worte. Erstaunlich daran ist nicht, dass man sich Mittel und Methoden überlegt hatte, junge Menschen zu erziehen. Das tut man noch heute. Erstaunlich ist, welche Macht der Musik zugesprochen wurde: Man spricht ihr die Fähigkeit zu, Menschen zum Schlechten oder zum Guten hin zu lenken.

Aber warum sollte gerade die Musik eine so große Autorität innehaben? Im 6. Jahrhundert v. Chr. hatte Pythagoras gelehrt, dass die Welt wie auch die menschliche Seele auf mathematischen Gesetzen beruhen würde (»Alles ist Zahl und Harmonie«). Da auch die Musik, ihre Zusammenklänge bzw. Intervalle, auf solche **Zahlenverhältnisse** zurückzuführen sei, sei sie nicht nur ein Abbild der Weltordnung, sondern auch der Seele. Sie nehme deshalb unmittelbar und sehr starken Einfluss auf Gemüt und Charakter eines Menschen, denn sie könne die Seele direkt berühren oder eben gar gestalten. Diese Überzeugung machte die Musik zu einem Erziehungsinstrument ersten Ranges.

Es gab also »gute« und »schlechte« Musik. Als gute Musik galt die apollinische – nach dem vernunftorientierten Gott Apollon benannt, der gerne zur **Lyra** sang. Sie war die an einen Text gebundene, einfache, »durchsichtige« Musik. Als schlechte Musik bezeichnete man die des Dionysos, der unter anderem der Gott des Weines und der

Ekstase war. Sie wurde auf dem **Aulos** geblasen und war rauschhaft, selbstvergessen und unmäßig.

Natürlich erklangen in der Antike noch mehr Instrumente: Neben der Lyra war die Kithara mit ihrem vergrößerten Resonanzkörper ein wichtiges Saiteninstrument – so wie die Winkelharfe und die Pandura (Langhalslaute). An Blasinstrumenten gab es neben vielen anderen zum Beispiel die Syrinx (Panflöte). Und natürlich etablierte sich – wie in allen Kulturen – das Schlagwerk: Becken, Trommeln. Apollinische Musik erklang bei Zeremonien, bei Gesellschaften oder im Theater. Sie war ein wichtiger Bestandteil des antiken Lebens.

Was sind Lyra und Aulos?

Eine Lyra ist ein Saiteninstrument, dessen Schallkörper ein Schildkrötenpanzer ist. Der Aulos ist ein Blasinstrument, das süß und leidenschaftlich klingt. Meistens blies man gleich zwei Auloi gleichzeitig!

Doch Platons Theorie der »reinen« Musik ließ sich nicht überall und dauerhaft durchsetzen. Schon immer gab es Menschen, die einfach Musik spielten, die Musik aus ihrem Zusammenhang von Religion oder Erziehung lösten. Für sie war der Zweck der Musik sie selbst. So wurde die Musik mit der Zeit üppiger, formenreicher und kunstvoller.

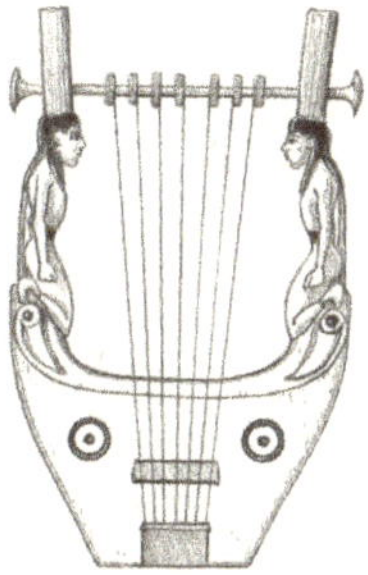

Lyra

BEMERKENSWERTES

Auch die alten Griechen haben nicht alles erfunden – der Urbesitz

Natürlich musizierten die Menschen bereits vor der klassischen griechischen Antike. Die frühesten Zeugnisse von Musikinstrumenten stammen aus der Altsteinzeit! Einige Instrumente hat es zu allen (menschlichen) Zeiten gegeben, z. B. Rasseln, Trommeln, Flöten aus Schilfrohr, Hörner oder auch den Musikbogen (Urvater der Saiteninstrumente) – ihre »Erfindung« liegt wohl sehr nahe. Man nennt diese Instrumente den »Urbesitz«.

Voraussetzungen und Anfänge der Naturforschung

Wie entstand die Geometrie?
Das Wort Geometrie kommt aus dem Griechischen und bedeutet »Feldmesskunst«. Die Geometrie hat ihren Ursprung in Ägypten und Babylonien. Ein geeignetes Mittel der Landvermessung war besonders für Ägypten wichtig, denn durch die alljährlichen Überschwemmungen des Nils mussten die Felder regelmäßig neu vermessen werden. Man löste diese Aufgabe, indem man jedes Stück Land in rechtwinklige Dreiecke einteilte. Aus dem Studium der Eigenschaften von Dreiecken entwickelte sich schließlich die Geometrie.

Wie entstanden die ersten Kalender?
Die frühen Himmelsbeobachter entdeckten schon bald, dass viele Himmelserscheinungen periodisch verlaufen; hierauf beruht die Einrichtung von Kalendern. Der Kalender der Sumerer bezog sich auf die Mondphasen. Auch die Ägypter hatten ursprünglich einen Mondkalender. Die jährlich überaus regelmäßig auftretenden Nilüberschwemmungen versetzten sie aber in die Lage, die Länge des Sonnenjahres schon ziemlich früh

Schon die Menschen der Ur- und Frühgesellschaft erforschten ihre Umwelt und bedienten sich der Naturkräfte und der Naturgesetze: Man nutzte das Feuer, unterschied die Materialeigenschaften von Stein, Knochen und Holz, erprobte immer erfolgreichere Jagdtechniken und verfeinerte unablässig die Werkzeug- und Geräteherstellung. Zu einer systematischen Naturforschung waren jedoch zwei Grundvoraussetzungen notwendig: ein Rechensystem und eine Schrift.

Handwerkliche Erzeugnisse wie Räder mit und ohne Speichen, die Anlage von Feldern oder Ornamente auf Waffen verraten, dass schon im Altertum **geometrische** Grundprinzipien bekannt waren. Die Fähigkeit, zu zählen, zu rechnen und zu messen, entwickelte sich unter anderem aus der alltäglichen Notwendigkeit heraus, die Größe von Viehherden oder Feldern zu ermitteln und Tauschgeschäfte zu betreiben. Um 3000 v. Chr. gab es sowohl in Ägypten wie auch in Mesopotamien geschriebene Zahlzeichensysteme. Die Ägypter rechneten im Zehnersystem, d. h. mit der Grundzahl zehn. Kleine Zahlen bezeichneten sie durch Striche, große Zahlen durch Lautzeichen. Sie beherrschten bereits die vier Grundrechenarten des Addierens, Subtrahierens, Multiplizierens und Dividierens und auch Anfänge der Bruchrechnung. Unser Wissen über die ägyptische Mathematik verdanken wir zwei auf Papyrus geschriebenen Dokumenten. Sie enthalten mathematische Musteraufgaben.

Parallel zu den Techniken des Rechnens entwickelten sich die des Schreibens. Zuerst entstanden in den verschiedensten Kulturkreisen Bilderschriften, Piktogramme genannt. Später benutzten viele Zivilisationen Zeichen, welche die Laute der gesprochenen Sprache repräsentieren. Den entscheidenden Schritt vollzogen vermutlich die Bewohner der ehemaligen Stadt Ugarit im heutigen Syrien. Ihnen folgte das im Mittelmeerraum lebende Händler- und Seefahrervolk der Phönizier (um 1200 v. Chr.). Das phönizische Buchstabenensemble stellte die Grundlage für viele weitere Buchstabenschriften dar.

Erst mit der Erfindung der Schrift wurde es möglich, Kenntnisse, Erfahrungen und Erlebnisse leichter festzuhalten und an andere Menschen an weit entfernten Orten und an kommende Generationen weiterzugeben. Damit war eine der wichtigsten Voraussetzungen systematisch betriebener Naturforschung erfüllt.

Auch das wechselvolle Geschehen am Himmel zog schon früh die Aufmerksamkeit der Menschen auf sich. Der Lauf der Planeten, die Phasen des Mondes, der Sternenhimmel – all dies ließ sich in einen Zusammenhang mit den Jahreszeiten, mit regelmäßig wiederkehrenden Naturereignissen wie Überschwemmungen oder mit günstigen Terminen für landwirtschaftliche Arbeiten bringen. Die astronomischen Beobachtungen bildeten nicht nur die Grundlage für erste **Kalender.** Sie führten in Babylonien und anderen Kulturen zu einem starken Glauben an die **Astrologie,** die in jener frühen Zeit nicht von der **Astronomie** zu trennen war. Ob es um die Vorhersage von Ernteaussichten oder um den Ausgang militärischer Unternehmungen ging – astrologische Kenntnisse und okkultes Wissen galten überall auf der Welt als nützlich. Astrologie und Kalenderastronomie lassen sich in gewisser Weise sogar als die ersten angewandten Wissenschaften bezeichnen.

mit (ungefähr) 365 Tagen zu ermitteln. So wurde es möglich, den ersten auf den Sonnenlauf gegründeten Kalender einzuführen.

Was unterscheidet die Astrologie von der Astronomie?

Die Astrologie versucht einen Zusammenhang zwischen Geschehnissen auf der Erde und den Bewegungen von Himmelskörpern herzustellen. Die Sterndeuter, wie man die Astrologen auch nennt, behaupten beispielsweise aus dem Stand der Himmelskörper im Augenblick der Geburt eines Menschen seinen Charakter und Ereignisse in seinem Leben vorhersagen zu können. Das allerdings ist bis heute nicht wissenschaftlich nachgewiesen worden. Die Astronomie dagegen ist eine Wissenschaft. Sie beschäftigt sich mit den Bewegungen und den Eigenschaften der Himmelskörper.

BEMERKENSWERTES

Mit Körpermaß gemessen

Wie beim Zählen mit den Fingern nahmen die Menschen der Frühzeit auch beim Messen Körperteile zu Hilfe. Das wichtigste Maß der Ägypter war die »Elle«, die Strecke vom Ellenbogen bis zur Spitze des ausgestreckten Mittelfingers. Übliche Maße waren auch die Handbreite (des erwachsenen Mannes) und die Fingerbreite (seines Mittelfingers). Naturgemäß differierte die Elle von Mensch zu Mensch. Mit dem Entstehen eines ägyptischen Großreichs wurde die »königliche Elle« (nach heutigem Maß 52,4 cm) als verbindlich erklärt.

Die Heilkunst der alten Ägypter

Woher hatte der ägyptische Arzt sein Wissen?

Altägyptische Ärzte erlernten ihre Kunst in einem so genannten Haus des Lebens, einer Art Ausbildungszentrum für Gelehrte und Schreiber. Es war Bestandteil eines jeden größeren Kulttempels und besaß Abhandlungen über Wundbehandlung, Gynäkologie und vieles andere. Ihre Anatomiekenntnisse bezogen die Ärzte wahrscheinlich von den Tempel-Metzgern, die Rinder und andere Opfertiere schlachteten.

***Was ist der* Papyrus Ebers?**

Der Papyrus Ebers, *entstanden zwischen 1525 und 1504 v. Chr., ist der umfangreichste und besterhaltene Papyrus, der der Wissenschaft zugänglich ist. Er wurde 1873 von dem Leipziger Professor Georg Ebers in Ägypten erworben. Das kostbare Dokument ist zum Weltkulturerbe angemeldet.*

Uralt ist der Wunsch der Menschheit, Krankheiten und Verletzungen zu heilen. So scheint es nur folgerichtig, dass sich die Heilkunst zu einem weiteren wichtigen Wissensgebiet der antiken ägyptischen Kultur entwickelte.

Zu Beginn herrschte in den medizinischen Schriften sowohl der Ägypter als auch der späteren Mesopotamier die »Dämonen«-Theorie der Krankheit vor: Man identifizierte das Leiden mit einem teuflischen Geist, den der **Arzt** in die Flucht zu schlagen hatte. Das sollte durch die Verabreichung von Brech- und Abführmitteln und besonders ekelhaften Medikamenten gelingen. Später entstanden brauchbarere Arzneibücher, die genaue Anweisungen zu Untersuchungs- und Behandlungsmethoden für zahlreiche Krankheiten und Verletzungen gaben.

Ihren Gipfel erreichte die altägyptische Medizin im ***Papyrus Ebers,*** einer Sammelhandschrift mit 879 Einzeltexten, darunter 776 Rezepten. Das Verschreibungsbuch verzeichnet nicht nur Mittel gegen Schnupfen, Kopfweh, Magenleiden, Hautkrankheiten und Harnstörungen. Auch Heilmittel gegen Brandwunden, Augenleiden und Prognosen über die Lebensfähigkeit Neugeborener werden angeboten. Insgesamt sind im *Papyrus Ebers* mehr als 80 Krankheitsbilder beschrieben. Verordnet werden neben Salben, Pillen und Zäpfchen vor allem Klistiere (Einläufe). Manche der hier vorgestellten Mittel waren allerdings nur mit Vorsicht zu genießen – schlimmstenfalls beschleunigten sie das Ende des Patienten.

Die ganzheitliche Medizin Altägyptens war untrennbar mit Magie und Religion verwoben. Doch natürlich gab es auch durch Erfahrung entstandenes solides ärztliches Wissen. So erkannten ägyptische Ärzte, dass Rizinusöl abführend wirkt, dass Kreuzkümmel beruhigt oder dass die Wurzel des Granatapfelbaums sich als Wurmmittel eignet. Mehr als 60 Pflanzen und Produkte wurden im alten Ägypten ärztlich genutzt. Dabei diente der Honig als regelrechtes Allheilmittel – er kam in gut 500 Rezepturen vor. Weil die Heilpflanzen und -kräuter ein solch hohes Ansehen genossen, gab man sie auch den Toten auf ihre Reise ins Jenseits mit.

Das Vertrauen in ein Leben nach dem Tod stellte die ägyptischen Ärzte allerdings vor ein Problem: Für die alten Ägypter war der Mensch göttlichen Ursprungs und bestimmt für ein Weiterleben im Jenseits – in einem funktionsfähigen Körper. Dieser strenge Ewigkeitsglaube führte dazu, dass das Sezieren von Toten in Ägypten tabu war. So blieben die Ärzte weitgehend ohne genaues Wissen um den Aufbau und die Funktion des menschlichen Körpers. Sie konnten nur die Symptome erkennen, wussten aber nichts über die Ursachen. Gleichwohl hatten die ägyptischen Ärzte durchaus ein **Bild vom menschlichen Körper.**

Besonders hoch entwickelt waren bei den Ägyptern die Fähigkeiten der Chirurgen. Mit dem *Papyrus Smith,* dem nach dem *Papyrus Ebers* wichtigsten medizinischen Lehrbuch, stand ihnen eine detaillierte Anleitung zur Verfügung. Der um 1550 v. Chr. niedergeschriebene *Papyrus Smith,* der sicher viel älterer Überlieferung ist, zeigt an 48 Fällen, wie Unfälle und vor allem Kriegsverletzungen zu behandeln sind. Die aufgeführten Fälle wurden in drei Gruppen eingeteilt – je nachdem, ob die Erfolgsaussichten für den behandelnden Arzt günstig, ungewiss oder ungünstig waren.

Die Ärzte im Pharaonenreich waren bereits auf bestimmte Krankheiten spezialisiert: Es gab Augen- und Zahnärzte, auch einen Arzt des Bauches, Frauenärzte, Orthopäden und Chirurgen. Besonders viele Ärzte waren in der medizinischen Betreuung der Arbeitskräfte beim Bau der Pyramiden und auf anderen staatlichen Großbaustellen tätig.

Wie sahen die ägyptischen Ärzte den menschlichen Körper?

Obwohl beim Mumifizieren den Toten die Organe entnommen wurde, blieben die ägyptischen Ärzte weitgehend ohne anatomische Kenntnisse. Sie hielten es für unter ihrer Würde, sich mit den Mumifizierern auszutauschen, und folgten der »Nilstromlehre«: Im Körperinnern führen – wie beim Nil – viele Kanäle nach links und rechts, nach oben und unten. In diesem Kanalsystem fließen Wasser (als Blut, Urin, Samen, Schleim, Kot) und Luft. All dies wird vom Herzen weitergeleitet, dem Hauptorgan des Körpers. Der Mensch ist krank, wenn diese Kanäle verstopft sind. In der »Nilstromlehre« wird einem inneren Organ, dem Herzen, erstmals eine wichtige Rolle beigemessen. Das werten heutige Mediziner als einen großen Schritt hin zu einer rationalen Medizin.

BEMERKENSWERTES

Gefährliche Operation

Nicht nur in Ägypten, auch im benachbarten Babylonien besaß die Heilkunst einen hohen Stellenwert. So befahl König Hammurabi (um 1700 v. Chr.) in seinem Gesetzeswerk: »Wer mit dem bronzenen Operationsmesser eine größere Operation erfolgreich vornimmt oder mit Glück ein Augenleiden operiert, soll vom Freigeborenen zehn Sekel Silbers, vom Freigelassenen fünf Sekel Silbers, für einen Sklaven zwei Sekel Silbers erhalten.« Zum Vergleich: Ein Handwerksmeister verdiente im Monat nur einen einzigen Silbersekel. Starb allerdings ein freier Mann an den Folgen der Operation, wurden dem Arzt vom Henker beide Hände abgeschlagen.

Die geistigen Urahnen der Naturwissenschaft

Welche geometrischen Entdeckungen werden Thales zugeschrieben?
Am bekanntesten ist der Satz des Thales, nach dem ein in einen Halbkreis gezeichnetes Dreieck stets einen rechten Winkel bildet. Thales hat zudem als Erster erkannt und ausgesprochen, dass in einem gleichschenkligen Dreieck die Basiswinkel gleich sind. Er bewies, dass ein Kreis von seinem Durchmesser halbiert wird. Seine geometrischen Kenntnisse konnte Thales in Ägypten anwenden, wo er die Höhe der Pyramiden durch Messung der Schattenlänge bei einem bestimmten Sonnenstand ermittelte.

Die Wurzeln der Naturwissenschaft liegen im alten Griechenland. Das ist kein Zufall: Die alten Griechen waren ein ruheloses und wissbegieriges Volk. Im 6. und 5. Jahrhundert v. Chr. gaben sich einige ihrer Denker mit dem damals gültigen mythischen Weltbild als Erklärung allen Seins nicht mehr zufrieden; ihr Götterglaube trat in den Hintergrund und sie begannen nach allgemeinen Gesetzen für die Geschehnisse im Universum zu suchen. Diese Entwicklung nahm ihren Anfang in Ionien, der ägäischen Küste der heutigen Türkei. Die Ionier und sämtliche anderen frühen griechischen Naturphilosophen sind als Vorsokratiker bekannt – als Denker also, die in der Gründerphase der griechischen Philosophie und Wissenschaft vor Sokrates (469–399 v. Chr.) wirkten.

Den neuen Einsichten der griechischen Gelehrten über die Natur der Dinge lag allerdings kein genaues und mühsames Studium der Naturerscheinungen zu Grunde. Das stellt den entscheidenden Unterschied zu den Naturwissenschaften der Neuzeit dar. Die griechischen Philosophen hielten sich nicht mit Beobachtungen der Natur und ihrer Phänomene auf. Sie unternahmen auch fast keine Experimente, anhand deren Ergebnissen sie wissenschaftliche Schlussfolgerungen hätten ziehen können. Stattdessen versuchten sie durch rein abstraktes Denken zu ihren Erklärungen zu gelangen. Philosophie und Naturbetrachtung waren zu jener Zeit noch nicht voneinander zu trennen. Doch die *physike philosophia*, die Naturphilosophie, gilt als die älteste aller Wissenschaften überhaupt.

Als erster griechischer Naturphilosoph wird Thales von Milet (um 624–546 v. Chr.) angesehen. Milet war damals die reichste und mächtigste unter den Städten Ioniens. Thales trug als Mathematiker, Astronom und Politiker den Ruf seiner Vaterstadt in alle Welt. Er lehrte, dass das Wasser der Ursprung aller Dinge sei, und sagte eine Sonnenfinsternis richtig voraus. Vor allem aber gilt **Thales** als Vater der Geometrie.

Ein Schüler und Mitarbeiter des Thales war der 15 Jahre jüngere Anaximander. Er wollte den Baustoff der Welt nicht wie Thales irgendeinem bekannten Stoff zurechnen, sondern sah als Ursprung der Dinge das Unbegrenzte, Unbestimmte, das Grenzenlose (*Apeiron*) an.

Die Frage nach der Natur der Dinge versuchte auch ein dritter Mileser zu beantworten. Anaximenes erkannte als die augenfälligste Umwandlung der Materie deren Verdünnung und Verdichtung: Jeder Stoff kann durch entsprechende Behandlung in den festen, flüssigen oder gasförmigen Zustand überführt werden. Anaximenes hielt die Luft für den eigentlichen Urstoff.

Man nannte die drei milesischen Naturphilosophen »Physikoi«, Physiker. Eine weitere vorsokratische Schule waren die Pythagoreer. Ihr Hauptsitz lag im Süden Italiens, wo Pythagoras (um 570 bis 480 v. Chr.) eine Art von Naturreligion begründete. Die **Pythagoreer** sind dafür berühmt, dass sie die Mathematik in die Naturphilosophie einbrachten. Sie stellten den Begriff der Zahl in den Mittelpunkt ihrer Naturbetrachtung. Von den »Mathematikoi« wurde erstmals das geozentrische Weltbild in Frage gestellt. Damit widersprachen sie der Hypothese, dass der Mensch und seine Erde Mittelpunkt des Weltalls seien.

Zu den vorsokratischen Denkern zählen auch die Atomisten. Die Atomisten glaubten, dass jedes Ding im Universum aus physikalisch unteilbaren Atomen zusammengesetzt sei. Die Verschiedenheit der Dinge lasse sich durch die mannigfaltige Gestalt, Lage, Bewegung und Anordnung der Atome im leeren Raum erklären. Der bekannteste Atomist war Demokrit von Abdera (ca. 460–ca. 370 v. Chr.).

Die unterschiedlichen Lehren und Denkansätze der Mileter, Pythagoreer und Atomisten zeigen, wie stark die griechischen Naturphilosophen in verschiedene »Schulen« gespalten waren.

Worin bestanden die mathematischen Kenntnisse der Pythagoreer?

Die Pythagoreer oder »Mathematikoi« entwickelten vier mathematische Disziplinen: Arithmetik, Astronomie, Geometrie und Harmonik. Sie schufen eine Teilbarkeitslehre und erkannten, dass es unendlich viele Primzahlen gibt. In der Geometrie kannten sie drei der fünf regulären Körper sowie das regelmäßige Fünfeck. Pythagoras persönlich wird die Entdeckung des geometrischen Lehrsatzes zugeschrieben, der seinen Namen trägt und den man zur Berechnung rechtwinkliger Dreiecke braucht. Die Grundlage der Akustik stammt ebenfalls von den Pythagoreern: die Erkenntnis, dass Töne von Saiten und Flöten, deren Längen sich wie ganze Zahlen verhalten, harmonisch klingen.

BEMERKENSWERTES

Zahlen und Mystik

Das Seiende existiert in den Zahlen, meinten die Pythagoreer. Und so gab es für sie männliche und weibliche Zahlen: Sie bezeichneten die geraden Zahlen als weiblich und die ungeraden als männlich. Eine Ausnahme bildete die Eins – die betrachteten sie als Erzeugerin aller Zahlen. Das Symbol für die Ehe war bei ihnen beispielsweise die Zahl fünf, die Summe der ersten weiblichen Zahl, zwei, und der ersten männlichen Zahl, drei.

Bedeutende Gelehrte der Antike

Was besagt der hippokratische Eid?
Der »Eid des Hippokrates« erlegt den Ärzten bestimmte Regeln auf. Das wichtigste Ziel ihres Handelns soll stets das Wohl des Patienten sein. Auch gilt Schweigepflicht für alles, was sie bei der Behandlung erfahren. Noch heute legen Ärzte in aller Welt eine 1948 modernisierte Fassung dieses Eids ab. Wahrscheinlich ist der ursprüngliche »hippokratische Eid« erst sechs Jahrhunderte nach Hippokrates von Ärzten in seiner medizinischen Tradition verfasst worden.

Ein bedeutender Geburtshelfer der Naturwissenschaften war der Grieche Hippokrates von Kos (ca. 460–377 v. Chr.). Als Wanderarzt soll er zahlreiche Reisen durch Griechenland unternommen haben. Asklepios, den Gott der Heilkunde, betrachtete Hippokrates nur als Repräsentanten; er vertrat die Meinung, dass kein Gott die medizinische Wissenschaft beeinflussen konnte. Mit Hippokrates hielt eine wissenschaftliche Betrachtungsweise Einzug in die Medizin und Biologie – er legte damit den Grundstein zur modernen Medizin. Noch heute wird von den Studenten der Medizin beim Empfang der Examensurkunde der **hippokratische Eid** gesprochen.

Von den universalen Naturphilosophen der klassischen Antike ist Aristoteles (384–322 v. Chr.) der bedeutendste. Er leistete zu fast allen Gebieten der griechischen Naturwissenschaften wichtige Beiträge. Darüber hinaus zählte er zu den vielseitigsten und gründlichsten Philosophen Griechenlands. Sein Werk umfasste Logik, Physik, Zoologie, Botanik, Kosmologie, Psychologie, Naturgeschichte, Anatomie, Metaphysik, Ethik und Ästhetik. Es repräsentiert sowohl den Höhepunkt der hellenischen Aufklärung als auch die Grundlage der Wissenschaft und der höheren Bildung für die folgenden 2.000 Jahre.

Aristoteles' liebste intellektuelle Beschäftigung war die Biologie und besonders das Studium der Meerestiere. Die biologischen Arbeiten des Gelehrten – obgleich später am wenigsten beachtet – erwiesen sich als die besten seiner wissenschaftlichen Tätigkeit. Er gilt als Begründer der Zoologie. Indem Aristoteles verendete Tiere sezierte, um ihren Körperbau kennen zu lernen, unterschied er sich wesentlich von jenen Gelehrten seiner Zeit, die die Welt durch reines Nachdenken zu ergründen suchten. Aristoteles beschrieb nicht nur die genaue Erscheinung und Eigenart von Tieren, er teilte sie auch in Klassen und Arten ein, um eine **Ordnung** zu schaffen. Der »erste Biologe« stellte sich eine »Leiter des Lebens« vor und erkannte, dass es auf ihr keine scharfen Grenzen gab.

In späteren Zeiten erreichten Aristoteles' Schriften zur Physik große Berühmtheit. Sie befassten sich vor allem mit der Struktur und Funktionsweise des unbelebten Universums. Allerdings waren seine Theorien gerade auf diesem Gebiet völlig irrig, wie sich später herausstellte.

Um 325 v. Chr. entstand das erfolgreichste mathematisch-naturwissenschaftliche Buch der Weltgeschichte: die ***Elemente*** von Euklid. Auf rund 1.700 Seiten stellt es die wichtigsten Regeln für die mathematischen Beweise auf. Entstanden ist es in Alexandria, wo auch Archimedes von Syrakus (287–212 v. Chr.) das mathematische Wissen seiner Zeit erwarb. Archimedes, der berühmteste Mathematiker und Ingenieur der Antike, ging in seinen Forschungen Wege, die weit in die Zukunft wiesen. Er hat als Erster Mathematik und Physik miteinander verknüpft. Er bewies das Hebelgesetz und entdeckte das Gesetz des hydrostatischen Auftriebs, mit dessen Hilfe er Dichtebestimmungen vornehmen konnte. Der Gelehrte berechnete das Schwimmverhalten komplizierter Körper und beschrieb den Flaschenzug. Außerdem erfand er die nach ihm benannte archimedische Transportschraube, die in der Antike beispielsweise bei der künstlichen Bewässerung eingesetzt wurde. Archimedes ist auch der Erfinder des Planetariums. Seine wissenschaftlichen Ideen und Methoden haben sogar noch Galileo Galilei (1564–1642) und Johannes Kepler (1571–1630) inspiriert.

Aristoteles

Welche Ordnung der Natur stellte sich Aristoteles vor?

Aristoteles teilte das Universum in vier Reiche in aufsteigender Folge ein: 1. das unbelebte Reich des Festlandes, des Wassers und der Luft, 2. das Pflanzenreich, 3. das Tierreich, 4. und am höchsten stehend, das Reich der Menschen. Der Gelehrte ließ in seinen Arbeiten aber nicht erkennen, ob er sich die Verwandlung einer Form des Lebens in eine andere vorstellen konnte. Dennoch brachte seine »Lebensleiter« spätere Gedankengänge hervor, die schließlich zum Evolutionsbegriff führten.

Warum sind die* Elemente *so bedeutsam?

Die 13 Bücher der Elemente *behandeln geometrische Probleme, die Teilbarkeitslehre, Primzahlen, Irrationalitäten u. v. a. m. Das Wichtigste aber ist Euklids Art des Denkens. Der Gelehrte zeigt, dass die mathematischen Gesetze nicht lose und getrennt nebeneinander stehen, sondern dass logische Verbindungen zwischen ihnen bestehen. Die* Elemente *haben mehr als zwei Jahrtausende als Grundlage aller mathematischen Studien gedient.*

BEMERKENSWERTES

Keine Karriere ohne Aristoteles

Noch 2.000 Jahre nach seinem Tod war Aristoteles im christlichen Abendland der Zauberschlüssel zu allen Ämtern, Würden und Wissenschaften. Wer etwas werden wollte, musste »seinen« Aristoteles auswendig können. Nur mithilfe des genialen Universalgelehrten des Altertums gelangte man zu Ruhm oder Anerkennung – gleich, ob auf den Gebieten der Anatomie, Astronomie, Botanik, Diplomatie, Logik, Mathematik, Medizin, Menschenkunde, Musik, Naturwissenschaften oder Staatskunst.

Die Entstehung der Fachwissenschaften

Was war das Museion?
Noch vor 300 v. Chr. riefen die Ptolemäer-Könige in Alexandria ein staatlich unterhaltenes Forschungszentrum ins Leben. Am so genannten Museion (Musensitz) wurden philologische, mathematische, astronomische, botanische, zoologische und anatomische Studien systematisch betrieben. Zum Museion gehörten Hörsäle, Arbeitszimmer, eine Art Sternwarte, zoologische und botanische Gärten sowie vor allem die berühmte Bibliothek von Alexandria. Sie enthielt weit über 500.000 Papyrusrollen, was etwa 100.000 gedruckten Büchern entspricht.

Warum ist die* Syntax mathematica *so bedeutend?
Das unter dem arabischen Titel Almagest *bekannt gewordene Werk ist die umfassendste Darstellung des astronomischen Wissens der Antike. In ihm gelang es Ptolemäus, sämtliche Einzelkomponenten der Bewegungen der Wandelsterne so zu bestimmen, dass alle Bewegungen rückwärts in die Vergangenheit und vorwärts in die Zukunft in guter Übereinstimmung mit den Beobachtungen*

Noch im 5. Jahrhundert v. Chr. hatte sich die athenische und hellenistische Philosophie stets um eine ganzheitliche Naturbetrachtung bemüht. Allmählich aber begann sich die enge Verbindung von Naturphilosophie und Naturwissenschaft zu lockern. Erst zögerlich, im 4. und 3. Jahrhundert v. Chr. schon auf breiter Front, verselbstständigten sich einzelne Fachwissenschaften. Die Förderung des wissenschaftlichen Denkens wurde von den weit gesteckten Grenzen des Reiches Alexanders des Großen und der Öffnung gegenüber fremden Einflüssen positiv beeinflusst. Auch die Entstehung des **Museions** in Alexandria und anderer neuer Kulturzentren unter Alexanders Nachfolgern trug zu den günstigen äußeren Bedingungen bei.
Die erste griechische Fachwissenschaft, die sich etablierte, war die Astronomie. Sie übernahm zwar babylonische und ägyptische Kenntnisse, entwarf aber bereits ein eigenes, geschlossenes Weltbild. Auch versuchte sie mit mathematischen Gesetzen den Lauf der Gestirne zu erfassen. Ihren Höhepunkt erlebte die Astronomie unter Aristarch von Samos (ca. 310–230 v. Chr.) und Hipparch von Nikaia (ca. 180–125 v. Chr.). Die beiden Gelehrten vertraten jedoch verschiedene Ansichten. Aristarch verwarf das althergebrachte geozentrische Weltbild zu Gunsten eines heliozentrischen, bei dem die Sonne im Mittelpunkt des Universums stand. Hipparch dagegen betrachtete die Erde als Zentrum des Kosmos. Hipparchs wissenschaftliches Forschungsprogramm wurde von Ptolemäus (ca. 100–170 n. Chr.) weitergeführt und in der dreizehnbändigen ***Syntaxis mathematica*** veröffentlicht.
Die mit der griechischen Kolonisation entstandenen großen zusammenhängenden Gebiete gemeinsamer Kultur und Wirtschaft sowie die zahlreichen Vorstöße auf die Weltmeere hinaus förderten das Interesse an einem neuen, auf wissenschaftlicher Grundlage beruhendem Erdbild. Mit einem solchen beschäftigte sich Eratosthenes von Kyrene (um 290–214 v. Chr.). Der alexandrinische Gelehrte gilt als der Begründer der wissenschaftlichen Geografie; er berechnete unter anderem den Erdumfang bis auf wenige Kilometer genau. Auch Ptolemäus erwarb sich große Verdienste um die Geografie.
Obwohl sich die Biologie in der vorchristlichen Zeit nie zu einer selbstständigen Wissenschaft entwickelte, gab es großartige zoologische und botanische Leistungen. Während Aristoteles (384–322

v. Chr.) ca. 500 Tierarten erfasste und systematisierte und als Begründer der Zoologie in die Wissenschaftsgeschichte einging, konzentrierte sich Theophrastus (380–287 v. Chr.) bei seinen Beobachtungen auf das Pflanzenreich; er begründete die Botanik. Mit der Eignung der Pflanzen als Heilmittel beschäftigte sich der griechische Arzt Dioskurides (1. Jahrhundert n. Chr.), den man als Begründer der Pharmakologie ansieht.

Den Begriff »Physik« prägte Aristoteles. Diese Wissenschaft legte er aber eher philosophisch als experimentell und exakt aus. Daher wurden auch viele seiner Thesen widerlegt. Bedeutend ist jedoch, dass Aristoteles zum ersten Mal physikalische Lehrsätze aufstellte. Seine Lehren zur Physik haben die Entwicklung dieser Fachwissenschaft für nahezu 2.000 Jahre bestimmt.

Gedanken über Stoffveränderungen begannen sich die griechischen Philosophen schon ab 600 v. Chr. zu machen. Die griechisch-hellenistische Antike kannte bereits ein Fülle chemischer Techniken wie die Glasherstellung aus Sand, Soda und Muschelschalen oder die Mörtelgewinnung aus Marmor und Kalkstein. Den Versuch, Stoffumwandlungen zu deuten, machte schon Demokrit. Aristoteles wiederum wusste zwischen rein mechanischen Stoffmischungen und Stoffverbindungen zu unterscheiden, »bei denen die sich verbindenden Stoffe verwandeln und eine neue Einheit bilden«. Diese Anschauung vermischte sich in der hellenistischen Zeit oftmals mit astrologischem und mystischem Wissen. Sie wurde zur Grundlage des späteren **alchemistischen Denkens.**

berechnet werden konnten. Obwohl Ptolemäus eine falsche, weil geozentrische Astronomie betrieb, war das Werk eine wissenschaftliche Meisterleistung.

Was war Alchemie?

Das Hauptziel der Alchemisten war die Herstellung von Gold und Silber aus unedlen Metallen wie Blei. Eine solche Umwandlung sollte der »Stein der Weisen« bewirken. Die Alchemisten führten bei der Suche nach diesem Wunderstein mehr oder weniger gezielte Experimente durch. Dabei entdeckten sie zahlreiche neue chemische Reaktionen und wichtige Grundlagen der Chemie. Letztlich aber gerieten die »Goldmacher« nicht ganz zu Unrecht in den Ruf betrügerischer Scharlatane.

BEMERKENSWERTES

Die Katapultformel

Fast zu einer angewandten Naturwissenschaft entwickelte sich in der Antike die Katapultforschung. Vor allem in Alexandria wurden systematische Tests durchgeführt, um effektive Kriegsmaschinen herzustellen. Nach langjährigen geduldigen Bemühungen präsentierten die alexandrischen Ingenieurwissenschaftler schließlich eine praktische und mathematisch exakte »Katapultformel«. Sie setzte das Ziehen von Kubikwurzeln voraus, um die optimalen Dimensionen für Kriegsgeräte und ihre Geschosse zu bestimmen.

Spätantike und frühes Mittelalter

Spätantike und frühes Mittelalter

Diese Epoche stellte wichtige Weichen für das künftige Europa: Das römische Erbe, die christliche Kirche und die germanische Gesellschaftsordnung trafen aufeinander. Gegen den drohenden Zerfall des Imperium Romanum führten Diocletian und Konstantin grundlegende Reformen in Herrschaftssystem, Verwaltung und Heer durch. Konstantin glaubte die reichsweit gut organisierte christliche Kirche zur Festigung der Reichseinheit nutzen zu können. Er machte das Christentum zu einer Staatsreligion, stiftete der Kirche große Landgüter und Bargeld und ließ prächtige christliche Basiliken bauen.

Aus Dankbarkeit waren die Bischöfe zunächst bereit den Kaiser als eine Art Christus auf Erden anzuerkennen und ihm Mitspracherecht in Kirchen- und Glaubensfragen zuzugestehen. Konstantin setzte den »richtigen« Glauben notfalls mit staatlichen Zwangsmitteln durch. Dies führte jedoch bald zum Widerstand einiger Bischöfe und die Nachfolger Konstantins sahen sich bereits dem für die Zukunft Europas grundlegenden Problem des Verhältnisses von Staat und Kirche gegenüber. Der Reichseinheit war dies nicht förderlich, auch nicht nachdem Theodosius der Große im Jahr 381/82 das katholische (d. h. »weltweite«) Bekenntnis zur einzigen erlaubten Religion im Reich erhoben hatte.

Die Macht der Kirche nahm noch zu, als das Imperium Romanum im Westen dem Druck der Germanen nicht mehr standhalten konnte. An die Stelle der zusammenbrechenden römischen Verwaltung trat häufig die Kirche in Gestalt ihrer Bischöfe, mit demjenigen von Rom an der Spitze. Dieser war schon früh als Nachfolger des Apostels Petrus und gegen Ende des 4. Jahrhunderts n. Chr. von den Bischöfen auch als Oberhaupt in kirchenrechtlichen Fragen anerkannt worden – aber nur von den Bischöfen des Westens. Seitdem gab es ein Papsttum und zugleich begann die Kirchenspaltung zwischen Ost und West. Zukunftsweisend war auch das im 4. Jahrhundert aus dem Osten sich verbreitende Mönchtum, das sich in Nachfolge Christi einem Leben in Armut und Askese widmete.

Die Kirche brachte bedeutende kulturelle Leistungen hervor, wie etwa die Schriften der Kirchenväter und prachtvolle Mosaiken in den Kirchen. Anhänger der altrömischen heidnischen Kulte gaben hingegen die klassischen Texte römischer Dichter und Schriftsteller neu heraus. Die Kaiser ließen das römische Recht in umfangreichen Sammlungen zusammenfassen. Damit waren wesentliche Grundlagen für das Fortleben und Fortwirken antiken Bildungsgutes und römischer Verwaltungseinrichtungen geschaffen. Die germanischen Staaten auf römischem Boden haben versucht diese für die Errichtung einer stabilen Herrschaft zu nutzen. Aber die Germanen waren Analphabeten und ihr politisches und gesellschaftliches Leben beruhte auf persönlichen Treue- und Abhängigkeitsverhältnissen. Sie gehorchten nur bestimmten Personen, nicht aber Behörden, deren Personal regelmäßig wechselte. Außerdem hatten sie vor ihrem Eintritt ins Römische Reich eine dort verbotene Form des Christentums, den Arianismus, angenommen oder waren heidnisch geblieben. Das sonderte sie von der römischen Reichsbevölkerung im Westen ab. Fast alle germanischen Staaten auf römischem Boden sind untergegangen. Behaupten konnte sich das Frankenreich in Gallien. Es war den alten Stammessitzen benachbart und vor allem nahmen die Franken den katholischen Glauben an und konnten so mit der Kirche besser zusammenarbeiten.

Die Kirche war in den oft chaotischen staatlichen Verhältnissen des Frühmittelalters eine bedeutende Ordnungsmacht und besaß das Bildungsmonopol. Vor allem in den Klöstern erhielt sich die Kunst des Lesens und Schreibens. Die fränkischen Könige förderten die christliche Mission und suchten die enge Verbindung zu den Bischöfen und zum Papst in Rom. Sie verstanden sich als »Herrscher von Gottes Gnaden«. Mit Karl dem Großen trat neben das in Konstantinopel fortbestehende oströmisch-byzantinische Kaisertum ein von den Franken getragenes weströmisches. In der karolingischen Renaissance wurde der gezielte Versuch einer Wiederbelebung antiker Bildung unternommen. Latein blieb die Sprache von Verwaltung, Recht und Bildungswesen.
Der romanische Kirchenbau knüpfte an die spätantike Basilika an. Die romanische Kunst, insbesondere die (Buch-)Malerei, stellte Jesus als spätantiken Kaiser und die Evangelisten als antike Philosophen dar.
Der frühmittelalterliche gregorianische Choral setzte spätantike Kirchengesänge fort.
Wo die Heilige Schrift als einzige Quelle der Wahrheit galt, schien es freilich unnötig, nach anderen Gründen für die Entstehung und Beschaffenheit der Welt zu fragen. Keine Fortsetzung fand daher zunächst die antike wissenschaftliche Tradition.
Neben das antike trat freilich ein germanisches Element. In den germanischen Volkssprachen wurden Heldentaten, wie jene vom Drachentöter Siegfried, dem Ostgotenkönig Theoderich (Dietrich von Bern) und dem Hunnenkönig Attila besungen und verbreitet. Sie mündeten schließlich in das mittelhochdeutsche Nibelungenlied ein.

Im frühmittelalterlichen Staatsaufbau setzte sich immer stärker das germanische Element durch, z. B. das Lehnswesen mit seinen persönlichen Bindungen zwischen Herrn und Dienstmann, die Blutrache und das Wergeld. Die Aufteilung öffentlicher Rechte und Gewalten, wie z. B. der Gerichtsbarkeit, des Heeresaufgebotes und der Steuereinziehung, zwischen König und Adel brachte eine ganz andersartige, eben mittelalterliche Gesellschaft hervor.

Ein neuer Anfang: die Reform des Reiches durch Diocletian und Konstantin

Wie groß war das römische Heer der Kaiserzeit?
Unter Augustus umfasste das römische Heer etwa 150.000 Mann in Legionen, in denen nur römische Bürger dienten, und etwa genauso viele nichtrömische Hilfsverbände. Unter Diocletian wurde dieses Heer von 300.000 auf 450.–500.000 Mann aufgestockt.

Wie viele Provinzen gab es im Römischen Reich?
Unter Augustus gab es ungefähr 50 Provinzen. Diocletian strukturierte in nur wenigen Jahren durch Aufteilung und Neugliederung das Reich in rund 100 neue Provinzen.

Als Kaiser Diocletian 284 n. Chr. die Regierung übernahm, stellten sich ihm zwei große Aufgaben: Er musste die Grenzen des Reiches schützen und die kaiserliche Herrschaft sichern. Beides war durch die ständigen Kriege an mehreren Fronten seit 235 in Gefahr geraten. Sie überbeanspruchten die Kräfte des Staates und forderten die Erhebung von Gegenkaisern heraus. Das Problem war, dass ein Kaiser allein nicht überall gleichzeitig sein konnte. Daher vermehrte Diocletian die Zahl der Herrscher. Diese Taktik war nicht wirklich neu, gerade Söhne von Kaisern hatten schon zuvor immer wieder ihre Väter unterstützt (z. B. Gallienus). Diocletian allerdings suchte außerhalb seiner Familie Hilfe, indem er fähige Generäle zu Mitkaisern erhob: 285 ernannte er Maximian zum gleichrangigen Kaiser. Beide führten den Titel »Augustus« und adoptierten 293 Constantius Chlorus und Galerius als Nachfolger und untergeordnete Herrscher, so genannte »Cäsaren«. So entstand die »Tetrarchie« (Viererherrschaft), in der Diocletian und Galerius für den Balkan und den Osten zuständig waren, während sich Maximian und Constantius um den Westen kümmerten.
Dieses System bewährte sich; Diocletian und seinen Mitregenten gelang es in der Folgezeit, die außenpolitische Lage zu beruhigen und Rebellion und Bürgerkrieg im Inneren zu unterdrücken. Freilich war das nur möglich durch eine **Vergrößerung des römischen Heeres.** Um dies bezahlen zu können, führte man ein neues Steuersystem ein, das die Finanzkraft des Reiches lückenlos erfassen und ausschöpfen sollte. Dies erforderte eine stärkere Kontrolle und Vergrößerung der Verwaltung. Die **Provinzen** wurden verkleinert, ihre Zahl so fast verdoppelt.
Zuletzt versuchte Diocletian, der sich als Verteidiger des altrömischen Glaubens verstand, das Christentum zu beseitigen. Dies scheiterte aber genauso wie seine Pläne für die Zukunft des Reiches: Um den Cäsaren, die nicht wesentlich jünger als ihre Adoptivväter waren, eine faire Chance auf deren Nachfolge zu geben, dankte Diocletian zusammen mit Maximian noch zu Lebzeiten ab (305). Constantius und Galerius rückten in die Stellung von Augusti auf und ernannten ihrerseits neue Cäsaren von außerhalb der Herr-

scherfamilien. Das ging nicht lange gut: Bei der Nachfolge hatte man Maximians Sohn Maxentius und Konstantin, den Sohn des Constantius, übergangen. Beide waren nicht bereit dies hinzunehmen und die Soldaten, die sich als Klienten der kaiserlichen Väter sahen, hielten auch den leiblichen Söhnen die Treue. Die Folge waren beinahe 20 Jahre Bürgerkrieg, aus dem Konstantin schließlich 324 als Alleinherrscher hervorging.
Auch Konstantin, später »der Große« genannt, konnte nicht auf das Mehrkaisertum verzichten, kehrte aber zurück zur Familienherrschaft und machte seine Söhne zu Cäsaren. In vielen anderen Bereichen setzte Konstantin die Politik Diocletians fort, doch auf dem Gebiet der Religion vollzog er eine Kehrtwendung. Schon Galerius hatte 311 die Christenverfolgungen abgebrochen und eine allgemeine Toleranz ausgesprochen. Konstantin begann ab 312, die vor allem im Osten des Reiches sehr zahlreichen **Christen** massiv **zu begünstigen.** Kurz vor seinem Tod 337 ließ er sich taufen. Die »Konstantinische Wende« zum Christentum prägte die Geschichte Europas entscheidend. Was bewegte Konstantin zu diesem Schritt? Politische Erwägungen (das Christentum war auf dem Vormarsch) oder eine wirkliche »Bekehrung«? Sicher ist jedenfalls, dass Politik und Religion damals Hand in Hand gingen, und deshalb wird man hier wohl keine endgültige Antwort finden.

Inwiefern begünstigte Konstantin das Christentum?

Konstantin förderte die Christen durch viele Maßnahmen: Zum Beispiel durften seit 321 Privatpersonen der Kirche ihr Vermögen vermachen und der Klerus wurde vorübergehend sogar von der Steuerpflicht befreit. Ab 324 wurde die Stadt Byzanz zu einer zweiten christlichen Reichshauptstadt ausgebaut und 330 unter dem Namen Konstantinopel feierlich eingeweiht.

Kaiser Konstantin

BEMERKENSWERTES

Das erste umfassende Preisgesetz

Diocletian wurde auch in der Wirtschaftspolitik tätig: So hatten die Soldaten in der Vergangenheit oft unter Teuerungen gelitten. Dies konnte immer dann vorkommen, wenn ein großer Truppenverband irgendwo auftauchte und durch seine Kaufkraft die Preise auf dem örtlichen Markt in die Höhe trieb. Für Abhilfe sollte ein Gesetz sorgen, das reichsweite Höchstpreise für alle möglichen Waren und Dienstleistungen vorschrieb (301). Dies war der erste Versuch in der Geschichte, eine umfassende Preisordnung gesetzlich vorzuschreiben. Weil die Menschen aber oft Dinge lieber gar nicht verkaufen als zu einem Preis, der ihnen zu niedrig erscheint, wurde das Gesetz offenbar nicht befolgt und musste aufgegeben werden.

Kinderkaiser, Generäle und Germanen

Wer waren die Hunnen?
Die Hunnen waren ein asiatisches Reitervolk, das um 375 n. Chr. aus der eurasischen Steppe nach Osteuropa vorstieß. Sie vertrieben die dort ansässigen Goten und lösten so die Völkerwanderung aus. Im 5. Jahrhundert entstand im heutigen Ungarn ein hunnisches Großreich unter Attila, der bis nach Gallien und Italien vorstieß. Nach seinem Tod 453 löste sich das Hunnenreich auf.

Wer waren die Vandalen?
Die Vandalen waren ein ostgermanisches Volk, das ursprünglich aus Skandinavien kam und im 5. Jahrhundert n. Chr. durch Gallien und Spanien nach Nordafrika zog. Von dort aus überfielen die Vandalen 455 die Stadt Rom und sollen dort so schrecklich gehaust haben, dass man noch heute die Lust am Zerstören als »Vandalismus« bezeichnet.

Die Familie Konstantins des Großen regierte bis 363 n. Chr. und sorgte in dieser Zeit an den Grenzen und im Inneren weitgehend für Ruhe. Ihr letzter Vertreter, Konstantins Neffe Julian (361–363), konnte sogar noch einmal einen großen Krieg gegen die Perser wagen. Er kam dabei aber ums Leben, der Feldzug wurde abgebrochen.

Valentinian I. (364–375) begründete ein neues Herrscherhaus. Kurz nach seinem Tod begann die so genannte Völkerwanderung, die letztlich zum Untergang des römischen Staates im Westen des Reiches führte: 376 n. Chr. wurden westgotische Stämme, die auf der Flucht vor den **Hunnen** waren, im heutigen Bulgarien ins Reich aufgenommen. Die Anwesenheit eines ganzen Volkes unter Waffen führte bald zu Problemen. Wegen Unterversorgung erhoben sich die Westgoten gegen die Römer. 378 kam es bei Adrianopel auf dem Balkan zu einer römischen Niederlage, bei der Kaiser Valens (364–378), der Bruder Valentinians, getötet wurde.

Valens' Nachfolger Theodosius I. (378–395) musste die Westgoten praktisch als »Staat im Staate« anerkennen (382). Es gelang den Römern nicht mehr, dieser Gefahr Herr zu werden. Dazu trug bei, dass Arcadius (395–408) und Honorius (395–423), die Söhne des Theodosius, noch sehr jung waren, als sie nach dessen Tod die Herrschaft übernahmen. Diese »Kinderkaiser« hingen ganz und gar von ihren Beratern, oft Generälen, ab und ließen sich gegeneinander ausspielen. Dass sich diese Machthaber im Hintergrund nicht selbst zu Kaisern erklärten, zeigt, wie tief verwurzelt die Familienherrschaft mittlerweile im römischen Denken war. Für das Imperium war die Situation nicht günstig: Anstatt gemeinsam gegen die Westgoten zu kämpfen, war man damit zufrieden, wenn sie den jeweils anderen bedrohten.

So kam es, dass die Westgoten um 400 in Italien einfielen. Honorius, der hier herrschte, musste Truppen aus Britannien und Gallien abziehen, wenig später drangen dort andere Germanen ein. 410 wurde Rom von den Westgoten erobert und geplündert – ein entsetzlicher Schock. Die Westgoten zogen danach zwar ab, doch die römische Verteidigung im Westen war zusammengebrochen und der Osten war froh, wenn er nicht selbst angegriffen wurde. In den folgenden Jahrzehnten entstanden germanische Staaten auf römischem Boden: das Westgotenreich in Spanien und Südgallien (ab

418), das **Vandalenreich** in Nordafrika (ab 429) und das Frankenreich unter König Chlodwig in Nord- und Mittelgallien (ab 482). Britannien wurde von Sachsen und Angeln besetzt. Zuletzt eroberten die Ostgoten unter Theoderich Italien (493). Kurz zuvor war in Ravenna der letzte Weströmische Kinderkaiser, Romulus »Augustulus«, von einem germanischen General im römischen Dienst, Odoaker, abgesetzt worden (476). Dies gilt als das Ende des Weströmischen Reiches.

All dies war sicherlich mehr als eine unglückliche oder gar zufällige Verkettung verhängnisvoller Ereignisse. Was aber genau die Ursache für den Untergang des Weströmischen Reiches war, wird sich kaum mit Gewissheit feststellen lassen. Eine Theorie ist, dass das Imperium aus innerer Schwäche dem Ansturm der germanischen Feinde erlegen sei; eine andere, dass der Druck von außen einfach zu groß war. Tatsache ist jedenfalls, dass die Germanen nach 378 auf der Suche nach Siedlungsland waren und deshalb eine größere Gefahr darstellten als früher.

Der Osten des Imperiums überstand die Völkerwanderung dagegen relativ unbeschadet. Den Kaisern dort gelang es immer wieder, die Germanen nach Westen abzulenken, und außerdem war ihr Gebiet jenseits der Meerengen (Bosporus) leichter zu verteidigen als die langen Grenzen des Westens an Rhein und Donau. Unter **Justinian I.** (527–565) sammelte der Osten seine Kräfte sogar so weit, dass man versuchte die westlichen Provinzen zurückzuerobern. Nach seinem Tod ging der Westen aber rasch wieder verloren. Im Osten jedoch überdauerte das Reich bis zum Fall Konstantinopels 1453.

Wie verlief der Eroberungsversuch Justinians?

Nach einem erstaunlich leichten Erfolg über die Vandalen in Nordafrika (533–534), der Justinian überhaupt erst auf die Idee gebracht haben könnte, das Römische Reich in seinen früheren Grenzen wiederherzustellen, griffen seine Truppen das Ostgotenreich in Italien an. Es folgte ein langer und verlustreicher Krieg (535–552), in dem Justinian Sieger blieb. Doch schon 568 fielen die Langobarden, ein weiteres germanisches Volk, in Italien ein.

Justinian

BEMERKENSWERTES

Gründe für den Untergang des Römischen Reiches

Im Laufe der Zeit hat man immer wieder zahllose Erklärungen für den Untergang des Römischen Reiches vorgebracht. Oft machte man Probleme dafür verantwortlich, die in der jeweils eigenen Zeit begründet lagen und von denen man dann vermutete, sie seien auch schon für Roms Ende verantwortlich gewesen. Das meiste davon ist also Projektion. Man vergisst auch, dass nicht alles aus dem Altertum verschwunden ist: Im Osten lebte das Römische Reich als Byzantinisches Reich fort, und das christliche Abendland im Westen geht letztlich auf die Völkerwanderung zurück.

Das spätrömische Reich – ein Zwangsstaat?

Welche Bedeutung hatte die Steuerschätzung?
Die reichsweite Steuerschätzung bezeichnete man in der Spätantike als Indiktion. Sie wurde für die Menschen bald so wichtig, dass man sogar nach Indiktionen datierte. Dies setzt sich noch im frühen Mittelalter fort.

Welche Dienstverpflichtungen gab es noch für die Menschen in der Spätantike?
Außer der Steuerlast und der Erblichkeit für bestimmte Berufs- und Gesellschaftsgruppen gab es im Römischen Reich zahlreiche weitere Dienstverpflichtungen: Reiche Leute mussten Spiele und Feste finanzieren, ärmere Menschen mussten Straßenarbeiten leisten und die öffentliche Post mit Zugtieren unterstützen. Wenn Soldaten auf dem Marsch waren, bestand die Gefahr, dass das eigene Hab und Gut beschlagnahmt wurde.

Diocletian und Konstantin hatten die Probleme der vorangegangenen Zeit gemeistert, indem sie das Heerwesen, die Verwaltung und die Besteuerung auf völlig neue Grundlagen stellten. Das neue Steuersystem versuchte die Leistungsfähigkeit des Imperiums besser und auch gerechter auszunutzen: Zunächst alle fünf Jahre, später im Abstand von 15 Jahren wurden alle Reichsbewohner **steuerlich veranlagt,** d. h. eingeschätzt. Nach den dabei ermittelten Angaben zu Einkommen und Vermögen der Bevölkerung, der Fruchtbarkeit des Bodens sowie der Zahl der Arbeitskräfte und des Viehs zog man jährlich die Steuern ein. Für deren Eintreibung waren die Ratsherren der vielen Provinzstädte zuständig. Die Höhe der Steuer ergab sich aus dem Bedarf des Staates. In einem ersten Schritt wurde errechnet, wie viel an Steuer der Staat in einem bestimmten Jahr insgesamt benötigte, und danach wurde dieser Betrag auf die Steuerpflichtigen umgelegt. So wurde die Steuerlast zwar gleichmäßig aufgeteilt, aber es konnte natürlich auf Grund von Missernten usw. der Fall eintreten, dass der Staat mehr verlangte, als den Menschen zuzumuten war.
Durch das neue Steuersystem entstand aber noch ein anderes Problem: Die Steuerpflichtigen und auch die steuereintreibenden Ratsherren, die für eventuelle Fehlbeträge hafteten, waren für relativ lange Zeit in einen festen Plan eingebunden. Wenn jemand im Laufe eines Veranlagungszeitraumes abgewandert war, mussten andere für seine Steuern aufkommen. Dementsprechend gab es Beschwerden über verlassenes Ackerland, das dennoch besteuert wurde. Der Staat reagierte darauf mit Gesetzen. Ackerpächter durften das von ihnen bebaute Land nicht mehr verlassen und auch die Ratsherren wurden auf ihren Stand festgelegt, d. h., die Söhne mussten die Pflichten ihrer Väter übernehmen. Ähnliche Strukturen wurden auch in anderen Bereichen eingeführt: Die Söhne von Veteranen etwa mussten in die Armee eintreten und auch bestimmte Berufe, die für den Staat wichtig waren, wurden erblich, zum Beispiel der des Schiffseigners, denn die Schiffe versorgten mit ihrer Fracht die großen Städte und die Truppen. Hinzu kamen zahlreiche weitere **Dienstverpflichtungen.** Der Staat war entschlossen, das, was er brauchte, auf jeden Fall sicherzustellen und einzutreiben.
Gleichzeitig veränderte sich das Kaisertum. Der Herrscher wurde über seine Untertanen weit erhöht und für die meisten von ihnen

unnahbar. Bei der Kleidung und im Hofzeremoniell wurde große **Pracht** entfaltet. Kaiser im Stile des 1. und 2. Jahrhunderts n. Chr., die zugänglich erscheinen wollten oder sich gar nach außen hin als Diener der Gemeinschaft darstellten, gehörten nun der Vergangenheit an.

All dies, ferner der gewachsene Verwaltungsapparat und schließlich die unzähligen Gesetze und Regelungen, die dann auch systematisch gesammelt wurden, haben einige zu der Ansicht geführt, das spätrömische Reich sei von Diocletian und Konstantin in einen Zwangsstaat verwandelt worden, in dem es keine Freiheit mehr gegeben habe. Dies ist aber stark übertrieben. Viele der spätantiken Gesetze wurden einfach nicht befolgt und außerdem weiß man selten, welches Ausmaß die Probleme, die geregelt werden sollten, wirklich hatten. Wollte niemand mehr seine Pflichten gegenüber dem Staat erfüllen, weil diese so drückend waren, oder betraf dies nicht doch nur Ausnahmefälle? Die so gebieterisch auftretenden Kaiser der Spätantike, vor allem die Kinderkaiser, hatten in Wirklichkeit weit weniger Macht als Männer wie Augustus oder Traian. Insgesamt kann also von einem Zwangsstaat keine Rede sein. Dennoch war die Beruhigung des Reiches im 4. Jahrhundert nur möglich geworden durch eine Anspannung aller Kräfte bis zur Grenze dessen, was geleistet werden konnte. Als die Völkerwanderung begann, gab es nichts mehr zuzusetzen.

Warum wurde das spätantike Kaisertum prachtvoller?

Julian, der Neffe Konstantins (361–363), versuchte ein letztes Mal, als »bescheidener Kaiser« aufzutreten. Das aber verstanden nicht einmal mehr seine Freunde – die allgemeine Einstellung hatte sich geändert. Die Lage war schwieriger geworden, deshalb wollten die Herscher sich durch die Überhöhung des Kaiseramtes unangreifbar machen. Auch die Bevölkerung erwartete in dieser Zeit vom Kaiser, dass er Stärke ausstrahlte; dies gab den Menschen Hoffnung.

BEMERKENSWERTES

Die Ursprünge der modernen Gesetze

Es gibt zwei große spätantike Gesetzessammlungen. Theodosius II. (408–450) ließ alle Kaisererlasse ab 312 zusammenstellen im *Codex Theodosianus,* der zwischen 429 und 438 erschien. Justinian veröffentlichte 533/534 das *Corpus Iuris Civilis,* ein juristisches Lehrbuch mit einer Sammlung aller Kaisergesetze seit Hadrian und der Rechtsauskünfte römischer Juristen. Das so aufgezeichnete römische Recht wurde zur Grundlage vieler moderner europäischer Gesetzbücher.

Altes und Neues im Frühmittelalter

Wer waren die Merowinger?
Nach ihrem sagenhaften Urahnen Merowech werden die fränkischen Könige Merowinger genannt. Genaueres wissen wir erst von Chlodwigs Vater Childerich: Er führte im 5. Jahrhundert eine größere Gruppe fränkischer Krieger an und bekleidete zugleich den Posten eines römischen Generals in der nordgallischen Stadt Tournai. Dort wurde er auch in einem prunkvollen Grab bestattet.

In Gallien ist das Römische Reich nicht sang- und klanglos untergegangen. Die römische Verwaltung funktionierte zunächst weiter und die Einwohner zahlten ihre Steuern, jetzt aber an einen neuen Herrn, den fränkischen König Chlodwig aus der Familie der **Merowinger.** Die fränkischen Krieger und Bauern ließen sich vor allem im heutigen Nordfrankreich und Belgien nieder, während im Süden weiterhin die Nachkommen der Gallier und Römer in der Mehrheit waren. Auch von ihnen wurde der neue König akzeptiert, und zwar vor allem deshalb, weil er sich in Reims von einem katholischen Bischof taufen ließ. Der gemeinsame christliche Glaube trug dazu bei, dass sich bald alle Bewohner des Merowingerreiches als Franken verstanden.

Ein Jahrhundert nach Chlodwig erlebten auch die Länder im Süden und Osten des Mittelmeeres gewaltige Veränderungen. Zwar hatte der oströmische Kaiser Justinian noch einmal Italien und die römischen Provinzen an der Nordküste Afrikas von den Ostgoten und Vandalen zurückerobert. In den Kämpfen war aber vieles zerstört worden und heftige Streitigkeiten innerhalb der Kirche des **Oströmisch-byzantinischen Reichs** sorgten für weitere Unruhe. Vor allem die Bewohner der afrikanischen Provinzen und Ägyptens fühlten sich vom Kaiser und von der Kirche im fernen Konstantinopel unterdrückt. Manche Christen empfanden es wohl geradezu als eine Befreiung, als im 7. Jahrhundert eine neue politische Kraft auf den Plan trat und die byzantinische Herrschaft von Nordafrika bis nach Syrien und Palästina zerstörte. Es waren arabische Stämme, die jetzt durch eine neue Religion geeint wurden. Der Kaufmann Mohammed hatte seinen Stammesgenossen, die zuvor verschiedene Gottheiten verehrten, als Prophet den Glauben an einen einzigen Gott verkündet. Daraus entstand der Islam, nach dem Judentum und dem Christentum die dritte der großen Weltreligionen, die nur einen persönlichen Gott verehren und deshalb als monotheistisch bezeichnet werden.

Im Jahr 622 hatte sich Mohammed aus seiner Heimatstadt Mekka nach Medina zurückgezogen; mit diesem Jahr beginnt die Zeitrechnung der islamischen Welt. Mohammeds Nachfolger, die Kalifen, beherrschten von Bagdad aus ein Weltreich. Seit dem Jahr 711 waren muslimische Fürsten sogar unmittelbare Nachbarn des Frankenreichs. In Spanien waren zuvor heftige Kämpfe um den westgotischen Königsthron ausgebrochen, in deren Verlauf eine Partei Berber und Araber aus Marokko zur Hilfe gerufen hatte. Die Helfer stellten sich schnell als die stärkste militärische Kraft heraus und übernahmen schließlich selbst die Herrschaft auf der Iberischen Halbinsel. Nur eine schmale Zone im Norden blieb unter der Kontrolle christlicher Fürsten.

Was war das Byzantinische Reich?
Die Nachfolger des Kaisers Justinian haben ihre Politik immer deutlicher auf Griechenland und Kleinasien konzentriert. Um den politischen und kulturellen Wandel des östlichen Kaiserreiches zum Ausdruck zu bringen, sprechen wir nicht mehr vom »Oströmischen«, sondern vom »Byzantinischen Reich«, nach dem antiken Namen der Kaiserstadt Konstantinopel. Unter den vielen Kirchen der Stadt ragte die prächtige Kirche der »Heiligen Weisheit« (Hagia Sophia) hervor. Kaiser Justinian hatte sie erbauen lassen.

Die Taufe König Chlodwigs

BEMERKENSWERTES

Blutiger König

Der Merowinger Chlodwig blieb nicht nur als der König in Erinnerung, der durch seine Taufe den Grundstein für die Entwicklung christlicher Kultur im Fränkischen Reich gelegt hatte. Der Bischof und Geschichtsschreiber Gregor von Tours überliefert uns auch die andere, brutale Seite des Königs, der alle Konkurrenten, auch aus der eigenen Familie, mit Gewalt aus dem Weg geräumt hatte. Am Ende seines Lebens soll Chlodwig darüber geklagt haben, keine Verwandten mehr zu haben – »aber«, so kommentiert Gregor, »er sagte dies nicht aus Schmerz um deren Tod, sondern in der listigen Erwartung, dass sich vielleicht noch einer fände, den er töten könnte«.

Eine Familie macht Europa

Wo lebte Karl der Große?
In den letzten Jahren seiner Herrschaft verbrachte Karl der Große seine Zeit am liebsten in Aachen. Dort gab es eine Königspfalz, eine Gruppe von Wohnhäusern und Verwaltungsgebäuden mit einer großen Halle und Vorratskammern, in denen Nahrungsmittel für den königlichen Hof bereitgehalten wurden. Schon seit der Römerzeit nutzte man die Heilwirkung der heißen Quellen. Nach römischen Vorbildern ließ Karl die Pfalzkapelle bauen, eine Kirche mit achteckigem Grundriss, die mit antiken Säulen aus Ravenna und anderen italienischen Orten ausgestattet wurde. Hier wurde der Kaiser nach seinem Tod im Jahr 814 beigesetzt.

Politik war im frühen Mittelalter eine Familienangelegenheit: Vieles hing davon ab, ob ein König überhaupt einen Sohn hatte, der ihm auf den Thron folgen konnte, oder ob sogar mehrere Nachkommen sich die Königsherrschaft teilen mussten. Das Frankenreich wurde durch die Kämpfe zwischen den Enkeln und Urenkeln des Königs Chlodwig erschüttert. Die Merowingerkönige waren dabei auf die Unterstützung der Adeligen angewiesen. Vertreter der mächtigsten Adelsfamilien bekleideten das Amt des Hausmeiers, das immer wichtiger wurde. Den letzten Merowingern blieb nur noch der Titel eines Königs, während die politische Macht in den Händen der Hausmeier lag. Besonders tatkräftig zeigte sich der Hausmeier Karl Martell, dessen Beiname »der Hammer« bedeutet; durch jährliche Kriegszüge konnte er seine Macht über weite Teile des Frankenreiches ausdehnen. Auch den Süden Frankreichs, der seit langem eigene politische Wege gegangen war, brachte Karl unter seine Kontrolle. In diese Auseinandersetzungen wurde auch der muslimische Nachbar, der Emir von Cordoba, verwickelt. Dessen Heer konnte Karl im Jahr 732 bei Tours und Poitiers besiegen.

Karl Martells Name ging auf seine Nachkommen über, die Karolinger, die noch fast zwei Jahrhunderte lang die politische Entwicklung des Frankenreichs bestimmten. Karls Sohn Pippin konnte im Jahr 751 den letzten Merowinger ins Kloster schicken, um sich selbst von den Franken zum König erheben zu lassen. Der neue König schloss ein enges Bündnis mit dem Papst in Rom und schützte ihn vor den Angriffen der Langobarden, die weite Teile Italiens beherrschten. Pippins Sohn **Karl der Große** (768–814) ging einen Schritt weiter: Er besiegte den letzten Langobardenkönig und herrschte fortan auch über dessen Reich. Als Papst Leo III. von römischen Gegnern bedrängt wurde, trat Karl für ihn ein. Daraufhin wurde der Frankenkönig vom Papst zum Kaiser gekrönt. Karl wurde dadurch zum obersten Schutzherrn der römischen Kirche und zum höchsten Herrscher im Westen des ehemaligen Römischen Reichs. Bald erkannten auch die Nachfolger der oströmischen Kaiser in Konstantinopel den neuen »Kollegen« an.

In seiner ungewöhnlich langen Herrschaftszeit, die mehr als vier Jahrzehnte dauerte, erweiterte Karl das Frankenreich auf fast das Doppelte. Besonders langwierig und blutig verliefen die Kämpfe mit den heidnischen Sachsen, die erst im Jahr 804 endgültig besiegt waren. In den folgenden Jahrzehnten wurden sie fest in das Fränkische Reich und in die fränkische Kirche eingegliedert. Nur geringe politische Folgen hatte ein bald schon abgebrochener Kriegszug Karls ins muslimische Spanien. Erst viel später, in der Zeit der Kreuzzüge, sah man darin ein Unternehmen zur Verteidigung des Christentums. Die Kunde von Karls erfolgreicher Herrschaft drang allerdings auch bis zu dem größten Fürsten der islamischen Welt, dem Kalifen von Bagdad, vor. Der tauschte mit dem Frankenkönig Gesandtschaften aus und machte ihm ein Geschenk, das im Frankenreich großes Aufsehen erregte: einen Elefanten, dessen Name und dessen Todestag sogar von den zeitgenössischen Geschichtsschreibern vermerkt wurde.

Besonders wichtig war den Karolingern die Verbindung des Königtums mit der Kirche. Seit Pippin wurden die meisten Könige des Frankenreichs und ihre Nachfolger wie die biblischen Könige Saul und David in einem kirchlichen Ritus gesalbt. Bald wurde auch im Königstitel der Glaube ausgedrückt, dass der König von Gott zum Königtum berufen war und »durch die Gnade Gottes« herrschte. Durch das ganze Reich sandte Karl der Große seine Boten und seine Anweisungen, um die Untertanen zur Treue gegenüber dem König und zu einem Leben nach den Geboten der Bibel zu ermahnen.

Wo wurde Karl der Große zum Kaiser gekrönt?

Außerhalb der antiken Stadtmauern Roms wurde das Grab des Apostels Petrus verehrt. Im 4. Jahrhundert hat man dort die große Peterskirche errichtet, in der Karl der Große zu Weihnachten 800 zum Kaiser gekrönt wurde. Erst im 16. Jahrhundert wurde die Gestalt der spätantiken Kirche grundlegend im Baustil der Renaissance verändert.

BEMERKENSWERTES

Leckerer Braten und harte Brocken

Von Karl dem Großen wissen wir mehr als von anderen mittelalterlichen Herrschern, weil Einhard, ein Geistlicher seines Hofes, die Persönlichkeit des Kaisers und viele Einzelheiten aus seinem täglichen Leben beschrieben hat. Besonders eingeprägt hat sich dem Biografen die Vorliebe Karls für einen deftigen Spießbraten. Mit ebenso großem Eifer, aber geringerem Erfolg soll sich der Kaiser darum bemüht haben, schreiben zu lernen; allerdings konnte er die lateinischen Schriften seiner gelehrten Freunde lesen.

Was kostet eine Nase?

Wie wurden Rechtsgeschäfte bestätigt?
Weil die spätantike Verwaltung in der Merowingerzeit zu Grunde ging, wurde es immer wichtiger, Rechtsgeschäfte vom König selbst schriftlich bestätigen zu lassen. Dazu wurden besondere Schriftstücke ausgestellt, die Urkunden, die vom König unterschrieben wurden. Schon die Merowinger ließen dazu noch ihr Siegelbild auf der Urkunde anbringen. Der Siegelring Childerichs I. lässt besonders die langen Haare der Merowingerkönige erkennen. Die Karolinger und ihre Nachfolger verzichteten dann auf die eigene Unterschrift, während sie ihre Siegel immer prachtvoller ausgestalteten.

Was war die Lex Salica?
In der Lex Salica ließen König Chlodwig und seine Nachfolger die rechtlichen Gewohnheiten der Franken niederschreiben.

Nach Chlodwigs Tod (511) teilten seine Söhne die Herrschaft auf; in der Folgezeit kam es immer wieder zu erbitterten Kämpfen zwischen den Königen aus der Merowingerfamilie, weil jeder hoffte seinen Anteil auf Kosten der anderen zu vergrößern. Im Norden des Reichs wurden dabei die Reste der römischen Staatsverwaltung zerstört. Das Leben wurde jetzt einfacher, »mittelalterlicher«: Man konnte nicht mehr zu einer Behörde gehen, um zum Beispiel Kauf und Verkauf von Land schriftlich festhalten zu lassen; jeder musste vielmehr selbst dafür sorgen, Verträge und Aufzeichnungen zu verwahren. Auf dem Land kam man jetzt auch häufig ganz ohne schriftliche Verwaltung aus: Verbindlich waren mündliche Vereinbarungen und symbolische Handlungen, die man vor Zeugen vollzog. Sollte etwa ein Stück Land verkauft werden, dann übergab der Verkäufer dem Käufer einen Zweig oder einen Halm.

Solche Regeln waren zur Gewohnheit geworden; sie waren besonders wichtig, wenn eine blutige Auseinandersetzung oder gar eine Tötung zu klären war. Ein Streit unter Nachbarn um einen kaputten Weidezaun oder um ein entlaufenes Schaf, auch ein missverstandener Scherz unter Freunden bei einem feucht-fröhlichen Gelage konnte schnell in eine Rauferei oder sogar in einen Kampf mit scharfen Waffen münden. Wurde einer der Kontrahenten verletzt oder gar getötet, drohte die Blutrache: Verwandte und Freunde des Opfers waren verpflichtet dem Täter oder seiner Familie einen entsprechenden Schaden zuzufügen. Solches wechselseitige Blutvergießen konnte nur allzu leicht außer Kontrolle geraten; deshalb traf man die Regelung, dass Schäden und Verwundungen auch durch Geld oder durch Schafe, Schweine oder Wertgegenstände ausgeglichen werden konnten.

Besonders die Könige waren daran interessiert, dass ihre adeligen Krieger nicht immer durch blutige Kämpfe untereinander geschwächt wurden, sondern ihre Kampfkraft im Dienst ihres Königs unter Beweis stellen konnten. Deshalb war der Schadensausgleich ein wichtiges Thema, als der Merowinger Chlodwig das bei den Franken **geltende Recht** in der **Lex Salica** aufschreiben ließen. Der Frankenkönig wollte sich wie ein römischer Kaiser als Gesetzgeber darstellen. Das Leben in den Dörfern und auf den Landgütern der Franken war aber viel einfacher als das Leben in einer antiken Stadt. Deshalb sahen auch die Rechtsaufzeichnungen der Franken und anderer frühmittelalterlicher Völker ganz anders aus als ein römisches, **byzantinisches** oder ein heutiges Gesetzbuch. Das fränkische Rechtsbuch bestand zu einem großen Teil aus Tabellen für den Schadensausgleich. Darin konnte man etwa nachlesen, was eine gebrochene Nase, ein abgehauener Finger oder ein ausgerissenes Auge wert waren. Auch der Tod eines Menschen konnte auf diese Weise ausgeglichen werden; dazu musste man das Wergeld bezahlen, dessen Höhe sich nach der Stellung des Getöteten richtete. Am höchsten war das Wergeld eines freien Bauern oder Kriegers; geringer waren die Summen, die für einen Halbfreien oder einen Unfreien gezahlt werden mussten. Diese Standesunterschiede zwischen den Menschen bedeuteten im Frankenreich nicht mehr das Gleiche wie im Römischen Reich: Ein Unfreier musste für seinen Herrn arbeiten und konnte nicht selbst entscheiden, wo er leben wollte. Trotzdem hatte er eine bessere Stellung als ein antiker Sklave, über den der Herr verfügen konnte wie über einen beliebigen Gegenstand, der ihm gehörte.

Welches Recht galt im Byzantinischen Reich?

Der oströmische Kaiser Justinian hat sich auch als Gesetzgeber einen Namen gemacht. Er hat das römische Recht, das sich in Jahrhunderten entwickelt hatte, in einem einheitlichen Werk zusammenstellen und ordnen lassen. Im lateinischen Westen nahm man davon zunächst keine Notiz. Für die einfacheren Lebensverhältnisse in den frühmittelalterlichen Königreichen war dieses Recht auch zu kompliziert. Erst seit dem 11. Jahrhundert wurde Justinians Werk, das Corpus iuris civilis, auch im Westen Europas an den neuen Rechtsschulen und später an den Universitäten studiert.

BEMERKENSWERTES

Lange Ohren

Im mittelalterlichen Recht kam es mehr auf mündliche Verabredungen und symbolische Handlungen als auf schriftliche Verträge an; deshalb war das Gedächtnis der Beteiligten besonders wichtig. Nach dem Recht der Bayern wurden Zeugen an den Ohren gezogen, damit sie sich ihr Leben lang an ein wichtiges Geschäft erinnerten.

Reichskirche und Glaubenseinheit

Wie war das Verhältnis von antiker Philosophie und Christentum?

Da die antike Philosophie traditionellerweise neben und nicht innerhalb der alten Religion existiert hatte, standen die philosophisch gebildeten Menschen der Spätantike auch der neuen christlichen Religion eher fern. Erst Augustinus, der Bischof von Hippo in Nordafrika (351–430 n. Chr.), konnte durch seine Schriften die alte Philosophie mit der christlichen Theologie verbinden.

Was war der »Bußakt von Mailand«?

Ende 390 kam es in der griechischen Stadt Thessaloniki zu Unruhen, bei denen ein General umkam. Theodosius I., der sich in Mailand aufhielt, befahl von dort ein blutiges Strafgericht. Daraufhin schloss ihn Ambrosius, der Bischof von Mailand, aus der Gemeinde aus. Der Kaiser musste sich schließlich vor dem Bischof beugen und öffentlich Buße tun.

Galerius hatte 311 das Christentum als eine von vielen Religionen im Reich endgültig erlaubt, von seinem Nachfolger Konstantin wurde es nachdrücklich gefördert. Nur 80 Jahre später verbot Theodosius I. alle nichtchristlichen Kulte mit Ausnahme des Judentums und machte so das Christentum zur einzigen Staatsreligion. Gleichzeitig wurde das Reich im 4. Jahrhundert und auch danach von heftigen innerkirchlichen Streitigkeiten erschüttert, an denen die Menschen so lebhaften Anteil nahmen, dass es deswegen oft zu Gewalttätigkeiten kam. Wie konnte es zu einem derart raschen Wandel kommen?

Um die damalige Entwicklung der Kirche zu verstehen, muss man sich den besonderen Charakter der christlichen Religion vergegenwärtigen. Der christliche Glaube besagt, dass es nur einen einzigen Gott gibt und dass eine Auferstehung nur möglich ist, wenn man aufrichtig an diesen Gott glaubt. Gleichzeitig hatte Jesus den Jüngern befohlen, alle Menschen zum Christentum zu bekehren, da ihre Seelen nur so gerettet werden könnten. Darin unterschied sich das Christentum von allen übrigen Glaubensrichtungen im Römischen Reich. Sehr leicht entsteht durch eine solche Lehre eine Situation, in der andere Religionen verdrängt werden. Auch Intoleranz gegenüber Andersgläubigen ist eine mögliche Entwicklung. Es ist daher nicht verwunderlich, dass die alten Kulte nach der Konstantinischen Wende rasch in die Defensive gerieten. Es war für sie jetzt von Nachteil, dass sie nicht über eine ähnlich starke Organisation verfügten wie die christlichen Kirche.

Man weiß nicht genau, wie schnell der Anteil der Christen an der Gesamtbevölkerung wuchs, aber es kann gesagt werden, dass sich das Christentum auf dem Lande und innerhalb der gebildeten Oberschicht am langsamsten ausbreitete. Die Adligen hatten ein stark philosophisch geprägtes Weltbild und die **Philosophie** stand zunächst der christlichen Religion distanziert gegenüber. Die Spitzenämter in Staat, Militär und Verwaltung aber wurden immer häufiger von Christen bekleidet. Anfänglich bemühten sich die Herrscher noch die Religionsfreiheit für alle zu gewährleisten, doch Theodosius I. musste nach dem **»Bußakt von Mailand«** dem Drängen der Kirche nachgeben und die so genannten heidnischen Kulte verbieten. Die Menschen, die ihre vielen Götter verloren hatten, beteten nun gerne zu Kirchenheiligen um Beistand. Andere zogen sich auf der

Suche nach dem »wahren Glauben« in Klöster zurück, die einen großen Aufschwung erlebten. Frauen im Priesteramt gab es im Christentum nicht.

Worüber stritten die frühen Christen?
Im Osten stritt man sich lange um die Natur Christi (Arianer-, Nestorianer- und Monophysitenstreit): Wenn es nur einen Gott gab, was war dann sein Sohn Christus? Ein zweiter Gott, ein Mensch oder Mensch und Gott zugleich? Solche Fragen sind nur dogmatisch zu lösen, d. h. durch Glaubenssätze, die in der Kirche vielfach noch heute gültig sind.

Auch die Kirche selbst veränderte sich: Da die Bibel vieldeutig ist, hatte es schon immer **Meinungsverschiedenheiten** gegeben. Die christlichen Kaiser jedoch fühlten sich jetzt für die Glaubenseinheit zuständig, und mit ihnen war plötzlich ein mächtiger Schiedsrichter entstanden. Entschieden wurden die strittigen Fragen auf Bischofsversammlungen (Synoden und Konzilien). Der Staat setzte dann die Mehrheitsmeinung durch, notfalls mit Gewalt. Das heizte den Streit an, denn es war nun möglich, unliebsame Gegner mundtot zu machen. Oft waren die theologischen Kontroversen zugleich innerkirchliche Machtkämpfe. Da nicht alle mit den Lösungen der großen Konzilien (Nikaia 325; Konstantinopel 381; Ephesos 431; Chalkedon 451) leben konnten, kam es zu Kirchenspaltungen, die zum Teil heute noch bestehen.

Die enge Verbindung von Kirche und Staat führte zu einer weiteren Entwicklung: In Anlehnung an die staatliche Verwaltung entstanden Oberbischöfe (Metropoliten und Erzbischöfe) und schließlich Kirchenprovinzen, die ganze Reichsteile umfassten, so genannte »Patriarchate«. Einer der »Patriarchen« war der Papst in Rom, der den Vorrang im Westen beanspruchte. Die Kirche konnte dort den Untergang des weströmischen Staates überleben, weil auch die Germanen zum Christentum übertraten. Durch sie führt eine direkte Linie von der Antike in die Gegenwart.

BEMERKENSWERTES

Sonntagsruhe und Krankenpflege

Die Christianisierung des Römischen Reichs hatte vielerlei Auswirkungen auf Staat und Gesellschaft: So wurden zum Beispiel Gladiatorenspiele abgeschafft, die Ehescheidung erschwert und auf bestimmte, entwürdigende Strafen verzichtet. Damals ist auch der Sonntag als gesetzlicher Ruhetag eingeführt worden (321). Am wichtigsten ist wohl, dass die christliche Sozialfürsorge für Arme, Kranke und Schwache jetzt in großem Maßstab und mit staatlicher Unterstützung stattfinden konnte. Dies hatte es zuvor nicht gegeben.

Mönche und Missionare

Wer war Bonifatius?
Der angelsächsische Mönch Winfried Bonifatius wird als »Apostel der Deutschen« bezeichnet, weil er im rechtsrheinischen Teil des Frankenreichs gegen Überreste der vorchristlichen Religion gekämpft und das Leben der Kirche organisiert hat. Bei einer Reise nach Friesland ist er von Räubern erschlagen worden. Vergeblich soll er versucht haben sich mit einem Messbuch gegen die Schwerthiebe zu schützen.

Die Zuschauer hatten Angst, als die mächtige Eiche krachend zu Boden stürzte. Bei vielen galt sie als heilig und unantastbar, weil sie dem Gott Donar geweiht war. Als nichts passierte, nahmen die Menschen das als Beweis dafür, dass die alten heidnischen Götter ohnmächtig waren. Deshalb hatte der angelsächsische Missionar **Bonifatius** im Jahr 723 selbst zur Axt gegriffen, um die alte Eiche beim hessischen Ort Geismar zu fällen. Er wollte die Überlegenheit des Gottes der Christen beweisen. Immer wieder griffen Missionare zu ähnlichen Mitteln, um die Menschen vom Glauben an heidnische Götter wie Wotan oder Donar und von der Verehrung heiliger Bäume oder heiliger Quellen abzubringen. Noch wichtiger als solche Handlungen war allerdings die Macht der christlichen Frankenkönige. Mit dem Fränkischen Reich breitete sich der christliche Glaube über den Rhein nach Osten aus. Bei Friesen, Hessen, Thüringern, Alemannen und Baiern wurden unter der Oberherrschaft der merowingischen Könige Kirchen gebaut. Die Sachsen im Nordosten des Frankenreichs waren aber erst nach jahrzehntelangen, blutigen Kämpfen mit Karl dem Großen dazu bereit, die Herrschaft des Frankenkönigs anzuerkennen und die Religion des Siegers zu übernehmen.

Auch westlich des Frankenreichs wurde das Christentum verbreitet. Schon im 6. Jahrhundert gelangten Missionare aus Gallien und Britannien nach Irland. Der irische Nationalheilige Patrick soll dort den Glauben verkündet haben, nachdem er als Junge von Seeräubern aus Britannien auf die Insel verschleppt worden war. Die christlichen Briten wurden im 5. und 6. Jahrhundert immer weiter in den Westen der britischen Insel abgedrängt, weil Angeln, Sachsen, Jüten und andere kriegerische Gruppen über die Nordsee kamen und eigene Königreiche gründeten. Im Jahr 590 sandte Papst Gregor der Große eine kleine Gruppe von Missionaren in das südlichste angelsächsische Königreich Kent. Im Norden Englands gelang es Mönchen aus Irland, angelsächsische Könige für das Christentum zu gewinnen.

Erstes Ziel der frühmittelalterlichen Missionare war es, die Könige und ihre Völker durch die Taufe in die christliche Kirche einzugliedern. Die Täuflinge mussten sich von ihren alten Göttern lossagen und zum einen Gott der Christen bekennen. Im täglichen Leben machte sich dieses neue Bekenntnis nur allmählich bemerkbar. Als

Bonifatius zu Beginn des 8. Jahrhunderts ins Frankenreich kam, musste er feststellen, dass auch viele getaufte Christen noch Hilfe bei den alten Göttern suchten. Gern feierten sie heidnische Feste, bei denen ausgiebig gegessen und getrunken wurde. Sogar Priester machten dabei mit, und manche von ihnen verstanden nicht einmal die Worte der alten kirchlichen Formel, die sie bei der Taufe von Kindern oder Erwachsenen sprechen mussten. Die meisten Menschen wurden erst nach der Taufe eingehender über die Vorstellungen und Gebote des Christentums unterrichtet. Besonders wichtig war dabei die christliche Hoffnung auf ein Weiterleben nach dem Tod. Aber auch im diesseitigen Leben, bei Krankheiten, Hungersnöten oder Missernten, erhofften die Menschen Hilfe vom Gott der Christen.

Überall in Europa waren es seit dem Ende des Römischen Reichs die Könige, die durch ihr Vorbild oder durch militärische Gewalt die Ausbreitung des Christentums förderten. Noch wichtiger wurde es, dass die Kirche für die Könige und ihr Gefolge, aber auch für die einfacheren Leute überall erreichbar war: Die Vorsteher der Kirche, die Bischöfe, bauten große und reich ausgeschmückte Kirchen in ihren Städten. Reiche und mächtige Herren errichteten kleine Kirchen auf ihrem Land. Schon bald spannte sich ein Netz von Klöstern über Irland, England und das Frankenreich: Dort lebten kleine Gruppen von 15 bis 20 oder sogar große Gemeinschaften von mehr als 100 Mönchen zusammen, um nach dem Motto »**ora et labora**« nur für die Verehrung Gottes da zu sein. Ihr gesamter Tagesablauf wurde von festen Zeiten des Gottesdienstes bestimmt. Bald nach Mitternacht traf man sich, um gemeinsam zu beten und zu singen; sechs weitere Gebetszeiten gliederten den Tag bis zum Sonnenuntergang, dem das Abendgebet folgte. Die zwei bis drei Mahlzeiten am Tag fielen bescheiden aus; nur an besonderen Feiertagen gab es Fleisch.

Was heißt »ora et labora«?

»Bete und arbeite« (ora et labora) gilt als Formel des benediktinischen Klosterlebens. Der italienische Mönchsvater Benedikt von Nursia (ca. 480–560) hat den Tagesablauf der Mönche so geordnet, dass Gebetszeiten und Arbeitszeiten immer wieder einander abwechselten. Benedikts Mönchsregel ist in der Karolingerzeit zur Grundlage für das europäische Mönchtum geworden.

BEMERKENSWERTES

Engel aus England

Papst Gregor der Große soll auf dem römischen Sklavenmarkt auf die großen blonden Männer aus England aufmerksam geworden sein. Ihren Volksnamen »Angeln« deutete er als das lateinische Wort für »Engel« (angeli); das soll den Papst bewogen haben Missionare nach England zu schicken.

Lateinlehrer oder Helden?

Warum musste die Bibel abgeschrieben werden?
Vor der Erfindung des Buchdrucks mussten Bücher mühsam mit der Hand abgeschrieben werden. Im frühen Mittelalter übernahmen das zumeist Mönche, die in den Schreibstuben der Klöster arbeiteten.

Welches Heldenlied ist das älteste?
Als ältestes Heldenlied in deutscher Sprache gilt das Hildebrandslied. Im 9. Jahrhundert hat es ein Geistlicher in Fulda niedergeschrieben. Wahrscheinlich ist die tragische Episode vom Zweikampf zwischen einem Vater und seinem Sohn schon mehrere Jahrhunderte früher am Hof der Langobardenkönige in Italien erzählt worden. Hildebrand, der dreißig Jahre getrennt von seiner Familie im Gefolge des Dietrich von Bern gelebt hat, fordert einen fremden Krieger zum Kampf. Obwohl sich bald herausstellt, dass der Gegner niemand anderer ist als Hildebrands Sohn Hadubrand, findet der Kampf statt, denn beide wollen ihre Ehre wahren.

Die Sorge um Bildung und Schulunterricht ist keine Erfindung der Gegenwart: Schon Karl der Große hat so etwas wie eine »Pisa-Studie« veranlasst, um den Bildungsstand im Frankenreich zu prüfen, und das Ergebnis war schon damals erschreckend: Rechtschreibung und Grammatikkenntnisse waren verkümmert. Zwar las und schrieb man noch Latein, weil die eigene Sprache der Franken nur gesprochen wurde; doch das Latein der Zeit hatte nicht mehr viel mit der Sprache der antiken Schriftsteller zu tun. Karl war vor allem darüber beunruhigt, dass auch die Schriften der spätantiken Kirchenväter, die Gebete für den kirchlichen Gottesdienst und sogar die Bibel zumeist in schlechtem Latein und mit vielen Fehlern **abgeschrieben** und gelesen wurden. Wie sollte man überhaupt noch wissen, was richtig war? Der König packte das Übel an der Wurzel: Überall in seinem Reich, so befahl er, sollten die Bischöfe dafür sorgen, dass die angehenden Geistlichen und Mönche sorgfältig unterrichtet wurden.

Besonders wichtig nahm man das Studium der klassischen lateinischen Autoren wie Cicero, Vergil oder Ovid, von denen man gutes Latein lernen wollte. Die karolingischen Bildungsreformen waren dafür verantwortlich, dass die lateinische Sprache zur gemeinsamen Sprache der europäischen Kultur wurde. Zwar verständigte man sich in den verschiedenen Teilen des Frankenreichs längst in verschiedenen Sprachen. Aber das klassische Latein blieb die Sprache der Schriftkultur und noch weit über das Ende des Mittelalters hinaus verständigten sich die Gebildeten über alle Grenzen hinweg auf Lateinisch.

Nicht nur Geistliche, sondern auch einzelne adelige Laien lernten Latein und lasen Bücher; die Adeligen nahmen aber gleichzeitig an der Kultur teil, die mündlich in den Volkssprachen weitergegeben wurde. Dabei ging es nicht um religiöse Themen: Sänger erzählten von den großen Taten der **Helden** aus unvordenklichen Zeiten. Geschichten vom kunstfertigen und tapferen Schmied Wieland oder von Siegfried, der einen gefährlichen Drachen getötet hatte, wurden durch viele Generationen weitergegeben. Sie wanderten von Land zu Land und von Volk zu Volk. Auch Ereignisse der Geschichte, vor allem der Völkerwanderungszeit, wurden zu spannenden Geschichten umgeformt: So wurde aus Theoderich, dem mächtigen, aber auch brutal und hinterhältig handelnden König der Ostgoten,

der tapfere Held Dietrich von Bern. Das Schicksal der burgundischen Königsfamilie, die im 5. Jahrhundert von den Hunnen unter Attila vernichtet worden war, bot den Stoff zu einer immer wieder erzählten Geschichte. Nach vielen Jahrhunderten ging sie in das mittelhochdeutsche Nibelungenlied ein.
Die Volkssprache blieb aber nicht nur die Sprache der Heldenlieder. An den **Höfen** der Karolingerkönige entwickelten gelehrte Geistliche den Ehrgeiz, auch die christliche Überlieferung in der Volkssprache niederzuschreiben. So erzählt zum Beispiel die Dichtung vom Heliand (= Heiland) das Leben Jesu in der Sprache der frühmittelalterlichen Sachsen.

Worüber wurde am Karolingerhof diskutiert?

Das Bildungsinteresse Karls des Großen lockte die wichtigsten Gelehrten aus England, Irland, Italien und Spanien ins Frankenreich. In der Gesellschaft, die sich am Königshof versammelte, wurde gedichtet und über Wissenschaft und Literatur diskutiert. Oft legte der König selbst seinen Beratern wissenschaftliche Fragen vor.

Karolingische Minuskelschrift

BEMERKENSWERTES

Mühen am Schreibpult

»Oh, wie mühsam ist das Schreiben«: Dieser Stoßseufzer, der wohl so manchem Mönch in der Schreibstube eines Klosters über die Lippen gekommen ist, findet sich häufig in mittelalterlichen Handschriften, gefolgt von der Feststellung »Drei Finger schreiben, aber der ganze Körper leidet«.

Herrscher und Heilige: der Gott schauende Mensch

Welche Götter waren Amors Eltern?
Der kleine Amor weist darauf hin, dass Augustus ein Nachfahre des Aeneas und des Romulus und damit auch der Venus und des Mars ist: Die Liebesgöttin Venus ist die Mutter von Amor und Aeneas, der Kriegsgott Mars ist der Vater von Amor und Romulus.

Wie sah der Typus der Spätantike aus?
Die dargestellten Menschen hatten glatte Gesichter ohne individuelle Züge, weit aufgerissene Augen, eine starre frontale Körperhaltung und sie trugen Gewänder, welche die Formen des Körpers verhüllten. Dieser Typus fand sich in allen Kunstgattungen.

In der römischen Kaiserzeit (1.–3. Jahrhundert n. Chr.) waren die künstlerischen Darstellungsformen die gleichen wie zuvor. Das teils realistische, teils idealisierende Menschenbild blieb erhalten. In allen Provinzen des Imperium Romanum setzte sich das griechisch-römische Vorbild durch. Es existierte eine Reichskunst: Die öffentlichen Plätze der Städte waren mit Statuen von Angehörigen der einflussreichen Familien geschmückt und jede Stadt beherbergte üblicherweise Bauwerke wie Theater, Säulenhallen, Thermen usw. Der römische Kaiser wurde auch in der Kunst in die Nähe der Götter gerückt. Schon Augustus legte großen Wert darauf, dass man anhand der von seinem Abbild gefertigten Skulpturen seine Macht und Erhabenheit erkannte. So weist bei der Augustus-Statue ein kleiner **Amor** auf seine angebliche Abstammung von den Göttern hin. Auch die Tatsache, dass die Augustusstatue von Prima Porta barfuß dargestellt ist, unterstreicht seine göttliche Herkunft: Nur Götter wurden barfuß dargestellt.

Die Spätantike (4.–6. Jahrhundert n. Chr.) brachte ein neues Kunstverständnis, das sich von der realistischen und idealisierenden Menschendarstellung abwandte. Der Bezug zum Göttlichen, zum Geistigen, rückte in den Vordergrund. An die Stelle der Einzelpersönlichkeit trat der **Typus.** Insbesondere die heilige Majestät des Kaisers wurde nicht mehr als individuelle Person dargestellt, sondern durch Herrschaftsabzeichen, wie Diadem oder Krone, Purpurmantel, Juwelen usw. kenntlich gemacht. Das Christentum verstärkte diese Hinwendung zum »Heiligen« im Menschentypus. Im 6. Jahrhundert ließen sich Kaiser Justinian und seine Gemahlin Theodora mit Heiligenscheinen abbilden, wie sie sonst nur Jesus, Maria und die Heiligen trugen. Andererseits wurde Jesus in das purpurne Gewand der römischen Kaiser gekleidet.

Mit der Anerkennung des Christentums als Staatsreligion kamen auch die ersten christlichen Symbole in die bildende Kunst: Kreuz, Lamm, Hirten und die Anfangsbuchstaben **Chi (X)** und **Rho (P)** des Christusnamens. Populär wurden jetzt **Holztafeln,** auf denen Heiligen- und Christusbilder aufgemalt waren.

Im frühen Mittelalter orientierte sich die bildende Kunst zum Teil noch an der Antike. Das förderte vor allem Karl der Große, indem er Gelehrte und Handwerker aus Italien zu sich an den Hof kommen

ließ. So ähnelten z. B. die Evangelisten und Heiligen stark den Abbildungen der antiken Philosophen. Der Kaiser begründete eine Art »Reichskunst«. Das heißt, der kaiserliche Hof und die Klöster förderten und prägten die damalige Malerei und richteten Malschulen ein. Man nennt diese Zeit auch die »karolingische Renaissance« (Ende 8. bis Mitte 9. Jahrhundert), da Karl der Große dem geistigen Erbe der **Antike** zu neuem Glanz verhelfen wollte. In der Zeit der Ottonen (919–1024) bzw. Romanik (ab 950) stellte man die Figuren wesentlich einfacher, d. h. weniger ausgearbeitet dar, womit man eine gewisse Strenge und Nüchternheit im Ausdruck erzielen wollte.
Charakteristisch für die bildliche Kunst der Romanik ab 1050 war die Fülle von Steinskulpturen in Form von Figurenportalen, **Figurenkapitellen,** Reliefs, Taufsteinen und Kreuzgängen. Für die Portale wählten die Erbauer in der Regel Szenen aus dem Jüngsten Gericht. Damit sollten die Gläubigen noch vor Betreten der Kirche auf die Folgen ihres sündigen Tuns hingewiesen werden.
Im 11. Jahrhundert kam in ganz Europa der so genannte Reliquienkult zu einer besonderen Blüte: Klöster stellten Schreine aus Stein oder Edelmetall auf, in denen sie (angeblich) die Körper oder Teile (Hand, Finger) eines Heiligen aufbewahrten. Das lockte viele Pilger an und brachte den Klöstern Geld und Ruhm.

Was bedeuten die Anfangsbuchstaben Chi und Rho?
Die griechischen Buchstaben X (Chi) und P (Rho) sind die Anfangsbuchstaben von »Christus« und bilden das »Christusmonogramm«. Die Christen benutzten es in Gegenden, in denen sie viele Feinde hatten, als Erkennungszeichen. Ein anderes bekanntes christliches Symbol, das in der Antike als »Geheimzeichen« diente, ist der Fisch.

Wie nennt man Holztafeln, auf denen Heilige abgebildet sind?
Diese Tafeln nennt man »Ikonen«. Ihre Bildsprache blieb über Jahrhunderte gleich, zum Beispiel die Darstellung Christi mit langem Bart. Die Ikonen wurden u. a. Grundlage für die Entwicklung der expressionistischen Malerei in Russland.

BEMERKENSWERTES

Jesus Christus im Bild

Von Beginn an gab es Kontroversen darüber, ob man Jesus, Maria und die Heiligen überhaupt darstellen und diese Abbildungen dann verehren dürfe, da im zweiten der Zehn Gebote steht, man dürfe sich kein Bildnis von Gott machen. Die Befürworter der Ikonen hielten jedoch entgegen, dass sie z. B. Jesus als »Mensch gewordenen« Gottessohn und nicht als Gott malten.
Im 8. Jahrhundert flammte dieser »Bilderstreit« heftig auf. Die Bildergegner (Ikonoklasten) zerstörten in dieser Zeit viele wertvolle Kunstwerke. Am Ende setzten sich aber die Befürworter durch und als Kompromiss legte man u. a. genau fest, wie Jesus und Maria gemalt werden sollten.

Was sah man auf den Figurenkapitellen?
Die für die Romanik besonders typischen Figurenkapitelle enthalten auf kleinstem Raum viele Figuren und andere Wesen. Die Darstellungen erzählen vollständige Geschichten.

Von der kaiserlichen Audienzhalle zum Haus Gottes: die Anfänge des christlichen Kirchenbaus

Was ist eine Apsis?
Als Apsis bezeichnet man eine halbkreisförmige Nische, die den Chorabschluss des Langhauses bildet. Sie liegt am östlichen Ende der Kirche. Die Apsis ist mit einer Halbkuppel gekrönt.

Was geschah mit der Hagia Sophia?
Als Byzanz im Jahre 1453 unterging und Konstantinopel fortan türkisch war und »Istanbul« hieß, verwandelten die Türken die Hagia Sophia (türk. Ayasofya) in eine Moschee. Seit 1934 ist sie ein Museum.

Nach ihrer Anerkennung durch Kaiser Constantin I., den Großen (306–337), im Jahre 313 stieg der Bedarf der Christen, eigene Versammlungshäuser zu bauen. Vorbilder für diese Bauten wurden die kaiserliche Audienzhalle mit ihrer **Apsis** und die mehrgeschossige Marktbasilika. Die christliche Basilika war ein durch Säulen in drei »Schiffe« unterteilter, mit der Apsis nach Osten ausgerichteter Steinbau (auch Langhaus genannt) mit einem flachen Holzdach. Der Haupteingang befand sich im Westen. Die Seitenschiffe waren niedriger als das Mittelschiff. Die Christen wandelten die Bauform der Basilika oft durch ein Querschiff zwischen Apsis und Langschiff ab.

Die erste christliche Kirche stiftete Kaiser Constantin, und zwar dem Bischof in Rom. Es ist die Kirche San Giovanni in Laterano und sie wurde Vorbild für viele weitere christliche Kirchen im westlichen Europa. Die erste Peterskirche wurde im Jahre 333 über dem vermeintlichen Grab des Apostels Petrus errichtet. Kaiser Justinian I. ließ in Konstantinopel die **Hagia Sophia** (532–537), das bedeutendste Bauwerk der byzantinischen Kultur, erbauen. Sie sollte alle bisherigen religiösen Bauten, auch den zerstörten jüdischen Tempel, übertreffen.

Die spätantiken und frühbyzantinischen Kirchen glänzten durch ihre prachtvollen Mosaiken und Wandmalereien. Die Künstler gebrauchten bei ihren Arbeiten reichlich Blattgold, welches das Innere der Bauten in ein mystisches Licht tauchte. In Ravenna sind heute noch einige dieser wundervollen Mosaike zu besichtigen.

Ab etwa dem Jahr 950 begann die **»Romanik«.** Die Romanik entwickelte sich zuerst in Italien und Katalonien, breitete sich ab 1030 in Frankreich aus und ab 1080 in Deutschland, England und Skandinavien. Europaweit kam ein regelrechter »Bauboom« an Gotteshäusern auf. Für die **romanischen Kirchen** war der oben beschriebene Basilika-Typus mit seinem dreiteiligen Grundriss maßgebend. In karolingischer Zeit fügte man zwischen Querschiff und Apsis ein Chorjoch ein. Nach und nach ersetzte man die flachen oder gewölbten Holzdecken wegen der Brandgefahr durch Steingewölbe.

Die Architekten orientierten sich dabei an der antiken Rundbogenkonstruktion.
Im 11. Jahrhundert kam eine wichtige Neuerung hinzu: das Westwerk. Gegenüber dem Ostchor wurde ein Westchor mit Logentürmen und einem zum Hauptschiff hin offenen Atrium angegliedert. Die romanischen Kirchen waren in der Regel recht dunkel, da es mehr Wand- als Fensterfläche gab. Sie wirkten wie mächtige und erhabene »Gottes-Burgen«. Besonders eindrucksvolle romanische Kirchen, die man heute noch besichtigen kann, sind die Kathedrale von Durham in Nordengland (1093) und der Dom zu Speyer (1024–1106).

Woher kommt der Begriff »Romanik«?

Der Begriff wurde im 18. Jahrhundert geprägt und verweist auf die römischen Einflüsse in der Architektur und auf die Herkunft aus romanischen Ländern. Außerdem sollte er eine Abgrenzung darstellen zu der nachfolgenden, eher »germanisch« (bzw. »gotisch«, daher der Name) geprägten Epoche, der Gotik.

Romanischer Baustil: der Dom zu Speyer

Was sind typische Schmuckelemente der romanischen Kirchen?

Typisch romanische Schmuckelemente (Ornamente) sind die Fensterrose, welche die Kirchenfassade schmückt, spiralenförmiges Rankenwerk aus Pflanzen und Vögeln sowie abstrakt-geometrische Formen.

BEMERKENSWERTES

Zutritt verboten!

Neu in der Romanik war das »Matroneum«, ein Laufgang in den Seitenwänden des Hauptschiffes, zu dem nur Frauen Zutritt hatten. Grund für diese Einrichtung war, dass Frauen und Männer nicht nebeneinander auf der Kirchenbank am Gottesdienst teilnehmen durften. Die Sitte, dass Frauen und Männer getrennt links bzw. rechts des Mittelganges Platz nehmen, bestand bis in unsere Zeit hinein.

Einheit durch Gesang: der gregorianische Choral

Was ist ein Choral?
Das ist zunächst der einstimmige und nicht von Instrumenten begleitete Gesang der katholischen Liturgie. Später heißen auch die volkssprachlichen Strophenlieder der protestantischen Gemeinde »Choral«. Ab dem 17. Jahrhundert meint »Choral« auch Choralbearbeitungen, und zwar für Stimme oder für Instrumente. Es ist ein vielfältiger Begriff!

Wie stand es um die weltliche Musik?
Von der weltlichen Musik dieser Epoche ist so gut wie nichts überliefert – die Menschen außerhalb der Klöster waren des Lesens und Schreibens nicht kundig. Man kann sich allerdings denken, wann Musik erklungen ist: auf Volksfesten (Trinklieder, Tanzlieder), bei Hofe (von Spiel- und Theaterleuten), auf Hochzeiten. Die Musik – geistlich wie weltlich – erklang also in einer bestimmten Funktion und kaum um ihrer selbst willen. Zumindest wissen wir nichts davon.

Ein Mensch bekommt ein Bild gezeigt und soll dazu eine Geschichte erzählen. Das ist ohne Hintergrundinformationen nicht so einfach – und bei vielen unterschiedlichen Menschen würde zu dem gleichen Bild jede Geschichte etwas anders klingen! Aus dem frühen Mittelalter sind nur wenige »Bilder«, also wenige historische Zeugnisse und Dokumente, überliefert, dafür aber viele »Geschichten«. Diese »Geschichten« können nur eine vage Vorstellung davon vermitteln, wie es denn gewesen sein könnte.

Nach Jesu Tod mussten seine Anhänger 300 Jahre im Verborgenen wirken, weil sie von den römischen Kaisern verfolgt wurden. Dann wurde ihre Religion anerkannt. Sie konnten Klöster bauen und Gottesdienste feiern. Dabei sangen sie. Aber die ersten Christen waren Menschen ihrer Zeit. Sie kannten nur ihre »alten« Melodien, die altjüdischen, griechischen oder römischen Tempelgesänge, oder auch **weltliche Musik** wie Zirkuslieder. Deren Melodien unterlegten sie kurzerhand biblische Texte. Jede Gegend pflegte eine eigene **Liturgie** und eigene Gesänge.

Der Bischof Ambrosius von Mailand (ca. 340–397 n. Chr.) kann mit den von ihm komponierten Hymnen als Erfinder eines liturgischen Gesanges gelten, dessen Text nicht unmittelbar aus Bibelstellen abgeleitet ist.

Papst Gregor I. (Papst von 590–604 n. Chr.) empfand die Kirchenmusik seiner Zeit allerdings als einer Staatsreligion nicht würdig und hielt die weltlichen Einflüsse auf die geistliche Musik für prekär. Er wollte Einheit schaffen und erfand kurzerhand den gregorianischen Choral, der im Folgenden in der auch neu sortierten Liturgie seinen festen Platz einnahm. – So jedenfalls lautet die »Geschichte«, aber so kann es nicht gewesen sein. Die Einheit der kirchlichen Gesänge – weiter gefasst: der Liturgie – war ein hartes Stück Arbeit, das mehrere Jahrhunderte dauerte. Als gesichert gilt jedoch, dass Gregor I. die liturgischen Texte ordnete, vermutlich aber nicht die Melodien der Messgesänge, die ja zu seiner Zeit noch nicht notiert waren (vgl. Kapitel »Mehrstimmigkeit«). Auf die Melodien nahm Gregor I. Einfluss, indem er die **»Schola cantorum«** in Rom neu organisierte. Sie bewahrte und verbreitete die Melodien. Gott sollte »in einer Zunge« gehuldigt werden. In der Tat ist der gregorianische Choral, der sich um 850 n. Chr. fast überall durchgesetzt hatte, eine große musikalisch künstlerische Leistung.

Wie sieht ein gregorianischer Choral aus? Er ist einstimmig, gleich, ob eine Person (Priester) singt oder ein Chor. Er wird während des Gottesdienstes gesungen, und zwar auf Latein und ohne instrumentale Begleitung. Die Melodie strömt gleichmäßig und ruhig dahin, meist hat sie einen Tonumfang von nur sechs Tönen. Ein Choral klingt erhaben, dennoch verlässlich und ohne große Überraschungen – so verlässlich, wie man sich das Verhältnis Gottes zum mittelalterlichen Menschen vorstellte, oder auch andersherum: so verlässlich wie das Vertrauen, das der mittelalterliche Mensch zu Gott hatte oder haben sollte. Bis zum Beginn des 20. Jahrhunderts hatte der gregorianische Choral seinen Platz in der katholischen Liturgie. Seine Sänger konnten sich auf eine Sammlung von mittlerweile über 3.000 Melodien stützen, die im Laufe der Zeit zusammengetragen worden waren! Heute singen die Menschen in der Kirche überwiegend in ihrer Landessprache, damit sie verstehen, was da erklingt.

Papst Gregor I.

Was bedeutet »Liturgie«?

Liturgie (griechisch »leiturgia«, meint »öffentlicher Dienst, öffentliches Werk«) ist die fest vorgeschriebene Form, in der der Gottesdienst abgehalten wird. Kernstück – z. T. in der Wortbedeutung identisch – ist die Messe mit der Eucharistiefeier, dem Abendmahl. Nicht wegzudenkender Teil der Messfeier ist der Gesang.

Gibt es noch heute eine »Schola cantorum«?

Die »Schola« war der berufliche Sängerchor am Hofe der Päpste in Rom. Ihn gab es bis ins 14. Jahrhundert. In der Neuzeit wählten einige Konservatorien den Namen »Schola cantorum«, sodass es den Namen zwar heute gibt, aber in ganz anderer Bedeutung als früher. Beispielsweise heißt das in Basel 1934 gegründete Lehrinstitut für alte Musik »Schola cantorum Basiliensis«.

BEMERKENSWERTES

Instrumente raus!

Im Gegensatz zur antiken Tempelmusik hatten im christlichen Gottesdienst die Instrumente nichts verloren. Sie galten als verwerflich, weil sie an den heidnischen Kult erinnerten und vom Wort ablenkten. Instrumente hätten die Musik zu sinnlich gemacht! Selbst die Orgel – für uns das Kircheninstrument an sich – hielt erst ab dem 8. Jahrhundert n. Chr. Einzug in die Kirchen. Vermutlich haftete ihr allzu lange der Geruch des Zirkus an, als dessen musikalische Begleiterin sie in der Antike gedient hatte.

Natur ohne Wissenschaft

Was zeigen die frühmittelalterlichen Weltkarten?

Die gesamte bewohnbare Erde wird als kreisförmiger Teller dargestellt, unterteilt durch ein T-förmiges Wasser. Über dem »T« liegt der Kontinent Asien, unten links Europa, rechts Afrika. Die Wasserschranke, die Europa von Afrika trennt, ist das Mittelmeer; die horizontale Wasserschranke, die Europa und Afrika von Asien trennt, sind Donau und Nil. Umgeben ist alles vom »Ozeanmeer«. Im Mittelpunkt jeder Karte liegt Jerusalem.

Warum musste abgeschrieben werden?

Bis zur Erfindung des Buchdrucks war jedes Buch ein wertvolles Einzelstück. Es musste in mühsamer Handarbeit durch Abschreiben hergestellt werden. Das geschah meist im Skriptorium eines Klosters, denn lange Zeit waren die Mönche nahezu die Einzigen, die lesen und schreiben konnten. Später gab es aber auch weltliche Schreibwerkstätten. Viele Handschriften wurden illustriert sowie grafisch und farbig gestaltet. Solche Bücher waren oft große Kunstwerke.

Im europäischen Mittelalter kam die wissenschaftliche Entwicklung ins Stocken. Nach dem Tod des Ptolemäus (150 n. Chr.) eroberte das Christentum das Römische Reich und den größten Teil Europas. Von nun an verdrängten christlicher Glaube und kirchliches Dogma die Erkenntnisse der antiken Forscher, wie zum Beispiel das Bild der Erde, das sich die Geografen des Altertums so mühselig und sorgfältig erarbeitet hatten. Ersetzt wurde es durch **Karten** der Heiligen Schrift. Mehr als sechshundert *mappae mundi*, Weltkarten, sind aus dem Mittelalter erhalten geblieben. Ihr wissenschaftlicher Wert ist gleich null.

Das frühe Mittelalter wird als eine verhältnismäßig wenig fruchtbare Periode im Bereich der Wissenschaft, also auch der Naturforschung, angesehen. Die aufstrebenden Völker Mittel- und Westeuropas, die dem römischen Imperium den Todesstoß versetzt hatten, waren wirtschaftlich und kulturell geradezu unterentwickelt. Mythen und Aberglauben beherrschten ihr Denken. Es dauerte mehrere hundert Jahre, bis sie das im Altertum Erreichte aufholen und schließlich übertreffen konnten.

Obwohl die Unterbrechung der antiken Wissenschaftstraditionen nicht allein der christlichen Kirche angelastet werden kann, war die wissenschaftsfeindliche Haltung bei einigen Kirchenvätern, den christlichen Dogmatikern, dennoch Programm. »Wissbegier ist bei uns nicht nötig, seit Jesus Christus; auch nicht Forschung, seit dem Evangelium« – wie der römische Kirchenschriftsteller Tertullian (um 160–230) sahen auch andere kirchliche Würdenträger und Autoren in der hellenistischen Wissenschaft die eigentliche Quelle der Ketzerei. Sie legten keinen Wert auf wissenschaftliche Erkenntnisse, die der Heiligen Schrift widersprechen könnten. Die Kirche erhob den Anspruch, mit der Bibel die einzig notwendige Erklärung der Welt zu besitzen.

Dennoch waren es gerade die Geistlichen, die noch Zugang zu den antiken Wissenschaften hatten. Nicht wenige von ihnen leisteten durch Aufbewahren und **Abschreiben** antiken Gedankengutes einen Beitrag zur Wissenschaftsentwicklung. Auch die später im Frankenreich und seinen Nachfolgestaaten gegründeten Bildungszentren wie das Kloster Fulda mit seinem Abt **Hrabanus Maurus** (780–865) machten sich um die Überlieferung antiken Wissens verdient.

Bis zum Ende des 8. Jahrhunderts verharrten die Wissenschaften im christlichen Europa auf einem außerordentlich niedrigen Niveau. Ein Aufschwung setzte erst ein, als auch die wirtschaftliche Entwicklung einen bestimmten Stand erreicht hatte.

Welche Rolle spielte Hrabanus Maurus?

Hrabanus Maurus, Abt von Fulda und seit 842 Erzbischof von Mainz, verfasste das naturwissenschaftlich orientierte zweiundzwanzigbändige Werk De universo. *Es setzt die Traditionen der spätantiken Enzyklopädien fort und befasst sich u. a. mit dem Menschen als physischem und sozialem Wesen, mit den Tieren, dem Kosmos, den Niederschlägen, Bodenschätzen, Pflanzen und der Medizin. In Anerkennung seiner Verdienste um die Wissensvermittlung erhielt der Abt den Ehrennamen »Praeceptor Germaniae« (Lehrmeister Deutschlands).*

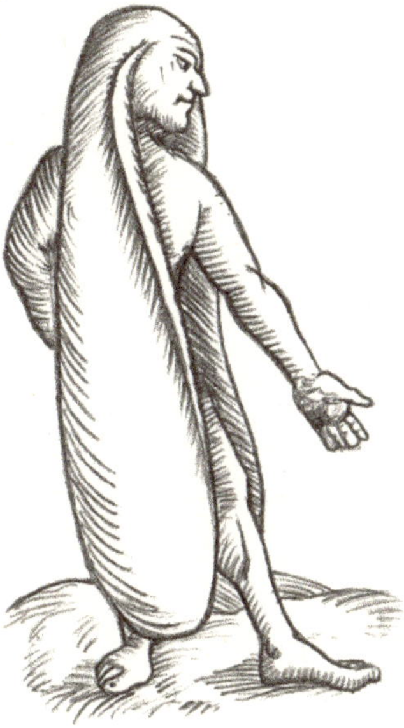

Fabelwesen

BEMERKENSWERTES

Fabelhafte Weltkarten

Die christlichen Geografen des Mittelalters verzierten ihre Weltkarten gern mit Mythen und Fabelbildern. Als Vorlage dienten ihnen die Geschichten des römischen Schriftstellers Iulius Solinus (3./4. Jahrhundert. n. Chr.), der Wundersames über die verschiedenen Völker zu berichten hatte: In Italien traf er beispielsweise auf Pythonschlangen, die lang und fett wurden, indem sie die Kuheuter molken; an der äthiopischen Küste gab es Völker mit vier Augen und in der Germania entdeckte er ein maultierähnliches Wesen mit so langer Oberlippe, dass es »nur rückwärts gehend fressen konnte«.

Hoch- und Spätmittelalter

Hoch- und Spätmittelalter

Der Zerfall des Karolingerreiches war ein wesentlicher Schritt zur Vielfalt der europäischen Völker. Die Vormachtstellung in Europa fiel bald an den ostfränkischen, deutschen Reichsteil, dessen König Otto der Große im Jahr 962 vom Papst in Rom zum Kaiser gekrönt wurde. Seit dem Spätmittelalter bis zu seiner Auflösung durch Napoleon im Jahr 1806 hieß dieses westliche Kaiserreich »Heiliges Römisches Reich Deutscher Nation«. Es war eine bedeutende politische Ordnungsmacht in Europa. Frankreich war in dieser Zeit geschwächt durch das Eindringen der Handel und Raub treibenden Wikinger (Nordmannen), die sich in der nach ihnen benannten Normandie festsetzten und von dort aus 1066 England eroberten.

Wichtig für die Folgezeit war jedoch, dass es den Königen von Frankreich und England allmählich gelang, die Macht des Adels zurückzudrängen und eine wesentlich stärkere Zentralgewalt auszubilden als dies der deutsche König vermochte. Dieser sah sich einer Vielfalt von Herrschaftsträgern gegenüber, um deren Zustimmung zu seiner Politik er immer aufs Neue werben musste. Dem Adel und der Kirche in Gestalt der Bischöfe und Klöster gelang es, eine Machtstellung in Form der Grundherrschaft auszubauen. Im Spätmittelalter kam es zur Herausbildung ausgedehnter Landesherrschaften, deren Fürsten mit dem König auch in der Pracht ihrer Residenzen und Feste (Ritterturniere) konkurrierten. Es entstand eine höfische Gesellschaft.

In ihr wurden die frühmittelalterlichen Heldensagen durch neue ritterliche Ideale der sittlichen Bewährung des Helden in Treue und Tapferkeit ersetzt und verfeinert. Die ritterliche Tafelrunde um den sagenhaften König Artus, das große Epos um den jungen Parzival und das Liebeslied des Minnesangs sind Ausdruck dieser ritterlichen Kultur.

Die weltliche Ständeordnung wurde als von Gott gegeben betrachtet, als Bestandteil des »guten Lebens«. Zu diesem gehörten auch Spenden und Stiftungen an die Kirche und Pilgerfahrten zu heiligen Stätten der Christenheit. Die Ideale des Rittertums umfassten nicht zuletzt die Verpflichtung, für den christlichen Glauben einzutreten. Dies war eine entscheidende Voraussetzung für die Kreuzzüge, welche die Befreiung des heiligen Landes Palästina vom Islam zum Ziel hatten – mit zeitweiligem Erfolg.

Mit den Kreuzzügen war freilich auch eine entscheidende Schwächung des byzantinischen Kaiserreiches in dessen Kampf gegen die in Kleinasien eingedrungenen Türken verbunden, die folgerichtig im Jahr 1453 Konstantinopel erobern konnten. Das westliche Kaisertum wurde geschwächt durch den Konflikt zwischen deutschem König bzw. Kaiser und dem Papst. Es ging um die Frage des Einflusses des Königs in der Kirche. Der Papst ging als Sieger aus diesem Konflikt hervor und drehte im Spätmittelalter den Spieß um: Er erhob den Anspruch, dass die päpstliche Gewalt vor jeder weltlichen den Vorrang habe.

Freilich hatte die Kirche ihre eigenen Probleme. Die Verweltlichung des Kirchenlebens rief asketische Gegenbewegungen hervor, wie die Bettelorden. Während es gelang, diese in die Kirche einzubinden, erklärte man bestimmte radikale Glaubensformen als ketzerisch und richtete ein besonderes kirchliches Gerichtsverfahren ein.

Die Macht des christlichen Glaubens spiegelt sich in den hoch aufstrebenden, lichtvollen gotischen Kathedralen, deren Bau eine über Jahrzehnte oder gar Jahrhunderte währende Aufgabe war. Ihre Träger waren die Städte. In Oberitalien knüpften sie an antike Traditionen urbanen Lebens und der Selbstverwaltung an. In Deutschland entstanden Städte meist an Bischofs- und Fürstensitzen, als Kaufmannsniederlassungen und Marktzentren. Ihre Bewohner waren frei von den grundherrschaftlichen Bindungen des Umlandes (Stadtluft macht frei!) und besaßen Selbstverwaltung. Im Rat der Städte saßen Kaufleute und Ritter, zunehmend auch Vertreter der Handwerkerzünfte. In der Hanse, ursprünglich ein Zusammenschluss von Kaufleuten, fanden die deutschen und flandrischen Städte eine machtvolle Vertretung ihrer Handelsinteressen.

In den Städten verlor die Kirche allmählich ihr Bildungsmonopol. Seit dem 11. Jahrhundert wurde in Privatschulen Unterricht angeboten. Neben den Kirchengesang traten bürgerliche Singschulen, die so genannten Meistersinger. Im 12./13. Jahrhundert schlossen sich in Oberitalien (Bologna) und Frankreich (Paris) Lehrer und Studenten zu Universitäten zusammen. Seit dem 14. Jahrhundert wurden auch in Deutschland Universitäten gegründet, hier freilich von Fürsten. Diese hatten den Wert der Bildung, insbesondere der Theologie und der Kenntnis des römischen Rechts, für eine qualitätvolle Seelsorge und die Verwaltung ihrer Territorien erkannt. In Anknüpfung an antike Autoren, insbesondere Aristoteles, wurde nun wieder Wissenschaft betrieben. Die so genannte Scholastik (Schullehre) versuchte das Wissen über die Welt, Mensch und Gott zu ordnen. Man wollte auch die Inhalte des Glaubens mit Vernunftbeweisen stützen.
Naturwissenschaftliches Denken, im frühen Mittelalter untergegangen, kam erst am Ende des Mittelalters allmählich wieder zum Durchbruch: Der Engländer Roger Bacon betonte im 13. Jahrhundert die Bedeutung des Experiments für die Wahrheitsfindung und schuf z. B. Voraussetzungen für die Erfindung des Vergrößerungsglases und des Schießpulvers. Nikolaus von Kues behauptete um 1400, dass die Erde sich um ihre eigene Achse drehe und nicht im Mittelpunkt des unendlichen Universums stehe. Er konnte dies freilich noch nicht beweisen.

Die Länder Europas entstehen

Wer waren die drei karolingischen Brüder?
In der Mitte des 9. Jahrhunderts teilten sich drei Enkel Karls des Großen die Herrschaft über das Frankenreich. Der älteste, Lothar I. († 855), übernahm die Kaiserwürde und einen langen Mittelstreifen des Reichs von der Nordseeküste bis nach Süditalien. Im Osten herrschte Ludwig († 876), der deshalb später »der Deutsche« genannt wurde, im Westen Karl der Kahle († 877).

Was waren die Zeichen des Kaisers?
Den Glanz des Kaisertums kann man auch in zeitgenössischen Bildern nachempfinden, die kostbare Handschriften schmücken. Der Kaiser sitzt auf einem Thron, auf dem Kopf trägt er eine goldene, mit Edelsteinen verzierte Krone. Die rechte Hand umfasst einen Stab mit einem Adler, die linke eine Weltkugel als Zeichen der kaiserlichen Herrschaft. Zwei Erzbischöfe und zwei weltliche Fürsten stehen stellvertretend für die Kräfte, von denen die Herrschaft des Kaisers unterstützt wird: Kirche und Adel.

Karl der Große und seine Nachkommen herrschten über ein Gebiet, das heute auf Frankreich, Deutschland, Italien, Österreich, Belgien, Luxemburg und die Niederlande verteilt ist. Deshalb gilt Karl vielen Menschen als Vorbild für die politische Zusammenarbeit der Länder Europas in der Europäischen Union. Mit den Karolingern ist aber nicht nur die Einheit, sondern auch die politische Vielfalt Europas verbunden. Seit dem Jahr 843 teilten sich **drei karolingische Brüder** die Herrschaft. Lothar I., Ludwig der Deutsche und Karl der Kahle führten aber immer wieder gegeneinander Krieg, weil jeder den eigenen Anteil auf Kosten der anderen vergrößern wollte. Dadurch änderte sich auch die Rolle der adeligen Führungsschicht. Unter Karl dem Großen hatten die Adeligen im gesamten Frankenreich Herrschaftsaufgaben übernommen. Jetzt gewöhnten sie sich daran, nur noch in dem Teil des Reichs tätig zu sein, in dem ihre Familien ihren Hauptbesitz hatten.

Am Ende des 9. Jahrhunderts konnten besonders erfolgreiche Adelsfamilien in verschiedenen Gegenden einen Vorrang vor anderen erringen und jeweils einen der Ihren zum König erheben lassen. Das wurde auch deshalb möglich, weil es zu dieser Zeit nur noch wenige männliche Nachkommen der Karolinger gab. Im Westen des Frankenreiches war der junge Karolinger Karl der Einfältige nur noch die »zweite Wahl« gegenüber Odo von Paris. Der hatte sich bei der Verteidigung der Stadt gegen die Normannen hervorgetan. Odos Nachkommen, die Kapetinger, kämpften noch lange mit den westfränkischen Karolingern um das Königtum. Auf dieses Reich im Westen ging der Name des alten Großreichs über: Aus dem westlichen Teil des Frankenreichs wurde Frankreich. Die Könige herrschten tatsächlich aber nur in einem kleinen Gebiet rund um die Stadt Paris. Das übrige Frankreich war in der Hand von Fürsten, die dem König keinen Gehorsam schuldeten.

Anders entwickelte sich das Königtum im Osten des Frankenreichs. Hier gelang es den Königen aus der sächsischen Familie der Ottonen, bei Franken, Sachsen, Schwaben, Bayern und Lothringern Anerkennung zu finden. Otto der Große, der im Jahr 936 zum König gekrönt wurde, hatte allerdings heftige Kämpfe zu überstehen, bevor er zum mächtigsten König Europas aufstieg. Dafür war ein Ereignis besonders wichtig: Im Jahr 955 konnte Otto auf dem Lechfeld bei Augsburg mit seinen Truppen die Ungarn vernichtend schlagen.

Diese hatten seit einem halben Jahrhundert weite Teile Europas mit ihren verheerenden Raubzügen in Angst und Schrecken versetzt. Einige Jahre später suchte auch der Papst bei Otto Hilfe gegen den italienischen König Berengar. Mit einem großen Heer zog Otto über die Alpen. Am 2. Februar des Jahres 962 wurde er vom Papst in Rom zum **Kaiser** gekrönt.

Otto der Große und seine Nachfolger herrschten jetzt auch in Italien. Ihre Machtgrundlage bildete aber das ostfränkische Königtum nördlich der Alpen. Um das Jahr 1000 begannen zunächst die Nachbarn, für die verschiedenen Völker in diesem Reich einen gemeinsamen Namen zu gebrauchen. In Italien dachte man an das alte germanische Volk der Teutonen, oder man benützte das Wort »theothisk«, das ursprünglich die **Sprache** der Franken und anderer bezeichnete, die nicht Latein sprachen. Daraus wurde der Volksname »deutsch«. Als offizielle Bezeichnung eines Staates hat es aber ein »deutsches Reich« im Mittelalter nicht gegeben. Um ihren Anspruch auf Italien und die Kaiserkrone zu bekräftigen, führten die »deutschen« Könige des hohen und späten Mittelalters den Titel »Römischer König«.

Wie lange bestand das römisch-deutsche Kaisertum?

Mit der Kaiserkrönung Ottos des Großen wurde die Tradition des karolingischen Kaisertums wieder aufgenommen, und zwar auf Dauer: Bis zum Jahr 1806 blieb das Kaisertum mit dem deutschen Königtum verbunden.

Welche Sprachen wurden im Europa des Hochmittelalters wichtig?

Im Jahr 842 verbündeten sich die Könige Karl der Kahle und Ludwig der Deutsche vor der Stadt Straßburg gegen ihren Bruder Lothar. Damit alle Krieger in den beiden Heeren die Vereinbarungen verstehen konnten, schworen die Könige jeweils einen Eid in altfranzösischer und in althochdeutscher Sprache. Die schriftliche Aufzeichnung dieser »Straßburger Eide« gehört zu den ältesten Zeugnissen der beiden Sprachen.

BEMERKENSWERTES

Krönung im Schutz der Waffe

Als Otto der Große in Rom zum Kaiser gekrönt wurde, war er sich der Begeisterung der Römer nicht ganz sicher. Deshalb soll er einem Grafen befohlen haben, während der feierlichen Zeremonie im Petersdom mit gezücktem Schwert hinter ihm zu stehen, um jede mögliche Gefahr abzuwehren.

Das Leben auf dem Land

Wer leitete eine Grundherrschaft?
Der zentrale Hof einer Grundherrschaft wurde von einem Verwalter geleitet, den man als Meier bezeichnete. Aus diesem Titel ist später der Familienname geworden, den heute so viele Menschen in Deutschland tragen.

Was bedeutet Frondienst?
Nach dem althochdeutschen Wort »Fro«, das »Herr« bedeutete, nennt man den zentralen Herrenhof einer Grundherrschaft auch »Fronhof« und die Arbeit, die von den abhängigen Bauern geleistet werden musste, »Fronarbeit«.

Kann man Menschen verkaufen oder verschenken? Im Mittelalter war das möglich: Wenn der König einem Adeligen oder der Kirche ein Stück Land schenkte oder wenn jemand Land verkaufte, dann gehörten zumeist die Menschen dazu, die darauf lebten und arbeiteten. Nur ein kleiner Teil der Bevölkerung besaß selbst Grund und Boden und konnte frei darüber verfügen; die große Mehrheit bewirtschaftete Land, das einem mächtigen Herrn, einem Kloster oder einer Kirche gehörte. Dafür mussten die Bauern dem Herrn Abgaben zahlen: zumeist die Erträge des Bodens wie Getreide und Wein, dazu Hühner, Ferkel oder Schafe. Auch Brot, Wurst, Schinken oder Käse stellten die Bauern selbst her und auch davon mussten sie einen Teil dem Herrn liefern. Die meisten Streitigkeiten wurden vor dem Gericht verhandelt, das der Herr oder seine Vertreter abhielten. Für den Kriegsdienst unterhielt der Herr eine eigene Gruppe von Kämpfern. Diese Verbindung von Grundbesitz und Herrschaft wird als **Grundherrschaft** bezeichnet; sie bestimmte das Leben der weitaus meisten Menschen. Ihr Getreide brachten sie zur Mühle des Grundherren, dafür erhielten sie Mehl zurück. Auf größeren Grundherrschaften gab es Werkstätten für verschiedene Handwerker und Häuser, in denen die Frauen Kleiderstoffe webten. Der Grundherr errichtete die Kirche, die man sonntags und zu kirchlichen Festen besuchte, und wählte den Priester aus. Zumeist heiratete man innerhalb der Grundherrschaft und beim Tod des Ehemannes erhielt der Herr das beste Stück Vieh und das beste Gewand des Verstorbenen.

Die Menschen, die zu einer Grundherrschaft gehörten, bezeichnen wir als Hörige; sie waren unfrei, aber nicht mit den Sklaven der Antike zu vergleichen. Am besten ging es denen, die nur an ihr Stück Land gebunden waren: Sie durften die Grundherrschaft nicht verlassen, konnten aber nach Leistung der Abgaben frei über alles verfügen, was sie sich erarbeiteten. Zu bestimmten Zeiten allerdings mussten sie **Frondienste** für den Herrn leisten, zusammen mit den Knechten und Mägden. Besonders bei der Ernte mussten die Hörigen auf dem Hof des Herrn mitarbeiten und dazu häufig für mehrere Tage ihr eigenes Stück Land verlassen. Darüber hinaus mussten sie regelmäßig die so genannten Hand- und **Spanndienste** leisten, d. h. bei Arbeiten auf dem Herrenhof Hand anlegen oder sogar mit ihrem eigenen Ochsengespann Felder des Herrn pflügen.

Im Laufe des hohen Mittelalters grenzte sich die gesellschaftliche

Führungsschicht, der Adel und die höheren Geistlichen, immer deutlicher von den Landbewohnern ab. Aus der Sicht der adeligen Gesellschaft fehlte den Menschen auf dem Land alles, was den Adel und seine Kultur ausmachte: kostbare Kleidung und feine Umgangsformen, die Übung im Waffendienst und in der Jagd, aber auch die ritterliche Gesinnung. Das alles bezeichnete man als »höfisch«, weil es zur Lebensweise der Gesellschaft gehörte, die zumeist an den Höfen größerer und kleinerer Fürsten zusammenkam. Demgegenüber wurde alles, was am Hof verpönt war, als »bäurisch« bezeichnet. Diese Unterschiede wurden durch Gesetze weiter gefestigt: Den Bauern wurde vor allem verboten wie die Ritter Waffen zu tragen; nur mit einem Knüttel durften sie sich verteidigen. Dadurch wurden die Bauern zu einem eigenen Stand, der von den Ständen des Adels und der Geistlichkeit unterschieden war. Von allen Menschen wurde standesgemäßes Verhalten erwartet: Ein Bauer durfte sich nicht in vornehmer Kleidung und mit einem Schwert um die Hüften zeigen.

Wie verlief ein Spanndienst?

Die Arbeit auf dem Land war hart. Nicht jeder besaß ein Ochsengespann, manche Bauern mussten den Pflug mit der eigenen Körperkraft ziehen.

Arbeitende Bauern

BEMERKENSWERTES

Ein falscher Ritter

Im hohen Mittelalter hatte man kein Verständnis dafür, wenn Bauern mit ihrem eigenen Stand nicht zufrieden waren und etwas Besseres werden wollten. Ein warnendes Beispiel bot die Geschichte vom Meier Helmbrecht. Der wollte den Rittern nacheifern, fing aber alles falsch an und endete schließlich als Anführer einer Räuberbande am Galgen.

Die Wikinger

Wer waren die Wikinger?
Woher der Name »Wikinger« stammt und was er ursprünglich bedeutete, ist unklar. Für die Zeitgenossen waren die Krieger aus Skandinavien »Nordmänner«; daher kommt der Name »Normannen«, der noch heute in der französischen Landschaft der »Normandie« lebendig ist.

Für die Mönche im Kloster Lindisfarne an der Nordostküste Englands war es, als würde die Welt untergehen. Von Osten, über das Meer, kamen Boote mit Drachenköpfen, voll mit kräftigen Männern, deren Helme, Schilde und Schwerter nichts Gutes verhießen. Zwar kannte man Leute aus Skandinavien, die mit ihren Booten über das Meer fuhren und begehrte Waren anboten. Die aber jetzt kamen, waren keine Kaufleute; sie fielen über das schutzlose Kloster her und rafften zusammen, was an Kostbarkeiten zu finden war: goldene und silberne Kelche und anderes Gerät, fein gewebte Messgewänder der Priester oder Bücher, die man an anderen Orten teuer verkaufen konnte. Wer sich wehrte, wurde getötet; zuletzt steckten die ungebetenen Besucher noch einige Gebäude in Brand, dann verschwanden sie so schnell, wie sie gekommen waren.
Die Plünderung des reichen und berühmten angelsächsischen Klosters im Jahr 793 war der Auftakt für die Raubzüge der **Wikinger,** die mehr als ein Jahrhundert weite Teile Europas beunruhigten: Kein Ort in der Nähe des Meeres oder der großen Flüsse war vor ihnen sicher. Die skandinavischen Kaufleute waren gut über den Reichtum und die Schutzlosigkeit von Klöstern und Kirchen in England oder im Frankenreich informiert; die Erfolge der ersten Raubzüge überzeugten immer mehr Männer in Dänemark, Norwegen oder Schweden davon, dass es einträglicher war, auf bewaffnete Wikingerfahrt zu gehen, als die Gefahren einer Handelsfahrt mit teuren Waren auf sich zu nehmen. Immer größere Gruppen segelten los; mehrere tausend Mann zählte etwa die Schar, die im Jahr 865 vom Ärmelkanal aus die Seine hinauffuhr und die Umgebung des Flusses plünderte. Besonders weit führte die vier Jahre dauernde Fahrt einer Flotte, die im Jahr 858 die französische Westküste heimsuchte, dann entlang der spanischen Küste bis nach Afrika fuhr und schließlich um die Iberische Halbinsel herum ins Mittelmeer gelangte.
Die Heeresaufgebote der Franken oder der Angelsachsen waren zu unbeweglich, um den plötzlich auftauchenden Wikingerflotten erfolgreich entgegenzutreten. Neben einzelnen Abwehrerfolgen gab es immer wieder verheerende Niederlagen; häufig blieb nur die Möglichkeit, die Wikinger durch Tributzahlungen zum Abzug zu bewegen. Das bedeutete aber zumeist, dass man nach kürzerer oder längerer Zeit wieder mit neuen Einfällen zu rechnen hatte. Viele Jahrzehnte wiederholten sich diese weiträumigen Raubzüge. Dann

gingen die Wikinger dazu über, sich in der Fremde dauerhaft niederzulassen: zunächst in Mittel- und Nordengland, am Beginn des 10. Jahrhunderts auch im Westfrankenreich. Dort überließ König Karl der Einfältige einer Wikingergruppe unter dem Anführer Rollo ein Gebiet um die Stadt Rouen an der Mündung der Seine; daraus entwickelte sich das Herzogtum der Normandie.

Auch nach dem Ende der großen Wikingerzüge führten Wagemut und Können skandinavische Seefahrer bis an die Grenzen der bekannten Welt und sogar noch darüber hinaus bis hin zum **amerikanischen Kontinent.** Isländische Gruppen gründeten Ansiedlungen auf Grönland, damals wegen des milderen Klimas tatsächlich noch ein »grünes«, nicht wie heute mit ewigem Eis bedecktes Land. Bei weiteren Erkundungsfahrten wurden einzelne Boote bis an die kanadische Küste verschlagen, sodass die Wikinger gewissermaßen »versehentlich« Amerika entdeckten – ein halbes Jahrtausend vor Kolumbus! Eine kleinere Ansiedlung dort ging aber schon bald im Kampf mit den Einwohnern zu Grunde; am Ende des 15. Jahrhunderts fiel auch die isländische Besiedlung Grönlands dem zunehmend kälteren Klima und anderen Problemen zum Opfer.

Wikingerhelm

Haben die Wikinger Amerika entdeckt?

Nicht Christoph Kolumbus, sondern der Isländer Leif Eriksson hat als erster Europäer die Küste Amerikas erreicht, und zwar schon um das Jahr 1000. Davon berichten isländische Sagas; ihr historischer Kern wird von den Archäologen bestätigt, die Überreste von Wikinger-Siedlungen an der Nordostküste Kanadas gefunden haben.

BEMERKENSWERTES

Ein stolzer Kuss

Als die Wikinger in der späteren Normandie angesiedelt wurden, blieb die Oberherrschaft des westfränkischen Königs äußerlich gewahrt. Die tatsächlichen Machtverhältnisse beleuchtet eine Erzählung bei normannischen Geschichtsschreibern. Danach sollte der Wikinger Rollo dem fränkischen König den Fuß küssen, um die karolingische Herrschaft anzuerkennen. Anstatt sich dazu niederzubeugen, ergriff Rollo den Fuß Karls des Einfältigen und zog ihn empor, sodass der König sich plötzlich auf dem Boden wiederfand, während der Wikinger über ihm stand.

Der Kaiser und der Heilige

Von wem stammt Kaiser Otto III. ab?
Seine Mutter, die byzantinische Prinzessin Theophanu, kam als junge Frau von etwa 12 bis 15 Jahren in den Westen, um Kaiser Otto II. zu heiraten. Sie ist eine der interessantesten Frauengestalten des Mittelalters. Aus Konstantinopel brachte sie feine Seidenkleider, kostbare Goldschmiedearbeiten und andere Luxusgüter mit, die man im ottonischen Reich nicht kannte. Aber auch in der Politik war die Kaiserin bemerkenswert: Nach dem frühen Tod ihres Gemahls konnte sie die Regentschaft für ihren dreijährigen Sohn Otto III. übernehmen.

Was ist ein Märtyrer?
Als Märtyrer (griech. Martys = »Zeuge«) wurden Christen verehrt, die man wegen ihres Glaubens getötet hatte. Durch ihre Standhaftigkeit waren sie zu Glaubenszeugen geworden.

Was war besonders an Boleslaw?
Über den Reichtum des polnischen Fürsten Boleslaw I. Chrobry (»der Tapfere«) erzählte man sich noch 100 Jahre später Wundersames. Zu seiner Zeit sol-

Der mächtige Kaiser ging barfuß. **Otto III.** hatte seine Krone abgelegt und seine prächtigen kaiserlichen Gewänder mit dem Kleid eines armen Pilgers vertauscht. So betrat er die Kirche von Gnesen, um einem neuen **Märtyrer** der Christenheit seine Verehrung zu erweisen. Adalbert war getötet worden, als er bei den Pruzzen, einem baltischen Volk an der Ostsee, den christlichen Glauben verkünden wollte. Der Tod des Missionars hatte großes Aufsehen erregt, denn Adalbert war mit vielen Mächtigen seiner Zeit verwandt oder gut bekannt. Seine Stellung als Bischof von Prag hatte er aufgegeben, um als Mönch in Rom zu leben. Viele Menschen suchten damals bei ihm Rat und auch der junge Kaiser ließ sich von Adalberts Frömmigkeit beeindrucken. Durch seinen Tod als Missionar wurde Adalbert zum Märtyrer. Der Kaiser fühlte sich verpflichtet dafür zu sorgen, dass Adalbert überall als Heiliger der Kirche verehrt wurde. Deshalb trat Otto III. im Jahr 1000 die lange Reise an, die ihn von Rom bis weit über die Grenzen seines Reichs hinausführte. Denn Gnesen gehörte dem slawischen Herzog Boleslaw Chrobry (»der Tapfere«). Der hatte den Pruzzen den Leichnam Adalberts abgekauft, um ihn in seinem eigenen Reich beisetzen und verehren zu können. Am Grab des Heiligen trafen die beiden Herrscher zusammen, um gemeinsam zu beten. Anschließend feierten sie aber auch noch ein prächtiges Festmahl. Dabei setzte Otto dem Herzog seine eigene Krone auf. Vielleicht wollte der Kaiser den **Boleslaw** dadurch zum König erheben, vielleicht wollte er auch nur seine Freundschaft mit dem Herzog besiegeln.

Boleslaw war nicht der einzige Fürst aus dem Osten, der sich um Freundschaft mit dem Kaiser bemühte. Viele **slawische Völker** hatten sich im 10. Jahrhundert dem Westen zugewandt: Dorthin verkauften die Fürsten und ihre Untertanen Pelze, Honig, Wachs und andere Güter des Ostens. Im Gegenzug gelangten westliche Münzen, aber auch reich bebilderte Handschriften mit lateinischen Texten in den Osten. Dadurch wurden die Weichen für die weitere Entwicklung Europas gestellt: Die christliche Religion und die lateinische Kultur des Westens wurden jetzt weit über die Grenzen des ehemaligen Frankenreichs hinaus verbreitet. In Nachbarschaft zum ottonischen Reich bildeten sich neue christliche Völker mit eigenen Sprachen: Die Untertanen des Fürsten Boleslaw Chrobry und seiner Nachfolger wurden seit der Jahrtausendwende als Polen bezeichnet. Die böhmischen Fürsten aus der Familie der Prszemysliden erkannten den deutschen König als ihren Herrn an. In ihrem Herrschaftsbereich entwickelte sich die tschechische Sprache und Kultur. Auch die Nachbarn im Südosten des ottonischen Reichs, die Ungarn, hatten sich wenige Jahrzehnte nach der verheerenden Niederlage des Jahres 955 der westlichen Kultur geöffnet. Ihr erster christlicher Herrscher, der noch heute als Nationalheiliger verehrte Stephan, wurde kurz nach dem Jahr 1000 auf Initiative des Papstes und des Kaisers zum König erhoben.

len die Goldketten, Ringe und Armbänder der vornehmen Frauen so schwer gewesen sein, dass sie nur mit der Hilfe von Dienerinnen getragen werden konnten.

König Stephan von Ungarn

Wer sind die Slawen?
Als Slawen bezeichnen wir Völker in Mittel- und Osteuropa, die durch ihre Sprache und ihre Lebensgewohnheiten miteinander verwandt sind. Im 9. Jahrhundert haben die beiden griechischen Mönche Kyrill und Method damit begonnen, die benachbarten Slawen auf dem Balkan zum Christentum zu bekehren. Dazu haben sie erstmals Texte für den christlichen Gottesdienst in slawischer Sprache niedergeschrieben. Nach Kyrill ist deshalb sogar das kyrillische Alphabet benannt worden, das noch heute in Russland gebraucht wird. Bei den Böhmen und den Polen haben vor allem bayerische und sächsische Priester für die Verbreitung des Christentums gewirkt. In Böhmen verehrte man bald sogar einen eigenen Heiligen. Das war der Herzog Wenzel, der am Beginn des 10. Jahrhunderts von seinem eigenen Bruder ermordet worden war.

BEMERKENSWERTES

Der Begriff Sklave

Nicht nur Pelze aus den slawischen Ländern Osteuropas waren um das Jahr 1000 begehrte Handelswaren. Auch viele Sklaven hat man durch das ottonische Reich bis zu den Sklavenmärkten in Frankreich und Spanien transportiert. Deshalb ist das deutsche Wort »Sklave« aus dem Volksnamen der Slawen entstanden.

Wilhelm der Eroberer und seine Nachfolger

Wer war Wilhelm der Eroberer?
Der Normanne Wilhelm, der durch den Sieg von Hastings als »Wilhelm der Eroberer« in die Geschichte eingegangen ist, war wegen seiner strengen Herrschaft gefürchtet. Umso respektloser ging man mit dem Verstorbenen um: Sofort nach dem Tod des Königs rafften die Anwesenden alles zusammen, was sie an Wertgegenständen in seinem Palast in der Normandie finden konnten, und ließen den Leichnam unbeachtet liegen.

Was geschieht, wenn ein König gestorben ist? In vielen europäischen Königreichen wurde das Königtum als Erbe in der Königsfamilie weitergegeben. Schwierig wurde es aber, wenn der König keinen direkten Nachkommen hatte. Das war im Jahr 1066 in England der Fall. Deshalb erhoben die wichtigsten Adeligen Harald, den Sohn des mächtigen Grafen Godwin, zum König. Außerhalb Englands gab es aber andere Fürsten, die Erbansprüche auf den Königsthron anmeldeten: Der norwegische König war mit Knut dem Großen verwandt, der am Beginn des 11. Jahrhunderts über Dänemark, Norwegen und England geherrscht hatte. Nur der Ärmelkanal trennte die englische Südküste von der Normandie. Deren Herzog **Wilhelm** erhob ebenfalls Ansprüche auf die englische Krone. Denn er war der Großneffe einer früheren englischen Königin.
In dieser Situation konnten nur die Waffen entscheiden und zunächst schien der angelsächsische König Harald im Vorteil: Während Wilhelm mit seinen Truppen im normannischen Hafen noch auf günstige Winde wartete, konnte Harald den an der Nordostküste Englands gelandeten Norwegerkönig besiegen. In Eilmärschen ging es dann nach Süden. Doch nur ein Teil der angelsächsischen Truppen war schnell genug, um sich den Normannen entgegenzustellen, die inzwischen den Ärmelkanal überquert hatten. Das angelsächsische Heer kämpfte nach alter Gewohnheit weitgehend zu Fuß. Deshalb war man dem wuchtigen Angriff der normannischen Panzerreiter und dem Pfeilhagel ihrer Bogenschützen nicht gewachsen. Bei Hastings erlitten die Angelsachsen eine vernichtende Niederlage, König Harald starb auf dem Schlachtfeld.

Wilhelm der Eroberer (Mitte) auf dem Wandteppich von Bayeux

Der Sieger Wilhelm ließ sich in Westminster zum König krönen und sicherte seine Herrschaft in den folgenden Jahrzehnten, indem er immer wieder Aufstände angelsächsischer Herren hart und blutig niederschlug. Die Herrschaftspositionen im Königreich und in der Kirche wurden nach und nach von normannischen Gefolgsleuten des Königs übernommen, während der großen Mehrheit der angelsächsischen Bevölkerung nur noch die Rolle abhängiger Bauern blieb.

Einige Jahrzehnte nach Wilhelms Tod übernahm erneut ein Fürst vom Kontinent die Königsherrschaft: Heinrich II., der Sohn der englischen Königstochter Mathilde und des nordfranzösischen Grafen Gottfried von Anjou. Nach ihrer Helmzier, einem Ginsterzweig (plante genêt), wurde die neue Königsfamilie **Plantagenêt** genannt. Das Reich der Plantagenêts umfasste neben dem englischen Königtum große Fürstentümer in Frankreich: außer Anjou und der Normandie schließlich sogar noch die Bretagne und Aquitanien. Lange Zeit war der englische König in Frankreich mächtiger als sein französischer Amtskollege; daraus entstanden immer wieder Spannungen, die für das französische Königtum lebensbedrohlich wurden. Im Jahr 1214 sah sich König Philipp II. August einer gefährlichen Koalition gegenüber: Der englische König Johann Ohneland und der Kaiser Otto IV. zogen gemeinsam gegen ihn in den Krieg. Doch in der Schlacht von Bouvines besiegten Philipps Truppen die feindliche Übermacht. Danach konnte der französische König seine Herrschaft über weite Teile Frankreichs ausdehnen, dem englischen König blieb nur noch ein kleines Gebiet um die Stadt Calais an der Küste des Ärmelkanals.

Wer war der berühmteste Plantagenêt?

Der englische König Richard I. Löwenherz aus der Familie Plantagenêt galt als tapferer und vorbildlicher Ritter. Auf dem dritten Kreuzzug schloss er nach langen Kämpfen Frieden mit dem ägyptischen Sultan Saladin. Während der Heimreise wurde der König vom österreichischen Herzog gefangen genommen, der sich von Richard beleidigt fühlte. Seine englischen Untertanen mussten ein ungeheures Lösegeld aufbringen, um ihren König nach zwei Jahren aus der Haft zu befreien. Auch die nächsten Jahre verbrachte Richard allerdings nicht in England. Auf dem Kontinent führte er Krieg gegen den französischen König, bis er bei der Belagerung einer Burg tödlich verwundet wurde.

BEMERKENSWERTES

Der Teppich von Bayeux

Die Eroberung Englands durch den Normannenherzog Wilhelm hat in ganz Europa großes Aufsehen erregt. Nicht nur die Geschichtsschreiber haben darüber berichtet; in der Heimat des Eroberers, der Normandie, hat man die Ereignisse durch ein einzigartiges Bilddokument für die Nachwelt festgehalten. Auf einem etwa 70 Meter langen Wandteppich, der jährlich in der Kathedrale der normannischen Stadt Bayeux ausgestellt wurde, sind mit bunten Wollfäden einzelne Momente der Schlacht und ihrer Vorgeschichte dargestellt. Sehr gut lässt sich auf einzelnen Szenen die typische Bewaffnung der normannischen Ritter erkennen, vor allem der Kettenpanzer und der Helm mit einem einfachen Nasenschutz.

Kaiser und Papst

Worum ging es beim Investiturstreit?
Der Kampf zwischen dem deutschen König und dem Papst wird auch als Investiturstreit bezeichnet, weil der Papst dem König das Recht bestritt, die deutschen Bischöfe in ihr Amt einzusetzen. Diese Amtseinsetzung nannte man Investitur. Im Jahr 1122 schlossen beide Seiten eine Vereinbarung, die später als »Wormser Konkordat« bezeichnet wurde. Die weltliche und die geistliche Seite des Bischofsamtes wurden dabei deutlich voneinander unterschieden. Der König blieb nur für die weltliche Seite zuständig.

Der Winter war ungewöhnlich streng im Jahr 1077. Kein Wetter, um über verschneite Alpenpässe nach Italien zu reisen – und doch nahm der deutsche König Heinrich IV. aus dem Geschlecht der Salier mit seiner Familie und seinem engsten Gefolge die Mühen auf sich, um seine Krone zu retten. Papst Gregor VII. hatte ihn ein Jahr zuvor aus der Kirche ausgeschlossen und alle Untertanen vom Treueid gelöst, den sie dem König geschworen hatten. Heinrich hatte den Papst zur Abdankung zwingen wollen; jetzt trat er ihm als reumütiger Sünder gegenüber: Barfuß und in einfacher Kleidung erschien der stolze König drei Tage hintereinander vor der oberitalienischen Burg Canossa, auf der Gregor Schutz gesucht hatte. Schließlich nahm der Papst den König wieder in die Kirchengemeinschaft auf. Heinrich hatte damit sein erstes Ziel erreicht: Eine große Gruppe der deutschen Fürsten erkannte ihn wieder als König an.

Begonnen hatte der so genannte **Investiturstreit** damit, dass Heinrich IV. und viele deutsche Bischöfe sich stark genug fühlten dem Papst Gregor VII. den Kampf anzusagen. Gregor brachte die Autorität des Papstes auf ganz neue Art zur Geltung. In früheren Jahrhunderten hatte man sich immer wieder an die Päpste gewandt, um von ihnen eine Entscheidung in strittigen Fragen zu erlangen. Im Papst sah man den Nachfolger des heiligen Petrus, den Jesus selbst als Fürsten seiner Apostel eingesetzt hatte. Daraus leitete Gregor VII. jetzt den Anspruch ab, von Rom aus das Leben der Kirche in allen Ländern durch seine schriftlichen Weisungen oder durch seine Gesandten zu ordnen und zu kontrollieren. Obwohl auch viele Bischöfe in Deutschland, Italien und Frankreich damit nicht einverstanden waren, konnten Gregor VII. und seine Nachfolger sich gegen den deutschen König behaupten.

Im 12. Jahrhundert war der Papst in der ganzen Kirche des lateinischen Westens als oberste Autorität akzeptiert. Vom deutschen König, der jetzt aus der Familie der **Staufer** kam, erwarteten die Päpste Schutz vor ihren Feinden; dafür wurde der König in Rom zum Kaiser gekrönt. In der Mitte des Jahrhunderts brach aber ein neuer, jahrzehntelanger Kampf zwischen den beiden höchsten Herren der Christenheit aus. Anlass war eine umstrittene Papstwahl: Die Mehrheit der Kardinäle wählte Alexander III., aber eine Minderheit entschied sich für den Kandidaten, den der Kaiser Friedrich I. Barbarossa aus der Familie der Staufer unterstützte. Dem Kaiser gelang es nicht, die anderen europäischen Könige auf seine Seite zu ziehen; gleichzeitig sah er sich dem Widerstand einer Gruppe von Städten in Oberitalien gegenüber. Diese kämpften unter Führung Mailands für Alexander III., vor allem aber gegen die harten kaiserlichen Steuern und die Beschränkungen ihrer Selbstständigkeit. Nach einer katastrophalen Niederlage gegen ein Heer der verbündeten Städte blieb dem Kaiser nur noch die Möglichkeit, sich mit Alexander III. auszusöhnen. Beim »Frieden von Venedig« musste Friedrich Barbarossa wie schon Heinrich IV. als reuiger Sünder vor dem Papst erscheinen, um wieder in die Kirchengemeinschaft aufgenommen zu werden.

Kaiser Friedrich Barbarossa

Wer waren die Staufer?
Bis nach Sizilien und Jerusalem führte der Weg der schwäbischen Adelsfamilie der Staufer. Der Name stammt von einer kleinen Burg bei Göppingen. Fast vier Jahrzehnte herrschte Kaiser Friedrich I., wegen seines Bartes Barbarossa (Rotbart) genannt. Sein Enkel Friedrich II. war durch seine Mutter, die normannische Königstochter Konstanze, Erbe des Königreichs von Sizilien. Im Jahr 1229 konnte er sich auch in Jerusalem zum König krönen lassen. In seinem großen Reich begegnete der Kaiser lateinischen, griechischen, jüdischen und arabischen Gelehrten und Dichtern. Schließlich reihte er sich sogar selbst unter die Schriftsteller ein, mit einem Buch, in dem er die Kunst der Jagd mit entsprechend abgerichteten Falken aus eigener Erfahrung ausführlich darstellte und erörterte.

BEMERKENSWERTES

Der Gang nach Canossa

»Nach Canossa gehen wir nicht« – mit diesem Ausruf vor dem Reichstag wollte der deutsche Kanzler Otto von Bismarck im Jahr 1872 anzeigen, dass er in einer harten Auseinandersetzung mit der katholischen Kirche nicht nachgeben wollte. Seitdem wird der »Gang nach Canossa« in öffentlichen Diskussionen oder Zeitungsartikeln immer wieder beschworen, wenn etwa in einer politischen Auseinandersetzung die eine Seite plötzlich klein beigeben muss oder ihre mit Vehemenz vertretene Meinung unerwartet ändert.

Die Kreuzzüge

Wie wurde man Kreuzfahrer?
Wer Kreuzfahrer werden wollte, legte das feierliche Versprechen ab, sich innerhalb einer bestimmten Zeit tatsächlich auf den Weg zu machen. Als äußeres Zeichen ließen sich die Kreuzfahrer ein Stoffkreuz auf den Mantel heften. Im Jahr 1189 stellte sich der fast 70-jährige Kaiser Friedrich Barbarossa an die Spitze eines deutschen Kreuzfahrerheeres. Doch schon nach ersten Kämpfen in Kleinasien ertrank der Kaiser in einem Fluss und nur ein kleiner Teil seines Heeres setzte die Kreuzfahrt fort.

Hatten die Kreuzfahrer nur Christliches im Sinn?
Im Jahr 1204 eroberte ein Kreuzfahrerheer, das eigentlich nach Jerusalem unterwegs war, kurzerhand die christliche Kaiserstadt Konstantinopel. Den Anlass dazu gaben Thronkämpfe in Byzanz, aber auch die Bemühungen der mächtigen Stadt Venedig, den Handel im östlichen Mittelmeer unter ihre Kontrolle zu bringen. Die Kreuzfahrer plünderten Konstantinopel ausgiebig und errichteten eine jahrzehntelange

Clermont im Jahr 1095: Bischöfe, Äbte und andere Kirchenleute aus Frankreich und weiteren Ländern sind auf dem Feld vor der französischen Stadt zusammengekommen, um mit dem Papst über die Reform der Kirche zu beraten. Als alles besprochen ist, wendet sich plötzlich Papst Urban II. an das Laienvolk. In einer flammenden Rede ruft er Herzöge, Grafen und Ritter dazu auf, ihre Kriege und blutigen Auseinandersetzungen aufzugeben und gemeinsam in den Osten zu ziehen, um den Christen in Kleinasien und Palästina zur Hilfe zu kommen.

Tatsächlich war solche Hilfe wohl gar nicht so dringend: Palästina wurde schon seit vielen Jahrhunderten von arabischen oder türkischen Fürsten beherrscht und nur selten hatten die Christen des Landes unter Bedrückungen oder gar Verfolgungen zu leiden gehabt. Den meisten Zuhörern des Papstes kam es auch auf etwas anderes an: Mit einem Zug ins Heilige Land wollten sie nicht nur für christliche Glaubensbrüder, sondern für Christus selbst kämpfen; der Aufruf des Papstes war für sie ein Hilferuf, der von Gott selbst kam! »Gott will es«: Das wurde die Losung, unter der sich schon bald in Frankreich, England und Italien Fürsten, Adelige und einfache Ritter auf den Weg machten, um ihren christlichen Glauben im Kampf unter Beweis zu stellen. So groß wurde die allgemeine Begeisterung, dass auch Bauern und andere, die noch nie ein Schwert in der Hand gehalten hatten, sogar noch vor den Adeligen und Rittern ins Heilige Land ziehen wollten. In blindem Eifer stürzten sich einige dieser Gruppen schon am Beginn ihres Zuges auf Juden, die in Worms, Köln und anderen Städten lebten, um sie zur Aufgabe ihres Glaubens zu zwingen oder zu töten. Nach langer, mühsamer Reise in Kleinasien angekommen, wurden diese ersten **Kreuzfahrer** vom türkischen Stamm der Seldschuken vernichtet.

Auch die größeren, besser vorbereiteten Ritterheere wählten zum Teil den anstrengenden Landweg durch Deutschland und Ungarn; in der byzantinischen Kaiserstadt Konstantinopel trafen sie dann mit anderen zusammen, die mit dem Schiff gekommen waren. Nach vielen Strapazen und blutigen Kämpfen gelang es den Kreuzfahrern am 15. Juli 1099, **Jerusalem** zu erobern und hier ein christliches Königreich zu errichten. Zu dessen erstem Herrscher wurde Gottfried von Bouillon erhoben. Die Stadt, in der Jesus Christus gestorben und nach christlichem Glauben auferstanden war, wurde jetzt wieder von Christen beherrscht: Dieses kaum zu erwartende Ergebnis wurde von den meisten Zeitgenossen als ein Wunder betrachtet, das Gott selbst herbeigeführt hatte. Das schien auch das grausame Blutvergießen zu rechtfertigen, das die Eroberer unter der Bevölkerung von Jerusalem angerichtet hatten.

Schon 1187 wurde Jerusalem aber vom Sultan Saladin erobert; ein gemeinsamer Kreuzzug der wichtigsten europäischen Könige brachte die Stadt nicht wieder in die Hand der Christen. Erst mehrere Jahrzehnte später gelang es dem Kaiser Friedrich II., einen Teil Jerusalems durch Verhandlungen unter seine Herrschaft zu bringen und sich dort sogar zum König krönen zu lassen. Für solche friedlichen Vereinbarungen mit den Muslimen hatte allerdings die Mehrheit der Christen kein Verständnis. Christen und Muslimen fiel es schwer, zu verstehen, dass andere Menschen anders lebten, eine andere Kultur und einen anderen Glauben hatten. Für die Christen waren die Muslime vom wahren Glauben abgefallen. Für die Muslime waren die Christen kulturlose Barbaren, die nicht einmal den einen Gott, sondern verschiedene göttliche Personen verehrten.

Fremdherrschaft, die erst im Jahr 1264 von den Byzantinern beseitigt werden konnte. Diese Ereignisse trugen entscheidend dazu bei, dass die Entfremdung zwischen der vom Papst geleiteten Kirche des Westens und den Kirchen des Ostens nie wieder überwunden werden konnte.

Welche Bedeutung hatte Jerusalem?

Jerusalem war für Juden, Christen und Muslime eine heilige Stadt. Schon der spätantike Kaiser Konstantin errichtete über der Stelle, an der man das leere Grab des auferstandenen Christus vermutete, eine große Kirche. Später bauten die arabischen Kalifen zwei große Moscheen: den so genannten Felsendom und die Al-Aksha-Moschee. Christliche Pilger zogen immer wieder zum Grab Christi und auch die Kreuzfahrer verstanden sich selbst als Pilger.

BEMERKENSWERTES

»Bestechung« Gottes

Nach langer Belagerung Jerusalems im Jahr 1099 wurde ein Fasten ausgerufen, dann zog das ganze Heer der Kreuzfahrer betend und singend in einer Prozession um die Stadt herum. Damit wollte man Gott um Hilfe bei der Eroberung bitten.

Das Rittertum

Wie wurde man Ritter?
Erst nach mehrjähriger Lehrzeit als Knappe eines Ritters, häufig eines Verwandten, wurde ein junger Adeliger feierlich in den Kreis der Ritter aufgenommen. Als Zeichen seiner neuen Würde erhielt er den Waffengürtel mit dem Schwert oder einen Backenstreich, den »Ritterschlag«.

Wie sah ein Ritter aus?
Der Ritter war am ganzen Körper gegen feindliche Treffer geschützt. Ein großer Schild sollte Lanzen abwehren, ein Panzer aus feinen Stahlringen, später auch aus Stahlplatten schützte den Rumpf sowie Arme und Beine. Den Kopf bedeckte ein Helm, der ursprünglich nur einen zusätzlichen Schutz für die Nase bot. Im Laufe der Zeit wurden aber immer weitere Gesichtspartien bedeckt und schließlich nur noch ein Schlitz für die Augen freigelassen.

Kein König kam ohne sie aus und auch die Kreuzzüge wären ohne sie nicht denkbar gewesen: die **Ritter,** die für uns zum Inbegriff des Mittelalters geworden sind. Tatsächlich hat sich das europäische Rittertum erst im hohen Mittelalter herausgebildet. Im 11. Jahrhundert entwickelte sich eine Kampfweise, für die man eine neue Art von Berufskriegern benötigte. Schwer bewaffnete und gepanzerte Reiter übernahmen jetzt die entscheidenden Aufgaben im Krieg: In geschlossener Formation, mit eingelegten Lanzen, stürmten sie gegen den Feind an und erreichten eine Wucht, der kaum standzuhalten war. Die Literatur erzählt vor allem von fahrenden Rittern, die sich allein in der Fremde ihren Abenteuern stellten. Der normale mittelalterliche Ritter kämpfte jedoch gemeinsam mit anderen für einen Herrn, einen Adeligen, einen Bischof oder König. Für ihren militärischen Dienst erhielten die Ritter ein Lehen; das war ein Gut, das von Bauern bewirtschaftet wurde und von dessen Erträgen die Ritter ihren Lebensunterhalt bestreiten konnten. Dafür mussten sie ihrem Herrn Treue geloben und stets bereit sein für ihn zu kämpfen.

Militärischer Dienst und Kampftechnik allein machten einen Reiterkrieger aber noch nicht zum Ritter. Dazu kamen noch besondere Ideale und Erwartungen, die mit der Lebensweise des Ritters verbunden wurden. An erster Stelle stand das Eintreten für den christlichen Glauben: Der Ritter sollte nicht für eigenen Gewinn kämpfen, sondern um die Kirche zu verteidigen oder für Arme und Schwache einzutreten. Die Ausbildung dieses christlichen Ritterideals war eng mit den Kreuzzügen verbunden. Im früheren Mittelalter hatte die Kirche dem Waffendienst kritisch gegenübergestanden. Als »Streiter Christi« hatte damals nur der Mönch gegolten; jetzt sollte jeder Ritter mit seinen Waffen für Christus und die Kirche kämpfen. Unter den Kreuzfahrern entstand eine völlig neue Verbindung von Mönchtum und Rittertum. In den großen Ritterorden der Templer und Johanniter oder im Deutschen Orden legten die Ritter Gelübde ab wie die Mönche. Ihre wichtigste Aufgabe war es jedoch, für die christliche Herrschaft im Heiligen Land zu kämpfen. Doch die Ritter kämpften nicht nur für ihren Herrn, für die Kirche oder für Gott, sondern auch für ihre eigene Ehre. Ruhm und Ehre ließen sich auch im ritterlichen Wettkampf, im **Turnier,** gewinnen.

Das Turnier war zumeist eine Massenveranstaltung, bei der zwei Gruppen mit eingelegten Lanzen aufeinander losstürmten. Ziel war es, die gegnerische Formation durcheinander zu bringen. Wie im ernsthaften Kampf konnte man dann versuchen einen Ritter der anderen Seite vom Pferd zu werfen und gefangen zu nehmen; dem Sieger gehörten Rüstung und Pferd des Gegners oder ein beträchtliches Lösegeld. Auch beim Zweikampf kam es zuerst darauf an, den Schild oder die Helmbindung des Gegners mit konzentrierter Kraft so zu treffen, dass dieser vom Pferd geworfen wurde. In einem zweiten Gang konnte man dann zu Fuß mit dem Schwert kämpfen.

Ritterturnier

War ein Turnier gefährlich?

Auch wenn häufig mit stumpfen Waffen gekämpft wurde, war die Verletzungsgefahr der Turnierkämpfer groß; nicht selten riskierten sie ihr Leben. Die Kirche versuchte deshalb mit immer neuen Verboten das Turnierwesen zu bekämpfen; doch die Turnierbegeisterung der Ritter war größer. Immer aufwändigere Turniere wurden im Rahmen der Feste abgehalten, die an den großen Fürstenhöfen stattfanden; im späten Mittelalter bildeten sich sogar Rittergesellschaften, deren wichtigstes Ziel die Ausrichtung von Turnieren war.

BEMERKENSWERTES

Ein Karriere-Ritter

Für manche Ritter bildete das Turnierwesen eine willkommene Möglichkeit, die eigene Kasse durch wertvolle Siegespreise auszubessern. Eine herausragende Karriere gelang dem gefeierten Turnierkämpfer William Marshall, der in den höchsten englischen Adel aufstieg und sogar die Regentschaft für den minderjährigen König Heinrich III. führte.

Städte und Bürger

Wie sah eine Stadt im Mittelalter aus?
Die spätmittelalterliche Stadt war schon von weitem zu erkennen: Die großen Tore und die Türme der Stadtmauer wurden überragt von einer Vielzahl von Kirchtürmen. Den Mittelpunkt der Stadt bildete der Marktplatz. Hier stand das Rathaus, meist eines der wenigen Gebäude, die aus Stein errichtet waren. Ein großer Brunnen, von einer Wasserleitung aus Bleiröhren mit fließendem Wasser versorgt, zeigte die Fürsorge des Rates für die Bürger. Der Sorge für Recht und Ordnung diente der Pranger: Vor allem einfache Leute wurden hier öffentlich zur Schau gestellt, wenn sie gegen die städtische Ordnung verstoßen hatten.

Nicht nur die Brille ist im Mittelalter erfunden worden. Auf den Listen mittelalterlicher Errungenschaften, die noch unser heutiges Leben bestimmen, darf eine Einrichtung keinesfalls fehlen: die **Stadt.** Zwar gibt es seit vielen Jahrtausenden Städte. Aber die besondere Gestalt der europäischen Stadt, die noch unser heutiges Leben bestimmt, ist erst im Mittelalter entstanden. Auch Städte wie Köln, Mainz oder Regensburg, die es schon zur Römerzeit gab, haben sich im frühen Mittelalter gewandelt. Anfangs lebten nur noch wenige Menschen in einzelnen Teilen der alten Städte, während viel Raum zwischen den antiken Stadtmauern frei blieb und als Weide für Schafe oder Ziegen genutzt wurde.
Das Zentrum alter und neu entstehender Städte bildete jetzt häufig eine Bischofskirche. Siedlungen an Nord- und Ostsee wurden von Kaufleuten gegründet, weil der Seehandel seit der Karolingerzeit immer wichtiger wurde. Auch im Landesinneren gab es zentrale Orte, an denen viele Menschen zusammenkamen, um auf regelmäßigen Märkten Waren anzubieten oder zu kaufen. Ungefähr seit dem Jahr 1000 nahm die Bevölkerung in Deutschland, Frankreich und anderen Ländern ständig zu und immer mehr Menschen ließen sich in den Städten nieder.
Seit dem 11. Jahrhundert schlossen sich die Bürger in verschiedenen Städten Europas zusammen, um gegenüber ihrem jeweiligen Herrn gemeinsam auftreten und größere Rechte und Freiheiten erkämpfen zu können. Diese Verabredungen der Bürger wurden durch Schwüre bekräftigt. Immer öfter erkannten aber auch die Herren, dass die wirtschaftliche Tätigkeit der Bürger ihnen großen Nutzen bringen konnte. Außerdem trugen die Städte zur militärischen Sicherung des Landes bei, weil ihre Herren oder ihre Bewohner zur Verteidigung feste Stadtmauern errichteten. Im 12. und 13. Jahrhundert haben deshalb Könige und Fürsten überall in Deutschland Städte gegründet und deren Bewohner mit besonderen Rechten ausgestattet. Dazu gehörte vor allem der Grundsatz »Stadtluft macht frei«: Wer etwa vom Land in die Stadt gegangen war und ein Jahr dort ungestört lebte, der war von seinen alten Bindungen befreit.
Verfassung und Bedeutung der deutschen Städte waren sehr unterschiedlich. Etwa 80 Städte waren als Reichsstädte nur dem deutschen König unterstellt; die übrigen hatten einen Fürsten oder Bischof zum Herrn. Über die eigenen Angelegenheiten der Städte be-

stimmte der Rat, der die Verwaltung leitete und die Finanzen kontrollierte. Allerdings konnte nicht jeder Stadtbewohner Ratsherr werden: Das stand zunächst nur den Angehörigen der Oberschicht zu, dem Patriziat, das sich aus reichen Kaufleuten und Rittern zusammensetzte. In einzelnen Städten erkämpften sich auch die Handwerker, die sich in **Zünften** zusammengeschlossen hatten, den Zugang zum Rat.

Auch die Kaufleute hatten ihre Bruderschaften, die Gilden, die das Gemeinschaftsleben organisierten und gemeinsame Interessen vertraten. Aus solchen Zusammenschlüssen von Kaufleuten ist die Hanse entstanden. Mit ihren Schiffen, den Koggen, brachten die Hansekaufleute Textilien oder Metallwaren von Brügge und London über Nord- und Ostsee bis nach Nowgorod. Auf dem Rückweg hatte man luxuriöse Naturprodukte wie Pelze und Bernstein geladen sowie Nahrungsmittel, vor allem Getreide oder Heringe aus der Ostsee. Zentrum dieses Bundes, dem zeitweilig bis zu 160 Städte angehörten, war Lübeck. Dort wurden häufig die Hansetage abgehalten, auf denen gemeinsame Angelegenheiten beraten wurden. Um ihre beherrschende Stellung zu sichern, führte die Hanse auch Kriege; sogar gegen den dänischen König konnte man sich durchsetzen.

Was machten die Zünfte?

Die Zünfte waren nicht nur für die Organisation und die Qualität der Arbeiten zuständig, sondern feierten auch religiöse Feste und Gastmähler miteinander. Ferner entschieden die Zünfte darüber, wer als Meister eine eigene Werkstatt führen durfte; das verhinderte unliebsamen Wettbewerb, führte aber dazu, dass viele Handwerker nie zum Meister aufsteigen konnten.

BEMERKENSWERTES

Kleine Großstädte

Die meisten deutschen Städte des Mittelalters hatten weniger als 2.000 Einwohner. Ab 10.000 Einwohnern sprechen wir von einer mittelalterlichen Großstadt. Eine Ausnahme bildete die französische Metropole Paris mit etwa 220.000 Einwohnern im Spätmittelalter. »Nur« auf etwa 40.000–50.000 Einwohner kam die größte deutsche Stadt, Köln.

Das »Heilige Römische Reich«

Wie wurde der deutsche König gewählt?
Bis ins späte Mittelalter gab es keine geschriebene Verfassung, nach deren Regeln man sich etwa bei der Königswahl hätte richten können; entscheidend war vielmehr, was alle als Gewohnheit verstanden. Erst im Jahr 1356 wurden die Regeln der Königswahl und vor allem die Stellung der Kurfürsten schriftlich fixiert. Diese »Goldene Bulle«, benannt nach dem goldenen Siegel des Kaisers Karl IV., ist das erste Verfassungsdokument des Deutschen Reiches.

Das »Heilige Römische Reich« hieß nicht etwa deshalb so, weil es von lauter Heiligen bewohnt worden wäre. Schon in der Spätantike bezeichnete man vieles, was mit dem Kaiser zu tun hatte, als heilig. Man glaubte, dass der Kaiser von Gott selbst beauftragt war auf der Erde für Recht und Ordnung zu sorgen. Deshalb nannte man das Reich des deutschen Königs, der zugleich Kaiser war, im späten Mittelalter »Heiliges Römisches Reich«. Dieser Kaiser beherrschte allerdings kein Weltreich wie das Römische Reich der Antike. Von den übrigen Königen Europas unterschied er sich nur durch die Kaiserwürde, zu befehlen hatte er ihnen nichts. Den **deutschen König** wählten die **Kurfürsten** zumeist in Frankfurt; zur feierlichen Weihe und Krönung zog man dann nach Aachen, zur Pfalzkapelle Karls des Großen. Um schließlich auch noch zum Kaiser gekrönt zu werden, musste der König zum Papst nach Rom reisen.

Anders als seine »Kollegen« in England und Frankreich konnte der deutsche König keine Steuern im ganzen Reich erheben oder Amtsträger einsetzen, um das Reich zentral zu verwalten. Im deutschen Reich gab es nämlich viele Fürsten, die weitgehend selbstständig herrschten. Früher hatten die Großen des Reiches jeweils viele kleinere Herrschaftsbereiche besessen, die oft sogar weit voneinander entfernt gewesen waren. Im späteren Mittelalter versuchten die Fürsten, ihre Gebiete zu möglichst geschlossenen Ländern auszubauen, in die der König nicht hineinregieren durfte. Deshalb war es für die Könige wichtig, selbst möglichst bedeutende Landesherrschaften im Deutschen Reich zu besitzen. Großen Erfolg erzielte Rudolf, ein Graf aus dem Südwesten Deutschlands, der im Jahr 1273 zum König gewählt wurde. Er konnte das Herzogtum Österreich für seine Nachkommen gewinnen. Damit legte er den Grundstein dafür, dass die Familie der Habsburger in den folgenden Jahrhunderten immer wieder den König stellen konnte und zur mächtigsten Familie Deutschlands und Mitteleuropas wurde.

Zunächst wechselten sich aber noch mehrere Fürstenfamilien auf dem Königsthron ab. Besonders glanzvoll geriet die Herrschaft Kaiser Karls IV. aus der Familie der Luxemburger. Zentrum seiner weiten Länder war das Königreich Böhmen. Dessen Hauptstadt Prag baute er zu einer prachtvollen Residenz aus; sie erhielt sogar die erste Universität im Herrschaftsbereich des deutschen Königs. Auch andere Fürsten im deutschen Reich regierten ihre Länder jetzt von zentralen Orten aus: In diesen Residenzen wurden Schlösser, Kirchen und Verwaltungsgebäude aufwändig ausgestattet, um den eigenen Untertanen und den Fremden Reichtum, Macht und Kunstverstand der Fürsten vor Augen zu führen. Mittelpunkt eines Landes war der Fürstenhof: Hierher kamen die Berater und Amtsträger, um Regierungsgeschäfte zu erledigen; hier wurden Nachrichten aus aller Welt ausgetauscht und kostspielige Feste gefeiert, zu denen der Adel des Landes geladen wurde. Viele Landesherren eiferten den großen und mächtigen Kurfürsten nach: Bischöfe, Äbte und Äbtissinnen großer Reichsklöster, Herzöge, Landgrafen, Markgrafen und andere. Auch vielen Städten war es gelungen, von der Herrschaft eines fürstlichen Landesherren frei zu bleiben. Solche Reichsstädte, darunter etwa Nürnberg oder Augsburg, akzeptierten nur den Kaiser als ihren Herrn.

Rudolf von Habsburg

Wer waren die Kurfürsten?

Nach dem Ende der Königsfamilie der Staufer war es für die deutschen Fürsten immer schwieriger geworden, sich auf einen König zu einigen. Es kam nämlich vor allem darauf an, dass die mächtigsten Fürsten das Ergebnis einer Königswahl akzeptierten. Deshalb bildete sich im 13. Jahrhundert ein Wahlgremium, das am Ende allein den König »kürte«: die sieben Kurfürsten. Das waren die Erzbischöfe von Köln, Mainz und Trier sowie der rheinische Pfalzgraf, der Markgraf von Brandenburg, der Herzog von Sachsen und der König von Böhmen.

BEMERKENSWERTES

Biegsamer König

Der König Rudolf von Habsburg galt als ein leutseliger Mann, über den schon zu Lebzeiten viele Anekdoten erzählt wurden. So soll sich einmal ein Mann darüber beschwert haben, dass ihm die lange Nase des Königs den Weg versperre; Rudolf soll das störende Körperteil daraufhin einfach mit der Hand zur Seite gebogen haben, um den Weg freizugeben.

Kampf um die Krone Frankreichs

Was geschah mit Jeanne d'Arc?

Schon bald nach ihrem großen Erfolg, der Krönung Karls VII. in Reims, geriet Jeanne d'Arc in Gefangenschaft der Engländer und wurde als Ketzerin verurteilt und verbrannt. Nach 25 Jahren wurde das Urteil aber aufgehoben und schon bald wurde die »Jungfrau« von vielen Menschen als Heilige verehrt. Im Jahr 1920 erkannte die katholische Kirche Jeanne d'Arc als Patronin Frankreichs an.

Darf ein einfaches Bauernmädchen das?« So fragten sich viele Menschen in Frankreich, als die 18-jährige **Jeanne d'Arc** bis zum französischen Thronfolger vordrang, ihn zu entschlossenem Handeln aufrief und schließlich selbst an der Spitze einer kleinen Truppe von Soldaten in den Krieg zog. Jeanne war fest davon überzeugt, von Gott dazu berufen zu sein, Frankreich zu befreien und den Krieg mit den Engländern siegreich zu beenden. Die Begeisterung der »Jungfrau«, wie sie bald genannt wurde, übertrug sich auch auf ihre Anhänger. Nach einem überraschenden Sieg bei Orléans konnte Karl VII. in der Kathedrale von Reims feierlich zum König gekrönt werden.

Jeanne d'Arc

Das Auftreten der Jeanne d'Arc leitete die Wende im so genannten Hundertjährigen Krieg ein, der in immer neuen Wellen auf französischem Boden ausgefochten wurde. Begonnen hatte alles mit einem Streit um die französische Krone: Im Jahr 1328 war der König gestorben, ohne einen Sohn zu hinterlassen. Sein Neffe Philipp VI. begründete das neue Königshaus der Valois. Aber auch Eduard III. von England war mit dem verstorbenen König verwandt und erhob Ansprüche auf den französischen Thron. Seine Vorfahren aus der Familie Plantagenêt hatten einst von Frankreich aus die englische Krone erlangt und noch immer besaß der englische König das große Fürstentum Aquitanien im Südwesten Frankreichs. Die militärische Lage war lange Zeit sehr unübersichtlich, weil auch andere versuchten aus der Situation einen Vorteil zu gewinnen. Im Nordosten wollten die Städte Flanderns die Oberherrschaft und die finanziellen Ansprüche des französischen Königs abschütteln; im Südosten gelang es den Herzögen von Burgund, ihren Herrschaftsbereich zu einem weitgehend unabhängigen und reichen Fürstentum auszubauen.

Das französische Königtum hatte sich seit dem 12. Jahrhundert zu einer starken Monarchie entwickelt; der König konnte Steuern einziehen, sein Hofgericht wurde überall anerkannt und königliche Amtsträger sorgten dafür, dass der Wille des Königs in den einzelnen Regionen des Reiches beachtet wurde. Trotzdem war Frankreich noch längst kein einheitlicher Staat; der Hundertjährige Krieg war zunächst keine Auseinandersetzung zwischen Völkern, sondern ein Kampf zwischen zwei Königsdynastien. Auch der englische König vertrat dabei nicht die Interessen seines Volkes, sondern seine eigenen. Die englischen Großen folgten ihrem König nur dann nach Frankreich, wenn sie sich von einem militärischen Sieg eigene Vorteile erhofften: Man konnte etwa in der Schlacht Adelige der Gegenseite gefangen nehmen, die dann nur gegen reiches Lösegeld wieder freigelassen wurden. Oder man hoffte darauf, nach einem Sieg über die Franzosen vom englischen König Land und Herrschaftsrechte in eroberten Gebieten zu erhalten.

Erst am Ende des langen Krieges zeigte sich, dass viele Gruppen der Bevölkerung in den verschiedenen Teilen Frankreichs das französische Königtum als ihr eigenes, den englischen König aber als einen fremden Herrn, gewissermaßen als einen »Ausländer«, betrachteten. Im spätmittelalterlichen Europa wurden Unterschiede der Sprache und Kultur wahrgenommen; politisch wichtiger war aber weiterhin anderes: Die europäischen Königsdynastien und der hohe Adel verfolgten ihre Interessen über sprachliche und kulturelle Grenzen hinweg. Die **politische Landkarte Europas** blieb deshalb weiterhin wandelbar. Am Ende des Hundertjährigen Krieges waren allerdings Weichen für die politische Zukunft Westeuropas gestellt: Der französische König konnte seinen Einfluss auf ganz Frankreich ausdehnen, während das englische Königtum nur noch ein kleines Gebiet an der Küste des Ärmelkanals behauptete.

Welches mächtige Reich des Mittelalters gibt es nicht mehr?
Nicht alle wichtigen Reiche des Mittelalters haben noch heute Bestand. Während des Hundertjährigen Krieges entwickelte sich das Herzogtum Burgund zu einem mächtigen Fürstentum. Auch Flandern mit der reichen Handelsstadt Brügge gehörte dazu. Die Herzöge von Burgund waren die reichsten Herrscher ihrer Zeit; sie feierten prächtige Feste und förderten als Auftraggeber und Mäzene Maler, Bildhauer und Musiker. Nachdem der letzte Herzog, Karl der Kühne, im Jahr 1476 in einer Schlacht gefallen war, zerfiel das Reich. Sein Erbe teilten sich die Kaiserfamilie der Habsburger und der französische König.

BEMERKENSWERTES

Der Hosenbandorden

Um englische Adelige und Ritter, aber auch ausländische Verbündete im Kampf um die französische Krone enger an sich zu binden, gründete der englische König Eduard III. zwischen 1347 und 1349 den noch heute bestehenden Hosenbandorden. Berühmt ist dessen französisches Motto »Ehrlos, wer schlecht darüber denkt (Hony soit qui mal y pense)«.

Das Große Schisma

Was ist eine Bulle?
Bullen waren eigentlich Siegel aus Blei oder einem kostbareren Metall. Weil die Päpste ihre Urkunden mit solchen Metallsiegeln ausstatteten, wurden schließlich auch bestimmte päpstliche Urkunden als Bullen bezeichnet.

Was ist ein Schisma?
Als Schisma bezeichnet man eine Spaltung der Kirche. Seit dem Hochmittelalter besteht das Schisma zwischen der römisch-katholischen Kirche unter der Leitung des Papstes und den orthodoxen Kirchen des Ostens. Das Große Abendländische Schisma (1387–1417) war eine Spaltung innerhalb der Westkirche, bei der mehrere Päpste um die Anerkennung stritten.

Schule – Studium – und was dann? Für den erfolgreichen Absolventen einer spätmittelalterlichen Universität bot sich die Chance, als Geistlicher an einer Kirche regelmäßige Einkünfte zu erhalten. Um eine solche Position, die man Pfründe nannte, konnten sich ausgebildete Kleriker aus allen Ländern bei einer zentralen Stelle bewerben: bei der Kurie, der Verwaltung des Papstes. Die spätmittelalterliche Kirche umspannte ganz Europa; über alle Grenzen hinweg galt das Kirchenrecht, das von den Päpsten stetig ergänzt wurde. Immer weiter ausgebaut wurde die päpstliche Verwaltung; sie diente nicht zuletzt dazu, von den Kirchen aller Länder und ihren Würdenträgern finanzielle Abgaben zu erheben.

Nach dem Ende des Kaisertums der Staufer schien das Papsttum auf der Höhe seiner Macht zu stehen. In der berühmten **Bulle** »Unam sanctam« formulierte Papst Bonifaz VIII. den Anspruch, dass die päpstliche Gewalt jeder weltlichen vorgesetzt sei. Tatsächlich konnte sich der Papst aber nicht gegen König Philipp IV. von Frankreich durchsetzen, von dem er sogar gefangen genommen wurde. Die immer größere Zahl französischer Kardinäle sorgte schließlich dafür, dass bald auch Franzosen auf den päpstlichen Stuhl gelangten. Nachdem man in Avignon einen prächtigen Palast gebaut hatte, sahen die Päpste keinen Grund mehr, die Kirche wie in früheren Zeiten vom politisch unruhigeren Rom aus zu leiten. Der Streit darüber führte zu einer der größten Erschütterungen der mittelalterlichen Kirche, zum Großen Abendländischen **Schisma** (Kirchenspaltung 1378–1417). Nach einer Papstwahl, die vor allem zwischen italienischen und französischen Kardinälen umstritten war, gab es plötzlich zwei Päpste: Der eine residierte in Rom, der andere in Avignon. Beide Päpste fanden jeweils in verschiedenen Ländern Unterstützung: Damit war die Kirche in zwei Lager gespalten.

Weil die streitenden Päpste nie zu einem Amtsverzicht bereit waren, wurde die Beendigung des Schismas vor allem von den einflussreichen Theologen der Pariser Universität vorangetrieben. Den Ausweg aus der verfahrenen Situation sollte ein Konzil, eine Zusammenkunft von Bischöfen und anderen Vertretern der Kirche, bringen. Ein erster Versuch in Pisa erzielte aber nur das Ergebnis, dass noch ein dritter Papst zu den beiden anderen hinzugewählt wurde. Erst das Eingreifen des Kaisers Sigismund brachte den Durchbruch. Auf dem großen **Konzil,** das von 1414 bis 1418 in Konstanz tagte, einigte man sich: Die drei Päpste wurden abgesetzt oder zum Rücktritt gezwungen und ein neuer Papst wurde gewählt, Martin V., der überall akzeptiert wurde.

Noch vor der Beilegung des Schismas hatte das Konzil eine andere folgenschwere Entscheidung getroffen: Der böhmische Priester Jan Hus wurde als Ketzer verurteilt und öffentlich verbrannt, obwohl Kaiser Sigismund ihm freies Geleit versprochen hatte. In seinen Predigten und Schriften in tschechischer Sprache hatte Hus die Kritik aufgegriffen, die schon der englische Theologe John Wycliffe vorgebracht hatte. Dabei ging es vor allem um den Reichtum und die weltliche Herrschaft der Kirche, aber auch um die Autorität der kirchlichen Amtsträger und die Beteiligung des Volkes. Nach der Verbrennung des Jan Hus griffen seine Anhänger zu den Waffen und kämpften erfolgreich gegen den böhmischen König Wenzel, den Bruder des Kaisers. Durch überfallartige Raubzüge versetzten sie auch ihre Nachbarn in Unruhe. Nur die radikalste Gruppe der Hussiten wurde schließlich militärisch vernichtet, während viele Vorstellungen des Jan Hus in der böhmischen Kirche lebendig blieben.

Was ist ein Konzil?

In der verfahrenen Situation des Schismas leuchtete es vielen Kirchenleuten ein, dass nur eine Versammlung der Bischöfe, ein Konzil, eine Entscheidung herbeiführen konnte. Manche wollten auch nach der Wahl eines neuen Papstes am grundsätzlichen Vorrang des Konzils festhalten. Diese Vorstellung bezeichnen wir als Konziliarismus. Dagegen konnten die Päpste des 15. Jahrhunderts ihren Anspruch behaupten, die Kirche zu leiten.

BEMERKENSWERTES

Prächtiges Exil

Die Residenz der Päpste in Avignon wurde in der Geschichtsschreibung häufig als »Babylonische Gefangenschaft der Kirche« bezeichnet, in Anspielung auf das Exil des Volkes Israel in Babylon. Tatsächlich waren die Päpste aber freiwillig in Avignon geblieben, wo sie sich einen prächtigen Palast bauten.

Der schwarze Tod

Woher kam die Pest?
Die spätmittelalterliche Pest gelangte aus Zentralasien nach Europa. In zwei Formen trat die Krankheit auf: Die »Beulenpest«, die neben anderen Symptomen starke Schwellungen der Lymphknoten hervorrief, führte meist nach wenigen Tagen zum Tod. Die »Lungenpest« rief noch wesentlich schneller Atemnot und Erstickung hervor.

Der Feind war unsichtbar, das machte ihn so gefährlich. Zu allen Zeiten hatten die Menschen mit Seuchen zu kämpfen, ansteckenden Krankheiten, die sich schnell ausbreiteten und in kurzer Zeit viele Todesopfer forderten. Besonders schlimm traf es Europa in der Mitte des 14. Jahrhunderts: Der »schwarze Tod«, die **Pest,** wütete zwischen 1347 und 1352. Kein Land blieb davon verschont; Arme und Reiche, Fürsten und Knechte, Ritter und Kleriker waren gleichermaßen betroffen. In den Städten, in denen viele Menschen zusammenkamen, konnte sich die Seuche besonders schnell ausbreiten; in manchen Gegenden starb mehr als die Hälfte der Bewohner.
Die Pest war einer der Gründe dafür, dass die Bevölkerungszahl Europas im Spätmittelalter zurückging. Zuvor hatten günstige Umstände dazu geführt, dass immer mehr Menschen in Europa leben konnten: Zwischen dem Jahr 1000 und dem Jahr 1300 war das Klima außergewöhnlich mild; zugleich sorgte die Verbesserung der landwirtschaftlichen Techniken dafür, dass mehr Menschen besser ernährt werden konnten als zuvor. Bis zum Jahr 1300 war ihre Zahl auf ungefähr 73 Millionen gestiegen; um das Jahr 1450 lebten nur noch weniger als 55 Millionen Menschen auf dem Kontinent.
Die meisten Menschen fühlten sich der Seuche hilflos ausgeliefert. Mediziner und Philosophen versuchten die Wirkungen der Pest zu erklären. Für die schnelle Verbreitung der Seuche machte man zumeist die so genannten Miasmen verantwortlich, schlechte Ausdünstungen von Leichen, aber auch von verschmutzten Straßen oder Gewässern. Wirksame Heilmittel konnte man aus solchen Vorstellungen nicht gewinnen. Viele Menschen suchten ihr Heil in der Flucht aus den Gebieten, in denen die Pest ausgebrochen war; Ärzte und Priester, die sich um die Kranken kümmerten, fielen häufig selbst der Seuche zum Opfer. Viele Menschen verstanden diese und andere Katastrophen als Strafe Gottes für ihre Sünden. Um Gott zu

Totentanz

versöhnen und dadurch die Pest abzuwenden, zogen die Geißler durch Europa: Gruppen von vielen hundert Menschen, die sich selbst zur Buße immer wieder mit Geißeln blutig schlugen. Manche suchten die Schuld aber auch bei anderen. Vor allem einer Gruppe hatte man schon seit längerem verschiedene Gräueltaten zur Last gelegt: Den jüdischen Gemeinden, die es in vielen Städten Europas gab. Immer wieder war das Gerücht umgegangen, Juden würden bei ihren religiösen Ritualen kleine Kinder töten. Jetzt hieß es, **Juden** hätten die Brunnen vergiftet und dadurch die Pest ausgelöst. In vielen Städten nahm man das zum Anlass, die Juden planmäßig zu vertreiben oder zu ermorden. Zwischen 1348 und 1350 wurde die Pestepidemie in Mitteleuropa von einer Welle von Judenverfolgungen begleitet; diesen Pogromen fielen tausende von Menschen zum Opfer. Für manche Geschäftsleute in den Städten war das eine willkommene Gelegenheit, sich lästiger jüdischer Konkurrenten zu entledigen oder Schulden, die man bei jüdischen Geschäftspartnern hatte, nicht bezahlen zu müssen.

Die Pest machte den Menschen deutlicher als zuvor bewusst, dass ihr Leben ständig bedroht war. Manche reagierten darauf, indem sie sich noch intensiver um ihr jenseitiges Heil sorgten und aus ihrem Vermögen für Klöster und andere Einrichtungen der Kirche stifteten. In der Kunst entstand das neue Bildmotiv des Totentanzes, das den Tod als ständigen Begleiter der Menschen zeigte. Die Angst vor dem Tod führte aber auch dazu, dass viele Menschen die Freuden des irdischen Lebens noch bewusster genossen. Das späte Mittelalter war auch die Zeit der Spielleute, die in der Stadt oder auf dem Land zum Tanz aufspielten. Lebensfreude drückte sich auch in der Mode aus: Schon seit dem hohen Mittelalter war die Kleidung immer farbenprächtiger geworden. Raffinierte Schnitte sorgten dafür, dass die Kleider sich eng an den Körper legten und die Körperformen betonten.

Wie lebten die Juden in Europa?

Im karolingischen Frankenreich sind zunächst einzelne jüdische Kaufleute ansässig geworden, die mit Waren aus fernen Ländern handelten. Im hohen Mittelalter stellten die Juden einen wichtigen Anteil an der Bevölkerung der schnell wachsenden Städte. Vor allem der Geldverleih wurde jetzt zu einem Betätigungsfeld für jüdische Geschäftsleute, weil die Kirche den Christen immer wieder verbot Geld gegen Zinsen zu verleihen. Eine wichtige Rolle spielten auch jüdische Ärzte, die ihre Kenntnisse aus der Medizin der Antike schöpften, die im Orient bewahrt und weiterentwickelt worden war.

BEMERKENSWERTES

Stolper-Mode

Das modische Interesse fand einen spektakulären Ausdruck in den Schnabelschuhen, die mit langen, ausgestopften Spitzen und Schellen auf den Reichtum ihres Trägers aufmerksam machten. Manche Schuhspitzen gerieten so lang, dass sie mit einem Band am Bein befestigt werden mussten.

Jenseitshoffnung und Wunderglaube

Welche berühmten Reliquien werden im Kölner Dom verehrt?
Im Kölner Dom werden noch heute die Gebeine der Heiligen Drei Könige verehrt, die nach der Legende dem Jesuskind in der Krippe ihre Geschenke dargebracht haben. Bis zum Jahr 1164 waren die Dreikönigsreliquien in einer Mailänder Kirche neben anderen Heiligtümern aufbewahrt worden. Besondere Beachtung fanden sie erst, als Kaiser Friedrich I. Barbarossa die Stadt Mailand eroberte und die Reliquien als Kriegsbeute seinem Kanzler, dem Kölner Erzbischof Rainald von Dassel, schenkte. Der prachtvolle Dreikönigsschrein, in dem die Reliquien fortan verwahrt wurden, und der spektakuläre Neubau des Kölner Domes seit dem 13. Jahrhundert förderten die Verehrung der Heiligen Drei Könige. Im 14. Jahrhundert wurden sie zum Ziel bedeutender Wallfahrten.

Der König war am Ziel seiner Wünsche. Eine große Versammlung der deutschen Bischöfe machte im Jahr 1007 den Weg dafür frei, dass in Bamberg ein neues Bistum gegründet werden konnte: ein kirchlicher Bezirk mit einem Bischof an der Spitze. Alles, was man dazu brauchte, steuerte König Heinrich II. aus eigenen Mitteln bei: Grund und Boden, um Kirchen und Klöster zu bauen, sowie Güter, von deren Einkünften Bischof, Priester und Mönche leben konnten. Mit diesem gewaltigen Aufwand wollte der König sicherstellen, dass man auch nach seinem Tod nicht nur an ihn denken, sondern vor allem weiterhin für ihn beten würde. Denn darauf war der König ebenso angewiesen wie andere Menschen: Nach dem christlichen Glauben wartete auf alle nach dem Tod das Gericht Gottes, das zwischen guten und bösen Menschen unterscheiden würde. Nur die Guten durften hoffen im Jenseits ewig weiterzuleben, glücklich und frei von Krankheit, Furcht und Streit. Den anderen drohten ewige Qualen in der Hölle; viele mussten zumindest befürchten, vor der Aufnahme ins Jenseits erst noch im Fegefeuer für ihre Sünden bestraft zu werden. Dagegen half nicht nur ein Leben nach den Geboten des Christentums; wichtig war es auch, aus dem eigenen Vermögen Kirchen und Klöster zu beschenken. Priester und Mönche waren verpflichtet für ihre Wohltäter zu beten, und das auch über deren Tod hinaus.

Aber nicht nur für das Jenseits war die Religion zuständig. Die Sorgen der Menschen galten auch dem täglichen Leben, das von vielen Gefahren bedroht war. Schon eine Missernte konnte ganze Familien dem Hungertod ausliefern. Viele Krankheiten konnten dazu führen, dass ein Mensch plötzlich starb oder nicht mehr selbst für sich und seine Familie sorgen konnte. Um in solcher Not Hilfe zu finden, wandten sich die Menschen häufig nicht an Gott selbst, sondern suchten die Vermittlung der Heiligen. Das waren Menschen, die entweder als Märtyrer für den Glauben gestorben waren oder ein besonders vorbildliches und frommes Leben geführt hatten.

Jede Kirche, jedes Kloster verehrte besondere Heilige, die man sich nicht nur als jenseitige Geister vorstellte. Die Heiligen waren vielmehr auch körperlich in ihrer Kirche anwesend: Entweder war dort ihr Grab oder es wurden zumindest Teile ihres Körpers in kostbaren Behältern aufbewahrt. Einzelne Knochen des Toten, aber auch Kleidungsreste oder andere Gegenstände, die der Heilige berührt hatte, verehrte man als **Reliquien** (»Überreste«). Wer das **Grab** oder die Reliquien eines Heiligen besuchte, der war ihm ganz nah. Er konnte hoffen besondere Fürbitte des Heiligen zu gewinnen. Denn Gott, so glaubte man, zeichnete seine Heiligen dadurch aus, dass er auf ihre Bitte hin Wunder geschehen ließ: Ereignisse, die man sich nicht auf natürliche Weise erklären konnte, die gegen jede vernünftige Erwartung eintraten und auf die man doch besonders hoffte.

Wer es sich leisten konnte, suchte als **Pilger** die Gräber besonders wichtiger Heiliger auf, die in ganz Europa verehrt wurden. Schon im frühen Mittelalter zogen Pilger aus allen Ländern nach Rom zu den Gräbern der Apostel Petrus und Paulus. Lange vor den Kreuzzügen reisten Bischöfe und Fürsten nach Jerusalem, um das leere Grab Christi zu besuchen.

Fingerreliquie des hl. Nikolaus

Welches Apostelgrab wird noch heute gern besucht?

Seit dem hohen Mittelalter war Santiago de Compostela in Nordspanien einer der wichtigsten Wallfahrtsorte. Dort verehrte man das Grab des Apostels Jakobus. Die Jakobsmuschel wurde das Abzeichen der Pilger, die viele Monate lang unterwegs waren.

Was erhofften sich die Pilger?

Nicht alle kamen, um für sich oder andere die Heilung von einer Krankheit zu erbitten. Manche traten eine lange und gefährliche Pilgerfahrt an, um für schwere Sünden Buße zu tun. Andere hatten es sich zum Ziel gesetzt, in ihrem Leben möglichst alle großen Wallfahrtsorte der Christenheit zu besuchen.

BEMERKENSWERTES

Die Verantwortung der Toten

Wie einen lebenden Partner nahm man die Heiligen in die Verantwortung: Wenn sie »versagten«, wenn etwa eine Hungersnot ausbrach oder eine Stadt im Krieg geplündert wurde, dann konnten die Heiligen auch bestraft werden. Man entfernte ihre Reliquien aus den kostbaren Behältern oder stellte die Verehrung ein, bis die Lage sich besserte.

Die scholastische Philosophie und die Universitäten

Wer war Thomas von Aquin?
Thomas von Aquin (1224/25–1274) war der berühmteste Philosoph und Theologe des Mittelalters. Seine »Summa Theologiae«, eine Darstellung und Erklärung des christlichen Glaubens, ist weit über das Mittelalter hinaus zur Grundlage christlicher Theologie geworden. Seine Familie hatte anderes von Thomas erwartet: Nicht das Leben eines Universitätsgelehrten, sondern eine Karriere in kirchlichen Ämtern sollte Ansehen und Macht der Familie stärken. Auf der Reise zur Pariser Universität ließ man Thomas entführen. Der Bildungshunger des jungen Dominikaners war aber auf diese Weise nicht zu brechen; nach einjähriger Haft durfte er sein Studium fortsetzen.

Warum müssen Kinder in die Schule gehen? Kaiser Karl der Große wusste darauf eine Antwort: Schon die Kinder sollten lesen und schreiben lernen, damit die Bibel und andere wichtige Schriften des Christentums überall im Frankenreich fehlerfrei abgeschrieben und gelesen werden konnten. Viele Bischöfe richteten an ihren Domkirchen Schulen ein, um die Geistlichen auszubilden. Auch große Klöster, etwa Sankt Gallen in der heutigen Schweiz, unterhielten solche Schulen, an denen nicht nur junge Mönche unterrichtet wurden. Viele vornehme Familien schickten ihre Söhne in die berühmtesten Klosterschulen, damit sie wenigstens lesen und schreiben lernten. Erst danach wurden sie von ihren Verwandten im Reiten, in der Jagd und im Waffenhandwerk ausgebildet.

Unterricht bedeutete im früheren Mittelalter vor allem, die lateinische Sprache zu lernen, um die Überlieferung des Christentums und die Literatur der Antike verstehen zu können. Durch die genaue Kenntnis der sprachlichen Regeln wollte man schwer verständliche Stellen der Bibel und anderer Schriften deuten und Missverständnisse vermeiden. Wissenschaftliche Fragen und vor allem Fragen zur Bibel und zum christlichen Glauben versuchte man zu beantworten, indem man die antiken Autoren und die Schriften des Augustinus und anderer Kirchenväter zitierte. Im 12. Jahrhundert setzte sich eine neue Art des wissenschaftlichen Fragens durch. Petrus Abaelard, der in Paris eine berühmte Schule unterhielt, stellte gerade die widersprüchlichen Aussagen der alten Schriftsteller einander gegenüber, um sie zu vergleichen und dann durch eigenes Abwägen zu einer Entscheidung zu gelangen. Das Wissen über die Welt, über den Menschen und über Gott sollte sinnvoll geordnet und nach vernünftigen Regeln begründet und bewiesen werden. Auch die Inhalte des Glaubens sollten jetzt vernünftig begründet werden. Diese neue Art des Denkens nannte man »Scholastik« (Schullehre). Die Philosophie wurde nicht mehr nur als Vorbereitung religiöser Erkenntnisse, als »Magd der Theologie«, wie man häufig sagte, sondern als eigenständige Wissenschaft anerkannt.

Die Grundlagen für die Begriffe und die Beweisführung der scholastischen Wissenschaften lieferte das Werk des antiken griechischen Philosophen Aristoteles. Erste Anregungen dazu kamen von arabischen Philosophen, die Schriften des Griechen in ihre Sprache übersetzt hatten. Aus dem Arabischen, später auch aus dem griechischen Original, wurden immer weitere Werke des Aristoteles in die lateinische Sprache übersetzt und ausführlich kommentiert. Einen Höhepunkt erreichte die Auseinandersetzung mit der aristotelischen Philosophie im Werk des **Thomas von Aquin.**

Thomas v. Aquin

Der neue Aufbruch der Wissenschaften ging einher mit einer grundlegenden Veränderung und Erweiterung des Bildungswesens. Schon im 11. Jahrhundert hatten ehrgeizige Lehrer damit begonnen, private Schulen zu gründen und von dem Geld zu leben, das ihre Schüler bezahlten. Im 12. Jahrhundert schlossen sich an verschiedenen Orten Lehrer und Schüler zu neuen Gemeinschaften zusammen; dabei standen jeweils verschiedene Studien im Mittelpunkt: In Bologna studierte man das römische Recht, in Paris die neue scholastische Philosophie und Theologie, in Montpellier die Medizin. Aus diesen Zusammenschlüssen entwickelten sich die ersten **Universitäten** Europas, die im 13. Jahrhundert feste rechtliche Grundlagen erhielten.

Seit wann gibt es Universitäten in Deutschland?

In Köln lehrte in der Mitte des 13. Jahrhunderts der Dominikaner Albertus Magnus, der keinen Geringeren als Thomas von Aquin zu seinen Schülern zählte. Universitäten entstanden in Deutschland aber erst im 14. Jahrhundert, und zwar in Heidelberg, Köln und Erfurt. Zuvor hatte Kaiser Karl IV. schon in seiner böhmischen Hauptstadt Prag eine berühmte Universität gegründet.

BEMERKENSWERTES

Lukrative Schmeichelei

Nach einer Anekdote, die in Italien erzählt wurde, hat Kaiser Friedrich I. Barbarossa einmal einen Rechtsgelehrten aus Bologna gefragt, wer der Herr der Welt sei. »Der Kaiser«, soll ihm der Gelehrte geantwortet haben. Über diese Antwort sei der Kaiser so erfreut gewesen, dass er dem Gelehrten sein eigenes Pferd geschenkt habe.

Bettelmönche und Ketzer

Was bedeutet Häresie?
Als Häresie wurde von den Kirchenvätern der Abfall vom gemeinsamen Glauben der Kirche bezeichnet. Im hohen und späten Mittelalter sind viele Anhänger religiöser Bewegungen, die nicht mit der Lehre der Kirche übereinstimmten, als Häretiker, zu Deutsch: Ketzer, verurteilt worden.

Für die Bürger der italienischen Stadt Assisi war es ein unerhörter Skandal: Franziskus, der Sohn eines der reichsten Kaufleute, hatte seine Kleider abgeworfen und lief nackt durch die Stadt. Der Kaufmannssohn wollte damit allen zeigen, dass er sich radikal von seinem vorherigen Leben abgewandt hatte und in Zukunft nur noch ein Ziel verfolgen wollte: so zu leben, wie es Jesus Christus nach den Berichten der Evangelien den Menschen vorgemacht hatte.

Franziskus war nicht der Erste, dem die alltägliche Lebensweise der Christen und die Forderungen der Kirche nicht genug waren. Seit dem 11. Jahrhundert versuchten immer wieder Gruppen von Christen den Glauben bedingungslos zum Mittelpunkt ihres Lebens zu machen. In immer neuen Anstrengungen unternahmen es einflussreiche Mönche, das Leben im Kloster daraufhin auszurichten. Der Orden der Zisterzienser, der im 12. Jahrhundert immer größer wurde, stellte die eigene Arbeit der Mönche in den Mittelpunkt. Das hatte zur Folge, dass die Zisterzienserklöster sich teilweise zu großen Wirtschaftsunternehmen entwickelten. Im Unterschied dazu entschloss sich Franziskus zu einem Leben in radikaler Armut; das machte ihn bei vielen Vertretern der reichen und mächtigen Kirche seiner Zeit verdächtig. Franziskus gelang es jedoch, den großen Papst Innozenz III. davon zu überzeugen, dass seine Vorstellungen nicht im Widerspruch zur Überlieferung der Kirche standen.

Schon bald nach seinem Tod wurde Franziskus als Heiliger verehrt, und die Bewegung seiner Anhänger entwickelte sich zu einem neuen Orden. Mit den Franziskanern teilte der von Dominikus gegründete Orden der Dominikaner das Ideal der Armut. Die beiden »Bettelorden« lebten zunächst davon, dass ihre Mitglieder sich als Bettler nur das zum Leben Notwendige beschafften. Durch ihre Predigten fanden die Bettelmönche aber besonders unter den Bürgern der Städte viele Anhänger, die den neuen Orden Geld und Besitz schenkten. Bei den Franziskanern kam es darüber zum so genannten »Armutsstreit«: Während die Mehrheit nur den persönlichen Besitz einzelner Mönche ablehnte, wollte eine kleinere Gruppe, dass auch der Orden selbst arm blieb.

In den immer heftigeren Auseinandersetzungen wurden die radikalsten Verfechter des Armutsideals schließlich von der Kirche als **Häretiker** (Ketzer) ausgeschlossen. In der Mehrheit der Franziskaner und Dominikaner fand die Kirche aber eine wichtige Stütze im

Kampf gegen eine andere religiöse Bewegung. Die Katharer, die sich selbst mit dem griechischen Wort Katharoi als die »Reinen« bezeichneten, grenzten sich radikal von der allgemeinen Kirche ab. Sie vermischten christliche und nichtchristliche Vorstellungen. So hielten sie alles, was mit der körperlichen Natur des Menschen und der Welt zu tun hatte, für unrein; nur der geistige Kern des Menschen war nach ihrer Vorstellung wertvoll. Deshalb lehnten die Katharer die meisten **Sakramente** der Kirche und die kirchlichen Ämter ab und gründeten eigene Gemeinden. In Südfrankreich fand diese Bewegung sogar bei mächtigen Adeligen großen Zulauf. Daher fürchtete der Papst um das Fortbestehen der Kirche in dieser Gegend und rief die weltlichen Mächte zum Kreuzzug auf. Daraus wurde eine blutige Verfolgung der Katharer und ihrer Unterstützer.

Der Abfall von der Lehre der Kirche galt als ein todeswürdiges Verbrechen, das von geistlicher und weltlicher Macht geahndet werden musste. Papst Innozenz III. führte das Verfahren der Inquisition (Untersuchung) ein. Das bedeutete zunächst nur, dass man die Richtigkeit einer Anklage genau überprüfen wollte. Eine solche sorgfältige Nachforschung, bei der Zeugen und Beweise gesammelt und geprüft wurden, hatte es im mittelalterlichen Recht zuvor nicht gegeben. Insofern erscheint das Inquisitionsverfahren als ein wichtiger Fortschritt in der europäischen Rechtsgeschichte. Als ein Mittel, die Wahrheit herauszufinden, galt aber auch die Folter; deshalb ist die Inquisition zugleich zu einem Begriff für die Grausamkeit des spätmittelalterlichen und frühneuzeitlichen Rechts geworden.

Was sind Sakramente?
Sakramente sind besondere Zeichen und Handlungen der Kirche. Im hohen Mittelalter setzte sich in der katholischen Kirche die Auffassung durch, dass es genau sieben solcher Sakramente gibt. Dazu gehören die Taufe, die Buße, die Ehe und die Eucharistie (das Abendmahl). Über deren Bedeutung wurde in der mittelalterlichen Kirche immer wieder intensiv diskutiert. Im Jahr 1215 erklärte eine Kirchenversammlung in Rom, das Vierte Laterankonzil, dass Brot und Wein in der heiligen Messe nicht nur äußere Zeichen bleiben, sondern in Leib und Blut Jesu Christi verwandelt werden. Häretische Gruppen wie die Katharer lehnten häufig einzelne oder alle Sakramente der Kirche ab.

BEMERKENSWERTES

Der bekehrte Wolf

Über Franz von Assisi (1181–1226) wurden schon zu Lebzeiten wunderbare Geschichten erzählt, die nach seinem Tod immer weiter ausgeschmückt wurden. Mit seiner Predigt, der auch die Tiere zuhörten, soll Franz sogar einen gefährlichen Wolf so beeindruckt haben, dass er davon abließ, Menschen und Tiere zu töten.

Helden und schöne Frauen

Wer war König Artus?
König Artus, vielleicht ursprünglich ein Fürst im Britannien des 5. oder 6. Jahrhunderts, wurde in der französischen und deutschen Dichtung des hohen Mittelalters zum idealen ritterlichen König. Seine Tafelrunde galt als Gesellschaft von Helden, die immer wieder auszogen, um ritterliche Abenteuer zu erleben.

Was ist ein Epos?
Umfangreiche Erzählungen der mittelhochdeutschen Dichtung, die in Versen abgefasst worden sind, werden häufig als Epen bezeichnet, obwohl sie sich von den klassischen Epen der antiken Dichtung deutlich unterscheiden. Dichtungen in französischer Sprache werden Lieder (Chansons) oder Romane genannt.

Wer wollte nicht gern ein tapferer Ritter sein, einen Drachen töten oder beim Turnier den Siegespreis entgegennehmen? Für die mittelalterlichen Ritter sah der Alltag jedoch meistens anders aus: Oft mussten sie wochenlang eine gegnerische Burg belagern. Das bedeutete mühsame Arbeit und Langeweile statt heldenhafter Taten. Anders verhielt es sich in den Geschichten, die erzählt wurden, wenn Ritter zusammenkamen. Am Hof der Fürsten feierte man miteinander, tauschte Nachrichten aus und hörte den Sängern zu, die von fernen Ländern, großen Abenteuern und schönen Frauen zu berichten wussten.

In Frankreich entstanden die ersten großen Lieder, die von Taten vorbildlicher Ritter erzählten: die »Chansons de Geste« (um 1100). Roland, ein Feldherr Karls des Großen, war am Ende des 8. Jahrhunderts mit der Nachhut des aus Spanien zurückkehrenden Heeres von den Basken überfallen und getötet worden. Im französischen Rolandslied wurde er zum Helden, der von Jugend an Großes für seinen Herrn, den Kaiser, geleistet hatte und im Kampf mit einer erdrückenden Übermacht den Tod fand. Eine große Zahl von Liedern und Erzählungen drehte sich um die Ritter der Tafelrunde, die der sagenhafte **König Artus** um sich versammelt haben soll. Bald wurden diese Geschichten auch von Dichtern in Deutschland aufgegriffen und in mittelhochdeutscher Sprache nacherzählt. Ein Symbol ritterlicher Ideale steht im Mittelpunkt des großen **Epos** um den jungen Parzival: der Gral, ein geheimnisvolles Heiligtum der Christenheit. Der Held verspielt es zunächst leichtfertig, um es dann nach mühevoller ritterlicher Bewährung wieder zu finden. Diese Handlung bot dem Dichter Wolfram von Eschenbach (ca. 1170–1220) die Gelegenheit, viele spannende und unterhaltsame Geschichten aus der Welt der Ritter zu erzählen. Durch Tapferkeit und ritterliche Fähigkeiten gewinnen die **Helden** ganze Königreiche und werden von Königinnen umworben. Immer wieder haben sie gefährliche Kämpfe zu bestehen oder müssen sich im Turnier bewähren. Ganze Wälder, so Wolfram, wurden abgeholzt, weil die Helden immer wieder neue Lanzen mit hölzernen Schäften für ihre Kämpfe und Turniere brauchten.

Der ritterliche Dienst für die Frauen wurde in der höfischen Lyrik, dem Minnesang, gefeiert. Ein Minnesänger übernahm die Rolle eines Ritters, der eine hoch gestellte, verheiratete Dame umwarb. Eine solche Liebe war aussichtslos. Trotzdem war es Aufgabe des Ritters, die Schönheit und die Tugend seiner angebeteten Dame zu preisen und im Turnier oder im ritterlichen Kampf für sie einzustehen. Die »hohe Minne«, die im Minnesang verkündet wurde, war Minnedienst, das heißt: Der Minnesänger diente der Dame mit gleicher Treue und Hingabe, wie der Ritter seinem Herrn dienen sollte. Dieser Minnelyrik stellte der berühmteste deutsche Dichter des hohen Mittelalters, Walther von der Vogelweide (ca. 1170–1230), andere Lieder an die Seite. Er feierte auch die Liebe, die ein Ritter zu einem einfachen Mädchen empfinden konnte. In dieser Dichtung konnte die persönliche Liebe auch Standesunterschiede überwinden. Wichtig waren aber auch die Sprüche, mit denen Walther und andere Dichter das politische Tagesgeschehen spiegelten.

Walther von der Vogelweide

Welches ist das bekannteste deutsche Heldenepos?

Das bedeutendste Epos ist das Nibelungenlied. Für viele Jahrhunderte war es in Vergessenheit geraten. Nach seiner Wiederentdeckung im 18. Jahrhundert wurde es zu Unrecht zum Nationalepos der Deutschen erhoben. Etwa um das Jahr 1200 hat ein unbekannter Dichter, vielleicht in Passau, den Stoff alter Heldensagen zusammengestellt, die seit Jahrhunderten weitererzählt worden waren. Geschichten um den sagenhaften Drachentöter Siegfried und den Untergang der burgundischen Königsfamilie in der Völkerwanderungszeit wurden durch die Figur der Königstochter Kriemhild verbunden. Mit einem schaurigen Gemetzel am Hof des Hunnenkönigs Etzel, so die Geschichte, hat Kriemhild an ihrer Familie Rache genommen, nachdem ihr Gemahl Siegfried vom burgundischen Gefolgsmann Hagen von Tronje ermordet worden war.

BEMERKENSWERTES

Ein Fahrender wird reich belohnt

»Jetzt habe ich mein Lehen«, jubelte Walther von der Vogelweide, als ihm Kaiser Friedrich II. ein Gut übertragen hatte, das feste Einkünfte versprach. Vorher war er wie andere Dichter darauf angewiesen, von Fürstenhof zu Fürstenhof zu ziehen und sich den Lebensunterhalt durch seinen Vortrag zu verdienen.

Hoch hinaus – die gotische Kathedrale

Wurde das Haus Gottes nur für Gottesdienste genutzt?

Im Haus Gottes wurden nicht nur Gottesdienste abgehalten. Es diente auch als Treffpunkt der Menschen, um alltägliche Neuigkeiten auszutauschen, und sogar durchreisenden Pilgern als Übernachtungsmöglichkeit.

Hatten die Farben der Glasscheiben eine Bedeutung?

Die Religion im Mittelalter schätzte Symbole. Auch die farbigen Glasscheiben hatten symbolische Bedeutung: So war Gold die Farbe Gottes und Grün die des Lebens. Im Sonnenlicht, das die farbigen Glasscheiben durchdrang, ohne sie zu verletzen, sahen die Menschen die alles durchdringende Gnade.

Im 12. Jahrhundert veränderte sich das Verhältnis der Menschen in Europa zu ihrem Gott. Die Christen betrachteten sich als eine große und mächtige Glaubensgemeinschaft und wollten dies sowie ihre Gottesverehrung durch imposante Bauten ausdrücken. Der dabei verwandte gotische Stil kam ursprünglich aus Frankreich und verbreitete sich von dort aus auch in die deutschen Lande und nach England.

Der gotische Kirchenbau spiegelt das neue Selbstbewusstsein der damaligen Zeit wider: Waren in der Romanik die Kirchen eher gedrungen und wuchtig, so strebten die neuen gotischen Kathedralen hoch hinauf in den Himmel. Das **Haus Gottes** sollte besonders eindrucksvoll sein, sowohl in seiner Architektur als auch in seiner Ausstattung. Mächtige und dennoch leicht wirkende Wände, die von großen Fensterflächen unterbrochen wurden, trugen die Kirchendächer. Die hohen, spitz zulaufenden Fenster brachten mehr Licht in den Kircheninnenraum. Sie wurden mit **farbigen Glasscheiben** versehen, auf denen die Künstler unter anderem Szenen aus der Bibel darstellten. Die rubinroten, saphirblauen, smaragdgrünen und goldfarbenen Glassteinchen tauchten das Innere der Kirchen nun in ein geheimnisvolles Licht. Ein berühmtes Beispiel dafür sind die Fenster der Klosterkirche von Saint-Denis (Um-/Neubau seit 1137) in Frankreich.

Die Kirchenportale der gotischen Kirchen schmückten die Steinmetze mit Fabelwesen, Heiligen und Pflanzen. Zwar schaute den Kirchenbesuchern der eine oder andere Wasserspeier noch Furcht einflößend entgegen, doch der Gesichtsausdruck der Heiligen war nicht mehr strafend wie in der Romanik, sondern besinnlich und sanft.

Aber wie haben es die Menschen in einer Zeit, in der es noch keine Maschinen gab, geschafft, so große und hohe Kirchen zu bauen? Der Bau einer Kathedrale war ein Gemeinschaftsprojekt aller Gläubigen in der Umgebung. Ob Reich oder Arm, ob Alt oder Jung – jeder half mit. Denn wenn man sich am Bau eines Gotteshauses beteiligte, wurden einem viele Sünden erlassen und man brauchte keine Angst mehr vor dem Jüngsten Gericht zu haben. Die Steine und das Holz für die Gerüste schaffte man durch einen »freiwilligen Transport« zur Baustelle. Das bedeutete, dass jeder Bürger, der ein Ochsen- oder Pferdegespann besaß, dieses zur Verfügung stellen musste. Das betraf nicht nur die Pächter und Bauern, sondern auch Edelleute. War ein Fluss in der Nähe, so transportierte man die Steine vom Steinbruch auf Flößen zur Baustelle.

Der **Bau einer Kirche** nahm viele Jahre in Anspruch. Die Steinmetze, Bildhauer und anderen Handwerker lebten auf der Baustelle, denn oft kamen sie nicht aus der Gegend, sondern aus anderen Ländern wie etwa Italien. Ihre Werkstätten auf der Baustelle nannte man **»Bauhütten«**. Die Handwerker arbeiteten mit Hammer, Meißel und Seilzügen. Spuren davon sind heute noch an den Kirchen sichtbar: Betrachtet man die Querwände einer gotischen Kathedrale genauer, sieht man etwa in der Mitte der Blockflächen Bohrlöcher. Dort griffen die Greifarme der Steinzange hinein, mit der die Arbeiter die Blöcke an Seilzügen hochzogen.

Wie lange dauerte die Bauzeit einer so großen Kirche?

Für den Bau der Kathedrale Notre Dame in Chartres, Frankreich, brauchte man 27 Jahre, was als relativ schnell galt. Die Bauzeit des Kölner Doms hingegen dauerte von 1248 bis 1880, also über 600 Jahre!

*Glasmalerei,
St. Denis Abteikirche*

Wie war eine Bauhütte organisiert?

In der Bauhütte arbeiteten Steinmetze und Bildhauer in einer Gemeinschaft, um eine Einheitlichkeit ihres Baus zu gewährleisten. Es bildeten sich im Laufe des Mittelalters viele »Baubrüderschaften«, die ihre Kunstregeln streng geheim hielten. An oberster Stelle stand der Hüttenmeister.

BEMERKENSWERTES

Der Kirchenbau als Gemeinschaftsprojekt!

Nicht nur die Bürger, die ein Fuhrwerk besaßen und es für den Transport von Baumaterial einsetzten, halfen beim Bau der Kirche mit. Die Geistlichen der Gemeinde, in der das Gotteshaus errichtet werden sollte, zogen jahrelang durchs Land und sammelten Spenden zur Finanzierung des Baus. Reiche Bürgersfrauen und Adlige veranstalteten Basare, Theateraufführungen oder versteigerten für den guten Zweck Schmuck, Kleider und Tiere.

Malerei im Auftrag der Kirche

Welche Bücher wurden verziert?
Die Buchmalerei beschränkte sich in der ottonischen Zeit nicht nur auf theologische Werke wie Evangelien, Heiligenlegenden oder Kirchenväterkommentare, sondern es wurden auch weltliche Texte wie Enzyklopädien oder Gesetzestexte mit Zierinitialien, Einzelbildern und Bilderzyklen geschmückt.

Wieso sahen die Figuren und Landschaften der Wandgemälde so unnatürlich aus?
Es lag nicht daran, dass die Menschen damals nicht malen konnten. Die Künstler hatten gar nicht vor, Personen und Landschaft naturgetreu wiederzugeben. Ihnen war es allein wichtig, religiöse Inhalte darzustellen.

Malerei, wie wir sie heute kennen, gab es im Mittelalter noch nicht. Man hängte sich nicht Bilder von bekannten Künstlern an die Wohnzimmerwand oder besuchte Ausstellungen, um dort berühmte Werke zu betrachten. Unter Malerei im Mittelalter versteht man in erster Linie die Buchmalerei. Mönche schmückten Bibeln und andere religiöse Texte mit Bildern und kunstvoll verzierten Anfangsbuchstaben einzelner Abschnitte (Miniaturmalerei). Die Kunst im Mittelalter war also in erster Linie Teil der christlichen Religionsausübung. Aber auch die Wandmalerei und die Mosaikkunst – Kunstformen der Antike – fanden immer größere Verbreitung, vorwiegend natürlich in den Kirchen.

Der Untergang des karolingischen Reiches im 10. Jahrhundert wirkte sich zunächst auch auf die Malerei aus. Erst unter den Ottonen (Nachkommen des Kaisers Otto I. des Großen) fand besonders die **Buchmalerei** zu einer neuen Blüte. Berühmt ist das Evangeliar Ottos III., entstanden um das Jahr 1000. Hier verwendete man ein neues Material: das Gold, welches den Abbildungen einen mystischen Glanz verlieh.

In der ottonischen Malerei sind **Figuren** und Landschaft immer noch starr und flach dargestellt. Es fehlt die Tiefenwirkung, die wir aus späteren Bildern kennen. Geändert hat sich allerdings der Inhalt der Darstellungen: Es geht nicht mehr um Geschichten aus dem Alten Testament, sondern um die des Neuen Testamentes. Die Verehrung Christi als Gottessohn steht im Vordergrund. Außerdem ist die Heiligendarstellung nicht mehr streng und Furcht erregend, sondern sanft und demutsvoll. Die Größe der Figuren entspricht nicht mehr der Wirklichkeit, sondern ist

durch ihre soziale bzw. religiöse Bedeutung bedingt. Der Mensch wird nicht um seiner Selbst willen dargestellt.
Die Einflüsse der Glasmalerei machten sich im 12. und 13. Jahrhundert in einem neuen Zeichenstil bemerkbar. Klar und scharf werden die Figuren nun dargestellt, die Formen sind naturgetreuer.
Mit dem Aufkommen des **Altarbildes** (auch Tafelbild genannt) ab 1350 trat neben die Bedeutung der Malerei als »Gottesdienst« zunehmend die Aufgabe, die Menschen, welche die Werke in Auftrag gaben bzw. schufen, zu rühmen. Die **Auftraggeber** (Stifter) der Altäre ließen sich in Form eines Porträts auf ihnen verewigen. Aber auch die Selbstdarstellung der Künstler wuchs und häufig entdeckt man einen Heiligen mit dem Gesicht seines Herstellers. Ab Mitte des 14. Jahrhunderts wurde »Maler« zu einem Handwerksberuf erhoben und Malerzünfte (Lukasgilden) wurden in den Städten gegründet.

Was ist ein Altarbild?
Ein Altarbild ist ein auf eine Holztafel aufgemaltes Bild, das auf dem Altar stand (Altaraufsatz). Mehrteilige Altarbilder (Flügelaltare) nennt man Diptychon (zweiteilig) oder Triptychon (dreiteilig).

Hatten die Auftraggeber ein Mitspracherecht bei den von ihnen gestifteten Werken?
Die Auftraggeber konnten unter anderem bestimmen, wie viel Blau (Lapislazuli) und wie viel Gold bei der Herstellung des Altarbildes verwendet wurde. Beides war nämlich sehr teuer. Daher erkennt man auch an der festgelegten Menge Blau oder Gold den Reichtum des Auftraggebers.

BEMERKENSWERTES

»Bilderbücher« für das Volk!

Die Kirchenwände waren mit Szenen und Erzählungen aus der Bibel geschmückt. Man verwendete die Wandmalerei als »Buch des Volkes«, aus dem es die Geschichte des christlichen Glaubens lernen konnte. Denn der größte Teil der Menschen im Mittelalter konnte nicht lesen, geschweige denn sich eine Bibel kaufen. Die Wandmalerei diente außerdem dem Schmuck der Kirche und der Verehrung Gottes.
Wandmalereien werden auch als »Fresken« bezeichnet. Dieser Begriff leitet sich vom italienischen »al fresco« (dt. frisch) ab, weil die Farben auf den noch feuchten Putz aufgetragen wurden.

Lieder für die Damen: die Minnesänger

Was ist »Minne«?
Minne ist der mittelalterliche Name für die Liebe zwischen Ritter und unerreichbarer Dame (hohe Minne) – später auch für die Liebe zu einem nichtadligen Mädchen (niedere Minne).

Was sind die »Carmina Burana«?
Um 1300 wurden in einer Sammlung Lieder aus dem »weltlichen« Leben zusammengefasst: moralische und satirische Lieder, Liebeslieder und Trinklieder, ein Weihnachts- und ein Osterspiel. Die Lieder sind zum Teil in lateinisch-deutscher Mischsprache. Den Namen »Burana« erhielten sie, weil die Handschrift lange Zeit im Kloster Benediktbeuren aufbewahrt wurde.

»Sieh! der holde
Und ersehnte
Frühling bringt zurück die Freuden!«
(aus den **Carmina Burana**)

»Weiblicher sah man nie ein Weib,
Untadelig in ihrer Wahl.
Es peinigt mich ihr schöner Leib
Vom Scheitel bis hinab zum Tal.«
(Oswald von Wolkenstein)

Das klingt ganz anders als ein gregorianisches »Sanctus, Sanctus Dominus«. Was war geschehen? Die strengen Mönche erhoben sicher Einspruch gegen solches Liedgut! Doch ab dem 11. Jahrhundert »boomte« die weltliche Musik. Das Rittertum war auf seinem Höhepunkt. Die Ritter nahmen sich als eigenen Stand wahr: Wir sind wer, und zwar mit eigener Kultur und eigener Geschichte! Zuerst zogen in Südfrankreich fahrende Ritter umher (die »Troubadours«), später auch in Nordfrankreich (»Trouvères«). Und 100 Jahre später begannen in Deutschland die so genannten Minnesänger wie ihre französischen Kollegen von der Liebe zu singen. Die Liebe war für die Minnesänger das Hauptthema, und zwar die Liebe zu einer Frau, die für sie unerreichbar war und die sie anbeteten – zum Beispiel die Frau eines Fürsten. Das Thema der unerreichbaren Frau war eine Parallele zur Marienanbetung.

Unerfüllte Liebe bringt zwar außergewöhnliche Kunstwerke hervor, doch auf Dauer war das den Fahrenden zu wenig. Der Kreis der Menschen, die als fahrende Dichter und Musiker unterwegs waren, vergrößerte sich rasch. Neben besitzlosen Rittern waren es bald Bürgerliche, Könige, Fürsten, Hoch- und Kleinadelige und sogar Kleriker, die ihre Lieder hören ließen, und ihre Themen wurden fantasievoller: Bald sangen sie auch von Politik und Moral, sie sangen Spottlieder, Trauergesänge, Tanz- und Kriegslieder.

Wild romantisch klingen oft die Lebensläufe der fahrenden Sänger und wir stellen uns ihr Leben abenteuerlich und abwechslungsreich vor. Das galt bis zu einem gewissen Grad für die bekannten Minnesänger wie **Walther von der Vogelweide,** die großes Ansehen genossen. Weniger gut hatten es die Gaukler und Spielleute, die nicht an den Höfen unterwegs waren, sondern auf Jahrmärkten spielten. Sie waren vor allem der Kirche ein großer Dorn im Auge, da sie unbekümmert auf ihren Instrumenten zum Tanz aufspielten und schwelgerische Melodien zum Besten gaben. Ihr größtes Problem war ihre Rechtlosigkeit: Man konnte sie töten, ohne bestraft zu werden. Andererseits waren die Fahrenden oft sehr beliebt bei den Menschen, wer sonst konnte ihnen neue Nachrichten übermitteln?

Im 13./14. Jahrhundert erblühten die Städte. Die Glanzzeit des Rittertums war vorüber, dafür etablierte sich das städtische Bürgertum als neuer Stand. Die Bürger gründeten Singschulen, in denen einstimmige, unbegleitete Lieder – dem Minnesang nachempfunden – vorgetragen wurden. Diesen Gesang nannte man »Meistergesang«, die Ausübenden »**Meistersinger**«. Einer ihrer bekannten Vertreter war der Schuster Hans Sachs aus Nürnberg. Die Meistersinger mussten Melodien und Texte nach strengen Regeln erfinden, die streng überwacht wurden. Doch der enge Regelzwang und die Kontrollen der Vereine brachten die Meistersinger selbst zu Fall, denn die freie künstlerische Entfaltung wurde dadurch erstickt. Immerhin: Der letzte Meistersinger starb erst 1876 . . .

Wer war Walther von der Vogelweide?

Manch einer bezeichnet ihn als den »größten Lyriker des deutschen Mittelalters«, trotzdem liegen Teile seines Lebens im Dunkeln. Er ist um 1170 geboren – doch wo genau? An mehreren Höfen ist er »aktenkundig«, dazwischen zog er umher. Er bekam ein Lehen verliehen – doch vielleicht war er vorher schon von adeliger Herkunft? Um 1230 starb er in Würzburg.

Was musste ein Meistersinger können?

Er musste Texte oder Melodien älterer Meister umgestalten können. Er musste nach einem genauen Schema nicht nur das Lied aufbauen, sondern auch reimen können. Er musste viele Weisen können. Eine hohe Kunst war es, einen regelgemäß gedichteten Text auf eine neue Melodie zu singen.

BEMERKENSWERTES

Mein Thema bin ich

Von Geburt an auf dem rechten Auge blind, musste der etwa zehnjährige Oswald von Wolkenstein (ca. 1377–1445) als Knappe eines Ritters in den Krieg ziehen. 15 Jahre später war er ein weit gereister Mann, der schon auf ein abenteuerliches Leben zurückblicken konnte. Oswalds Lieder haben also viel zu erzählen – hier singt ein »Ich«, das von Liebe bis hin zu Krieg und Folter alles erlebt hat. Der Ausdruck des leidenschaftlichen »Ich« ist ein neuer Ton in der Musik der damaligen Zeit.

Mehrstimmigkeit und Forscherdrang: vom Notenerfinden

Was sind Neumen?
Neuma (griechisch) heißt »Zeichen«, »Anweisung«. Neumen sind Hinweise für die Sänger. Sie sind über den Texten notiert und eine grafische Darstellung der Handwinke, mit denen Chorleiter die Einübung der Melodien unterstützen.

Wer war Guido von Arezzo?
Guido (um 992–1050) war ein italienischer Musiktheoretiker. Er war maßgeblich an der Entwicklung der Notenschrift beteiligt und gab den Noten Namen. Ihm schreibt man die »guidonische Hand« zu, bei der die Tonfolgen auf die linke Hand aufgetragen wurden und so den Musiklernenden das Tonsystem veranschaulicht werden konnte. Das ist eine Art frühzeitlicher Spickzettel!

Ein Auto wird angelassen. Der Motor macht sein Geräusch, erst lauter, dann wieder leiser. Er macht irgendwie »brr« und »pock pock« . . . Eine Möglichkeit, die Geräusche so aufzuschreiben, dass man genau weiß, wie sie klingen, haben wir nicht zur Verfügung, jedenfalls keine besonders exakte. Es gibt also noch etwas zu erfinden!

Im 9. Jahrhundert erkannten auch die Kirchenmusiker, dass es an der Zeit sei, etwas zu erfinden: die Musiknotation. Das Christentum breitete sich immer weiter aus und die fremden, neuen Völker sollten die gregorianischen Choräle übernehmen. So viele Gesänge auf einmal konnte sich niemand merken. So kamen die Kirchenmusiker auf die Idee, über die Liedtexte kleine Zeichen zu setzen, die zumindest daran erinnerten, ob die Melodie bei der Textstelle nach oben oder nach unten ging. Die **Neumen**schrift, die ab dem 9. Jahrhundert in liturgischen Handschriften zu finden ist, macht aber keine Aussage über eine genaue Tonhöhe oder gar über die Dauer eines Tons. Im Zeitalter der Neumen zählt in erster Linie noch die mündliche Überlieferung.

Schon bald drängte der Forschergeist weiter. Die Verbindung einer Notenlinie mit der Neumenschrift war die nächste Etappe – nun konnten die Tonhöhen eindeutiger festgelegt werden. **Guido von Arezzo** ging Anfang des 11. Jahrhunderts den entscheidenden Schritt nach vorne: Er setzte die Neumen auf vier Linien, die sich im Terzabstand befanden. Mit dieser Erfindung der vier Notenlinien waren also die Tonhöhen genau fixiert.

Warum eigentlich, da ein gregorianischer Choral doch ohnehin einstimmig ist? Das ist richtig, aber die Mehrstimmigkeit setzte sich nach und nach gegen die Einstimmigkeit durch, und das ging etwa so vor sich: Menschen haben verschieden hohe Stimmen. Also sangen die Mönche zwar die gleiche Melodie, aber manche sangen vier Töne tiefer oder fünf Töne höher. Damit war ein neuer Klangraum eröffnet. Die Komponisten zierten nun manche Tonstellen musikalisch aus und legten auf eine Silbe mehrere Töne. Weil das schön klang, versuchte man es mit einer dritten, einer vierten Stimme, die immer unabhängiger wurden und zum Teil unterschiedliche Texte erhielten. In der Kirche **Notre Dame** in Paris ist die Praxis des mehrstimmigen Singens von 1150–1250 zu einer wahren Meisterschaft geführt worden.

Später ergab sich zwangsläufig, dass man auch die Rhythmen schriftlich festhalten musste, sonst wäre die mündliche Überlieferung zu kompliziert geworden. Diese Festlegung leistete die **Mensuralnotation.** Hier hatten die Noten eine bestimmte Dauer, und diese ließ sich an ihrer Form erkennen: ▜ war eine Longa (»lange« Note), ■ eine Brevis (»kurze« Note), ◆ eine Semibrevis (»halb kurze« Note) und so weiter.

Mit der Mensuralnotation war eine Notenschrift gefunden, die für die Mehrstimmigkeit im ausgehenden Mittelalter genügte.

Unsere heutige Notenschrift ist noch um die Taktstriche und die dynamischen Zeichen ergänzt. So können riesige Sinfonien exakt notiert und von über 100 Orchestermusikern gespielt werden. Niemand ist auf eine mündliche Überlieferung angewiesen. Im 20. Jahrhundert explodierte außerdem die individuelle Erfindung von Vortragszeichen, die die Aufführung neuer Musik ermöglichen sollte. Dennoch: Versucht doch einmal ein Motorengeräusch zu notieren . . .

Wer waren die Meister der Notre-Dame-Schule?

Das waren Leonin (Lebensdaten unbekannt) und, ein wenig später, Perotin (um 1165–1220). Vor allem bei Perotin spürt man deutlich, dass er den natürlichen rhythmischen Fluss, der durch den Text entsteht, aufgab und ihn durch musikalisch durchdachte Rhythmen ersetzte – er wollte also komponieren und nicht nur Vorhandenes bearbeiten.

Woher kommt das Wort »Mensural«?

Das kommt aus dem Lateinischen: »Mensura« heißt »Maß«. Die Mensuralnotation wurde etwa 1260 festgelegt.

BEMERKENSWERTES

Die Errichtung musikalischer Kathedralen

Vor allem Philippe de Vitry (1291–1361) und Guillaume de Machault (um 1302–1377) taten sich darin hervor, ihre Motetten – das ist die zentrale Gattung der mehrstimmigen Vokalmusik der damaligen Zeit – auf besonders kunstvolle Weise zu konstruieren: Streng symmetrisch in der rhythmischen und formalen Gliederung klingen sie für konsonanzgewohnte Ohren sperrig und dissonant, manchmal zart, manchmal bizarr – fast mystisch. Man fühlt sich beim konzentrierten Zuhören eigentümlich berührt, fast ein wenig entrückt. Wenn man sich längere Zeit in einer gotischen Kathedrale aufhält, »beschleicht« einen ein ähnliches Gefühl . . .

Naturwissenschaft im Dienst der Theologie

Wie wurde die Mathematik wieder populär?
Gerbert von Aurillac beschäftigte sich viel mit den von den Arabern übermittelten Rechenmethoden. Er war der Erste, der die indisch-arabischen Ziffern, die wir heute noch verwenden, in Europa verbreitete. Gut zweihundert Jahre später schrieb Leonardo von Pisa (ca. 1170–1240) ein Rechenbuch über die schriftlichen Rechenmethoden mit den indisch-arabischen Ziffern. Bekannt wurde Fibonacci, wie man ihn nannte, auch mit den Fibonacci-Zahlen, einer Zahlenfolge. Sie fängt mit 0 und 1 an und dann ist jede Fibonacci-Zahl gleich der Summe der beiden vorhergehenden Fibonacci-Zahlen. Also: 0 1 1 2 3 5 8 13 21 34 . . .

Im Laufe des 12. Jahrhunderts ließen die Europäer einen großen Teil der antiken Wissenschaft sowie mehrere Jahrhunderte wissenschaftlicher und philosophischer Leistungen der islamischen Welt wieder aufleben. Gründe dafür waren die Kreuzzüge und die sich ausweitenden Handelsbeziehungen, die der christlichen Welt das Wissen der arabischen und griechischen Gelehrten zugänglich machten. Diese Entwicklung brauchte allerdings ihre Zeit, denn zunächst mussten tausende von arabischen und griechischen Schriften ins Lateinische übertragen werden. So ging das 12. Jahrhundert als ein Jahrhundert der Übersetzungen in die Wissenschaftsgeschichte ein.
Die wieder erwachende Gelehrsamkeit änderte jedoch nichts daran, dass das Bildungsmonopol der Kirche fast ausschließlich Geistlichen das Tor zur Wissenschaft öffnete. Und so untersuchten auch die hervorragendsten Denker dieser Zeit das Geschehen in der Natur lediglich daraufhin, welchen Zweck es in der göttlichen Ordnung erfüllte: Die Wissenschaft stand voll und ganz im Dienst der Theologie. Selbst der manchmal als Vater der experimentellen Naturwissenschaft gefeierte Robert Grosseteste (1168–1253) fühlte sich bei seinen Forschungen in erster Linie der christlichen Religion verpflichtet. Der Bischof und erste Kanzler der streng orthodoxen Universität Oxford experimentierte viel mit Licht, das er als treibende Kraft des Universums sah.
Auch andere Wissenschaftler des Mittelalters brachten es zu hohen Kirchenämtern. Gerbert von Aurillac, der die **Mathematik** im Abendland wieder populär machte, wurde 999 unter dem Namen Sylvester II. zum Papst gewählt. Und der herausragende Mathematiker des europäischen Mittelalters Nikolaus von Oresme (1320–1382) starb ebenso als Bischof wie Nikolaus von Kues (1401–1464), der vielleicht kühnste mittelalterliche Denker.
Während Nikolaus von Oresme in der Mathematik eine große gedankliche Tiefe erreichte, waren seine Vorstellungen auf dem Gebiet der Astronomie weniger bahnbrechend. Immerhin nahm er den Gedanken wieder auf, dass sich die Erde täglich um ihre Achse dreht. Auf Grund offenkundiger Konflikte zwischen seiner Hypothese und bestimmten Bibelpassagen blieben die Schlussfolgerungen des Gelehrten aber recht verschwommen. Klarer positionierte sich

in dieser Frage Nikolaus von Kues. Der Philosoph und Naturforscher glaubte, dass die Erde kraft des ihr zu Anbeginn der Zeit erteilten **Impetus** eine tägliche Drehung um ihre Achse beschreibe. Auch andere von ihm entwickelte Ideen erscheinen selbst aus heutiger Sicht recht modern: Kues war von der Unendlichkeit des Weltalls überzeugt, er glaubte an bewohnte Himmelskörper und dass die Erde nicht im Mittelpunkt des Universums steht. Auch war er sich sicher, dass der Himmel keineswegs vollkommener als die Erde sei.

Ein kirchlicher Würdenträger war auch **Albertus Magnus** (um 1200–1280). Der Magister der Theologie bemühte sich, das naturphilosophische Denken des Aristoteles mit dem christlichen Glauben zu vereinbaren. Einige seiner Arbeiten gelten im jeweiligen Wissenschaftssektor als bahnbrechend, so seine wissenschaftliche Beschreibung von Tieren und Pflanzen – die erste ohne moralische Bewertung aus christlicher Sicht.

Nikolaus v. Kues

Was versteht man unter dem Impetus?

Im 6. Jahrhundert äußerte der christlich-alexandrinische Autor Johannes Philoponos die Ansicht, dass Gott den Himmelskörpern bei der Weltschöpfung einen »impetus« (das Vorwärtsdrängen, hier im Sinne von »Schwung, Drang«) verliehen habe, welcher die Dauerbewegung bewirkt. Die europäischen Gelehrten lernten die Theorie vom Impetus durch die islamische Wissenschaft kennen. Die Impetustheoretiker standen für eine fortschrittliche wissenschaftliche Gruppe. Allerdings blieben sie eine Minderheit, da sie mit ihren Ansichten den Lehren der christlichen Kirche widersprachen.

Was machte Albertus Magnus besonders bekannt?

Albertus Magnus (der Große) bereiste große Teile Mitteleuropas zu Fuß und studierte ausführlich Tiere, Pflanzen, Mineralien und Fossilien. In zwei Hauptwerken – De animalibus *(Über Tiere) und* De vegetabilibus *(Über Pflanzen) – gab er Übersichten über Fauna und Flora Mitteleuropas.*

BEMERKENSWERTES

Buch der Natur

Das erste wissenschaftliche Buch in deutscher Sprache erschien im 14. Jahrhundert. Es hieß *Das Buch der Natur* und enthielt neben Angaben über den menschlichen Körperbau, über den Himmel, sieben Planeten, den Wind und andere Naturerscheinungen auch die physiologischen Wirkungen der Kräuter und Früchte. Autor war der Domherr Konrad von Megenberg (1309–1374).

Die aktive Erforschung der Natur beginnt

Was teilte Peregrinus über die Magnete mit?
Peregrinus benutzte als Erster das Wort »Pol« für die beiden entgegengesetzt geladenen Enden eines Magneten und beschrieb deren Effekte (gleichnamige Pole stoßen sich ab, ungleichnamige ziehen sich an). Auch stellte er fest, dass beim Zerbrechen einer Magnetnadel wieder ein ganzer Magnet mit zwei Polen entsteht. Weiterhin beschrieb Peregrinus einige Instrumente, die die Eigenschaft des Magnetismus nutzen, beispielsweise den Kompass.

Im Laufe der Zeit mehrte sich die Zahl der Forscher, die das *Wie* über das *Warum* von Naturereignissen stellten. Einer dieser Forscher war Pierre de Maricourt, genannt Petrus Peregrinus (»der Pilger«). Der französische Adelige schrieb 1269 die älteste abendländische Abhandlung (in Form eines Briefes) über den **Magnetismus.** Diese Arbeit ist eines der frühesten Zeugnisse für die Anfänge experimenteller Forschung im Mittelalter. Darin stellt und beantwortet Peregrinus Fragen dieser Art: Wie kann man ein Stück Eisen magnetisieren? Wie findet man die Pole? Wann ziehen sich Magnete an und wann stoßen sie sich ab? Die meisten anderen Gelehrten seiner Zeit hätten sich wahrscheinlich mit der Frage beschäftigt, *warum* Gott die Magnete schuf.

Die beachtliche Beschreibung der magnetischen Erscheinungen verknüpfte Peregrinus in seiner *Epistola de magnete* (Brief über den Magneten) mit Gedanken über den Wert des Experiments für die Entdeckung neuer Fakten über die Natur. Peregrinus erklärte, dass der Erforscher des Magnetismus »fleißig in Handarbeit« sein müsse, um die Irrtümer der Vernunft zu berichtigen.

Als ein weiterer Verfechter moderner, streng wissenschaftlicher Methoden gilt der Engländer Roger Bacon (1214–1294), auch bekannt als Doctor Mirabilis («wunderbarer Lehrer«). Bacon widmete sich vor allem der experimentellen Forschung und entwickelte sich zu einem der wichtigsten Naturforscher des späten Mittelalters. Ihm gelangen zahlreiche wissenschaftliche Entdeckungen und **Erfindungen,** vor allem im Bereich der Optik.

Bedeutender als seine wissenschaftlichen Erkenntnisse sind aber Bacons Ansichten zur Methode der naturwissenschaftlichen Forschung. In seinem *Opus maius* (Größeres Werk) beschreibt er das ausschließlich beobachtende Studieren der alten Gelehrten wie Aristoteles als Hemmnis für neue Erkenntnisse. Dagegen erklärte er das »Experimentum« zum Hauptinstrument der Naturergründung. Seiner Meinung nach sollte der wahre Forscher »Naturwissenschaft, Heilmittel, Alchemie und alle Dinge im Himmel und darunter durch das Experiment prüfen und sollte beschämt sein, wenn irgendein Laie, eine alte Frau, ein Bauer oder ein Soldat etwas über die Erde wisse, was ihm unbekannt sei«. Vor allem, so schrieb er, sollten die

Ergebnisse der Naturerkenntnisse in mathematischer Form ausgedrückt werden. Auch entwickelte Bacon schon erstaunliche Vorstellungen von der Nützlichkeit der Wissenschaften. Eines Tages, so ahnte er, werde es geben: »Instrumente von wunderbar ausgezeichneter Nützlichkeit, wie Maschinen zum Fliegen, oder zum Herumfahren in Fahrzeugen ohne Zugtiere und doch mit unvergleichlicher Geschwindigkeit, oder zur Seefahrt, ohne Rudermänner, schneller, als durch Menschenhand für möglich gehalten wird.«
Peregrinus und sein Schüler Bacon nahmen mit ihren höchst bemerkenswerten Vorstellungen den späteren experimentellen Ansatz der Naturwissenschaften vorweg. In ihrer Zeit freilich standen sie für eine Minderheit unter den Gelehrten des Mittelalters. Mehr noch: Der Franziskanerorden, dem Bacon angehörte, schränkte die Verbreitung seiner Versuchsergebnisse ein. Bacons Lehren wurden von den Vertretern der Kirche mit Misstrauen betrachtet.

Roger Bacon

Welche Erfindungen machte Bacon?

Gegen Ende des 13. Jahrhunderts beschrieb Roger Bacon »ein Kugelsegment aus Kristall oder Glas«, das »den Sehwinkel vergrößert und das Bild dem Auge näher bringt«. Aus diesem Prinzip sollten einmal die Brille und das Fernrohr entstehen. Bacon erkannte auch, dass Feuer kein eigenes Element ist, sondern eine chemische Reaktion unter Zufuhr von Luft. Von ihm stammt die erste Rezeptur des christlichen Abendlandes für Schießpulver (ca. 1267) – von da an war es nicht mehr weit zu den Feuerwaffen.

BEMERKENSWERTES

Unerträgliche Wahrheit

Roger Bacon kommentierte seine Idee eines Fernglases mit diesen Worten: »So könnten wir aus unglaublicher Entfernung die kleinsten Lettern lesen und die Körner des Staubes oder Sandes zählen . . . Also könnten wir auch die Sonne, den Mond und Sterne in der Erscheinung zu uns herabsteigen lassen . . . und viele ähnliche Dinge, sodass der Geist dessen, der die Wahrheit nicht kennt, sie nicht ertragen könnte.«

Die Blütezeit der Alchemie

Wo ist die Alchemie entstanden?
Die Alchemie geht auf ägyptische Techniken der Metallbearbeitung und -färbung zurück. Sie waren als magisches Geheimwissen im Besitz einer Priesterkaste. Auf diesen Kenntnissen baute eine Alchemieliteratur in griechischer Sprache auf. Sie entwickelte sich vor allem im 1. bis 3. Jahrhundert zu einer wunderlichen Mischung aus ägyptischer Magie, griechischer Philosophie, babylonischer Astrologie, heidnischer Mythologie und christlicher Theologie.

Wer war Geber?
Hinter dem Namen Geber verbirgt sich der Araber Jabir ibn Hayhan. Er lebte im 8. Jahrhundert, war der berühmteste Alchemist des Mittelalters und schrieb zahlreiche grundlegende Werke. Neuere Studien erwiesen allerdings, dass mehrere Schriften von seinen Schülern im 9. und 10. Jahrhundert hinzugefügt wurden.

Die zeitweilige Experimentierfreudigkeit im 13. Jahrhundert ging auch an der **Alchemie** nicht spurlos vorüber. Sie begann in Europa vor allem deshalb wieder aufzuleben, weil in jener Zeit Kenntnisse der islamischen Alchemie nach Europa gelangt waren. Sie wurden in erster Linie durch eine aus dem Arabischen ins Lateinische übersetzte Zusammenstellung, *Summa perfectionis magisterii* (Gesamtdarstellung der vollkommenen Durchführung der Lehre), bekannt. **Geber** nannte sich der Verfasser dieser grundlegenden Schrift der morgenländischen Alchemie. Ihre Verbreitung sorgte für eine fieberhafte Suche nach dem »Stein der Weisen«, der die Umwandlung von Blei in Gold ermöglichen würde. Auch sollte mit dem Stein ein Lebenselixier hergestellt werden können, das dem Besitzer Vollkommenheit, Gesundheit und ewiges Leben bringen sollte. Die Alchemie führte schon bald zur Entdeckung neuer Chemikalien sowie zur verbreiteten Anwendung chemischer Verfahren wie Destillieren, Sublimieren, Schmelzen, Filtrieren u. a.
Obwohl die Alchemisten einige interessante Entdeckungen machten – zu den »Abfallprodukten« der alchemistischen Forschung gehörte neben neuen Verfahren zur Glasherstellung auch die Erfindung des Schießpulvers –, verstanden sie es nicht, aus ihren Versuchen allgemein gültige Gesetze abzuleiten. Im 14. und 15. Jahrhundert schließlich stellten die ersten Alchemisten die Suche nach dem »Stein der Weisen« ein. Sie wandten sich näher liegenden Problemen zu und begannen die Ergebnisse ihrer Experimente praktisch zu nutzen, beispielsweise in der Metallurgie.
Möglicherweise aus der Kenntnis des Werkes von Geber, auf jeden Fall aber in Verbindung mit der Metallgewinnung, lernte man schon im 13. Jahrhundert wichtige anorganische Säuren wie Schwefel- und Salpetersäure herzustellen. Daraus erwuchsen der chemischen Technologie erweiterte Möglichkeiten. Es gelang auch, durch Destillation von Wein reinen Alkohol herzustellen. Alkohol wurde damals »aqua vitae« (Lebenswasser) genannt. Man nahm an, dass er nur vom **Trinkgold** der Alchemisten an Wirksamkeit übertroffen werden könne und setzte ihn bei Pestepidemien vorbeugend ein – leider vergebens.
Ganz auf den heilkundlichen Aspekt der Alchemie konzentrierte sich Ramon Lull (etwa 1232–1315). Der katalanische Philosoph schrieb ein *Buch über die Quintessenz*. Er glaubte, dass jeder Stoff

eine alkoholähnliche Substanz enthalte – die »quinta essentia«. Sie wirke konservierend und desinfizierend und solle medizinisch eingesetzt werden. Lull machte alkoholische Auszüge vor allem aus Pflanzen. Er wollte ihre Heilkräfte isolieren.

Zu den Wegbereitern einer Umgestaltung von Alchemie und Chemie gehörte der Schweizer Arzt Paracelsus (1493–1541). Mit seinen Bemühungen um die Erneuerung der Medizin und den Einsatz chemischer Präparate als Medikamente hatte er großen Anteil am Aufbau einer naturwissenschaftlich ausgerichteten Medizin. Paracelsus wies den Alchemisten eine neue Aufgabe zu: Mineralien und Metalle in Arzneien zu verwandeln. »Machet nicht Gold, sondern Medizin«, schrieb er und hoffte die Alchemisten von der Suche nach Reichtum auf die Suche nach Gesundheit umlenken zu können. Obwohl auch Paracelsus nicht frei war von mystischen und mythologischen Vorstellungen, wurde er zum Begründer einer neuen Periode in der Geschichte der Medizin als auch in der Geschichte der Chemie, der **Iatrochemie.**

Paracelsus

Was war das Trinkgold?

In der Alchemie galten Metall-Essenzen als höchste Heilmittel. Bei ihrer Herstellung wurden die jeweiligen natürlichen Metall-Verbindungen auf geheime Weise mithilfe der speziellen Lösungsmittel der Alchemie verflüssigt. Die Lösung wurde dann viele Wochen lang bearbeitet, destilliert und energetisch aufgeladen. Am berühmtesten war das »Trinkgold der Alchemisten«, die Gold-Essenz »Aurum Potabile«. Ihr wurden sagenhafte Heilkräfte zugeschrieben.

Was ist die Iatrochemie?

Die Iatrochemie (griechisch: iatros = »Arzt«), auch Chemiatrie genannt, ist die konsequente Verwendung von im Labor hergestellten Stoffen als Arzneimittel. Paracelsus war der Meinung, dass die Lebensvorgänge und krankhaften Veränderungen des Organismus auf chemischen Vorgängen beruhen und daher mit chemischen Mitteln beeinflussbar sind. Er lehrte auch: »Alle Dinge sind ein Gift und nichts ist ohne Gift, nur die Dosis bewirkt, dass ein Ding kein Gift ist.«

BEMERKENSWERTES

»Luther der Chemie«

Paracelsus, der eigentlich Theophrastus Bombastus von Hohenheim hieß, wurde mit dem Titel »Luther der Chemie« bedacht, weil er wie Martin Luther seine Vorträge in der auch für den gemeinen Mann verständlichen deutschen Sprache hielt.

Renaissance und Humanismus

Renaissance und Humanismus (15./16. Jahrhundert)

Dieses Zeitalter brachte die »Wiedergeburt« (Renaissance) antiken Wissens und die Wiedereinsetzung des Menschen (statt Gott) in den Mittelpunkt des Denkens (Humanismus). Dies war eine bewusste Abkehr vom »Mittelalter«, das als Unterbrechung zwischen dem Fortschritt der Menschheit in der Antike und einer nunmehr beginnenden »Neuzeit« verstanden wurde. So entstand die heute noch gebräuchliche Epochengliederung.

Anlässlich der Eroberung Konstantinopels durch die Türken 1453 wurden zahlreiche Handschriften antiker griechischer Autoren in den Westen gerettet. Infolge der Erfindung des Buchdrucks konnten diese Werke in zuvor nicht gekanntem Ausmaß verbreitet werden.

Die Kunst nahm das antike ideale Menschenbild als Maßstab. Das Porträt bedeutender lebender Persönlichkeiten (Fürsten, reiche Bürger) lehnte sich an die Darstellung antiker Politiker und Geistesgrößen an und die Reiterstandbilder für Fürsten und Feldherren ahmten jene für römische Kaiser nach. Die Säulen, Giebel und Bögen antiker Architektur und antike Stadtplanungstheorien prägten Bauwerke und neu angelegte Städte.

Auch in der Musik waren nun der Mensch und seine Stimmungen, waren Stoffe aus dem Alltagsleben in der Volkssprache Gegenstand vor allem des mehrstimmigen Vokalwerks (Madrigal). Die Erfindung des Notendrucks bot musizierenden Laien das Notenmaterial zum Selbstspielen. Die Kirchenmusik griff diese Anregungen zum Teil auf. Luther führte den evangelischen Choral in der Volkssprache ein. Er schuf mit seiner Bibelübersetzung auch die Grundlage für unsere heutige deutsche Schriftsprache. In Italien entstand mit den Gedichten Petrarcas und Dantes ebenfalls eine italienische Hochsprache.

Es gab in dieser Zeit, ausgehend von den antiken Vorbildern, bedeutende Weiterentwicklungen. Kopernikus und Kepler griffen die antiken Vorstellungen vom Universum mit der Sonne statt der Erde als Mittelpunkt wieder auf.

Den Weg zur modernen Naturwissenschaft ebnete der Engländer Francis Bacon, indem er das Experiment als einzigen Weg zur Erkenntnis in den Vordergrund rückte. Elektrizität, Magnetismus und Wärme waren seine Forschungsgegenstände.

Dem entsprach der philosophische Rationalismus des Franzosen Descartes. Ausgangspunkt war die radikale Frage nach der Erkenntnisfähigkeit des Menschen. Die menschliche Vernunft enthalte bereits die Welt und könne sie daher erkennen, war seine Antwort. Diese Welt, die Natur, war nach Auffassung des niederländischen Philosophen Spinoza identisch mit Gott, den er sich folglich nicht mehr als Person vorstellte.

Der Italiener Macchiavelli löste das politische Handeln von christlichen Moralvorstellungen und der Franzose Jean Bodin erhob den Staat in Gestalt des Königs, an Stelle der Religion, zur höchsten Autorität. Damit legte er den Grundstein für die absolutistische Staatsform des 17./18. Jahrhunderts.

Die Lehre von der Unfehlbarkeit der Kirche und die Herrschaft des Papstes über die Kirche lehnte Martin Luther ab. Der theologische Streit verband sich mit dem Interesse zahlreicher deutscher Fürsten an einer Schwächung des mit dem Papst verbündeten habsburgischen

Kaisers. So kam es zur konfessionellen Spaltung Deutschlands in rein protestantische und rein katholische Gebiete. Die Wirkungen der Reformation gingen aber über Deutschland hinaus. In Frankreich führten sie zu den Hugenottenkriegen, in England löste sich die anglikanische Kirche von Rom. In der Schweiz formulierte Calvin eine radikalere Variante lutherischer Theologie: Schon mit der Geburt eines Menschen bestimmt die Gnade Gottes, ob er zum Heil auserwählt ist oder nicht.

Die katholische Kirche holte freilich zum Gegenschlag aus. Reformen gegen die Verweltlichung der Kirche und die Macht der Renaissance-Päpste gingen zum einen von der Konzilsbewegung aus, die den Papst in regelmäßig abzuhaltende Versammlungen der Bischöfe einzubinden suchte. Ebenso wichtig war die Gründung des Jesuitenordens: Disziplin, Strenge, Gehorsam, gute Ausbildung durch Gründung von Priesterseminaren und katholischen Schulen auch auf dem Lande waren Grundsätze dieses Ordens. Folgenreich war auch seine Missionstätigkeit in den neu entdeckten überseeischen Gebieten, welche der katholischen Kirche weltweite Verbreitung verschaffte.

Wie kam es zu jenen Entdeckungsfahrten? Das Wiedergewinnen antiker geografischer Kenntnisse brachte neue Karten hervor und weckte die wissenschaftliche Neugier zu ihrer Vervollständigung. Hinzu kamen Abenteuerlust, der missionarische Glaubenseifer des Christentums, Gewinnsucht und Machtwille.

Die deutschen Kaiser aus dem Hause Habsburg besaßen infolge der durch Heiratspolitik zu Stande gekommenen Vereinigung der österreichischen mit den spanischen Ländern eine gewaltige Hausmacht. Das Heilige Römische Reich deutscher Nation Karls V. umfasste fast das gesamte Süd-, West- und Mitteleuropa und umzingelte Frankreich. Die Muslime hatte man endgültig aus Spanien vertrieben, die Seemacht der osmanischen Türken gebrochen. Man hatte Geld und Macht für neue Taten. Von der Iberischen Halbinsel aus begannen im 15. Jahrhundert die großen Entdeckungsfahrten, welche den Europäern bis ins 19. Jahrhundert alle Kontinente öffneten. Süd- und Mittelamerika sowie die Philippinen wurden spanisch bzw. portugiesisch. Die Reichtümer dieser Länder, insbesondere Gold, führte die Habsburger auf den Höhepunkt ihrer Macht.

Banken und Märkte, Darlehen und Zinsen förderten den rapide wachsenden Handelsverkehr. Reiche Handelshäuser wie die italienischen Medici und in Deutschland die Fugger und Welser waren Wegbereiter eines kapitalistischen Wirtschaftssystems, aber auch Geldgeber für die Könige und Fürsten Europas.

Der habsburgische deutsche Kaiser war freilich nicht so mächtig, wie es auf Grund der Ausdehnung seines Reiches scheinen konnte. In Deutschland musste er die im Reichstag vertretenen Stände für jede militärische Unternehmung um Bewilligung von Steuern bitten. Unabhängigkeitsbestrebungen der Schweizer Kantone und der Niederlande sowie die wachsende Konkurrenz Englands in den überseeischen Gebieten bedrohten die habsburgische Vormachtstellung. Sie endete 1588 mit der Niederlage der spanischen Flotte (Armada) gegen die Engländer. Jetzt begann der Aufstieg Englands zur Weltmacht.

Das Zeitalter der Entdeckungen

Was ist eine Karavelle?
Es ist ein besonderer portugiesischer Typ von hochseetauglichen Schiffen, deren genaue Bauweise bis heute unbekannt ist. Dank ihrer Form, aber auch dank neuer Instrumente zur Ortsbestimmung, war es den Karavellen möglich, nicht nur – wie bislang üblich – an den Küsten entlangzufahren, sondern tief in den Atlantik vorzustoßen.

Was versteht man unter der Reconquista?
Gemeint sind die Kriegszüge der Spanier und Portugiesen gegen die maurischen, das heißt islamischen, Eroberer der Iberischen Halbinsel. Die Reconquista dauerte vom 11. Jahrhundert bis 1492, als mit Granada der letzte islamische Stützpunkt auf spanischem Boden erobert wurde. Im Zuge der Kämpfe drangen die Spanier und Portugiesen bis Marokko vor.

Am Ausgang des Mittelalters war die Welt in den Augen der Europäer noch sehr überschaubar. Allerdings setzte sich im 15. Jahrhundert allmählich die Überzeugung von der Kugelgestalt der Erde durch. Keiner der Entdecker in der Frühen Neuzeit glaubte noch allen Ernstes, er würde an den Rändern der Erde herunterfallen. Trotzdem wusste man wenig genug. Immerhin war wenigstens der eigene Kontinent gut bekannt. Ähnliches galt für den Mittelmeerraum. Aber bereits die Weiten Asiens, insbesondere China, Indien und Japan, zählten eher ins Reich der Legende als dass sie eine erfahrbare Wirklichkeit darstellten. Von Afrika kannte man wenig mehr als die Gebiete nördlich der Sahara. Amerika, Australien oder die Inselwelt des Pazifik waren gänzlich unbekannt. Weltkarten waren mit einer Vielzahl von weißen Flecken versehen und geizten nicht mit allerlei fantastischem Beiwerk, darunter Ungeheuer, Menschen mit riesigen Füßen oder nur einem Auge und Ähnliches mehr. Erst im Laufe des 15. Jahrhunderts machten sich vor allem die Portugiesen, dann die Spanier, die Franzosen, Engländer und schließlich auch die Holländer mit ihren **Karavellen** auf, eine gänzlich unbekannte Welt zu erkunden. Diese Art der oft abenteuerlichen und gefährlichen Entdeckungsreisen war typisch für die abendländische Kultur. Weder der Islam noch China oder Indien brachten eine vergleichbare Tätigkeit hervor. Woran aber lag es, dass ausgerechnet der kleine europäische Kontinent so viele Entdecker hervorbrachte? Was trieb diese Männer an? Zum einen war es Gewinnsucht. Wegen der arabischen und türkischen Eroberungen war der Handel mit Gewürzen und anderen Luxusgütern schwieriger geworden. Deswegen suchte man nach einem Seeweg, der das arabisch-türkische Handelsmonopol umgehen würde. Hinzu kam der Hunger nach Gold und Silber, die in Europa knapp waren. Gleichzeitig waren die Entdeckungen eine Art Fortsetzung der **Reconquista,** also der christlichen Rückeroberung Spaniens und Portugals. Das Christentum jener Tage war eine missionarische, dynamische, ja aggressive Religion. Viele Menschen nahmen den Glauben ernst, man müsse die Seelen der Heiden notfalls durch gewaltsame Bekehrung retten. Es war besonders Prinz Heinrich der Seefahrer (1394–1460), der die Entdeckungsfahrten als Erster systematisch vorantrieb. In seinem Gefolge erkundeten portugiesische Seefahrer die afrikanische Westküste. 1487 erreichte Bartholomeu Diaz das südafrikanische Kap der Guten Hoffnung,

1498 gelangte Vasco da Gama nach Indien. Damit war ein Hauptziel der Portugiesen erreicht. Sie wollten vor allem den Gewürzhandel unter Kontrolle bringen und strebten keine dauerhaften Eroberungen an. Ganz anders die Spanier, in deren Auftrag der Genuese Christoph Columbus 1492 gleichfalls auf der Suche nach Indien westwärts segelte und dabei eher unbeabsichtigt Amerika entdeckte. Ihnen war es um Eroberungen zu tun. Mit dem Ausgreifen Spaniens sahen sich dessen europäische Konkurrenten, allen voran England und die Niederlande, genötigt, ebenfalls Entdeckungs- und **Kaperfahrten** zu finanzieren. Im Auftrag des englischen Königs segelte Giovanni Caboto, wie Columbus Italiener, 1497 nach Amerika. Im 16. Jahrhundert folgten ihm die Piraten Sir Walter Raleigh und Sir Francis Drake. Ein Höhepunkt europäischen Entdeckermutes war die Weltumseglung durch den Portugiesen Fernao de Magelhaes 1519–1522. Das Zeitalter der Entdeckungsreisen währte bis ins 18. Jahrhundert, wo der Franzose Louis-Antoine de Bougainville, der Holländer Abel Tasman und der Brite James Cook Australien und den Pazifischen Ozean erforschten. Erst im 19. Jahrhundert wurden dann die letzten weißen Flecken etwa im Inneren Afrikas von den Landkarten getilgt. Die Europäer hatten sich den Globus förmlich untertan gemacht.

Was waren Kaperfahrten?

Diese Fahrten waren ein beliebtes Instrument, um Entdeckungs- und Eroberungszüge zu finanzieren. Die Könige der europäischen Staaten stellten so genannte Kaperbriefe aus, die es den Schiffskapitänen erlaubten, gegnerische Schiffe anzugreifen. Dadurch wurde Piraterie praktisch legal. Den Gewinn teilten sich Kapitäne wie Sir Francis Drake und die jeweiligen Könige.

BEMERKENSWERTES

Heinrich der Seefahrer war gar kein Seefahrer

Der portugiesische Prinz, der selber an keiner Entdeckungsfahrt teilgenommen hat, war einer der wichtigsten Förderer der portugiesischen Seeherrschaft. Er ließ etwa die Karavelle entwickeln, nautische Instrumente verbessern und sammelte sämtliche verfügbaren Informationen über die Westküste Afrikas. Ohne seine Zielstrebigkeit wäre Portugal nie zur Weltmacht aufgestiegen. Infolge von Heinrichs Tätigkeit wurde das Land zeitweise zu einer mächtigen Kolonialmacht. Erst 1975 gab Portugal seine afrikanischen Kolonien in Angola und Mosambik auf.

Die Eroberung Mittel- und Südamerikas

Was meint man mit Konquistadoren?

Es ist ein spanischer Ausdruck für Eroberer. Zwischen 1520 und etwa 1580 eroberten die Konquistadoren eine neue Welt zwischen Patagonien und Colorado für Spanien. Dafür erhielten sie Adelstitel, Landbesitz und einen Anteil an dem Gold und Silber, das sie fanden.

Wer waren die Hidalgos?

Die Hidalgos gehörten zum spanischen Nieder- und Kriegsadel. Sie hatten die Hauptlast der Reconquista und der Eroberungen in Amerika zu tragen. Manchmal gelten sie als Erfinder des modernen Rassismus, weil sie in besonderem Maße der Idee des reinen spanischen Blutes huldigten.

Für die Indianer Mittel- und Südamerikas musste das Auftauchen der Fremden mit ihrer blassen Haut, ihren zerzausten und verschmutzten Bärten, ihren absonderlichen Reittieren und ihren lautstarken Waffen wie ein Schock wirken. Inzwischen ist unsicher, ob sie tatsächlich an die Göttlichkeit der spanischen Eroberer glaubten. Aber es kann kein Zweifel daran bestehen, dass die Neuankömmlinge die politischen und gesellschaftlichen Systeme der Indianer gehörig durcheinander wirbelten. Weder die Großreiche der Azteken in Mexiko und der Inka in den Anden noch die Vielzahl kleinerer Reiche und Stämme hielten dem Druck einer winzigen Gruppe von **Konquistadoren** stand. Bis in unsere Tage fragt man sich immer wieder, wie so wenige Menschen derart mächtige Staaten zu Fall bringen konnten.

Nachdem Christoph Columbus 1492 auf der Insel Guanahani gelandet war, machte in Spanien rasch die Nachricht die Runde, in dieser neuen Welt gebe es unglaubliche Reichtümer zu gewinnen. Die oft mittellosen **Hidalgos** des Mutterlandes machten sich darum auf sich ihren Anteil an den Gold- und Silberschätzen, aber auch dem Land in der Fremde zu sichern. Es waren raue, unerbittliche und kriegserfahrene Männer, die da loszogen. Seit ihrer Jugend hatten sie die Mauren bekämpft und in Europa waren sie gerade dabei, für den spanischen König die Großmachtposition zu erringen. Dennoch waren viele unzufrieden, denn die kargen Böden Kastiliens sicherten ihnen kaum ihren Lebensunterhalt.

Mittel- und Südamerika waren in weiten Teilen nicht das unzivilisierte Heidenland, das diese Abenteurer erwartet hatten. In der Hochebene von Mexiko hatten die kriegerischen Azteken ein Reich geschaffen, in dem eine große, gut ausgebildete Militärmaschinerie auf brutale Weise für Ordnung sorgte. Viele Untertanen des

Cortez und Moctezuma

Königs Moctezuma II. waren unzufrieden und hassten ihre Unterdrücker. Genau dies nutzte der spanische Eroberer Cortez aus. Frühzeitig verbündete er sich mit den Gegnern der Azteken. Gleichzeitig reagierte Moctezuma unsicher und zögerlich. Er und seine Berater wussten nichts mit den goldgierigen Fremden anzufangen. So drangen die Spanier bis zur Hauptstadt Tenochtitlàn mit ihren 250.000 Einwohnern vor und nahmen den König gefangen. Nachdem dieser aus unbekannten Gründen gestorben war, schlugen die Konquistadoren die Aufstände der Azteken rücksichtslos nieder.

Cortez wurde zum Vorbild für Pizarro und andere Eroberer. Auf der Suche nach Gold und anderen Schätzen drangen sie immer tiefer in den amerikanischen Kontinent vor. Sie ließen sich vom tropischen Klima ebenso wenig abschrecken wie von Strapazen, Krankheiten oder militärischen Auseinandersetzungen. Im Auftrag des spanischen Königs unterwarfen sie das Land der Krone, indem sie die **Requierementos** vorlasen. Wer sich der Aufforderung zur Kapitulation nicht fügte, wurde erbarmungslos getötet oder versklavt. Bald jedoch regte sich in Spanien Opposition. Vor allem die Theologen des königlichen **Indienrates**, aber auch katholische Missionare vor Ort, darunter Bartolomeo de las Casas oder Francisco de Vitoria, traten dafür ein, die Indianer humaner zu behandeln. Trotzdem starben 80 bis 90 Prozent der Ureinwohner, meist an den Folgen eingeschleppter Krankheiten. Außerdem wurden an Stelle der Indianer versklavte Afrikaner zum Dienst gepresst. Dies wurde zum Ausgangspunkt für die schwarze Legende.

BEMERKENSWERTES

Die schwarze Legende

Seit dem 16. Jahrhundert hatten die politischen Gegner Spaniens, besonders in den Niederlanden und in England, die Erzählung verbreitet, Spanier seien wegen ihrer »Anhänglichkeit« an die katholische Religion grausamer, rückständiger und unmenschlicher als andere Völker. Als Beweis wurde meist das Verhalten der Konquistadoren gegenüber den Indianern angeführt. Inzwischen hat die historische Forschung aber erwiesen, dass die protestantischen englischen Eroberer Nordamerikas meist noch grausamer gegenüber den Indianern waren als die Spanier. Auch entstanden die meisten indianischen Verluste ungewollt durch Krankheiten.
Die schwarze Legende war also in erster Linie Propaganda.

Welche Bedeutung hatte das Requieremento?
Es war ein Schriftstück, das den Indianern vorgelesen wurde und sie aufforderte sich dem spanischen König zu unterwerfen und sich zum Katholizismus zu bekehren. Wer sich weigerte, wurde praktisch vogelfrei. In aller Regel verstanden die Indianer den Text gar nicht.

Wozu diente der Indienrat?
Er war das oberste königliche Verwaltungsgremium in Madrid, bestehend aus zivilen, militärischen und kirchlichen Ratgebern. Im Unterschied zu den Konquistadoren und den anderen Siedlern vor Ort war der Indienrat oft darum bemüht, die Indianer vor Übergriffen zu schützen. Allerdings fehlten dem spanischen Staat oder der katholischen Kirche die Machtmittel, um ihre Haltung in Lateinamerika durchzusetzen.

Europa im Zeitalter Karls V.

Welche Aufgaben hatten die Kurfürsten?
Seit 1356 hatten die Kurfürsten das Recht, den neuen deutschen König zu wählen. Dafür ließen sie sich gerne reich entlohnen. Dem Kurkollegium gehörten vier weltliche und drei geistliche Fürsten an, der Kurfürst von Brandenburg, der Kurfürst von der Pfalz, der König von Böhmen, der Kurfürst von Sachsen, der Erzbischof von Köln, der Erzbischof von Mainz und der Erzbischof von Trier.

Wozu diente eine Wahlkapitulation?
Sie war eine Art Wahlversprechen von Kandidaten für den deutschen Königsthron und die Krone des römischen Kaisers vor dem Kurkollegium. Karl V. war der Erste, der eine Wahlkapitulation abgeben musste. Unter anderem sicherte er zu, ein ständiges Reichsregiment einzurichten, in dem den Fürsten ein Mitspracherecht gegenüber der Vormacht des Hauses Habsburg eingeräumt wurde. Bis 1711 galt die Wahlkapitulation Karls neben dem Westfälischen Frieden von 1648 als Grundgesetz des Reichs.

Es war ein Reich, in dem die Sonne nicht unterging, auf das der linkische junge Mann blicken konnte, der gerade in Frankfurt am Main zum deutschen König und römischen Kaiser gewählt worden war. Er herrschte nicht nur über das gewaltige Heilige Römische Reich in der Mitte Europas, auch in Burgund, den Niederlanden, in Spanien, Teilen Italiens, in Lateinamerika und auf den Philippinen war sein Wort Gesetz – auf dem Papier zumindest. Es war aber ein von vielerlei Feinden umgebenes und äußerst uneinheitliches Staatswesen, dem Kaiser Karl V. (1500–1558) mit seinen gerade einmal 19 Jahren vorstand. Obwohl er strenger Katholik war, fürchtete nicht nur Papst Leo X. in Rom seine mögliche Machtentfaltung, sondern auch der nicht minder katholische König Franz I. von Frankreich, der sich von der Habsburgerdynastie Karls eingekreist und geradezu überwältigt fühlte. Deswegen hatte Franz im Bündnis mit dem Papst gegen den Habsburger kandidiert. Die **Kurfürsten,** die traditionell den deutschen König wählten, hatten sich diese gespannte Lage zu Nutze gemacht. Schon vor der Wahl legten sie Karl eine **Wahlkapitulation** vor, in der er sich verpflichten musste, die Freiheiten der deutschen Fürsten nicht anzutasten. Um überhaupt gegen all die Widerstände seiner Feinde gewählt werden zu können, benötigte er dringend Geld. Da sogar seine amerikanischen Kolonien nicht genügend Gewinn abwarfen, musste er sich bei den reichen Handelshäusern seiner Zeit, vor allem bei den **Fuggern** aus Augsburg, verschulden. Erst danach konnte er die für die Wahl notwendigen Bestechungsgelder aufbringen. Dieser Vorgang allein zeigte bereits, wie schwach die Regierungsgewalt im frühen 16. Jahrhundert ausgeprägt war. Es gab kaum einen geordneten Beamtenapparat oder ein stehendes Heer, die allein der Idee des Staates oder dem Herrscher verpflichtet gewesen wären. Noch durchdrang das mittelalterliche Lehenswesen die Gesellschaften der europäischen Staaten. Allein in Spanien konnte sich Kaiser Karl V. auf ein relativ modernes Staatswesen stützen. Ansonsten war er darauf angewiesen, die Reichsfürsten um Beistand zu bitten. Am ehesten kontrollierte die Kirche mit ihren Bischöfen, Priestern, Kaplänen und Mönchen selbst abgelegene Winkel des Abendlandes.

Vielen war indes klar geworden, dass die alte feudale Organisationsform unzureichend war. Schon wegen des Aufstiegs der Städte und des Fernhandels waren die Gesellschaften Europas komplizierter geworden. Seit Jahrzehnten bemühten sich Kaiser und Fürsten um eine Reform vor allem des Heiligen Römischen Reiches. 1495 hatte der Reichstag sich zu ersten Ansätzen einer Reichsreform durchgerungen, dennoch blieb vieles unvollendet. Weitaus problematischer aber war die Situation der Kirche, die vielen als korrupt und verderbt galt. Karl V. wollte beides in Angriff nehmen, die Reform des Reiches und der Kirche. Dabei war er alles andere als radikal. Vielmehr handelte er, um das zu bewahren, was er für die gottgegebene Ordnung hielt. Es gehörte zur Tragik seines Lebens, dass gerade sein Wille zur Reform ihn mit dem Reformator Martin Luther und mit den Päpsten zusammenstoßen ließ. Am Ende seines Lebens, nach vielen Kriegen, in denen er immer wieder von seinen Verbündeten verraten und im Stich gelassen wurde, verzichtete Karl V. 1556 auf die Kaiserwürde und zog sich in ein spanisches Kloster zurück. Dort starb er am 21. September 1558 als enttäuschter und verbitterter Mann, fast vierzig Jahre nachdem er das Reich, in dem die Sonne nie unterging, übernommen hatte.

Kaiser Karl V.

Wer waren die Fugger?
Die Fugger gehörten zu den wichtigsten Unternehmer- und Bankiersfamilien der frühen Neuzeit. Sie verfügten über ein weltumspannendes Netz von Handelsstützpunkten und Banken. Gleichzeitig bahnten sie neuen Methoden der Rechnungsführung den Weg. Auf diese Weise bereiteten sie dem kapitalistischen Wirtschaftssystem in Europa den Boden. Schließlich verfügten sie wegen ihres Reichtums zeitweilig über immensen politischen Einfluss.

BEMERKENSWERTES

Deutscher König und römischer Kaiser

Das Heilige Römische Reich Deutscher Nation umfasste in der frühen Neuzeit Gebiete des heutigen Deutschland, Belgiens, der Niederlande, der Schweiz, Österreichs, Oberitaliens und Frankreichs. An der Spitze stand der deutsche König, der – wenn er vom Papst dazu gekrönt wurde – auch römischer Kaiser wurde. Es war allerdings kein moderner Einheitsstaat, sondern bestand aus über 500 mehr oder minder großen Einzelstaaten, die von Fürsten, Bischöfen oder Äbten regiert wurden. Außerdem war es eine Wahlmonarchie, in der nach dem Tod jedes Königs (und Kaisers) eine Krise über die Nachfolge ausbrach.

Die Reformation und ihr politisches Umfeld

Was bedeutet Ablass?
Mit dem Ablass war es möglich, sich von den so genannten zeitlichen Sündenstrafen loszukaufen. Die Sündenstrafen waren nicht die Sünden selbst, die in der Beichte getilgt wurden, sondern die Folgen der Sünde, die im Fegefeuer (dem Läuterungsort) gebüßt werden mussten.

Was heißt Fürstenreformation?
Es ist die Bezeichnung für eine Besonderheit der Reformation in Deutschland; denn hier waren es in erster Linie die Fürsten und nicht das Volk, welche die Reform der Kirche in Gestalt von Staatskirchen durchführten. Sie nutzten die Gelegenheit, um die weltlichen Güter der Kirche zu enteignen und dem Staatssäckel zuzuführen.

Die Reformation war nicht allein eine Sache der Religion. Ganz im Gegenteil, ohne das politische Umfeld wäre das Anliegen Martin Luthers (1483–1546) und Johannes Calvins (1509–1564) wohl kaum auf Dauer so erfolgreich gewesen. Dabei war anfangs überhaupt nicht auszumachen, was für eine Lawine Luther lostreten würde, als er den Pedell der Universität Erfurt aufforderte, am 31. Oktober 1517 seine 95 Thesen an der Tür der Hauptkirche von Wittenberg anschlagen zu lassen. Erst als sich Luthers Reform mit den Interessen einiger deutscher Reichsfürsten verband, entstand eine Bewegung, die sich am Ende jeglicher Kontrolle entzog. Religion, Politik und Gesellschaft wirkten dabei eng zusammen.

Am Anfang stand das Geld. Das war für eine frühneuzeitliche Gesellschaft keineswegs ungewöhnlich. Geld, Zinsen, Banken und Märkte waren inzwischen so wichtig geworden, dass die alten Vorbehalte der Kirche gegenüber dem Wucher kaum noch jemanden interessierten. In der katholischen Kirche gab es viele Theologen, die sich dafür aussprachen, die neue Geldwirtschaft zu akzeptieren. Andere, zu denen auch Luther gehörte, waren konservativer. Sie erblickten in dem liberalen Umgang der Kirche mit dem Geldwesen ein weiteres Zeichen für ihren Verfall. Dieser Eindruck verschärfte sich noch, als der **Ablassprediger** Johannes Tetzel, ein Dominikanermönch, durch die deutschen Lande zog und den Menschen päpstliche Ablassbriefe verkaufte. Hiergegen protestierte der Theologe und Augustinermönch Luther aus theologischen Gründen. Zugleich wandte er sich in mehreren Schriften gegen die Bevormundung der Kirche durch den römischen Papst. In dieser Situation wollte eine Reihe von Fürsten die Macht des Kaisers und des Papstes schwächen und stellte sich auf die Seite Luthers. Die Reformation war wenigstens in Deutschland zur **Fürstenreformation** geworden. Von nun an stritten sich katholische und evangelische Fürsten um die Vorherrschaft im Reich. Immer mehr Gebiete besonders in Nord- und Mitteldeutschland fielen vom katholischen Glauben ab und wandten sich der lutherischen Reformation zu.

Doch die Reformation hatte sich längst verselbstständigt und drohte der Kontrolle der Fürsten zu entgleiten. Ein radikaler Flügel forderte eine umfassende Erneuerung von Religion und Gesellschaft. Die

Bauernkriege von 1524/25 waren die Folge. Lutherische und katholische Fürsten schlugen sie gemeinsam und mit Billigung Luthers brutal nieder. Danach entbrannte der Streit zwischen Alt- und Neugläubigen wieder. Auf dem Reichstag von Speyer (1529) »protestierten« die evangelischen Stände, weshalb man noch heute von »Protestanten« spricht. Ein Jahr später, auf dem Reichstag von Augsburg, präsentierten diese Protestanten ihr gemeinsames lutherisches Glaubensbekenntnis, die Confessio Augustana, die bis in unsere Tage gültig ist. Immer wieder kam es zu militärischen Kämpfen und diplomatischen Intrigen. Erst 1555 blieb König Ferdinand I. keine Wahl mehr. Im Interesse des Friedens musste er nach mehreren Niederlagen Kaiser Karls V. den Lutheranern auf dem **Augsburger Reichstag** Religionsfreiheit zusichern.

Einen Sonderweg beschritt die Kirche von England. Hier löste sich König Heinrich VIII. im Verlauf der 1530er Jahre allmählich von Rom und errichtete eine Staatskirche, die anglikanische Kirche.

Was waren die Bauernkriege?

Eine Reihe von Bauernaufständen in den Jahren 1524/25, die besonders in Franken, Tirol und Schwaben kurzzeitig erfolgreich waren. Die Bauern verlangten das »alte, göttliche Recht« wiederherzustellen und eine umfassende, radikale Reform der Kirche. Luther wandte sich heftig gegen diesen Missbrauch seiner Theologie und forderte die weltlichen Obrigkeiten auf möglichst hart gegen die Aufständischen vorzugehen. Dies geschah dann auch.

Was beschloss der Augsburger Reichstag (1555)?

Der Augsburger Reichstag brachte den lutherischen Protestanten die Anerkennung als eigene Konfession und damit die Religionsfreiheit. Ganz im Sinne der Fürstenreformation waren es nun die Fürsten, die über die Konfession ihrer Untertanen bestimmten (»cuius regio, eius religio« – »Wessen Herrschaft, dessen Religion«). Die konfessionelle Struktur, die in Augsburg festgelegt wurde, prägte Deutschland bis 1945.

BEMERKENSWERTES

Der Reformator mit dem Hammer

Über Jahrhunderte hinweg glaubten viele Menschen wortwörtlich, Martin Luther habe mit den Hammerschlägen, mit denen er seine 95 Thesen zum Ablasshandel an die Kirchentür in Wittenberg anschlug, die alte Kirche zum Einsturz gebracht. Das Bild war auch zu schön und zu einprägsam. Heute sieht man die Dinge etwas anders. Zum einen wollte Luther 1517 noch keine Reformation, sondern nur eine Reform der katholischen Kirche. Zum anderen handelte es sich um sehr trockene akademische Thesen, die nur dazu dienten, eine Diskussion an der Universität in Gang zu bringen. Luther hatte die Thesen überhaupt nicht veröffentlichen wollen. Und vermutlich hat er sie gar nicht persönlich angeschlagen. Das wäre zumindest äußerst unüblich gewesen. Es gibt zudem keine Quelle, in der er es behauptet. Erst sein Freund Philipp Melanchthon hat die Geschichte so erzählt, wie sie dann populär wurde.

Die katholische Reform

Wer waren die Ireniker?
Es handelte sich um eine Gruppe von Theologen und Gelehrten, die versuchten zwischen der Reformation und der katholischen Kirche zu vermitteln. Sie kritisierten Missstände in der katholischen Kirche und forderten Reformen, wollten aber eine Spaltung der Kirche unter allen Umständen vermeiden. Die ökumenische Bewegung zur Wiedervereinigung der getrennten Kirchen in der Gegenwart beruft sich häufig auf die Ireniker des 16. Jahrhunderts.

Nie zuvor in seiner langen Geschichte war der Katholizismus so bedroht wie in diesen Jahren. Weite Teile Europas waren vom wahren Glauben an die allein selig machende römische Kirche abgefallen. Das Papsttum befand sich in einer tiefen Krise. Überall regte sich Kritik an Korruption in der Kirche und ihrem Abfall von den Lehren Jesu Christi. Zu weltlich, zu oberflächlich, zu heidnisch sei die Kirche geworden, so die protestantischen, aber auch viele innerkatholische Kritiker. Nun endlich, im Jahre des Herrn 1546, hatten Rom und der Papst die Gefahr erkannt und sich dem Willen Kaiser Karls V. gebeugt, ein allgemeines Konzil der Kirche einzuberufen, um an »Haupt und Gliedern« eine umfassende Reform durchzuführen. Dieser Schritt war den Päpsten jener Jahre nicht leicht gefallen. Sie befürchteten, ganz wie der französische König, ein Konzil könne vorrangig den Interessen der Habsburger dienen. Schließlich waren die römischen Päpste stolze weltliche Fürsten, die den Kirchenstaat in Mittelitalien regierten und die durchaus machtpolitisch zu denken wussten.

Karl V. hatte für diese kleinlichen Bedenken kein Verständnis. Gewiss, ihm ging es um Macht – wem nicht in diesen Tagen? Aber er wollte einen reformierten, starken Katholizismus. Für die religiösen Anliegen Luthers oder Calvins fehlte ihm wie vielen Spaniern, Portugiesen oder Italienern der Sinn. Vielleicht teilte er sogar die Auffassung des inzwischen verstorbenen Papstes Leo X., der die »Wildschweine aus den deutschen Wäldern« für den Ausbruch reformatorischen Geistes verantwortlich machte. Die Päpste fühlten sich als Vorreiter ihrer Zeit. Sie waren »moderne« Renaissancemenschen, künstlerisch aufgeschlossen, wirtschaftlich und politisch auf der Höhe ihrer Zeit. Ähnlich dachten viele der Südeuropäer, denen die deutschen Lande als hoffnungslos rückständig erschienen. Aber Karl V. sah besser als die Päpste, wie sehr vieles in der Kirche im Argen lag. Ihm stand die spanische Kirche vor Augen, die von starken und entschlossenen Königen und Bischöfen, darunter Kardinal Ximenes de Cisneros und Kardinalgroßinquisitor Juan de Torquemada, reformiert und modernisiert worden war. Doch die spanische Kirche stand nicht alleine da, wenn es um die Erneuerung der katholischen Kirche ging. Viele Orden waren schon zu den alten, strengen Regeln zurückgekehrt und einige Bischöfe traten entschlossen für mehr Disziplin und Glaubensstrenge in ihren Bistümern ein. Neben diesen Radikalen, die im Gegensatz zu den Protestanten unerbittlich an der überlieferten Lehre festhielten, konnte man noch für lange Zeit gemäßigte Reformer treffen, die **Ireniker.** Meist handelte es sich um Humanisten, Gelehrte, die **Erasmus von Rotterdam** und seinen Lehren folgten. Im Gegensatz zu den Lutheranern glaubten die humanistischen Ireniker an die Freiheit des menschlichen Willens. Deshalb blieben sie mehrheitlich bei aller Kritik in der alten Kirche.

Selbst im Umfeld der Päpste gab es Ansätze zu einem Umdenken. Der Reformpapst Hadrian VI., ein Mitarbeiter des spanischen Kardinals de Cisneros, starb aber bereits nach einjähriger Herrschaft 1523. Sein Nachfolger Clemens VII. war wieder ein typischer Renaissancepapst. Hartnäckig verweigerte er sich der Forderung nach einem Konzil. Es kam sogar zum Krieg mit Karl V., in dessen Verlauf Rom in der furchtbaren Sacco di Roma (1527) geplündert wurde. Erst zwei Jahrzehnte später begann das Weltkonzil von Trient, dessen Beschlüsse die katholische Kirche bis in das 20. Jahrhundert hinein prägten. Allem Konflikt zum Trotz gelang es den Konzilsvätern, eine verbindliche katholische Position zu formulieren, die sich gegenüber der Reformation als lebensfähig erwies.

Erasmus von Rotterdam

Wer war Erasmus von Rotterdam (1466–1536)?

Er war der berühmteste Humanist seiner Zeit. Als katholischer Priester gehörte er der Reformbewegung der Devotio Moderna an. Zu seinen Freunden zählten beinahe alle humanistischen Denker seiner Zeit, darunter auch der Engländer Thomas Morus, der Verfasser der Utopia*, der als katholischer Märtyrer hingerichtet wurde. Erasmus war ein scharfer, ironischer und leidenschaftlicher Kritiker der Kirche, aber er wurde nie evangelisch.*

BEMERKENSWERTES

Sacco di Roma

Im Jahre 1527 wurde Rom durch deutsche lutherische Landsknechte geplündert. Sie führten für Kaiser Karl V. Krieg gegen Papst Clemens VII. Die Sacco di Roma wurde zum Symbol für den Niedergang des Papsttums. Viele Humanisten kritisierten sie, weil antike Schriften und Kunstschätze gestohlen oder zerstört worden waren. Gleichzeitig begründete sie den Ruf der Schweizer Garde des Papstes, die bei der Eroberung Roms bis auf den letzten Mann niedergerungen wurde. Noch in unseren Tagen feiert die Schweizer Garde alljährlich im Vatikan den Mut ihrer damaligen Angehörigen.

Die Gegenreformation

Wer sind die Jesuiten?
Sie bildeteten den wichtigsten Orden der Gegenreformation. Der Jesuitenorden kennt nicht nur die drei üblichen Gelübde katholischer Ordensleute (Armut, Keuschheit und Gehorsam), sondern seine Vollmitglieder legen nach oft drei Studiengängen (Theologie, Philosophie und möglichst eine weitere Wissenschaft) und mindestens zwölf Jahren Mitgliedschaft ein weiteres Gelübde des besonderen Gehorsams gegenüber dem Papst ab.

Was waren Reduktionen?
Es waren überwiegend von Jesuiten geleitete Indianersiedlungen in Südamerika, bevorzugt in Paraguay. Sie stellten den Versuch dar, die Indianer zu missionieren und sie möglichst gewaltfrei an die europäische Kultur anzupassen. Gleichzeitig schützten die Jesuiten die Stämme vor spanischen und portugiesischen Sklavenhändlern. Heute werden die Reduktionen vielfach kritisiert, weil die Jesuiten die Kultur der Indianer nicht bewahrt hätten. Allerdings war eine solche Haltung der frühen Neuzeit weitgehend fremd.

Als das Konzil von Trient 1563 endete, war noch keineswegs ausgemacht, ob und wie die Reform der Kirche durchgesetzt werden konnte. Die Widerstände innerhalb des Katholizismus waren beinahe ebenso groß wie seitens der Protestanten. Katholisch sein bedeutete für viele, rückständig zu sein. Dies änderte sich in den folgenden Jahrzehnten. Immerhin war es dem Konzil gelungen, der Theologie neue Impulse zu geben. Bislang unklar formulierte oder schlecht begründete Lehren wurden vertieft und neu durchdacht. Die wissenschaftliche Beschäftigung mit dem katholischen Glauben nahm alsbald einen ungeahnten Aufschwung. Vor allem in Spanien fanden sich an den traditionsreichen Universitäten viele Gelehrte, die versuchten, die Lehren der mittelalterlichen Kirche der eigenen Zeit anzupassen. Aber über die wissenschaftlichen Diskussionen hinaus fand der Katholizismus nach 1563 auch organisatorisch zu einer neuen, festeren Gestalt. Die Päpste stellten sich hinter die Beschlüsse des Konzils von Trient. Eine der wichtigsten neuen Institutionen war das Priesterseminar. Erstmals verfügte die Kirche nun über eine geregelte Ausbildung ihrer Priester, die von den Bischöfen überwacht wurde. Insgesamt legte man viel Wert auf Wissen. Die Orden errichteten Schulen, die gerade im ländlichen Bereich bis ins 19. Jahrhundert hinein für die katholische Bevölkerung unverzichtbar waren. Die neuere Geschichtswissenschaft hat nachgewiesen, dass es im Gegensatz zu älteren Vorstellungen keine Rückständigkeit der Katholiken im Bereich der Bildung gab.

Dies war vor allem ein Verdienst des von Ignatius von Loyola (1491–1556) gegründeten Jesuitenordens. **Jesuiten** wirkten als Lehrer und Erzieher, als Seelsorger und als politisch mächtige Beichtväter von Königen. Zusätzlich arbeiteten sie in der weltweiten Mission. Sie leiteten **Reduktionen** für Indianer in Paraguay oder kämpften sich durch die Weiten Nordamerikas. In Indien traten sie als Bettler, in Japan als Fürsten und in China als Gelehrte auf. Dank der Jesuiten und der päpstlichen Missionsbehörde, der **Propaganda Fide,** wurde die katholische Kirche zu einer weltweiten Institution. Im 17. Jahrhundert mussten die Jesuiten dann aber zurückstecken. Überhaupt waren sie selbst vielen Katholiken zu mächtig und zu unheimlich geworden. Unter dem Druck aufgeklärter Regierungen verboten die Päpste 1773 den Orden, der aber 1814 neu gegründet wurde.

In Rom legten die gegenreformatorischen Päpste besonderes Gewicht auf Disziplin, Strenge und wortwörtliche Hinnahme des Glaubensgutes im Sinne des Konzils von Trient. Bereits 1542 hatten sie in diesem Sinne die römische Inquisition gegründet. Zusätzlich richteten sie einen Katalog der für die Katholiken verbotenen Bücher *(Index librorum prohibitorum)* ein, der erst 1967 abgeschafft wurde. Die Kirche der Gegenreformation war zentralistischer und weitaus weniger bunt und vielfältig als der Katholizismus des Mittelalters. Aber sie überlebte die Herausforderungen durch die Reformation.

Ignatius von Loyola

Was ist die Sacra Congregatio de Propaganda Fide?

In dieser Kongregation wird über die Methoden gesprochen, die in der Mission angewandt werden sollen. Aus ihrem Namen entwickelte sich der Begriff der Propaganda, der heute im Sinne von Meinungsmanipulation benutzt wird.

BEMERKENSWERTES

Die römische Inquisition

Die römische Inquisition konnte mit extremer Härte gegen all jene vorgehen, die nicht die Lehren des Konzils von Trient annehmen wollten. Jedoch hat die Geschichtswissenschaft gezeigt, dass sie gelegentlich fortschrittlicher war als meist angenommen. So gab es ordentliche Verfahren mit Verteidigern, die Akteneinsicht hatten. Außerdem verfolgte die römische Inquisition im Gegensatz zum frühneuzeitlichen Staat – aber ähnlich wie die spanische Inquisition – kaum Hexen. Problematisch war allerdings, dass im Inquisitionsprozess Ankläger und Richter eine Person waren.

Die spanisch-habsburgische Macht

Was war der Johanniterorden?
Die Johanniter waren ein Kreuzritter- und Krankenpflegeorden, der um 1150 gegründet wurde und seit 1523 auf Malta ansässig war. Heute leiten sich sowohl der katholische Malteser-Hilfsdienst als auch die protestantische Johanniter Unfall-Hilfe vom ursprünglichen Johanniterorden ab.

Warum war Venedig so wichtig?
Die Republik Venedig war einer der reichsten und mächtigsten Staaten im Mittelmeerraum. Sie verfügte über Stützpunkte im gesamten östlichen Mittelmeer sowie über eine starke Flotte. An der Spitze des Staates standen ein Rat und der Doge, die beide über eine berüchtigte Geheimpolizei verfügten. Venedig war vor allem an wirtschaftlicher Macht und Kontrolle der Seewege interessiert. Gleichzeitig rivalisierte es mit dem Kirchenstaat, Genua, Pisa und anderen italienischen Staaten um die Vorherrschaft in Italien.

Zwei Seeschlachten markieren den Höhepunkt und den Fall der ersten wirklichen Weltmacht in der Geschichte. Spanien war bereits unter Karl V. zu weltumspannender Größe aufgestiegen, aber Philipp II. (1527–1589), der Sohn des tragisch gescheiterten Kaisers, steigerte die Macht des Reiches noch einmal. Von seinem gewaltigen Palast aus, dem Escorial, lenkte Philipp die Geschicke von Millionen von Menschen. Dennoch erging es dem König, der von 1556 bis 1598 herrschte, wie einst seinem Vater. Am Ende gelang es ihm nicht, seine Ziele zu erreichen. So bleibt sein Gedächtnis in der Geschichte vor allem mit diesen zwei Schlachten verknüpft: Lepanto und dem Untergang der Armada.

Lepanto war ein winziges Hafenstädtchen im griechischen Golf von Korinth. Im Spätsommer des Jahres 1571 sollte es indes zu Weltruhm aufsteigen. Seitdem die osmanischen Türken 1453 Konstantinopel erobert hatten, waren sie immer weiter nach Mitteleuropa vorgestoßen. Darüber hinaus hatten sie Griechenland erobert. Nur wenige venezianische Stützpunkte entlang der griechischen Küste und auf Kreta leisteten noch gemeinsam mit den Rittern des **Johanniterordens** Widerstand. Vergeblich riefen die Päpste in Rom zum neuerlichen Kreuzzug gegen die Mohammedaner auf. Das gesamte Mittelmeer drohte unter die Kontrolle des Islam zu geraten. Im Frühjahr 1571 schlossen sich daher der Kirchenstaat, **Venedig** und Spanien zur heiligen Liga zusammen. Deren einzige Aufgabe war es, die türkische Vorherrschaft im östlichen Mittelmeer zu brechen. Mit venezianischem Geld baute man eine schlagkräftige Flotte. Obwohl die heilige Liga zahlenmäßig unterlegen war, wurde die osmanische Seemacht vor Lepanto dank überlegener Schiffstechnik vernichtend geschlagen. Mit dieser Schlacht endete die Seeherrschaft der Türken. Spanien stand mächtiger da denn je zuvor. Das Land war infolge des Zustroms von südamerikanischem Silber enorm reich geworden. Überall entstanden prachtvolle Bauten, die spanische Kultur blühte auf. Die Flotte und das Heer Philipps II. galten als nahezu unbesiegbar. Der König konnte Anspruch auf die Kronen Englands, Frankreichs und Portugals erheben. 1580 wurden Spanien und Portugal dann tatsächlich unter seiner Herrschaft vereint.

Dennoch war der spanische König unzufrieden. Frankreich, der alte Rivale Spaniens, versank zwar im Chaos der Hugenottenkriege. Aber zwei neue Gefahren zeichneten sich am Horizont ab. Die Niederlande weigerten sich beharrlich, die Herrschaft der Habsburger anzuerkennen. Und in England stemmte sich Elisabeth I. den Ansprüchen Philipps entgegen, der mit ihrer verstorbenen Schwester Maria der Katholischen (1553–1558) verheiratet gewesen war. Überdies unterstützte sie die holländischen **Geusen** und ihre Kaperfahrer machten Spaniens Silberflotten das Leben schwer. Eine antispanische-protestantische Allianz entstand. In dieser Situation entsandte Philipp II. seine Flotte, die Armada, nach England. 1588 kam es dann zur Katastrophe. Die Armada wurde besiegt. England blieb unabhängig und Spaniens Niedergang setzte ein. Das südamerikanische Silber zersetzte die spanische Währung, es kam zu einer verheerenden Inflation. 1590 musste Philipp auf den französischen Thron verzichten, kurz darauf kam es zu Aufständen in Spanien. Im 17. Jahrhundert büßten schließlich Spaniens Heere den Nimbus der Unbesiegbarkeit ein. 100 Jahre nach Lepanto war Spanien nur noch eine zweitrangige Macht. Der Aufstieg Englands hingegen hatte mit aller Kraft eingesetzt.

Wer waren die Geusen?

Dieser Spitzname stand für die niederländischen Widerstandskämpfer, die gegen die spanische Herrschaft angetreten waren. 1648 erkannte Spanien dann die Unabhängigkeit der Niederlande an.

BEMERKENSWERTES

Der Untergang der Armada

Die Legende um den Untergang der spanischen Armada hat lange behauptet, der englische Sieg habe an ein Wunder gegrenzt. Die englische Flotte sei der spanischen in allen Belangen unterlegen gewesen und nur das seefahrerische Genie von Sir Walter Raleigh und Sir Francis Drake habe die Engländer gerettet. Inzwischen wissen wir aber, dass die englischen Schiffe den spanischen an Feuerkraft vollkommen ebenbürtig, wenn nicht sogar überlegen waren. Außerdem waren sie deutlich wendiger und den Gegebenheiten im Kanal besser angepasst. Hinzu kam ein Sturm, der wohl für die meisten spanischen Verluste verantwortlich war.

Die Hugenottenkriege

Wer waren die Hugenotten?
Der Begriff bedeutet Eidgenossen und bezeichnet die Anhänger des französischen Calvinismus und ihre Nachfahren. Die Hugenotten galten als außerordentlich sittenstreng, tief gläubig und sehr fleißig. Mehrheitlich entstammten sie dem städtischen Bürgertum, darunter viele Kaufleute, Händler und Handwerker, aber es gab auch viele hochadelige Hugenotten.

Was ist ein Te Deum?
Ein Te Deum ist in der katholischen Kirche ein besonders feierliches Dankgebet an Gott mit Weihrauch, Glockenläuten und Anbetung der Hostie in einer Monstranz. Am Ende steht der sakramentale Segen. Das Gebet, das zumeist gesungen wird, beginnt mit den Worten »Te Deum laudamus – Dich, Gott, loben wir«.

Es war eine laue Sommernacht, in der das Morden begann – die Nacht vor dem Festtag des heiligen Bartholomäus des Jahres 1572. Schon zuvor war die Stimmung in Paris angespannt gewesen. Eigentlich war man zusammengekommen, um die Hochzeit des Bourbonenprinzen Heinrich von Navarra (1553–1610) mit Margarete von Valois (1553–1615), der Schwester des Königs Karl IX. zu begehen. Aber Heinrich war Protestant und Margarete entstammte einem katholischen Herrscherhaus. Ihre Mutter, die ungeliebte Katharina von Medici, war sogar mit einigen Päpsten verwandt. Zudem hatte Frankreich in den vergangenen zehn Jahren drei Bürgerkriege um die Frage, welches die richtige Religion sei, geführt. Nun waren erstmals seit geraumer Zeit sämtliche Anführer beider Lager an einem Ort versammelt. In dieser Nacht eilten die Anhänger der katholischen Liga von Haus zu Haus und töteten jeden protestantischen **Hugenotten,** den sie vorfanden. Die Königinmutter Katharina von Medici hatte ihre Zustimmung in der Hoffnung erteilt, den blutigen Konflikt ein für alle Mal zu beenden. Fast 4.000 Protestanten fanden in dieser Nacht den Tod, etwa 15.000 weitere starben in den Verfolgungen der Wochen nach der »Pariser Bluthochzeit«. In Rom ließ der eben erst gewählte Papst Gregor XIII. ein **Te Deum** anstimmen. Frankreich, die älteste Tochter Roms, war in den Schoß der Kirche zurückgekehrt. So zumindest schien es. Doch statt des erhofften Friedens kam der Krieg. Wie durch ein Wunder überlebte Heinrich von Navarra. Er sollte wenige Jahre später noch eine wichtige Rolle spielen.

Frankreich befand sich in der zweiten Hälfte des 16. Jahrhunderts in einer tiefen wirtschaftlichen Krise. Nun aber war das Land noch zusätzlich durch religiöse Konflikte aufgeputscht worden. Vor allem Angehörige des städtischen Bürgertums, aber auch viele Adelige hatten sich dem neuen Glauben angeschlossen. Es waren keine Lutheraner, die sich in Frankreich vom Katholizismus abwandten, sondern Anhänger des jüngsten Zweiges der Reformation – Calvinisten. Der Calvinismus aber war wesentlich radikaler als das obrigkeitstreue Luthertum. Insbesondere erhob er den Anspruch, den Staat und die gesamte Gesellschaft zu erneuern. Die Fürsten spielten dabei keine Rolle. Die Calvinisten durchdrangen eine Gesellschaft von unten, vom Volk her. Für einen frühneuzeitlichen Staat konnte dies zur Katastrophe werden, denn religiöse Unterschiede führten fast notwendig zum Krieg. In Frankreich kamen die Gegensätze der **Adelsparteien** und ein hartnäckiger Fanatismus hinzu. Darüber hinaus mischten sich auswärtige Mächte ein. Während England die Hugenotten unterstützte, ließ Spanien den Katholiken seine Hilfe zukommen. Das Land versank zur Freude seiner Rivalen zwischen 1562 und 1598 im Chaos. Zeitweilig bildeten die Hugenotten einen Staat im Staate. Erst als 1589 Heinrich von Navarra König wurde, änderte sich die Situation. Um ihn bildete sich die von dem Philosophen Jean Bodin angeführte **Partei der Politiker,** die das Prinzip des Staates an Stelle der Religion setzen wollten. Klugerweise wurde Heinrich IV. katholisch. Ihm wird der Satz zugeschrieben: »Paris ist eine Messe wert«, das heißt für den Königsthron lohnt es sich, die Religion zu wechseln. Danach gelang es ihm, in harten Kämpfen die katholische Liga zu zerstreuen. Im Edikt von Nantes gewährte er 1598 den Hugenotten Religionsfreiheit. Mit Heinrich zeichnete sich ein neuer Politikstil am Horizont ab. Künftig würde man nicht mehr in erster Linie im Namen der Religion, sondern im Namen des Staates und der Vernunft töten.

Heinrich IV. von Frankreich

Was wollten die Adelsparteien?

Das innerlich zerrissene Frankreich der frühen Neuzeit war das klassische Land der Adelsparteien. In fast allen Fällen war die Frage der Religion wichtig, aber der Streit drehte sich immer darum, welcher Familie angesichts schwacher Könige die Macht zufallen sollte. Ganz konnte Heinrich IV. die konfessionellen Adelsparteien nicht entmachten. 1610 wurde er von dem radikalen Katholiken François Ravaillac ermordet.

Was wollte die Partei der Politiker?

Die Partei der »Politiker« bestand aus gemäßigten, weltlich denkenden Bürgerlichen, die ihre Hoffnung auf einen starken König setzten, um so den Adel zu entmachten.

BEMERKENSWERTES

Der geistige Vater des Absolutismus

Jean Bodin (1530–1596) gehörte zu den einflussreichsten Staatsphilosophen im Frankreich des späten 16. Jahrhunderts. In seinem wichtigsten Buch *Vom Staat* spricht er sich für einen starken König aus, der über dem Gesetz steht. Der König verkörperte demnach die höhere Vernunft des Staates und nicht mehr das Interesse einer Religion. Bodin legte damit den Grund für den Absolutismus und die moderne Auffassung vom weltlichen, religiös toleranten und neutralen Staat. Gleichzeitig war er einer der bedeutendsten Vorkämpfer für die Hexenverfolgungen.

Das religiöse Anliegen Martin Luthers

Was versteht man unter Sakramenten?
Nach traditioneller katholischer Auffassung gibt es sieben von Christus direkt oder indirekt gestiftete Heilszeichen der Kirche (Taufe, Eucharistie, Beichte, Firmung, Ehe, Priesterweihe, Krankensalbung). Für Luther hingegen war nur Sakrament, was von Christus direkt gestiftet worden war, also Taufe und Abendmahl sowie manchmal die Beichte, nicht aber die Ehe, weswegen Protestanten im Gegensatz zu Katholiken die Ehescheidung erlaubt ist. Weiter war er der Überzeugung, dass die Wirkung der Sakramente nicht von der Kirche und ihren Priestern abhinge, sondern vom Glauben der versammelten Gemeinde.

Was ist die Erbsünde?
Es ist ein Zentralbegriff jeder christlichen Theologie. Gemäß dem Bericht des Buches Genesis im Alten Testament der Bibel hatten sich die ersten Menschen, Adam und Eva, schuldhaft von Gott abgewandt. Nach christlicher Überzeugung führte dies dazu, dass die Menschen insgesamt vom Moment ihrer Zeugung an eine Urschuld auf sich luden.

Wieder und wieder stürmte der junge Mönch in den Beichtstuhl und bedrängte seinen Beichtvater, den Ordensoberen Johannes von Staupitz, mit einer einzigen, dramatischen Frage: »Wie finde ich einen gnädigen Gott?« Die Gnadenmittel der Kirche gaben ihm keine innere Ruhe, wenn er daran dachte, was Gott von seinen Heiligen verlangte, um sie vor den Feuern der Hölle zu bewahren. Wer konnte, so fragte Martin Luther in seiner Todesangst weiter, vor dem gerechten Gott bestehen? Was nutzten die Beichte, das Opfer der Heiligen Messe oder die anderen **Sakramente** dem beständig sündigenden Menschen? Wo immer er ging, stand oder lag, wenn er dachte oder sprach, der Mensch sündigte vor Gott ohne Unterlass. Wie konnte Gott gerecht sein und zugleich die Sünder lieben?

Es war in der Tat nicht die Frage nach dem Ablass, die zur Reformation führte. Sie war nur Auslöser, ebenso wie die jahrhundertealte Kritik an der moralischen Verkommenheit der katholischen Kirche und ihrer Priester. Allerdings half beides, der Reformation breite Gefolgschaft zu sichern. Im Mittelpunkt stand aber vielmehr die leidenschaftliche Suche eines Mannes nach einem anderen Gott. Dies alles kam nicht von ungefähr. Viele Theologen folgten zur Zeit Luthers den Gedanken des großen mittelalterlichen Denkers William von Ockham. Der sah den unbegreiflichen Gott in erster Linie in seiner Unendlichkeit, seiner Liebe und seiner absoluten, durch die Vernunft nur gezügelten Freiheit. Da nun der Mensch Gottes Ebenbild war, lag es nahe, auch den Menschen als freies Wesen vor Gott zu definieren. Dies bedeutete jedoch nichts anderes, als den Menschen in all seiner Freiheit auch für sein ewiges Heil in die Verantwortung zu nehmen. Genau an diesem Punkt aber stutzte Luther. Wie sollte das dem Menschen in seiner Schwäche gelingen? War er nicht von der **Erbsünde** zutiefst gezeichnet? Des Menschen Freiheit und Vernunft, sie waren in seinen Augen tödlich verwundet und bis zur Unkenntlichkeit verzerrt.

Die Offenbarung Gottes, die Bibel allein, konnte Gewissheit über Gott und seine Schöpfung bieten. Dieser Gedanke wurde zum Ausgangspunkt für den in Zweifeln befangenen Mönch. Wieder und wieder las er die Bibel und eines Tages fiel es ihm wie Schuppen von den Augen: Gott war nicht nur gerecht, er machte, allein aus Gnade, den Menschen gerecht. Diese **Gnade** war ein unverdientes Geschenk an den Sünder, dessen freier Wille nichts war als Selbstbetrug. Gott rettete durch seinen Sohn Jesus Christus die verlorenen Schafe, allein durch ihn. Nichts, aber auch gar nichts konnte der Mensch zu seiner Rettung beitragen.

Diese Erkenntnis musste notwendig weitere Folgen nach sich ziehen. Wenn der Mensch vor Gott nichts war, dann konnte auch Menschenwerk, wie es die Kirche für Luther war, vor Gott nichts bewirken. Alles, was nicht der Bibel entsprach, durfte nicht mehr anerkannt werden. Der katholische Glaube an die Traditionen und die Bedeutung der von Gott gestifteten und geführten Kirche und ihrer Sakramente für das Heil der Menschen, die Rolle der menschlichen Priester, die Überzeugung, die Erbsünde habe den Menschen zwar geschwächt, aber nicht zerstört, all dies hatte für Luther binnen kurzer Zeit keine Bedeutung mehr. Er ging den Weg, den er gehen musste – und viele folgten ihm.

Was versteht man unter Gnade?
Dieser Begriff bezeichnet die Zuwendung Gottes zu den Menschen. Mit der Gnade hilft Gott den Menschen die unendliche Kluft zwischen der Endlichkeit und Sündhaftigkeit des Menschen und Gottes Heiligkeit und Ewigkeit zu überwinden.

BEMERKENSWERTES

Wie Martin Luther Mönch wurde

Es war dem 1483 geborenen Luther keineswegs in die Wiege gelegt, eines Tages Mönch oder gar Reformator der Kirche zu werden. Er stammte aus einer begüterten bürgerlichen Familie aus dem sächsischen Mansfeld, die im Bergbau tätig war. Eigentlich sollte er Rechtswissenschaften studieren. Im Juli 1505 geriet er indes auf dem Weg von Mansfeld an die Universität Erfurt in ein schweres Gewitter und betete zur heiligen Anna, der Mutter Mariens, sie möge ihm helfen. Als Gegenleistung bot er an, Mönch zu werden. Kurz danach trat er dem Augustinereremitenorden bei, der überaus strenge Regeln hatte. Luther wurde ein mustergültiger Mönch und Theologieprofessor, bis er 1525 die einstige Nonne Katharina von Bora heiratete.

Der Calvinismus und die radikale Reformation

Was sind Wiedertäufer?
Das ist die Bezeichnung für christliche Gruppen, welche die Taufe von unmündigen Kleinkindern aus Glaubensgründen ablehnen und deswegen bereits Getaufte im Erwachsenenalter wieder taufen. Heute sind dies vor allem die Baptisten, die im Süden der USA weit verbreitet sind.

Worum geht es bei der Realpräsenz?
Damit ist die Anwesenheit Christi in der geweihten Hostie gemeint. Beim letzten Abendmahl hatte Jesus die so genannten Einsetzungsworte gesprochen (»Dies ist mein Leib!«; »Dies ist mein Blut!«). Katholiken und Lutheraner glauben gemeinsam, dass Jesus dies genau so gemeint hat. Die Calvinisten aber lehnen die Realpräsenz strikt ab. Sie erklären, Jesus hätte die Einsetzungsworte nur symbolisch benutzt. Deswegen kennen sie keine Verehrung der Hostie.

Einmal ins Rollen gebracht, war die Lawine, die Martin Luther (1483–1546) losgetreten hatte, nicht mehr aufzuhalten. Allzu weit war die Unzufriedenheit mit den Zuständen in der katholischen Kirche des Spätmittelalters verbreitet. Viele hatten das Vertrauen in die Fähigkeit der Päpste und Bischöfe zur Selbstreform verloren, anderen trat die Kirche nur noch als Unterdrückungsapparat oder in Gestalt korrupter Steuereintreiber entgegen. Vor allem aber sehnten sich die Menschen nach einer Form von Religion, die ihre eigenen Sehnsüchte und Ängste ernst nahm. Sie wollten zwischen sich und Gott nichts und niemanden mehr dulden. In ihren Augen stand in der Bibel alles für den Glauben notwendige. Lesen aber konnten sie, da brauchten sie keine Hilfe. Luther hatte doch eigens gesagt, die Bibel lege sich selber aus. Wozu also noch Theologen, Mönche und Priester? Wozu die Kirche?

Bald zeigte sich jedoch, dass alles viel komplizierter war. Luther war geradezu entsetzt, als er sah, wie manche Christenmenschen plötzlich die Bibel auslegten. Unter der Führung Thomas Müntzers sollte die gottgegebene Ordnung gestürzt werden: Heiligenbilder wurden zerstört, geweihte Hostien geschändet, der Schmuck aus den Kirchen entfernt. Alles sollte rein und einfach sein, so wie man glaubte, dass es ganz am Anfang gewesen war. Die Menschen sollten sich ausschließlich der Führung des Heiligen Geistes anvertrauen, kirchliche Regeln störten da nur. Am Rande der Reformation sammelten sich radikale Gruppen, die etwa die Kindertaufe ablehnten. Diese so genannten **Wiedertäufer** wollten allein die Taufe von Erwachsenen gestatten, da Christus und seine Apostel nach dem Zeugnis der Bibel nur Erwachsene getauft hätten, die sich frei für das Christentum entschieden hätten. Andere Radikale wandten sich entschieden gegen jede Form von Gesetzlichkeit. Christen sollten in der Freiheit der Liebe und des Geistes leben. Dies alles war für Katholiken und Lutheraner gleichermaßen unerträglich. Die weltlichen Obrigkeiten, die Kirchenleitungen und Luther höchstpersönlich wandten sich gegen die radikalen Reformatoren. Als 1534 die Wiedertäufer in Münster ihr Reich errichteten, zögerten sie nicht mit Gewalt gegen die Aufrührer vorzugehen. Die Bewegungen der radikalen Reformation wurden verfolgt, konnten aber im Untergrund weiterexistieren. Viele von ihnen sind später nach Nordamerika ausgewandert. Inzwischen war dem Luthertum freilich ein noch viel ernsthafterer Rivale entstanden. Schon früh in den 1520er Jahren war die Reformation in der Schweiz andere Wege als in Deutschland gegangen. Erst Huldrych Zwingli (1484–1529) und dann ab 1536 vor allem der in Genf lebende Franzose Johannes Calvin (1509–1564) hatten Luther herausgefordert. Drei Punkte waren es, in denen die Calvinisten von Luther abwichen: Zum einen glaubten sie nicht an die **Realpräsenz** Christi im Abendmahl, zum anderen hingen sie an der Lehre von der doppelten **Prädestination.** Dieser Glaube, von Gott direkt auserwählt und zum Heil bestimmt zu sein, verlieh den Calvinisten ungeheuren Schwung. Sie wollten unbedingt alle Auserwählten in einer perfekten und heiligen Kirche vereinigen. Drittens war der Calvinismus viel demokratischer strukturiert als das organisatorisch recht konservative, von den Fürsten abhängige Luthertum. Dies bedeutete aber nicht, dass sie toleranter gewesen wären als die anderen. Ganz im Gegenteil. Gegner und Kritiker wurden gnadenlos verbrannt. Dessen ungeachtet, entfaltete der Calvinismus eine ungeheuerliche Dynamik. Er wurde außerhalb Deutschlands zum eigentlichen Rivalen der alten Kirche und prägte insbesondere den nordamerikanischen Raum.

Was heißt Prädestination?

Bei der Prädestinationslehre geht es um die christliche Überzeugung, dass Gott bestimmte Menschen (zum Beispiel die Heiligen) zum Heil vorherbestimmt hat. Für Katholiken sind nur wenige zum Heil ausersehen und denen ist auch nicht bekannt, ob sie prädestiniert sind oder nicht. Niemand aber ist zur ewigen Verdammnis vorherbestimmt. Die Calvinisten dagegen glauben, dass nur wenige Menschen zum Heil berufen und sich dessen auch bewusst sind. Der Großteil der Menschheit aber ist auf ewig verdammt.

BEMERKENSWERTES

Vom Reformer zum Revolutionär: Thomas Müntzer (1486–1525)

Müntzer war ursprünglich ein katholischer Priester und Theologe, der sich schon früh der Reform Martin Luthers anschloss. 1520 lehnte er sich gegen den seiner Ansicht nach zu konservativen Luther auf und fing an den Bauern und Bergleuten in Sachsen ein kommunistisches Gottesreich zu predigen. Zudem kritisierte er Luther immer schärfer. 1524 stellte er sich im Bauernkrieg auf die Seite der aufständischen Bauern und trat für eine demokratische Verfassung ein. Aus dem Reformator war ein Revolutionär geworden. Nach der Niederlage der Bauern wurde er hingerichtet.

Thomas Müntzer

Die frühe katholische Kontroverstheologie

Was bedeutet Thomismus?
Es ist eine philosophische und theologische Schule, die sich dem mittelalterlichen Denker Thomas von Aquin (1226–1274) verpflichtet fühlt. Der Thomismus wurde über Jahrhunderte besonders von Dominikanermönchen gepflegt, aber auch von einer Vielzahl anderer katholischer Theologen. Thomistische Denker legen großen Wert auf die Verbindung von Natur und Gnade sowie auf die Vernunft als Mittel der Gotteserkenntnis.

Wer waren die Kontroverstheologen?
Sie waren Theologen, denen die Aufgabe zufiel, die Lehrunterschiede zwischen katholischer Kirche und den verschiedenen protestantischen Gemeinschaften herauszuarbeiten. Später, vor allem seit dem 18. Jahrhundert, kam noch die Aufgabe hinzu, sich mit den Problemen der Aufklärung und der modernen Ideologien auseinander zu setzen. Heute ist es ihre Aufgabe, die Inhalte christlicher Religion vernünftig einsichtig zu machen und in ein Gespräch mit der Gegenwart zu bringen.

Die Reformation traf die katholische Theologie zweifellos an ihrem Schwachpunkt. Natürlich waren die Missstände allgemein bekannt. An den Universitäten, während der Konzilien, in den Klöstern und Pfarrhäusern war in den vergangenen Jahrzehnten, ja Jahrhunderten ständig darüber diskutiert worden. Alle paar Jahre waren in der Kirche Reformer angetreten, um die Situation zu verbessern. Trotzdem standen viele Theologen den religiösen Fragen, die gerade Martin Luther aufgeworfen hatte, verständnislos gegenüber. Sie waren verwirrt und fanden in den Religionsgesprächen, die im 16. und 17. Jahrhundert so gerne durchgeführt wurden, meist nicht den richtigen Ton. Dadurch wurde mancher Reformer überhaupt erst zum Reformator. Bei Luther kann man diese Entwicklung, diesen Weg an die Ränder der katholischen Kirche und dann darüber hinaus, gut nachzeichnen. Besonders die Gespräche mit Johannes Eck, dem berühmtesten Dominikanertheologen Deutschlands, und dem weltläufigen Abgesandten des Papstes Leo X., Kardinal Thomas de Vio Cajetan, im Jahre 1519 trugen dazu bei, Luther von der Kirche zu entfremden.

Man kann aber auch sagen, dass sie die Situation klärten und dazu führten, Positionen besser zu durchdenken und genauer in ein System zu bringen. Eck, Cajetan, Johannes Cochläus und all die anderen katholischen Theologen, die sich als erste mit der Reformation auseinander setzen mussten, hatten zwar von ihrem Standpunkt aus Schwierigkeiten, Luthers oder Calvins Ansichten zu verstehen, aber sie waren keineswegs von vornherein abweisend oder feindlich eingestellt. Gerade Cajetan war selber ein Reformer. In Rom hatte er maßgeblich dazu beigetragen, den **Thomismus** zu erneuern, indem er das Hauptwerk Thomas von Aquins, die *Summa Theologica* ausgiebig kommentierte. Dies bedeutete zudem, dass er die Gnadenlehre Luthers in Teilen sehr wohl verstand, weil diese derjenigen des Thomas von Aquin ähnlich war. Aber dabei blieb Cajetan nicht stehen. Er forderte vom Papst umfassende Reformen, um die Gefahren abzuwenden, die der Kirche durch die Ausübung weltlicher Macht und ihren Reichtum drohten. Ein Radikaler war er gleichwohl nicht. Er war in die Politik der römischen Kurie eingebunden und wollte auch gar keinen völligen Bruch mit der Vergangenheit. Vor allem aber gingen er, die anderen **Kontroverstheologen** und auch Karl V. während seines berühmten Gesprächs mit Luther auf dem Wormser Reichstag von 1521 von einer ganz anderen Grundlage aus als der Reformator. Im Mittelpunkt ihres Denkens stand die Kirche und besonders die Frage, wie nach über tausend Jahren Kirchengeschichte ein Einzelner daherkommen und behaupten konnte, alles sei in eine falsche Richtung gelaufen. Dies hätte Gott, der seiner Kirche Beistand zugesichert hatte, nach Überzeugung der Altgläubigen nie zugelassen. Aus diesem Grund fragte Cajetan Luther wiederholt nach seiner Haltung zur Unfehlbarkeit der Kirche. Der Bruch kam in dem Moment, als Luther deutlich erklärte, nur die vier ersten Konzilien der Urkirche seien unfehlbar gewesen, nicht aber die Kirche der seitherigen Geschichte.

Neben der Frage nach dem freien Willen war damit die größte Schwierigkeit im Verhältnis von Katholiken und Lutheranern deutlich geworden. Doch nun fing für die Katholiken das Problem erst richtig an, denn bisher hatte sich niemand wirklich gedanklich mit der Kirche auseinander gesetzt. Sie war einfach da gewesen. Daher wurde es zu einer der Hauptaufgaben katholischer Theologie seit dem 16. Jahrhundert, über die Rolle der Kirche nachzudenken. Auch das Problem des Verhältnisses von Bibel und **Tradition** wurde behandelt. Dieses »Nachdenken« ist bis heute nicht beendet.

Was bedeutet die Tradition?

Nach katholischer Auffassung offenbart sich Gott auf drei Wegen: in der Bibel, in der Tradition der Kirche und in der natürlichen Schöpfungsordnung, die der gläubigen Vernunft zugänglich ist. Alle protestantischen Gemeinschaften lehnen die Lehre von der Tradition ab. Für sie offenbart sich Gott entweder vorwiegend oder ausschließlich in der Bibel.

BEMERKENSWERTES

Religionsgespräche

Vom Beginn der Reformation an wurden in der gesamten ersten Hälfte des 16. Jahrhunderts immer wieder Gespräche zwischen katholischen und reformatorischen Theologen abgehalten. Noch auf dem Konzil von Trient diskutierten Katholiken und Protestanten 1552–1553 miteinander. Als mit den Konzilsbeschlüssen deutlich geworden war, dass die Kirchenspaltung unumgehbar war, endete die Phase der Religionsgespräche. Erst im 20. Jahrhundert hat die ökumenische Bewegung wieder solche Gespräche zur Wiedervereinigung der Christenheit geführt.

Der Humanismus

Was versteht man unter Magie?
Damals bedeutete es den Versuch, die Götter (oder Dämonen) dazu zu zwingen, den eigenen Vorstellungen zu folgen. Magie ist manchmal mit Zauberei verbunden. In der Frühneuzeit halfen magische Ideen, den Fortgang der Naturwissenschaften zu befördern. Astrologen erforschten beispielsweise die Sterne und entwickelten so die Astronomie. Auch die Alchemie, besonders der Versuch, mit magischen Mitteln Gold herzustellen, beförderte die Chemie. Fast alle Humanisten glaubten an Magie und Hexerei, mehr noch als die Menschen des Mittelalters, die in dieser Hinsicht oft viel skeptischer waren.

Oh Jahrhundert, oh Wissenschaft, es ist eine Lust, zu leben!« Mit diesen überschwänglichen Worten bejubelte der Humanist Ulrich von Hutten (1488–1523) die wissenschaftlichen und kulturellen Leistungen seines Zeitalters. Viele große Denker des 16. Jahrhunderts hatten das Gefühl, am Beginn einer neuen Epoche zu stehen. Dazu trug die Reformation sicher maßgeblich bei. Allerdings gehörte Hutten zu den ganz wenigen Humanisten, die protestantisch dachten. Fast alle anderen, darunter Erasmus von Rotterdam, Thomas Morus, Conrad Celtis und Willibald Pirckheimer blieben katholisch, ebenso die italienischen Humanisten, unter denen sich mit Pius II. (1448–1454) sogar ein Papst befand. Viel wichtiger für die Aufbruchsstimmung, welche die Zeitgenossen Huttens erfasst hatte, war die bewusste Abkehr von der mittelalterlichen Art zu denken. Die Humanisten hatten den Menschen entdeckt. Zwar waren sie fast alle fromme Christen, aber ihr Glaube ging neue Wege. Das Übernatürliche und damit Gott sollten nicht mehr wie bislang das Denken vollkommen beherrschen. Die Welt und mit ihr der Mensch rückten in das Zentrum des Denkens, aber auch der Kunst. Erstmals wurde die Natur mit wissenschaftlichen Methoden zielstrebig erforscht, obwohl zu Beginn der Unterschied zwischen Naturwissenschaften und **Magie** selbst Eingeweihten kaum verständlich war.

Aber es waren weniger die Naturwissenschaften als vielmehr die Philosophie und die Literatur der Antike, die das neue Denken beförderten. An die Stelle der trockenen Philosophie des Mittelalters sollte eine lebhafte Diskussion in einer gepflegten lateinischen Sprache treten. Vielfach ersetzte die **Rhetorik** die Philosophie. Jahrhundertelang hatte man sich nur mit den Kommentaren der Scholastik zu den antiken Texten beschäftigt. Damit wollten sich die Humanisten nun nicht mehr zufrieden geben. Nach ihrer Ansicht konnten allein die ursprünglichen Texte sinnvolle Einblicke vermitteln. Daher bemühten sie sich die klassischen Texte in möglichst genauer Form herauszugeben. Gelegentlich musste überhaupt erst einmal festgestellt werden, ob die vorliegenden Texte echt waren. Gerade der Italiener Lorenzo Valla machte sich darin verdient, Fälschungen von Originalen zu unterscheiden. In Deutschland war es Hutten, der sich mit dem Kölner Dominikaner Jakob Pfefferkorn darum stritt, jüdische Texte zu retten. Der Mönch versuchte bei der weltlichen Obrigkeit durchzusetzen, zum Beispiel den **Talmud** öffentlich ver-

brennen zu lassen. Hutten veröffentlichte daraufhin seine berühmten »Dunkelmännerbriefe«, in denen er Pfefferkorn dem Spott preisgab. Allerdings war auch Hutten kein Freund der Juden. Er wollte die Texte nur deshalb retten, weil sie alt und berühmt waren.
Aus dem neuen Interesse der Humanisten am Menschen ergab sich eine andere Art, über den Staat zu denken. Immerhin war der Staat die Form, in der Menschen gemeinsam lebten. Wieder vermieden es die Humanisten, Gott und Staat zu verbinden. Der Staat und die beste Regierungsform sollten eine Angelegenheit der reinen Vernunft werden. Das führte manchmal zu problematischen Folgen. Niccolò Machiavelli (1469–1527) aus Florenz etwa empfahl den Fürsten, möglichst rücksichtslos und unabhängig von den moralischen Vorgaben des Christentums zu handeln. Damit wurde er zu einem Begründer des modernen, rein innerweltlichen Staatsdenkens. Gleichzeitig aber vertrat er die Ideen des Republikanismus. Demnach sollten tugendhafte Bürger den Staat als Gemeinschaftsaufgabe betrachten. Den Fürsten kam die Aufgabe zu, diese Tugenden zu repräsentieren. Auf diese Weise wurde der Weg von der Königsherrschaft zu den Republiken der Gegenwart eingeleitet.

Niccolò Machiavelli

Was ist die Rhetorik?
Rhetorik ist die Wissenschaft von der gekonnten und gelungenen Rede. Im Unterschied zum Philosophen will der Rhetoriker weniger Wahrheiten erkennen und mit logischen Argumenten begründen, sondern in erster Linie überzeugen. Um eine Rede überzeugend zu gestalten, stellt die Rhetorik Regeln auf, denen ein Redner folgen soll. Manchmal sind diese Regeln ebenso technisch wie die Sprache der mittelalterlichen Philosophie.

Was ist der Talmud?
Eine Sammlung jüdischer Schriften, die von Rabbinern, also Religionslehrern, seit dem 3. Jahrhundert vor Christi Geburt verfasst wurden. Im Talmud werden die jüdischen Glaubenslehren erläutert und erweitert. Unter Juden ist es sehr umstritten, ob oder inwieweit die Lehren des Talmud verpflichtend sind.

BEMERKENSWERTES

Original und Fälschung

Lorenzo Valla war einer der berühmtesten Humanisten. Seinen Ruhm hatte er erworben, weil er zu den besten Herausgebern alter Schriften gehörte. Unter anderem hatte er festgestellt, dass die so genannte »Konstantinische Schenkung« eine Fälschung war. Angeblich hatte der antike Kaiser Constantin der Große (306–324) Teile Italiens an Papst Sylvester I. (314–335) geschenkt. Daraus war der Kirchenstaat entstanden. Valla fand nun heraus, dass die Schenkung im Mittelalter gefälscht wurde, als der Kirchenstaat bereits bestand und man ihm ein höheres Alter geben wollte. Im Mittelalter war immer das besonders gut und richtig, was besonders alt war.

Das Entstehen einer volkssprachlichen Literatur

Was meint »schwarze Kunst«?
Eigentlich bezieht sich dieser Begriff auf den Umgang mit der schwarzen Druckerfarbe. Gleichzeitig aber gibt er etwas vom Selbstverständnis der Drucker wider. Zum einen fühlten sie sich wie Magier, die Wissen auf Papier zauberten, zum anderen sahen sie sich als echte Künstler. Schließlich waren die Drucker bis weit in das 18. Jahrhundert hinein Vorkämpfer für mehr Bildung und Aufklärung in Europa.

***Was war die* Göttliche Komödie?**
Die Göttliche Komödie *ist eines der berühmtesten Werke in italienischer Sprache. Es ist in Gedichtform verfasst und beschreibt eine Reise Dante Alighieris durch das christliche Jenseits. Das Buch heißt nicht Komödie, weil es so witzig ist, sondern weil es traurig (in der Hölle nämlich) beginnt, um dann glücklich (im Himmel bei Gott) zu enden. Viele Leser behaupten, der Teil über die Hölle sei am besten gelungen.*

Es war ein Wunder, ein erklärbares zwar, aber irgendwie doch ein Wunder. Nicht ohne Stolz blickte Meister Johannes Gutenberg (um 1400–1468) auf seine Erfindung. Erstmalig hatte er mithilfe beweglicher Lettern aus einem Setzkasten ein Buch gedruckt. Dies war ein revolutionärer Schritt. Bislang waren Bücher stets rare Kostbarkeiten gewesen. Ihr Besitz war den Reichen, den Mächtigen, den Universitäten und der Kirche vorbehalten gewesen. Von nun an aber, das war bereits im Jahr 1450 klar, würde es viel leichter werden, Bücher herzustellen und zu verbreiten. Die Folgen dieses Schrittes waren freilich unabsehbar. Gutenbergs erstes Buch war wie selbstverständlich eine Bibel gewesen. Noch eine ganze Weile sollte religiöses Schrifttum am meisten Nutzen aus der **»schwarzen Kunst«** ziehen. Mit dem wachsenden Büchermarkt und den immer billiger werdenden Büchern fanden sich jedoch rasch noch andere Gewinner. Nur 50 Jahre nach Gutenbergs Erfindung gab es in Europa bereits 255 Druckereien, die weiß Gott nicht nur Bibeln verbreiteten. Bald gab es mehr und mehr Menschen, die zwar lesen konnten, aber des Lateinischen, der alles beherrschenden Sprache des Mittelalters, nicht mächtig waren. So kam es, dass zunehmend auch Bücher in den so genannten »Volkssprachen«, in Deutsch, Französisch, Englisch oder Italienisch hergestellt wurden.

Natürlich hatte es schon vor der Erfindung des Buchdrucks mit beweglichen Lettern eine volkssprachliche Literatur gegeben. Minnelieder und Heldengedichte waren sogar im Mittelalter meist nicht in lateinischer Sprache verfasst worden. Zudem hatten sich im Italien des 13. Jahrhunderts einige Humanisten zusammengetan, um die eigene Sprache zu befördern. Francesco Petrarca (1304–1374) etwa hatte italienische Gedichte geschrieben und die ***Göttliche Komödie*** des Dante Alighieri (1265–1321) war geradezu zum Vorbild für alle späteren italienischen Werke geworden. Dante und Petrarca schufen regelrecht die italienische Sprache aus einer Fülle bis dahin ungeordnet nebeneinander bestehender Dialekte. Mit dem Buchdruck und der weiteren Verbreitung von Büchern in der Volkssprache stellte sich auch außerhalb Italiens das Problem, eine allgemein verständliche Hochsprache zu schaffen, die es ja nirgendwo gab.

In Deutschland war es der sprachgewaltige Martin Luther, dessen

Bibelübersetzung den Grundstein für die noch heute gebrauchte Schriftsprache legte. Aus der sächsischen Kanzleisprache schuf er fast im Alleingang das Hochdeutsche, das seit dem 16. Jahrhundert benutzt werden konnte, um gleichermaßen theologische, politische und literarische Ideen auszudrücken. Zwar versuchten die Jesuiten noch lange dem Lutherdeutsch eine eigene deutsche Sprache mit stark süddeutscher Prägung entgegenzustellen, aber Luthers Sprache war selbst für Katholiken zu eingängig, um sie nicht zu beachten. So trug der Buchdruck maßgeblich zum Entstehen einer volkssprachlichen Literatur in ganz Europa bei.

Die langfristigen Folgen von Gutenbergs Erfindung waren aber fast genauso wichtig. Das erhöhte und kostengünstigere Angebot an Büchern führte dazu, dass mehr Menschen die Kunst des Lesens lernen wollten. Man konnte Schulfibeln für jene drucken, die nicht wirklich reich waren. Im Laufe der nächsten Jahrhunderte wurden Bildung und die Freude am Lesen für viele Menschen in Europa zu einer Selbstverständlichkeit, obwohl erst im 19. Jahrhundert überall die Schulpflicht eingeführt wurde. Der daraus erwachsende Wissensvorsprung der Europäer gegenüber einigen anderen Kulturen trug vermutlich mit zur erfolgreichen Ausbreitung Europas im Zeitalter von Kolonialismus und Imperialismus bei.

War Luthers Bibelübersetzung die erste in deutscher Sprache?
Dies wird zwar immer wieder behauptet, ist aber falsch. Bibelübersetzungen waren im späten Mittelalter nicht überall verboten, aber auch nicht gerade erwünscht, weil es an einer klaren volkssprachlichen Begrifflichkeit für theologische Inhalte fehlte. Daher waren die Bibelübersetzungen vor Luther oft sehr unzuverlässig und für viele kaum verständlich.

BEMERKENSWERTES

Warum Gutenberg eigentlich gar nicht der Erfinder des Buchdrucks war

Im Grunde hat Gutenberg etwas erfunden, das bis dahin nur in Europa unbekannt gewesen war. In China hatte bereits im 11. Jahrhundert, also 400 Jahre früher, ein gewisser Bi Sheng den Buchdruck mit beweglichen Lettern erfunden. Auch in Korea benutze man seit dem 13. Jahrhundert diese Kunst. Gutenberg wusste davon wohl aber nichts. Dass heute jeder Gutenberg, aber kaum jemand Bi Sheng kennt, hängt mit der Machtentfaltung Europas im Kolonialismus zusammen, als alle anderen Kulturen abgewertet wurden.

Prunkvolle Palazzi und mächtige Dome

Was ist typisch für die Bauwerke dieser Zeit?
Typisch für den neuen italienischen Gebäudestil sind u. a. eine Aufteilung in drei Stockwerke, ein weit ausladendes Kranzgesims nach römisch-antikem Vorbild, runde oder spitze Keilsteinbogen über den Fenstern, die regelmäßig über die Fassade verteilt sind, durchbrochene Rundbogen-Tympani über rundbogigen Zwillingsfenstern sowie eine senkrechte Pilastergliederung mit Gebälk in der klassischen Reihenfolge dorisch-ionisch-korinthisch.

Wie einflussreich war Andrea Palladio?
Seine Schriften und sein Baustil, bei dem u. a. die Verwendung der Kolossalordnung (durch 2 Stockwerke durchgehende Säulen oder Pilaster) maßgebend war, wurden im 17. und 18. Jahrhundert In Holland, Frankreich und besonders in England wieder aufgegriffen. Palladio gilt als Lehrmeister des europäischen Klassizismus. Berühmt wurde das »Palladiomotiv«, eine dreiteilige Wandöffnung: Die mittlere Öffnung ist mit einem von Säulen oder Pfeilern getragenen Rundbogen geschmückt, die schmaleren, etwas niedrigeren Seitenteile krönt ein Gebälk.

Das Interesse an der Antike, das zu Beginn des 15. Jahrhunderts aufkam, erfasste auch die Architekten. Sie studierten die damalige Bauweise anhand der Überreste antiker Bauten und überlieferter Zeichnungen. Eine hervorragende schriftliche antike Quelle war das zehnbändige Werk *De architectura* (erschienen nach 23 v. Chr.) des römischen Architekten Virtruvius, das damit vor allem italienische Künstler wie Leon Battista Alberti (1404–1472) und Andrea Palladio (1508–1580) beeinflusste, die ähnliche Werke verfassten. Nicht nur Bauformen wurden übernommen, sondern auch Vitruvs Vorschriften zur Stadtplanung. Nicht wenige Renaissancestädte sind noch nach dessen Regeln ausgelegt.

Der Renaissance-Stil entwickelte sich in Italien, zuerst vor allem in den Städten Florenz und Venedig. Ein weltweit bekannter römischer Renaissancebau ist der Petersdom (1506–1666). Allerdings weist er aufgrund seiner langen Bauzeit auch viele barocke Elemente auf. Als eines der ersten weltlichen **Bauwerke** der Renaissance gilt das Findelhaus (beg. 1421) in Florenz des dort ansässigen Architekten Filippo Brunelleschi (1377–1446).

Mit seiner Alten Sakristei (1419–1428) in San Lorenzo und der Pazzi-Kapelle (ab 1429), beide in Florenz, begründete Brunelleschi den kirchlichen Zentralbau der Renaissance. Hier war der Grundriss vom griechischen Kreuz (gleich lange Seiten), dem Quadrat und dem Kreis bestimmt, womit der Architekt eine harmonische, abgerundete Vollkommenheit des Baus erzeugte.

Michelangelo Buonarroti (1475–1564) brachte ab den 1520er Jahren mit seinen Bauten Kraft, Bewegung und eine Vielzahl von Formen in die Renaissance-Architektur hinein. Die Fassaden der Gebäude erhielten nun zahlreiche Schmuckelemente, unter anderem wurden sie mit Brüstungen und Balustraden versehen und Halb- oder Vollsäulen umrahmten die Fenster. Diese spielerischere Form des Renaissance-Stils nennt man »Manierismus«.

Die prachtvollen Villen des Venezianers **Andrea Palladio** fanden noch Jahrhunderte später Nachahmer in Europa und sogar in den Vereinigten Staaten von Amerika.

In Frankreich blühte die Renaissance erst unter König Franz I. (1515–1547). Er stellte italienische Architekten in seinen Dienst, die gemeinsam mit französischen Kollegen das Schloss Fontainebleau erbauten und ihre **Kunstformen,** vor allem die des Manierismus, mit den französischen **vermischten,** woraus ein ganz eigener Stil entstand.

Der spanische Renaissancestil unter König Karl V. (1519–1556) und König Philipp II. (1556–1598) sollte bewusst in Gegensatz zu dem der verhassten Mauren (vormalige arabische Besatzer) stehen. Die maurischen Gebäude waren mit Pflanzen- und geometrischen Motiven reich verziert. Jetzt war die Architektur von kühlen, klaren Proportionen und schmucklosen Fassaden bestimmt.

In Deutschland fand die Renaissance zunächst im Süden Verbreitung, vor allem in Augsburg und Nürnberg. Anfang bis Mitte des 16. Jahrhunderts erlebte dieser Architekturstil eine **Ausbreitung** nach Norddeutschland, in die Niederlande und bis nach England. Der englische König Heinrich VIII. (1509–1547) beispielsweise war ein großer Verehrer der italienischen Renaissance.

Wie sieht die Vermischung dieser Kunstformen aus?

Der französische Renaissance-Stil zeigt Ähnlichkeiten mit dem italienischen, unterscheidet sich aber in vielem von ihm: Die französischen Schlösser haben meist vier Ecktürme, steile Dächer, einen reich dekorierten Giebel, zahlreiche Schornsteine, Dacherker und noch sehr an die Gotik erinnernde Fenster.

Villa von Palladio

Wie verläuft die »Ausbreitung« von Kunst in dieser Zeit?

Ab Ende des Mittelalters sind die Kunststile bzw. -epochen nicht mehr für alle Länder Europas an einem gemeinsamen Datum festzumachen. Sie entwickelten sich in den verschiedenen Ländern in unterschiedlichen Zeiträumen und in unterschiedlicher Art, wodurch jedes Land seinen eigenen Renaissancestil besaß.

BEMERKENSWERTES

Der menschliche Körper und die Architektur

Die Größenverhältnisse der einzelnen Bauteile zueinander wurden in der Renaissance festgeschrieben und gelten bis heute. Die Harmonie der Bauformen beruhte auf der an Polyklet anknüpfenden Proportionenlehre Leonardo da Vincis (1452–1519), nach der jeder Körperteil des Menschen in einem bestimmten Verhältnis zu den anderen steht. Das galt nun auch für die Architektur.

Leonardo da Vinci und der neue Mensch

Wer hat den Menschen als Erster »neu« gemalt?
Wegbereiter für diese neue Darstellung des Menschen war der Italiener Giotto (um 1266–1337). Seine Figuren wirken schon sehr lebendig, selbstbewusst und viel wirklichkeitsgetreuer als die anderer mittelalterlicher Maler.

Welche Bedeutung hatte das Porträt?
Zu gerne ließen sich die Fürsten und reichen Bürger in all ihrem Prunk darstellen. Einzel-, Familien- und sogar Selbstporträts der Künstler entstanden. Berühmteste Beispiele sind Leonardos Bildnis der Mona Lisa (1503–07) und die drei Selbstporträts Albrecht Dürers (1471–1528). Die Künstler malten ihre Figuren nun verstärkt von vorne, was bislang nur bei der Heiligendarstellung erlaubt war.

Die Malerei wurde ebenfalls von den großen Veränderungen seit Ende des 15. Jahrhunderts stark beeinflusst, unter anderem von der Erfindung der »Ölmalerei« und der Entdeckung der »Perspektive«. Die Natur und der **Mensch** rückten in den Werken der Künstler ins Zentrum des Geschehens. Nach antikem Vorbild verstand man den Menschen wieder als eigenständiges Wesen, das sein Schicksal selbst in die Hand nimmt. Der menschliche Körper galt als Maß aller Dinge für Schönheit und Vollkommenheit.

Neue Bildgattungen entstanden, wie das **Porträt,** die Landschaftsmalerei und die Mythologien (Darstellungen antiker Sagen). Die Werke umfassten immer mehr auch weltliche Themen. Die Entwicklung der Perspektive ermöglichte eine wirklichkeitsgetreuere Darstellung des Raumes und der Personen. Figuren und Landschaft wirkten nicht mehr »platt«, sondern der Betrachter hatte nun das Gefühl, er könne die Menschen im Bild regelrecht anfassen oder etwa durch ein Fenster weit hinaus in die Ferne sehen wie in dem *Bildnis eines alten Mannes mit einem Kind* (um 1480) von dem Italiener Domenico Ghirlandaio (1449–1494).

Der **Maler** in der Renaissance beschäftigte sich nicht ausschließlich mit der Malerei, sondern ebenso mit der Architektur und Bildhauerei und sogar mit Mathematik, Philosophie, Biologie und anderen Wissenschaften. Eines dieser »Universalgenies« (ital. *uomo universale)* war **Leonardo da Vinci** (1452–1519). Er gehörte mit Michelangelo Buonarroti (1475–1564), Tizian (1476/7–1576) und Raffael (1483–1520) zu den großen Malern der italienischen Hochrenaissance (Anfang/Mitte 16. Jahrhundert) und war einer der großen Wegbereiter für die moderne Kunst und Wissenschaft.

In Leonardo da Vincis Werken sind die typischen Merkmale der Renaissancemalerei deutlich sichtbar: Das Bild soll eine möglichst dramatische Geschichte erzählen. Selbst religiöse Darstellungen wie Leonardo da Vinicis *Abendmahl* (1495–1497) werden zu spannenden Ereignissen. Die Figuren vermitteln dem Betrachter durch ihre Bewegungen einen Eindruck ihres seelischen Zustandes. Die Stimmung des Bildes wird verstärkt durch einen Hell-Dunkel-Kontrast und durch weiche, verschwommene Übergänge von Licht und

Schatten, das *sfumato* (ital. = *»Rauch«)*, die das Dargestellte in fließender Bewegung erscheinen lassen.

Leonardo da Vinci wollte für die möglichst naturgetreue Darstellung seiner Figuren den menschlichen Köper ganz genau studieren. Dafür ließ er, ebenso wie Michelangelo, Leichen in sein Atelier kommen. Die Renaissance-Künstler wollten aber nicht nur den Körper des Menschen, sondern auch seine Seele begreifen und darstellen. Leonardo da Vinci, Michelangelo und Raffael schafften es, Schmerz, Freude, Nachdenklichkeit, Verzweiflung, Liebe in den Gesichtern der Abgebildeten erkennen zu lassen. Damit wurde in der Renaissance natürlich kein »neuer« Mensch geschaffen, sondern der Mensch und seine Einmaligkeit als Geschöpf Gottes wieder entdeckt und auf der Leinwand verewigt.

Zeichnung nach Leonardo da Vinci

Welches Ansehen gewann der Maler in der Renaissance?

Der Maler stieg von einem Handwerker zu einem freischaffenden Künstler auf, der ebenso wichtig war wie seine Werke. Ein berühmtes Beispiel dafür ist Dürer, der seine Bilder auch signierte, was bis dahin nicht üblich war.

Womit beschäftigte sich Leonardo da Vinci noch?

Leonardo da Vinci entwickelte ein Gerät für die Herstellung von Landkarten, beschäftigte sich mit den Sternen und mit der menschlichen Stimme, entwarf Kriegsmaschinen, Flugkörper und Fallschirme. Hätte es damals schon Erkenntnisse über die Antriebskraft von Dampf oder Elektrizität gegeben, hätte er den Vorläufer des Autos erfinden können! So blieb es bei einer Zeichnung.

BEMERKENSWERTES

Leonardo da Vincis Geheimschrift!

Leonardo da Vinci untersuchte an menschlichen Leichen, wo sich welcher Knochen oder Muskel befand, errechnete am Schädel das Verhältnis von Augen, Mund und Nase und beschäftigte sich mit dem entstehenden Leben im Mutterleib. Ab 1515 verbot die Kirche ihm das Sezieren menschlicher Leichen und der Künstler musste sich mit Tierleichen begnügen. Da Vinci musste sehr vorsichtig sein, damit sein Tun nicht als Ketzerei verurteilt wurde. Deshalb hielt er alle seine Aufzeichnungen in Spiegelschrift fest!

Die Statue lebt! Vom Reiterstandbild zur Kolossalfigur

Wie sieht die Renaissance-Figur in der Bildhauerei aus?
Bei der Gestaltung der Figuren orientierten sich die italienischen Künstler an den Maßstäben der Antike: Körper, Haltung und Gewand sollten gemeinsam das Charakteristische der dargestellten Person hervorheben. Für die Darstellung des menschlichen Körpers arbeiteten sie selbst den kleinsten Muskel deutlich heraus.

Die **Skulptur der Renaissance,** insbesondere das Relief, zeigte als Erstes und am deutlichsten das neue Verständnis vom Menschen als selbstbewusstem Individuum und gab Anregungen für eine neue Figurendarstellung. Es herrschten vor allem zwei Skulpturtypen vor: die frei stehende Figur und das Reiterstandbild. Bevorzugte Materialien der Bildhauer waren Marmor und Bronze.

Der italienische Künstler Donatello (um 1386–1466) schuf die erste lebensgroße, frei stehende Figur seit der Antike, den *David* (1409). Dieser erfüllt die antiken Regeln der Bildhauerei: Die Plastik hat mehrere Ansichten, wobei die Frontalansicht das Hauptthema zeigt und die Nebenansichten weitere wichtige Details der Person darstellen. Außerdem muss die Figur von allen Seiten gleich schön anzusehen sein.

Was ist ein Beispiel für eine »figura serpentinata«?
Giovanni da Bolognas (1529–1608) Werk Der Raub der Sabinerinnen *(1583) ist eine solche Figur. Hier erhebt sich über einem geduckten Greis ein athletischer Mann, der wiederum eine sich windende, schöne Frau hochhebt.*

Ab dem 16. Jahrhundert schufen die Künstler überlebensgroße Plastiken, wie Michelangelo Buonarroti (1475–1564) seinen *David* (1501–1504), der als erste Kolossalfigur seit der Antike gilt. Michelangelo prägte eine neue Figurenkomposition, die vor allem im Barock großen Anklang fand: die **»figura serpentinata«.** Die aus dem Stein geschlagene Figur oder Figurengruppe sollte pyramiden- bzw. serpentinenförmig in ihrem Aufbau sein, d. h. sie »schraubt« sich in ihrer Gestaltung dramatisch in die Höhe.

Das Reiterstandbild ist in der Renaissance wie in der Antike ein Machtsymbol und bleibt es bis ins 19. Jahrhundert hinein. Zunächst kombinierte man es nach **antikem Vorbild** mit einem Grabmal, stellte es aber dann in einen öffentlichen Raum, also z. B. auf einen öffentlichen Platz. Ein berühmtes Beispiel ist Donatellos *Reiterstandbild des Gattamelata* (zwischen 1443 und 1453) auf dem Platz vor der Kirche S. Antonio in Padua. Wie in der Antike ist das Pferd in trabender Stellung und mit einem erhobenen Vorderbein dargestellt. Der Sockel mit seinen Scheintüren erinnert an ein Grabmal.

Andrea del Verrochio (1436–1488), ein Bildhauer aus Florenz, löste das **Reiterstandbild** als Erster aus seiner Funktion als Grabmalschmuck und benutzte es als Mittel zur Verherrlichung der Taten des Dargestellten. Im Zusammenhang mit der Entwicklung des Reiterstandbildes erfuhr auch das Grabmal an sich eine Wandlung. Die Gräber hoch gestellter Persönlichkeiten wurden zu einem öffentlichen Kunstwerk, z. B. zu einem Teil der Kirchenarchitektur. Die Bildhauer legten bei der Herstellung der Figuren aber oft weniger Betonung auf das christliche Umfeld und das Seelenheil, sondern zeigten die Heldentaten der Verstorbenen auf. So umkränzte der Bildhauer Bernardo Rossellino (1409–1464) das Haupt des verstorbenen Staatskanzlers, Historikers und Humanisten Leonardo Bruni mit Lorbeer zum Zeichen seines Ruhmes zu Lebzeiten und gab ihm dessen wissenschaftliches Hauptwerk in die Hand – nicht die Bibel.

Reisterstandbild von Donatello

Wie sieht das antike Vorbild aus?

Der antike Herrscher saß in stolzer Haltung ohne Sattel auf seinem edlen Ross. Das Pferd wird in der trabenden Bewegung dargestellt und hat immer ein Vorderbein erhoben. Reiter und Pferd stehen auf einem Sockel bzw. auf einem Sarkophag. Die Renaissancekünstler orientierten sich an einem bestimmten antiken Reiterstandbild: an dem des römischen Kaisers Marc Aurel, das damals noch auf dem Kapitolsplatz in Rom stand.

Gab es noch andere Typen des Reiterstandbildes?

Leonardo da Vinci führte einen neuen Typus ein, der sich auch im Barock großer Beliebtheit erfreute: Sein Reiter sitzt auf einem sich aufbäumenden Pferd, was eine zusätzliche Dramatik erzeugt.

BEMERKENSWERTES

Die italienische Renaissance und das restliche Europa

Obwohl der Buchdruck und der Kupferstich es ab Mitte des 15. Jahrhunderts ermöglichten, Kunstwerke zu kopieren und schnell zu verbreiten, waren die Skulpturen im restlichen Europa noch vom Stil der Spätgotik beherrscht. Während in Italien die Bildhauer bereits nach antiken Regeln ihre weltlichen Skulpturen meißelten, konzentrierten sich ihre Kollegen in Deutschland, Frankreich und den Niederlanden noch auf rein christliche Themen. Nur sehr wenige Bildhauer ließen sich jenseits der Alpen von der italienischen Renaissance beeinflussen. Ausnahmen bildeten der Deutsche Michael Pacher (vermutlich um 1435–1498), der die italienische Zentralperspektive beherrschte, oder der Franzose Ligier Richier (um 1500–1567), der anatomische Kenntnisse in seinen Figuren umsetzte.

Weg von der Konstruktion: Die Musik wird menschlich

Was ist ein Madrigal?
Das Madrigal – weltliches Gegenstück zur Motette – ist ein mehrstimmiges Vokalwerk. Gegliedert ist es in kleine Abschnitte, die sich am Text orientieren, sodass der Textausdeutung eine große Rolle zukommt. Es gibt sehr kunstvolle Madrigale, aber auch schlichte, die ihrer Wortbedeutung (lat. »matricalis« = von der Mutter, das bedeutet übertragen: in der Muttersprache) Ehre machen.

Was ist eine Parodiemesse?
Die Parodiemesse ist eine Messkomposition, die ein schon vorhandenes Musikstück verwendet und beispielsweise neue Stimmen hinzugefügt. Das kann eine Motette, aber auch eine weltliche Chanson oder ein Madrigal sein. An den Parodiemessen kann man gut verfolgen, wie Elemente aus der weltlichen Musik in die Kirchenmusik gelangten.

Im Mittelalter brachten die Maler ihre Figuren flächig und ohne individuelle Züge auf die Leinwand: Die Größe der Menschen war beispielsweise von ihrem sozialen Rang abhängig. In der Zeit der Renaissance stellten die Maler Menschen in ihrer irdischen Schönheit, aus Fleisch und Blut dar. Die Malerei war »menschlich« geworden. Aber die Musik? Gibt es menschliche Musik?

Einige Komponisten der Renaissance, die in der Musik von etwa 1400 bis 1600 angesetzt wird, kritisierten, dass die Texte der mehrstimmigen Musik in den Kirchen nicht mehr klar zu verstehen waren, dass die Werke im Allgemeinen zu abstrakt und deshalb sinnlich schwer erfassbar seien. »Menschliche« Musik hieß also, die Musik sinnlich begreifbar zu machen, sodass sie die Menschen rührte. Das funktioniert vor allem dann, wenn man Stoffe aus dem alltäglichen Leben wählt wie Liebe, Leid und Lust. Textinhalte allein aber machen noch keine »menschliche Musik«. Da muss schon in der Musik selbst etwas geschehen: Die Komponisten begannen einzelne Motive immer wieder aufzugreifen (zu imitieren), in allen Stimmen und im ganzen Satz. Diese Durchimitation hatte einen hohen Wiedererkennungseffekt und vereinfachte die musikalische Struktur. Die Melodiebögen orientierten sich jetzt zunehmend am menschlichen Atem, auch das ließ die Musik natürlich erscheinen, da man ohne künstliche Zäsuren singen konnte. Und die Komponisten versuchten einzelne Stimmungen musikalisch darzustellen, sodass es auch im Notentext erkennbar war, ob der Vers traurig oder lustig war. Das **Madrigal** wurde die musikalische Hauptgattung in der weltlichen Musik der Renaissance.

Ähnliche Vorgänge waren auch in der Kirchenmusik zu beobachten. Dort wurde die **Parodiemesse** eine beliebte Form. Selbst ein Soldatenlied *(L'homme armé)* konnte die Vorlage für eine Messe sein. Das allerdings ging dem einen oder anderen Geistlichen dann doch zu weit . . .

Neu in dieser Epoche war noch etwas ganz anderes: Die Menschen wollten nicht mehr nur Musik hören, sondern selbst Musik machen. Also gab es einen Bedarf an spielbarer Musik und an Noten. Da passte es gut, dass in Italien 1501 der Notendruck mit beweglichen Noten erfunden wurde – im Gegensatz zum Druck mit ganzen

Holzblöcken. Die musizierenden Laien hatten jetzt Notenmaterial zur Verfügung. Sie lernten mit Vergnügen Instrumente und sie kannten interessante Madrigale, deren Stimmen vergleichsweise einfach gesungen oder gespielt wurden. Wenn das nicht eine »Vermenschlichung« der Musik war!

Wer waren nun die Komponisten der Renaissance? Da war beispielsweise Guillaume Dufay (um 1400–1474); sein unstetes Wanderleben ist typisch für die Musiker der **franko-flämischen Schule.** Da war Josquin Desprez (um 1450–1521), in seiner Zeit vor allen anderen Komponisten gefeiert. Und da war natürlich Giovanni Pierluigi Palestrina (um 1525–1594), ein Italiener, ein musikalisches Genie, der Kompliziertheit mit Einfachheit verbinden konnte. Und wir dürfen Martin Luther (1483–1546) nicht vergessen, der das volkssprachliche Singen in den Gottesdienst einführte: den evangelischen Choral. Auch das ist eine Art »Vermenschlichung« der Musik, denn nun verstanden die Gemeindemitglieder in der Kirche den Sinn ihrer Lieder.

Was versteht man unter »franko-flämischer Schule«?

Das ist – im weitesten Sinn – die Art der Künstler zu komponieren, die im Gebiet der heutigen französisch-belgischen Grenze um 1430–1560 tätig waren. Typisch für die Mitglieder dieser Schule war eine große Mobilität, ein Austausch mit den musikalisch wichtigen Zentren der Zeit.

BEMERKENSWERTES

Eine Messe für den Papst

Vieles lag in den Augen der Kirchenoberen im Argen: Die Texte der Kirchenmusik waren nicht mehr zu verstehen, Instrumente hatten sich in die Kirche »eingeschlichen«, weltliche Melodien lagen heiligen Messen zu Grunde und frei gedichtete Hymnen wurden gesungen! Die Klagen über diese Zustände wurden zur Chefsache erklärt und auf dem Konzil zu Trient (1545–1563) verhandelt. Fast wäre es um die Mehrstimmigkeit in der Kirche geschehen gewesen. Doch die Legende erzählt uns, dass (neben Jacobus de Kerle mit dem Werk *Preces speciales)* Palestrina als »Retter der Kirchenmusik« in Erscheinung trat: Seine *Missa Papae Marcelli* (Messe für den Papst Marcellus) überzeugte die Kardinäle durch ihre Ausgewogenheit und Textverständlichkeit, sodass die Mehrstimmigkeit erhalten bleiben durfte. Allerdings nur in kirchlicher Würde!

Die Wiederentdeckung der antiken Naturwissenschaften

Was verstand Ptolemäus unter Geografie?
Ptolemäus verstand unter Geografie die zeichnerische Darstellung der gesamten Erdoberfläche. Sein Ziel war, die besiedelte und damals bekannte Erde (Europa, Afrika, Asien) mit ihren Ländern, Völkern, Orten, Flüssen und Bergen lagerichtig in einem Gradnetz wiederzugeben. Sechs von acht Büchern seiner Geografia *bestand aus Koordinatenlisten von über 8.000 Orten der damals bekannten Erdoberfläche. Die Wiederentdeckung dieses Werkes hatte für die weitere Entwicklung der geografischen Wissenschaft große Bedeutung.*

Die in Italien bereits im 14. Jahrhundert und danach auch in anderen europäischen Ländern einsetzende Renaissance, die Rückbesinnung auf die Antike, führte auf allen Gebieten des wissenschaftlichen und kulturellen Lebens zu überragenden Leistungen. Die verstärkte Pflege alter Sprachen – Latein, Griechisch, Hebräisch – ermöglichte den ungehinderten Zugang zu den antiken Schriften, die man staunend studierte: So hoch hatten die Gelehrten den Entwicklungsstand der Mathematik und der Naturwissenschaften vor mehr als 1.500 Jahren wahrlich nicht vermutet!

Die entscheidenden Impulse zur Neuorientierung der Wissenschaft kamen nicht nur durch die Eroberung von Byzanz (1453) zu Stande, als hunderte von griechischen Handschriften in den Westen gerettet werden konnten. Auch in den Klosterbibliotheken begann man nun intensiv nach verschollenen Manuskripten zu suchen. Anfang des 16. Jahrhunderts standen schließlich alle einschlägigen Werke der antiken Wissenschaften – soweit sie erhalten geblieben waren – einem größeren Leserkreis zur Verfügung. Während die Europäer die Wissenschaft der alten Griechen bislang hauptsächlich durch den »Filter« der arabischen Übersetzungen des 12. Jahrhunderts kennen gelernt hatten, beruhten die neuen Ausgaben nunmehr auf den griechischen Originaltexten. Gleichzeitig wurden zahlreiche bedeutende Quellen neu entdeckt, insbesondere die Werke des Archimedes.

Auch die Verbreitung des 1436 von Johannes Gutenberg erfundenen Buchdrucks förderte die Wissenschaft maßgeblich. Neben Bibeln und allerlei politischen und religiösen Flugschriften gehörten auch Werke mathematisch-naturwissenschaftlichen Inhalts zu den frühesten Druckerzeugnissen – man schätzt ihren Anteil auf erstaunliche 20 Prozent. Darüber hinaus gelangten etliche bis dahin weitgehend unbekannt gebliebene Handbücher über die Geheimnisse der Technik und der Magie an die wissenschaftliche Öffentlichkeit; auch dies sollte einen nicht unbedeutenden Einfluss auf die Entwicklung der Wissenschaften haben.

Die intensive und umfassende Beschäftigung mit den Naturwissenschaften, die an der Wende von Mittelalter und Neuzeit begann, weckte den Wunsch nach einer realistischen Abbildung der Erdoberfläche. So startete in der Renaissance die Kartografie mit der

Wiederentdeckung der in der Antike entstandenen **Geografie** des Ptolemäus. Weil diese Wissenschaft beispielhafte Wege wies, um Neues über die Welt zu lernen, beschäftigten sich viele fortschrittliche Gelehrte mit ihr.

Auch in der **Medizin** ging es nun voran, vor allem nach der Veröffentlichung der Erstübersetzungen der Hippokrates zugeschriebenen Werke und dem Bekanntwerden der anatomischen Schriften des antiken römischen Arztes Galen. Folgenreich waren auch die während der Renaissance herausgegebenen antiken Schriften über Tiere und Pflanzen, u. a. von Aristoteles und Theophrastus. Sie führten zu einer Bestandsaufnahme der heimischen Tier- und Pflanzenwelt. Das wissenschaftlich fundierteste botanische Werk der Renaissance war das *New Kreuterbuch* (1543) von Leonhart Fuchs. Das vergleichbare zoologische Gegenstück, die vierbändige *Historia animalum* (1551–1558), verfasste der Schweizer Universalgelehrte Konrad Gesner. Er begründete die beschreibende Zoologie.

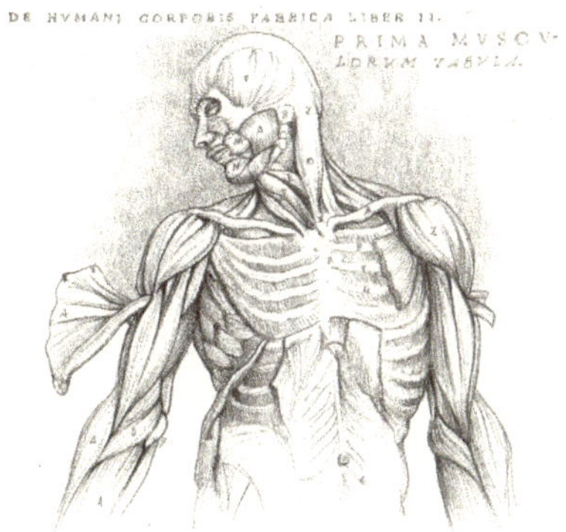

Anatomie von Andreas Versal

Im 16. Jahrhundert wurden einige der wichtigsten Abhandlungen der griechischen Mathematik übersetzt. Darauf aufbauend, wurde die Lösung mathematischer Gleichungen dritten Grades gefunden. Weit über die Vorgaben der Antike gingen die Erkenntnisse der Astronomen, allen voran Nikolaus Kopernikus, hinaus.

Welche Fortschritte gab es in der Medizin?
1534 veröffentlichte der niederländische Militärarzt Andreas Versal (1514–1564) sein Werk Über den Bau des menschlichen Körpers. *Das erste moderne Nachschlagwerk zur menschlichen Anatomie konnte u. a. auch entstehen, weil die Ärzte und Chirurgen immer mehr neuartige Verwundungen durch Feuerwaffen behandeln mussten und so den menschlichen Körper immer besser kennen lernten. Es gelangen wichtige Entdeckungen auf dem Gebiet der Anatomie. Zum Beispiel beschrieb 1559 Realdo Colombo (1520–1560) den Lungenkreislauf des Blutes vom Herz durch die Lungen.*

BEMERKENSWERTES

Erstaunliche Entdeckung

Da Leichen für Sektionen früher nur sehr schwer zu beschaffen waren, holte sich der Niederländer Andreas Versal Tote vom Galgen oder von den Schlachtfeldern. Bei seinen Untersuchungen machte er eine erstaunliche Entdeckung: Der römische Arzt Galen, anhand dessen anatomischen Werken die angehenden Mediziner im 16. Jahrhundert studierten, konnte kaum die Körper von Menschen seziert haben – vielmehr hatte er vermutlich jene von Affen und anderen Säugetieren untersucht.

Das mittelalterliche Weltbild fällt

Was waren Kopernikus' Grundprinzipien?
»Alle Himmelskörper oder Sphären haben nicht einen gemeinsamen Mittelpunkt. Der Erdmittelpunkt ist nicht der Mittelpunkt der Welt, sondern nur der Schwere und der Mondbahn. Alle Bahnen umgeben die Sonne, als stünde sie in der Mitte, und daher liegt die Weltmitte nahe der Sonne ... Alles, was an Bewegung am Fixsternhimmel sichtbar wird, ist nicht von sich aus so, sondern von der Erde aus gesehen. Die Erde also dreht sich mit den ihr anliegenden Elementen in täglicher Bewegung einmal ganz um ihre unveränderlichen Pole. Dabei bleibt der Fixsternhimmel unbeweglich als äußerster Himmel.«

Zum Sinnbild der Zeitwende, der Überwindung des Mittelalters, wurde die von Nikolaus Kopernikus (1473–1543) ausgelöste Revolution der Astronomie. Obwohl es bereits bei den griechischen Naturphilosophen Weltmodelle gab, die die Sonne im Zentrum des Kosmos sahen, gilt der polnische Astronom als Begründer des heliozentrischen Weltbildes. Dennoch werten ihn die meisten Wissenschaftler als den letzten der alten und nicht den ersten der modernen Astronomen; der zögerliche Kopernikus stellte das von ihm propagierte Weltbild als reinen mathematischen Hilfsgriff dar.

Die **Grundprinzipien** seiner Ansichten eines heliozentrischen Weltbildes, in dem die Planeten auf kreisförmigen Bahnen um die Sonne ziehen, legte Kopernikus in der 1514 veröffentlichten Schrift »Commentariolus« in Form von sieben »Axiomen« (als wahr angenommene Grundsätze) nieder. Sein Hauptwerk *De revolutionibus orbium coelestium* (etwa: *Über die Umschwünge der himmlischen Kreise)* erschien 1543, kurz vor seinem Tod. Kopernikus wusste, dass sich seine Theorie, die Erde kreise um die Sonne, mit den Mitteln seiner Zeit nicht beweisen ließ. Vor allem deshalb schob er die Drucklegung des *De revolutionibus* so lange hinaus.

Der spätere Kampf um die Anerkennung der heliozentrischen Astronomie war lang und schwer. Er musste nicht nur gegen berechtigte wissenschaftliche Einwände, sondern auch gegen Vorurteile und christliche Dogmen sowie die Inquisition, das gefürchtete Kirchengericht, geführt werden. Der italienische Naturphilosoph Giordano Bruno (1548–1600) bezahlte seine Überzeugung wie viele andere mit dem Tod auf dem Scheiterhaufen.

Die astronomische Revolution, die Kopernikus leise und zögernd ausgelöst hatte, wurde von dem dänischen Astronomen Tycho Brahe (1546–1601) tatkräftig fortgeführt. Der begüterte Adelige war schon frühzeitig zu der Überzeugung gelangt, dass die Vervollkommnung der Astronomie vor allem von der sorgfältigen und geduldigen Beobachtung des Firmaments abhänge. Brahe stattete seine beiden Sternwarten auf der Insel Hven mit verbesserten oder neu erfundenen Präzisionsinstrumenten aus. Mit ihrer Hilfe erzielte er die exaktesten Beobachtungsresultate, die jemals mit bloßem Auge erreicht worden waren. Darin besteht sein historisches Verdienst. Der Astronom allerdings sah in der Aufstellung eines neuartigen theoretischen **Weltbildes,** bei dem wieder die Erde im Mittelpunkt stand, seine Hauptleistung.

Entscheidendes zur Formung des modernen wissenschaftlichen Weltbildes trug ein Schüler Brahes bei, der deutsche Astronom Johannes Kepler (1571–1630). Dabei hatte ihn sein Lehrer noch auf dem Totenbett beschworen sich für die endgültige Anerkennung des tychonischen Weltbildes einzusetzen. Es waren aber ausgerechnet Brahes präzise Beobachtungsdaten, die Kepler veranlassten jede Form geozentrischer Weltmodelle endgültig zu verwerfen. Kepler analysierte die ihm von Brahe übermittelten ausgezeichneten Beobachtungsdaten zur Bewegung des Planeten Mars und kam zu einem Durchbruch. Nachdem der Astronom vergebens versucht hatte, diese Daten mit der jahrhundertealten Vorstellung der kreisförmigen Planetenbahn in Übereinstimmung zu bringen, erkannte er: Die Planeten bewegen sich nicht auf Kreisbahnen, sondern auf Ellipsen, in deren einem Brennpunkt die Sonne steht. Auch die Erde kreiste nach Keplers Vorstellungen mit den anderen Planeten um die Sonne. Kepler beschrieb die Planetenbewegung später in den so genannten **keplerschen Gesetzen.** Die ersten beiden dieser Gesetze wurden 1609 in seiner »Neuen Astronomie« definiert, das dritte erschien 1619 in seinem Werk *Weltharmonien.*

Johannes Kepler

BEMERKENSWERTES

Astronom und Astrologe

Johannes Kepler hegte schon frühzeitig eine leidenschaftliche Begeisterung für Astrologie und Zahlenmystik. Sein ganzes Leben hindurch beschäftigte er sich nicht nur mit Horoskopen und astrologischen Prognosen, sondern schrieb auch Kalender, vor allem Bauernalmanache. Ihnen verdankte er ein regelmäßiges Einkommen.

Wie sah Brahes Weltbild aus?

Das 1588 von Tycho Brahe vorgestellte System stand vermittelnd zwischen geozentrischem und heliozentrischem Weltbild. Einerseits blieb bei Brahe die Erde unbeweglich im Mittelpunkt des Universums und die Sonne umkreiste die Erde. Andererseits rückte er die Sonne in den Mittelpunkt aller anderen Planetenbahnen. Brahes System war das Ergebnis solider Wissenschaft. Es löste eine ganze Reihe schwieriger Probleme der damaligen Astronomie.

Was besagen die keplerschen Gesetze?

Das erste Gesetz der Planetenbewegung beschreibt die Form der Planetenbahnen – Ellipsen. Im zweiten Gesetz geht es um die Umlaufgeschwindigkeit der Planeten, die in Sonnennähe größer ist als in Sonnenferne. Das dritte beschreibt die Beziehungen zwischen den Bahnellipsen und den Umlaufzeiten. Die keplerschen Gesetze sind von grundlegender Bedeutung für die Astronomie.

Die Anfänge der modernen Naturwissenschaften

Was sollte das Sammelwerk enthalten?
Der erste Teil des Werkes stellt eine allgemeine Einführung dar und der zweite besteht aus einer Analyse der wissenschaftlichen Methode. Nur wenig mehr als diese beiden Teile sind erschienen. Der dritte Teil war als Enzyklopädie handwerklicher Lehren und experimenteller Tatsachen geplant, der vierte sollte sich mit den Anwendungen der neuen Methode befassen. In Teil fünf und sechs schließlich wollte sich Bacon mit älteren und zeitgenössischen wissenschaftlichen Theorien sowie mit der neuen Naturphilosophie selbst befassen.

Als Pionier des wissenschaftlichen Denkens und Wegbereiter der modernen Naturwissenschaften gilt der Engländer Francis Bacon (1561–1626). Seine Bedeutung beruht auf seiner Ansicht, dass nur unverfälschte Erfahrung die einzig sichere Quelle des Wissens sei. Damit löste er die Spekulation durch die *Empirie* (griech. *empeirikos* = »erfahren, kundig«) ab. Bacon war der Erste, der eine induktive Methode (lateinisch *inductio* = das Hineinführen) formulierte: Der Wissenschaftler sollte aus Experimenten allgemeine Schlussfolgerungen ziehen. Die Kombination von Erfahrung und Verstand sollte die grundlegende Vorgehensweise der Naturwissenschaften und eine Möglichkeit sein, die Natur zu beherrschen (»Wissen ist Macht«). Das umfangreiche Sammeln von Tatsachen war das grundsätzliche Erfordernis seiner Methode: Bacon glaubte, dass die Technik, aus einer Sammlung von Tatsachen Schlüsse zu ziehen, auch auf die Schlüsse selbst wieder angewandt werden könnte, um zu Gesetzen von größerer Allgemeinheit zu kommen.
Bacons Hauptwerk mit dem bezeichnenden Titel *Instauratio magna scientiarum* (»Die große Erneuerung der Wissenschaften«) war ein auf sechs Bände geplantes **Sammelwerk.** Obwohl nie vollendet, markiert es den endgültigen Bruch mit den überkommenen Auffassungen und die Hinwendung zur modernen Naturwissenschaft.
Bacon war der Ansicht, dass die Vereinigung der theoretischen Interpretation mit der praktischen Beherrschung der Natur »eine rasche Folge von **Erfindungen** hervorbringen« würde, »die in einem gewissen Grade die Not und das Elend der Menschen bewältigen und bezwingen könnten«. Nach seiner Auffassung waren etwa einhundertdreißig Gegenstände und Vorgänge es wert, erforscht zu werden. Er ersuchte Jakob I. von England, dessen Lordkanzler er war, anzuordnen über diese In-

Francis Bacon

formationen zu sammeln – allerdings erfolglos. Dem Gelehrten schwebten in seinen Vorstellungen von wissenschaftlichem Tun verschiedene »Kasten« von Arbeitern vor. Unter ihnen sollte es auch eine Gruppe geben, die ausschließlich die Aufgabe hatte, nach dem praktischen Anwendungsnutzen zu suchen.

In der von Bacon begründeten Tradition entwickelte sich eine Gruppe von Naturwissenschaften, die so genannten baconschen Naturwissenschaften. Zu ihnen gehörten in erster Linie das systematische Studium der Elektrizität, des Magnetismus und der Wärme. Diese Wissensgruppen hatten im engeren Sinne keine antiken Wurzeln, sondern entstanden als Gebiete empirischer Untersuchung und waren daher stark experimentell ausgerichtet. Sie erforderten auch in höherem Maß den Einsatz wissenschaftlicher Instrumente.

Die Vorstellung einer »berechenbaren« und mechanisch funktionierenden Welt prägte die Entwicklung der modernen Naturwissenschaften für die nächsten Jahrhunderte. Ihr besonderer Verfechter wurde der französische Philosoph René Descartes (1596–1650). Der Schöpfer der analytischen Geometrie ging davon aus, dass die Natur und die Lebewesen einschließlich des Menschen mechanisch wie ein Uhrwerk oder eine Maschine funktionieren und nach Belieben in Gang gehalten werden können. Descartes entwarf eine wissenschaftliche Weltanschauung, die auf Mathematik begründet war. Sein Ziel formulierte er so: »Wenn wir die Kraft und die Wirkung des Feuers, der Luft, der Gestirne, der Himmel und aller anderen Körper, die uns umgeben, verstehen, so können wir diese Naturkräfte für alle Zwecke benutzen. So können wir Menschen uns zu Herren und Besitzern der Natur machen.«

Von welchen Erfindungen war Bacon besonders beeindruckt?

Zu jenen Erfindungen, für welche sich die Mühen systematischer Forschung lohnten, gehörten für Bacon das Schießpulver, der Kompass, die Seidengewinnung und die Druckerpresse. Diese Dinge beruhten alle auf neuen Grundgedanken: Die Feuerwaffen beispielsweise stellten keine Verbesserung des alten Katapults dar und das Drucken war kein Mittel, um schnell zu schreiben. Beiden Erfindungen lagen ganz andere Gedanken als die im Handwerk vormals geltenden Vorstellungen zu Grunde.

BEMERKENSWERTES

In die Zukunft geblickt

Francis Bacon betätigte sich auch schriftstellerisch. In seinem unvollendet gebliebenen Werk *Nova Atlantis* beschreibt er einen Zukunftsstaat, der von wissenschaftlich orientierten Menschen beherrscht wird. In seinem Buch geht Bacon weit über die wissenschaftlichen Vorstellungen seiner Zeit hinaus. Den Menschen von Nova Atlantis ist es nämlich möglich, ansteckende Krankheiten, Unwetter, Erdbeben, Überschwemmungen und anderes vorherzusagen, bevor sie eintreten.

17. Jahrhundert

Das 17. Jahrhundert

Der in der Zeit der Reformation angelegte religiöse und politische Sprengstoff explodierte im Dreißigjährigen Krieg (1618–1648), der wohl größten Katastrophe Europas vor den Weltkriegen des 20. Jahrhunderts! Entvölkerung und Verwüstung weiter Landstriche waren die Folge dieser Mischung aus Religionskrieg und Machtpolitik. Die vom habsburgischen Kaiser unterstützte katholische Seite sah sich nicht nur protestantischen Herrschern wie den deutschen Fürsten und dem im Ostseeraum expandierenden Schwedenkönig gegenüber. Auch das katholische Frankreich sah eine Gelegenheit zur Schwächung der Habsburger.
Entsprechend fielen die Bedingungen des Westfälischen Friedens aus, der als gesamteuropäische Friedensordnung den Krieg beendete: Frankreich gelang es, die Umklammerung durch Habsburg zu sprengen; es erhielt das Elsass. Die Schweizer Eidgenossenschaft und die Niederlande lösten sich vom Reich. Schweden erhielt nordostdeutsche Gebiete. Von den deutschen Fürsten wurde vor allem der Kurfürst von Brandenburg durch den Zugewinn Preußens gestärkt. Das war der Beginn des Aufstiegs der preußischen Macht in Deutschland. Der habsburgische Kaiser war von nun an in der Defensive, auch auf dem Balkan. Dort drangen die Türken bis vor Wien vor, nicht zuletzt mit Unterstützung Frankreichs. Nur das Bündnis mit Russland und Polen rettete Wien. Im Osten hatte sich das Großfürstentum Moskau im 15./16. Jahrhundert bis zum Pazifischen Ozean und im Westen bis an die Grenzen Litauens und Polens ausgedehnt. Im 17. Jahrhundert erhob der russische Zar den Anspruch, dass Moskau als drittes Rom und Schutzmacht der orthodoxen Kirche die Nachfolge Konstantinopels und des Byzantinischen Reiches angetreten habe. Währenddessen wurden die Grundlagen für die Entstehung einer weiteren Großmacht gelegt: Nordamerika wurde von englischen Puritanern im Osten, Spaniern im Süden und Franzosen am Mississippi sowie im kanadischen Quebec besiedelt.
Frankreichs Stärke und Expansionskraft erklären sich daraus, dass dort dem König die Entmachtung der Stände, vor allem des Adels und der Kirche, gelang. Es setzte sich die Auffassung durch, der König stehe über dem Gesetz, sei von diesem losgelöst (absolutus). Es gelang ihm, die Religionsstreitigkeiten, den Bürgerkrieg und die adeligen Fehden zu beenden und das Gewaltmonopol des Staates durchzusetzen. Die absolutistische Herrschaftsform brachte alle Lebensbereiche unter Kontrolle und stützte sich auf eine Beamtenschaft, ein stehendes Söldnerheer und eine regelmäßige Steuereinziehung.
Die glanzvollste Gestalt des absolutistischen Zeitalters war Ludwig XIV., der mit dem Schloss von Versailles auch das architektonische Vorbild für die prunkvollen fürstlichen Repräsentationsbauten des Barock errichten ließ. Architektur und Kunst des Barock dienten einerseits der Machtdemonstration und Verherrlichung der Fürsten und der Kirche. Sie waren andererseits Ausdruck einer dramatischen Lebenserfahrung, welche die Leiden des Dreißigjährigen Krieges und das Nachholbedürfnis an überschäumender Lebensfreude in der zweiten Hälfte des Jahrhunderts miteinander verband. Auch der Barock orientierte sich an antiken Formen, aber was uns heute an ihm überladen erscheint, sind die üppige Verzierung der Bauwerke, die kräftigen, leuchtenden Farben der Malerei sowie die drallen Körper und dramatischen, theatralischen

Gesten der Figuren. Vor allem italienische, niederländische und spanische Maler schufen großformatige Gemälde mit Darstellungen aus Mythos und Geschichte, ferner Porträts, Landschaftsbilder und Szenen aus dem Alltagsleben aller Bevölkerungsgruppen. Kunstwerke wurden zur Handelsware und die Auftraggeber waren oft Mäzene und Kunstsammler zugleich. Es entstanden Auktionshäuser und Kunstausstellungen wurden veranstaltet.

In ganz ähnlicher Weise wurde die Musik in den Dienst der Fürstenhäuser gestellt, als Huldigung an die Auftraggeber und deren Macht. Sie sollte, vor allem in Gestalt der Oper, mitreißen, erschüttern, Leidenschaft hervorrufen. Dazu trugen der Sologesang mit instrumentaler Begleitung und neue Instrumente mit größerem Tonumfang bei. Auch das durchorganisierte Hofzeremoniell, insbesondere der Gesellschaftstanz, wurde musikalisch begleitet. Solokonzert, Concerto grosso, Kantate und Oratorium waren weitere neue Musikgattungen, die zum Teil auch in der Kirchenmusik entwickelt und von Johann Sebastian Bach endgültig ausgeprägt wurden.

Revolutionäre Erkenntnisse in Mechanik, Mathematik, Astronomie sowie bemerkenswerte neue Ergebnisse auf den Gebieten der Physik, Chemie, Biologie und Geowissenschaften führten die Naturwissenschaften endgültig über das Niveau der Antike hinaus. Galileo Galilei festigte nicht nur das – freilich falsche – Weltbild mit der Sonne als Mittelpunkt des Universums. Er entdeckte auch die Gesetze des freien Falls. Isaac Newton entwickelte die Differential- und Integralrechnung, entdeckte die Zusammensetzung des Lichtes und die universelle Schwerkraft. Die Wirtschaftskraft Englands trieb dort die Forschung voran, die sich nun auch neue Organisationsformen in Gestalt von Akademien gab und in naturwissenschaftlichen Zeitschriften ihre Ergebnisse veröffentlichte.

Die britische Bevorzugung von Erfahrung, Praxis und Experiment gegenüber Theorie rief neue Vorstellungen von der Erkenntnisfähigkeit des Menschen und der Entstehung menschlicher Gesellschaften hervor (Hobbes, Locke, Hume). Nicht von Gott dem menschlichen Geist eingepflanzte Ideen, sondern der Kontakt mit der Wirklichkeit lasse im Menschen die Vorstellung von den Dingen der Welt entstehen. Notwendigkeiten des Lebens seien es ferner, welche die Menschen veranlassten, sich in freier Übereinkunft zusammenzuschließen. Aufgabe des Staates sei in erster Linie die Sicherung der Eigentums- und Freiheitsrechte. Diese liberalen Ideen waren gefährlich für den absolutistischen Staat, denn die Vorstellung von Menschenrechten konnte sich gegen den Zugriff der Obrigkeit richten. Die gleichzeitige spanische Barockscholastik verankerte zudem die Menschenrechte in einem für alle Menschen geltenden Naturrecht und gestand das Recht auf Widerstand gegen dessen Verletzung zu. Sie betonte ferner die Verpflichtung der Staaten, den Frieden zu wahren und nur gerechte Kriege zu führen.

Um 1600 hatte das Rittertum militärisch und ethisch ausgedient. In Spanien war Cervantes' Roman über den gegen Windmühlen kämpfenden Ritter Don Quijote eine satirische Abrechnung mit den viel gelesenen Ritterromanen und warf die Frage nach dem Sinn des Lebens auf. In Frankreich zeichneten Molières Komödien ein kritisches Gesellschaftsbild. Gleichzeitig wirkte in England einer der besten Dramatiker aller Zeiten: William Shakespeare. In seinen Tragödien und Komödien schuf er unvergessliche Gestalten des Welttheaters. In Deutschland brachte der 30-jährige Krieg mit Grimmelshausens Simplicissimus und Mutter Courage ein ebenso erschütterndes wie unterhaltsames Zeitgemälde hervor.

Inquisition und Hexenverfolgungen

Was sind eigentlich Hexen?
In vielen Kulturen glaubt man, dass es Menschen gibt, die über besondere Fähigkeiten verfügen, weil sie mit himmlischen oder teuflischen Mächten im Bunde stehen. Diese Hexen und Zauberer können angeblich mithilfe der Magie Tiere oder Menschen krank werden lassen. Auch die Fähigkeit des Liebeszaubers wird ihnen nachgesagt. Häufig nimmt man an, sie könnten durch die Luft fliegen.

Was stand im Hexenhammer?
In diesem Buch des Kölner Dominikanermönchs Heinrich Institoris wurden sämtliche traditionellen Lehren über Hexerei und die Arten, Hexen zu erkennen, zusammengestellt. Aus heutiger Sicht ist der Inhalt des Hexenhammers vielfach völlig absurd. Das sah übrigens auch die spanische Inquisition so, die den Hexenhammer nicht benutzte. Das Buch ist vielleicht eines der schlimmsten, die je geschrieben wurden. Seine Folgen waren für viele Menschen furchtbar.

Die großen Hexenverfolgungen waren weder eine Angelegenheit des Mittelalters noch allein der katholischen Kirche. Vielmehr handelte es sich um vier Wellen, die während der frühen Neuzeit, im 16. und 17. Jahrhundert über ganz Mitteleuropa hinwegrollten. Auch waren dort Katholiken und Protestanten vom Hexenwahn gleichermaßen betroffen. In Südeuropa (Italien, Spanien und Portugal) gab es ebenso wenig Hexenverfolgungen wie in Skandinavien. Die meisten Menschen mussten in Deutschland und der Schweiz sterben. Warum es zu diesen schrecklichen Ereignissen kam, in deren Verlauf rund 50.000 Menschen, meist Frauen, bei lebendigem Leib verbrannt wurden, ist bis heute nicht wirklich geklärt. Schon in der Antike und im Mittelalter hatte man an **Hexen** geglaubt und sie zum Tode verurteilt. Aber sie waren nie in dieser Weise grausam verfolgt worden. Erst in der Krisenzeit der Frühneuzeit kam es zum Massenmord. Es gibt viele Erklärungsversuche, aber keiner überzeugt wirklich. Klar ist, dass die Kirchen einen wichtigen Anteil an der Schuld für die Hexenverfolgungen trugen. 1484 hatte Papst Innozenz VIII. die bisherigen Lehren über Teufel und Dämonen zusammengefasst und dazu aufgerufen, gegen die Hexerei vorzugehen. 1487 war dann der berüchtigte **Hexenhammer** des Kölner Inquisitoren Heinrich Institoris erschienen. Aber auch Protestanten verfolgten Hexen, ohne an diese Texte gebunden zu sein. Und es war besonders der Fürstenstaat , der sich im 16. und 17. Jahrhundert der Hexenverfolgung annahm, während die kirchlichen Behörden, vor allem die Inquisition im Kirchenstaat und in Spanien, an der mittelalterlichen Lehre festhielten, dass Hexerei auf bloßer Einbildung beruhte.

Der Fürstenstaat der Neuzeit entwickelte eine Bürokratie, die ausschließlich den Interessen des regierenden Fürsten unterstellt war. Vor allem der neue Juristenstand dieser Bürokratie war maßgeblich an der Hexenverfolgung beteiligt. Besonders gut zeigt sich dies bei den abgelegenen Kantonen der Schweiz: Kaum etablierten sich dort die fürstlichen Juristen, begann die Verfolgung und Tötung der Hexen.

Deshalb glauben heute viele Historiker, dass in der Entstehung des fürstlichen Territorialstaates in Mitteleuropa nach Gründen für den Hexenwahn gesucht werden muss, die nicht nur mit Religion zu tun hatten. Aber wie genau sie aussahen, ist unklar.

Klar ist aber, dass es nicht in erster Linie die Inquisition war, die Hexen verfolgte, sondern der Staat. Die Inquisition diente anderen Zwecken, war aber kaum weniger grausam als die Hexenverfolger. Seit dem Mittelalter hatten Bischöfe und Päpste die Inquisition eingeführt, um den katholischen Glauben von Irrtümern freizuhalten. Meist waren es Dominikaner, die als Inquisitoren tätig wurden. Diejenigen, die von der Kirchenlehre abwichen, die **Ketzer,** wurden zu unterschiedlichen Strafen (Klosterhaft, Tragen besonderer Kleidung, Pilgerfahrten) verurteilt. Wer dennoch hartnäckig an nichtkatholischen Lehren festhielt, konnte verbrannt werden. Man schätzt heute, dass etwa zwei Prozent der Angeklagten getötet wurden. 1542 führte Papst Paul III. (1534–1549) dann die römische Inquisition ein, die in Italien vor allem Protestanten verfolgte. In Spanien und Portugal gab es ebenfalls eigene Inquisitionsbehörden, in denen Priester und staatliche Beamte gemeinsam arbeiteten. Sie verfolgten besonders ehemalige Mohammedaner und Juden, die zum Katholizismus konvertiert waren und an deren Glauben man zweifelte, aber auch Theologen mit abweichenden Meinungen. Selbst spätere Heilige, wie Theresa von Avila oder Ignatius von Loyola, wurden von der Inquisition verfolgt.

Was ist ein Ketzer?
Ein Ketzer ist jemand, der zentrale Lehren der katholischen Kirche hartnäckig und trotz wiederholter Mahnung leugnet. Aus der Sicht der frühneuzeitlichen Kirche waren besonders die Protestanten Ketzer, aber auch Juden und Mohammedaner, die nur zum Schein Katholiken geworden waren. Zeitweilig galten auch Hexen und Zauberer als Ketzer. Heute wird das Wort, das einen sehr abwertenden Beigeschmack hat, in der kirchlichen Sprache nicht mehr benutzt.

BEMERKENSWERTES

Das Ende der Hexenverfolgung

Ab 1700, mit dem Beginn der Aufklärung, endeten der Hexenwahn und die Zeit der größten Machtausdehnung der Inquisition. Schon vorher hatten katholische und protestantische Geistliche, darunter der Jesuit Friedrich Spee, die Hexenverfolgungen scharf kritisiert. Nun aber wurden Staat und Religion zunehmend getrennt. 1784 wurde in der Schweiz die letzte Hexe verbrannt, 1834 wurde die spanische Inquisition abgeschafft. Die römische Inquisition wurde 1908 in das Heilige Officium und 1967 in die Heilige Kongregation für Glaubensfragen umgewandelt. Zu Beginn des 21. Jahrhunderts hat sich Papst Johannes Paul II. (Pontifex von 1978–2005) für die schlimmsten Auswüchse der Inquisition entschuldigt.

Der Dreißigjährige Krieg als Urkatastrophe Europas

Was war die Liga?
Das war ein Bund katholischer Fürsten im Gebiet des Heiligen Römischen Reiches. Er war 1609 unter Führung Bayerns gegründet worden, um das weitere Erstarken des Protestantismus in Deutschland zu verhindern.

Was war die Union?
Die Union war ein Schutzbündnis von protestantischen Fürsten unter der Führung der Kurpfalz. Die Union war 1608 gegründet worden, weil die protestantischen Fürsten von der Politik der Bayern und Habsburger befürchteten, sie werde zu einer Rekatholisierung des Reiches führen.

Am Ende des jahrzehntelangen Schlachtens wusste eigentlich kaum noch jemand, worum es am Anfang gegangen war. Die Menschen waren einfach erschöpft und völlig verzweifelt. Söldner streiften wie herrenlose Hunde durch das Land, um zu plündern und zu morden. In den deutschen Landen des Heiligen Römischen Reiches herrschten überall Armut, Not und Zerstörung. Ganze Landstriche waren verheert, Städte und Dörfer in Schutt und Asche gelegt. Es gab Gebiete, in denen zwei Drittel der Bevölkerung durch den Krieg, die Seuchen und die Hexenverfolgungen umgekommen waren. Die Menschen hatten Angst, der Tod war allgegenwärtig. Niemand wusste mehr so recht, wie Friede aussah.

Tatsächlich war es mehr als ein Krieg, der da seit 1618 tobte. In Deutschland kämpften Katholiken gegen Protestanten, aber auch viele Fürsten gegen die Macht der Habsburger. Selbstverständlich hatte sich Spanien, immer noch die stärkste Militärmacht Europas, auf Seiten der katholischen **Liga** eingemischt. Dies wiederum hatte Frankreich und Schweden auf den Plan gerufen. Das katholische Frankreich verbündete sich mit dem protestantischen Schweden, um Spanien und die Habsburger in die Knie zu zwingen. Gustav II. Adolf, der König von Schweden, wollte einerseits den deutschen Protestanten beistehen, anderseits aber Schweden zur wichtigsten Macht an der Ostsee werden lassen. Den Franzosen ging es darum, der Falle zu entkommen, in der sie saßen. Im Norden, Osten und Süden waren sie von den Habsburgern eingekeilt. Um diese Situation zu verbessern, war man in Paris sogar bereit mit Protestanten und türkischen Mohammedanern zusammenzuarbeiten. Hauptsache, Habsburgs Macht war gebrochen.

Dabei hatte alles wie eine Posse angefangen. In Prag hatten verärgerte Protestanten zwei katholische Räte aus dem Fenster geworfen. Die Männer hatten diesen »Prager Fenstersturz« glücklicherweise überlebt. Dennoch war dieser Akt ein Signal gewesen. Der böhmische protestantische Adel wollte mehr Rechte im katholischen Reich der Habsburger, zumal der neue Kaiser Ferdinand II. als äußerst streng gläubig galt. Viele Böhmen wollten einen eigenen König. Die Calvinisten erklärten, das böhmische Volk sei sein eigener Herr und wählten den Führer der protestantischen **Union**, den Kurfürsten Friedrich V. von der Pfalz, zu ihrem Monarchen. Kaiser Ferdinand und sein engster Verbündeter, das Haupt der Liga, Maximilian von Bayern, sahen ihre Chance gekommen, das Reich unter einem Kaiser und mit einem Glauben zu einigen. In einem raschen Feldzug besiegten sie Friedrich, der daraufhin den Spitznamen »der Winterkönig« erhielt. Zur Belohnung erhielt Bayern die Pfalz und der bayerische Herzog die Kurwürde. Aber Ferdinand und Maximilian wollten mehr. Das kaiserliche Heer rückte gegen die protestantischen Staaten vor. 1629 schien es für einen Moment so, als sei der deutsche Protestantismus ernsthaft in Gefahr. Sogar die dänischen Hilfstruppen der Union waren besiegt. Die Katholiken erhielten verschiedene Gebiete zurück, die in den letzten Jahrzehnten protestantisch geworden waren. Doch dann begann die Gegenoffensive der schwedischen Truppen unter König **Gustav II. Adolf,** der seitdem als Retter des deutschen Protestantismus gefeiert wird. Nach Gustav Adolfs Tod 1632 schleppte sich der Krieg bis 1648 hin, obwohl bereits seit 1644 in Münster und Osnabrück verhandelt wurde. Diese letzten Jahre des Dreißigjährigen Krieges waren für die Bevölkerung die schlimmste Zeit.

Gustav II. Adolf von Schweden

Wer war Gustav II. Adolf (1594–1632)?

Gustav Adolf war einer der wichtigsten und bedeutendsten Könige Schwedens. 1632 gelang es ihm mit seinen Truppen, die Heere des Kaisers und der Liga binnen kurzer Zeit bis nach Süddeutschland zurückzuwerfen. Die Tochter des Monarchen, Königin Christine von Schweden (1626–1689) trat jedoch zum Katholizismus über.

BEMERKENSWERTES

Der Schwedentrunk

Während des Dreißigjährigen Krieges folterten schwedische Soldaten Angehörige eroberter Städte oder Bauern, indem sie ihnen gewaltsam Jauche zu trinken gaben. In vielen deutschen Städten wird noch heute an diese Vorgänge erinnert, wie überhaupt der Dreißigjährige Krieg sehr lange in Erzählungen, Romanen und Theaterstücken sowie Volksliedern fortlebte. Erst im 20. Jahrhundert geriet er infolge des Ersten und Zweiten Weltkriegs in Vergessenheit.

Der Westfälische Frieden

***Was verstand man unter* Corpus Evangelicorum *und* Corpus Catholicorum?**
Es handelte sich um zwei Einrichtungen des Heiligen Römischen Reiches. In ihnen waren jeweils nur die evangelischen oder katholischen Reichsfürsten versammelt, um über Fragen ihrer Konfession zu diskutieren. Besonders wichtig wurden diese Gremien, wenn ein Reichsfürst die Religion wechselte oder andere Streitfragen zwischen den Konfessionen auftauchten.

Es waren schwierige, ja zähe Verhandlungen, welche die europäischen Diplomaten in den beiden westfälischen Städten Münster und Osnabrück seit 1644 zu führen hatten. Der Dreißigjährige Krieg hatte ein ganzes Bündel an ungelösten Problemen hinterlassen. Auf dem Schlachtfeld war keine Entscheidung gefallen. Alle beteiligten Seiten waren müde und erschöpft. Nun zeichnete sich am Horizont ein erster Hoffnungsstreifen ab. Zuerst einmal musste jedoch verhandelt werden. In Münster trafen sich die Vertreter des Kaisers Ferdinand III. mit den Franzosen, in Osnabrück mit den Schweden. Nach vier endlos langen Jahren kam man dann zu einer tragfähigen Lösung. Das gewaltige Friedenswerk, das bald den Namen »Westfälischer Frieden« erhielt, wurde zu einer Art Grundgesetz des Heiligen Römischen Reiches. Bis 1806, dem Jahr, in dem das Reich erlosch, ordnete der Vertrag den Umgang der Fürsten des Reiches untereinander und mit auswärtigen Mächten. Gewiss, man führte weiterhin Krieg. Dennoch entstand nie wieder ein so tragischer und langwieriger Konflikt wie der Dreißigjährige Krieg. Vor allem konnten die Streitigkeiten zwischen Katholiken und Protestanten in Deutschland entschärft werden.

Der Westfälische Frieden war eine gesamteuropäische Friedensordnung, als deren Garantie- und Schutzmächte Frankreich und Schweden eingesetzt wurden. Schweden durfte Vorpommern, die Odermündung mit Stettin und die Mündungen von Elbe und Weser in Besitz nehmen. Damit wurde der schwedische König – genau so wie der König von Dänemark – Fürst des Reiches. Frankreich erhielt das Elsass von den Habsburgern. Auf diese Weise wurde ein Konflikt begründet, der im 19. und 20. Jahrhundert noch einiges Blutvergießen nach sich ziehen sollte. Immerhin waren die Franzosen zufrieden, den Habsburger Ring, der sich um ihr Land gelegt hatte, gesprengt zu haben. Zwei andere Staaten entstanden offiziell überhaupt erst dank des Vertrags. Zum einen wurde die Schweiz selbstständig. Die europäischen Mächte erkannten die Unabhängigkeit der Eidgenossenschaft vom Reich an. Zum anderen wurden die Generalstaaten der Vereinigten Niederlande aus dem Reichsverband entlassen.

Fast noch wichtiger waren die Regelungen, die für die konfessionellen Konflikte im Reich getroffen wurden. Da beide Seiten, Katholiken wie Protestanten, in der ständigen Furcht lebten, vom jeweiligen Gegner überstimmt zu werden, einigte man sich darauf, religiöse Fragen in zwei getrennten Gremien, dem ***Corpus Evangelicorum*** und dem ***Corpus Catholicorum,*** zu behandeln. Nur wenn beide Seiten sich einig waren, durfte ein verbindlicher Beschluss gefasst werden. Ansonsten galt das Jahr 1624 als **Normaljahr.** Auch innerhalb des Reiches wurden der Kaiser und das Haus Habsburg geschwächt. Brandenburg etwa, einst »des Heiligen Römischen Reiches Streusandbüchse« genannt, erhielt weitere Territorien im Norden. Damit begann der Aufstieg des künftigen preußischen Staates. Gleichzeitig wurde den Reichsfürsten das Recht eingeräumt, mit auswärtigen Mächten Verträge abzuschließen. Praktisch bedeutete dies, dass sie vom Kaiser weitgehend unabhängig wurden. Sie durften eigene Verträge abschließen und eigenständig Kriege führen. Für die Zukunft hieß dies, dass die Staaten und nicht das Reich zu Trägern der Eigenständigkeit wurden. Das Reich verlor an Einfluss. Dennoch stimmte der Habsburger Kaiser zu. Eine Fortdauer des Krieges wäre noch unendlich schlimmer gewesen. Allein Papst Innozenz X. protestierte heftig. Er sah die Interessen der katholischen Kirche in Gefahr. Doch die Macht der Päpste war kleiner geworden. Der Friede wurde am Ende durchgesetzt.

Was bezeichnete das Normaljahr?

Als Normaljahr des Westfälischen Friedensvertrags galt das Jahr 1624. Die Gebiete, die damals katholisch oder protestantisch waren, blieben es auch. Selbst wenn ein Fürst danach seine Religion wechselte, wurde das alte Prinzip von 1555, »cuius regio, eius religio«, außer Kraft gesetzt. Die Untertanen brauchten jetzt die Religion ihres Herrschers nicht mehr anzunehmen. Damit verfestigten sich die Konfessionsgrenzen in Deutschland endgültig. Erst die Bevölkerungsverschiebungen nach dem Zweiten Weltkrieg lockerten sie wieder auf.

BEMERKENSWERTES

Das Elsass – deutsch oder französisch

Das Elsass ist die Grenzregion zwischen deutscher und französischer Besiedlung in Mitteleuropa. Im 17. Jahrhundert wohnten dort überwiegend deutschsprachige Menschen. Dennoch wurde das Territorium dem französischen König unterstellt, was damals ganz normal war, da die Menschen weniger national als dynastisch dachten. Sie waren also in erster Linie Untertanen eines Fürsten oder Königs und nicht Angehörige einer Nation. Erst als im 19. Jahrhundert das nationale Denken stärker wurde, entwickelte sich ein Konflikt um das Elsass, der den Menschen dort schwer zu schaffen machte. 1871 annektierte das neue Deutsche Reich das Land, nach dem Ersten Weltkrieg wurde es wieder französisch, 1940 erneut deutsch und 1945 französisch. In den 1950er Jahren waren es vor allem Elsässer, die sich für die europäische Einigung einsetzten, um diese Schwierigkeiten zu beenden.

Der Aufstieg Frankreichs im Zeichen des Sonnenkönigs

Was verstand man unter Duodezfürsten?
So nannte man jene Fürsten, die einen der über 300 Klein- und Kleinststaaten des Heiligen Römischen Reiches beherrschten. Manche dieser Gebiete umfassten gerade einmal wenige Quadratkilometer und bestanden nur aus ein oder zwei Städten mit wenigen tausend Einwohnern.

Was waren ständische Vertretungen?
Vor der Einführung der absolutistischen Regierungsweise im 18. Jahrhundert gab es in den europäischen Monarchien Interessenvertretungen der Untertanen, die besonders das Recht hatten, über Steuern zu entscheiden. Sie waren keine demokratischen Parlamente, sondern vertraten die Interessen der Stände, also des Adels, der Kirche und der Städte. Das britische Oberhaus ist ein letztes Beispiel für eine solche Ständeversammlung. Oft übten die ständischen Vertretungen auch die Funktion eines Gerichts aus.

Der Sonnenkönig Ludwig XIV. von Frankreich war ein glanzvoller Fürst. Allein sein prunkvolles Schloss Versailles wurde zum Vorbild für zahllose Fürstenresidenzen auf dem gesamten europäischen Kontinent. Jeder deutsche **Duodezfürst** wollte sein eigenes kleines Versailles haben. Seit dem Hochmittelalter, als die gotischen Kathedralen erstanden waren, hatte man nicht mehr so viel gebaut. Die Künste blühten nach den Schrecken und Wirrnissen des Dreißigjährigen Krieges allerorten wieder auf. Im Zeitalter des Barock feierte man gleichzeitig das Leben und gedachte intensiv des Todes. Aber all das hatte seinen Preis. Nicht nur blieb der Krieg, wenngleich in weniger katastrophaler Form als zuvor, Bestandteil des Alltags. Dem König fielen mehr Rechte zu als jemals in der Geschichte. Frankreich wurde zum Vorreiter dieser Entwicklung, die mit den Ausnahmen Großbritanniens und Polens bald jeden europäischen Staat mehr oder minder heimsuchen sollte. Die **ständischen Vertretungen** von Adel, Priesterschaft und Stadtbürgertum wurden entmachtet. Zumindest in der Theorie standen der König und andere Fürsten über dem Gesetz. Niemand konnte sie anklagen oder sonst zur Rechenschaft ziehen. Der Staat wurde in Gestalt des Monarchen zu einer absoluten Größe. Alles andere, die Religion, die Kultur, die Gesellschaft, wurde unter staatliche Kontrolle gestellt. Die Könige nutzten die entstehende Beamtenschaft und ein stehendes Heer, um ihre Macht zu vollenden. Dies bedeutete zugleich, dass der Staat größerer Einnahmen bedurfte. Die Steuerlast wuchs, zumal nur Bauern und Bürger, nicht aber Adel und Kirche Steuern zahlen mussten. Deswegen überstiegen die Ausgaben oft die Einnahmen, vor allem in Kriegszeiten. Die Söldnerheere der absolutistischen Fürsten waren teuer. In Jahren mit schlechter Ernte ächzte die Bevölkerung unter diesem Druck.

Dabei hatten anfangs große Hoffnungen auf der Herrschaft Ludwigs XIV. geruht. Bereits unter der klugen Führung der beiden Kardinäle Richelieu und Mazarin hatte sich Frankreich von den Wirren der Religionskriege erholt. Die Zentralgewalt in Paris konnte sich gegen die Hugenotten und den katholischen Adel gleichermaßen durchsetzen. Allmählich stieg das Königreich zur bedeutendsten Landmacht Europas auf. Ludwig knüpfte nahtlos an Richelieus und Mazarins völlig am Staat orientierter Machtpolitik an. Gleich zu Beginn seiner Herrschaft versuchte er die Niederlande zu unterwerfen, scheiterte aber an deren hartnäckigem Freiheitswillen. Direkt im Anschluss an diesen Krieg besetzten französische Truppen Grenzgebiete des Heiligen Römischen Reiches. Fast gleichzeitig ließ Ludwig 1685 die Hugenotten aus dem Land vertreiben, damit keinerlei Opposition gegen ihn mehr ausgeübt werden konnte. In den 1690er Jahren führten seine Truppen einen verheerenden Krieg in der Pfalz, der mit schlimmen Zerstörungen einherging. Diesmal griff die englische Flotte ein und besiegte die Franzosen, die 1697 alle neuen Eroberungen, die **Reunionen,** aufgaben. Dennoch hatte der König noch nicht genug. Nach dem Tod des letzten spanischen Habsburgers kam es zum Krieg, weil Ludwig XIV. unbedingt einen Franzosen auf Spaniens Thron sehen wollte. Erneut griff England ein. Der Spanische Erbfolgekrieg (1701–1714) wurde fast zu einer Art Weltkrieg. Er endete mit dem Frieden von Utrecht 1714, der den Niedergang Frankreichs einleitete. Was jedoch vorerst blieb, war das französische Kolonialreich in Kanada und Indien. Als Ludwig 1715 starb, war Frankreich verarmt und am Rande des Zusammenbruchs. Trotzdem sollte der Konflikt mit Großbritannien weitergehen. Die Grundlage für die Revolutionen von 1776 und 1789 war damit gelegt.

Was bedeuteten die Reunionen?

Es waren Eroberungen und Erwerbungen, die Ludwig XIV. zwischen 1679 und 1698 im Westen des Heiligen Römischen Reiches durchführte. Wie fast immer im 17. und 18. Jahrhundert wurden die Reunionen durch angebliche Erbansprüche begründet. Dies zeigt, dass man noch nicht national, sondern dynastisch dachte. Die Reunionspolitik mündete in den Pfälzer Erbfolgekrieg (1688–1697), den Frankreich verlor.

BEMERKENSWERTES

Die Söldnerheere

Anders als die vorabsolutistischen Staaten, die ihre Heere nur dann einberiefen, wenn ein Krieg ausbrach, verfügte die Mehrzahl der absolutistischen Fürsten über eine stehende Armee. Viele der Soldaten stammten nicht aus dem Land, für das sie kämpften. Sie verdingten sich als Söldner. Zum Beispiel kämpften Iren für Spanien, Hessen und Braunschweiger für Großbritannien usw. Dies war durchaus üblich und wurde auch nicht moralisch beanstandet. Manchmal verkauften Fürsten ihre Untertanen regelrecht, um die eigene Finanzlage zu verbessern. Diese Söldnerheere waren einer strengen Disziplin unterworfen. Die Soldaten wurden geschlagen und ausgepeitscht.

Das Ende der Türkenkriege

Wer waren die Janitscharen?
Janitscharen ist das türkische Wort für neue Streitmacht. Die Janitscharen entstanden im 14. Jahrhundert aus christlichen Kriegsgefangenen. Später wurden sie rekrutiert, indem man christliche Kinder ihren Eltern wegnahm und im Sinne des Islam erzog. Die Janitscharen waren in Konstantinopel stationiert. Wie die aus Sklaven bestehende Truppe der Mamelucken verfügten sie über großen politischen Einfluss.

Die Türken kommen!« Allein mit diesem Ruf konnte man in Europa über Jahrhunderte hinweg Angst und Schrecken verbreiten. Den frühneuzeitlichen Europäern waren die Türken fremd, ja unheimlich. Sie sprachen eine unverständliche Sprache, hatten eine andere Religion und ihre Soldaten, etwa die Elitetruppe der **Janitscharen,** galten über lange Zeit hinweg als beinahe unbesiegbar. Ihr Reich unter der Dynastie der Osmanen hatte sich binnen kurzem in rasender Geschwindigkeit ausgedehnt. Sogar das über tausendjährige Byzantinische Reich mit seiner als uneinnehmbar geltenden Hauptstadt Konstantinopel war ihnen 1453 zum Opfer gefallen. Seitdem hatten sich die Türken noch weiter ausgebreitet. Trotz der Niederlage von Lepanto 1571 gelang es ihnen, auf dem Land immer neue Erfolge zu feiern. Immer mehr Christen gerieten unter die Herrschaft des Islam. Für viele war das eigentlich unvorstellbar. Theologen wie Martin Luther beschäftigten sich mit der Frage, ob ein Christ überhaupt einem mohammedanischen Fürsten gehorchen dürfe. Grundsätzlich bejahte Luther dies, da für ihn jede Obrigkeit von Gott kam. Nur im Falle eines Eroberungszuges durfte Widerstand geleistet werden. Um 1670 war das Osmanische Reich unter **Sultan** Mehmet IV. auf dem Höhepunkt seiner Macht. Der gesamte Balkan, Griechenland und Ungarn unterstanden seiner Herrschaft. Insgesamt erwies sich die Herrschaft der Sultane und ihrer albanischen **Wesire** aus der Familie der Köprülü als recht gemäßigt. Nun jedoch, im Jahre 1683, steigerte sich die Angst vor den Türken zur Panik.
Die Osmanen befanden sich auf dem Vormarsch. 1669 hatten ihre Truppen den Venezianern Kreta entrissen. Auch gegen Polen waren ihnen Erfolge gelungen. Türkische Truppen rückten auf Wien, die stärkste Bastion der Christenheit im Südosten, vor. Es war ein furchtbarer Kampf. Schon immer hatten sich die Kriege zwischen Türken und abendländischen Armeen durch besondere Grausamkeit ausgezeichnet. Im Krieg gegen die Ungläubigen gab es auf beiden Seiten keinen Grund zur Milde. Schlachten wurden zu Gemetzeln, und die Zivilbevölkerung litt ebenso wie im Dreißigjährigen Krieg. Fast hatte es den Anschein, als wäre Wien und damit der gesamte Südosten Europas verloren, zumal Frankreich eifrig den Vormarsch der Türken gegen die Habsburger Monarchie unterstützte. Doch Kaiser Leopold I. gelang ein meisterlicher Schachzug. Er vereinigte sämtliche Fürsten, die sich von den Türken bedroht fühlten, unter seinem Kommando.

König Johann III. Sobieski von Polen und Zar Peter I. der Große von Russland stellten sich auf die Seite der bedrängten Habsburger. Das Kaiserliche Heer wurde zudem von äußerst fähigen Feldherren, darunter der legendäre Prinz Eugen von Savoyen, befehligt. Zwar gelang es den Türken, Wien zeitweilig zu belagern, aber es war vergebens. In der Schlacht am Kahlenberg wurden die Armeen des Sultans geschlagen. Von nun an befanden sich die Habsburger und ihre Verbündeten in der Offensive. Beinahe ebenso schnell wie die Türken führten sie die Gegenoffensive durch und befeiten Ungarn. Auch die Venezianer rückten vor und besetzten die südgriechische Halbinsel der Peloponnes. Bis in den Balkanraum stießen die Truppen der Verbündeten unter dem Prinzen Eugen vor. Erst der Friede von Passarowitz aus dem Jahr 1718 beendete die Siegesserie der Österreicher. Die »Türkengefahr«, wie man damals sagte, war gebannt. Künftig gehörte das Osmanische Reich zur europäischen Mächteordnung, obwohl es immer schwächer wurde. Bald machte die Rede vom »kranken Mann am Bosporus«, dem die Österreicher und Russen an die Gurgel wollten, die Runde. Für die Habsburger Monarchie war der Sieg am Kahlenberg schicksalhaft. Mehr und mehr wandten sich die Kaiser in Wien dem Balkan zu, während die preußischen Rivalen in der Mitte des Heiligen Römischen Reiches beständig mächtiger wurden. Schon 1718 zeichnete sich von Ferne am Horizont ein Deutschland ohne Österreich ab.

Wer war der Sultan?
Der Sultan war der Herrscher über einen islamischen Staat (z. B. Türkei, Malaysia). Der türkische Sultan verstand sich zugleich als Kalif. Er verband also die weltliche und die religiöse Herrschaft in seinem Staat. Sein Palast war die so genannte »Hohe Pforte« in Konstantinopel. Das Amt des Sultans sowie das Kalifat und damit die Monarchie wurden in der Türkei nach dem Ende des Osmanischen Reiches als Folge der Niederlage im Ersten Weltkrieg 1924 abgeschafft.

Was war ein Wesir?
Der Wesir war eine Art Ministerpräsident des Sultans. Der Wesir war der wichtigste Berater und erste Minister an der Hohen Pforte. Wenn der Sultan schwach war, übte er an seiner Stelle die Herrschaft aus. Häufig wurde das Amt des Wesirs innerhalb einer Familie vererbt.

BEMERKENSWERTES

Der legendenumwobene Prinz Eugen (1663–1736)

Um kaum einen Feldherren ranken sich derart viele volkstümliche Anekdoten und Erzählungen wie um den französischen Prinzen Eugen von Savoyen, der als einer der fähigsten Soldaten seiner Zeit galt. Ursprünglich sollte er katholischer Priester werden, zumal er entfernt mit dem Kardinal Mazarin verwandt war. Weil er aber Soldat werden und gegen die Türken kämpfen wollte, floh er aus Frankreich und trat in das kaiserliche Heer ein. In den Türkenkriegen siegte er 1697 bei Zenta, 1716 bei Peterwardein und 1717 bei Belgrad. Auch im Spanischen Erbfolgekrieg (1701–1714) war er an der Seite des englischen Herzogs von Marlborough in verschiedenen Schlachten gegen die Franzosen erfolgreich. Prinz Eugen war aber nicht nur Soldat. Er förderte Kunst und Wissenschaften und diskutierte mit aufgeklärten Philosophen wie Voltaire und Leibniz.

Die Besiedlung Nordamerikas

Wer waren die Puritaner?
Sie waren die Anhänger einer besonderen Form des englischen Calvinismus. Die Puritaner (die „Reinen") wollten den Anglikanismus von seinem katholischen Erbe reinigen und ganz in eine reformatorische Religion verwandeln. Der Gottesstaat, den sie in Neuengland errichteten, konnte gegenüber Andersdenkenden äußerst intolerant sein.

Was war Roanoke?
Roanoke war eine englische Siedlung, die 1587 von dem Kaperfahrer Sir Walter Raleigh in Virginia errichtet wurde. Raleigh segelte anschließend nach England zurück. Als er 1591 wieder nach Virginia kam, war das Dorf mit allen Siedlern verschwunden. Man fand nur ein Wort in einen Türpfosten geritzt: „Croatan". Bis heute weiß niemand, was das bedeutet. Keiner der Siedler tauchte jemals wieder auf. Es gab auch keine Nachrichten über ihren Verbleib. Das Verschwinden von Roanoke gehört zu den geheimnisvollsten Begebenheiten der Kolonialgeschichte Nordamerikas.

Die frommen Männer, die ausgerechnet am Weihnachtstag des Jahres 1620 den Boden des heutigen amerikanischen Bundesstaates Massachusetts betraten, fielen dankbar auf die Knie und priesen Gott für die Wohltaten, die er ihnen erwiesen hatte. Sie waren **Puritaner,** Männer und Frauen, die es nicht ertragen konnten, dass die anglikanische Kirche in vielem so katholisch geblieben war. Deswegen waren sie aus England erst geflohen und hatten dann das Angebot angenommen, in die neuen Kolonien des englischen Königs auszuwandern, um dort gemäß ihren eigenen Vorstellungen zu leben. Schon aus diesem Grund liebten sie dieses Land. Es erschien ihnen wie Israel, das Gott einst den Juden geschenkt hatte. Ein neues Israel, ein neues Jerusalem sollte hier entstehen, ein heiliges Land als leuchtendes Beispiel für das alte, korrupte Europa.

Die Spanier hatten schon 1519 in Florida mit St. Augustine die erste europäische Stadt auf dem nordamerikanischen Kontinent gegründet. Auch im Südwesten der heutigen USA waren sie vertreten. Städte wie Santa Fé, Albuquerque, Los Angeles, San Franscisco oder San Diego zeugen immer noch von der Anwesenheit der Spanier. Dennoch rückten die machtbewussten Konquistadoren nicht weiter nach Norden vor. Ihre Kräfte reichten kaum aus Lateinamerika zu erobern und zu besiedeln. Zudem versperrten ihnen die Engländer den Weg. Diese hatten 1583 und besonders 1587 in **Roanoke** im heutigen Virginia vergeblich versucht Siedlungen zu gründen. Erst 1607 gelang es ihnen in Jamestown. Dank der Hilfe der Indianerin Pocahontas überlebten die Siedler die ersten harten Winter. Auch die Puritaner konnten nur erfolgreich siedeln, weil die benachbarten Indianerstämme sie unterstützten. Im Gedenken an diese Hilfe wird in den USA noch heute im Herbst das Thanksgiving-Fest gefeiert.

Neben den Engländern waren es in erster Linie Franzosen, die sich in Nordamerika ansiedelten. Sie gründeten Städte im heutigen Québec, wo noch immer französisch gesprochen wird, und im Mississippi-Tal. Die Franzosen verstanden sich meist besser mit den einheimischen Indianern, weil sie zum einen mehr an Handel als an Siedlungen interessiert waren und weil es ihnen zum anderen leichter fiel als den rassebewussten Engländern, sich mit Indianerinnen zu verheiraten. Im Gegensatz zu den Engländern verzichteten die Franzosen auf Vernichtungskriege. Wie in Lateinamerika drängten besonders die Jesuitenmissionare darauf, die Indianer zu bekehren und sie nicht zu vernichten. Die Mehrheit der Puritaner sah dies anders. Sie wollten sich ihr heiliges Land nicht nehmen lassen. Schon 1636 kam es in Neuengland zum ersten großen Krieg mit dem Stamm der Pequot, der fast vollkommen ausgerottet wurde. Nur wenige Stämme vermochten dem Druck der Europäer standzuhalten. Die bekanntesten waren die sechs Nationen der **Irokesen,** die sich mit den Engländern gegen ihre huronischen Konkurrenten im Pelzhandel verbündeten. Die Huronen wiederum wurden von den Franzosen unterstützt. Am Ende allerdings setzten sich die Europäer, vor allem die Engländer durch, weil sie besonders rücksichtslos die Schwächen und die innere Zerrissenheit der Indianerstämme ausnutzten.

Außer den Engländern und Franzosen siedelten auch die Niederländer und Schweden im 17. Jahrhundert für einige Zeit im Gebiet des heutigen New York. Dadurch bekamen die britischen Kolonien in Nordamerika ein sehr internationales Gesicht. Bald kam es, wenigstens unter den europäischen Siedlern, zu einer neuen, toleranteren Gesellschaft, in der religiöse und nationale Unterschiede nicht mehr so wichtig waren wie in der alten Heimat.

Wer waren die Irokesen?

Sie waren eine indianische Sprachfamilie. Zu den Irokesen gehörten sechs (ursprünglich fünf) Nationen, deren Verfassung angeblich zu den Vorbildern der amerikanischen Verfassung von 1787 gehörte. Die Nationen waren sehr kriegerisch und unterwarfen eine Vielzahl anderer Stämme.

BEMERKENSWERTES

Pocahontas (1596–1617)

Die Geschichte dieser so genannten Indianerprinzessin gehört zu den bekanntesten in der Frühgeschichte Amerikas. Sie ist mehrfach verfilmt worden. Meist wird ihr tragisches Ende aber nicht geschildert. Die junge Frau, Tochter eines Häuptlings der aus Algonkin bestehenden Powhatan-Föderation, rettete dem Anführer der Engländer aus Jamestown, Captain John Smith, das Leben, als dieser gefangen genommen wurde. Danach sicherte sie den Siedlern die Unterstützung ihres Stammes. Schließlich heiratete sie John Rolfe. Mit ihm fuhr sie 1617 nach England. Kurz vor der Rückfahrt nach Amerika erkrankte sie und starb. Die Powhatan wurden im Laufe des 17. Jahrhunderts ausgerottet.

Die afrikanischen und asiatischen Kulturen

Seit wann ist der Sklavenhandel verboten?
Erst im 18. Jahrhundert kam mit der Aufklärung der Gedanke auf, man müsse den Sklavenhandel unterbinden. Vor allem in Großbritannien setzten sich die so genannten Abolitionisten dafür ein, den Sklavenhandel ganz zu verbieten. Seit den 1830er Jahren sorgte dann die britische Flotte tatsächlich dafür, dass der Sklavenhandel allmählich zurückging. Aber es gibt heute noch Formen der Sklaverel, zum Beispiel in einigen islamischen Staaten wie Mauretanien oder Mali.

Was verstand man unter »Indentured Servants«?
Damit waren weiße Lohnarbeiter gemeint, darunter viele verurteilte Verbrecher, die sich für fünf bis sieben Jahre an einen Landbesitzer in den britischen Kolonien Nordamerikas verkauften. Im Anschluss an diese Zeit wurden sie, falls sie überlebten, freigelassen und erhielten ein Stück Land.

Auf den Zuckerplantagen der Karibik, in den Silberminen der Anden oder auf den Tabak- und Baumwollpflanzungen in den südlichen Kolonien der Engländer wurden Arbeitskräfte gebraucht. Warum also nicht nach Afrika gehen, um dort Sklaven einzukaufen? Seitdem die Spanier, Portugiesen und Engländer sich in Amerika angesiedelt hatten, waren Millionen von Schwarzen aus Afrika verschleppt und zur Arbeit in den Kolonien gezwungen worden.
Über die moralische Seite der Sklaverei machte sich vor dem 18. Jahrhundert kaum jemand Gedanken. Die Priester der Kirche wollten allenfalls wissen, ob die Schwarzen getauft wurden. Nur gelegentlich verurteilte ein Papst den **Sklavenhandel,** aber niemand hörte so recht zu. Immerhin gehörte die Sklaverei seit Menschengedenken zur Gesellschaft. In Europa gab es noch Leibeigene, die zwar nicht – wie die Schwarzen – als bewegliche Sachen, sondern als Menschen angesehen wurden, denen man aber dennoch Freiheitsrechte absprach. Die Engländer hielten sich in den Kolonien **Indentured Servants,** eine andere Form der zeitlich begrenzten Sklaverei. Außerdem war der Sklavenhandel Bestandteil des überaus profitablen Atlantikhandels, an dem Europäer, Afrikaner und **Araber** gleichermaßen beteiligt waren. Wenn es um solch riesige Gewinne ging, war man an moralischen Fragen nicht sonderlich interessiert. An dem Geschäft waren auch afrikanische Stämme und arabische Sklavenhändler beteiligt. Meist wurden Schwarze verkauft, die während Kriegszügen von anderen Afrikanern gefangen genommen wurden. An den Handelsstützpunkten der Europäer, allen voran der Spanier und Portugiesen, wurden sie dann weiterverkauft und eingeschifft. Die Überfahrt war lang und hart. Viele, die Anzahl ist bis heute unbekannt, starben und wurden einfach ins Meer geworfen. Der Sklavenhandel beschädigte auf Dauer das Verhältnis der Europäer zu den Afrikanern. Je länger er dauerte, umso minderwertiger erschienen die Schwarzen.
Ganz anders sah man in Europa die Chinesen, Japaner, Inder und Araber. Viele Europäer glaubten, die Araber hätten zwar die falsche Religion, seien aber zivilisatorisch überlegen. Für die Chinesen fing man im 18. Jahrhundert regelrecht an zu schwärmen. Die Berichte der Jesuitenmissionare stellten die Chinesen als Inbegriff menschli-

cher Weisheit hin. Europäische Philosophen bewunderten die raffinierte Zivilisation im Reich der Mitte. Die Inder galten sogar als Inbegriff der glücklichen Menschen. Von den Japanern glaubte man kurz, sie würden zum Christentum übertreten. Doch dann kam es in Japan zum Bürgerkrieg. Die Jesuiten und die japanischen Christen wurden grausam getötet. Japan verschloss sich bis 1853 dem Rest der Welt.

Mit der Aufklärung ließ die Bewunderung für außereuropäische Kulturen rasch nach. In wachsendem Maße glaubten die Europäer, die fortschrittlichsten Menschen der Welt zu sein. Alle anderen Kulturen konnten demgegenüber nur rückständig sein. Man musste ihnen helfen sich aus der Finsternis ihres Aberglaubens und ihrer Kulturlosigkeit zu befreien. Selbst die Chinesen und Inder, eben noch Musterbeispiele überlegener Kulturen, wurden nun plötzlich binnen weniger Jahrzehnte als hoffnungslos unterlegen angesehen. Dies hing einerseits mit der waffentechnischen Überlegenheit der Europäer zusammen, die es zuvor nicht gegeben hatte. Andererseits war es die Folge einer weit verbreiteten Ideologie, die Europa in den Mittelpunkt der Geschichte rückte.

Wie standen die Araber zum Sklavenhandel?

Wenn vom Sklavenhandel die Rede ist, wird meist vergessen, dass nicht nur die Europäer daran beteiligt waren. Insbesondere in Ostafrika haben arabische Sklavenjäger ganze Landstriche entvölkert. Aber auch im Westen des Kontinents waren sie am Sklavenhandel beteiligt.

BEMERKENSWERTES

Chinesen und Europäer

Für viele außereuropäische Kulturen waren die Europäer Barbaren. Dies hing damit zusammen, dass es oft etwas raubeinige Gestalten waren, die sich dazu aufgerafft hatten, fremde Kontinente zu erforschen. Lange waren die nichteuropäischen Zivilisationen den Europäern auch tatsächlich überlegen. So im Falle der Chinesen, die bereits vor dem Kontakt mit den Europäern über Papiergeld, Schießpulver und andere Technologien verfügten. Das Christentum galt den Chinesen als lächerliche und ungereimte Religion. Jesuitenmissionare wurden allein wegen ihres astronomischen und waffentechnischen Wissens geschätzt. Erst im 19. Jahrhundert verloren die Chinesen ihr Überlegenheitsgefühl.

Die Sammlung russischer Erde: das Zarenreich vor Peter dem Großen

Was meinte man mit Strelitzen?
Sie waren ursprünglich die Leibwache Iwans IV. Später wurden die Strelitzen im Grenzschutz eingesetzt. Sie waren schon früh mit Feuerwaffen ausgerüstet worden. Meist lebten sie in eigenen Siedlungen. Um 1700 gab es etwa 55.000 Strelitzen. Sie galten als extrem konservativ. Unter Zar Peter dem Großen wurden sie entmachtet.

Wer waren die Kosaken?
Die Kosaken waren eine kriegerische Stammesgemeinschaft, die aus Tataren und entlaufenen russischen Bauern entstand. Seit etwa 1550 verfügten die Kosaken über eigene Stammesgebiete am Don und in der Ukraine. Gelegentlich stellten sie ihre Dienste den verfeindeten Russen und Polen zur Verfügung, meist aber standen sie auf Seiten des Zaren, da sie streng orthodox waren. Noch im Ersten Weltkrieg kämpften 300.000 Kosaken für den Zaren. In der kommunistischen Zeit (1917–1991) wurden sie beinahe ausgerottet.

Trotz seiner gewaltigen Ausdehnung war das Russische Reich im 17. Jahrhundert ein politischer Zwerg. Das Land war wirtschaftlich, technisch und kulturell rückständig, sein Militär, die **Strelitzen** und **Kosaken,** eher berüchtigt als berühmt. Bis 1380 hatten die Nachfahren Dschingis Khans und Timur Lenks die Tributherrschaft über das Land innegehabt. Die mongolische **Goldene Horde** war erst ein Jahrhundert später durch die Krimtataren endgültig besiegt worden. Nun, ganz langsam, konnten sich die russischen Herrscher daran machen, ihre Mission zu erfüllen. Sie wollten aus Russland eine Großmacht formen. Das Dritte Rom, nach dem Rom der Cäsaren und nach Konstantinopel, sollte ihre Hauptstadt Moskau werden. Natürlich machten die Nachbarländer Schwierigkeiten. Insbesondere das Königreich Polen-Litauen, das selbst noch mit dem Deutschen Orden in Ostpreußen zu kämpfen hatte, stand den Wünschen der Moskowiter Großfürsten im Wege. Gleichzeitig gab es im Inneren genug Probleme. Bis weit in das 15. Jahrhundert hinein war unklar, wer nach dem Tod eines Großfürsten den Thron erbte. Und schließlich war Russland, genauer das Großfürstentum Moskau, wirtschaftlich von auswärtigen Mächten abhängig. Vor allem die deutschen Kaufleute der Hanse bestimmten, was passierte. Sie hatten in Nowgorod einen zentralen Stützpunkt, von dem aus sie Handel mit dem Osten betrieben.

Angesichts dieser Umstände blieb den Herrschern in Moskau wenig anderes übrig, als jede Chance, die sich ihnen bot, kalt zu nutzen. Bald standen sie im Ruf großer Rücksichtslosigkeit. Schon 1399 nannten sich die Moskowiter Herrscher »Großfürsten von ganz Russland«. Damit war jedem deutlich gemacht worden, welchen Anspruch diese Herrscher erhoben. Es war schließlich Iwan III. der Große (1462–1505), der Russland den Weg zu neuer Größe wies. 1472 heiratete er Sophia Palaiologa, die Nichte des letzten Kaisers von Byzanz. Gleichzeitig wurde der kaiserlich-byzantinische Doppeladler in das russische Wappen aufgenommen. Zudem war Iwan der Erste, der den Titel des Zaren annahm. Er und seine Nachfolger beharrten von nun an darauf, das wahre römische Reich zu verkörpern.

Es blieb nicht bei symbolischen Maßnahmen. Ein russisches Fürstentum nach dem anderen musste sich dem Machtanspruch Moskaus beugen. Die Hanse wurde gezwungen ihre Position in Nowgorod aufzugeben und eine endlose Kette von Kriegen mit Litauen und Polen begann. Dieser Streit dauerte bis in das 20. Jahrhundert hinein. Erst 1991 wurden die Grenzen zwischen den drei Staaten verbindlich festgelegt.

Einen ersten Höhepunkt erreichte die Ausdehnung Russlands unter Iwan IV. dem Schrecklichen (1533–1584). Wie sein Vorgänger Iwan III. eroberte er weitere Gebiete, darunter auch die moslemischen Khanate Astrachan und Kasan. Damit stand der Weg nach Sibirien offen. 1582 brach eine Kosakenexpedition nach Osten auf. Russland war dabei, die gesamte gewaltige Landmasse zwischen dem Heiligen Römischen Reich und dem Pazifischen Ozean zu erobern. Der Koloss erwachte allmählich.

Im Inneren war Iwan, wie sein Beiname andeutete, ein harter, grausamer Herrscher. Bei Aufständen und Verschwörungen waren Folter und Hinrichtungen an der Tagesordnung. Dennoch legte er die Grundlage für einen starken und lebensfähigen russischen Staat.

Wen bezeichnete man als Goldene Horde?

Die Goldene Horde war eine mongolische Stammesgemeinschaft, die von 1223–1395 über Sibirien und das östliche Russland herrschte. Um 1400 zerfiel das Reich der Goldenen Horde in eine Vielzahl von Khanaten, die dann seit Iwan IV. alle von den russischen Zaren erobert wurden.

BEMERKENSWERTES

Die Folter im europäischen Recht

Die Folter war nicht nur für Russlands Rechtssystem in der frühen Neuzeit normal. Auch die »Carolina«, die Gesetzessammlung Kaiser Karls V., enthielt das »peinliche« Verhör, also die Folter. In dieser Zeit gab es noch keine technischen Möglichkeiten der Beweiserhebung, wie Fingerabdrücke oder gar genetische Untersuchungen. Daher waren die Gerichte entweder auf Zeugen oder auf Geständnisse angewiesen. Meistens war geregelt, wie lange ein Mensch gefoltert werden durfte. Wer die Folter überstand, galt als unschuldig. Seit dem 17. Jahrhundert, vor allem aber im 18. Jahrhundert unter dem Eindruck der Aufklärung, wuchsen die Zweifel an Geständnissen, die unter der Folter zu Stande gekommen waren. Seit dem 19. Jahrhundert gilt die Folter als Kennzeichen verbrecherischer Regierungen.

Descartes und der Rationalismus

Was versteht man unter dem Leib-Seele-Dualismus?
Er bezeichnet die radikale Trennung zwischen körperlicher Materie und geistiger Seele, die zum Teil schon auf Plato zurückgeht. Diese strenge Trennung war der aristotelischen Philosophie des Mittelalters fremd. Nur die Seele hängt mit Gott zusammen und muss deswegen anhand von Werten betrachtet werden, während man die Materie experimentell erforschen kann. Allerdings wird es dann sehr schwer, sich Körper und Seele als Einheit zu denken.

Was versteht man unter Pantheismus?
Darunter versteht man den Glauben, dass Gott nicht von der Natur getrennt existiert, sondern mit ihr identisch ist. Demnach ist Gott keine Person wie im christlichen, jüdischen oder islamischen Denken (Theismus), sondern eine Art Kraft. Das, was wir in der Natur erkennen, sind dann Formen Gottes.

Können wir überhaupt etwas wissen? Oder täuschen uns unsere Sinne oder unser Verstand? Werden wir vielleicht sogar andauernd von einem bösen Geist betrogen, wenn wir glauben etwas zu erkennen? Diese Fragen waren nicht neu. Seit es Philosophen gab, also etwa seit dem 7. vorchristlichen Jahrhundert, waren sie beständig gestellt worden. Aber im 17. Jahrhundert hatten sich die Dinge geändert. Solange man unerschütterlich daran geglaubt hatte, dass es einen Gott gab und dass dieser Gott die Natur vernünftig und erkennbar eingerichtet hatte, konnte man trefflich über diese Fragen streiten. Aber sie beängstigten niemanden ernsthaft. Nun jedoch wuchsen die Zweifel. Das Problem war nicht länger eine theoretische Möglichkeit, sondern betraf jeden Philosophen und jeden denkenden Menschen ganz unmittelbar.
Einer der ersten, der sich dieser Fragen bewusst annahm, war der Franzose René Descartes (1596–1650). Er war von Jesuiten erzogen worden und sein Denken wurzelte tief in der scholastischen Tradition des Mittelalters und dem Platonismus. Außerdem war er ein begeisterter Mathematiker und glaubte, man könne die Welt am besten mithilfe streng mathematischer Methoden erfassen. Trotz seiner Kritik an den Antworten der früheren Philosophen, hielt er unbedingt an der Fähigkeit der Vernunft (ratio) fest, die Welt so zu erkennen, wie sie wirklich war. Sein Ziel bestand darin, alle Probleme in lösbare Teilprobleme zu zerlegen, die Antworten dann zusammenzusetzen und so Aussagen über Dinge zu machen, die klar und deutlich erkennbar waren. Diese Methode wurde zur Grundlage der modernen Naturwissenschaften und ihrer Experimente. Der Ausgangspunkt für Descartes war der radikale Zweifel an jeder Erkenntnis. Alles konnte falsch sein, sogar die Mathematik. Wie aber konnte man einen Punkt finden, der unbedingt sicher war, um von da aus alles Wissen neu zu begründen? Descartes fand diesen Punkt nun nicht mehr bei Gott, sondern im Selbstbewusstsein der Menschen. Der Satz »Ich denke« konnte laut Descartes nicht angezweifelt werden. Der nächste Schluss aber lautet: »Ich denke, also bin ich« (cogito, ergo sum). Auf diesen Satz baute er dann seine gesamte Philosophie mithilfe mathematischer Formeln auf. Die Welt dachte Descartes sich zweigleisig. Auf der einen Seite waren die rein geistigen Kräfte der Seele, auf der anderen Seite die Welt der Materie. Die Welt der Materie war die Welt der Naturwissenschaften. Damit er-

hob sich ein neues Problem. Wie waren Materie und Seele miteinander verbunden? Gerade für den Menschen war dieser **Leib-Seele-Dualismus** ein Problem. Tiere und Pflanzen waren für Descartes dagegen bestenfalls geistlose Maschinen. Baruch de Spinoza (1632-1677), lehrte, alle Dinge dieser Welt seien nur Erscheinungen Gottes (**Pantheismus**), wodurch das Leib-Seele-Problem verschoben wurde. Auch der deutsche Rationalist Gottfried Wilhelm Leibniz (1646-1716), wie Descartes und Spinoza ein großartiger Mathematiker, konnte diese Frage nicht auflösen. Dennoch trug der Rationalismus mit seinem Glauben an die Fähigkeiten der menschlichen Vernunft sehr dazu bei, das moderne Denken in den Naturwissenschaften zu befördern. Er war aber auch für den **Mechanismus** in der Wissenschaft verantwortlich.

Was bedeutet Mechanismus?
Der Begriff beinhaltet einen Hauptvorwurf an die moderne Naturwissenschaft, unter anderem an die Medizin. Demnach achten Wissenschaftler zu wenig darauf, dass Materie und Geist zusammenhängen. Die Materie wird als seelenlose Maschine behandelt, mit der man machen kann, was man will. Interessanterweise wird heutzutage der Mechanismusvorwurf sowohl von konservativen Christen wie von Anhängern der Umweltschutzbewegungen erhoben.

René Descartes

BEMERKENSWERTES

Die Geschichte der Zirbeldrüse

Da die Rationalisten davon überzeugt waren, dass die Menschen sowohl am Reich der Vernunft wie am Reich der Materie Anteil hatten, glaubten sie, es könne einen Punkt im Körper geben, wo sich beide Reiche berührten. Über Jahrhunderte hinweg war die Zirbeldrüse im Gehirn ihr Favorit. Aus diesem Grund experimentierten noch im 19. Jahrhundert Hirnforscher mit der Zirbeldrüse herum. Noch heute ist unklar, wie geistige Prozesse und materielle Ereignisse zusammenhängen. Manche Krankheiten sind zum Beispiel nicht direkt auf körperliche Ursachen zurückzuführen, weshalb man von seelischen Leiden spricht. Auch ist nicht klar, ob oder inwieweit Menschen sich in ihrem Gehirn frei entscheiden können. Sicher ist nur, dass die Zirbeldrüse damit nichts zu tun hat.

Der Empirismus

Was versteht man unter Kausalität?
Das ist die Lehre von der Beziehung zwischen Ursache und Wirkung galt lange als unhinterfragbare Wahrheit in der Philosophie. Ein Grundsatz des Aristoteles etwa lautete, dass alles einen zureichenden Grund haben müsse. Auch die Gottesbeweise der Scholastik bauten auf diesem Gedanken auf, ebenso die moderne Naturwissenschaft. Im Gefolge von Hume hat dann besonders Immanuel Kant die Idee von der Kausalität als unbeweisbar kritisiert.

Was ist der Gesellschaftsvertrag?
Die Lehre vom Gesellschaftsvertrag besagt, dass menschliche Gesellschaften durch einen Vertrag zu Stande kommen, der dann den Staat und seine Verfassung legitimiert. Dieser Gesellschaftsvertrag enthält die Menschenrechte als Schutz der Einzelnen vor der Staatsgewalt.

Wenn ihr schon Kritik übt, dann bitte schön richtig! Dies könnte man als den Schlachtruf der empiristischen Gegner von Descartes und seinen rationalistischen Anhängern beschreiben. Ihnen ging Descartes in vielerlei Hinsicht nicht weit genug. Natürlich, so die Empiristen, die überwiegend in England beheimatet waren, hatten Descartes, Spinoza und Leibniz Recht, wenn sie nach einem sicheren Startpunkt für das Wissen des Menschen suchten. Vertrauensselig waren weder Rationalisten noch Empiristen. Aber, so etwa Thomas Hobbes (1588–1679), John Locke (1632–1704) und David Hume (1711–1776), in eurem Denken werdet ihr diese sichere Grundlage nicht finden. Man sieht ja überdeutlich, wohin dies beim Leib-Seele-Dualismus führt. Nicht reine und klare Begriffe, sondern reale Erfahrungen, nicht Theorie, sondern Praxis vermittelte nach Ansicht der Empiristen wirkliches Wissen über die Realität. Alles andere war leeres Geschwätz. Während die Rationalisten annahmen, dass Gott oder die Natur in unseren Verstand Ideen eingegossen hatte, dank derer wir die Realität richtig interpretieren, gingen die Empiristen davon aus, dass die Ideen erst durch Kontakt des Denkens mit der Wirklichkeit der Welt zu Stande kamen. Dabei war ihnen vollkommen klar, welche Schwierigkeiten dies aufwarf. Denn für die Empiristen war der rationalistische Anspruch, eine sichere und klare Erkenntnis deutlich abgrenzbarer Einzeldinge, aber am Ende auch Gottes, zu haben, einfach nicht einlösbar. Jedes Wissen war nur Stückwerk. Menschen hatten von einigen Dingen auf Grund der Erfahrung vielleicht ein sicheres Wissen, in anderen Fragen aber musste die Wahrscheinlichkeit oder die Tradition entscheiden. Glauben und Meinen waren manchmal unumgänglich, weil die Erkenntnisfähigkeit der Menschen so schwach war. Es galt aber genau diese Schwäche zu untersuchen, um zu wissen, was die Menschen wirklich erkennen konnten und was nicht. Besonders radikal in dieser Hinsicht war Hume. Für ihn waren nur die Wahrheiten der Mathematik wirklich wahr. Alles andere beruhte auf Vorstellungen und Hilfskonstruktionen, so zum Beispiel der Glaube, eine Ursache führe zu einer Wirkung. Für Hume war die Lehre von der **Kausalität** einfach etwas, das den Menschen das Leben leichter machte. Wir nehmen an, dass Wirkungen Ursachen haben, wissen können wir es aber nicht.

Das Denken der Empiristen hatte besonders in der Staatslehre und

damit in der Politik Folgen. Während die Rationalisten dachten, man könne die Welt nach den Gesetzen der Mathematik revolutionär umgestalten, waren die Empiristen eher vorsichtig und bedächtig. Sie strebten allmähliche Reformen an. Ordnung entstand nicht unbedingt durch einen abstrakten **Gesellschaftsvertrag,** sondern durch freie Übereinkunft von Menschen angesichts realer Notwendigkeiten. Insgesamt waren die Empiristen von den Ideen vernunftgeleiteter Planung nicht überzeugt. Sie vertrauten auf freie Entscheidungen und auf den Markt. Dadurch wurden sie zu den Vordenkern des Liberalismus im 19. Jahrhundert.
In mancherlei Hinsicht standen die Empiristen jedoch vor einem ähnlichen Problem wie die Rationalisten. Wie diese unterschieden sie strikt zwischen dem Erkennenden (dem Subjekt) und dem Erkannten (dem Objekt) und wie diese waren sie nicht in der Lage, zu erklären, wie denn das Objekt von dem Subjekt erkannt wurde. Das ungeklärte Subjekt-Objekt-Verhältnis führte dann im 19. Jahrhundert dazu, dass beide, Rationalismus und Empirismus, an Gefolgschaft verloren. Am ehesten sind die **Positivisten** Nachfolger des Empirismus.

Was ist der Positivismus?

Das ist eine philosophische, soziologische und naturwissenschaftliche Lehre des 19. Jahrhunderts, die von dem Franzosen Auguste Comte (1798–1857) begründet wurde. Nach seiner Ansicht waren nur solche Sätze sinnvoll, die sich wirklich (positiv) als wahr begründen ließen. Die Wahrheit aber hänge allein von der Erfahrung und der experimentellen Nachvollziehbarkeit ab. Alle anderen Aussagen, vor allem solche der Religion oder der philosophischen Metaphysik, seien sinnlos. Im 20. Jahrhundert haben allerdings Kritiker des Positivismus, darunter Karl Popper, nachgewiesen, dass nach positivistischer Lehre sogar die eigenen Grundsätze sinnlos sein können.

BEMERKENSWERTES

Die Lehre von der unsichtbaren Hand

Einer der weltweit einflussreichsten Empiristen war der Wirtschaftstheoretiker Adam Smith (1723–1790), dessen 1776 erschienenes Hauptwerk *On the Wealth of Nations* die moderne freie Marktwirtschaft begründete. Meist weiß man heute nicht mehr, wie sehr Smith von dem Glauben abhängig war, dass Gott der Welt eine feste Ordnung gegeben habe, die der Mensch nicht stören dürfe. Durch sein Eingreifen in die Wirtschaft und die Gesetze des Marktes behindere der Mensch die ursprüngliche Harmonie. Freier Handel und freier Markt aber würden den von Gott gewollten Zustand am Ende wieder herstellen. Im freien Markt, so Smith, wirke daher die unsichtbare Hand Gottes.

Die Naturrechtslehre

Was war der Absolutismus?
Der Absolutismus war eine neuzeitliche Lehre über die Rechtsstellung von Königen und Fürsten. Danach standen die Herrscher über jedem Gesetz und waren nur dem Interesse des Staates verpflichtet. Mithilfe der absolutistischen Lehre wurden die ständischen Mitspracherechte abgeschafft. Im 18. Jahrhundert verbanden sich Aufklärung und Absolutismus zum aufgeklärten Absolutismus. Diese Phase endete mit der Französischen Revolution.

Den Menschen der frühen Neuzeit war nicht nur die Fähigkeit, Erkenntnisse über die Wirklichkeit zu gewinnen, fragwürdig geworden. Die humanistische Wende machte es ihnen schwer, sich direkt auf Gott zu berufen. Das Denken wandelte sich. Gleichzeitig war der Staat dank der stehenden Heere und des Beamtenapparates mächtiger geworden. Er griff mehr als je zuvor in das Leben sämtlicher Untertanen ein. Jean Bodin, Niccolò Machiavelli und Thomas Hobbes hatten diese Probleme gelöst, indem sie auf die Allmacht des Staates setzten. Der Staat und der Fürst waren von jedem Gesetz befreit. Dies ermöglichte es ihnen, die notwendigen Schutzfunktionen auszuüben. Anhänger des liberalen Gesellschaftsvertrages, wie zum Beispiel der Empirist John Locke, sahen im Staat eine freiwillige Übereinkunft von Besitzenden, fast eine Art von Aktiengesellschaft. In ihren Augen war es die Aufgabe von Staat und Gesetz, die Freiheits- und Eigentumsrechte der Besitzbürger zu wahren. Deswegen beschränkten sie durch den Gedanken der Menschenrechte die Zugriffsmöglichkeiten der Obrigkeiten. Das Gesetz und die Menschenrechte waren für sie in erster Linie Ergebnisse freier Beratungen. Die Frage blieb indes, wie diese Rechte begründet werden konnten. Eine weitere Schwierigkeit lag darin, dass die solcherart grundgelegten Staaten in ihrem Verhältnis untereinander vollkommen frei waren.

Im 17. und 18. Jahrhundert lagen die Staaten des **Absolutismus** fast ununterbrochen im Krieg. In Spanien hatten einige Theologen und Philosophen diese Gefahren besonders früh erkannt. Sie waren Anhänger der erneuerten Philosophie der Scholastik, wie man sie schon im Mittelalter gepflegt hatte. Zu den bedeutendsten gehörten der Jesuit Francisco Suàrez (1548–1617) und der Dominikaner Francisco de Vitoria (ca. 1485–1546). Beide gingen vom so genannten Naturrecht aus. Demnach waren etwa die Menschenrechte kein Gegenstand einer freien Vereinbarung im Gesellschaftsvertrag, sondern lagen in der vernunfthaft erkennbaren **Natur** des Menschen begründet. Alle Gesetze, so auch der Gesellschaftsvertrag, mussten von diesem Naturrecht ausgehen. Die Menschen konnten das Naturrecht erkennen, weil sie Anteil an der sittlichen Natur Gottes hatten. Aber die spanischen Barockscholastiker versuchten zusätzlich, das Naturrecht so zu definieren, dass es ohne Bezug auf Gott Sinn machte. Besonders wichtig war ihnen der Hinweis, dass das Naturrecht für alle Menschen gelte. Heiden, Atheisten, Protestanten, die neu entdeckten Indianer, sie alle teilten die Vernunftnatur des Menschen und deswegen galt für alle das gleiche Grundgesetz. Die Gesetze der Staaten und das Handeln der Fürsten waren am Naturrecht zu messen. Daher räumten sie den Untertanen ein Recht auf Widerstand ein, wenn der Fürst entgegen den Bestimmungen des Naturrechts handelte. Einige, vor allem Jesuiten, gingen so weit, das Recht auf Mord an den Königen einzufordern.

Auch für zwischenstaatliches Handeln sollte das Naturrecht gelten. Wieder wurden mittelalterliche Lehren vom gerechten Krieg so umformuliert, dass nicht Gott, sondern die menschliche Vernunft im Mittelpunkt stand. Die Barockscholastiker forderten, die Staaten müssten sich zuvörderst dem Frieden verpflichtet fühlen. Der Krieg habe als Ausnahme und allerletzte Möglichkeit, wenn alles andere gescheitert sei, zu gelten. Nicht einmal in Spanien hörten die Politiker ihnen zu. Aber eine Reihe protestantischer Philosophen, darunter Samuel Pufendorf (1632–1694) und Hugo Grotius (1583–1645), lasen sehr genau, was die Barockscholastiker schrieben. Durch sie wirkten Vitoria und Suàrez weiter. Deswegen sind ihre Lehren immer noch für viele Menschen aktuell.

Was bedeutet der philosophische Naturbegriff?

Der Naturbegriff im Naturrecht bedeutet nicht, wie oft behauptet wird, dass man durch einen Blick auf die Realität in menschlichen Gesellschaften oder gar auf Ameisen- oder Bienen»staaten« einfach ablesen könne, was richtig sei. Vielmehr sollen Menschen sich selbst, das, was an ihnen gemeinsam ist, vernünftig betrachten, um daraus Schlüsse über ihre »Artnatur« als Menschen abzuleiten. Von dieser Artnatur kann dann abgelesen werden, was Menschen tun sollen (nicht, was sie tatsächlich tun). Diese Lehre kann von Empiristen schon deshalb nicht geteilt werden, weil ihr eine optimistische Idee von menschlicher, vernünftiger Erkenntnis zu Grunde liegt.

BEMERKENSWERTES

Ob die Indianer der menschlichen Natur zugehören?

Diese Frage wurde tatsächlich von den Barockscholastikern diskutiert. Viele Siedler, welche die Indianer versklavten und ihres Landes berauben wollten, bestritten die Zugehörigkeit der Indianer zum Menschengeschlecht. Sie argumentierten, die Indianer könnten weder Anteil an der Erbsünde, noch an der Erlösung durch Christus haben, weil sie keinen Kontakt mit den »richtigen« Menschen gehabt hätten. Vitoria, Suàrez und andere erklärten demgegenüber ganz klar, dass die Indianer vernunfthafte und freiwillentliche Wesen und damit Menschen mit entsprechenden Rechten seien. Die Päpste schlossen sich ihnen an.

Die Entwicklung des Christentums

Was bedeutet Nationalkirchentum?
Darunter versteht man die Vorstellung, eine christliche Kirche sei national geordnet. Diese Idee findet sich bis heute bei den Lutheranern, wo es in Skandinavien noch bis weit in das 20. Jahrhundert hinein nationale Staatskirchen gab. Katholische Bestrebungen zu einem Nationalkirchentum scheiterten regelmäßig am Widerstand der übernationalen Institution des Papsttums.

Etwa um 1560 war der große Schwung der Anfangszeit vorbei. Die Begeisterung, mit der die großen Reformatoren Luther, Calvin und Zwingli sich aufgemacht hatten die alt gewordene Kirche zu erneuern, konnte nicht dauerhaft bewahrt werden. Wie so oft in der Geschichte versuchten die Angehörigen der nächsten Generation, die Errungenschaften ihrer Vorgänger zu bewahren und ihre Anliegen genauer zu verstehen. Dabei kam es gelegentlich zu kleinlichen Streitereien, wer das Erbe besser zu bewahren verstand. Ähnliches fand sich im katholischen Lager. Manche Protestanten dachten zunehmend katholisch, während unter den Katholiken viele mit protestantischen Ideen sympathisierten. Trotzdem war jedermann klar, wie weit entfernt man von einem Kompromiss war. Während im 16. Jahrhundert häufig Katholiken evangelische Gottesdienste und Protestanten die katholische Messe besucht hatten, wurden solche Grenzüberschreitungen nun mehr und mehr unterbunden.

In der Theologie war man zwar kämpferisch, aber dennoch teilweise zu Kompromissen aufgelegt. Bereits zu Luthers Lebzeiten hatte sich sein engster Freund und Berater Philipp Melanchthon (1497–1560) inhaltlich von der Radikalität des Reformators abgesetzt. Melanchthon dachte viel stärker als Luther in den Bahnen wissenschaftlicher Theologie und Philosophie. Hinzu kam seine Freundschaft mit vielen Humanisten seiner Zeit. Er wollte die Ideale des Humanismus ebenso wenig aufgeben wie dessen optimistische Weltsicht. Mit Luthers extrem negativen Verständnis von Welt und Mensch vertrug sich dies überhaupt nicht. Schließlich war Melanchthon im Gegensatz zu seinem Freund kein gewaltiger Kämpfer, sondern eher ein Mann des Ausgleichs. Aus diesem Grund wurde er ab 1529 zu den Religionsgesprächen geschickt. Er verärgerte seine Gesprächspartner nicht mit Forderungen und Thesen, die in deren Augen sinnlos wirkten. Dafür verstand er, wie seine katholischen Gegenüber dachten. Insbesondere schätzte er den freien Willen höher ein als Luther und dessen Gefolgschaft.

Bei den Katholiken gab es weiterhin Versuche, gegen den Anspruch der Päpste das protestantische **Nationalkirchentum** zu kopieren. Vor allem in Frankreich beanspruchten die absolutistischen Herrscher über die Kirche nach eigenem Gutdünken zu verfügen. 1682 wurden unter Ludwig XIV. die gallikanischen Freiheiten verkündet, die praktisch bis zur Revolution von 1789 gültig blieben: Die kirchliche Gewalt erstrecke sich nur auf das geistliche Leben, die Konzilien stünden über dem Papst, die Traditionen der französischen Kirche dürften vom Papst nicht angetastet werden. Damit spaltete sich die französische Kirche in einen königstreuen gallikanischen und einen papsttreuen **ultramontanen** Flügel. Gleichzeitig bekannten sich einige Gallikaner zum Jansenismus, einer Lehre, die wie Luther die Gnadenbedürftigkeit der Menschen stark betonte.

Wer waren die Ultramontanen?

Die Ultramontanen waren antigallikanische französische Katholiken im 17. und 18. Jahrhundert, die an der Vorherrschaft des römischen Papstes festhielten. Im 19. Jahrhundert hießen alle Anhänger einer konservativen, papsttreuen Position Ultramontane. Der Begriff bedeutet »Jenseits der Berge« und bezieht sich auf das jenseits der Alpen gelegene Italien, wo der Papst residiert. Er wurde von Liberalen und Protestanten als Schimpfwort für Katholiken benutzt, die angeblich nicht national dachten.

BEMERKENSWERTES

Der Jansensismus

Die Jansenisten waren meist französische Katholiken, die gegen die jesuitische Morallehre, die ihnen zu milde erschien, eine sehr strenge, rigorose Ethik vertraten. Die Menschen sollten sich täglich ihre Sündhaftigkeit und Schlechtigkeit vor Augen führen. Aus diesem Grunde betonten sie, wie dringend die Menschen der göttlichen Gnade bedürften. In einem weiteren Punkt näherten sie sich den Protestanten an. Sie glaubten, Jesus Christus sei nur für eine Minderheit von Auserwählten und nicht für alle Menschen gestorben. Daher wurden sie von den Päpsten verurteilt. Der Begründer des Jansensismus war der holländische Theologe und spätere Bischof von Ypern Cornelius Jansen (1585–1638); einer der wichtigsten Anhänger war der Philosoph und Mathematiker Blaise Pascal (1623–1662).

Das goldene Zeitalter Spaniens

Wo liegt La Mancha?
La Mancha ist die Bezeichnung für die Landschaft der zentralspanischen Provinz Kastilien. Im Grunde kommt Don Quijote also von überall und nirgends her. Diese Wurzellosigkeit ist wichtig, um die Tragik in seiner Gestalt zu begreifen. Im Gegensatz zu einem echten Ritter hat er gerade keine Heimat, in die er siegreich zurückkehren kann. Das Gebiet ist zudem deswegen so wichtig, weil Kastilien das Herzland des spanischen Reiches war und weil es dort tatsächlich noch heute sehr viele Windmühlen gibt.

Warum ärgerte sich Cervantes so über die Ritterromane seiner Zeit?
Weil sie den Menschen nichts mehr zu sagen hatten! Die Blütezeit des Rittertums war längst vorbei und die angeblichen Ideale der Ritter wurden von ihren Nachfolgern, den Raubrittern, mit Füßen getreten. Außerdem waren diese Romane meist schlecht geschrieben. Ihre Handlung folgte ehernen Gesetzen, wodurch sie irgendwann langweilig wurden. Allerdings gab es damals Menschen, die anders dachten.

Die Szene ist weltberühmt und unvergesslich geworden. Stolz und unbeugsam legt sich der hagere Ritter Don Quijote von **La Mancha** seine Lanze zurecht und feuert sein Pferd Rosinante an schneller zu werden. Der spanische Krieger wirft einen letzten Blick auf die Riesen, die sich vor ihm auftürmen, und denkt ein letztes Mal an die edle Dame Dulcinea, der er seine Kämpfe geweiht hat. Dabei entgeht ihm der ein wenig verwirrte Blick seines Dieners Sancho Pansa, der sich bevorzugt in Sprichwörtern ausdrückt. Kurz darauf liegt der »Ritter von der traurigen Gestalt« geschlagen im Staub. Sancho Pansa schüttelt nur den Kopf. Langsam hat er sich daran gewöhnt, dass bei seinem Herrn Fantasie und Wirklichkeit durcheinander gehen. Das Pferd Rosinante ist kein stolzes Ross, sondern ein elender Klepper, Dulcinea keine Herzogin, sondern ein Bauernmädchen und die Riesen Windmühlen. Don Quijotes Kampf gegen die Windmühlen wird selber zum Sprichwort.

Der Roman des Miguel de Cervantes (1547–1616) über die Abenteuer des Hidalgos Don Quijote ist voll von solchen Abenteuern, in denen sich Vorstellung und Realität in eigentümlicher Weise mischen. Cervantes' Held ist über die Lektüre von zu vielen **Ritterromanen,** wie sie in seiner Zeit Mode waren, verrückt geworden. Manche Wissenschaftler behaupten, das ganze Buch sei eine ironische Abrechnung mit den vielfach nicht besonders originellen Ritterromanen des 16. Jahrhunderts, einer Zeit also, in der es längst keine Ritter mehr gab. Aber die Erzählungen über Don Quijote, die 1605 und 1615 veröffentlicht wurden, sind ungleich mehr. In ihnen wird über Ideen und Ideale nachgedacht, darüber, was der Sinn des Lebens ist und wie jemand eine unzeitgemäße Lebensweise rechtfertigen kann. Don Quijote und Sancho Pansa sind eben nicht nur verrückt und tollpatschig, sie sind auch ehrenhaft und weise. Dies macht den Reiz des Werkes aus, das nicht nur zu den wichtigsten Büchern der spanischen Literatur zählt, sondern ohne Zweifel Weltgeltung besitzt. In einer Zeit, in der Spanien der politisch mächtigste Staat der Welt war, schrieb ausgerechnet Cervantes das bedeutendste Buch der spanischen Geschichte.

Dabei war kaum jemand so ungeeignet für die Rolle des Nationalschriftstellers wie er. Zu Lebzeiten war er bettelarm und musste mehrfach wegen seiner Schulden ins Gefängnis. Seine Ehe scheiterte ebenso wie alle Versuche, ein ehrbares, ruhiges Leben zu führen.

Zeitweise verdingte Cervantes sich als Marinesoldat und kämpfte sogar in der Schlacht von Lepanto mit. Danach aber geriet er in algerische Gefangenschaft und musste von 1575 bis 1580 in Algier als Sklave leben, ehe ihn die Angehörigen des **Trinitarierordens** freikauften. Bald saß er wieder im Gefängnis. Dort fing er an zu schreiben. Neben einer Reihe von Kurzgeschichten war es besonders das in zwei Teilen erschienene Werk über Don Quijote, das ihm zu einiger Berühmtheit und etwas Wohlstand verhalf. Aber es nutzte nichts. Binnen eines Jahres brachte er das Geld wieder durch und starb 1616 – fast zur gleichen Zeit wie sein berühmter englischer Kollege William Shakespeare – völlig verarmt in Madrid, der Hauptstadt des spanischen Weltreichs.

Trotz dieser widrigen Umstände wurde sein Werk rasch berühmt. Es traf wegen seiner Menschlichkeit, seiner Fantasie und seinem tragischen Witz den Nerv der Zeit. Cervantes schrieb den letzten Ritterroman und gleichzeitig ein modernes, satirisches, aber nachdenkliches Buch. Deswegen wurde das Werk in einer Vielzahl von Sprachen übersetzt und im 20. Jahrhundert auch mehrfach verfilmt.

Miguel de Cervantes

Der heilige Ignatius von Loyola, der Gründer des Jesuitenordens, etwa wurde durch die Lektüre von Ritterromanen und Heiligenlegenden bekehrt.

Was war der Trinitarierorden?

Die Trinitarier waren ein Orden, der 1198 in der Nähe von Paris gegründet worden war. Seine Mitglieder waren in besonderem Maß der Verehrung der göttlichen Dreieinigkeit (Trinität) gewidmet. Ihre Hauptaufgabe bestand aber bis ins 17. Jahrhundert darin, christliche Kriegsgefangene und Sklaven von den islamischen Herrschern des Mittelmeerraums freizukaufen. 1609 wurde der Orden in einen Bettelorden nach dem Vorbild der Franziskaner und Dominikaner umgewandelt.

BEMERKENSWERTES

Gegen Windmühlen kämpfen

Dieses Sprichwort hat sich aus dem Buch *Die Abenteuer des Don Quijote* herausgebildet. Jemand, der »gegen Windmühlen kämpft«, ist zwar einerseits ein großer Idealist mit viel Mut, weiß aber andererseits nicht, dass er einen verlorenen oder vielleicht komplett sinnlosen Kampf austrägt.

Shakespeare und die englische Literatur in der elisabethanischen Epoche

***Welches Thema behandelt* Richard III.?**
Zentrale Figur ist der spätere König Richard von York, den der Neid auf seinen Bruder zu allerlei Untaten antreibt. Im Laufe des Stücks bringt Richard beinahe jeden um, mit dem er zu tun hat. Erst kurz vor seinem Tod wird er mit den Geistern seiner Opfer konfrontiert. Er bereut, aber es ist zu spät. Einer seiner letzten noch verbliebenen Feinde tötet ihn am Ende.

***Wovon handelt* Macbeth?**
Drei Hexen sagen dem adeligen Macbeth voraus, er werde König von Schottland. Dieser lässt sich von seiner ehrgeizigen Frau, Lady Macbeth, zum Mord an König Duncan überreden. Ihm wird prophezeit, seine Herrschaft ende erst, wenn der Wald zu laufen beginne und ein Gegner auftauche, der nicht von einer Frau geboren sei. Dann kommt es zum Kampf. Sein Feind, McDuff, ist durch einen Kaiserschnitt zur Welt gekommen, also nicht normal von einer Frau geboren. Auch lassen Macbeths Gegner ihre Soldaten als Bäume getarnt anrücken, sodass der Wald sich bewegt. Lady Macbeth, von

Viele Leser, Theaterbesucher und Wissenschaftler halten ihn für den besten Dramatiker, der jemals gelebt hat. Mit ihm erreichte die englische Literatur gewissermaßen aus dem Nichts heraus einen Höhepunkt von welthistorischer Bedeutung. Egal, worüber William Shakespeare (1564–1616) schrieb, er fand immer Worte oder Verse, die der Sache den treffendsten Ausdruck gaben. Und worüber hat er nicht alles geschrieben! Von ihm stammten Dramen über die Könige Englands, darunter ***Richard III.*** oder *Heinrich IV.*, aber auch über andere geschichtliche Gestalten wie *Julius Caesar*. Fast noch wichtiger sind seine Theaterstücke über mythische Personen, beispielsweise *King Lear*, **Macbeth** oder *Hamlet*. Der zögerliche dänische Prinz, dem es zufällt, seinen Vater rächen zu müssen, gehört zu den unvergesslichen Figuren des Welttheaters. Fast noch bekannter ist allerdings die traurige Liebesgeschichte um *Romeo und Julia*. Hier geht es um die Kinder zweier bitter miteinander verfeindeter Familien, die sich ineinander verlieben, nur um am Ende gemeinsam den Tod zu finden. Aber Shakespeare beschränkte sich nicht auf historische Stoffe, Tragödien und Dramen. Auch seine Komödien erreichten Millionen von Zuschauern. *Ein Sommernachtstraum*, eine Geschichte, die im Zauberreich der Feen und Elfen spielt, aber geschickt mit unserer Realität verwoben ist, gehört zu den berühmtesten Komödien überhaupt. Aber auch die *Lustigen Weiber von Windsor* oder ***Der Widerspenstigen Zähmung*** stammen aus Shakespeares Feder. Viele seiner Stücke wurden Jahrhunderte später verfilmt. Gewiss wäre der Engländer in unseren Tagen ein mit vielen Oscars ausgezeichneter Drehbuchautor. Er hatte eine große Begabung dafür, großartige Unterhaltung zu schaffen rund um zeitlose Themen wie Liebe, Ehre, Mut, Verrat, Verschlagenheit, Grausamkeit und Tod.

Dem jungen Shakespeare war der Weg zum Theater nicht unbedingt vorgezeichnet. Im ausgehenden 16. Jahrhundert, dem Zeitalter der Königin Elisabeth I., war die Welt der Bühne zwar ein beliebter Ort teilweise recht derber Unterhaltung, aber der Beruf des Schauspielers, Autors oder Theaterdirektors – und Shakespeare übte alle drei Berufe aus – war nicht sonderlich angesehen. Es dauerte darum auch eine Weile, ehe der Sohn aus gutem Hause zu seiner eigentlichen Berufung fand. Über einige Jahre seines Lebens wissen wir gar nichts. Manche vermuten, Shakespeare habe sich als Söldner verdingt. Auf alle Fälle war es für ihn schwer, in der englischen Gesellschaft aufzusteigen, da seine Familie wohl katholisch war, was im anglikanischen England kein Vorteil sein konnte. Hinzu kam die Ehe mit der deutlich älteren Anna Hathaway, die allem Anschein nach recht unglücklich war, denn er vererbte ihr nur ein gebrauchtes Bett.

Erst ab 1592 tauchte Shakespeare als Autor in London auf. Bereits fünf Jahre später war er so berühmt und wohlhabend, dass er sich das bekannte Globe Theatre als Miteigentümer leisten konnte. Shakespeare gehört zu den wenigen berühmten Schriftstellern, die durch ihren Beruf reich wurden. Ihm gehörten nicht nur mehrere Theater und Häuser, sondern auch eine eigene Schauspielgruppe, für die er seine Stücke schrieb. Bis zur Königin drang sein Ruf. Gelegentlich scheint sie seine Aufführungen besucht zu haben. Allerdings wurde der ungekrönte König des englischen Theaters nur 52 Jahre alt. Ausgerechnet an seinem Geburtstag starb er, vermutlich weil er dem Alkohol verfallen war. Doch bereits zu diesem Zeitpunkt war er eine Legende. Sein Ruhm wurde von Land zu Land getragen. Spätestens in der Mitte des 18. Jahrhunderts wurde er auch in Deutschland zu einem Klassiker, von dem man lernen konnte, wie ein gutes Theaterstück aufgebaut werden muss.

fürchterlichen Gewissensbissen geplagt, begeht Selbstmord. Auch ihr Mann wird getötet. Am Schluss verweisen die drei Hexen darauf, dass nichts so ist, wie es scheint.

***Welchen Inhalt hat* Der Widerspenstigen Zähmung?**

Der Widerspenstigen Zähmung *ist für viele heutige Menschen eher frauenfeindlich. Denn das ganze Stück dreht sich nur darum, aus einer unabhängigen und selbstbewussten jungen Frau eine gehorsame Gattin zu machen. Man muss aber berücksichtigen, wie man zur Zeit Shakespeares über Frauen dachte, um dem Stück wirklich gerecht zu werden.*

BEMERKENSWERTES

Der echte Shakespeare

Wie bei Homer ist bei Shakespeare seit dem 19. Jahrhundert umstritten, ob er wirklich der Autor all dieser vielen, ganz unterschiedlichen Theaterstücke war. Manche vermuten, dass es eine Gruppe von Schriftstellern war, die sich hinter dem Theaterbesitzer William Shakespeare verbargen, andere glauben sogar, Königin Elisabeth I. habe in Wahrheit die Dramen und Komödien verfasst. Plausibler ist die Theorie, der 1593 bei einer Wirtshausschlägerei ums Leben gekommene Dichter Christopher Marlowe sei der »echte« Shakespeare. Heute geht man eher davon aus, dass es doch Shakespeare war, der Shakespeares Dramen geschrieben hat.

Die deutsche Literatur des Barock – Grimmelshausen und der *Simplicius Simplicissimus*

Was tat ein Quacksalber?
Die Medizin des Mittelalters und der Frühneuzeit war nicht ganz so schlecht wie ihr Ruf. An einigen Universitäten wurden zumindest medizinische Grundkenntnisse gelehrt, vor allem in der Chirurgie. Zudem kannten sich viele Mönche, Nonnen und ältere Bauersfrauen mit Kräuterheilkunde aus. Trotzdem gab es nur wenige Ärzte, die wirklich etwas von ihrem Fach verstanden. Deswegen zogen viele angebliche Heilkundige gerade in Krisenzeiten durch das Land und verkauften gegen teures Geld wirkungslose Arzneimittel gegen alle möglichen Krankheiten. Diese Wanderärzte nannte man Quacksalber.

Humor ist, wenn man trotzdem lacht«, sagt ein deutsches Sprichwort. Eines der besten Beispiele für diesen Satz ist das Buch über die Abenteuer des Simplicius Simplicissimus, das Hans Jakob Christoffel von Grimmelshausen (etwa 1622–1676) 1668 veröffentlicht hat. Es schildert die teilweise grausamen, teilweise aber äußerst komischen Erlebnisse des Bauernjungen Simplicius während des Dreißigjährigen Kriegs in Deutschland. Durch einen unglücklichen Zufall gelangen Söldner zu dem abgelegenen Bauernhof, auf dem Simplicius sein bisheriges Leben verbracht hat. Der Knabe hat vom Krieg keine Ahnung, er ist ungebildet und auf das kommende Unglück nicht im Mindesten vorbereitet. Seine Eltern werden gefoltert und getötet, ihm hingegen gelingt die Flucht. Von da an entfaltet der umfangreiche Roman in mitunter unglaublich wortreicher, derber Sprache die Kriegserlebnisse des gleichermaßen gerissenen und schlitzohrigen, aber auch naiven, gelegentlich grausamen Simplicius Simplicissimus. Manches wirkt grotesk und übertrieben. So erlebt der Held des Romans gleich mehrere Schiffbrüche, schlägt sich als Narr, **Quacksalber,** Diener, Soldat, Räuber, **Marodeur** und Mörder durchs Leben. Immer wieder nimmt sein Schicksal die eigentümlichsten Wendungen. Oft entkommt er nur knapp dem Tode. Er gelangt bis nach Russland und Japan und wird auch noch Galeerensklave im Mittelmeer. Sicherheit kennt dieser Roman nicht. Das Leben des Simplicius Simplicissimus ist ebenso komplett aus den Fugen wie die vom Krieg zerrüttete Gesellschaft, in der es sich abspielt. Die Menschen kennen mehrheitlich keine Moral mehr, weil alle Versuche, richtig zu handeln, angesichts der Grauen des Kriegs immer nur in eine neue Katastrophe münden. Und dennoch verlieren weder der Autor noch sein junger Held ihren Humor. Die Nähe des Todes bewirkt nicht ein ängstliches Nichtstun, sondern führt zu stets neuen Versuchen, dank des eigenen Mutterwitzes zu überleben. Am Ende aber wendet sich Simplicius von dieser Welt ab und wird Einsiedler, um für all die Sünden seines Lebens Buße zu tun. Jetzt erst kommt sein Leben in ruhigere Bahnen.

Mit dieser Mischung aus äußerst lebendiger Sprache, übermütiger Darstellung und dem Wissen um Tod, Sünde und Katastrophen traf

Grimmelshausen in besonders dichter Weise das Lebensgefühl des Barock. Er war geradezu dazu berufen, zum Dichter des Dreißigjährigen Kriegs zu werden, dessen Grauen er als junger Soldat hautnah mitbekommen hatte. Nach dem Ende des blutigen Schlachtens verdingte er sich bei mehreren Reichsfürsten als Staatsdiener. Das war im 17. und 18., teilweise sogar noch im 19. Jahrhundert üblich. Damals galt die Treue eines »Beamten« weniger dem Staat oder der Nation, sondern einem Fürsten, der einen bezahlte. In der Hauptsache aber folgte Grimmelshausen seinem Drang, zu schreiben. Wieder und wieder wandte er sich seinen Erlebnissen aus dem Krieg zu. Unter anderem schrieb er eine der unzähligen Varianten des Stoffes von der **Mutter Courage.** Sein wichtigstes Buch aber waren die Abenteuer des Simplicius Simplicissimus. Allerdings erkannten die Zeitgenossen den Wert des Romans nicht sofort. Es dauerte bis ins 19. Jahrhundert, als deutsche Wissenschaftler auf der Suche nach einer deutschen nationalen Literatur das Werk Grimmelshausens wieder entdeckten. Danach begann es einen unaufhaltsamen Siegeszug weit über die deutschen Grenzen hinaus.

Was ist ein Marodeur?
Unter einem Marodeur versteht man einen Soldaten, der sich seinen Lebensunterhalt verdient, indem er durch das vom Krieg verheerte Land zieht und wahllos plündert. Gerade in der Endphase des Dreißigjährigen Kriegs, als die Disziplin aller Armeen zusammengebrochen war, sammelten sich ganze Gruppen von Marodeuren, um die leidende Zivilbevölkerung zu quälen und zu terrorisieren.

Wer war Mutter Courage?
Sie war eine Frau, die mit ihren Kindern als Marketenderin, das heißt als jemand, der den Soldaten die Wäsche säuberte und für sie kochte, mit den Armeen des Dreißigjährigen Kriegs durch die Lande zog. Diese Marketenderin galt als besonders mutig und aufrichtig. Aufbauend auf den Erzählungen aus dem 17. Jahrhundert hat 300 Jahre später der kommunistische Dichter Bertolt Brecht (1898–1956) ein ergreifendes Stück über Mutter Courage geschrieben.

BEMERKENSWERTES

Lebenslust und Todesangst – der Barock

Die meisten Menschen verbinden mit dem Begriff Barock heutzutage fast nur noch prächtig mit Goldverzierungen ausgestattete, etwas überladen wirkende katholische Kirchen in Süddeutschland oder Italien. Tatsächlich bezeichnet man als Barock in der Kunstgeschichte die Epoche nach dem Dreißigjährigen Krieg bis etwa um 1750 herum. Für uns ist der Barock durch eine besondere Lebensfreude und eine überschäumende Lebenslust gekennzeichnet. Das ist aber nur die halbe Wahrheit. Genauso wichtig war für die Menschen des Barock das Memento mori, also die Erinnerung an den Tod. Diese Mischung aus Lebenslust und Todesangst war vermutlich eine Folge des langen Kriegs.

Bewegung und üppige Vielfalt in Bild und Stein

Wo lag Italiens Kunstzentrum?
Die Hauptstadt Rom hatte sich zum Kunstzentrum Italiens und sogar ganz Europas entwickelt. Päpste, Könige und reiche Adelsfamilien wetteiferten als Mäzene (Kunstförderer) darin, die schönsten Werke zu besitzen und bedeutende Künstler wie Giovanni Lorenzo Bernini (1598–1680), den Meister des Hochbarock in Italien, für sich arbeiten zu lassen.

Welche Gattungen der Malerei waren im Barock beliebt?
Im Barock war das monumentale Historienbild mit seinen vielen Figuren und Haupt- und Nebenhandlungen besonders beliebt, doch gleich dahinter kamen das Porträt und das Landschaftsbild.

Ende des 16. Jahrhunderts entwickelte sich in **Italien** eine Kunstbewegung, die das Leben vorzugsweise als Drama bzw. theatralisches Fest abbildete. Der Barock war die Kunst der katholischen Kirche und der weltlichen Herrscher als Machtinstanzen und diente in erster Linie dem Verherrlichen und Darstellen dieser Macht. Dabei wirkten alle Kunstgattungen zusammen: Architektur, Bildhauerei und Malerei. Bildhauerei und Malerei wurden mit der Architektur beispielsweise in Form einer »Scheinarchitektur« verbunden. Säulen schmückten die Wände, hatten aber keine tragende Funktion mehr, und Deckengemälde mit auf Wolken sitzenden Engeln täuschten vor, dass der Raum bis in den Himmel reichte.

Das berühmteste Beispiel barocker Kunst als Sinnbild höchster Macht ist das Schloss von Versailles, das der französische König Ludwig XIV. (1643–1715) erbauen ließ. Es fand viele Nachahmer in Europa, zum Beispiel das Sommerschloss Sanssouci (1745–1747) des preußischen Königs Friedrich II. des Großen (1740–1786), in Potsdam.

In Italien bildeten sich zwei Stilrichtungen in der **Malerei** heraus, die für den gesamten europäischen Barock prägend werden sollten: Die eine Stilrichtung gab der Künstler Annibale Carracci (um 1560–1600) vor. Er malte seine Figuren noch verstärkt nach dem klassischen Ideal mit schönen Gesichtszügen, antiken Gewändern und gefühlvollen, aber nicht zu dramatischen Gesten. Seine »Schule« fand viele Anhänger in den Niederlanden und auch in Frankreich, wie Nicolas Poussin (1594–1642) mit seinen mythologischen Bildern und Claude Lorrain (1600–1682) mit seinen idealisierten Landschaften.

Die zweite Stilrichtung prägte Michelangelo Merisi da Caravaggio (1573–1610). Er malte Menschen bei ihrer alltäglichen Arbeit, naturgetreu auch hässlich und in zerlumpten Kleidern. In Caravaggios Werk *Knabe, der von einer Eidechse gebissen wird* (um 1595) erlebt der Betrachter förmlich den Schmerz und den Schrecken des Jungen mit. Der Schauplatz ist nur mit wenigen Details angedeutet und es gibt nur eine Lichtquelle, welche die Hauptszene beleuchtet. Der Rest des Raumes liegt im Dunkeln. Caravaggio führte damit die »Hell-Dunkel-Malerei« (ital. *chiaroscuro)* ein. Sie fand bei den **Nie-**

derländern und bei spanischen Künstlern wie Bartholomé Estéban Murillo (1618–1682), Jusepe de Ribera (1591–1652) und Diego Rodriguez de Silva y **Velázquez** (1609–1660) großen Anklang.
Im Heiligen Römischen Reich Deutscher Nation hielt der Barock auf Grund des Dreißigjährigen Krieges erst Anfang bis Mitte des 18. Jahrhunderts Einzug. Seine berühmten Vertreter dort sind u. a. die Architekten Balthasar Neumann (1687–1753), der in Würzburg prachtvolle Barockbauten schuf, und Andreas Schlüter (um 1660–1714), während dessen Schaffenszeit Berlin zu einem wichtigen Kunstzentrum wurde. Das barocke Hauptwerk des Bildhauers Balthasar Permoser (1651–1732) sind die Skulpturen des Dresdner Zwingers.

Welcher Maler war der Meister des niederländischen Barock?
Peter Paul Rubens (1577–1640) war der Meister des süd-niederländischen bzw. flämischen Barock und einer der einflussreichsten Künstler Europas. Seine riesigen Bilder malte er in kräftigen, leuchtenden Farben und seine Figuren mit ihren drallen Körpern strotzen vor Kraft und Lebensfreude!

Wie malte Velázquez die königliche Familie?
Der Hofmaler Velázquez schuf mit seinen königlichen Porträts einen neuen Stil: Er malte die Herrscher und ihre Familien so, »wie sie waren«, stellte sie nicht mehr wie üblich verherrlicht dar. Sein berühmtes Bild Las Meniñas *(1656) zeigt die Königsfamilie ungezwungen in ihren privaten Gemächern und sogar den Maler selbst während des Porträtierens.*

BEMERKENSWERTES

Die Kunst auf Reisen und als Handelsware

Im 17. Jahrhundert herrschte eine wahre Reiselust nicht nur unter den »Bildungsbürgern« ganz Europas, sondern auch unter den Künstlern. Der gegenseitige Einfluss ist an den Gemälden und Gebäuden deutlich sichtbar. Aber nicht nur die Künstler reisten, sondern auch die Kunstwerke, und zwar als Handelsware. Auslöser dafür war die neu erwachte Sammelleidenschaft der Herrscher, reicher Adliger, Kirchenleute und Bürger. In Antwerpen und Amsterdam eröffneten die ersten Auktionshäuser ihre Tore und an vielen Herrscherhöfen fanden Kunstausstellungen statt.

Der Alltag im Bild

Wer ist ein berühmter Vertreter der niederländischen Genremalerei?
Ein bedeutender Genremaler ist Rembrandt Harmensz van Rijn. Er porträtierte beispielsweise in seinem Werk Die anatomische Vorlesung des Dr. Tulp *(1632) Mitglieder der Chirurgengilde bei ihrem Studium einer menschlichen Leiche. Ein anderes Beispiel sind die Vertreter der Schützenkompanie des Kapitäns Frans Baningh Cocq in dem berühmten Bild* Die Nachtwache *(1642).*

Malten die Künstler auch von sich Einzelporträts?
Zu Albrecht Dürers (1471–1528) Zeiten war das Selbstporträt eines Künstlers noch etwas sehr Ungewöhnliches. Peter Paul Rubens (1577–1640) und Rembrandt Harmensz van Rijn (1606–1669) hingegen malten sich als Vertreter des neuen selbstbewussten und erfolgreichen Künstlers voller Stolz mit ihrer Ehefrau oder in verschiedenen Einzelporträts.

In der Zeit des Barock gab es vor allem in den nördlichen Niederlanden eine Bewegung in der Malerei, die sich für den Menschen in seiner direkten Umwelt interessierte: die **»Genremalerei«** (von frz. *genre* = »Sitte«). In **Einzelporträts** oder Gruppenbildern stellten die Künstler verschiedene Menschen bei der Arbeit oder in ihrer häuslichen Umgebung dar. Die Art und Weise der Darstellung ist sachlich und ruhig, die Bewegungen der Figuren auf wenige, aber aussagekräftige Gesten beschränkt. Dennoch werden ihre Gefühle für den Betrachter deutlich. Die dargestellten Personen stammen aus allen Gesellschaftsschichten, es sind Mägde, Bürger oder Adlige.

Der Maler Frans Hals (1581/1585–1666) wurde bekannt für **Porträts,** die einen Querschnitt durch das niederländische Volk zeigen. Viele seiner Werke erkennt man sofort. Sie sind vorzugsweise in Schwarz und Grautönen gehalten. Allein die hellen Gesichter und Hände sowie die hellen Manschetten und Kragen der typischen Tracht leuchten aus den Bildern hervor. Charakteristisch für Frans Hals ist die Lebensfreude, welche die Porträtierten durch ihr Lächeln und ihre ungezwungene Haltung dem Betrachter vermitteln. Man hat nicht den Eindruck, dass die Personen für das Porträt stundenlang posiert haben, sondern meint, dass der Maler sie spontan gemalt hat.

Jan Vermeer van Delft (1632–1675) wählte bürgerliche und bäuerliche Innenraumszenen (Interieurs) als Themen seiner Bilder. Seine Figuren beschäftigen sich mit alltäglichen Dingen wie Briefe schreiben oder häusliche Tätigkeiten. **Jan Steen** (1626–1679) zeigt uns sogar einen Ausschnitt aus dem Schulalltag, der aber wohl nicht ganz der Wahrheit entspricht bzw. sehr übertrieben dargestellt ist! In dem Werk *Die Knaben- und Mädchenschule* (um 1670) toben die Schüler auf Stühlen und Bänken herum oder schlafen friedlich auf dem Boden. Den Lehrer scheint das nicht zu interessieren. Steen verband seine volkstümlichen Bilder gerne mit einem Sprichwort, das auf eine menschliche Schwäche hindeutet. Hier kritisiert er vermutlich die damalige Unterrichtsmethode der Lehrer.

Aus den Bildern der Genremalerei lernen wir viel. Wir sehen, wie die Menschen sich zu der damaligen Zeit kleideten, wie die Möbel aussahen und welche **Arbeiten** die Menschen mit welchem Werkzeug verrichteten. Aber den Malern ging es nicht darum, nur den Alltag der Menschen darzustellen. Die Bilder hatten stets einen moralischen Gehalt, das heißt mehrere Bedeutungsebenen, die wir heute oft nicht mehr herauslesen können. Bildsymbole – wie ein Spiegel, der für Eitelkeit steht, oder eine heruntergebrannte Kerze, die Vergänglichkeit bedeutet – vermittelten dem zeitgenössischen Betrachter sofort die Botschaft des Künstlers. Doch für uns sind die meisten Aussagen fremd und ohne Lexikon oder Museumsführer nicht mehr zu verstehen.

Wer war Jan Steen?
Jan Steen war nicht nur Maler, sondern auch Bierbrauer und Gastwirt. In seinen Bildern tauchen oft Weinfässer oder Bierkrüge auf!

»Die anatomische Vorlesung des Dr. Tulp« von Rembrandt

»Arbeiten« die Adligen in den Bildern auch?
Reiche Bürger oder Adlige verrichten keine »Arbeiten«. In dem Werk Das Ladenschild des Kunsthändlers Gersaint *(1729) des Engländers Jean-Antoine Watteau (1684–1721) sieht man Adlige in einem Kunstladen Bilder ein- und auspacken, um sie in Ruhe zu betrachten.*

BEMERKENSWERTES

Der Alltag der Künstler

Der Alltag der Maler, Bildhauer und Architekten konnte sich mittlerweile sehr angenehm gestalten. Reiche Bürger, Adlige, hohe Kirchenleute und Herrscher zollten den Meistern großen Respekt. Oft hatten Künstler wie Frans Hals oder Rembrandt hohe Posten innerhalb ihrer Zunft oder in der Stadt inne. Peter Paul Rubens (1577–1640) war sogar Diplomat und verantwortlich für einige Friedensschlüsse. Die Künstler arbeiteten nicht mehr nur im Auftrag, sondern schufen Werke »auf Vorrat« für den Verkauf bzw. leisteten sich den Luxus, einfach »aus Lust« zu malen!

Freude, Zorn und Trauer werden hörbar: die Affektenlehre

Was versteht man unter einem Affekt?
Ein Affekt ist eine menschliche Gefühlsregung bis hin zur Leidenschaft.

Welche Annahme liegt der Affektenlehre zu Grunde?
Diese Lehre geht davon aus, dass es eine direkte Verbindung zwischen Musik und seelischen Zuständen gibt, dass die Musik also seelische Zustände wiedergeben und sogar beeinflussen kann. Dies wusste man bereits in der Antike.

Um 1600 setzten die kirchlichen und weltlichen Herrscher dem »Freidenkertum« der Renaissance ein Ende. Bis dahin hatte jeder Künstler sich selbst und den Menschen als Maß aller Dinge betrachtet. Dieses aber beanspruchten die Herrscher des Absolutismus nun ausschließlich für sich. Auch die Kunst hatte sich ihrer »absoluten« Ordnung zu fügen.
Die Zeit des Barock fand für die Musik von etwa 1600–1750 statt. Sie erfuhr an den Fürstenhöfen eine besondere Blüte und entwickelte sich parallel zu den Ansprüchen, die dort an sie herrschten. Sie hatte dem Fürsten zu huldigen und seine Macht zu verherrlichen – und zwar wirkungsvoll. Das hieß, sie sollte mitreißen und erschüttern. Und das tat sie am besten, indem sie den Menschen bei seinen Gefühlen – seinen **Affekten** – packte. Die Affekte sollten musikalisch hervorgehoben werden; man sollte der Musik anhören, wovon sie handelte. So legte man für die einzelnen Affekte musikalische Elemente fest: Große Tonschritte bedeuteten zum Beispiel »freudig erregte Leidenschaft«, absteigende, kleine Tonschritte (vor allem Halbtonschritte) stellten Trauer dar. Auch Kontraste jeglicher Art konnten Gefühle ausdrücken: Laut galt eher als freudig, leise als melancholisch. Schnell/langsam, ein Instrument/viele Instrumente, hoch/tief – die musikalischen Ausdrucksmittel sind in der **Affektenlehre** vielfältig. Man sprach zwar von so etwas wie »Affekt-Grundformen«, das waren beispielsweise Liebe, Hass, Trauer, Freude, Verwunderung, Verlangen. Die eigentliche Kunst war es aber, mit den musikalischen Mitteln Nuancen auszudrücken. Diese Kunst war in »Lehrbüchern« festgelegt und nachzulesen.
Die musikalische Betonung der Affekte korrespondierte wunderbar mit höfischen Umgangsformen, mit dem bis ins Kleinste durchorganisierten Hofzeremoniell. So wissen wir, dass der »Sonnenkönig« Ludwig XIV. (1638–1715) ein begnadeter Tänzer war. Der Gesellschaftstanz im Barock aber war kein reines Vergnügen. Er war geometrisch genau durchdacht, man musste jahrelang lernen, wie von hier nach da zu schreiten war, und jeder – beispielsweise erotische – Ausdruck war in seiner Form erstarrt.
Hier tritt der Komponist Jean-Baptiste Lully (1632–1687) auf den Plan. Er komponierte in Theaterstücke Ballette hinein und verstärkte

damit die Ballettleidenschaft des Versailler Hofes. Die lag natürlich vor allem am König selbst: Er tanzte die Hauptrollen, die ihm auf den Leib geschrieben waren und die seiner Huldigung dienten. Lullys Musik ist präzise durchdacht und streng. Nichts ist dem Zufall überlassen. Gefühle werden musikalisch umgesetzt, etwa in verschiedene Charakteristika von Tänzen. Die Affektenlehre war also in gleichem Maße stilisiert wie die Umgebung, die sie hervorbrachte.

Große Gefühle gibt es auch in der Oper. So war es kein Wunder, dass die Oper im 17. Jahrhundert eine Glanzzeit hatte. Sie konnte in ihrer Vielfältigkeit – Dichtung, Musik, Schauspielerei, Ballett, Dekoration, Bühnentechnik – besonders gut zur Huldigung, aber auch zur Machtdemonstration der Fürsten genutzt werden. In der Oper setzte sich, schon wegen der Textverständlichkeit, endgültig die **Monodie** durch. So konnten sich die Oberstimmen (instrumental oder vokal) freier entfalten, da sie nur von Akkorden begleitet wurden. Sie konnten sozusagen »affektenreicher« sprechen.

Was bedeutet »Monodie«?

Monodie ist Sologesang mit instrumentaler Begleitung. Im Barock lag der Solostimme der Generalbass zu Grunde, eine instrumentale Bass-Stimme, deren Ausführung (z.B. mit einem Cembalo) nur durch Ziffern, die bestimmte Intervalle festlegen, dargestellt wurde. Deshalb nennt man den Barock in der Musik auch »Generalbass-Zeitalter«.

Jean-Baptiste Lully

BEMERKENSWERTES

Tod durch den Taktstock

Zu Lullys Zeit war es üblich, den Takt für die Musiker laut zu schlagen. Lully tat das, indem er einen Stab auf den Boden stieß. Eines Tages traf er mit dem Stab seinen eigenen Fuß. Die Wunde entzündete sich und Lully konnte nicht mehr gerettet werden: Er starb an einer Blutvergiftung.

Neue Technik, neue Klänge: die Instrumente des Barock

Was bedeutet »Klangfarbe«?
Spielen ein Klavier und eine Blockflöte einen Ton gleicher Höhe, gleicher Lautstärke und gleicher Dauer, so erkennt man trotzdem, um welches Instrument es sich handelt, und zwar an der Klangfarbe, der spezifischen Zusammensetzung der Töne aus Grundton und Obertönen.

Wodurch unterscheidet sich ein Oratorium von einer Oper?
Sie unterscheiden sich durch den geistlichen Inhalt und die nichtszenische Aufführung. Musikalisch ähneln sich die beiden Gattungen.

Was ist ein »Concerto grosso«?
Das ist ein Orchesterwerk, bei dem sich die Solistengruppe und ein Orchester abwechseln.

Was ist das Besondere am Solokonzert?
Hier steht nur ein Instrumentalsolist (manchmal auch zwei, selten drei oder gar vier) dem Orchester gegenüber. Die Solostimmen sind anspruchsvoller als beim Concerto grosso.

Die Nachfrage bestimmte das Angebot«, könnte eine Antwort auf die Frage sein, warum sich die Instrumente im Barock genau so und nicht anders entwickelt haben. Die Monodie und das Bewusstsein für Zusammenklänge hatten sich bereits etabliert. Deshalb benötigte man Instrumente, deren Töne gleichmäßiger ansprachen, deren hohe und tiefe Töne also eine ähnliche **Klangfarbe** hatten. Mit solchen Instrumenten stand einem einheitlichen Orchesterklang nichts mehr im Wege – Oper, **Oratorium,** Kantate, **Concerto grosso** und **Solokonzert** waren die Gattungen der Epoche. Dies aber erforderte fast zwingend Instrumente, deren Tonumfang größer war als zuvor. Nachdem die Instrumentenbauer solche Instrumente konstruiert hatten, bekamen auch die Komponisten, die sie im Orchester einsetzten, ein anderes Verhältnis zu den Instrumenten als vorher: Sie entwickelten eine genaue Vorstellung von der Besetzung ihrer notierten Stimmen und von der Qualität der Instrumente. In der Zeit der Renaissance war das noch anders gewesen. Hier wurde mit den Instrumenten musiziert, die gerade zur Verfügung standen.
Was tat sich nun in den Werkstätten? Oder auf dem Instrumentenmarkt? Ganze Instrumente verschwanden aus dem »offiziellen« Musikleben, nämlich die, welche die neuen Bedingungen nach ähnlicher Klangfarbe ihrer Töne nicht erfüllen konnten. Beispiele sind die Fidel oder das Krummhorn.
Ganze Familien, etwa die der Streichinstrumente, verloren »offiziell« ihre Vielfalt: **Gamben** traten zurück zu Gunsten der Instrumente, die die uns auch heute geläufige Violinfamilie bilden: Violine, Viola, Violoncello, Kontrabass. Alle haben in der Regel vier Saiten – das war durchaus neu zu einer Zeit, in der es unübersehbar viele Variationen im Instrumentenbau gab. In Italien taten sich besonders die Geigenbaufamilien Amati und Guarneri und vor allem natürlich **Antonio Stradivari** hervor.
Auch die Blasinstrumente mussten sich verändern, um den Zug der Zeit nicht zu verpassen. So erkannten die Instrumentenbauer, dass es klug war, die Holzblasinstrumente aus mehreren Stücken zu fertigen, die ineinander gesteckt wurden: Erstens konnten die Grifflöcher in kürzeren Stücken exakter gebohrt werden, und zweitens waren die Instrumente durch ihre Mehrteiligkeit bis zu einem gewissen

Grad stimmbar. Das war wichtig, ging es doch um den Zusammenklang. Blockflöten, Oboen, Fagotte, Klarinetten, Querflöten – gegen Ende des Barock waren die Instrumente aus ihren Vorläufern in etwa so entwickelt, wie wir sie heute kennen.

Beim **Blech** eroberte sich das Horn seinen Platz im Orchester. Die Trompete wurde im Laufe des Barock zu einem regelrechten Virtuoseninstrument. Das war nun möglich, weil es den Herstellern gelang, die genauen Proportionen der Röhre immer einzuhalten, sodass die Spieler die oberen Teiltöne sicher beherrschen konnten.

Noch heute wird die Orgel die »Königin der Instrumente« genannt. Mit bis zu drei **Manualen** und einem Pedalwerk, dazu hoch differenzierte Orgelregister, war die Klangfülle einer Orgel überwältigend – und sie ist es bis heute.

Um 1700 ist eine Erfindung zu datieren, die das Cembalo, *das* Generalbass-Instrument, nahezu ganz verdrängte: das Hammerklavier. Endlich konnte man mit einem Tasteninstrument die Lautstärke feinfühlig nuancieren, weil nun bei einem leichten oder stärkeren Tastendruck ein Hammer leichter oder stärker auf die entsprechende Saite schlug. Die Saiten wurden nicht mehr wie beim Cembalo angerissen. Als über 100 Jahre später dann noch die so genannte »Repetitionstechnik« – sie ermöglicht eine rasche Anschlagsfolge – erfunden wurde, entdeckten und vereinnahmten die Virtuosen das Klavier. Deren Namen kennen wir gut: Clara Schumann, Frédéric Chopin, Franz Liszt . . .

BEMERKENSWERTES

Gleich zwei!

Die wenigen Stradivari-Geigen, die noch existieren, haben Eigennamen: So spielt die berühmte Geigerin Anne-Sophie Mutter die »Emiliani« von 1703 und die »Lord Dunn-Raven« von 1710. Mutter schätzt an Stradivaris Geigen, dass ihr Ton eine enorme Tragfähigkeit hat, auch wenn man ganz leise spielt: »Es ist also diese Freiheit, zu wissen, dass die Stimme nie versagt, nie an Substanz verliert, sondern dass auch noch das Flüstern hinzukommt«, erklärte sie in einem Interview mit dem Bayerischen Rundfunk.

Was ist eine Gambe?
Eine Gambe (auch: Viola da gamba) ist ein Streichinstrument bis hin zur Größe eines Violoncellos. Die Gambe wird gespielt, indem man sie zwischen die Knie klemmt. Die Gambe war vor allem in Frankreich und England im 16. und 17. Jahrhundert als Orchesterinstrument wichtig, im 18. Jahrhundert auch noch als Soloinstrument.

Was ist das Besondere an Stradivaris Geigen?
Das ist ihr außergewöhnlich schöner Klang. Antonio Stradivari (um 1644–1737) benutzte für seine Geigen einen speziellen Lack. Man sagt, der Lack sei das Geheimnis des Klangs. Aber letztlich ist auch das nur eine Vermutung.

Was gehört zum »Blech«?
Zu den Blechblasinstrumenten gehören unter anderem Trompete, Horn, Posaune und Tuba (die es aber im Barock noch nicht gab).

Was ist ein »Manual«?
Das ist eine Tastenreihe mit einem bestimmten Umfang.

Die ersten Akademien entstehen

Welche Aufgaben hatte sich die Royal Society gestellt?

»Aufgabe und Absicht der Royal Society«, so schrieb ihr Kurator Robert Hooke 1663, ist es, »das Wissen von den natürlichen Dingen und alle nützlichen Künste, Fabrikationszweige, mechanischen Verfahrensweisen, Maschinen und Erfindungen durch Experimente zu verbessern . . . Alle Systeme, Theorien, Prinzipien, Hypothesen, Elemente, Historien und Experimente von natürlichen, mathematischen und mechanischen, erfundenen, aufgezeichneten oder praktizierten Dingen von allen bedeutenden Autoren, antiken oder modernen, zu prüfen mit dem Ziel, ein umfassendes und zuverlässiges philosophisches System zur Erklärung aller Erscheinungen zusammenzutragen . . . und eine Darstellung der vernünftigen Ursachen der Dinge zu erzielen.«

Bis in das 16. Jahrhundert hinein studierte und forschte man nicht, um Naturerscheinungen zu entdecken und zu verstehen, sondern um die Richtigkeit der 2.000 Jahre alten aristotelischen Theorien zu bestätigen – die nicht immer richtig waren.

Endlich, im 17. Jahrhundert, lösten sich die Naturwissenschaften endgültig von ihren antiken Traditionen. Das Hervortreten von experimenteller Methode und Mathematisierung ließen sie gänzlich neu als moderne Wissenschaften erscheinen. Auf einigen Gebieten – Mechanik, Mathematik, Astronomie – vollzogen sich revolutionäre Umwälzungen. Aber auch die auf Teilgebieten von Physik, Chemie, Biologie und Geowissenschaften erzielten grundlegenden Einsichten waren beachtlich. Der Aufbruch der »modernen«, exakten Wissenschaften wird oft als »wissenschaftliche Revolution« bezeichnet. Das gesellschaftliche Ansehen der Naturwissenschaften stieg. Sie profitierten auch von ihren enger gewordenen Beziehungen zur technischen und wirtschaftlichen Entwicklung.

Besonders in England erfuhr das wissenschaftliche Leben einen steilen Aufschwung. Während das Zentrum Europas unter dem Dreißigjährigen Krieg litt, siegte auf der Insel die bürgerliche Revolution. Die Wirtschaft entfaltete sich und neue Wege der Forschung, der Zusammenarbeit und Organisation wurden beschritten. Urheber der organisatorischen Umwälzung innerhalb der britischen Naturwissenschaften des 17. Jahrhunderts war die 1660 gegründete und zwei Jahre später mit einem königlichen Statut ausgestattete »Royal Society for the Improvement of Natural Knowledge« (Königliche Gesellschaft für die Verbesserung des Wissens von der Natur). Die **Royal Society** geht zum Teil zurück auf Francis Bacon, der in seinem Buch *Nova Atlantis* die Gründung einer wissenschaftlichen Akademie beschrieb. Diese Gedanken fanden zwar zu Lebzeiten Bacons keine besondere Beachtung, doch seine Schriften waren um die Mitte des 17. Jahrhunderts weit verbreitet. Sie beeinflussten die Gründer der legendären wissenschaftlichen Gesellschaft, die Privatgelehrte waren und sich ihre Forschungsaufgaben selbst stellten. Der Aufstieg der Wissenschaften führte auch zur Entwicklung einer speziellen Art von Wissenschaftlern, den **»virtuosi«.**

In Frankreich entwickelten sich die Wissenschaften ähnlich wie in England. Allerdings nahm hier der absolutistische Staat die Gründung einer Akademie selbst in die Hand. Die »Académie des Sciences«

wurde 1666 in Paris gegründet. Ihr gehörten zunächst 20 vom König bezahlte Wissenschaftler an. Sie arbeiteten gemeinsam an Problemen, die ihnen von den Ministern des Königs vorgelegt wurden. Dem Beispiel der vom Staat eingerichteten Pariser Akademie folgte man 1700 in Berlin (»Societas Regia Scientiarum«) und 1724 in St. Petersburg (»Academia Scientiarum Imperialis Petropolitanae«). Mit diesen vier Hauptzentren der Wissenschaft sind die Namen der hervorragendsten Naturwissenschaftler jener Zeit verbunden. Aber auch in anderen Ländern entstanden leistungsfähige wissenschaftliche Akademien und Gesellschaften.

Während die Gelehrten ihre Ansichten und Forschungsergebnisse ursprünglich brieflich austauschten, gingen die Akademien schon bald dazu über, regelmäßig erscheinende Nachrichtenblätter zu gründen. Die ersten naturwissenschaftlichen Zeitschriften waren das Pariser »Journal des Scavans« (1665) und die Londoner »Philosophical Transactions« (1665). Bis heute sind wissenschaftliche Zeitschriften die wichtigste Form der Veröffentlichung wissenschaftlicher Forschungsergebnisse in den Naturwissenschaften.

Wer waren die »virtuosi«?

Die Virtuosi waren meist reiche, adlige Männer, die sich bisher mit dem Sammeln von Antiquitäten, Malerei, Waffen und Münzen beschäftigt hatten. Sie widmeten sich nun dem Beobachten der Natur, sie experimentierten und sammelten Tiere, Pflanzen und Steine. Die Versicherung, dass für diese Art der Wissenschaft keine Ausbildung erforderlich sei, ermutigte schließlich auch Frauen sich mit der neuen Wissenschaft zu beschäftigen.

BEMERKENSWERTES

Der Elefant im Mond

Die Gründungsmitglieder der Royal Society wurden oft verspottet. Der englische Satiriker Samuel Butler widmete ihnen ein Gedicht. In *Der Elefant im Mond* versammeln sich Astronomen, um gemeinsam den Mond zu betrachten. Schon bald werden sie Zeugen einer Schlacht, in deren Mittelpunkt ein Elefant steht. Begeistert beginnen sie einen wissenschaftlichen Aufsatz zu verfassen – bis ein Bediensteter sie darauf hinweist, dass es sich bei dem vermeintlichen Elefanten um eine in das Teleskop eingeschlossene Maus und bei der Schlacht um einen Mücken- und Fliegenschwarm handelt.

Galileo Galilei und die neue Naturwissenschaft

Welche Messinstrumente benutzte Galilei?
Der Gelehrte benutzte nicht nur traditionelle Instrumente wie das Lineal, die Waage und die Wasseruhr. Er entwickelte auch neue Geräte, darunter das Thermoskop. Es diente zur Bestimmung der Temperatur. Für Zeitmessungen führte er das Pendel ein und für astronomische Beobachtungen benutzte er von ihm selbst gebaute Fernrohre. Mit diesen entdeckte er eine Vielzahl neuer Erscheinungen am Himmel, beispielsweise die Mondgebirge, die Sonnenflecken und die Trabanten des Jupiter.

Welches Experiment machte Galilei besonders bekannt?
Galilei werden spektakuläre Versuche zum freien Fall am Schiefen Turm von Pisa nachgesagt. Diese haben jedoch nie stattgefunden. Tatsache indes ist, dass der Forscher zum Studium von Bewegungsvorgängen eine glatte Metallkugel auf einer polierten Fallrinne abrollen ließ. Auch das war eine Art von Fall, nur lief er nun so langsam ab, dass man ihn mit den damaligen Mitteln messen konnte. Galilei maß die Geschwindigkeit der Ku-

Die wissenschaftliche Revolution des 17. Jahrhunderts hatte die Grundlagen für die Entstehung der modernen Wissenschaften gelegt. Nun wurde die methodische Beobachtung im Experiment zum unbedingten Muss, zum Fundament der Naturerkenntnis. Vor allem begann man die Ergebnisse der Experimente auch in mathematische Gleichungen zu fassen.

Eine Schlüsselfigur der wissenschaftlichen Revolution des 17. Jahrhunderts war der italienische Mathematiker und Physiker Galileo Galilei (1564–1642). Mit ihm kam die mathematisch-experimentelle Methode der Naturwissenschaft zur Reife. Der Aufstieg dieser Methode wurde begleitet von der Vervollkommnung der **Messinstrumente,** die die Anwendung der Mathematik auf bestimmte Naturerscheinungen erleichterte. Galilei stellte seine Fragen an das Experiment und nicht an die Vernunft; er fragte stets nach dem »Wie« eines Prozesses. Eine Reihe wissenschaftlich kontrollierter Experimente war für ihn die Grundlage eines Beweises für eine Gesetzmäßigkeit.

Weltweite Anerkennung und einen dauerhaften Platz im Geschichtsbuch der Naturwissenschaft trugen dem Gelehrten seine Forschungen mit bewegten und fallenden Körpern ein. Das geschah durch eine Kombination von theoretischen Vorstellungen, Gedankenexperimenten und wirklichen **Experimenten.** Als Zeitgenossen Galileis wenig später eines dieser Experimente wiederholten, konnten sie allerdings keine hundertprozentige Übereinstimmung zwischen dem mathematisch formulierten Fallgesetz und den Beobachtungsgesetzen feststellen. Unabhängig davon wird aber an diesem Beispiel die neue Stellung des Experiments bei der Wahrheitsfindung deutlich.

Galileis Gesetze des freien Falls – neben den keplerschen Gesetzen die ersten mathematisch formulierten Gesetze, mit denen man Naturerscheinungen berechnen konnte – wurden 1638 in seinem Alterswerk *Discorsi e dimostrazioni matematiche intorno a due nuove scienze* (Unterredungen und mathematische Demonstrationen über zwei neue Wissenszweige) veröffentlicht. Es ist in Dialogform geschrieben. In sechs Tagesgesprächen diskutieren zwei Vertreter der neuen Wissenschaft und ein Verteidiger des alten aristotelischen

Standpunkts. Das Werk wird als das erste Lehrbuch der neuzeitlichen Physik bezeichnet. Der große Forscher schrieb es im Gewahrsam der Inquisition.

Das zweite Hauptwerk des Gelehrten, der *Dialogo sopra i due massimi sistemi del mondo* (Dialog über die beiden hauptsächlichen Weltsysteme) erschien 1632. Es stellt die Weltbilder des Ptolemäus und des Kopernikus einander gegenüber. Galilei war seit langem von der Richtigkeit des kopernikanischen Weltsystems mit der Sonne im Mittelpunkt des Universums überzeugt. Das Buch schlug ein wie eine Bombe.

Was waren die Gründe dafür? Galilei lieferte die bisher überzeugendsten Argumente für die kopernikanische Weltanschauung und gegen die aristotelisch-ptolemäische Astronomie und Naturphilosophie. Dazu kam, dass das Buch auf Italienisch geschrieben war und so von verhältnismäßig vielen Menschen gelesen werden konnte; die meisten anderen Gelehrten benutzten damals das für das einfache Volk unverständliche Latein als Sprache der Wissenschaft.

Kaum war der »Dialogo« erschienen, reagierte die katholische Kirche, die in der Erde (Ptolemäus) und nicht in der Sonne (Kopernikus) das Zentrum der Welt sah. Galileis Behauptungen waren für die christlichen Glaubenslehrer Ketzerei. Das Buch wurde verboten und Galilei musste vor der Inquisition erscheinen, dem höchsten kirchlichen Gericht. Dort musste der große Gelehrte seiner **Überzeugung** abschwören, dass sich die Erde um die Sonne bewege. Ansonsten hätte ihm die Todesstrafe gedroht.

gel auf verschieden langen Strecken und erkannte: Leichte Körper fallen genauso schnell wie schwere – wenn man von der Bremswirkung durch die Luftreibung absieht.

Was dachte Galilei nach dem Prozess wirklich?

Nachdem Galilei den besagten Eid geschworen hatte, wurde der »reuige Sünder« für den Rest seines Lebens unter Hausarrest gestellt. Zu Hause wieder angekommen, soll er den Erdboden mit dem Finger berührt und gemurmelt haben: »Eppur si muove!« – »Und sie bewegt sich doch!« Das ist zwar eine Legende, aber sie drückt aus, dass Galilei seine Ansichten keineswegs geändert hatte.

BEMERKENSWERTES

Erkenntnis in der Kathedrale

Der Medizinstudent Galilei war ein guter Beobachter: Beim Gottesdienst in der Kathedrale von Pisa wurde er vom Pendeln des Altarlichts abgelenkt. Egal, wie weit die Lampe ausschlug – sie schien zum Hin- und Herschwingen immer genau dieselbe Zeit zu brauchen. Galilei begann die Pendelzeiten nach seinem eigenen Puls zu kontrollieren. Er definierte schließlich das Pendelgesetz, laut dem ein Pendel unabhängig von seinem Ausschlag immer mit dem gleichen Rhythmus schwingt. Dieser hängt von der Länge des Pendels ab. Galilei kam nun vom Beobachten und dem Messen des Gesehenen nicht mehr los – es war Ausdruck der neuen Wissenschaft der Zukunft.

Newton und die Gravitationstheorie

Wer war Isaac Newton?
Newton wurde 1642, im Todesjahr Galileis, geboren. Er studierte Mathematik und machte schon während seines Studiums wichtige mathematische und physikalische Entdeckungen. Bereits mit 27 Jahren bot man ihm einen Lehrstuhl an der berühmten englischen Universität in Cambridge an. 1672 wurde Newton in die Royal Society aufgenommen, deren Präsident er 1703 wurde. Er starb 1727.

Was sind die drei Bewegungssätze?
1. Gesetz: Jeder Körper verharrt in seinem Zustand der Ruhe oder der gleichförmigen geradlinigen Bewegung, wenn er nicht durch einwirkende Kräfte gezwungen wird seinen Zustand zu ändern.
2. Gesetz: Die Änderung der Bewegung ist der Einwirkung der bewegenden Kraft proportional und geschieht nach der Richtung derjenigen geraden Linie, nach welcher jene Kraft wirkt.
3. Gesetz: Die Wirkung ist stets der Gegenwirkung gleich oder die Wirkungen zweier Körper aufeinander sind stets gleich und von entgegengesetzter Richtung.

Der Aufstieg und die Ausbreitung der experimentellen Naturwissenschaften im 17. Jahrhundert war unaufhaltsam: Während Galilei auf Fallrinnen Metallkugeln hinabrollen ließ, unternahm der Italiener Evangelista Torricelli (1608–1647) Versuche mit Quecksilberröhren und entdeckte dabei das Prinzip des Luftdrucks. Der Engländer William Harvey (1578–1657) sezierte ungezählte Tiere auf der Suche nach der Funktionsweise des Herzens und sein Landsmann Isaac Newton (1642–1727) ließ Licht durch Prismen und Linsen fallen, um die Zusammensetzung des Lichts aus verschiedenen Strahlen mit unterschiedlichen Brechungswinkeln zu beweisen. Die Naturwissenschaft hatte sich endgültig etabliert. Aber mehr noch – auch die (nicht ganz neue) These von ihrem gesellschaftlichen Nutzen wurde im 17. Jahrhundert erstmals weithin vertreten.

Die wissenschaftliche Revolution ist untrennbar mit dem Mathematiker und Physiker **Isaac Newton** verknüpft. Dieser geniale Forscher hat die Kräfte, die diese Revolution vorantrieben, gebündelt und die geistige Landschaft des späten 17. und frühen 18. Jahrhunderts beherrscht wie kein anderer. Isaac Newton lieferte eine geschlossene mathematische Theorie von der Welt, die bis weit ins 20. Jahrhundert hinein die Grundlage wissenschaftlichen Denkens blieb.

Die größten Entdeckungen machte der Gelehrte in der Astronomie. Newton hatte sich schon während seines Studiums mit der Lehre von der Mechanik beschäftigt und grundlegende Ideen über die universelle Schwerkraft entwickelt. Diese Studien nahm er wieder auf, nachdem ihn 1684 der Astronom Edmond Halley in Cambridge besucht und um seine Meinung zur Bahnbewegung der Planeten gebeten hatte. In der folgenden Zeit begründete Newton mit der Formulierung der drei **Bewegungssätze,** den so genannten newtonschen Axiomen, die neue Wissenschaft der Dynamik. Er wandte diese Gesetze auf die keplerschen Gesetze der Bahnbewegung an und leitete daraus das Gesetz der universellen Gravitation ab. Es besagt, dass alle Körper – vom leichtesten Blütenblatt bis zum größten Stern – einander anziehen. Die Kraft – Newton bezeichnete sie als Schwerkraft (Gravitation) – ist dabei umso stärker, je größer die Massen der Körper sind und je kürzer ihr Abstand voneinander ist. Auch zwischen zwei **Äpfeln** besteht eine Anziehungskraft. Sie ist jedoch so gering, dass wir sie nicht bemerken.

Das Gravitationsgesetz und die Axiome ermöglichten es, die Bewegungen der Planeten, den Steinwurf, Ebbe und Flut und anderes in einer einzigen Theorie exakt zu beschreiben. Newton veröffentlichte seine Theorie in seinem 1687 erschienenen Hauptwerk *Mathematische Prinzipien der Naturlehre*. In diesem Buch machte er auch deutlich, dass weder Experimente ohne systematische Deutung noch eine Ableitung aus allgemeinen Prinzipien ohne experimentelle Grundlage zu einer verlässlichen Theorie führen können.

Newton war aber nicht nur ein großer Physiker. Auch in der Mathematik leistete er Bedeutendes. So entwickelte der Gelehrte eine Rechenmethode, die heute als Differential- und Integralrechnung bekannt ist. Ein weiteres Gebiet, für das er sich interessierte, war die Optik. Newton ist ein entscheidender Fortschritt in der Farbenlehre zu verdanken. Mit seinen Versuchen an Prismen wies er die Zerlegung des weißen Lichtes in Spektralfarben sowie deren Wiedervereinigung zu weißem Licht nach.

Isaac Newton

Was haben Äpfel mit dem Gravitationsgesetz zu tun?

Bei der Entdeckung des Gravitationsgesetzes ist Isaac Newton möglicherweise der Zufall zu Hilfe gekommen. Der Legende nach lag der damals noch junge Forscher im Garten seines Elternhauses und beobachtete, wie ein Apfel vom Baum fiel. Newton begann nachzudenken: Ist die Kraft, die den Apfel zur Erde zieht, die gleiche, die den Mond auf seiner Bahn um die Erde hält?

BEMERKENSWERTES

Es werde Newton!

Newton galt in England schon zu seinen Lebzeiten als Nationalheld und Idealbild des vernunftgeleiteten Naturwissenschaftlers. Königin Anne schlug ihn 1705 zum Ritter – er war in England der erste Mensch, der je für wissenschaftliche Leistungen auf diese Weise geehrt wurde. Der Dichter Alexander Pope hat diesen ungewöhnlichen Ruhm festgehalten:

Nature, and Nature's Laws lay hid in Night.
God said, *Let Newton be!* And All was Light
(Um die Natur und der Natur Gesetz war tiefe Nacht.
Gott sprach: *Es werde Newton!* Und es wurde Licht.)

18. Jahrhundert

Das 18. Jahrhundert

Dieses Jahrhundert sah zunächst den Höhepunkt, später den Niedergang des absolutistischen Staates. In Europa entwickelten die Fürsten- und Königshöfe als gesellschaftliche Mittelpunkte ihrer Länder immer größeren Luxus und prägten das, was man jetzt »Mode« nannte – seien es Kleider- oder Tischsitten. Die oberflächlich heitere Leichtigkeit des Hoflebens spiegelt die Kunst des Rokoko, welche den leidenschaftlichen Barock spielerisch verfeinerte.

Die üppige Hofhaltung bedingte immer größeren Geldbedarf in Form von Steuern. Widerstand erwartete man nicht. Der Adel war im Hofleben gezähmt und ohnehin von Steuern weitgehend befreit. Die Bauern, die etwa 90 % der Bevölkerung stellten, lebten weiterhin in »mittelalterlichen Verhältnissen« mit Leibeigenschaft und Frondiensten. In den wirtschaftlich aufstrebenden Städten hingegen entwickelte das Bürgertum Werte wie Fleiß, Tugend, Sittenstrenge und Freiheitsideale. Andererseits boten mangelhafte Hygiene, Krankheiten und Armut oft Anlass zu Unzufriedenheit, nicht zuletzt aber das als drückend empfundene Steuersystem und die fehlenden politischen Mitspracherechte.

In England trug das liberale Gedankengut zum Sieg gegen absolutistische Kräfte bei. Freilich wurde hier das Königtum nicht beseitigt, sondern in seiner Macht durch ein Parlament beschränkt. Anderswo, zum Beispiel im Preußen Friedrichs des Großen, setzte sich ein reformbereiter aufgeklärter Absolutismus durch.

Es waren die disziplinierte Armee, die effektive Bürokratie, die Willensstärke des Preußenkönigs und das Bündnis mit England, die ihm im Siebenjährigen Krieg gegen Österreich, Russland und Frankreich den Sieg verschafften. Preußen wurde zur europäischen Großmacht. England hingegen war die stärkste Seemacht der Welt. Der englische Welthandel brachte Waren aus allen Kontinenten nach Europa. In Manufakturen verarbeiteten zahlreiche Handwerker die Rohstoffe zu Fertigprodukten, wie etwa Textilien. So wurden jetzt Uniformen für die Armeen hergestellt.

Große Steuerbelastung war gegen Ende des Jahrhunderts der Ausgangspunkt sowohl der Amerikanischen als auch der Französischen Revolution. Die Unabhängigkeitserklärung der bisherigen englischen Kolonien in Nordamerika führte zu einer schriftlich niedergelegten Verfassungsurkunde. In dem großen Flächenstaat entstand eine republikanische, demokratische Ordnung auf der Grundlage einer kapitalistischen Marktwirtschaft.

In Frankreich gab es ein längeres philosophisches Vorspiel in Gestalt der Aufklärung. Diese entfaltete sich vor allem in den Salons des Bürgertums und des Adels. In ihr verbanden sich Kirchenfeindlichkeit (Voltaire) mit dem optimistischen Glauben an die Allmacht menschlicher Vernunft und an den unaufhaltsamen Fortschritt der Menschheit. Das Wissen der Menschheit wurde erstmals in einem großen Nachschlagewerk (Enzyklopädie) festgehalten. An die Stelle von Gott und Kirche sollte ein freier, neuer Mensch treten.

Der französische Schriftsteller Beaumarchais machte sich in seinem Theaterstück *Die Hochzeit des Figaro* und in seinem *Barbier von Sevilla* über die Intrigen des Hof- und Gesellschaftslebens lustig. Auch in Deutschland gingen die Autoren des Sturm und Drang (Goethe, Schiller) kritisch mit der adligen Gesellschaft um. Große Gefühle, Streben nach Gerechtigkeit, Freiheit und Selbstverwirklichung prägten Werke wie Goethes *Leiden des jungen Werther* und *Götz von Berlichingen* sowie Schillers *Räuber*. Die Weimarer Klassik, deren bedeutendstes literarisches Produkt Goethes *Faust* war, bändigte hingegen die Gefühle durch an der Antike orientierte strenge Formen. Gegen Ende des 18. Jahrhunderts entwickelte die Romantik ein Gegenbild: Hier wurden Motive aus der »nationalen« Vergangenheit, dem Mittelalter, wieder belebt: die Formensprache der Gotik und die Märchen- und Sagenwelt des Volkes.

Biologen wie Lamarck ersetzten die biblische Lehre von der Schöpfung durch die Abstammungslehre, mit der die Entwicklung der Vielfalt von Pflanzen und Tieren erklärt wurde. Rousseau forderte nicht nur die Rückkehr zum einfachen, natürlichen Leben. Er befürwortete auch die Unterordnung des Einzelnen unter den Willen der Gemeinschaft. Einer Tyrannei suchte hingegen der Staatstheoretiker Montesquieu entgegenzuwirken. Er entwickelte die Lehre von der Gewaltenteilung (Dreigewaltenlehre), welche bis heute die Grundlage des demokratischen, liberalen Rechtsstaates bildet.

Die Französische Revolution beruhte mithin auf zweischneidigen geistigen Grundlagen. Vor den Gefahren eines allzu großen Vertrauens auf die menschliche Vernunft warnten zu Recht die Gegenaufklärer, darunter Vertreter der Romantik wie Herder. Die 1789 zusammentretende französische Nationalversammlung stellte zwar eine Erklärung allgemeiner Menschen- und Bürgerrechte an den Anfang der Verfassungsurkunde: Meinungs-, Rede-, Presse- und Versammlungsfreiheit sollten für alle Menschen zu allen Zeiten als Naturrecht gelten. Aber Radikalisierung, Terror und das Fallbeil (Guillotine) der Revolution erschreckten Europa und zeigten die Gefahren revolutionärer Gewalt auf. Der menschliche Fortschritt muss in geordnete Bahnen gelenkt werden. Der vielleicht bedeutendste europäische Philosoph jener Zeit, Immanuel Kant, formulierte in seinem kategorischen Imperativ die Existenz eines absoluten moralischen Vernunftgesetzes. Von größter Bedeutung für die Geschichte der Philosophie war Kants Erkenntnistheorie: Das Denken des Menschen in den Mustern von Raum, Zeit und Ursache (Kausalität) bestimmt seine Wahrnehmung der Gegenstände in der Welt.

Der Glaube an eine vernünftige Ordnung der Welt prägte auch Musik, Kunst und Architektur der zweiten Hälfte des 18. Jahrhunderts. Formenstrenge und Ausgewogenheit der Komposition in den Streichquartetten eines Haydn, den Klavierkonzerten eines Mozart und den Sinfonien eines Beethoven entsprachen dem Klassizismus der Architektur. Diese schuf nun kaum noch Kirchenbauten, sondern Paläste, Rathäuser und andere weltliche Gebäude. Man stützte sich zwar auf antike Vorbilder, entwickelte aber auch neue, klare geometrische Formen wie Würfel, Rechteck, Kugel usw. In der Malerei herrschten idealisierte Landschaften vor.

Akademien und öffentliche Museen sorgten dafür, dass Kunstgeschichte als Wissenschaft betrieben und Kunst einem breiten Publikum zugänglich wurde. Gleichzeitig kündigte sich die Vorherrschaft der Naturwissenschaften im 19. Jahrhundert an: Die Tier- und Pflanzenwelt wurde umfassend klassifiziert. Die Grundgesetze der Chemie und der Nachweis, welche Stoffe chemische Elemente und welche chemische Verbindungen darstellen, sowie die Anfänge einer Atomlehre läuteten das moderne wissenschaftliche Zeitalter ein.

Das Zeitalter des Absolutismus

Was verstand man unter Fehden?
Sie waren im Mittelalter und der frühen Neuzeit recht häufig: Oft lang anhaltende Konflikte zwischen Adelsfamilien, die manchmal wie Kriege geführt wurden. Lange versuchten die Könige und besonders die Kirche das Fehdewesen einzudämmen. Das gelang aber erst im Absolutismus. Der Staat hatte von nun an allein das Recht, die Polizeigewalt auszuüben und militärisch tätig zu werden. Man nennt dies das »Gewaltmonopol« des Staates.

Was bedeutet »Mode«?
Der französische Begriff kam um 1620 auf und bedeutete ursprünglich die Art und Weise, die Sitte, nach der man lebte. Im Laufe des 18. Jahrhunderts verengte sich die Bedeutung auf die Kleidermode. Während des Absolutismus betraf das die Kleidung von Adeligen, seit dem 19. Jahrhundert auch das Bürgertum. Traditionell ist Paris ein modisches Zentrum. Dies hängt mit der Vorbildfunktion von Versailles als absolutistischem Hof zusammen.

Es war eine absonderliche, fast schon absurde Szene, die sich da im Schlafgemach der französischen Königin Marie-Antoinette, der Gattin Ludwigs XVI., in den frühen 1780er Jahren abspielte. Gerade war die Königin erwacht. Im Zeitalter des Absolutismus setzte das einen umfangreichen Apparat aus hochadeligen Damen und Herren in Bewegung. Jeder Graf und jede Herzogin hatten dabei bestimmte Aufgaben. Alle versammelten sich am Bett des Königs oder der Königin. Der eine schlug die königliche Decke zurück, die andere brachte die Kleider heran. Wieder andere waren dafür zuständig, den Herrscher anzuziehen. Der Zugang zum Monarchen und seiner Frau war streng geregelt, jede Aufgabe wurde als Ehrenamt empfunden. An diesem Morgen aber war alles anders. Während Marie-Antoinette fröstelnd dastand, stritten sich zwei Herzoginnen beinahe eine Stunde lang lautstark darüber, wer denn nun eigentlich das Recht habe, die Königin anzukleiden. Diese aber war nicht in der Lage, dem Streit Einhalt zu gebieten. Das Kernstück des Absolutismus, die allen überlegene Macht des Herrschers, war für alle sichtbar in die Krise geraten. Wenige Jahre später kam die Revolution und fegte das gesamte System hinweg.
Am Anfang hatten sich Ludwig XIV., der Vorgänger des unglücklichen Ludwig XVI. und Begründer des absolutistischen Staates, und seine Berater alles ganz anders vorgestellt. Ausgangspunkt all ihrer Überlegungen war es gewesen, die ständigen Bürgerkriege, Religionsstreitigkeiten und adeligen **Fehden** ein für alle Mal zu beenden. Deshalb sollte der Staat absolut werden, eine Art Gott auf Erden. Der König aber war Ausdruck der Absolutheit des Staates, er verkörperte ihn gewissermaßen. Aus diesem Grund war er – wenigstens theoretisch – nur Gott allein, aber keinem Menschen verantwortlich. Vor allem im Adel regte sich Widerstand gegen diese Auslegung des Königtums. Um dem adeligen Leben, das sich bislang auf den Schlössern in der Provinz unabhängig vom Königshof abgespielt hatte, eine neue Richtung zu geben, machte Ludwig XIV. seinen Hof in Versailles zum glänzenden Mittelpunkt der besseren Gesellschaft. Gerade den hohen Adeligen, den Herzögen, Grafen und Fürsten, wurden Ämter im Palast zugewiesen. Dort lebten sie mit dem König, der sie unter Kontrolle hatte und von dem sie abhängig wurden. Man aß gemeinsam, feierte abends rauschende Feste. Am Hof leben hieß zivilisiert zu sein. Eine gepuderte Perücke über den

Haaren, parfümierte Tücher an Stelle eines Bades, weiß gepuderte Gesichter, verfeinerte Tischsitten, damit zeigte man, dass man etwas Besseres war und sich von den kleinen Leuten unterschied. Selbst der Provinzadel reichte an den Hofadel nicht mehr heran. Er galt als ebenso primitiv wie die Bauern und Bürger. In Paris, genauer in Versailles, wurde die **Mode** für den Rest Europas vorgegeben.

Das höfische Leben im Absolutismus hatte aber schwer wiegende Nachteile. Zum einen wurde die **Etikette** zum Selbstzweck. Für Außenstehende, besonders für die Bürger der aufstrebenden Städte, war sie ohne Sinn und Nützlichkeit, eine leere Spielerei. Zum anderen verloren die Bewohner der absolutistischen Paläste den Kontakt zum einfachen Volk. Der hohe Adel interessierte sich kaum noch dafür, was die Mehrheit der Menschen dachte. Stattdessen gab er ungeheuer viel Geld für sein Vergnügen und seine Kriege aus. Fast alle absolutistischen Königreiche waren pleite – so auch Frankreich. Dies sollte schließlich 1789 zur Revolution führen.

Was versteht man unter Etikette?

Unter Etikette versteht man die an einem Hof üblichen Bräuche. Im 16. und 17. Jahrhundert war die sehr steife spanische Hofetikette Vorbild für alle anderen Höfe, danach wurde es die französische.

Sonnenemblem König Ludwigs XIV.

BEMERKENSWERTES

Warum Tischsitten im Absolutismus so wichtig waren

Tischsitten waren im Zeitalter des Absolutismus ein Zeichen für Anstand und Zivilisation. Wer zum Beispiel mit einer Gabel (und nicht nur mit dem Messer oder einem Löffel) essen konnte, bewies, dass er besser war als »gemeine«, das heißt nichtadelige Menschen. Zunehmend wurde es unüblich, bei Tisch zu rülpsen oder zu furzen. Dies taten gleichfalls nur die einfachen Leute. Nach der Französischen Revolution übernahm das Bürgertum die höfischen Tischmanieren, die deswegen in Europa noch heute gelten.

Das Alltagsleben in Dörfern und Städten

Was bedeuteten Frondienste?
Seit dem Mittelalter hatten Bauern die Pflicht, an bestimmten Tagen in der Woche für ihre Grundbesitzer, meist Adelige, zu arbeiten. Im Laufe der frühen Neuzeit waren diese Frondienste (Fron = Herr) immer drückender geworden. Dies führte häufig zu Bauernaufständen.

Was war die Leibeigenschaft?
Die Leibeigenschaft war eine Form der Unfreiheit, bei welcher der Bauer an einen bestimmten Herrn oder ein bestimmtes Stück Land gebunden war, das nicht ihm gehörte. Dies ist nicht mit Sklaverei zu verwechseln, wo der Sklave als Sache und bewegliches Eigentum galt.

Die Sonne brannte heiß auf das Feld nahe einem kleinen Dorf in der französischen Provinz. In der Ferne bimmelte die Glocke einer winzigen Heiligenkapelle. Ein paar Bauern bekreuzigten sich. Es war Mittag, Zeit für ein kurzes Gebet. Das Tagewerk war noch lange nicht beendet. Die meisten der Männer und Frauen waren seit Sonnenaufgang auf den Beinen. Sie hatten sich bereits um ihr Vieh gekümmert, sofern sie welches besaßen. Nun arbeiteten sie auf dem Feld. Erst bei Sonnenuntergang würden sie nach Hause zurückkehren. Es war eine mühsame Arbeit, die sich über das ganze Jahr hinzog. Weitab vom Hof zu Versailles hatte sich am Leben der Menschen auf dem Land seit Jahrhunderten kaum etwas geändert.
Es war eine einfache und harte Welt, in der die Bauern des 18. Jahrhunderts lebten. Sie wurden ständig von Missernten, Hagel, Sturm und anderen Unbilden des Wetters oder der Natur bedroht. Jeder Schaden auf ihren Feldern gefährdete das Überleben. Krankheiten waren an der Tagesordnung, Kinder starben häufig früh. Die absolutistischen Adeligen bürdeten den Bauern noch zusätzliche Lasten auf: Steuern, Gebühren und **Frondienste.** In weiten Teilen Europas gab es noch **Leibeigene.** Dies führte vielfach zu Unruhen. Die Bauern waren keine Revolutionäre, aber sie wollten ihre traditionellen Rechte behalten.
Trotz all dieser Schwierigkeiten war das Leben der Bauern nicht allein von Plackerei geprägt. Reisende aus jenen Tagen berichten von ihrer Gastfreundschaft. Sie feierten gerne und ausgiebig. Vor allem die vielen kirchlichen Feiertage verschafften ihnen Ruhetage. Besonders liebten sie den Alkohol. Für kurze Zeit konnten sie so die Mühen ihres Alltags vergessen.
Den Bürgern der Städte war all dies fremd. Schon die gemeinsame Arbeit von Männern und Frauen auf dem Feld kannten sie nicht mehr. Die **Lebenswelten von Männern und Frauen** waren bei ihnen strikt getrennt. Die Feiertage mit ihren alkoholgeschwängerten Festen erschienen den Städtern ebenso als Zeitverschwendung wie das höfische Leben des Adels. Sie glaubten fest eine neue Zeit zu repräsentieren. Ihrer Energie, ihrem Fleiß, ihrer Tugend schien die Zukunft zu gehören. Bürgerliche Werte, so ihre Überzeugung, würden eine neue, bessere Welt schaffen. Stadtleben galt als fortschrittlich.

So sahen viele Kaufleute, Rechtsanwälte und Handwerker mindestens ebenso hochmütig auf die Bauern herab wie der Adel. Dabei lebten fast 90 Prozent aller Menschen auf dem Land. Die Stadtbürger lagen mit ihrem Denken jedoch nicht völlig falsch. Es war in erster Linie ihre Unzufriedenheit mit der mangelnden Nützlichkeit adeliger Lebensweise, die zum Sturz der Monarchie führte.
Die Städte waren jedoch keinesfalls besonders mustergültig organisiert. Vielfach herrschten Schmutz, Krankheiten, Elend und mangelnde Organisation. Die Menschen des 18. Jahrhunderts hatten noch keine Erfahrung damit, wie man große Städte, beispielsweise Paris, London oder Neapel mit ihren hunderttausenden von Bewohnern, verwalten konnte. Vor allem gab es kaum Hilfe für die Armen. Die Kirche war überfordert, das Bürgertum hielt sie für Schmarotzer. Hier braute sich etwas zusammen, das die Welt des 19. Jahrhunderts maßgeblich mitbestimmte.

Was geschah mit den Lebenswelten von Männern und Frauen?
Um 1780 bis 1820 änderten sich in Europa die Beziehungen zwischen Männern und Frauen. Es entstand die Idee der getrennten Lebenswelten. Männer und Frauen arbeiteten nicht mehr, wie auf dem Bauernhof, gemeinsam (wenn auch mit unterschiedlichen Aufgaben). Vielmehr entwickelten sich strikt voneinander getrennte Bereiche. Frauen waren für Haus und Familie, Männer für Beruf, Politik und Öffentlichkeit zuständig. Die Idee der getrennten Lebenswelten ging von den Städten aus. Auf dem Land konnte sie sich niemals ganz durchsetzen. Seit den 1960er Jahren verändern sich die Beziehungen von Männern und Frauen wieder hin zur Gleichberechtigung.

BEMERKENSWERTES

Die Rolle des Alkohols

In beinahe allen Gesellschaften vor der industriellen Revolution wurde wesentlich mehr Alkohol getrunken als in unseren Tagen. Viele Menschen, Männer und Frauen, manchmal sogar Kinder, tranken täglich mehrere Liter. Neben Bier und Wein waren Rum, Schnaps, Branntwein oder Whiskey beliebt. Besonders schlimm war die Trunksucht in Nordamerika, Schweden, Schottland und Russland. Meist tranken die Menschen Alkohol, weil er sauberer war als nicht abgekochtes Wasser. Außerdem wärmte er in kalten Wintern. Auch war es in katholischen Ländern üblich, an Heiligenfesten mit Alkohol zu feiern, um den harten Alltag zu vergessen. Später, um 1830, tranken viele Menschen, besonders in England und den USA, weil sie Angst vor den schnellen Veränderungen durch Technik und Industrie hatten. Es entstanden eigene Bewegungen gegen den Alkohol, die bis etwa 1860 den Konsum drastisch reduzierten.

Die Erneuerung Russlands unter Peter dem Großen

Was ist ein Bojar?
Das war der Titel für einen russischen Hochadeligen aus der Zeit vor der Russischen Revolution.

Was ist ein Pope?
Ein Pope ist ein orthodoxer Priester. Der Begriff bedeutet (wie Papst oder Abt) Vater, wird aber häufig außerhalb der Orthodoxie abwertend gebraucht.

Manchmal konnte der Zar unglaublich wütend werden. Peter I., den später alle den Großen nannten, hasste die Rückständigkeit seines Landes. Allein der Anblick der bärtigen **Bojaren** und **Popen** trieb ihn zur Raserei. Es heißt, er habe in der Zeit seiner Regentschaft (1682–1725) gelegentlich eigenhändig die Bärte der Adeligen und Priester abgeschnitten. Von den Männern und Frauen seines Hofes erwartete er, dass sie sich nach deutscher Mode kleideten. Am liebsten sprach er deutsch oder französisch, weil ihm die russische Sprache barbarisch vorkam. Zar Peter wollte aus dem Russischen Reich eine moderne Großmacht machen – auch wenn seine Untertanen kein Interesse daran hatten. Aus diesem Grund war er inkognito quer durch das westliche Europa gereist. Er bewunderte den Westen hemmungslos. Peter lernte 1697/98 in Holland aus erster Hand, wie man Schiffe baute und Soldaten drillte. Kaum nach Russland zurückgekehrt, rief er Deutsche, Holländer, Engländer und Franzosen an seinen Hof, damit sie ihm eine Flotte und eine Armee aufbauten. Im Unterschied zu seinen Vorgängern, die jeden Kontakt mit Ausländern abgelehnt hatten, sprach Peter sogar direkt mit seinen westlichen Beratern. Über alles wollte er genau informiert sein.

Die Reformen Peters I. kamen schroff und unvermittelt über das gewaltige Reich. Der Adel wurde, ganz wie im Frankreich Ludwigs XIV., unmittelbar an den Zaren gebunden. Alle ständischen Mitspracherechte der Bojaren wurden abgeschafft, außerdem wurde der Adel nach englischem Vorbild reorganisiert. Dies bedeutete, dass nur der jeweils erste Sohn im Adel verblieb, während alle anderen Angehörigen einer Familie Bürgerliche wurden. Peter I. hoffte so, den Adel dazu zu zwingen, sich in den Städten und der Industrie zu bewähren. Er schuf moderne Ministerien, in denen oft Ausländer den Ton angaben. Einen Teil der leibeigenen Bauern zwang er in Fabriken zu arbeiten.

Besonders ruppig ging Peter I. mit der orthodoxen Kirche um. Kurzerhand schaffte er 1700 das Patriarchat von Moskau ab und ersetzte es durch den **Heiligen Synod.** Eine Gruppe von Priestern schien ihm weniger gefährlich zu sein als ein einzelner mächtiger Mann. Gleichzeitig wollte er die Orthodoxie nach dem Vorbild des deutschen, aufgeklärten Protestantismus reformieren.

Trotz aller Bemühungen blieb Peters Werk unvollendet. Die Mehrheit seiner Untertanen, Adelige, Priester und Bauern, verweigerten sich seinem Kurs. Sie hassten die Fremden, die in das Land strömten, seine Traditionen mit Füßen traten und überall das Sagen hatten. Peter selbst konnte unglaublich brutal sein. Die eigene Schwester musste in die Verbannung gehen, seinen Sohn Alexei ließ er zu Tode foltern, weil er die Gesinnung des Vaters nicht teilte. Vor allem aber nutzte er seine Reformen, um Kriege führen zu können. Dies war allerdings nicht seine Schuld. Russland wurde von allen Seiten bedrängt. Immer wieder kam es zu Grenzstreitigkeiten mit dem Osmanischen Reich. Der gefährlichste Feind des Landes aber war das Königreich Schweden, dessen Herrscher Karl XII. (1697–1718) ebenso jung wie ehrgeizig war. Zudem war er ein herausragender Soldat, der Schweden zu einer Weltmacht machen wollte. Gerade einmal 19 Jahre alt, marschierte er 1700 in Russland ein und brach damit einen Krieg vom Zaun, der 20 Jahre währen sollte. Am Ende siegte Russland in diesem Nordischen Krieg, nicht zuletzt dank der unbeliebten Reformen Peters des Großen.

Was war der Heilige Synod?

Der heilige Synod war ein nach Ministerien organisiertes Gremium, das von 1716 bis 1917 an Stelle des sonst üblichen Patriarchen die russisch-orthodoxe Kirche führte. Es unterlag dem »Geistlichen Reglement« von 1721, das als eine Art Grundgesetz der Kirche diente. Der Zar und seine Regierung waren in der Regel die eigentlich mächtigen Kräfte im Heiligen Synod. Nach der Abschaffung des Heiligen Synods kehrte die russische Kirche zum Patriarchatssystem zurück. Unter einem Patriarchen versteht man den obersten Bischof einer unabhängigen orthodoxen Nationalkirche. Der Titel geht auf das frühe Christentum zurück.

BEMERKENSWERTES

Zar und Zimmermann

Zar Peter der Große gehört zu den Herrschern, die lange Zeit in der volkstümlichen Überlieferung überaus populär waren. Besonders seine Europareise von 1697/98 war ein dankbarer Stoff für Kurzgeschichten, Anekdoten und sogar für eine Oper, *Zar und Zimmermann,* die der preußische Komponist Albert Lortzing 1837 uraufführte. Allerdings war Peter wohl im westeuropäischen Bürgertum des 19. Jahrhunderts deutlich beliebter als bei seinen Untertanen.

Der französisch-britische Konflikt

Wer war Oliver Cromwell?
Oliver Cromwell (1599–1658) war der Anführer der puritanischen Rebellen, die nach zwei Bürgerkriegen in den 1640er Jahren König Karl I. von England hinrichten ließen. Cromwell war von 1653–1658 Lordprotektor der englischen Republik, des so genannten »Commonwealth«. Nach seinem Tod wurde sein Sohn Richard Cromwell 1658–1659 ebenfalls Lordprotektor. Er konnte den Staat aber nicht erfolgreich führen und legte sein Amt nieder. Daraufhin wurde die Monarchie in England wieder eingeführt.

Was bezeichnet man als Glorreiche Revolution?
So nennt man den unblutigen Aufstand des englischen Parlaments gegen die absolutistische Herrschaft des katholischen Königs Jakob II. Die Abgeordneten aus Adel und städtischem Bürgertum riefen Wilhelm von Oranien und seine Frau Maria als neue Könige aus. Gleichzeitig entstand das englische Regierungssystem mit dem Gleichgewicht von Königtum, adeligem Oberhaus und bürgerlichem Unterhaus.

Man schrieb das Jahr 1754. Mühsam schlug sich ein kleiner Trupp britischer Kolonialsoldaten durch die Wälder des Ohio-Tales in Nordamerika. Ihr Anführer war ein junger Mann aus einer der besseren Familien Sklaven haltender Großgrundbesitzer Virginias. Sein Name war George Washington. Die Männer wussten, dass sie vorsichtig sein mussten. Überall konnte man auf Indianer stoßen. Vor allem aber war das Tal umstrittenes Gebiet. Hier stießen britische und französische Interessen direkt aufeinander. In London und in den Kolonien machten sich die Briten Sorgen um das allmähliche Vordringen der Franzosen. Sie versperrten den Briten die weitere Ausdehnung ihres Gebietes nach Westen.
Unglücklicherweise traf Washingtons Einheit just an diesem Tag auf eine Abteilung französischer Soldaten. Kurz entschlossen, gab der junge Offizier den Befehl zum Angriff. Diese Schüsse im abgelegensten Winkel Nordamerikas lösten einen Weltkrieg aus, der in Europa erst 1756 begann und bis 1763 dauerte. In Wahrheit dauerte der Siebenjährige Krieg daher neun Jahre. Er war Bestandteil eines Konflikts, der sich, wenn auch mit längeren Unterbrechungen, über das gesamte 18. Jahrhundert hinzog.
Seit dem Spanischen Erbfolgekrieg (1701–1714) rangen Großbritannien und Frankreich weltweit um die Vorherrschaft. Beide Staaten hatten Kolonien und Handelsstützpunkte in Nordamerika und Indien, beide verfügten über eine starke Flotte. Frankreich war die Macht, die den Absolutismus am strengsten durchgesetzt hatte. König Ludwig XIV. war daran interessiert, sein Land zur stärksten Militärmacht Europas zu machen, um weitere Gebiete hinzuzugewinnen. In Großbritannien war man einen anderen Weg gegangen. Die absolutistischen Experimente der Könige Karl I. (1625–1649) und Jakob II. (1685–1688) aus dem Hause Stuart waren an Revolutionen gescheitert. Karl I. war von puritanischen Rebellen unter **Oliver Cromwell** sogar geköpft worden. Sein etwas glücklicherer Nachfolger hatte vor der **Glorreichen Revolution** (1688/89) fliehen können. Das neue, aus den Niederlanden stammende Herrscherhaus der Oranier war von den antiabsolutistischen **Whigs** abhängig und vermied weitere Experimente. Damit standen sich in Frankreich und Großbritannien zwei sehr unterschiedliche Herrschaftssysteme gegenüber. Beide waren stark daran interessiert, ihre wirtschaftlichen Interessen weltweit durchzusetzen. Den Briten ging es vor allem um

die Meere, die sie mithilfe ihrer starken Flotte beherrschten. In Europa war es ihr Ziel, die Vorherrschaft der Franzosen zu verhindern. Die Großmächte sollten sich gegenseitig in Schach halten (Mächtegleichgewicht).
Der britisch-französische Konkurrenzkampf verband sich bald mit einem weiteren Konflikt. Auf dem Boden des Heiligen Römischen Reiches kämpften die Habsburger in Österreich und die Hohenzollern in Preußen um die Vorherrschaft. Lange hatten die Franzosen Preußen unterstützt. 1756 kam es zum Wechsel der Bündnisse. Frankreich schlug sich auf die Seite Österreichs, während Großbritannien, bis dahin Schutzmacht der Habsburger, sich den Preußen zuwendete. Von den Briten gedeckt, griff Friedrich II. 1756 erst Sachsen und dann erneut die Habsburger an. Nun hatte der Siebenjährige Krieg endgültig begonnen. Er wurde weltweit, auf drei Kontinenten und auf allen Meeren mit großer Härte geführt. Die englische Flotte und das preußische Heer erwiesen sich als überlegen. Am Ende musste Frankreich seine Positionen in Kanada und Indien weitgehend aufgeben. Großbritannien war der eigentliche Sieger dieses Krieges. Es legte den Grundstein für sein späteres Weltreich, aber auch für die Revolution von 1776 in Nordamerika. Demgegenüber blieb der preußisch-österreichische Konflikt ungelöst.

Was bedeutet der Begriff Whigs?

Whigs (wörtlich: Perücken) war der Spitzname für die antiabsolutistische Parlamentspartei, die 1688 die Oranier herbeirief. Überwiegend waren es hohe Adelige und Stadtbürger. Ihnen standen die Anhänger eines starken Königtums, meist kleinere Adelige und Landbewohner, gegenüber, die so genannten Tories (eine Bezeichnung für irische und schottische Räuberbanden). Aus den Whigs entwickelte sich im 19. Jahrhundert die Liberale Partei, aus den Tories die Konservative Partei.

BEMERKENSWERTES

Mächtegleichgewicht – Balance of Power

Das Mächtegleichgewicht ist eines der wichtigsten Prinzipien der Außenpolitik. Demnach versuchen Großmächte zu verhindern, dass eine von ihnen stärker wird als alle anderen. Großbritannien betrieb diese Politik von 1701 bis 1945 mit besonderem Erfolg. Insbesondere die britische Flotte war ein wichtiges Instrument der Politik des Mächtegleichgewichts. Genauso bedeutsam war es, keine festen Verträge zu schließen, um immer solche Bündnisse eingehen zu können, die einen starken Gegner, etwa Frankreich, schwächen würden. Deshalb verband sich Großbritannien 1756 ohne großes Zögern mit seinem bisherigen Gegner Preußen.

Das Heilige Römische Reich zwischen Preußen und Habsburg

Was war die Pragmatische Sanktion?
1713 änderte der Habsburger Kaiser Karl VI. das Nachfolgerecht seiner Familie. Demnach waren nun nicht nur Männer berechtigt Herrscher in Österreich zu werden. Die Kinder Karls sollten, unabhängig von ihrem Geschlecht, vor den Kindern seines Bruders Joseph das Recht zur Regentschaft haben. 1732 erkannte die Mehrheit der Reichsfürsten (nicht aber Preußen und Bayern) die Pragmatische Sanktion an.

Wie entstand der Staat Preußen?
Preußen war ein künstlicher Staat, den König Friedrich I. 1701 begründete. Davor war er Kurfürst von Brandenburg gewesen. Preußen war ursprünglich das Herrschaftsgebiet des Deutschen Ordens gewesen, der 1525 zum Protestantismus übergetreten war und danach mit Brandenburg vereinigt wurde. Friedrich I. wollte die Ranggleichheit mit dem König von Polen und Sachsen, weswegen er sich König in Preußen nannte (das wie Polen nicht zum Reich gehörte).

Unruhig wälzte sich der todkranke Kaiser Karl VI. (1711–1740) in seinem Bett. Die Wiener Hofburg war in diesen Oktobertagen des Jahres 1740 kein Ort besonderer Fröhlichkeit. Nicht nur wusste man, dass es mit dem Kaiser nach beinahe 30 Jahren Regierungszeit zu Ende ging. Viel schlimmer war: Karl würde ohne Sohn sterben. Seine Tochter Maria Theresia (1717–1780) stand zwar bereit, seine Nachfolge zu übernehmen, aber was war von ihr zu erwarten? Sie war freundlichen Gemüts, eine fromme Katholikin, aber war sie in der Lage, den Sturm abzuwenden, der dem Haus Habsburg drohte? Ihr Mann Franz-Stephan von Lothringen galt ebenfalls als schwach. Trotz der berühmten **Pragmatischen Sanktion** von 1713 war es daher keineswegs sicher, dass die Reichsstände die Thronfolge einer Frau hinnehmen würden. Vor allem ein Staat, das war allen klar, würde sich auflehnen: **Preußen.**

Seit dem ausgehenden 17. Jahrhundert hatten die Hohenzollern, die Herrscher Preußens, ihr Herrschaftsgebiet erweitert und vor allem ihre Armee gestärkt. Die preußischen Soldaten standen in dem Ruf, besonders diszipliniert zu sein. Um das Maß voll zu machen, war im gleichen Jahr, in dem Maria-Theresia die Nachfolge Karls VI. erwartete, in Preußen ein junger Mann zum König gekrönt worden. Friedrich II. (1712–1786) hatte ein geordnetes Erbe antreten können. Sein Vater, Friedrich Wilhelm I. (1713–1740) war ein unglaublich strenger, sparsamer und durch und durch harter Mann gewesen, der sich den Beinamen »der Soldatenkönig« zweifellos verdient hatte. Nun brannte der jugendliche König darauf, sich als Feldherr und König zu bewähren. Er stand im Ruf, ein Reformer und Aufklärer zu sein, der mit Voltaire und den besten Geistern Frankreichs Briefe wechselte. Aber er war auch ein Fürst seiner Zeit, der die Bewährung auf dem Schlachtfeld suchte. Zudem warteten auch die Bayern, einst die treuesten Verbündeten der Habsburger, darauf, Maria Theresia ihren Thron streitig zu machen.

Angesichts dieser Situation zögerte Friedrich II. kaum. Als der alte Kaiser endlich starb, rückten seine Truppen in die reiche habsburgische Provinz Schlesien ein. Unterstützt von Frankreich, marschierten nun die Bayern und Sachsen ebenfalls in den lang erwarteten Krieg, der als Österreichischer Erbfolgekrieg (1740–1748) in die Geschichte einging. Die Österreicher verloren an allen Fronten. Zeitweilig wurde ein bayerischer Wittelsbacher als Karl VII. (1742–1745) Kaiser.

Es waren die Briten und Niederländer, die das Habsburger Reich unterstützten und retteten. Dennoch gab Friedrich II. von Preußen sich nicht zufrieden. Kaum bahnte sich ein Kompromiss an, brach er den nächsten Krieg vom Zaun. Diese Konflikte mündeten in den Siebenjährigen Krieg, an dessen Ende Österreich Schlesien einbüßte, die Habsburger aber die Kaiserwürde behielten. Preußen entkam nur knapp einer katastrophalen Niederlage, als 1762 Frankreich, Russland und Österreich dicht vor einem kompletten Sieg standen. Allein der unerwartete Tod der russischen Zarin Elisabeth rettete das Land **(Mirakel des Hauses Brandenburg).**

Was war das Mirakel des Hauses Brandenburg?

Kurz vor Ende des Siebenjährigen Krieges stand Preußen 1762 vor einer vollkommenen Niederlage. Da starb unerwartet die antipreußische Zarin Elisabeth. Ihr Sohn Peter III. war ein großer Bewunderer König Friedrichs II. Er scherte aus dem Bündnis mit Österreich und Frankreich aus. Damit rettete er Preußen.

Nach dem Ende des Krieges näherten sich Preußen, Russland und Österreich einander an. 1772 einigten sie sich darauf, Polen untereinander aufzuteilen. Gleichzeitig begann man in Preußen und Österreich mit Reformen im Sinne der Aufklärung. Zeitweise war der Sohn Maria Theresias, Kaiser Joseph II. (1765–1790) der wohl radikalste aufgeklärte Fürst Europas. Viele seiner Untertanen waren über seinen oft kleinlichen Reformismus empört. Erst sein Bruder, Kaiser Leopold II. (1790–1792) brachte das Land wieder in ruhigeres Fahrwasser, ehe die Stürme der Revolution über Preußen und Österreich hinwegfegten.

BEMERKENSWERTES

Polen und die polnischen Teilungen

Die polnischen Teilungen von 1772, 1793 und 1795 gehörten zu den umstrittensten diplomatischen Vorgängen des 18. Jahrhunderts. Russland, Preußen und Österreich wollten untereinander ein Gleichgewicht herstellen. Polen bot sich an, weil dort das Königtum sehr schwach war. Praktisch handelte es sich um eine Adelsrepublik, in der jeder Adelige mit seiner Stimme die Regierung blockieren konnte. In der Folge blieb Polen bis 1918 unter den drei Nachbarstaaten aufgeteilt. Für zwei Jahrhunderte bewahrte allein die katholische Kirche das kulturelle und nationale Erbe Polens. 1939 teilten das nationalsozialistische Deutschland und die kommunistische Sowjetunion Polen erneut. Diese traumatische Erfahrung ständiger Bedrohung von außen bestimmt bis heute das polnische Nationalgefühl.

Die Welt des Handels

Was war die Navigationsakte?
Das war ein Gesetz, mit dessen Hilfe 1651 die niederländischen und französischen Händler aus dem britischen Kolonialhandel ausgeschlossen werden sollten. Alle Waren aus den Kolonien oder in die Kolonien mussten über London transportiert werden. Allerdings blühte durch die Navigationsakte bald der Schmuggel in Nordamerika, was weitere Gesetze nach sich zog.

Was regelten die Binnenzölle?
Bis in das 19. Jahrhundert hinein steigerten Regierungen ihre Einnahmen, indem sie im eigenen Land an verschiedenen Stellen Zollstationen einrichteten. Dort zahlten selbst jene Händler Zölle, die sich nur innerhalb eines Landes bewegten. Erst spät erkannte man, dass auf diese Weise die wirtschaftliche Entwicklung der Staaten behindert wurde.

Wer in den 1770er Jahren die Londoner Hafenviertel am Ufer der Themse besuchte, konnte über die hektische Betriebsamkeit und die Vielfalt an Waren, die sich ihm darbot, nur staunen. Tabak aus Virginia und South Carolina, Reis und Gewürze aus Indien, Tee, Seidenballen und Opium aus China, Porzellan aus Sachsen, alles war vorhanden. Nie zuvor waren die Handelsbeziehungen der europäischen Mächte so ausgedehnt gewesen wie im ausgehenden 18. Jahrhundert. Britische, französische und holländische Kaufleute waren an allen Gestaden dieser Erde zu finden. Sie versorgten Europa mit bislang seltenen oder unbekannten Luxusgütern, zunehmend aber auch mit Massenprodukten. Die ersten Manufakturen entstanden.

Viele Wirtschaftsfachleute der damaligen Zeit waren höchst unglücklich über diese Zustände. Schon seit dem 17. Jahrhundert hatten sie beziehungsweise ihre Vorgänger alles getan, um die Einfuhr fremder Güter zu verhindern. Die Regierung der englischen Republik hatte 1651 die so genannte **Navigationsakte** erlassen, mit deren Hilfe der Warenverkehr im englischen Weltreich reguliert werden sollte. In Frankreich war man noch einen Schritt weitergegangen. Hier griff der absolutistische Staat unmittelbar in die Wirtschaft ein. Die Beamten des Königs gründeten Manufakturen, regelten den Außenhandel und zogen Steuern und Zölle ein.

Die Franzosen und die Briten teilten den Glauben an eine Wirtschaftstheorie, die der Engländer Adam Smith 1776 als Merkantilismus bezeichnete. Seither sind ihm viele Wissenschaftler darin gefolgt. Etwas vereinfacht glaubten die Merkantilisten, die Weltwirtschaft sei wie ein großer Kuchen. Die Wirtschaft, behaupteten sie, sei immer gleich groß, das heißt der zu verteilende Kuchen wuchs nicht. Jeder Staat habe die Aufgabe, sich von diesem Kuchen so viel wie möglich abzuschneiden, indem er immer mehr Waren ausführte und immer weniger Waren ins eigene Land ließ. Von den dadurch erwirtschafteten Überschüssen konnte man eine stärkere Armee aufbauen, mit deren Hilfe man weitere Absatzmärkte eroberte, um noch mehr Waren auszuführen. Das damit verbundene Problem ist: Es konnte nur sehr wenige Gewinner geben, während alle Staaten, die mehr einführten als sie verkauften, Verlierer waren. Ein Vorteil des Merkantilismus lag jedoch in seinem Versuch, **Binnenzölle** abzuschaffen und dadurch den Handel im eigenen Staat zu erleichtern.

Auch die in Frankreich beheimateten Physiokraten dachten sich die Wirtschaft als starren, unbeweglichen Kreislauf. Im Gegensatz zu den Merkantilisten sahen sie aber nicht im Handel, sondern im Grundbesitz und in der Produktion der Bauern die Grundlage für Wohlstand. In einer Gesellschaft, in der fast alle Menschen auf dem Land lebten, war das durchaus sinnvoll. Für die Physiokraten erwirtschafteten die Bauern den Wohlstand, der von adeligen und kirchlichen Grundbesitzern in Umlauf gebracht wurde und dann den Stand der Kaufleute, Handwerker und der anderen Stadtbürger schuf. Viele Physiokraten waren Anhänger des philosophischen Rationalismus, die wie die Merkantilisten glaubten, der vernünftige Mensch müsse nur richtig in die Wirtschaft eingreifen, dann würden alle profitieren.

Aus dem Lager der Empiristen kamen die Utilitaristen oder frühen Liberalen um Adam Smith. In ihren Augen war die Wirtschaft kein starrer Kuchen, sondern eher ein wachsender Hefeteig, der, je intensiver man ihn bearbeitete, immer größer wurde. Deswegen forderten sie freien Handel und freie Märkte. Es gab für sie keinen **gerechten Preis,** der den inneren Wert einer Ware widerspiegelte, sondern nur Absprachen, die auf dem freien Markt getroffen wurden. Je freier der Markt war, desto eher würde sich die unsichtbare Hand der vorgegeben Ordnung durchsetzen. Je weniger die Menschen eingriffen, umso besser würde es ihnen gehen. Dies hing mit dem Misstrauen vieler Empiristen gegenüber den Fähigkeiten der Menschen zusammen. Das 19. Jahrhundert sollte den Utilitaristen gehören.

Was verstand man unter dem gerechten Preis?

Seit dem Mittelalter glaubten viele Menschen, jede Ware habe einen festen Preis, der ihren echten und wahren Wert widerspiegele. Dies war möglich, weil sie davon überzeugt waren, die Menschen könnten mit ihrer Vernunft das Wesen der Dinge und damit ihren Wert erkennen. Die Empiristen lehnten dies ab. Sie waren der Ansicht, dass eine Ware immer nur den Wert hat, den die Menschen ihr zubilligen.

BEMERKENSWERTES

Die Utilitaristen

Sie waren Anhänger eines Seitenzweiges des britischen Empirismus. Die Utilitaristen interessierten sich besonders für Fragen der Moral. Für sie war das Gute stets nur das Nützliche. Sie strebten deshalb das »größte Glück der größten Zahl« an. Ewig gültige Normen gab es für sie nicht. Darum konnten sie eine Wirtschaftslehre aufbauen, in der es um Entwicklung und Veränderung geht und die bis heute von vielen Wissenschaftlern verteidigt wird.

Der Beginn der industriellen Revolution in Großbritannien

Wie veränderte sich das Gefühl für die Zeit?
Mit der Einführung der Fabrikarbeit, der Dampfschifffahrt und des regelmäßigen Eisenbahnverkehrs veränderte sich das Zeitbewusstsein vieler Menschen. Vor dem späten 18. Jahrhundert war die Kirchturmuhr die einzige Uhr, die für alle Menschen sichtbar war. Pünktlichkeit auf die Minute war unnötig und unbekannt. Erst mit den Fahrplänen der Dampfschiffe und Eisenbahnen sowie den genauen Arbeitszeiten in den Fabriken wurde es wichtig, pünktlich zu sein. Mit der industriellen Revolution kamen deshalb auch die Taschenuhren auf.

Die ersten rauchenden Schornsteine und Fabrikschlote wirkten auf die Menschen des späten 18. und frühen 19. Jahrhunderts noch wie Zeichen aus einer fremden, gleichermaßen faszinierenden wie erschreckenden Welt. Für einige waren sie Symbole einer neuen Freiheit und eines bis dahin unbekannten Wohlstandes. Andere hatten Angst vor dem Verlust ihrer bisherigen Lebensweise, vor dem Neuen, das auf sie zukam. Und wirklich, die Welt begann sich in dieser Zeit mit einer bisher unbekannten Geschwindigkeit zu verändern. Kein Stadtbürger, nicht einmal ein Bauer, blieb von dieser Entwicklung verschont, einer Revolution die noch folgenreicher war als die politischen und gesellschaftlichen Umstürze in Nordamerika und Frankreich. Das industrielle Zeitalter war geboren. Bis zu einem gewissen Grade hingen die wirtschaftlichen und politischen Revolutionen zusammen. Sie bedingten sich gegenseitig. Auf alle Fälle bewirkten die zahllosen Veränderungen jener Zeit, dass die Menschen ein völlig neues Gefühl für **Zeit** und Geschwindigkeit bekamen.

Der Ausgangspunkt der industriellen Revolution war Großbritannien. In Manchester, Liverpool und Birmingham entstanden die ersten Fabriken, welche die **Manufakturen** der frühen Neuzeit ablösten. Dies war kein Zufall. In keinem Land der Welt war die Schwelle zwischen Adel und Bürgertum so schwach ausgebildet wie in England. Nur die ältesten Söhne erbten den Titel, die Nachgeborenen mussten sehen, wo sie blieben. Daher gab es keine rein auf die Landwirtschaft konzentrierte Adelskaste, die jede Neuerung abgelehnt hätte. Überdies waren die englischen Adeligen und Bürgerlichen wohlhabend geworden. Sie hatten frühzeitig die Handelshemmnisse im eigenen Land abgebaut und durch ihre Kolonien Überschüsse erwirtschaftet, die sie nun in neue Industrien investierten.

Vor allem aber profitierten die Engländer von ihren gut ausgebildeten, erfindungsreichen Handwerkern und Ingenieuren. Nahezu sämtliche Entdeckungen der frühen industriellen Revolution wurden in England gemacht. Die maschinelle Textilproduktion, die Dampfmaschine, der maschinelle Bergbau, die Eisenbahn, sie alle hatten in England ihren Ursprung. Bis in die 1850er Jahre wanderten englische Ingenieure durch Europa, um den Deutschen, Belgiern und Franzosen beizubringen, wie man mithilfe von Maschinen die Produktion steigerte. Eine echte Konkurrenz waren die anderen Länder vor 1870 nicht. Großbritannien wurde zur Produktionsstätte für die gesamte Welt. Rohstoffe aus aller Herren Länder wurden eingeführt, verarbeitet, veredelt und wieder verkauft. Britische Waren hatten eine höhere Qualität und waren billiger als die Produkte der anderen Länder.

Allerdings hatte dieser Fortschritt seine dunklen Seiten. Ein regelrechter Abgrund an Armut und Elend tat sich auf. Wo auf der einen Seite unglaublich reiche Kapitalisten ihrer Wege gingen, fanden sich auf der anderen Seite Menschen, die in bitterer Not lebten. Niemand wusste mit dieser neuen Massenarmut umzugehen. Am schlimmsten war es, wenn es zu einer Wirtschaftskrise kam, was etwa alle fünf Jahre der Fall war. Dann hungerten die Fabrikarbeiter ohne Aussicht auf Hilfe. Die Ideologie des freien Marktes forderte, dass niemand in die Abläufe des Marktes eingreifen durfte. So etwas wie Sozialgesetzgebung gab es in der frühen industriellen Revolution noch nicht. Auf diese Weise schuf die industrielle Revolution zugleich die Ursachen für die gesellschaftlichen und politischen Spannungen, die Europa und den Rest der Welt im 19. und 20. Jahrhundert in Atem hielten.

Was waren Manufakturen?
Sie waren eine Vorform der modernen Fabrik, besonders im Bereich der Textilverarbeitung. Die Manufakturen waren noch eine Ansammlung von Handwerkern, die in traditioneller Weise, nun aber in Gemeinschaft, Waren herstellten. Erst in der Fabrik entstand eine Arbeiterschaft im modernen Sinn, die in erster Linie mit Maschinen produzierte.

BEMERKENSWERTES

Führte die industrielle Revolution zu Massenarmut?

Diese Frage ist bis heute unter Historikern äußerst umstritten, denn historische Fakten werden beinahe immer im Lichte bestimmter Weltanschauungen interpretiert, da sie nicht für sich selbst sprechen. Sozialistische und konservative Historiker sehen die Ergebnisse der industriellen Revolution bis heute kritischer als liberale Historiker. Die Liberalen verweisen auf Statistiken, nach denen der gesamte Wohlstand der europäischen, besonders der britischen Gesellschaft seit den 1770er Jahren stetig und rasch zugenommen habe. Ihre Gegner erklären, dies seien nur Durchschnittswerte, die nichts über die wirkliche Verteilung des Wohlstandes aussagten. Vermutlich verarmte tatsächlich eine Mehrheit der Menschen während der Anfänge der industriellen Revolution, während ab etwa 1860/1870 eine Mehrheit davon profitierte.

Die Amerikanische Revolution

Was ist eine Sekte?
Als Sekte bezeichnet man eine kleine religiöse Gemeinschaft, die sich von einer großen Kirche abgespalten hat. Seit dem 18. Jahrhundert gehörte eine Mehrheit der Amerikaner Sekten an, z. B. den Baptisten, Methodisten, Presbyterianern usw. Die Verfassung der USA verbietet es, eine religiöse Gemeinschaft zu bevorzugen und etwa eine Staatskirche einzurichten. Dies hat in Nordamerika zu einer bemerkenswerten Vielfalt von Religionsformen geführt.

Was geschah bei der Boston Tea Party?
In der Nacht zum 17. Dezember 1773 stürmte eine als Mohawk-Indianer verkleidete Gruppe von Kolonisten einige Schiffe im Hafen von Boston und schüttete Tee im Wert von 90.000 Dollar in die See. Es handelte sich um eine Demonstration gegen die britische Teesteuer. Diese war umstritten, weil Tee als das gesündeste Getränk der damaligen Zeit galt.

Die Amerikanische Revolution läutete eine neue Epoche in der Geschichte der Neuzeit ein. Ihr Erfolg bewies, dass sogar große Flächenstaaten ohne Könige regiert werden konnten. Gleichzeitig verhalf sie den Grundsätzen von Demokratie und kapitalistischer Marktwirtschaft zum Durchbruch und prägte auf diese Weise das 19. und 20. Jahrhundert.

In den 13 nordamerikanischen Kolonien Großbritanniens hatte sich eine Gesellschaft entwickelt, die ganz anders aussah als die des Mutterlandes. Die Siedler lebten in einfachen, recht einheitlichen ländlichen Gemeinden, einen Adel gab es nicht und Städte waren die Ausnahme. Auch religiös unterschieden sich die Kolonisten vom anglikanischen Großbritannien, da hier kleine, vom Staat unabhängige protestantische **Sekten** den Ton angaben. Seit 1740 zogen deren Erweckungsprediger durch das Land und erklärten, Amerika sei das auserwählte Land Gottes. Mehr und mehr fühlten sich die Siedler dadurch bewusst als Amerikaner. Sie glaubten gegenüber dem korrupten und vom Adel beherrschten Europa Tugend, Anstand und wahres Christentum verteidigen zu müssen.

Ihre allgemeine Unzufriedenheit wurde nach dem Siebenjährigen Krieg noch verstärkt. Die Regierung in London verlangte von den Siedlern sich an den Kosten ihrer Verteidigung zu beteiligen. An dieser Frage entzündete sich der Konflikt, der am Ende zum Krieg führen sollte. Die politischen Repräsentanten Nordamerikas wollten im britischen Parlament mitreden und über Steuerfragen, die sie betrafen, mitbestimmen.

Im Laufe der 1760er Jahre wurde die Stimmung in den 13 Kolonien beständig schlechter. Die britische Regierung erließ eine Reihe von Gesetzen, die den Siedlern neue Steuern und Abgaben auferlegten. Gleichzeitig unterstützte sie die Indianerstämme des Mittelwestens gegen neue Einwanderer. Die Kolonisten reagierten empört. Die Briten mussten viele ihrer Verordnungen wieder abschaffen. Zu Beginn der 1770er Jahre eskalierte die Situation. Eine neue Steuer auf Tee führte zur berühmten **Boston Tea Party.** 1775 kam es zu den ersten Gefechten zwischen amerikanischen Milizen und englischen Berufssoldaten. Während bereits die ersten Kämpfe stattfanden, trafen sich 1774 der erste und seit 1775 der zweite Kontinentalkongress, das Parlament der Siedler. Dort setzten sich 1776 die Befürworter der Unabhängigkeit durch. Thomas Jefferson verfasste die

Unabhängigkeitserklärung, die ganz im Geiste der Aufklärung gehalten war. Am 4. Juli 1776 wurde sie angenommen. Der Aufstand war zum Unabhängigkeitskrieg geworden, dem sich allerdings die Kolonien in Westindien und dem heutigen Kanada verweigerten. Rund ein Drittel der Siedler stand treu zur Krone. Diese wurden enteignet und meist nach Kanada vertrieben, manche auch ermordet. Der Krieg wurde auf beiden Seiten mit großer Härte geführt. Dem Oberbefehlshaber der amerikanischen Armee, **George Washington,** gelang ein hinhaltender Widerstand gegen die britischen Truppen. Erst der Einsatz französischer und spanischer Einheiten brachte den Amerikanern schließlich den Sieg. 1781 kapitulierte eine britische Armee in Yorktown, Virginia. 1783 räumte Großbritannien den 13 Kolonien die Unabhängigkeit ein.

Die ersten Jahre des neuen Staates verliefen noch sehr chaotisch. Eine handlungsfähige Zentralregierung gab es nicht, die Finanzen lagen in den Händen der Einzelstaaten. Um dauerhaft überleben zu können, verhandelten die Einzelstaaten über eine neue Verfassung, die 1787 angenommen wurde. 1789 wurde George Washington erster Präsident der Vereinigten Staaten von Amerika. Die junge Republik begann sich zu festigen.

Wer war George Washington?

George Washington (1732–1799) war der Sohn eines Großgrundbesitzers in Virginia. In seiner Jugend diente er als Landvermesser im Mittelwesten. 1754 hatte er mit einem Angriff auf französische Soldaten maßgeblich dazu beigetragen, den Siebenjährigen Krieg in Nordamerika auszulösen. Danach kämpfte er in der britischen Armee. Wegen seiner militärischen Erfahrung und seiner Treue zu den Prinzipien der Revolution wurde er zum Oberbefehlshaber der amerikanischen Revolutionsarmee ernannt. Als man ihn 1783 zum König krönen wollte, lehnte er dies ab. Von 1789 bis 1797 diente er als erster Präsident der USA und prägte das Amt wie kaum ein anderer Politiker. Kurz nach dem Ende seiner Regierung starb er.

BEMERKENSWERTES

Was bedeutete die amerikanische Verfassung?

Die amerikanische Verfassung von 1787 ersetzte die »Konföderationsartikel« von 1783, in denen die 13 Gründerstaaten der USA eine lockere Zusammenarbeit vereinbart hatten. Als diese gescheitert war, verabredeten die Vertreter der Staaten eine Bundesverfassung, die bis heute gültig ist. Im Kern regelt die amerikanische Verfassung die sehr begrenzten Zuständigkeiten der Zentralregierung, des Parlamentes der Union und der Bundesgerichte. Erst im Anhang findet sich eine Erklärung der Menschenrechte. Ansonsten lässt sie den Einzelstaaten und den Menschen in den USA einen großen Spielraum. Nachdem die Verfassung anfangs heftig umstritten war, wurde sie im Laufe des 19. Jahrhunderts zu einem Symbol des amerikanischen Patriotismus. Heute gilt sie als wichtigste Errungenschaft der Amerikanischen Revolution.

Die Französische Revolution

Was war die Guillotine?
Sie war ein seit 1792 in Frankreich übliches Instrument zur Hinrichtung von Verbrechern und Gegnern der Revolution. In Deutschland wurde sie als Fallbeil bekannt. Die Guillotine galt im 18. und 19. Jahrhundert als besonders moderne und menschliche Form der Hinrichtung.

Was waren die Generalstände?
Das war ein ständisches Parlament, das in Frankreich seit Ludwig XIV. nicht mehr einberufen worden war. Es war in drei Stände gegliedert, den Ersten Stand (Bischöfe der katholischen Kirche), den Zweiten Stand (Adel) sowie den Dritten Stand (Vertreter des Stadtbürgertums und der wohlhabenden, nichtadeligen Bauern). Obwohl die Abgeordneten des Dritten Standes die Mehrheit der französischen Bevölkerung vertraten, waren sie lange den beiden anderen Ständen unterlegen. Dies änderte sich erst, als der Dritte Stand der Generalstände sich zur Nationalversammlung erklärte und so die Revolution in Gang setzte.

Die Menschenmenge jubelte und johlte. Manche tanzten vor Glück, andere waren eher unsicher, ob das, was sie gerade erlebten, nicht doch Unglück über Frankreich bringen würde. Immerhin war es der ehemalige König, der an diesem bitterkalten Januartag des Jahres 1793 auf einem klapprigen Karren durch die Gassen von Paris gefahren wurde. Auf ihn wartete die **Guillotine.** Am Ende hatte eine einzige Stimme im Nationalkonvent, dem Parlament der Revolutionäre, den Ausschlag für das Todesurteil gegeben. Wenige Monate später sollte ihm seine Gattin Marie Antoinette auf das Schafott folgen.

Nur fünf Jahre zuvor war Ludwig XVI. einer der mächtigsten Männer Europas gewesen. Gewiss, er und seine Frau waren unbeliebt gewesen, aber welchem Herrscher ging das nicht so? Die Gründe für die Revolution lagen tiefer. Schon seit langem war das städtische Bürgertum mit der absolutistischen Monarchie unzufrieden. Man wollte Mitspracherechte, vor allem wenn es um den unerträglichen Zustand der Staatsfinanzen ging. Die Könige hatten seit Ludwig XIV. endlose, verlustreiche Kriege geführt und teure Paläste gebaut, aber niemand hatte sich um das Wirtschaftsleben in den Städten gekümmert. Außerdem brauchten Adeligen und Priester keine Steuern zu bezahlen, was in wachsendem Maße als ungerecht empfunden wurde. Selbst auf dem Land war es unruhig geworden. Den Bauern ging es nicht besser als den Stadtbürgern. Die Last der Frondienste war beständig drückender geworden.

Ludwig XVI. (1774–1792) hatte sich seit dem Beginn seiner Herrschaft um Reformen bemüht, die aber vom Adel strikt abgelehnt wurden. In den 1780er Jahren verschärfte sich die Finanzkrise, schließlich kamen Missernten hinzu. Das französische Volk hungerte. Als es in den Straßen von Paris anfing zu gären, trat der König die Flucht nach vorne an und berief 1788 die **Generalstände** ein. Von da an verlor er die Kontrolle. Wenige Wochen nach dem Zusammentreten erklärten sich die Abgeordneten des Dritten Standes am 17. Juni 1789 zur Nationalversammlung. Die Revolution hatte begonnen. In Paris bildeten sich Volksmilizen, die Nationalgarde. Es kam zu Unruhen, in deren Verlauf am 14. Juli 1789 die **Bastille** gestürmt wurde. Einen Monat später wurde das Feudalsystem abgeschafft, kurz darauf erklärte die Nationalversammlung die Allgemeinen Menschen- und Bürgerrechte. In ganz Europa horchten die

Menschen auf. Etwas Ungeheuerliches war geschehen. Eine absolute Monarchie war sang- und klanglos zusammengebrochen.
Zu diesem Zeitpunkt schien es jedoch noch so, als wäre die Revolution in friedliche Bahnen zu lenken. Insbesondere der Marquis de Lafayette trat für eine gemäßigte Verfassung mit einem König ein. Den Parteien der **Sansculotten** und **Jakobiner** ging dies jedoch nicht weit genug. Ihnen waren Kompromisse zuwider. Kein König, keine Kirche sollte ihre Ziele einschränken. Sie waren überzeugt im Namen der absoluten Vernunft zu handeln. Zudem herrschte Krieg mit den auswärtigen europäischen Mächten. Schwachheit erschien dem Jakobiner Robespierre und seinen Freunden als Gefahr. Kaum war der König tot, fingen sie an unliebsame Revolutionäre hinrichten zu lassen. Über ein Jahr dauerte ihre blutige Schreckensherrschaft. Hunderte, ja tausende von Menschen aus allen Kreisen der Bevölkerung fielen ihr zum Opfer. Erst am 27. Juli 1794 machte ein weiterer Umsturz dem grausigen Treiben ein Ende. Robespierre und seine Gefolgsleute wurden ebenfalls hingerichtet. Die Französische Revolution schenkte der Welt gleichzeitig die Menschenrechte und den Terror.

Was war die Bastille?
Die Bastille war ein berüchtigtes Staatsgefängnis in Paris. Der Sturm der Bürger von Paris auf die Bastille wurde zur Legende und noch immer feiern die Franzosen am 14. Juli ihren Nationalfeiertag.

Wer waren die Sansculotten und Jakobiner?
Das waren radikale Parteien aus der Zeit der Französischen Revolution. Die Sansculotten vertraten die Kleinbürger von Paris. Sie versuchten häufig durch Aufstände die Revolution voranzutreiben. Die Jakobiner hießen so, weil sie sich im alten Dominikaner- oder Jakobinerkloster trafen. Ihre gemäßigten Gegner waren die Girondisten.

BEMERKENSWERTES

Was bedeutet die Erklärung der Menschen- und Bürgerrechte?

Am 26. August 1789 beschloss die französische Nationalversammlung die Erklärung der Menschen- und Bürgerrechte, die von Lafayette und Jefferson verfasst worden war. Wie in den USA wurden die Meinungs-, Rede-, und Pressefreiheit, die Versammlungsfreiheit und andere Rechte aller Menschen oder der Staatsbürger niedergeschrieben. Anders als in Nordamerika erhob die französische Erklärung den Anspruch für alle Menschen aller Zeiten zu gelten. Zur Begründung berief man sich auf das rationalistische Naturrecht. Diese Begründung gilt heute nicht mehr. Deswegen verzichtete die Allgemeine Erklärung der Menschenrechte durch die Vollversammlung der Vereinten Nationen 1948 auf eine Begründung. Die Menschenrechte werden in unserer Zeit beinahe wie ein Glaubenssatz von der Mehrheit der Menschen gebilligt.

Abschied von der Tradition: die Aufklärung

Warum waren die Salons so wichtig?
Seit der Mitte des 18. Jahrhunderts verloren die Universitäten ihre bisherige Rolle als Orte, an denen Philosophie gelehrt und betrieben wurde. Die Universitätsphilosophie wurde langweilig und öde. Stattdessen trafen sich geistvolle Männer und Frauen in den Wohnungen reicher Damen in Paris, Wien oder Berlin. Einige dieser Frauen waren Adelige, andere reiche Bürgerinnen, viele waren jüdischer Herkunft, darunter die berühmte Henriette Hertz.

Was war die Enzyklopädie?
Das war ein Werk aus 28 Bänden, in dem das gesamte Wissen des 18. Jahrhunderts zusammengefasst werden sollte. Die Autoren, darunter beinahe alle berühmten Aufklärer ihrer Zeit, benötigten fast 30 Jahre (1751–1780), um ihr umfassendes Lexikon zu vollenden. Die Enzyklopädie stand für den Anspruch der Aufklärer, die gesamte Welt mit den Mitteln der Vernunft erfassen zu wollen.

Selten zuvor war Philosophie so lebendig und aufregend gewesen wie in der zweiten Hälfte des 18. Jahrhunderts. Nicht nur an den Universitäten, sondern mehr noch auf den Straßen und in den **Salons** adeliger Damen diskutierte alle Welt die letzten Neuigkeiten. Das neueste Werk des großen Spötters Voltaire, der jüngste Band der gewaltigen **Enzyklopädie** von Diderot, d'Alembert und d'Holbach, sie alle wurden begeistert gelesen. Wer diese Bücher nicht kannte, war tatsächlich von gestern. Die Aufklärer waren selbstbewusste Menschen. Für sie bestand kein Zweifel, dass sie an der Spitze der menschlichen Entwicklung in eine bessere Zukunft marschierten. Vernunft, Wissen und Wissenschaft waren die Schlagworte der neuen Zeit. Mit ihrer Hilfe würde der »neue Mensch« geschaffen werden. Alles wollte man im Sinne der reinen Vernunft neu ordnen: das Staatswesen, die Verwaltung, die Armee, das Justizwesen und natürlich auch die Religion. Welches Recht hatten demgegenüber die Gedanken, Traditionen und Überlieferungen der Vergangenheit? Nicht mehr Gott und seine Kirche, sondern freie Menschen sollten die Welt gestalten. Dafür waren sie dann aber auch allein verantwortlich. Nur wenigen kamen frühzeitig Zweifel. Ihnen blieb der Kult um die menschliche Vernunft fremd. Im Unterschied zu den Aufklärern vertrauten sie entweder auf ihre religiösen Überzeugungen oder auf die Geschichte. Der Gedanke, die gesamte Menschheitsgeschichte vor der Aufklärung sei nur Irrtum oder priesterlicher Betrug, erschien diesen Konservativen unsinnig. Am Ende schien ihnen der Terror der Französischen Revolution, der im Namen der Vernunft durchgeführt wurde, Recht zu geben. Besonders heftig kritisierten sie den Anspruch der Aufklärer, allgemein gültige, überzeitliche Wahrheiten zu erkennen. In den Augen der Gegenaufklärer, darunter der Deutsche Johann Gottfried Herder und der Engländer Edmund Burke, ließ dies den Respekt vor den vielfältigen bestehenden Kulturen vermissen. Und in der Tat bereitete die Aufklärung mit ihrem ungebremsten Glauben an Vernunft und Wissenschaft den oft brutalen Imperialismus und Rassismus des 19. Jahrhunderts mit vor.

In einem Bereich aber leisteten die Aufklärer enorm vieles, das bis heute weiterwirkt: in der **Staatsphilosophie.** Gleichzeitig setzten sie sich für das Ideal der Toleranz und der Meinungsfreiheit ein. Ihrer Ansicht nach konnte sich die Vernunft nur in der freien, ungefährdeten Diskussion entwickeln. Wahrheit entstand im Dialog zwischen Menschen, die auf ihre Freiheit, ihre Tugend und ihre Intelligenz vertrauten. Dank des Wirkens der Aufklärer endeten um 1780 die Hexenprozesse, den bislang verfolgten oder bedrängten Juden wurde Gleichberechtigung zugestanden und die Folter wurde abgeschafft.

Am Ende der Epoche der Aufklärung stand mit Jean-Jacques Rousseau (1712–1776) ein Denker, der noch in der Gegenwart sehr umstritten ist. Rousseau forderte eine Abkehr von der überzivilisierten Lebensweise seiner Mitmenschen, eine Art »Zurück zur Natur«. Nur so könne der Mensch in Freiheit wachsen. Gleichzeitig forderte er, im Staat sollten sich alle dem Gemeinwillen unterordnen. Damit betonte er zwar einerseits das demokratische Prinzip der Volkssouveränität, andererseits legte er aber auch den Grundstein für tyrannische Ideologien wie die der Jakobiner im 18. Jahrhundert oder der Faschisten, Nationalsozialisten und Kommunisten im 20. Jahrhundert. Rousseau steht für das zweideutige Erbe der Aufklärung.

Jean-Jacques Rousseau

Welchen Einfluss hatten die Aufklärer auf den Staat?

Denker wie Charles de Montesquieu (1689–1755) halfen die moderne Demokratie vorzubereiten. Eine Regierung musste im Gleichgewicht mit einem möglichst frei gewählten Parlament und einer unabhängigen Justiz leben. Diese Dreigewaltenlehre wurde bald grundlegend für den demokratischen und liberalen Rechtsstaat, der im Laufe des 19. Jahrhunderts in Europa und Nordamerika entstand.

BEMERKENSWERTES

Die Idee des »neuen Menschen«

Mit der Aufklärung kam die Überzeugung auf, durch die richtige Anwendung von Wissenschaft und Vernunft einen neuen Menschen erschaffen und dadurch Staat und Gesellschaft radikal verbessern zu können. Dies führte aber zugleich zum Entstehen neuer, oft gewalttätiger Ideologien, die den neuen Menschen mit allen Mitteln herbeiführen wollten. Im 20. Jahrhundert glaubten so unterschiedliche Weltanschauungen wie der amerikanische liberale Pragmatismus, der Kommunismus und der Faschismus an die Durchsetzbarkeit des neuen Menschen.

Immanuel Kant

Was meint man mit der kopernikanischen Wende?
Der Astronom Nikolaus Kopernikus (1473–1543) hatte unsere Erde aus der Mitte des Weltalls verbannt. Nach seiner Ansicht stand die Sonne im Mittelpunkt (was ebenso falsch war). Bezogen auf Kant heißt das, dass er die Philosophie von den Dingen zum Menschen gewendet hat. Seitdem gibt es kaum noch einen Philosophen, der nicht den Menschen ins Zentrum der Welt stellt.

Was bedeutet transzendental?
Transzendental bedeutet, nach den Bedingungen des Denkens im Menschen zu fragen. Es wird oft mit dem Wort transzendent verwechselt, das sich aber auf Gegenstände bezieht, die nicht mit den Sinnen (Augen, Ohren, Nase etc.) zu erfassen sind, etwa die Gegenstände der Metaphysik (Substanzen, Gott). Weil Kant transzendental dachte, lehnte er die Möglichkeit transzendenter Gegenstände ab.

Was können wir wissen? Was sollen wir tun? Was dürfen wir hoffen? Mit diesen drei Grundfragen hat sich das Denken der Menschen von jeher beschäftigt. Aber kaum ein Philosoph hat in der Geschichte so folgenreiche Antworten auf sie gegeben wie der deutsche Universitätsprofessor Immanuel Kant (1724–1804). Er war nicht nur der bei weitem bedeutendste Philosoph seiner Zeit. Bis in unser Jahrhundert hinein teilen viele Menschen seine Ansichten und Lehren. Manche Forscher sagen, man könne die Geschichte des Denkens in zwei Phasen unterscheiden, eine vor Kant und eine nach Kant. Auch wenn das übertrieben sein mag, bleibt doch unbestreitbar, dass der Königsberger Philosoph eine besonders wichtige Persönlichkeit war. Worin aber lag der Reiz, der von seiner Art, Schwierigkeiten zu lösen, ausging?
Ein Punkt war sicher Kants Fähigkeit, die geistigen Probleme seiner Zeit in einer Schärfe zu fassen, die anderen Menschen abging. Er war, wie viele Philosophen, längst der endlosen Streitereien zwischen Rationalisten und Empiristen überdrüssig geworden. Also ging Kant der eigentlichen Frage nach, wie denn Menschen überhaupt etwas erkennen konnten, das nicht sie selbst waren. Nach langem Nachdenken kam er zu dem Schluss, die bisherige Philosophie habe die Lösung von der falschen Seite her angepackt. Immer hatte man sich gefragt, wie eine Sache ins Denken hineinkommt. Das war auch nicht völlig falsch. Kant stellte nun aber zusätzlich die umgekehrte Frage, was denn das Denken mit einem erkannten Gegenstand anstellte. Auf diese Weise begründete er seine Lehre, dass nicht das Denken sich nach den Gegenständen, sondern die Gegenstände nach der Erkenntnis richteten. Man nennt dies die **kopernikanische Wende** in der Philosophie. Nach Kant formten bestimmte **transzendentale** Denkmuster (Kausalität, Raum, Zeit) in unserem Gehirn die Art, wie wir Dinge erkannten. Dies hatte Hume schon so ähnlich gedacht, aber Kant war viel radikaler als Hume. Für Kant waren die erkennbaren **Dinge an sich** relativ unwichtig geworden. Sie mochten zwar existieren, wichtig aber waren die **Dinge für uns,** also wie sie sich in unserem Verstand abspielten. Angesichts dieser Lehre wundert es nicht, dass viele spätere Philosophen Schwierigkeiten hatten, so etwas wie Wirklichkeit noch denken zu können. Kant sah das anders. Die Wirklichkeit diente dazu, unsere Denkformen überhaupt erst zum Arbeiten zu bringen. Wirklichkeit und

Denken standen so in ständiger Beziehung miteinander, deren wichtigster Teil jedoch das Denken in bestimmten Formen war.
Kaum weniger folgenreich waren Kants Antworten auf die zweite eingangs gestellte Frage. Für ihn waren Ereignisse und Gefühle nicht etwa gut, weil man sich gut fühlte, wenn man sie tat. Sie waren auch nicht gut, weil sie von einem Gott belohnt wurden. Vielmehr waren sie gut, weil sie als Pflicht gegenüber einem absoluten moralischen Gesetz der Vernunft verstanden wurden. Die Menschen sollen weniger nach ihren Neigungen handeln, sondern so, dass jede ihrer Handlungen zu einem für alle gültigen Gesetz werden könnte. Kant nannte dies den **kategorischen Imperativ.** In einer Gesellschaft, in der alle Menschen dem kategorischen Imperativ folgten, würde es keine Verbrechen mehr geben, so glaubte wenigstens der Königsberger Philosoph. Deswegen war es auch nicht notwendig, genaue inhaltliche Regeln aufzustellen, was man tun durfte und was nicht. Entscheidend war einzig die Regel des kategorischen Imperativs. Dies ist später von vielen Philosophen heftig kritisiert worden.
Kants Antwort auf die dritte Frage war vielleicht noch wichtiger als sein Beitrag zur zweiten Frage. Wie kaum ein anderer Philosoph vor ihm, wandte er sich gegen jeden Versuch, den Glauben an Gott, eine unsterbliche Seele und ein Leben nach dem Tod vernünftig zu beweisen. Dies galt besonders für die Gottesbeweise der antiken und mittelalterlichen Philosophie. In Kants Augen war nur möglich sehr indirekt zu fordern, dass ein Gott sein musste, um das pflichtgemäße Leben der guten Menschen zu belohnen. Ein Beweis war das nicht, aber es bot für gläubige Menschen die Chance, trotz Kants Kritik an der überlieferten Religion weiterzuglauben.

Was meint Ding an sich/für uns?
Kant unterschied sehr genau die Dinge, wie sie an sich, also in der Realität jenseits unserer Erkenntnis sind, von den Dingen, wie sie – auf Grund der Bedingungen unseres Denkens – für uns erscheinen.

Was ist der kategorische Imperativ?
»Handele so, dass die Maxime deines Handelns jederzeit zugleich als Prinzip einer allgemeinen Gesetzgebung dienen könnte« (Kant). Der kategorische Imperativ ist eine Fortentwicklung der so genannten »Goldenen Regel«: »Was du nicht willst, dass man dir tu, das füg auch keinem andern zu«, die man in fast allen Weltreligionen findet.

BEMERKENSWERTES

Die Pünktlichkeit in Person

Kant war unglaublich pünktlich. Manche Königsberger pflegten angeblich die Uhr nach seinem Erscheinen zu stellen, weil er immer zur selben Zeit an jedem Tag an ihrem Haus vorbeispazierte.

Das Christentum in der Aufklärung

Was ist die historisch-kritische Methode?
Das ist eine aus der Aufklärung stammende Weise, die Bibel zu lesen. Ehe man theologische Schlüsse aus der Bibel zieht, muss man erst einmal feststellen, wie der Text im Original aussah und was er in seiner Entstehungszeit eigentlich bedeutete. Dies versucht die historisch-kritische Methode zu leisten.

Ecrasez l'Infame – zerschlagt die Infame«, also die (katholische) Kirche! Mit diesem Schlachtruf schien François Marie Arouet (1694–1778), den alle Welt nur Voltaire nannte, ein für alle Mal das Verhältnis zwischen Aufklärung und christlicher Religion bestimmt zu haben. Voltaire und andere Aufklärer hielten die Lehren der Kirche für Aberglauben, Priesterbetrug oder schlichte Dummheit. Im Lichte der reinen Vernunft, welche die Aufklärer predigten, konnten Vorstellungen von der Dreieinigkeit Gottes oder dem Gottmenschentum Jesu Christi nicht bestehen. Umgekehrt hielt sich die Zuneigung der Kirchenführer zur Aufklärung gleichfalls in engen Grenzen. Wo immer die Aufklärer den Mund aufmachten, fand sich bestimmt ein Bischof, der verlangte diesen ungehörigen Burschen ins Gefängnis zu werfen. Außerdem war die Kirche mit dem absolutistischen Staat eng verbunden. Sie unterstützte die Könige und Fürsten und verlangte vom Dritten Stand, sich in sein Schicksal als Gottes Willen zu fügen. Geistig war das Christentum im ausgehenden 18. Jahrhundert gleichfalls nicht auf der Höhe der Zeit. Die Theologien der Katholiken und Protestanten waren ein Jahrhundert lang stehen geblieben. Nein, die Beziehungen zwischen Christentum und Aufklärung standen wirklich nicht zum Besten.

Und dennoch ist es falsch, zu sagen, beide hätten nur im Konflikt miteinander gelebt, obwohl Historiker das lange Zeit geglaubt haben. Doch man hat festgestellt, dass das Verhältnis von Christentum, Kirche und Aufklärung wesentlich komplizierter war als bislang gedacht. Außer echter Feindschaft gab es Bündnisse, wechselseitige Einflüsse und gegenseitigen Respekt. Es gab eine Art katholischer Aufklärung. Bischöfe und Priester versuchten ihre Religion an die Forderungen der Philosophen anzupassen. In beiden Konfessionen las man wieder mehr die Bibel und versuchte zu verstehen, was die Texte ursprünglich bedeutet hatten. Die **historisch-kritische Methode** kam in Gebrauch.

Einen ebenso kühnen wie wegweisenden Versuch, die Religion von der Gefahr zu befreien, in die sie durch die Religionskritik der Aufklärung geraten war, unternahm der protestantische Theologe Friedrich Schleiermacher (1768–1834) in seiner Schrift *Über die Religion: An die Gebildeten unter ihren Verächtern* aus dem Jahre 1799. Darin legte Schleiermacher, der gleichermaßen von der Romantik und dem **Pietismus** beeinflusst war, dar, dass die Religion überhaupt

nicht auf Vernunftbeweise angewiesen sei. Deswegen liefen die Angriffe der Aufklärung ins Leere. Ganz im Gegenteil beruhe die Religion auf innerlicher, gefühlsmäßiger Erfahrung jedes einzelnen Menschen. Die Thesen Schleiermachers riefen eine hitzige Diskussion hervor. Viele Christen fühlten sich befreit. Endlich, so sagten sie, werde das Gefühl ernst genommen. Andere, darunter besonders katholische Theologen, die schon immer den Wert der Vernunft betont hatten, kritisierten Schleiermacher gerade wegen seiner Wende zum Innerlichen. Immerhin war es Schleiermacher gelungen, das Christentum aus seinem geistigen Dornröschenschlaf zu wecken. Obwohl weiterhin umstritten, gehört sein denkerischer Entwurf zu den wichtigsten religiösen Schriften der Neuzeit.
Bei den Katholiken dauerte es etwas länger, ehe sie vergleichbare Schriften vorlegten. In Deutschland war es der Tübinger Theologe Johann Adam Möhler (1796–1838), der Schleiermacher gelesen hatte und sich bemühte eine aufgeklärte Theologie vom Menschen her aufzubauen, ohne aber dabei die Lehren der katholischen Kirche preiszugeben. Ihm folgte die so genannte Tübinger Schule, die sich besonders der geschichtlichen Erforschung der Theologie widmete. Sie geriet in einen gewissen Gegensatz zur eher systematisch ausgerichteten katholischen Neuscholastik, die besonders in Italien, Frankreich und Spanien gepflegt wurde.

Was ist Pietismus?
Die Pietisten wollten ein Christentum, das in erster Linie durch individuelle Bekehrungserlebnisse und ein Gefühl der Nähe zu Gott bestimmt war. Für Pietisten offenbarte sich Gott nicht so sehr durch die Bibel, sondern im innerlichen Gefühl der Menschen. Viele protestantische Christen in den USA glauben pietistisch. Sie werden oft »wiedergeborene Christen« genannt. In Deutschland finden sich vor allem in Baden-Württemberg weiterhin Pietisten.

BEMERKENSWERTES

Die Frage nach dem guten Gott

In der Folge der Aufklärung fand sich im 19. und 20. Jahrhundert eine Menge von Religionskritikern, die wie Ludwig Feuerbach oder Sigmund Freud behaupteten, Religion sei nur Ausdruck einer kindlichen Sehnsucht der Menschen nach Allmacht und Unsterblichkeit. Nach 1945 wiesen viele Religionskritiker auf das Problem hin, dass Gott offenbar das Böse in der Welt nicht bekämpfe. Entweder sei Gott demnach nicht gut oder er sei nicht allmächtig oder er existiere überhaupt nicht.

Die französische Literatur in der Zeit der Aufklärung

Wozu dient im Theater eine Intrige?
In erster Linie dazu, der Handlung Spannung zu verleihen und sie voranzutreiben. Gleichzeitig hat sie die Aufgabe, weitere handelnde Personen einzuführen, denn die Intrige wird zwar meist von Adeligen ausgeheckt, man braucht aber Diener und Zofen, um sie durchzuführen. Oft führen Intrigen im Theater zu komischen Verwechslungen oder zu Spannungen, die dann am Schluss aufgelöst werden.

Die Menschen im Saal lachten laut. Sie hatten lange genug auf dieses Stück warten müssen, das seit sechs Jahren von der Zensurbehörde zurückgehalten wurde. König Ludwig XVI. höchstselbst, so hieß es, hielt es für einen Aufruf zur Revolution. Nun konnten sich die Damen und Herren des französischen Hochadels mit eigenen Ohren davon überzeugen, ob die *Hochzeit des Figaro* des Pierre-Augustin Caron de Beaumarchais (1732–1799) diesem Vorwurf zu Recht ausgesetzt war. Man schrieb das Jahr 1784 und die Herrschaft des Absolutismus näherte sich in Paris ihrem Ende. Die Philosophen der Aufklärung, aber auch die Schriftsteller und Theaterleute untergruben eifrig die Machtansprüche von Königtum, Kirche und Adel. Der Adel lachte darüber. Noch konnte man sich die Schrecken der kommenden Revolution nicht vorstellen. Außerdem war das Stück gut geschrieben und wirklich witzig. Es drehte sich um die Abenteuer eines Friseurs, der sich geistreich, ironisch und gekonnt durch zahllose **Intrigen** des Hof- und Gesellschaftslebens schlug und dabei immer wieder auf die Füße fiel. Mit eher freundlichem Spott zeigte Beaumarchais seinen adeligen Zuschauern einen Spiegel ihrer eigenen Lebenswelt. Sie nahmen es ihm nicht sonderlich übel. Die Herren in den gepuderten Perücken und die Damen in den üppigen Kleidern konnten ungemein **freigeistig** sein. Wenn man sie nicht offen reizte, ertrugen sie den Spott über ihre Lebensweise mit einigem Humor. Anders als sein großes Vorbild Molière (1622–1673) musste sich Beaumarchais nicht mehr mit den *Dévots*, der von den Jesuiten angeführten Hofpartei der Frommen, herumschlagen.

Im Grunde war Beaumarchais alles andere als ein Revolutionär. In mancherlei Hinsicht ähnelte er seiner Lieblingsfigur, dem Figaro. Ihm ging es nicht um revolutionären Umsturz, sondern darum, das eigene Auskommen zu sichern und sich elegant durchs Leben zu schlagen. Dabei sparte er nicht mit Kritik, die aber so verpackt wurde, dass sie niemandem wirklich wehtat. Beaumarchais war ein sozialer Aufsteiger. Als Sohn eines Uhrmachers entstammte er nicht der Welt des Hochadels, sondern derjenigen des städtischen Bürgertums. Dennoch hatte er zeit seines Lebens versucht nach oben zu kommen und dabei den Hof und seine Machenschaften kennen gelernt. Zeitweise hatte er seinem König in England als Geheimagent gedient. Offenbar war diese Tätigkeit im 18. Jahrhundert nicht besonders zeitaufwändig, denn nebenbei konnte er eine Reihe von Theaterstücken schreiben, vor allem den *Barbier von Sevilla* und die *Hochzeit des Figaro*. In beiden war Figaro die zentrale Figur. Beaumarchais versuchte, die Ideen der Aufklärung ohne belehrenden Zeigefinger in seine Werke einzuarbeiten. Das machte sie so anziehend und interessant. Darum ließ es sich der junge österreichische Komponist Wolfgang Amadeus Mozart (1756–1791) auch nicht nehmen, *Figaros Hochzeit* als Oper zu vertonen. Bis heute zählt es zu den erfolgreichsten Theater- und Musikstücken der Geschichte. Mit der Revolution von 1789 aber endete die große Zeit des Beaumarchais. Obwohl er ein Kritiker der Monarchie und des Adels gewesen war, stand er der Revolution ablehnend gegenüber. Dies war nicht mehr seine Welt. Nur mit Mühe und dank des Schutzes einiger Damen entkam er den Häschern der Jakobiner. Als Flüchtling, der andauernd verdächtigt wurde weiterhin als Spion zu arbeiten, schlug er sich durch. Erst nach dem Sturz der Jakobiner kehrte Beaumarchais nach Frankreich zurück, wo er 1799 starb.

Was ist ein Freigeist?
Im 17. und besonders im 18. Jahrhundert bezeichnete man als Freigeist jemanden, der mit den Lehren der Kirche oder den Traditionen des Adels ohne großen Respekt umging. Das musste nicht unbedingt heißen, dass Freigeister nicht an Gott glaubten oder die Republik an die Stelle des Königtums setzen wollten. Meist übten sie Kritik, weil sie ihre geistige Unabhängigkeit beweisen oder etwas verbessern wollten. Im späten 18. Jahrhundert waren viele französische Adelige regelrecht stolz darauf, als Freigeister zu gelten. Zu den wichtigsten Freigeistern zählten die Philosophen Voltaire und Diderot.

BEMERKENSWERTES

Jean Baptiste Poquelin, genannt Molière

Molière war der wohl bedeutendste französische Theaterdichter. Wie Shakespeare arbeitete er auch als Schauspieler und Theaterdirektor. Er war gegen den Willen seines Vaters, eines wohlhabenden Händlers, zum Theater gegangen, nachdem ihm seine jesuitischen Lehrer auf den Geschmack gebracht hatten. Später aber wurde er zum kritischen Freigeist. Molière war ungemein erfolgreich. Am Hofe Ludwig XIV. diente er als Cheforganisator für das königliche Theater. Nachdem er in seinem Stück *Tartuffe* die Heuchelei der frommen Dévots angegriffen hatte, fiel er kurzfristig in Ungnade, aber Ludwig XIV. hielt an ihm fest. So wurde Molière zum Vater der französischen Komödie. Bis ins 20. Jahrhundert hinein bemühten sich französische Autoren wie er zu schreiben.

Molière

Sturm und Drang

Warum war Herder so wichtig?
Johann Gottfried Herder war ein Philosoph und Theologe, der dem Vernunftkult der Aufklärung heftig widersprach. Vor allem glaubte er nicht, dass es einen vernünftigen Maßstab geben könnte, nach dem man alle Kulturen messen darf. In seinen Augen hatten auch die nichtaufgeklärten, außereuropäischen Kulturen ihr eigenes Lebensrecht. Damit nahm er vieles vorweg, was im späten 20. Jahrhundert selbstverständlich wurde.

Was ist ein Original-Genie?
Im Kern bezeichnet der Begriff jemanden, der durch eine besondere, überragende Begabung auffällt und sich nicht von den Vorgaben anderer Menschen abhängig macht. Im Sturm und Drang und in der Romantik gab es einen regelrechten Kult um das Genie, das als Inbegriff echter Individualität galt. Bald zeigte sich aber, dass nur ganz wenige Menschen den Ansprüchen an ein Original-Genie gerecht wurden. Daher verschwand der Glaube an Genies nach 1820.

Sag Deinem Hauptmann: Vor ihro kaiserlicher Majestät habe ich, wie immer, schuldigen Respekt. Er aber, sag's ihm, er kann mich im Arsche lecken!« Noch heute wartet jeder, der ins Theater geht, um Goethes *Götz von Berlichingen* zu sehen, auf dieses weltberühmte Zitat im dritten Aufzug. Aber im Jahre 1774, als das Stück erstmals aufgeführt wurde, waren diese Sätze noch viel stärkerer Tobak. Sie zeigten dem erstaunten Publikum an, dass eine Epoche zu Ende gegangen war. Junge Autoren, darunter Johann Wolfgang Goethe (1749–1832), Friedrich Schiller (1759–1805) oder **Johann Gottfried Herder** (1744–1803), wollten ein neues Theater, eines, das mit der Gesellschaft der Adeligen kritisch umging. Ihre Schlagworte lauteten **Original-Genie** und Freiheit. Damit grenzten sie sich vom herrschenden Literaturverständnis der Aufklärung ab. Im Gegensatz zu den Aufklärern waren die jungen Autoren des Sturm und Drang (1765–1785) nicht mehr davon überzeugt, dass man die Dichtkunst einfach lernen konnte, indem man den Regeln folgte, die Aristoteles zwei Jahrtausende zuvor aufgestellt hatte. Nicht die Einheit von Ort, Zeit und Handlung, nicht die klare Trennung der Klassen in einem Stück, nicht der »vernünftige« Ablauf machten in ihren Augen ein gutes Theaterstück oder einen spannenden Roman aus. Einzig die Leistung eines genialen Autors galt ihnen als Richtschnur schriftstellerischer Qualität. Erlernbare Regeln erschienen ihnen wie eine Zwangsjacke, in der das Genie verkümmerte. Außerdem wollten die jugendlichen Anhänger des Sturm und Drang den Wert des Gefühls und des Idealismus gegen die Ansprüche einer einseitigen Vernunft retten. Damit wurden sie zu Vorläufern der Romantik. Aber die Radikalität des neuen Aufbruchs ließ sich nicht ewig durchhalten. Interessanterweise wurden Goethe, Schiller und Herder in den Adelsstand erhoben. Deutlicher hätte der Bruch mit ihrer bewegten und kritischen Jugendzeit kaum ausfallen können.
Inhaltlich ähnelten sich viele Dramen und Romane der Sturm-und-Drang-Zeit. Fast immer ging es um große Gefühle, um Liebe und um ein geradezu unbändiges Streben nach Freiheit und Selbstverwirklichung. Oft scheiterten die Helden der Stücke. Sehr gut kann man dies in Goethes berühmtem Roman *Die Leiden des jungen Werther* sehen. In dieser klassischen Dreiecksgeschichte, die als **Briefroman** geschrieben wurde, verliebt sich die Hauptfigur Werther in die junge Charlotte, die ihrerseits mit Albert verlobt ist. Die Situation spitzt

sich ständig weiter zu, bis Werther nur noch den Selbstmord als Ausweg zu erkennen glaubt. Goethe verarbeitete in dem Roman eine Reihe eigener Liebeserfahrungen, aber auch den Selbstmord eines Freundes. Er bediente sich einer sehr gefühlsbetonten Sprache, die manche heutigen Leser etwas verwirrt. Damals aber sprach sie viele Menschen, besonders Jugendliche, unmittelbar an.
Während es im *Werther* nur am Rande um Politik geht, sind Goethes *Götz von Berlichingen* oder Schillers *Die Räuber* sehr viel gesellschaftskritischer. In beiden Dramen spielen Figuren die Hauptrolle, die an Robin Hood erinnern. Götz oder Karl Moor sind Rebellen, die offen die Ungerechtigkeiten der bestehenden Gesellschaft anprangern. Sie rauben die Reichen aus und geben das Geld den Armen. Im Grunde wollen sie aus der bestehenden Gesellschaft aussteigen und sich selbst verwirklichen. Die letzten Worte des Götz sind: »Himmlische Luft – Freiheit! Freiheit!« Für ihre hehren Ziele opfern sie sogar ihr Lebensglück. Der Räuber Karl Moor tötet seinen Vater und seine geliebte Amalia, ehe er sich am Ende der Justiz stellt. Ein klares politisches Gegenprogramm zur Gesellschaft des aufgeklärten Absolutismus boten die Autoren des Sturm und Drang allerdings nicht. Daher ist es kein Zufall, dass ihr Aufbegehren Mitte der 1780er Jahre allmählich ins Leere lief.

Was ist ein Briefroman?
Im Briefroman tritt an die Stelle eines gottgleichen Erzählers, der die Geschichte des Romans gewissermaßen von außen erzählt, der Blick von innen. Der Erzähler ist eine der handelnden Figuren, die in Briefen die Geschichte schildert. Dadurch bekommt der Roman eine sehr subjektive Färbung. Neben dem Werther sind die Gefährlichen Liebschaften des Pierre de Laclos, *ebenfalls aus dem 18. Jahrhundert, ein bekanntes Beispiel eines Briefromans.*

BEMERKENSWERTES

Anleitung zum Selbstmord

Tatsächlich nahmen sich einige Menschen, nachdem sie Goethes Buch *Die Leiden des jungen Werther* gelesen hatten, das Leben. Allerdings dürfte es wohl so sein, dass die Gegner Goethes diese Folge seines Buches übertrieben haben, um die weitere Verbreitung des Werkes zu verhindern. Sie glaubten nämlich, Goethe wolle mit seinem Roman Ehe und Familie schaden. Trotzdem zeigen die Selbstmorde, die es gab, welchen Eindruck die Erzählung auf viele Menschen des späten 18. Jahrhunderts machte.

Architektur im Zeitalter der Revolutionen

In welchen europäischen Ländern blühte der Klassizismus?
Die neue Kunstrichtung breitete sich in ganz Europa aus: In St. Petersburg in Russland veränderten italienische und französische Architekten das Stadtbild, wurden aber bald von ihren russischen Kollegen abgelöst. Ein berühmter Vertreter des dänischen Klassizismus war C. F. Hansen (1756–1845), der u. a. die Frauenkirche (1811–1829) in Kopenhagen baute. Meister des Klassizismus in Deutschland waren Friedrich Weinbrenner (1766–1826), der besonders das Stadtbild Karlsruhes prägte, und Friedrich Gilly (1772–1800), der später großen Einfluss auf den großen Berliner Architekten Karl Friedrich Schinkel (1781–1841) hatte. Ein berühmter Bau Schinkels ist die Neue Wache (1813–1815) in Berlin.

Das 18. Jahrhundert war das Jahrhundert der Revolutionen und der Umbrüche, die Zeit des Sturm und Drang und des Beginns der industriellen Revolution. Dies spiegelte sich auch in der Architektur wider.

Die erste Hälfte des 18. Jahrhunderts war noch sehr geprägt vom Barock bzw. Rokoko. Doch die Prachtentfaltung des Barock und seine Verherrlichung Gottes oder eines weltlichen Regenten und die künstlichen Welten, die sich der Adel mit dem Rokoko schuf, erlebten ab den 1870er Jahren ein abruptes Ende.

Infolge des amerikanischen Unabhängigkeitskriegs und der Revolution in Frankreich verloren Kirche und Adel an Macht und gleichzeitig ihre Funktion als Kulturträger. Die Zeit des Rokoko war vorüber. Nicht nur Politik und Gesellschaft standen vor einer Neuorientierung, sondern auch die Kunst. Wer gab nun die Stilrichtung vor? Woran sollten sich die Architekten beim Entwurf ihrer Gebäude halten? Man griff auf Altbekanntes zurück: auf die griechische und römische Antike, die man aber nicht wie in der Renaissance kopierte, sondern man nahm antike Bauelemente und setzte sie auf neue Weise ein. Diesen neuen Stil nennt man **»Klassizismus«** (ca. 1750–ca. 1830).

Frankreich orientierte sich in seiner Architektur an der römischen Antike, da es in dem römischen Bürger das Ideal für den neuen Menschen, das heißt für den heldenhaften französischen Bürger sah. Ein berühmter Vertreter der französischen »Revolutionsarchitektur« war Claude-Nicolas Ledoux (1736–1806) mit seinem strengen, nüchternen Stil. Doch fanden seine Ideen erst im 20. Jahrhundert wirkliche Anerkennung.

Durch den Machtverlust der Kirche kam in fast allen europäischen Ländern der Kirchenbau vorerst zum Erliegen. Stattdessen gewann der weltliche bzw. Profanbau mit der neuen Stellung des Bürgertums an Bedeutung. Land- und Stadthäuser, Rathäuser und andere öffentliche Gebäude erfuhren einen »Bauboom«.

Die Architektur des Klassizismus ist bestimmt von klaren Formen wie dem Würfel, dem Rechteck, der Kugel, der Pyramide oder dem Kegel. Die Verzierung der blockhaften Bauten ist sehr sparsam. Sie sind in der Regel mit einer griechischen oder römischen Tempelstirnwand, einem Dreiecksgiebel oder einem Säulenportikus (von

Säulen getragener Vorbau) versehen, die Fronten sind meist nur durch Pilaster (Wandpfeiler) und Gesimse gegliedert. Allerdings haben die Säulen nicht mehr nur eine schmückende, sondern wieder eine tragende Funktion.

Im Klassizismus entwickelte sich die Kunstgeschichte zur Wissenschaft: **Akademien** wurden eingerichtet und erste öffentliche **Museen,** welche die Kunst einem breiteren Publikum und nicht nur einem ausgewählten Kreis zugänglich machen sollten.

Ende des 18. Jahrhunderts wurden Kunst und Architektur von der Aufklärung, dem Sturm und Drang und der Romantik beeinflusst. So machte sich zum Beispiel das neue Naturverständnis der Menschen auch in der Architektur bemerkbar. Man band die Gebäude stärker in die Natur ein bzw. es entwickelte sich eine »Gartenarchitektur«, die besonders in England (so genannte Englische Gärten) zu einer großen Blüte kam.

Welche Aufgabe hatten die Akademien?

An den Akademien wurden Theorie und Geschichte der Kunst gelehrt und Richtlinien für ihre Bewertung aufgestellt. Die spanische Akademie für Architektur (Escuela Nacional, gegr. 1744) nahm ihre Aufgabe sehr ernst: Es durfte kein öffentliches Gebäude gebaut werden, dessen Entwurf nicht von der Akademie genehmigt worden war.

K. F. Schinkel, Neue Wache, Berlin

Wo wurden die ersten Museen eröffnet?

Das Museum Fridericianum (1769–1776) in Kassel gehört mit zu den ersten Museen, die man in Europa für die Öffentlichkeit baute, und ist heute Ausstellungsort der alle fünf Jahre stattfindenden Kunstmesse documenta.

BEMERKENSWERTES

Rokoko – ein Kunststil der gelangweilten Highsociety?

Verspielte Verzierungen, Pastelltöne und Gold ließen im Rokoko Gebäude und Innenräume märchenhaft, fast wie eine Kulisse für ein Theaterstück wirken. Die tiefe Leidenschaft des Barock wurde im Rokoko von einer oberflächlichen Heiterkeit abgelöst, die vor allem das Leben des Adels bestimmte. Vorbild dafür war Frankreich und seinen Höhepunkt fand der Stil am Hof König Ludwigs XVI. (1774–1792) und seiner Gemahlin Marie Antoinette (1755–1793). Diese ließen u. a. künstliche Landschaften in der beliebten Schäferidylle errichten.

Spiel und Wirklichkeit in der Malerei

Hatte Angelika Kauffmann als Malerin Erfolg?
Angelika Kauffmann war sehr erfolgreich, auch wenn Frauen als freischaffende Künstlerinnen nicht gerne gesehen waren. Sie lebte lange in England und wurde sogar in die Royal Academy aufgenommen.

Wer war Anton Raffael Mengs?
Mengs lebte viele Jahre in Rom, wo er dem Kunsthistoriker Johann Joachim Winckelmann begegnete, und war unter anderem Hofmaler in Dresden und Madrid. Er verfasste ein Werk mit dem Titel Gedanken über die Schönheit und den Geschmack der Malerei *(1762).*

Die Malerei zu Beginn des 18. Jahrhunderts war wie die Architektur vom Rokoko geprägt. Die Bilder zeigen Szenen reiner Sinnesfreude, die Figuren geben sich heiter und verspielt. Zu den bedeutenden Malern des Rokoko gehören unter anderem der Franzose Jean Honoré Fragonard (1732–1806), der Italiener Antonio Pellegrini (1675–1741) und sein Landsmann Giovanni Battista Tiepolo (1696–1770) in seiner Frühphase sowie der Deutsche Franz Anton Maulpertsch (1724–1796).

Ab Mitte des 18. Jahrhunderts kam der Klassizismus auf. Zu den Vertretern dieses neuen Stils gehörten unter anderem die Schweizerin **Angelika Kauffmann** (1741–1807) und der deutsche Maler **Anton Raffael Mengs** (1738–1779). Der englische Maler Sir Joshua Reynolds (1723–1792), der in seiner frühen Zeit noch im Rokoko verwurzelt war, lässt später auch einen Einfluss des Klassizismus erkennen. Seine männlichen Figuren sind stets sehr heldenhaft, seine weiblichen Figuren als Göttinnen oder Grazien dargestellt. Doch bildet er seinen eigenen Stil durch das Einbringen dramatischer Elemente. Die Ungezwungenheit seiner Figuren und das Helldunkel weisen auf niederländischen Einfluss hin. Weitere berühmte englische Maler dieser Zeit sind Thomas Gainsborough (1727–1788) und **William Hogarth** (1697–1764). Gainsborough wurde in seiner Spätphase berühmt für seine idealisierten Landschaften (Fancy Pictures) und Hogarth führte die gesellschaftspolitische Karikatur ein.

Viele Künstler aus Italien oder Frankreich zog es in dieser Zeit unter anderem an den Madrider Hof, wo sie ihre spanischen Kollegen stark in den Hintergrund drängten. Auch Mengs kam nach Madrid, 1776 wurde er Hofmaler Karls III. (1759–1788). Erst in den 1770er Jahren er-

Francisco José de Goya y Lucientes

langten die spanischen Künstler größeren Einfluss. Als bedeutendster spanischer Künstler nach der Französischen Revolution gilt **Francisco José de Goya y Lucientes** (1746–1828). Er hatte engen Kontakt zu Mengs und reiste mit ihm nach Rom. Dort kam er in Berührung mit dem Klassizismus, entwickelte aber einen sehr eigenen Stil. Als er von Karl IV. (1788–1808) den Auftrag erhielt, die königliche Familie zu porträtieren, malte er sie so, wie er sie sah und empfand, und nicht idealisiert.

Der französische Maler Jacques Louis David (1748–1825) begründete die klassische Schule in Frankreich und war eine Zeit lang der bevorzugte Hofmaler Napoleons.

Am Ende des 18. Jahrhunderts hielt die romantische Malerei Einzug. Die Rückbesinnung auf die eigene nationale Vergangenheit, eine Wiederentdeckung der Gotik sowie der heimischen Märchen und Sagenwelt, beeinflusste auch die Maler. Einer der bedeutendsten und frühesten Vertreter der romantischen Malerei ist der Franzose Théodore Géricault (1791–1824).

BEMERKENSWERTES

Heimlich gemalt . . .

Goya malte nicht nur das, was ihm aufgetragen wurde, sondern auch Bilder »für sich«. Als er 1792 auf Grund eines Schlaganfalls sein Hörvermögen verlor, wurde sein Blick noch schärfer und kritischer als vorher. In den Radierungen *Caprichos* (Einfälle; 1799), die er heimlich anfertigte, übte er heftige Kritik an der Politik Spaniens. Mit dem Werk *Erschießung der Aufständischen am 3. Mai 1808 in Madrid* (1814) verurteilte er öffentlich Napoleon und die Grausamkeiten des Krieges. Später schloss sich Goya der liberalen Bewegung in Spanien an und musste 1824 das Land verlassen.

Womit beschäftigte sich William Hogarth?

Hogarth beschäftigte sich in seinen Werken mit historischen und zeitgenössischen moralischen Themen und setzte diese in Gemälden oder Kupferstichen um. Außerdem gründete er 1735 eine sehr bedeutende Kunstschule in London und schrieb u. a. eine Abhandlung über The Analysis of Beauty *(Die Untersuchung der Schönheit).*

Wie sah Goya die königliche Familie?

Goya malte die Gesichter der Menschen sehr wirklichkeitsgetreu, auch die hoch gestellter Persönlichkeiten (Karl V. und seine Familie, *1800). Der junge Prinz schaut auf seinem Gemälde sehr »verschmitzt« und der Bruder des Königs verbittert, vielleicht weil er in der zweiten Reihe steht. Die Königin ist mit stechendem Blick und sehr machtbewusst dargestellt. Wie Velázquez zeigte auch Goya sich selbst im Bild, allerdings weit im Hintergrund.*

»›Meer‹ müsste er heißen« – Johann Sebastian Bach

Wo wirkte Georg Friedrich Händel?
Händel (1685–1759) wurde in Halle (Saale) geboren. Die wichtigsten Stationen seines Lebens waren Italien (u. a. Rom) und, ab 1719, London. Er ist in Westminster Abbey beigesetzt – eine große Ehre für einen »Ausländer«.

Wann lebte Georg Philipp Telemann?
Er lebte von 1681–1767. Telemann war einer der gefeiertsten Komponisten des 18. Jahrhunderts. Er kannte Händel und war mit Bach befreundet.

Warum müsste Johann Sebastian Bach (1685–1750) eigentlich »Meer« heißen, wie Ludwig van Beethoven (1770–1827) forderte? An was denkt man bei »Meer«? An unendliche Weite, unendliche Tiefe, an Wildheit oder Freundlichkeit, an Kraft. Und nie ist es ganz zu er- bzw. vermessen.

Eine Szene im Musikerhimmel: Während einer Konzertpause kommen ein Zeitgenosse Bachs – wir nennen ihn ZB – und ein kürzlich verstorbener Bach-Verehrer (BV) unserer Tage ins Gespräch.

BV: Welcher Komponist ist für Sie die Nummer eins?

ZB: **Georg Friedrich Händel** und **Georg Philipp Telemann** sind meine Favoriten. Händel schrieb herrliche Opern, ganz wie die Italiener, wunderschöne Melodien, mitreißende und kunstvolle Arien. Das gefällt mir, da geht mir das Herz auf. Ganz England lag ihm zu Füßen und bejubelte erst die Kraft seiner Opern, dann die seiner Oratorien. *Der Messias!* Beim »Halleluja« stand der König auf, so ergriffen war er! Und Telemann: Der will nicht gelehrt erscheinen und komplizierten **Kontrapunkt** schreiben, sondern Melodien. Leicht und anmutig kommt seine Musik daher und nach dem überladenen höfischen Barock erfüllt dies meine Sehnsucht, die Sehnsucht nach Einfachheit und Schlichtheit.

BV: Für uns ist Bach die Nummer eins. Wir sagen, er hat alle musikalischen Formen endgültig ausgeprägt, das heißt, er hat *die* Messe (*h-moll-Messe*), *die* Passion (*Matthäus-Passion*), letztlich auch *die* **Fuge** (*Kunst der Fuge*) geschrieben. Und dabei hat er nicht auf den Zeitgeist geschielt und »im Stile von« geschrieben wie Händel oder Telemann das bisweilen taten, obwohl er die Komponisten seiner Zeit natürlich gekannt hat. Nein, seine Kompositionen klingen immer irgendwie »bachisch«, und das bedeutet hoch konzentriert und gleichzeitig erfindungsreich. Bach schuf Modelle für spätere Formen – etwa durch das fünfte ***Brandenburgische Konzert,*** wo er dem Cembalo die Rolle eines Soloinstruments gab und damit dem späteren Klavierkonzert den Weg ebnete. Er schuf Lehrwerke wie *Das Wohltemperierte Klavier.* Seine protestantische Kirchenmusik mit ihren über 200 Kantaten, ihren Messen, Oratorien, Passionen, mit ihrer Orgelmusik übersteigt alles je Dagewesene! Diese Symmetrie im Aufbau, diese nuancierte Textausdeutung, diese Tiefe! Ach, wie soll man Genie beschreiben!

ZB: Aber das Empfinden der Menschen entsprach dem nicht. Wie kann ein unmoderner Komponist, und das war Bach ja wahrhaftig, also einer, der nicht die Gedanken und Gefühle des modernen Menschen aufnimmt, so einen Eindruck machen? Es ist erstaunlich, wie ihr euch von diesen mathematisch durchgerechneten Kompositionen beeindrucken lasst, von diesen geistlichen Werken, die euren wahren Gefühlen doch längst nicht mehr entsprechen, da euer Gott schon eine gute Weile »tot« ist, wie man mir berichtete? Bachs Werke sind verworren, da gibt es oft so viele Stimmen, die gleichberechtigt sind. Das kann niemand mehr durchschauen. Der echte, unverstellte Gefühlsausdruck eines Menschen ist es doch, was zählt. Mein Herz soll berührt werden, nicht mein Verstand. Was Sie mit »Tiefe« meinen, ist behäbig und schwer!
BV: Ich bitte Sie! Gerade dass Bach so sperrig zwischen den Zeiten steht, beweist doch nur seine Unabhängigkeit. Bach konnte eine vielstimmige Fuge schreiben, deren Melodien und Harmonien trotz strenger Durcharbeitung so klar und verständlich sind, dass Sie beim Mitlesen des Notentextes von Anfang bis Ende nur den Kopf schütteln, weil Sie dieses Wunder nicht begreifen. Oh, ich glaube, unser Konzert geht weiter. Haben Sie übrigens das musikalische Zitat erkannt? Dieses »Dadadaaa – didelade dum-bum«? Das war natürlich *Toccata und Fuge in d-moll* von Bach, keineswegs etwa von Händel . . .
Im Musikerhimmel versuchen die beiden nach dem Konzert, ihre Gedanken zu sortieren: Zeitgeist und Modernität, ein neues Lebensgefühl – gegen höchste Konzentration, technische Meisterleistung, musikalische Vollendung.
Im Spätbarock schloss ein großes Kapitel der abendländischen Musik. Der Weg zur Klassik ebnete sich.

Was sind ein Kontrapunkt und eine Fuge?
Eine Fuge ist ein mehrstimmiges (in der Regel drei- oder vierstimmiges) Instrumental- oder Vokalstück. Seine Stimmen sind kontrapunktisch gesetzt. Dieses Wort kommt aus dem Lateinischen: »Punctus contra punctum« heißt »Note gegen Note«. Die Stimmen beim Kontrapunkt werden relativ selbstständig übereinander geführt.

Wie viele Brandenburgische Konzerte gibt es?
Es gibt sechs. In allen Konzerten stehen Soloinstrumente Instrumentengruppen gegenüber, z. B. im vierten Konzert eine Violine und zwei Blockflöten den übrigen Instrumenten.

BEMERKENSWERTES

Bach 'n' Roll

Bach beeinflusst nicht nur die Komponisten klassischer Musik bis in unsere Tage, er tut dies auch mit ausgewählten Rockmusikern. Die Rockgruppe Jethro Tull bearbeitete Bachs *Bourrée*, Procul Harum schrieb *A Whiter Shade of Pale* in Bach-Manier, Keith Emerson von Emerson, Lake and Palmer ist ein großer Bach-Verehrer. Oder im Jazz: Der Franzose Jacques Loussier erlangte mit *Play Bach* große Berühmtheit, indem er Bach-Werke verjazzte in der Besetzung Klavier, Kontrabass und Schlagzeug.

Was passiert in der Exposition?
Dort wird das Thema, das »thematische Material« in allen Einzelheiten vorgestellt. Eine Überleitung bereitet das zweite Thema vor. Nach dessen Vorstellung, meist in tonartlichem Gegensatz zum ersten Thema, beendet ein Schlussteil (genannt »Coda«) die Exposition.

Was geschieht in der Durchführung?
Hier werden die thematischen Motive, aber auch andere Elemente frei verarbeitet. Frei heißt hier auch, dass Tonarten verwendet werden, die von der Haupttonart weit entfernt liegen.

Was heißt »Reprise«?
Das heißt »Wiederaufnahme«: Die Exposition wird wiederholt, diesmal aber stehen Themen eins und zwei in derselben Tonart.

Mustergültig, wahr und schön: die Wiener Klassik

Meine Sprache versteht man in der ganzen Welt«, übertrieb Joseph Haydn (1732–1809), aber einen wahren Kern hat die Aussage doch: Eine Sprache, die schlicht und einfach ist, formal zu durchschauen und inhaltlich bedeutsam, ist leichter zu verstehen als eine Sprache, die verworren ist und kompliziert.

»Sonatenhauptsatzform« heißt der Rahmen, innerhalb dessen sich in der musikalischen Klassik – etwa von 1750 bis 1827 – die Tonsprache entfaltete und uns jene Meisterwerke hinterließ, deren Ausgewogenheit wir heute noch bewundern. Dieses Formschema mit dem eigentümlichen Namen (auch schlicht »Sonatenform« genannt) geht davon aus, dass meist zwei gegensätzliche Themen in einem musikalischen Werk verarbeitet werden und dies in drei großen Teilen: der **Exposition,** der **Durchführung** und der **Reprise.** Diese Form lag keineswegs nur Sonaten zu Grunde, wie der Name vermuten ließe. Auch Instrumentalkonzerte, **Sinfonien, Streichquartette** oder beispielsweise Ouvertüren von Opern aus der musikalischen Klassik orientierten sich an ihr.

Joseph Haydn komponierte über 70 Streichquartette und setzte damit die Maßstäbe für diese Gattung: Die Mittelstimme (Viola) komponierte er aus und machte sie dadurch eigenständig, im Gegensatz zu ihrer bloß verstärkenden Rolle, die sie noch im Barock innehatte. Nun waren alle Stimmen gleichberechtigt und hatten Bewegungsfreiheit. Richtig verstandene Freiheit bedeutete im Sinne der Klassik, Verbindungen zwischen den Stimmen zu schaffen und Themen zu verarbeiten, ohne ständig neue Themen einzuführen. Das Ziel war die größtmögliche Individualität innerhalb einer ausgewogenen und harmonischen Form – der Sonatenhauptsatzform. Auf einen Menschen bezogen, könnte man sagen: Das Ziel war, einen Charakter in seiner ganzen Tiefe auszuloten.

In der Gattung »Klavierkonzert« setzte zur Zeit der Klassik Wolfgang Amadeus Mozart (1756–1791) die Maßstäbe: Das Soloinstrument Klavier wird integriert. Die Exposition beginnt häufig mit dem Orchester, das Klavier wiederholt die Themen. Durchführung und Reprise werden ebenfalls gleichberechtigt von beiden Teilen, Klavier und Orchester, vorgenommen. Mozart schrieb seine Klavierkonzerte fast alle für den eigenen Vortrag, das heißt für sich selbst als Solisten. Da er ein hervorragender Pianist war und ein Klassiker durch

und durch, sind in den Konzerten die Möglichkeiten für die Virtuosen, ihr Können zu zeigen, mit höchstem Anspruch an klassische Formenstrenge verbunden.
Auch in der klassischen Sinfonie findet man die Sonatenhauptsatzform wieder. Komponierte Joseph Haydn ab 1759 insgesamt über 100 Werke dieser Gattung, so war es doch Ludwig van Beethoven (1770–1827), der mit seinen neun Sinfonien den Maßstab setzte, an dem sich jeder nach ihm folgende Komponist, der Sinfonien schrieb, orientieren musste.

Wolfgang Amadeus Mozart

Die musikalische Klassik wird oft einfach als »Wiener Klassik« bezeichnet, denn der musikalische Brennpunkt war damals Wien. Die Klassik steht und fällt mit den drei großen Komponisten Joseph Haydn, Wolfgang Amadeus Mozart und Ludwig van Beethoven, die alle einige Zeit ihres Lebens in Wien verbracht haben.
Sofort regt sich Widerspruch: Es waren vier! Wo ist Franz Schubert, der 1828 in Wien gestorben ist? Der, im Gegensatz zu den anderen, sogar dort geboren ist! Er hat unvergleichliche Streichquartette (etwa *Der Tod und das Mädchen)* geschrieben – auch Sinfonien. Und über 600 Lieder! Eben, so kann man entgegnen, eben deshalb ist er schon »Romantiker«!

Woher kommt der Name »Sinfonie«?
»Sinfonie« oder »Symphonie« kommt aus dem Griechischen und bedeutet »Übereinstimmung«, »Harmonie« und »Zusammenklang«.

Welche Instrumente bilden ein Streichquartett?
In der Klassik bildeten üblicherweise zwei Violinen, eine Viola und ein Violoncello ein Streichquartett. Streng genommen, sind natürlich auch vier Violas ein Streichquartett.

BEMERKENSWERTES

Zu viele Noten?

Die Handlung von Mozarts Oper *Die Entführung aus dem Serail* hat für damalige Zeiten eine etwas pikante Handlung. Die Braut des Belmonte wird von Seeräubern entführt und Belmonte muss sie aus einem Harem zurückentführen. Zu Mozarts Publikum gehörte auch Kaiser Joseph II. Dieser störte sich an der Handlung jedoch keineswegs, denn die Liebe zum vermeintlichen Orient war damals in Mode. Stattdessen soll er über Mozarts Musik gesagt haben: »Zu schön für unsere Ohren und gewaltig viele Noten, lieber Mozart!« Mozart war sich seiner gewiss und antwortete: »Gerade so viel, Eure Majestät, als nötig ist.«

Die Katalogisierung der Schöpfung

In welche Gruppen teilte Ray die Tiere ein?
Kennzeichnendes Merkmal der Gruppen waren bei Ray vor allem die Zehen und die Zähne. Beispielsweise teilte er die Säugetiere in zwei große Gruppen ein: in solche mit Zehen und solche mit Hufen. Die behuften Tiere unterteilte der Forscher in einhufige (Pferde), in zweihufige (Hornvieh) und in dreihufige (Rhinozerosse). Von den zweihufigen Säugetieren gingen abermals drei Gruppen ab: Wiederkäuer mit beständigem Gehörn (beispielsweise Ziegen), Wiederkäuer mit nicht beständigem Gehörn (Rotwild) und Nichtwiederkäuer (Schweine).

Wie baute Linné seine biologische Sprache auf?
Linné führte die binäre Nomenklatur (franz. binaire *= »aus zwei Einheiten bestehend« und lat.* nomenclatura *= »Namensverzeichnis«) ein. Sie ersetzte die bis dahin gebräuchlichen, unhandlichen Bezeichnungen. Jeder Pflanzen- oder Tierart werden zwei lateinisierte Namen zugeordnet. Der erste Name beschreibt die Gattung (stets in Großschreibung), der zweite die Art (in Kleinschrei-*

Anfang des 18. Jahrhunderts war die Zahl der auf der Erde bekannten Tier- und Pflanzenarten beträchtlich angewachsen. Hatte Aristoteles noch fünfhundert Tierarten registriert und Theophrastus genauso viele Pflanzenarten, lagen nun Aufzeichnungen von zehntausenden von Pflanzen- und Tierarten vor. Es war dringend erforderlich, sie in verschiedene Kategorien einzuteilen und somit Ordnung in das ausufernde organische Wissen zu bringen.

Die erste bedeutende moderne Klassifizierung der Tiere wurde von dem englischen Naturforscher John Ray (1628–1705) vorgenommen. Zwischen 1686 und 1704 veröffentlichte er ein dreibändiges Werk über pflanzliches Leben. In ihm beschrieb er 18.640 Arten. Weniger umfangreich war sein Buch über tierisches Leben, in dem er aber eine logische Klassifikation der verschiedenen Arten in **Gruppen** vornahm. Obwohl Rays Klassifizierung nicht beibehalten wurde, bereiteten er und weitere Naturforscher den Boden für den schwedischen Naturforscher Carl von Linné (1707–1778).

Linné widmete sich mit Eifer der monumentalen Arbeit, sämtliche ihm bekannten Pflanzen und Tiere zu klassifizieren. 1732 veröffentlichte Linné sein Hauptwerk *Systema Naturae.* Darin gruppiert der Forscher systematisch ähnliche *Arten* in *Gattungen.* Ähnliche Gattungen wurden in *Ordnungen* und ähnliche Ordnungen in *Klassen* zusammengefasst. Bei Linné bestimmte die Zahl der Stempel die Ordnung einer Pflanze und die der Staubblätter ihre Klasse (Stempel und Staubblätter sind die Fortpflanzungsorgane der Pflanzen). Auf diese Weise teilte der Forscher die damals bekannten Pflanzen in 24 Klassen ein. Die Tiere ordnete er in sechs Klassen: Säugetiere, Vögel, Fische, Reptilien, Insekten und »Vermes« (Würmer). Für die niederen Tiere und Pflanzen schuf Linné große Sammelgruppen.

Gleichzeitig mit seiner Klassifizierung führte Linné eine eigene **biologische Sprache** ein. Sie ist bis heute beibehalten worden und stellt sein größtes Ver-

Carl von Linné

dienst dar. Seine Klassifizierung wurde im Laufe der Zeit von anderen Forschern mehrfach verändert und verfeinert. Heute teilt man die Lebeweisen üblicherweise in fünf Reiche ein: kernlose Einzeller, kernhaltige Einzeller, Pilze, Pflanzen und Tiere.

Linnés Ordnungsgefüge war ein *künstliches,* weil es auf leicht erkennbaren und willkürlich ausgewählten Merkmalen beruhte. Erst in seinem späteren Leben begann der Forscher auch vorsichtig über ein *natürliches* System nachzudenken, das eine Mehrzahl von Eigenschaften berücksichtigen und verwandtschaftliche Beziehungen in Erwägung ziehen sollte.

Der französische Naturgelehrte Georges Buffon (1707–1788) lehnte Linnés künstliches Ordnungsgefüge ab. Der Vorsteher der königlichen botanischen Gärten in Paris war ein Verfechter der ganzheitlichen Naturanschauung. In seiner berühmten vierundvierzigbändigen *Histoire Naturelle* beschrieb er nicht nur die Äußerlichkeiten der Tiere, sondern auch ihre Verhaltensweisen, ihre Beziehungen zur Umwelt und die Arten der Fortpflanzung. Buffon untersuchte zwischen den Tierarten bestehende Ähnlichkeiten und Verwandtschaften. Dabei gelangte er zu der Ansicht, dass Lebewesen, die in Form verschiedener Arten in Erscheinung treten, von einem gemeinsamen Vorfahren abstammen könnten. Buffon glaubte allerdings nicht, dass sich die höheren Tiere im Laufe der Zeit aus einfachen und primitiven Formen entwickelt hätten. Vielmehr nahm er an, die Pflanzen und Tiere in unserer Umgebung seien **degenerierte Abkömmlinge** robusterer Vorfahren. Dennoch schuf Buffon die Grundlagen zu den Evolutionstheorien des folgenden Jahrhunderts.

bung). Linné gab auch dem Menschen einen Namen, der ihm bis heute geblieben ist: Homo sapiens, der wissende Mensch.

Was verstand Buffon unter degenerierten Abkömmlingen?

Buffon sah beispielsweise im Esel ein degeneriertes (lat. = »entartetes, zurückgebildetes«) Pferd. Affen wiederum waren seiner Meinung nach degenerierte Menschen. Dass das Schwein aus einer vollkommeneren Form entartet war, belegten für ihn die Seitenzehen an den Füßen des Tieres, die nicht gebraucht werden. Nach Buffons Auffassung hatte die vollkommenere Form des Schweins für diese Zehen Verwendung gehabt.

BEMERKENSWERTES

Der General der Forscher

Die Leidenschaft des schwedischen Naturforschers Carl von Linné für das Klassifizieren beschränkte sich nicht auf Pflanzen und Tiere. Der Forscher brachte auch »Ordnung« in die verschiedenen Minerale und Krankheiten. Mehr noch: Linnés Klassifizierungsdrang machte selbst vor Menschen nicht Halt. So klassifizierte er vergangene und zeitgenössische Wissenschaftler in einer Art militärischer Rangordnung. Dabei setzte er sich selbst als »General« an die Spitze.

Die Geburtsstunde der Biologie

Was besagt die lamarckistische Theorie?

Lamarck war der Ansicht, dass Lebewesen sich an die Umwelt anpassen müssen, wenn sie nicht aussterben wollen. Diese Anpassung erfolgt seiner Meinung nach, indem sie bestimmte Organe häufiger gebrauchen, andere Organe weniger häufig. Ein Beispiel dafür ist nach Lamarck der Giraffenhals. Der Forscher vermutete, die langen Hälse der Giraffen seien allmählich deshalb entstanden, da ihre Vorfahren gezwungen waren das Laub hoher Bäume zu erreichen. Seiner Meinung nach formten sich nach und nach Skelett und Muskeln, die sich dann weitervererbten, bis sich die heutige Giraffenform herausgebildet hatte. Diese Ansicht stimmt jedoch nicht: Nur eine Giraffe, die schon mit einem langen Hals geboren wurde, kann diesen auch weitervererben.

Um die Wende vom 18. zum 19. Jahrhundert wurde von mehreren Wissenschaftlern erstmals der Begriff »Biologie« benutzt. Diese Wissenschaft sollte sich zu einem für das 19. Jahrhundert besonders wichtigen Forschungsgebiet entwickeln – vor allem hinsichtlich der damals aufkommenden Ansätze laborgestützter und experimenteller Forschung in den Bereichen der Chemie und der Physiologie des Lebens.

Der Begriff »Biologie« (griech. *bios* = »Leben« und *logos* = »Rede, Kunde«) war nicht nur eine neue Wortprägung. Er sollte vor allem auch ausdrücken: Alle Lebewesen, gleich ob Pflanze oder Tier, besitzen gemeinsame Eigenschaften. Statt der bisher getrennten Disziplinen »Zoologie« und »Botanik« sollte eine einheitliche Wissenschaft vom Leben möglich sein.

Einer der Ersten, der den Begriff »Biologie« in die Wissenschaft einführte, war der Franzose Jean Baptist Lamarck (1744–1829). Der Professor für niedere Tiere war der erste Forscher, der sich ernsthaft mit dem Gedanken einer allmählichen Entwicklung (Evolution) der Lebewesen auseinander setzte. In seinem Hauptwerk *Philosophie Zoologique* erläutert er, wie nach seiner Meinung diese Evolution zu Stande gekommen ist. Die so genannte **lamarckistische Theorie** wurde von vielen Wissenschaftlern der damaligen Zeit akzeptiert, ohne zu Lebzeiten des Forschers allerdings allzu viel Aufsehen zu erregen. Leider weist sie einen großen Fehler auf, denn sie geht davon aus, dass im Laufe des Lebens individuell erworbene Eigenschaften vererbt werden; dazu aber müsste sich zu den Lebzeiten eines Wesens die Erbinformation, die DNA, in den Geschlechtszellen entsprechend verändern. Dennoch war Lamarcks Abstammungstheorie der erste wissenschaftliche Versuch, die

Jean Baptist Lamarck

Artenvielfalt zu erklären. Zu einer Zeit, da der Glaube an die Schöpfungstheorie vorherrschte, stieß sie die Tore zu neuen Erkenntnissen auf.
Ein erklärter Gegner der lamarckistischen Evolutionstheorie war der einflussreiche französische Naturwissenschaftler Georges Cuvier (1769–1832). Er war – wie Carl von Linné – fest davon überzeugt, dass die Arten unveränderlich seien, und entwickelte eine **Katastrophentheorie.** Danach löste Gott in größeren Zeitabständen regelmäßig Naturkatastrophen aus, um alle bis zu diesem Zeitpunkt erschaffenen Lebewesen zu töten – damit Platz werde für seine Neuschöpfungen.
Zu den »Geburtshelfern« der Biologie zählte auch ein Chemiker: Antoine Laurent de Lavoisier (1743–1794). Der geniale Wissenschaftler war ursprünglich Jurist, bevor er sich als Chemiker und Physiker einen Namen machte. Lavoisier erkannte die Rolle des Sauerstoffs bei der Atmung der Tiere und Pflanzen und begründete die Physiologie, die Wissenschaft von den Lebensvorgängen der Zellen, Gewebe und Organe.

Wie entstand die Katastrophentheorie?

Als Cuvier die geologischen Schichten im Pariser Becken erforschte, fand er zahlreiche Fossilien. Er beschrieb sie und erkannte, dass Fossilien die Überreste von pflanzlichen oder tierischen Lebewesen sind. Die Tatsache, dass die verschiedenen geologischen Schichten unterschiedliche Fossilien aufwiesen, erklärte er mit der Katastrophentheorie. Cuvier war ein ausgezeichneter Fossiliensammler. Weil er als Erster eine systematische Einordnung seiner Funde vornahm, gilt er als Begründer der wissenschaftlichen Paläontologie, der Lehre von den ausgestorbenen Pflanzen und Tieren vergangener Erdzeitalter.

BEMERKENSWERTES

Vergebliche Mühe

Die Anhänger Lamarcks suchten lange Zeit vergeblich nach einem greifbaren Beleg für seine Vererbungstheorie. Der bekannte Biologe August Weismann beispielsweise schnitt 22 Generationen neugeborener Mäuse die Schwänze ab. Er wollte herausfinden, ob schwanzlose Mäuse vielleicht auch schwanzlose Jungen zur Welt bringen – vergebens. Weismann sah sich veranlasst, die bisher auch von ihm selbst angenommene Vererbung erworbener Eigenschaften abzulehnen. Der österreichische Lamarckist Paul Kammerer wiederum spritzte sogar schwarze Tusche in Krötenhände, um die Vererbung erworbener Eigenschaften vorzutäuschen. Als der Betrug aufflog, erschoss er sich.

Von der Alchemie zur Chemie – wissenschaftliche Revolution in der Chemie

Was ist weißes Gold?
Um 1700 ging in Berlin das Gerücht um, der Apothekerlehrling Johann Friedrich Böttger (1682–1719) könne Gold aus Blei herstellen. Dieses Gerücht vernahm der sächsische Kurfürst August der Starke. Er holte den jungen Alchemisten nach Dresden, hielt ihn gefangen und zwang ihn sich der Goldherstellung zu widmen – vergebens. Doch zusammen mit Ehrenfried Walther von Tschirnhaus (1651–1708) gelang ihm die Erfindung des »rothen Porcellains« und kurz darauf die Erfindung des europäischen Hartporzellans. Porzellan war zwar schon aus China bekannt, doch man kannte in Europa seine Zusammensetzung nicht. Der Wert von Porzellan wurde mit Gold gleichgesetzt – deshalb bezeichnete man es auch als weißes Gold.

Machet nicht Gold, sondern Medizin«, hatte der Schweizer Arzt Paracelsus die Alchemisten im 16. Jahrhundert aufgefordert. Er glaubte fest an die medizinische Wirksamkeit chemischer Verbindungen. Da die alchemistischen Schriften inzwischen nicht mehr nur in Latein, sondern zunehmend auch in den Landessprachen verfasst waren, stieg die Zahl der Alchemisten stetig. Es wurde allerdings nicht nur nach Arzneimitteln gesucht. An vielen Höfen mühten sich nach wie vor Alchemisten, im Auftrag der Herrscher unedle Metalle in Gold umzuwandeln. Das gelang aber nie, nur **weißes Gold** konnte hergestellt werden. Die planmäßige Beschäftigung mit der Alchemie führte jedoch zu einem Zuwachs an Wissen. Dies leitete schließlich im 18. Jahrhundert den Übergang in die moderne Chemie ein.

Als »Vater der modernen Chemie« gilt der französische Wissenschaftler Antoine Laurent de Lavoisier (1743–1794). Er machte die Chemie durch den Einsatz der sehr empfindlichen analytischen Waage, mit der man für chemische Untersuchungen zu analysierende Stoffmengen genau wiegen kann, zu einer exakten Wissenschaft. Auch konnte er nachweisen, dass bei einer chemischen Reaktion die Gesamtmasse aller beteiligten Stoffe unverändert bleibt (1. Grundgesetz der Chemie). Vor allem aber beschrieb Lavoisier die wichtigste aller chemischen Reaktionen – die Verbrennung – erstmals richtig und fand heraus, dass das gerade entdeckte Element Sauerstoff dabei die entscheidende Rolle spielt. Bis dahin galt ein Jahrhundert lang die **»Phlogistontheorie«.**

Lavoisier konnte als Erster experimentell nachweisen, welche Stoffe chemische **Elemente** sind und welche chemische Verbindungen darstellen. Er entwickelte auch – gemeinsam mit anderen Chemikern – eine neue Nomenklatur (Namensgebung) der chemischen Verbindungen. Etwa 320.000 Substanzen konnten damit systematisch benannt werden – obwohl damals erst rund 1.000 Chemikalien bekannt waren. Das Grundkonzept der einheitlichen Fachsprache – Voraussetzung für eine wissenschaftliche Verständigung – bildet noch immer die Basis für die heutige chemische Nomenklatur. 1783 betrachtete Lavoisier die Erneuerung der theoretischen Chemie als abgeschlossen. Seine Frau Marie Paulze Lavoisier, die an vielen Experimenten beteiligt war, kennzeichnete das Ende der alten und den Beginn der neuen Chemie durch eine feierliche Verbrennung der Bücher verschiedener Anhänger der Phlogistontheorie.

Die von Lavoisier eingeleitete wissenschaftliche Revolution auf dem Gebiet der Chemie führte später der englische Lehrer John Dalton (1766–1844) in Großbritannien fort. In dem Buch *Ein neues System der chemischen Philosophie* stellte er seine Atomlehre vor, nach der alle Elemente aus unteilbaren Teilchen bestehen, den Atomen. Die Atome eines Elements sind völlig identisch, unterscheiden sich für verschiedene Elemente aber in Qualität und Masse.

Marie Paulze Lavoisier und Antoine Laurent de Lavoisier

BEMERKENSWERTES

Den größten Kopf der Chemie verloren

Antoine Laurent de Lavoisier zählt zu den tragischen Opfern der Französischen Revolution. Der Wissenschaftler kam 1794 wegen seiner Tätigkeit als Generalsteuerpächter auf die Guillotine – als Blutsauger des Volkes. »Die Chemie hat kein großes Haupt mehr, seit Lavoisier das seine verloren hat«, soll Napoleon später gesagt haben. Und der Mathematiker Lagrange befand: »Eine Sekunde brauchten sie nur, um seinen Kopf zu nehmen, vielleicht werden hundert Jahre nötig sein, bis ein ähnlicher wieder wächst.«

Was besagt die Phlogistontheorie?

Der deutsche Chemiker Georg Ernst Stahl (1660–1734) erklärte die Verbrennung mit der Phlogistontheorie. Im Phlogiston sah man eine geisterhafte Substanz, die einen Stoff brennbar macht. Bei der Verbrennung wurde, so nahm man an, zusammen mit Licht und Wärme Phlegma (Rückstand) frei und vom Brenngegenstand bleibe ein Rest »Asche« oder »Kalk« zurück.

Was sind Elemente?

Chemiker verstehen unter Elementen reine Substanzen, die nur aus einer Art von Atomen bestehen – im Gegensatz zu den chemischen Verbindungen, die sich aus Atomen verschiedener Elemente zusammensetzen. Lavoisier wies nach, dass Wasser, welches für Jahrtausende als Element gegolten hatte, in zwei gasförmige Bestandteile zerlegt werden kann: die Elemente Wasserstoff und Sauerstoff. Nicht mehr Feuer, Wasser, Luft und Erde sind Elemente, sondern Metalle wie Eisen und Blei oder Gase wie Wasserstoff und Sauerstoff.

19. Jahrhundert

Das 19. Jahrhundert

Die Französische Revolution, die das Königtum zu Gunsten einer demokratischen Republik abgeschafft hatte, mündete in die Kaiserkrönung des aus dem einfachen Volk aufgestiegenen Napoleon I. Zur Abwehr der feindlichen Koalition europäischer Könige, welche der Revolution ein Ende bereiten wollten, wurde eine folgenreiche Maßnahme ergriffen: Es wurde die allgemeine Wehrpflicht eingeführt, das Söldnerheer durch die Bürgerarmee ersetzt. Mit ihr verteidigte Napoleon nicht nur erfolgreich Frankreich, sondern führte verlustreiche Eroberungskriege bis nach Moskau und Ägypten. Wie später Adolf Hitler scheiterte er an Russland. Sein Ziel, Frankreich zur einzigen europäischen Großmacht zu machen, erreichte er nicht. Seine Absicht, allen Völkern des europäischen Kontinents die Segnungen der Menschen- und Bürgerrechte zu bringen, erfüllte sich erst allmählich.

Für Deutschland bedeutete die napoleonische Herrschaft zunächst die Beseitigung des Heiligen Römischen Reiches Deutscher Nation und zahlreicher Kleinstaaten, die vorübergehende Zerstörung Preußens und die Einführung des bürgerlichen Gesetzbuches (Code civil). Eine weitere Folge war aber die Entstehung einer Nationalbewegung in den Befreiungskriegen gegen die Franzosen. Die Nation als kulturelle, sprachliche und geschichtlich gewachsene Einheit prägte mittlerweile das Denken der europäischen Völker. Der Versuch der auf dem Wiener Kongress versammelten Staatsmänner, mit einer »Heiligen Allianz« nationalrevolutionäre Bewegungen zu unterdrücken und ein neues europäisches Friedenssystem zu errichten, scheiterte bald an erneuten revolutionären Erhebungen in Paris 1830/31, in Wien und Berlin 1848. In Deutschland verhinderten der preußische König und die Uneinigkeit der im Parlament in der Frankfurter Paulskirche versammelten politischen Gruppierungen zunächst die Entstehung eines Nationalstaates.

Für revolutionäres Potenzial sorgte zusätzlich die Industrialisierung. In England, wo die Gewinne aus den Kolonien in die Produktion investiert wurden, entstanden die ersten mit Maschinen produzierenden Fabriken, die Dampfmaschine und die Eisenbahn. Englische Güter waren billiger und besser als diejenigen anderer Länder. Seit etwa 1820 griff die industrielle Revolution auf das Festland über. Man erkannte zudem die Vorteile des Freihandels. Die Binnenzölle in Deutschland fielen, als der Deutsche Zollverein unter Führung Preußens gegründet wurde.

Der Fortschritt kam nicht allen zugute. Die Aufhebung der Leibeigenschaft war für die Bauern nicht nur von Vorteil, viele verschuldeten sich. Aus Bauern und Handwerkern wurden jetzt Arbeiter oder Arbeitslose. Massenarmut und Elend führten mancherorts zu Aufruhr und Zerstörung der verhassten Maschinen, zum Beispiel im schlesischen Weberaufstand. Auch das neue Zeitgefühl in Gestalt von Pünktlichkeit und genauen Arbeitszeiten, wie es die Maschinen und die Eisenbahn verlangten, überforderte viele. Die Taschenuhr wurde erfunden. Industriebauten, Büro- und Kaufhäuser, Bahnhofshallen und Brücken aus Eisen- und Stahlbeton sowie kühne Glas- und Eisenkonstruktionen entstanden, wie der Eiffelturm in Paris

und der Kristallpalast in London. Aber auch Arbeitersiedlungen in Gestalt der Gartenstadt wurden gebaut.
Die industrielle Revolution war wohl die weltweit folgenreichste aller Revolutionen. In Nordamerika beschleunigte die Eisenbahn die Eroberung des Westens, wohin gutes Ackerland und der kalifornische Goldrausch Siedler und Abenteurer lockten. Verdrängung und Vernichtung der Indianer waren die Folge. Industrialisierung und liberale Ideen im Norden und konservative, Sklaven haltende Großgrundbesitzer im Süden hatten jedoch unterschiedliche wirtschaftliche und politische Interessen. Es kam zum Bürgerkrieg, den der Norden gewann, und zur Abschaffung der Sklaverei.

In Russland versuchte der Zar, durch Aufhebung der Leibeigenschaft und Industrialisierung das rückständige Agrarland an den Westen heranzuführen. Aber das Fehlen eines dynamischen Bürgertums, die geringe Zahl von Universitäten und die unterentwickelte Landwirtschaft behinderten dieses Vorhaben. Das Ergebnis waren die Verschuldung der nun freien Bauern, soziale Unruhen und die Entstehung einer anarchistischen Bewegung, die jegliche staatliche Macht ablehnte.
Das habsburgische Großreich befand sich in Auflösung. Sein Einfluss in Deutschland wurde zunächst durch Bismarcks Preußen und die kleindeutsche, antihabsburgische Nationalbewegung geschwächt, dann durch das nach gewonnenem Krieg gegen Frankreich 1870/71 gegründete deutsche Kaiserreich endgültig beendet.
In Italien war die nationale Einigungsbewegung um die gleiche Zeit erfolgreich. Sie beseitigte den Kirchenstaat und entriss Habsburg seine norditalischen Besitzungen.
Deutschland, Italien und die USA strebten zudem erfolgreich nach eigenem Kolonialbesitz vor allem in Afrika und Mittelamerika. Im Hinblick auf China einigten die rivalisierenden Mächte sich auf eine »Politik der offenen Tür« für alle Handelsmächte. Dies geschah ebenso auf Druck der USA wie die zwangsweise Öffnung Japans für den Welthandel – was zugleich Japans Aufstieg zur Großmacht einläutete.
Mit dem Glauben an die zivilisatorische Mission des weißen Mannes sowie mit den Interessen und dem Stolz der Nation wurde gerechtfertigt, dass vor allem in Afrika und Asien nicht mehr nur Handelsstützpunkte eingerichtet, sondern Gebiete von gewaltiger Ausdehnung dauerhaft besetzt und besiedelt wurden. Der Bau von Straßen, Eisenbahnen, Schulen usw. trug einerseits zur Entwicklung, andererseits zur Ausbeutung der Kolonien bei. Als profitabel erwies sich freilich nur das englische Kolonialreich, vor allem wegen Indien.
Die Welt wurde im Viktorianischen Zeitalter (1830–1900) geprägt von dem wirtschaftlichen, politischen und kulturellen Einfluss Englands und den vor allem dort entwickelten bürgerlichen Werten wie Leistung, Wissen, Disziplin – und Geld. Von England ging auch die Entstehung eines Tourismus der »guten Gesellschaft« aus, für den der Orientexpress und die Titanic stehen. In den USA ging dies bald in die Organisation von Massentourismus über.

Der wirtschaftlichen Dynamik des Jahrhunderts entsprach jene in Kunst, Architektur, Philosophie, Literatur und Wissenschaft. Der Kunst wurde große Bedeutung für die Erziehung des

Menschen beigemessen. Bedeutende historische Ereignisse und Persönlichkeiten, aber auch das sich entwickelnde Großstadtleben wurden in der Salonmalerei in zum Teil stark dramatisierender Form dargestellt. Dem entsprachen in der Bildhauerei die Errichtung von Nationaldenkmälern (Herrmannsdenkmal, Freiheitsstatue in New York), Statuen von Herrschern, bedeutenden Politikern und Militärs sowie Dichtern und Denkern. Sie wurden aber nicht mehr in antiker, sondern in zeitgenössischer Tracht, beispielsweise in Uniform, dargestellt. Es gab jedoch noch andere Strömungen. In der jetzt entstehenden Freilichtmalerei versuchten die einen die Landschaft so darzustellen, wie sie war. Die gegenteilige Absicht verfolgten die Impressionisten, die Farbe und Licht einsetzten, um die Dinge so darzustellen wie man sie empfinde. In der Bildhauerei wurde die Loslösung von den Idealen der klassischen Antike im Versuch einer realistischen, Gefühle vermittelnden Darstellung der Figuren gesucht. Auguste Rodin stellte seine unpathetischen Figuren nicht mehr auf einen Sockel; bei ihm war der »Übermensch« abgesetzt.

Auch in der Musik fanden die politischen Ideen des Nationalstaates Nachhall in Kompositionen, die einen Beitrag zum kulturellen Selbstverständnis der Völker leisten sollten. Der Glaube an die göttliche Schöpfungskraft des Künstlers (Geniegedanke) führte zudem in der Romantik zur Befreiung der Musik von der klassischen Formenstrenge. Das in Worten nicht Sagbare sollte in der lyrischen Musik wie in der Oper ausgedrückt werden. Richard Wagner verschmolz Dichtung, Schauspiel und Musik im Konzept des Gesamtkunstwerkes und stieß an die Grenzen der Harmonik vor. Dies war die Bühne für das Zeitalter der Virtuosen wie Paganini oder Chopin.

Die gesellschaftlichen Verwerfungen der Zeit fanden ihren Ausdruck vor allem in der Literatur, insbesondere der russischen. Dostojewski und Tolstoi thematisierten in ihren Romanen die Ungerechtigkeit, Unzufriedenheit und menschlichen Abgründe der russischen Gesellschaft der zweiten Hälfte des Jahrhunderts. Private Schicksale und Politik werden hier zu großartigen Gemälden der Zeit verschmolzen. Auch in den USA entstanden Werke, die zur Weltliteratur gehören: Edgar Allen Poe erfand den Kriminalroman, Mark Twain bot ein lebendiges Bild der Südstaaten-Gesellschaft. In Frankreich verfassten Honoré de Balzac und Victor Hugo realistische und kritische Gesellschaftsromane.

Sehr ernste Folgen hatte die rasante wissenschaftliche Entwicklung. In der ersten Hälfte des Jahrhunderts wurde die Entdeckung neuer Kontinente wissenschaftlich genutzt. Der Naturforscher Alexander von Humboldt bereiste Lateinamerika. Seine detaillierten Beschreibungen begründeten die moderne Geografie, Klimatologie, Meeresphysik und Pflanzengeografie. Charles Darwin zog aus seinen Betrachtungen auf den Galapagosinseln Schlussfolgerungen über die Entstehung der Tier- und Pflanzenarten sowie des Menschen: Evolution durch Überleben des Tüchtigsten im täglichen Kampf ums Dasein und Abstammung des Menschen vom Affen. Die Psychologie Siegmund Freuds widersprach dem Glauben an die menschliche Vernunft, indem sie das Unbewusste und Unvernünftige im menschlichen

Denken freilegte. Die naturwissenschaftliche Forschung, die jetzt auch in der Industrie stattfand, entdeckte den Energieerhaltungssatz, die elektromagnetischen Wellen des Lichts und die Teilbarkeit des Atoms sowie die Röntgenstrahlen. Telefon, Automobil, Fotografie und elektrisches Licht waren revolutionäre Erfindungen.

Die Entdeckung, dass auf der Erde bereits vor vielen hunderttausenden von Jahren Leben existiert hatte, erschütterte endgültig den Glauben an die Unfehlbarkeit der Bibel und an die Schöpfungsgeschichte. Die protestantische Theologie deutete die Bibel jetzt als zeitgebundene Schrift (historisierende Methode) und ihre Aussagen als nur symbolische Wahrheiten (Kulturprotestantismus). Die von Schleiermacher vertretene Auffassung, dass Religion keine Sache der Vernunft, sondern des persönlichen Empfindens sei, machte den Glauben zur Privatsache. Geisterglaube (Spiritismus) und Erweckungsbewegungen waren ebenso Reaktionen auf diese Entwicklungen wie die katholische Neuscholastik. Diese richtete sich gegen alle Formen moderner Philosophie. Der Ultramontanismus erhob die Unfehlbarkeit des Papstes in Fragen des Glaubens und der Moral zum Dogma. Dies stellte Menschenrechte wie Meinungs- und Gewissensfreiheit in Frage. Die katholische Kirche kann jedoch keineswegs als schlichtweg reaktionär betrachtet werden. Die Not der Arbeiter rief eine katholische Arbeiterbewegung und Soziallehre hervor. Bismarck bekämpfte mit scharfen Gesetzen nicht nur die Sozialisten, sondern ebenso im so genannten Kulturkampf die katholische Kirche. Der »eiserne« Kanzler schuf freilich auch die Anfänge des Sozialversicherungssystems.

Die sozialistische Bewegung hatte ihre ideologische Grundlage im Marxismus, der wiederum aus dem deutschen Idealismus (Hegel) wesentliche Anregungen erhielt. Hegel betrachtete die Menschheitsentwicklung als Selbstverwirklichung des Weltgeistes (= Gott) in einem dialektischen Prozess: Zu einem bestimmten Zustand des Weltgeistes (These) entwickele sich ein gegensätzlicher (Antithese). Beide würden auf einer höheren Entwicklungsstufe (Synthese) verschmolzen. Karl Marx übertrug diesen dialektischen Dreischritt auf wirtschaftliche und gesellschaftliche Entwicklungen und schuf so den dialektischen Materialismus: Die Eigentumsverhältnisse bewirkten einen Gegensatz zwischen Klassen. Klassenkampf führe zur Revolution und zum Fortschritt, der schließlich in die klassenlose kommunistische Gesellschaft einmünde. In dieser Lehre ist der Einzelmensch unbedeutend; er zählt nur als Mitglied einer Klasse.

Eine vergleichbare Entwertung des Menschen bewirkte die Übertragung des Darwinismus auf die gesellschaftliche Entwicklung. Das Gesetz vom Überleben des Stärkeren und Tüchtigeren rechtfertigte als Sozialdarwinismus das kapitalistische Wirtschaftssystem und den Rassismus. Wenn die Natur »fortschrittlich« ist, kann auch der gegenwärtige Mensch nicht als Endstadium der Entwicklung, sondern nur als vorläufiges Ergebnis eines Ausleseprozesses betrachtet werden. Der Gedanke lag nahe, den schon in der Aufklärung geforderten »neuen« Menschen durch genetische Steuerung zu schaffen. Dies konnte zur Idee der gezielten Menschenzucht führen, wie sie der Nationalsozialismus zu verwirklichen suchte.

Europa im Zeichen der Französischen Revolution

Was waren die Koalitionskriege?
Das war eine Reihe von Kriegen die zwischen 1792 und 1815 von den europäischen Großmächten gegen das revolutionäre und das kaiserliche Frankreich geführt wurden.

Was versteht man unter der allgemeinen Wehrpflicht?
Hier ist die Pflicht aller männlichen Bürger eines Landes gemeint, für eine bestimmte Zeit in der Armee zu dienen. Erst die allgemeine Wehrpflicht ermöglichte es, die gewaltigen, Millionen von Menschen umfassenden Heere des 19. und 20. Jahrhunderts aufzubauen. Sie galt zudem als Bedingung für demokratische Mitspracherechte des Volkes, denn man konnte schlecht jenen, die das Land verteidigten, das Wahlrecht verweigern.

Was war das Direktorium?
Das war die Regierungsform der französischen Republik nach dem Sturz der Jakobiner (1794– 1799). Fünf Direktoren regierten den Staat. Da sie alle sehr korrupt und oft unfähig waren, wurde das Direktorium 1799 zu Gunsten der Konsu-

Gleichermaßen verärgert und verdutzt schaute Papst Pius VII. (1800–1823) in die bis zum letzten Platz gefüllte Kathedrale Notre Dame von Paris. Seit über 1.000 Jahren war es das Privileg des römischen Papstes, die Kaiser des lateinischen Abendlandes zu krönen. Und nun kam dieser Emporkömmling daher, nahm dem Nachfolger des heiligen Petrus die Kaiserkrone aus der Hand und – krönte sich selbst zum Kaiser der Franzosen. Napoleon Bonaparte hatte sich wieder einmal über alle Regeln hinweggesetzt. Und gewonnen! Der 2. Dezember 1804 war für Napoleon nur ein Meilenstein auf seinem Weg zur grenzenlosen Macht in Europa. Er fühlte sich berufen allen Völkern des Kontinents die Menschen- und Bürgerrechte zu bringen, selbst wenn diese sie gar nicht haben wollten. In Napoleon zeigte die Revolution wie im Terror ihr gewalttätiges Gesicht.

Napoleon Bonaparte war ein Kind der Französischen Revolution. Sein Aufstieg hatte sich inmitten der Wirren der **Koalitionskriege** vollzogen. Wie erwartet hatten die europäischen Fürsten den Sturz der Bourbonendynastie nicht einfach hingenommen. 1792 marschierten die Truppen Preußens und Österreichs gegen die aufständischen Franzosen. Daraufhin wurden die Revolutionäre immer radikaler. Der Terror Robespierres wäre ohne die ausländischen Angriffe ebenso wenig denkbar gewesen wie die Hinrichtung König Ludwigs XVI. Dadurch aber entstand eine weitere Welle der Gewalt. Kaum war der König tot, traten Großbritannien, die Niederlande, Spanien, das Heilige Römische Reich, Sardinien, Neapel, Portugal und der Papst in die antirevolutionäre Einheitsfront ein. In dieser angespannten Lage kam die französische Regierung auf eine Idee: Die **allgemeine Wehrpflicht** wurde eingeführt. Nun kämpften nicht mehr Söldner für Geld, sondern die Bürger verteidigten ihr eigenes Land. Obwohl die französischen Truppen schlecht ausgerüstet waren und hohe Verluste hatten, setzten sie sich gegen die anderen Mächte durch. Junge Generäle stiegen rasch auf. Einer von ihnen war Napoleon Bonaparte.

Dank ihrer Erfolge wurde die Armee auch innenpolitisch zum entscheidenden Faktor. Als im Sommer 1794 die Jakobiner gestürzt wurden, geriet das Land in eine Krise. Die neuen Herrscher, das so genannte **Direktorium,** waren schwach und korrupt. Daher entschied die Armee, wer in Wahrheit die Macht hatte. Diese Tatsache

verwendete Napoleon für seine Zwecke. 1799 stieg er durch einen Staatsstreich zum Alleinherrscher Frankreichs auf. Er wollte es zur einzigen europäischen Großmacht machen. In einem einzigartigen Siegeszug überrannte er die Truppen der Preußen, Österreicher, Italiener und Spanier. Wo immer seine Armeen standen, wurden die Ideale der Revolution verbreitet.
Dennoch regte sich Widerstand. Es waren weniger die Könige als die Völker, die sich in brutalen **Guerillakriegen** gegen Napoleon erhoben. Dieser ließ sich davon nicht beeindrucken. Nachdem er sich zum Kaiser gekrönt hatte, heiratete er eine Habsburgerin, um als legitimer Fürst zu gelten. Europa teilte er unter seiner Familie auf. Der letzte Kaiser des Heiligen Römischen Reiches, Franz II. (1792–1806), legte die Krone des Reiches nieder. Stattdessen bildeten viele deutsche Staaten den Rheinbund, der mit Frankreich verbündet war. Einzig Großbritannien und Russland konnten Napoleon noch gefährlich werden. Um die Handelsmacht der Briten zu brechen, zwang er den europäischen Staaten die **Kontinentalsperre** auf. 1812 marschierte seine »große Armee«, fast 600.000 Soldaten, in Russland ein. In einem grausamen Krieg wurde sie zermürbt. Napoleons Niedergang begann. In Deutschland erhoben sich die Preußen und bald auch die Sachsen und Bayern. 1813 wurde Napoleon bei Leipzig besiegt, 1814 ging er nach Elba ins Exil. Ein Jahr später versuchte er seinen Thron zurückzuerobern, wurde aber bei Waterloo erneut besiegt. Die Sieger zwangen ihn bis zu seinem Tod 1821 auf der Atlantikinsel St. Helena zu leben. Napoleons Traum von einem neuen Europa unter seiner Führung endete als Alptraum.

latsverfassung, in der Napoleon Bonaparte das Sagen hatte, abgeschafft.

Was ist ein Guerillakrieg?
Ein Guerillakrieg ist ein Volkskrieg, in dem nicht uniformierte Einheiten gegen eine überlegene Streitmacht regulärer Soldaten kämpfen. Da es im Guerillakrieg keine richtigen Fronten gibt, wird er meist mit Anschlägen und Hinterhalten geführt. Dadurch ist er meist viel grausamer als andere Kriege.

Was war die Kontinentalsperre?
Auf Befehl Napoleons versuchten die mit ihm verbündeten Regierungen jeden Handel ihrer Staaten mit Großbritannien zu unterbinden (1806–1815). Dies führte zu heftigem Widerstand der betroffenen Völker. Überall in Europa blühte nun der Schmuggel. Am Ende scheiterte die Kontinentalsperre.

BEMERKENSWERTES

Was Napoleons Herrschaft für Frankreich bedeutete

Das Erbe Napoleon Bonapartes ist in Frankreich und Europa bis heute umstritten. Einerseits sicherte er viele Errungenschaften der Revolution. Sein Gesetzbuch, der *Code civil*, gilt bis heute in vielen europäischen Staaten, wenn auch in veränderter Form. Andererseits kosteten seine Kriege unglaublich vielen Franzosen und Verbündeten das Leben. Trotzdem findet man noch heute in Frankreich so genannte Bonapartisten, die gerne wieder einen Kaiser wie Napoleon hätten.

Liberales Bürgertum und industrielle Revolution in Kontinentaleuropa

Was versteht man unter »Nationalbewegungen«?
Die europäischen Nationalbewegungen waren eng mit der Weltanschauung des Liberalismus verbunden. Sie richteten sich gegen die Herrschaft der fürstlichen Dynastien. In den Augen der Liberalen sicherte allein die Nation die verfassungsmäßigen Rechte aller Bürger. Unter Nation verstanden sie Einheiten, die kulturell, sprachlich und geschichtlich zusammengehörten, z. B. die Deutschen, Franzosen oder Spanier. Aus der Nationalbewegung entstand der Nationalismus, der andere Völker als das eigene für minderwertig hält. Seit dem 19. Jahrhundert wurden Kriege weniger im Namen der Religion oder des Staatsinteresses, sondern im Namen der Nation geführt.

Trotz der Niederlage Napoleons und all des Blutvergießens seit 1789 waren die Ideale der Französischen Revolution nach 1815 keinesfalls tot. Der Wille zur Freiheit, zur Verfassung, zur Volkssouveränität, lebte in Europa weiter. Da die Polizei die Anhänger der Revolution verfolgte, organisierten sie sich zur Tarnung in Turn- oder Gesangsvereinen, Schützenvereinen, Studentenvereinen und anderen Gesellschaften. Besonders in Deutschland und Italien waren die Vereine ein wichtiger Bestandteil der antifürstlichen **Nationalbewegungen.** Meist trafen sich die bürgerlichen Eliten der Stadt, viele Universitätsprofessoren und Studenten, aber auch Handwerker und Journalisten. Sie lehnten die Herrschaft der Fürsten ebenso ab wie die Macht der Kirchen und ihrer Pfarrer. Das war gefährlich. Wer sich gegen die Fürsten aussprach, konnte jederzeit ins Gefängnis geworfen werden.

Allerdings waren die **Liberalen** und **Demokraten** in der ersten Hälfte des 19. Jahrhunderts eine winzige Minderheit. Die Mehrheit der Bauern, Beamten, Soldaten und Stadtbürger hielt zur Herrschaft der Könige und Fürsten. Den meisten schwebte wohl ein Kompromiss zwischen Revolution und Monarchie vor, eine gemäßigte, reformbereite Herrschaft von König und Parlament. Und selbst unter den Liberalen konnten sich viele einen Staat ohne Fürsten nicht vorstellen. Vor allem wollten sie nicht auf die Ordnung verzichten, die durch die Fürsten gesichert wurde. Viele hatten Angst vor der Arbeiterschaft. Sie befürchteten, die Armen und Besitzlosen könnten die Besitzenden angreifen und enteignen. Aus diesem Grund strebten besonders die Liberalen nach einem wohl geordneten Verfassungsstaat, in dem in erster Linie die durch Eigentum ausgezeichneten Bürger die Macht haben würden. Parlamente sollten nur von Leuten gewählt werden, die über Eigentum verfügten. Demgegenüber traten die radikalen Demokraten dafür ein, dass jeder volljährige Mann das Wahlrecht haben sollte. Sie waren auch bereit sich mit den Arbeitern zu verbünden und wenn nötig in einer Revolution ihre Ziele durchzusetzen.

Die Arbeiterschaft wurde zum Problem, weil auch auf dem europäischen Kontinent seit den 1820er Jahren die industrielle Revolution Fortschritte machte. Englische und schottische Ingenieure halfen die Textil- und Maschinenbauindustrie und den Bergbau aufzubauen.

Die Zölle wurden gesenkt und wirtschaftliche Bündnisse geschlossen. 1833 wurde der Deutsche Zollverein unter der Führung Preußens gegründet. Damit war auch politisch ein Meilenstein auf dem Weg zur Einigung Deutschlands unter preußischer Vorherrschaft erreicht worden. Das Ruhrgebiet wurde in der Folge zu einem der wichtigsten Industriegebiete Europas. Diese Entwicklung nutzte dem liberalen Bürgertum. Gleichzeitig aber gab es mehr und mehr Arbeiter, die in großer Armut und Unzufriedenheit leben mussten. Viele Handwerker wurden durch die Industrialisierung arbeitslos. In den 1840er Jahren kam es vielfach zu Unruhen. Die Armut und Not der Arbeiter und Handwerker war die Schattenseite der industriellen Revolution. Aus diesen Kreisen erwuchs den Liberalen ihr gefährlichster Feind, die sozialistische Arbeiterbewegung. Aber auch die Katholiken profitierten von der einseitig an den bürgerlichen Interessen ausgerichteten Politik der Liberalen. Überall in Europa entstanden katholische Arbeitervereine, die zwar nicht revolutionär, aber gegen die Liberalen eingestellt waren. In der Ferne waren schon um 1840 bedrohlich die schattenhaften Vorboten einer neuen, furchtbareren Revolution zu erkennen. Das Zeitalter des technischen Fortschritts war stets auch ein Zeitalter der Angst des Bürgertums. Davon lebte die Herrschaft der Könige und Fürsten bis zum Ersten Weltkrieg.

Wen bezeichnet man als Liberale?

Die Bezeichnung »liberal« entstand um 1810. Liberale treten für die Freiheit der Einzelnen, für Verfassungen mit Menschen- und Bürgerrechten und die Wahrung der Eigentumsrechte ein. Mehrheitlich vertreten sie die Interessen der Mittelklassen oder des Bürgertums.

Wer waren die Demokraten?

Liberalismus und Demokratie sind nicht notwendigerweise miteinander verbunden. Gerade in der ersten Hälfte des 19. Jahrhunderts gab es viele Liberale, die z. B. das Wahlrecht für alle strikt ablehnten. Daher gründeten sich ab etwa 1840 Vereine mit demokratischer Gesinnung, die wesentlich radikaler waren als die Liberalen. Sie vertraten auch die Interessen der Handwerker und Arbeiter. Die Demokratie, die wir kennen, ist aus einer Mischung liberaler und demokratischer Ideen entstanden.

BEMERKENSWERTES

Der Weberaufstand in Schlesien

Im Juni 1844 kam es zu einer Hungerrevolte schlesischer Handwerker in der Textilindustrie. Weil die Fabrikbesitzer wegen der harten britischen Konkurrenz die Löhne immer mehr gesenkt hatten, konnten die Handwerker und Arbeiter ihre Familien nicht mehr ernähren. Sie stürmten die Fabriken und zerstörten die Maschinen. Die preußische Armee musste eingreifen und schlug den Aufstand grausam nieder. Viele Handwerker wurden getötet. Gerhard Hauptmann schrieb 1892 eine berühmte Novelle über die schlesischen Weber und die Problematik der Ausbeutung von Arbeitern und Handwerkern.

Das System Metternich und das Zeitalter der bürgerlichen Revolution (1815–1848)

Was war der Reichsdeputationshauptschluss?
Nachdem die Franzosen nach 1792 Teile Deutschlands besetzt hatten, erlaubten sie 1803/04 einigen deutschen Fürsten, die Gebiete eingebüßt hatten, sich neues Land bei den kleineren Herrschern des Reiches zu holen.

Was bedeutet Legitimismus?
Der Legitimismus war eines der Prinzipien des Wiener Kongresses, das besagte, dass nur solche Herrscher, die nicht durch eine Revolution an die Regierung gekommen waren, als gleichberechtigt angesehen werden durften. Der Legitimismus bekam einen ersten Bruch, als 1830 die Bourbonen in Frankreich nach einer ersten bürgerlichen Revolution durch das Haus Orléans ersetzt wurden. Seit 1852 regierte dann Napoleon III. das erneuerte, nichtlegitimistische französische Kaiserreich. Im 20. Jahrhundert nannte man die österreichischen Monarchisten Legitimisten.

Die Welt war aus den Fugen geraten. Das Heilige Römische Reich war 1806 untergegangen, kurz zuvor waren im **Reichsdeputationshauptschluss** über 300 seiner Klein- und Zwergstaaten mit einem Federstrich abgeschafft worden. Seit 25 Jahren tobten Kriege in Europa. Aber der Wiener Kongress, der eine neue Weltordnung herstellen sollte, tanzte. So zumindest sahen es kritische Zeitgenossen. Hinter dem scheinbaren Vergnügen wurde jedoch ernste Arbeit geleistet. Die besten Diplomaten Europas diskutierten über die Zukunft ihres Kontinents

Fürst von Metternich (Österreich), Viscount Castlereagh (England) und Talleyrand (Frankreich), die wichtigsten Personen auf dem Kongress, waren in vielen Dingen unterschiedlicher Meinung. Während die Engländer und Franzosen eher liberal dachten, waren die Österreicher, Preußen und Russen Verfechter einer konservativen Politik. Auf eines aber konnten sich alle einigen: Eine neue Revolution musste unter allen Umständen verhindert werden. Zu blutig waren der Terror von 1792–1794 und die revolutionären und napoleonischen Kriege gewesen. Außerdem war Metternich der Ansicht, dass die Kriegslust der aufgeklärten Fürsten erst eigentlich zur Revolution geführt hätte. Krieg sollte in Zukunft nur noch in Ausnahmefällen geführt werden, wenn es galt, Revolutionen zu unterdrücken. Ansonsten sollten sich die Staaten gegenseitig als gleichberechtigt anerkennen und im Rahmen einer festen Ordnung vernünftige Interessenausgleiche herbeiführen, um so dauerhafte Stabilität zu gewährleisten. Bis 1848 gelang dies auch, obwohl die Briten seit den 1820er Jahren von der konservativ-**legitimistischen** Politik abrückten. Immerhin gelang es Metternich, im früher so kriegerischen Europa für annähernd 50 Jahre den Frieden zu wahren. Dabei dienten ihm die Heilige Allianz und die Quadrupelallianz als Instrumente.

Dennoch ist das Werk des Fürsten auch in unseren Tagen noch äußerst umstritten, besonders das so genannte System Metternich. Darunter versteht man die große Anzahl von Spitzeln, Polizisten und Soldaten, mit denen Österreich und Preußen nicht nur den **Deutschen Bund,** sondern beinahe ganz Europa überzogen. Jeder,

der liberale oder demokratische Thesen vertrat, konnte ins Gefängnis geworfen werden. Auch Todesurteile wurden verhängt.
Die Zeit arbeitete gegen Metternich und die Legitimisten. Infolge der industriellen Revolution wurde das Bürgertum immer stärker und meldete den Anspruch an, im Staat mitzubestimmen. Auch die Arbeiterschaft war unruhig. Überall entstanden politische Vereine, die gegen die Alleinherrschaft der Monarchen und für den Nationalstaat eintraten. Es gelang Metternich nicht, das Bürgertum in seine Politik einzubinden. Schon 1830/31 fegte die bürgerliche Revolution das autoritäre Regime der Bourbonen in Frankreich hinweg. Im russischen Teil Polens kam es zu Unruhen gegen den Zaren. Die eigentliche Explosion aber fand 1848 statt. Diesmal brach die Revolution im Herzen des Systems Metternich, in Wien und Berlin, aus. Auch in Frankreich und Italien kam es zu gewaltsamen Umstürzen. In Deutschland wurde ein Parlament gewählt, das in der Paulskirche in Frankfurt/Main zusammentrat. Die Liberalen und Demokraten erwarteten von diesem Parlament die nationale Einheit in einem Verfassungsstaat. Russland, Österreich und Preußen zerschlugen gemeinsam die Revolution und errichteten ein hartes Regiment der Konservativen. Dennoch konnte das System Metternich nicht wiederhergestellt werden, da Großbritannien und Frankreich sich nun offen zu liberalen Zielen bekannten. Das Zeitalter der kriegerischen Nationalstaaten des Bürgertums war angebrochen.

Wer gehörte zum Deutschen Bund?
An Stelle des Heiligen Römischen Reiches errichtete der Wiener Kongress aus 41 Staaten, darunter vier Stadtstaaten, den Deutschen Bund, in dem vor allem Preußen und Österreich als Vormächte tätig waren. Alle Bundesstaaten sollten zumindest eine ständische Verfassung haben, was aber in vielen erst sehr spät, in den 1830er und 1840er Jahren, geschah. Auch die Könige von Großbritannien, Dänemark und der Niederlande waren Mitglieder des Deutschen Bundes.

BEMERKENSWERTES

Die Heilige Allianz

Ursprünglich handelte es sich um eine Idee des überaus frommen russischen Zaren Alexander I. (1801–1825) auf dem Wiener Kongress. Alexander glaubte fest, nur die Fürsten seien von Gott berufen ihre Völker zu beherrschen. Deswegen sollten sie sich in einem gesamteuropäischen Bündnis zusammenschließen, um die Revolution zu bekämpfen. 1815 waren – mit Ausnahme des Papstes und des osmanischen Sultans – alle europäischen Fürsten Mitglieder der Heiligen Allianz. Diese trat aber nie in Aktion. Praktisch wirksam war bis 1823 nur die Quadrupelallianz aus Großbritannien, Frankreich, Österreich und Preußen.

Das Europa der Nationalstaaten (1848–1871)

Wer war Giuseppe Garibaldi (1807–1882)?
Garibaldi war ein radikaler italienischer Freiheitskämpfer, der seit 1833 in Giuseppe Mazzinis (1805–1872) revolutionärer Bewegung »Junges Italien« aktiv war. Beide bekämpften die italienischen Fürsten und die Österreicher. Im »Zug der Tausend« 1860 eroberten seine »Rothemden« das Königreich von Neapel und Sizilien, 1862 überfiel er den Kirchenstaat, scheiterte aber am Widerstand päpstlicher, irischer und österreichischer Truppen. Garibaldi ist immer noch einer der großen Helden der italienischen Nationalbewegung. Nach Gründung des italienischen Staates 1871 brach er mit dem König und wurde ein Anführer der extremen Linken.

Der Krimkrieg (1853–1856) beendete endgültig die vom Wiener Kongress eingeleitete Friedensphase für Europa. Erstmals seit der Epoche Napoleons I. standen sich wieder gewaltige Armeen mit mehreren hunderttausend Soldaten gegenüber, die nach den langen Friedensjahren denkbar schlecht vorbereitet waren. Was war geschehen? Wegen eines Streits um die orthodoxen Christen in der Türkei hatte das Osmanische Reich Russland den Krieg erklärt. Großbritannien und Frankreich unterstützten die Türken. Das Königreich Sardinien hatte sich ebenfalls auf die Seite der Westmächte geschlagen, weil es deren Unterstützung bei der Einigung Italiens benötigte. Die österreichische Regierung versuchte zu vermitteln. Die preußische Regierung machte sich lächerlich, weil sie überhaupt nichts tun wollte. Russland musste eine schwere Niederlage einstecken.

Es waren vor allem zwei Männer, die aus dem Krimkrieg ihre Lehren zogen. Fürst Otto von Bismarck, seit 1860 Ministerpräsident in Preußen, wollte das seit 1815 bestehenden Bündnis mit Österreich beenden, das Preußen allzu sehr an die Habsburger und deren Interessen band. In Italien erkannte Graf Camillo di Cavour, Premierminister von Sardinien und Piemont, dass die Zeit der antirevolutionären Zusammenarbeit unter Europas konservativen Regierungen endgültig vorbei war. Wie Bismarck war er bereit sich mit den liberalen Nationalisten zu verbünden, um sein Ziel, die Einigung Italiens, voranzutreiben und so die Monarchie auf Dauer zu sichern. Cavour und Bismarck schwebte ein neues Staatensystem vor, in dem nationale Konservative und nationale Liberale gemeinsam an der Spitze stehen würden, Unterstützung fanden sie mit diesen Ideen in Großbritannien, während die Österreicher verzweifelt versuchten den Siegeszug der nationalen Idee aufzuhalten. Ihr übernationales Reich würde keine Zukunft haben, wenn der Nationalismus sich durchsetzte.

Mit Unterstützung Frankreichs und Billigung der Briten vertrieb Cavour 1859 die Österreicher aus Oberitalien. Wieder kam es zu grauenvollen Massenschlachten, die zur Gründung des Roten Kreuzes führten. Die Österreicher schlugen sich erfolgreicher als erwartet. Die italienische Einigung wurde vorerst verschoben. Dafür gelang es 1860 Guiseppe Mazzini und Guiseppe **Garibaldi,** auch Neapel

an Sardinien anzuschließen. Am päpstlichen Kirchenstaat scheiterten sie allerdings vorerst.
In Preußen arbeitete seit 1862 Bismarck daran, die Österreicher aus dem Deutschen Bund zu werfen. 1866 war dann der große Zusammenstoß unvermeidlich geworden. In einem kurzen, aber heftigen Krieg besiegten die technisch überlegenen und besser geführten preußischen Truppen Österreichs Armeen bei Sadowa/Königgrätz und beendeten die vielhundertjährige Tradition österreichisch-habsburgischer Vorherrschaft in Deutschland. Die Habsburger Monarchie geriet in eine tiefe Krise, weil nun vor allem die Ungarn aus dem Reichsverband ausscheren wollten. Im Gegensatz zu den britischen Hoffnungen konnte man sich aber einigen. So entstand die Habsburger **Doppelmonarchie.**
Gleichzeitig vertrieben die Piemontesen die Österreicher endgültig aus Italien. Bis auf den Kirchenstaat, der von Franzosen und Iren verteidigt wurde, war Italien nun geeint.
1870 ergab sich dann für Bismarck die Chance, Preußen auf ganz Deutschland auszudehnen. Mithilfe einer Intrige nötigte er Napoleon III. zum Krieg. Wieder erwiesen sich die preußisch-deutschen Truppen als überlegen. Binnen weniger Wochen zerbrach das französische Kaiserreich. Im Spiegelsaal von Versailles wurde das deutsche Kaiserreich unter preußischer Führung ausgerufen. Gleichzeitig marschierten italienische Truppen im Kirchenstaat ein. Der liberale Nationalstaat triumphierte in Europa auf der ganzen Linie.

Was war die Doppelmonarchie?
Sie war das Ergebnis des Ausgleichs zwischen den deutschen Habsburgern und den Ungarn 1867. Die Ungarn wurden praktisch selbstständig, nur Außenpolitik und Verteidigung blieben bei dem gemeinsamen Staat (den so genannten k. u. k., also kaiserlichen und königlichen, Ministerien). Ansonsten gab es zwei Reichsteile, einen cisleithanischen, der von den Deutschen beherrscht wurde, und einen transleithanischen, in dem die Ungarn führten. Das Problem war, dass viele andere nationale Minderheiten (Tschechen, Slowaken, Kroaten, Ruthenen, Juden, Polen, Bosnier, Serben, Italiener und Slowenen) nun ebenfalls gerne die Rechte der Ungarn gehabt hätten.

BEMERKENSWERTES

Das Rote Kreuz

Während des Krimkrieges hatte sich gezeigt, dass die alten Formen der Verwundetenpflege angesichts moderner Heere und deren Waffen nicht mehr ausreichten. Daraufhin gründete der Genfer Kaufmann Henri Dunant das Rote Kreuz. Heute gibt es das Rote Kreuz nahezu überall auf der Welt. In islamischen Ländern heißt es Roter Halbmond, in Israel Roter Davidsstern. Das Rote Kreuz hat mit zahlreichen Verträgen die rechtliche Situation von Verwundeten und Gefangenen in Kriegen verbessert.

Die Epoche des Hochimperialismus

Was bezeichnet man als Kolonialismus?
Der Kolonialismus war der Vorläufer des Imperialismus vom 16. bis 18. Jahrhundert. Im Unterschied zum Imperialismus ging es dem Kolonialismus (abgesehen von Nord- und Südamerika) weniger um dauerhafte Besiedlung und Herrschaft, sondern um Handels- und Marinestützpunkte. Der Imperialismus hingegen verlangte eine völlige Beherrschung der Welt durch die europäischen imperialistischen Mächte, zu denen sich um 1900 auch die USA und Japan gesellten.

Was war ein Dominion?
Eine Dominion war eine von Weißen beherrschte und meist auch mehrheitlich von ihnen besiedelte Kolonie im Rahmen des britischen Weltreichs.

Kolonien hatten zu Beginn des 19. Jahrhunderts eigentlich als altmodisch und kostspielig gegolten. Selbst die Briten, die doch auf ihr Weltreich so stolz waren, hatten daran gedacht, die Reste ihrer Kolonien in Afrika und Indien aufzugeben. Nur die Idee, man müsse den Sklavenhandel mithilfe von Stützpunkten vor Ort bekämpfen, hatte die alten Kolonien gerettet. Doch dann, etwa um 1860 oder 1870, änderte sich die Sicht auf die Welt. Der **Kolonialismus** der frühen Neuzeit wurde zum Imperialismus. Alle europäischen Mächte, mit Ausnahme der Österreicher, die genug mit ihrem Vielvölkerstaat im Herzen Europas zu tun hatten, wollten ein möglichst großes Stück vom Kuchen haben. Forschungsreisende, Kaufleute und Missionare trieben die Ausdehnung Europas voran. Gleichzeitig entfaltete sich die aufgeklärte Lehre von der europäischen Überlegenheit. Man glaubte an die zivilisatorische Mission des weißen Mannes, wie man damals sagte.

Eine Fülle wirtschaftlicher, militärstrategischer und schlicht nationalistischer Überlegungen führte dazu, dass man nun nicht mehr nur Handelsstützpunkte, sondern gleich ganze Gebiete von ungeheurer Größe erwarb. Den größten Gewinn machten die Briten. Sie hatten das einzige imperialistische Reich, das auch finanziellen Gewinn abwarf; alle anderen mussten zuzahlen. Indien war die »Perle« des britischen Empires. Alle anderen Kolonien dienten direkt oder indirekt dazu, Indien zu sichern. Daneben trieben britische Abenteurer die Ausdehnung des Reiches in Afrika voran. Männer wie Cecil Rhodes fragten ihre Regierungen nicht lange, ehe sie neues Land erwarben. Das britische Reich hatte eine Besonderheit: Es gab Siedlungskolonien, etwa in Australien, Neuseeland, Kanada und Südafrika, wo die Weißen entweder die Mehrheit hatten oder aber so stark waren, dass sie das Land regierten. Diese späteren **Dominions** wurden zu Ausgangspunkten einer Selbstverwaltung, die sich vom Mutterland zunehmend entfernte. Dadurch bekam die britische Kolonialpolitik eine Beweglichkeit, die andere Länder nicht hatten.

Die Politik der Briten führte zu Spannungen. Vor allem die Russen und Franzosen beobachteten besorgt, wie mächtig das Empire wuchs. Russland war zu schwach, Frankreich jedoch bildete sein eigenes Reich. Vor allem in der Sahararegion und in Indochina waren die Franzosen aktiv. Algerien wurde sogar zu einem Teil Frankreichs erklärt. Bald folgten andere Staaten. Auf der Berliner Kongokonferenz wurde 1885 den Belgiern das riesige, wirtschaftlich interessante Kongobecken zugesprochen – natürlich ohne die dort lebenden Stämme zu fragen. Mitte der 1880er Jahre tauchten dann auch deutsche Kolonisatoren in Afrika und dem Pazifik auf. Nur wenige Staaten der heutigen Dritten Welt blieben frei von Kolonialherren, vor allem Lateinamerika und China, die beide von den Amerikanern und Briten gleichermaßen aus Angst vor Konkurrenz geschützt wurden **(Politik der offenen Tür).**

Ein Aspekt des Imperialismus ist lange vernachlässigt worden. Obwohl es wahr ist, dass die europäischen Mächte manches für die Entwicklung ihrer Kolonialgebiete getan haben, indem sie Straßen, Eisenbahnen, Schulen und Verwaltungsgebäude bauten, so gründete ihre Herrschaft doch immer auf Ausbeutung. Zudem waren die Kolonialkriege die furchtbarsten und mörderischsten Kriege des 19. Jahrhunderts, da hier die Regeln europäischer Kriegführung nicht galten. Ganze Völkerschaften wurden auf diese Weise nahezu ausgerottet.

Mahdiaufstand 1881

Was war die Politik der offenen Tür?

Das ist die Bezeichnung für die China-Politik der USA. Die Bezeichnung kommt von mehreren diplomatischen Briefen, die der US-Außenminister Hays 1899 und 1900 an die europäischen Mächte und Japan verschickte. In diesen forderte er alle Beteiligten auf die Unabhängigkeit Chinas nicht anzutasten. Den Amerikanern ging es aber weniger um die Freiheit der Chinesen als um die Möglichkeit, in China Freihandel zu betreiben.

BEMERKENSWERTES

Der Mahdiaufstand

1881 widersetzten sich islamische Rebellen im Sudan gegen die Herrschaft der Briten und Ägypter, die seit 1830 das Land besetzt hatten. Ihr Anführer Mohammed Ahmed ibn Saijid Abd Abdallah (1844–1885) behauptete, der Mahdi, also der Erlöser der Mohammedaner, zu sein. Ihm gelang es, die Briten vernichtend zu schlagen und die Hauptstadt Khartum zu erobern. Sein Reich wurde erst 1898 von Lord Kitchener endgültig zerstört. Der Mahdiaufstand gehört zu den wenigen erfolgreichen Militäraktionen gegen die waffentechnisch überlegenen Europäer in der Zeit des Hochimperialismus.

Das Viktorianische Zeitalter

Was war der Orientexpress?
Der Orientexpress war ein luxuriös ausgestatteter Schnellzug mit Schlaf- und Speisewagen, der seit 1883 auf der Strecke Paris–Wien–Budapest–Bukarest–Konstantinopel (Istanbul) verkehrte. Erst 1977 wurde die Zuglinie eingestellt. Der Orientexpress galt als Treffpunkt der gehobenen bürgerlichen Gesellschaft. Er spielte auch in Romanen und Filmen eine Rolle. Am bekanntesten dürfte der Kriminalroman Mord im Orientexpress *von Agatha Christie sein.*

Es waren die Jahre zwischen 1830 und 1900, die man bis heute als Viktorianisches Zeitalter bezeichnet. Der kulturelle, wirtschaftliche und politische Einfluss Großbritanniens war damals unermesslich groß. Das Viktorianische Zeitalter war zugleich das Zeitalter des endgültigen Durchbruchs der industriellen Revolution und die Epoche bürgerlicher Vorherrschaft. Darum waren die Werte, denen die viktorianischen Menschen so viel Bedeutung zubilligten, durchweg bürgerliche Werte und Tugenden der Produktivität. In diesen Jahrzehnten bemühten sich sogar Könige und Adelige, bürgerlich zu wirken. Monarchen fuhren im Anzug aus und machten in aller Öffentlichkeit Spaziergänge mit ihren Ehefrauen, ganz wie ein gutbürgerliches Ehepaar. So zeigten sie ihre Verbundenheit mit dem Bürgertum. Dieses wiederum wollte sich von dem Ehrbegriff des Adels distanzieren. Nicht mehr Geburt, nicht mehr das Ansehen in den Augen der Standesgenossen, sondern Leistung, Wissen, Geld und Disziplin sollten künftig darüber entscheiden, wo ein Mensch gesellschaftlich stand. Um sich durchzusetzen, musste ein Mensch produktiv und nützlich sein. Dies war aber nur möglich, wenn er über Selbstzucht verfügte. Aus diesem Grund waren die Menschen im Viktorianischen Zeitalter so leidenschaftlich damit beschäftigt, sich und anderen Tugenden wie Pünktlichkeit und Genauigkeit beizubringen. Bis zu einem gewissen Grade waren die Bürgerlichen jener Tage regelrechte Ordnungsfanatiker. Ohne Selbstkontrolle war die industrielle Produktion, auf der jede Form bürgerlichen Wohlstands beruhte, undenkbar. Deswegen versuchten die viktorianischen Bürgerlichen in erster Linie den Arbeitern, Bauern und den kolonisierten Völkern ihre Werte nahezubringen.

Dies betraf vor allem den Bereich menschlicher Sexualität. Bis heute steht das Viktorianische Zeitalter hier für Prüderie und Heuchelei. Selten zuvor waren Menschen derart streng einer Selbstkontrolle unterworfen worden. Nicht mehr die Priester der Kirche, sondern Psychologen und Ärzte zwangen ihnen Moral auf. Das Ziel war es, sich selbst und die eigenen Leidenschaften unter Kontrolle zu haben, um der Gesellschaft nützlich sein zu können und selbst voranzukommen. Wissenschaftler legten fest, welche Form von Sexualität geduldet werden durfte, alles andere wurde als perverse Abweichung definiert. Frauen wurde sogar unterstellt, von allen sexuellen Leidenschaften völlig frei zu sein. Darum galten sie als bessere

Menschen, die gerade weil sie so gut waren, mit den Niederungen der Politik nicht behelligt werden durften. Allerdings hat die moderne Forschung gezeigt, dass die viktorianische Sexualität in ihrer Praxis bei weitem nicht so verkniffen war wie in der Theorie.

Auf der anderen Seite des viktorianischen Zeitalters standen gleichwohl Freiheiten, die uns im 21. Jahrhundert weitgehend fremd geworden sind. Zu keiner Zeit in der Geschichte war es für wohlhabende Menschen so einfach und unproblematisch, zu reisen. Die »gute Gesellschaft« bewegte sich je nach Saison in den Alpen oder im Mittelmeerraum, auf Safari durch Indien oder mit einer Jagdgesellschaft durch Kenia. In der Regel reisten diese reichen Bürgerlichen sehr luxuriös. Der **Orientexpress,** die **Titanic** und andere Eisenbahnzüge und Schiffe legen davon Zeugnis ab. Die bürgerliche Welt des Viktorianismus war auf eine sonderbare Weise gleichzeitig weit und eng, frei und kontrolliert, national und kosmopolitisch. Vielleicht waren es gerade diese inneren Widersprüche, die zu ihrem Untergang führten.

Königin Victoria

Was war die Titanic?
Ähnlich legendär wie der Orientexpress war die »Titanic« das vermutlich berühmteste Passagierschiff der Weltgeschichte. Als es 1912 in Dienst gestellt wurde, war es der mit Abstand größte und schnellste Dampfer seiner Zeit. Auf ihrer ersten Fahrt von England in die USA lief die »Titanic« auf einen Eisberg auf und versank im Nordatlantik. Unter den Toten befanden sich auch viele Angehörige der amerikanischen und britischen Oberklasse. Auch die »Titanic« wurde im Laufe der Zeit Gegenstand zahlreicher Romane und Spielfilme.

BEMERKENSWERTES

Victoria – 60 Jahre Königin

Wenn einer ihrer Untertanen irgendwo auf der Welt seinen Reisepass zeigte und erklärte: »Ich bin britischer Bürger«, dann wusste selbst der ungebildete Kannibale im abgelegensten Winkel des Pazifik, dass man sich mit dieser Person besser nicht anlegte. Die Gefahr war zu groß, dass die Königin eines ihrer Kriegsschiffe vorbeischickte. 60 Jahre lang regiert Victoria das britische Königreich. Sie war Kaiserin von Indien und Herrscherin über Millionen von Afrikanern. Ihre Flotte beherrschte unangefochten die Meere, das politische und wirtschaftliche System ihres Landes galt in aller Welt als vorbildlich. Ihr Name war schon zu Lebzeiten zur Bezeichnung einer ganzen Epoche geworden.

Der Aufstieg der USA und die Eroberung des Westens (1845–1898)

Was sind Reservationen?
Reservationen waren von der amerikanischen Regierung, der Armee und christlichen Gemeinschaften geleitete Gebiete, in denen die Indianer nach ihrer militärischen Niederlage leben mussten. In der Regel wurde ihnen besonders schlechtes Land zugewiesen, wodurch sie in vollkommene Abhängigkeit von den Weißen gerieten. Erst in den 1920er und 1930er Jahren verbesserten sich die Lebensbedingungen der Indianer wieder etwas.

Was geschah in Sand Creek?
Am 29. November 1864 überfiel eine Einheit aus US-Reiterei und Freiwilligen aus dem Staate Colorado ein Dorf von Cheyenne, die unter dem Schutz der Armee standen. Zuvor hatte eine andere Gruppe von Cheyenne einige weiße Siedler ermordet. In dem Dorf befanden sich Frauen, Kinder und alte Männer, die unbewaffnet waren. Aus Rache für die toten Weißen ermordeten die Soldaten mindestens 70, vermutlich aber deutlich mehr Indianer auf besonders grausame Weise. Dieses Massaker sorgte an der amerikanischen

Seit ihrer Gründung war die amerikanische Republik rasch gewachsen. Viele Amerikaner glaubten, Gott hätte ihrem Land den Auftrag erteilt, sich auszudehnen und der Menschheit Freiheit, Recht und Handel zu bringen. Sie hatten 1803 lautstark gejubelt, als Präsident Thomas Jefferson das Louisiana-Territorium von den Franzosen erwarb. Andere waren zögerlich gewesen. Ausdehnung bedeutete in ihren Augen die Gefahr, so korrupt und unfrei zu werden wie die Europäer. Im Laufe der Zeit setzten sich indes die Vertreter der Expansion durch. Einige hofften, so die im Süden des Landes gängige Sklaverei nach Westen hin befördern und damit die Sklaven haltenden Staaten stärken zu können. 1846 überfiel die amerikanische Armee Mexiko und eroberte den heutigen Südwesten der USA. Kurz zuvor war Texas der Union beigetreten. Wenig später einigte man sich mit Großbritannien auf eine klare Grenze mit Kanada, obwohl immer noch viele Amerikaner offen hofften, den USA eines Tages auch dieses Land einverleiben zu können.

Im Gegensatz zu all den Hoffnungen löste die Erweiterung der USA deren Probleme nicht. Nord und Süd standen sich seit den 1840er Jahren zunehmend unversöhnlich gegenüber. Im Süden herrschte eine Klasse von Großgrundbesitzern, die unbedingt an der einträglichen Sklaverei festhalten wollten. Obendrein war ihnen der Einzelstaat wichtiger als die Union. Im Norden hingegen lehnten viele die Sklaverei aus moralischen, religiösen und wirtschaftlichen Gründen ab. Dort hielt man sich an bürgerliche, kapitalistische, liberale und nationale Ideale. Im Bürgerkrieg von 1861 bis 1865 entschied der Norden unter dem republikanischen Präsidenten Abraham Lincoln den Streit für sich. Es dauerte bis in die 1960er Jahre, ehe der Süden wieder zu alter Stärke fand. Die Sklaven wurden zwar befreit, aber weiterhin in beiden Landesteilen als minderwertig behandelt.

Nach 1865 begann die große Siedlungsbewegung nach Westen. Schon 1849 war in Kalifornien Gold gefunden worden. Damals waren Massen von Menschen auf der Suche nach Gold dorthin geströmt. Dabei hatten sie rund 100.000 Indianer ermordet. Nun, in den 1870er Jahren, wurden die USA zu einem der führenden Industriestaaten der Erde. Gleichzeitig kamen immer mehr Menschen auf der Suche nach eigenem Grund und Boden in das aufstrebende Land. Sie alle hofften auf ein besseres Leben im fernen Westen, in

Oregon, Washington oder gar im goldreichen Kalifornien. Aber erst einmal musste die gefahrvolle Reise durch die Weiten des Mittleren Westens überstanden werden. Mit den von Ochsen gezogenen Planwagen konnte man sich nur mühsam vorwärts bewegen. Der entsagungsvolle Treck nahm mindestens vier Wochen in Anspruch. Krankheiten, wilde Tiere, der Hunger, das Wetter und Indianer lauerten überall. Bis zu einem gewissen Grade verstanden die Neuankömmlinge den Zorn der Stammeskrieger. Schließlich war es von jeher ihr Land gewesen. Nun hungerten sie oder wurden in **Reservationen** eingesperrt. Manchmal metzelte die US-Armee völlig grundlos hunderte von unbewaffneten Indianern nieder, so zum Beispiel 1864 in **Sand Creek.** Aber auch die Einwanderer kamen aus Not und Hoffnung heraus. Sie wussten ihre Interessen zu vertreten. Häufig wurden Indianer, Schwarze und Angehörige anderer Minderheiten einfach **gelyncht.** Die großen Eisenbahnen wurden gebaut und die Indianer von der Armee in langen Kriegen bis 1890 vollständig besiegt. Riesige Rinderherden zogen nun dort entlang, wo einst die Büffel gegrast hatten.
Während sich die USA nach innen festigten, fuhren sie fort sich auszudehnen. 1867 wurde Alaska von Russland gekauft. Im Pazifik erwarb man Stützpunkte, um den Handel und die Mission besonders in China zu fördern. Aber in den USA wollte man noch mehr. Längst hatten sich die begehrlichen Augen der Zuckerindustrie auf die Karibik gerichtet. So nahm man eine langwierige Revolte der Kubaner gegen die spanischen Kolonialherren zum Anlass, um 1898 Spanien den Krieg zu erklären. Binnen weniger Wochen zerschlug die amerikanische Armee die spanischen Streitkräfte. Kuba, Puerto Rico, Guam und die Philippinen wurden erobert. Die USA waren zur imperialistischen Weltmacht aufgestiegen.

Ostküste für einen großen Skandal, während die Bewohner des Westens es bejubelten. Sand Creek war nur eines von vielen Massakern, die Weiße und Indianer im Verlauf der Indianerkriege verübten.

Was versteht man unter Lynchmord?

Ein Lynchmord ist eine Form der außergesetzlichen Volksgewalt, die meist dort geübt wird, wo der Staat schwach ist. Dann nehmen Menschen ihre Interessen selbst in die Hand. In den USA war der Lynchmord im Westen und Süden weit verbreitet. Allein zwischen 1880 und 1930 wurden dort über 3.000 Personen gelyncht, überwiegend Schwarze und Angehörige anderer Minderheiten.

BEMERKENSWERTES

Warum kamen so viele Einwanderer in die USA?

Die meisten kamen aus wirtschaftlichen Gründen. Beinahe ein Drittel von ihnen scheiterte in den USA und kehrte wieder in ihre Heimat zurück.

Russland unter Zar Alexander II. – die Aufhebung der Leibeigenschaft

Was sind Pogrome?
Das russische Wort bedeutet »Unwetter« oder »Verwüstung«. Im heute üblichen Sinn meint es antijüdische Ausschreitungen. In Russland waren Pogrome seit den 1880er Jahren sehr häufig. Juden wurden getötet und ausgeplündert. Meistens dauerte es mehrere Tage, ehe herbeigerufene Kosakeneinheiten die Ordnung mit großer Brutalität wiederherstellten. Bis heute ist umstritten, ob die Pogrome von der Regierung des Zaren gewollt wurden. Zumindest waren adelige Geheimbünde an der Vorbereitung der letzten Pogrome beteiligt.

Als Zar Alexander II. 1855 den Thron bestieg, war das riesige russische Reich am Ende. Es bedurfte dringend der Reformen. Ein neuer Peter der Große musste her. Dabei war es erst gut 45 Jahre her, dass Russlands Heere die Große Armee des unbesiegbaren Napoleon gedemütigt und vernichtet hatten. Und noch 1848 hatten die Kosaken als Gendarmen Europas den Ausschlag zu Gunsten der Monarchen gegeben. Damals hatten sie die Habsburger vor dem Untergang gerettet und die ungarischen Freiheitskämpfer in alle Winde zerstreut. Aber das war Schnee von gestern. Russland hatte den Anschluss an den Rest Europas verloren. Es gab keinen Mittelstand, kein Bürgertum, keine Industrie, kaum Universitäten. Die Landwirtschaft schwankte von einer schlechten Ernte zur nächsten. Schließlich hatte der Krimkrieg dem Land einen vernichtenden Schlag versetzt. Auf den Schlachtfeldern vor Sewastopol waren die besten Offiziere und Soldaten verblutet. Die Armee hatte sich zwar tapfer geschlagen, aber selbst den mangelhaft organisierten britischen und sardinischen Truppen hatte sie wenig entgegenzusetzen gehabt, von den französischen Elitesoldaten ganz zu schweigen. Die russische Flotte war versenkt worden, die Artillerie hatte überallhin geschossen, nur nicht auf den Feind.

In dieser Situation war Alexander an die Regierung gekommen. Nun führte er die dringend notwendigen Reformen durch. Der Zar bewunderte die Erfolge der Westeuropäer, aber er hatte sich nie die Frage gestellt, wie man das westliche Modell auf das eigene Land übertragen konnte. Die Abschaffung der Leibeigenen ist ein gutes Beispiel. Zwischen 1861 und 1866 wurden alle Bauern freigelassen, aber niemand hatte daran gedacht, was sie mit dieser Freiheit anfangen sollten. Ganz im Sinne liberaler und kapitalistischer Ideen forderte man sie auf sich das Land zu kaufen, das sie bislang sowieso schon bearbeitet hatten. Aber die Landzuteilungen waren zu klein und überteuert. Viele Bauern versanken bald in Schulden. Gleichzeitig wurden erste Industrien aufgebaut. Hier aber hatten die Engländer alles fest im Griff. Die Gewinne gingen ins Ausland und Russland profitierte kaum von der Industrie. Das Land torkelte am Ende des 19. Jahrhunderts von einer Krise in die andere. Viele Menschen glaubten, die Juden seien an ihrem Unglück schuld. Immer wieder kam es zu **Pogromen.** Seit den 1870er Jahren wandten sich idealistische junge Adelige und Bürgerkinder an den Universitäten und in literarischen Zirkeln dem **Anarchismus** Michail Bakunins (1847–1882) zu. 1881 fiel dann Alexander II. einem Attentat zum Opfer. Von da an schwankte die Politik zwischen Unterdrückung und Reform. Wenigstens gelang es dem Finanzminister Sergej Witte mit französischer Hilfe die Industrialisierung des Landes voranzutreiben. Damit wurde aber die Gesellschaft des Landes noch instabiler. Die Situation spitzte sich erneut zu, als die russische Flotte im Krieg gegen Japan (1904–05) bei Tsushima vernichtet wurde.

Am 22. Januar 1905 demonstrierten einfache Arbeiter und Bauern, angeführt von einem orthodoxen Popen, vor dem Zarenpalast in St. Petersburg. Das Militär reagierte unsicher und eröffnete das Feuer auf die unbewaffneten Demonstranten. Viele Menschen starben. In der Folge dieses »blutigen Sonntags« kam es in ganz Russland zu revolutionären Unruhen und Streiks. Die Liberalen und Demokraten traten nun offen für einen parlamentarischen Staat ein, während die Sozialisten die Räteherrschaft unter ihrer Führung anstrebten. 1906 gab Zar Nikolaus II. (1894–1917) nach und veröffentlichte eine von seinen Beratern ausgearbeitete Verfassung. Eine Duma, das heißt ein Parlament, wurde gewählt. Damit gab der Zar erstmalig den Anspruch auf, Alleinherrscher aller Russen zu sein. Allerdings endete diese Reformphase bereits 1907. Mehr denn je war das Zarenreich ein Riese auf tönernen Füßen.

Zar Alexander II.

Was heißt Anarchismus?

Der Anarchismus ist eine politische Lehre, die von Mihail Bakunin begründet wurde. Nach Ansicht der Anarchisten ist die Existenz des Staates schuld an den Problemen einer Gesellschaft, etwa an Ausbeutung, Armut, Hunger und Not. Nur kleine örtliche Einheiten, wie das Dorf, dürfen ihrer Ansicht nach bestehen. Sie sollen dann strikt gleichberechtigt und demokratisch regiert werden. Oft waren die Anarchisten auch Terroristen, die versuchten ihre Ideale mit Gewalt durchzusetzen.

BEMERKENSWERTES

»Mir« bedeutet Frieden

Im Russischen ist damit aber auch die Dorfgemeinschaft gemeint, die weitgehend abgeschlossen vom Rest der Welt lebte und den Boden gemeinsam bestellte. Auf diese Weise erhielten sich im Zarenreich gesellschaftliche Zustände, wie man sie für den Rest Europas aus dem Mittelalter kannte. Oberster Gerichtsherr des Mirs war der Grundherr.

Der deutsche Idealismus

Was bedeutet der Begriff Dialektik?
Fichte definierte Dialektik als Beziehung von einer These und einer Antithese, die in eine Synthese mündet. Hegel hielt den Ansatz Fichtes zwar für zu einfach, baute aber auf ihm auf. Für ihn hob die Synthese These und Antithese auf. Dies hieß nun nicht, dass beide einfach verschwanden, sondern dass sie in einer neuen Gestalt als wirksame Elemente vertreten waren.

Was ist Notwendigkeit?
In der Philosophie ist Notwendigkeit das, was nicht anders sein kann, als es ist. In einem System strenger Notwendigkeiten kann es etwa keine Freiheit geben. Wenn beispielsweise die Naturgesetze jede menschliche Handlung von vornherein festlegen, dann ist der Mensch nicht frei, sondern folgt der Notwendigkeit.

Die Zeitgenossen strömten in die Vorlesungen Georg Friedrich Wilhelm Hegels (1770–1831) an der Berliner Universität und hingen an seinen Lippen, obwohl er sich unglaublich kompliziert ausdrückte. Über Jahre hinweg war es eine Mode, hegelianisch zu sprechen, also so zu reden wie der inzwischen verstorbene Meister. Jeder Mann und beinahe jede Frau kannten die wichtigsten von ihm geprägten Begriffe: **Dialektik,** absoluter und objektiver Geist, Aufhebung, **Notwendigkeit** und Entzweiung. Eines war ihm und seinen Anhängern dabei besonders wichtig: Nichts sollte dem Zufall überlassen bleiben. Die ganze Welt sollte in ihren Erscheinungen als notwendig begriffen werden. Selbst die Freiheit war dann nichts anderes mehr als der Nachvollzug des Notwendigen im Bewusstsein der Menschen.

Die Philosophie Hegels entstand keineswegs zufällig im Preußen nach 1800. Nahezu sämtliche deutschen Philosophen waren von Kants revolutionären Ideen entweder begeistert oder abgestoßen. Beide Gruppen sahen sich jedoch genötigt, sich mit seinen Ansätzen intensiv zu beschäftigen. Dabei plagten sie ähnliche Probleme wie Kant. Insbesondere die Frage nach dem Zusammenhang von Subjekt und Objekt, von Denkendem und Gedachtem beziehungsweise von Denken und Wirklichkeit beschäftigten sie. Eine weitere Schwierigkeit lag im Begriff der Bewegung. Hieran hatten sich bereits Platon, Aristoteles und die Scholastiker des Mittelalters versucht. Entweder nämlich dachte man sich einen Anfangs- und Endpunkt der Bewegung, dann hatte man aber nur Veränderung und keine Bewegung. Oder man dachte sich den Prozess der Veränderung, dann fehlten entweder Ausgangs- und Endpunkt oder man hatte wiederum nur einen Begriff, aber keine Bewegung. Der erste, der sich nach Kant dieser Fragen annahm, war **Johann Gottlieb Fichte** (1762–1814). Wichtig an seinen Überlegungen war die Bedeutung der Idee. Wir ergreifen die Wirklichkeit mithilfe von Ideen, die es uns erlauben, das Absolute, das hinter jeder erkennbaren Wirklichkeit steht, zu erfassen. Damit legte Fichte den Grund für den Übergang von der Kantischen Transzendentalphilosophie zum Idealismus.

In diesem Schritt folgte ihm Friedrich Wilhelm Joseph Schelling (1775–1854), der ansonsten Fichtes Gegner war. Schelling ging weniger vom Ich aus, sondern von dem absoluten Grund, den alles, auch das Ich, in der Ewigkeit hatte. Insofern war er wesentlich mehr von der Religion beeinflusst als Fichte. Das oberste, absolute Prinzip war für ihn produktives Selbstbewusstsein, das alle Bewegung, alles Werden und Vergehen, alle Erkenntnis begründete.

Hegel wiederum nahm die Gedanken Kants, Fichtes und Schellings auf, untersuchte und kritisierte sie gründlich und schuf daraus sein eigenes, umfassendes System. Für ihn war die Geschichte ein logischer, planvoller Ablauf, in dem der reine Geist, der am Anfang von allem sich selbst entfremdet war, allmählich dazu kommt, sich im Denken mit sich zu versöhnen, sich seiner selbst bewusst zu werden und am Ende notwendig zu sich zurückzukehren. In diese Grundbewegung, die streng dialektisch verlief, war alles andere eingebettet. Zwischen Logik, Naturwissenschaft und Philosophie gab es im Grunde keine wirklichen Unterschiede. Sie waren nur Denkbewegungen, die an dem einen Prozess Anteil hatten. Im Christentum, im Staat und in Hegels Philosophie kam die Entwicklung des Geistes dann zu ihrer Vollendung. Nichts daran war Zufall, alles gehörte zu dem Gesamtplan des Geistes. Oder wie Hegel es sagte: »Was vernünftig ist, das ist wirklich, und was wirklich ist, das ist vernünftig.« Hegels Philosophie vermittelte eine Sicherheit, nach der viele Menschen sich sehnten, ohne dass man zur kirchlich gebundenen Religion zurückkehren musste. Die Welt und ihre Bewegungen waren demnach erkennbare Ideen, man konnte die vielfältigen und schnellen Veränderungen verstehen, einordnen und begrifflich auf den Punkt bringen.

Was dachte Fichte?

Er ging in erster Linie von der Freiheit aus. Freie Wesen setzten sich und ihre Wirklichkeit selbst. Gleichzeitig bestimmte er jedes Wesen durch seine dialektische Beziehung zu einem anderen Wesen. Jedes Ich setzte sich als Ich und wurde ebenfalls dialektisch durch sein Nicht-Ich bestimmt. Das bedeutete, dass alle Subjekte nicht nur durch sich selbst bestimmt waren, sondern auch durch ihre Beziehung zu einem Objekt. Auch war jede Bewegung mit dem Nichtbewegten innerlich verbunden.

BEMERKENSWERTES

Der Zusammenhang von »möglich« und »wirklich«

In der Philosophie bedeutet Bewegung nicht nur eine Ortsveränderung, sondern jede Form von Veränderung von der Möglichkeit in die Wirklichkeit. Bevor ein Auto gestartet wird, hat es die Möglichkeit, Benzin zu verbrennen und von Hamburg nach München zu fahren. Danach verbrennt es tatsächlich Benzin und bewegt sich Richtung München. Durch das Umdrehen des Schlüssels wird im Auto eine Bewegung verursacht, ehe es sich selbst bewegt.

Die Sendboten der Moderne: Karl Marx, Charles Darwin und Sigmund Freud

Was bedeutet Mehrwert?
Der Mehrwert ist ein wichtiges Element in der marxistischen Theorie der kapitalistischen Wirtschaft. Demnach investieren die Kapitalisten in die Produktion bestimmter Produkte. Die Arbeiter verfertigen mithilfe der gekauften Produktionsmittel, etwa der Maschinen, ein Produkt, das dann zu einem höheren Preis verkauft werden kann. Dieser Mehrwert geht dann an den Kapitalisten, nicht aber an die Arbeiter, die ihn eigentlich erwirtschaftet haben.

Karl Marx (1818–1883) war ein scharfer, radikaler Kritiker der politischen, gesellschaftlichen und wirtschaftlichen Zustände in ganz Europa. Wieder und wieder hatte er die Schriften Hegels gelesen. Auf der einen Seite befriedigten sie sein Bedürfnis nach Ordnung im historischen Geschehen. Alles hatte seinen Platz und sein Ziel. Marx sah aber auch die Ungerechtigkeiten in der Gesellschaft, die Armut und das Elend gerade jener, die das Eigentum der bürgerlichen Klasse herstellten. Ausgerechnet sie produzierten doch den **Mehrwert,** auf dem der Reichtum der Besitzenden aufbaute.

Grundlage seiner Lehre, die den Namen Marxismus oder **wissenschaftlicher Sozialismus** erhielt, war seine Überzeugung, dass die Menschen in der Lage waren, ihre Gesellschaften frei zu gestalten. Aber für Marx war der Mensch ein auf Gemeinschaft hin angelegtes, solidarisches Wesen. Diese Gemeinschaft war das Endziel jeder revolutionären Veränderung, die notwendig geworden war, weil im Laufe der Geschichte immer wieder die produzierenden Klassen von den Herrschenden ausgebeutet worden waren. Hier nutzte Marx die Dialektik Hegels. Nach dem Ende der gemeinschaftlichen Urgesellschaft kämpften jeweils in verschiedenen Stadien der Geschichte Klassen gegeneinander, die durch ihr Verhältnis zu den Produktionsmitteln definiert waren: Patrizier gegen Plebejer, Adelige gegen Bauern und neuerdings Bürger gegen Arbeiter. Jedes dieser Stadien war, ganz im Sinne Hegels, notwendig und ein Fortschritt. Am Ende aber stand die Revolution der sich selbst bewusst gewordenen Arbeiter gegen die Ausbeuter und damit die klassenlose Gesellschaft des Kommunismus. Für Marx war die Revolution schon deshalb notwendig, weil das herrschende kapitalistische System zwangsläufig zu katastrophalen Wirtschaftskrisen und weiterer Armut führen musste.

Wie Marx dachte auch der Naturforscher Charles Darwin (1809–1882) in geschichtlichen Bahnen. Seit dem Ende des 18. Jahrhunderts hatten sich die Philosophen vom Schöpfungsbericht der Bibel abgewendet und die Frage gestellt, wie die verschiedenen Arten von Tieren und die Menschen entstanden waren. Gab es einen Schöpfer oder einen Plan, der alles regulierte? Auf seinen Reisen war Darwin dann eine genial einfache Idee gekommen. Die Natur benötigte keinen Schöpfer: Sie regelte das Werden und Vergehen der Arten von selbst, nach bestimmten Prinzipien. Die jeweils überlebensfähigsten Tierarten setzten sich durch. Die Arten entwickelten sich in der Geschichte schrittweise weiter. Ganz im Sinne der liberalen Fortschrittslehre war auch die Natur fortschrittlich. Auch der Mensch war nur ein Produkt dieses natürlichen Ausleseprozesses. Dies bedeutete aber, dass der Mensch nur ein Durchgangsstadium in einem ziellosen und endlosen Ablauf war, nicht aber die Krone einer göttlichen Schöpfung. Entsprechend bitter reagierten die christlichen Gemeinschaften auf Darwin, den sie alsbald verdammten. Im liberalen Bürgertum wurden Darwins Lehren positiver aufgenommen. In der Gestalt des Sozialdarwinismus waren sie bestens geeignet das kapitalistische System zu begründen.

Mit Marx und Darwin war das Selbstbild der modernen Menschen im Vergleich zu Descartes, Kant und Hegel noch einmal radikalisiert worden. Sie sahen die Menschen nicht mehr nur als freie und vernünftige, schöpferische Wesen, sondern in die Geschichte, die Gesellschaft und die Natur eingeordnet. Der Wiener Psychiater Sigmund Freud ging noch einen entscheidenden Schritt weiter. Indem er auf die Rolle des Unterbewussten, Unvernünftigen im Denken des Menschen aufmerksam machte, versetzte er dem Optimismus der Aufklärung einen weiteren schweren Schlag. Im 20. Jahrhundert würde man nie mehr so uneingeschränkt zuversichtlich über den Menschen denken können wie zu Beginn des 19. Jahrhunderts.

Was heißt wissenschaftlicher Sozialismus?

Marx, Engels und ihre Nachfolger verstanden die Lehren des Marxismus als Ausdruck einer wissenschaftlichen Beschäftigung mit Geschichte, Wirtschaft und Gesellschaft. Damit grenzten sie sich vom »utopischen Sozialismus« ihrer Vorgänger (Owen, Fourier, St. Simon, Bakunin) ab, dem sie vorwarfen nur rein gefühlsmäßig auf dem richtigen Weg der Kritik des bürgerlichen Kapitalismus gewesen zu sein, ansonsten aber nichts verstanden zu haben.

BEMERKENSWERTES

Nur der Beste setzt sich durch

Schon bevor Darwin 1859 sein Werk über die Entstehung der Arten veröffentlichte, hatte der englische Soziologe Herbert Spencer (1820–1903) die Lehre von der Entwicklung zum Prinzip der Gesellschaft erklärt (1855). Demnach entwickelten sich Gesellschaften ebenfalls nach dem Prinzip der Auslese der Stärksten. Wie in der Natur herrschte der Kampf ums Überleben, in dem sich die Besten durchsetzten. Diese Besten waren dann die fortschrittlichen Vertreter des Bürgertums. Spencers These nennt man heute auch Sozialdarwinismus.

Die Reaktion des Protestantismus auf die Moderne

Wer waren Galileo Galilei (1564–1642) und Giordano Bruno (1548–1600)?

Galilei und Bruno gelten noch heute als Symbole für den Streit zwischen kirchlichem Christentum und Naturwissenschaften. Galilei behauptete, die Sonne und nicht die Erde stehe im Mittelpunkt des Alls und die Erde drehe sich um die Sonne. Darin folgte er Kopernikus. Die Inquisition zwang ihn dies zu widerrufen. Obendrein wurde er inhaftiert. Bruno wiederum wurde von der Inquisition verbrannt, weil er unter anderem behauptet hatte, dass es unendlich viele bewohnte Welten im All gebe.

Die Geschwindigkeit, mit der die christliche Religion ihre geistige Führungsrolle in der abendländischen Zivilisation einbüßte, war atemberaubend. Seit dem Erscheinen von Darwins Hauptwerk über die Entstehung der Arten 1859 wandten sich die Menschen in beständig größer werdender Zahl vom kirchlich gebundenen Christentum ab. Jetzt wurden die alten Konflikte zwischen Kirche und Naturwissenschaft richtig ernst. Das Vorgehen kirchlicher Behörden gegen **Galileo Galilei** oder **Giordano Bruno** war stets vor dem Hintergrund einer Mischung unbewiesener naturwissenschaftlicher Theorien und daraus folgender religiöser Lehren erfolgt. Nun aber brachten die Naturwissenschaften neue Beweise, die zu einem ganz anderen Verständnis der Welt und des Weltalls zwangen. Nur ein Beispiel: Im 19. Jahrhundert entdeckte man die Skelette von Dinosauriern und Neandertalern, die alle deutlich älter als jene 6.000 Jahre waren, welche das Zeugnis der Bibel ihnen zugestehen wollte. Wie aber konnte die Bibel die wahre Offenbarung Gottes sein, wenn sie bereits in solchen einfachen Dingen nicht frei von Irrtum war?

Der Protestantismus war von dieser Entwicklung besonders heftig betroffen. Dies hing damit zusammen, dass die Bibel für Protestanten wesentlich wichtiger für den Glauben war als für Katholiken. Jeder Angriff auf den Wahrheitsanspruch der Bibel berührte die Protestanten unmittelbar in ihrem Glauben. Wie sollte man auf die neuen Probleme reagieren? Eine Mehrheit der Liberalen glaubte, Religion sei zumindest wichtig für die Moral der Menschen. Wer keinen Gott hatte, würde sich unter Umständen am Eigentum oder Leben anderer Menschen vergreifen. Als rein moralische Größe wurde die Religion aber, wie die Liberalen es gerne sagten, zur Privatsache. Der Glaube begegnete den Menschen weniger in den Worten der Bibel oder in den Sakramenten der Kirche, sondern in ihrem Gefühl. Glaube wurde zum inneren Ereignis.

Diese Wende nach innen wurde begleitet von neuen Wegen, die Bibel zu lesen. Die Theologen glaubten nicht mehr, dass jedes Wort der Bibel unfehlbar wahr sei. Sie begannen danach zu fragen, was die alten Texte der Überlieferung eigentlich in ihrer Entstehungszeit bedeutet hatten. Warum zum Beispiel gab es zwei verschiedene Schöpfungsberichte in der Bibel, die einander deutlich widersprachen? Möglicherweise wollten sie gar nicht als naturwissenschaftli-

che Laborprotokolle über den Anfang der Erde gelesen werden, sondern als verschlüsselte Aussagen über menschliche Erfahrungen. Diese historisch-kritische Methode gab einer Menge bürgerlicher Liberaler die Fähigkeit, ihren Glauben mit den entstehenden Naturwissenschaften zu vereinen. Diese **Kulturprotestanten** strebten bewusst nach einem modernen Glauben.
Andere wollten noch moderner sein. Sie gaben ihre christliche Religiosität ganz auf und wandten sich dem Spiritismus zu. Geistererscheinungen waren im 19. Jahrhundert unglaublich modern. Besonders in Nordamerika und Großbritannien wurde der Spiritismus zu einer Art demokratisch-naturwissenschaftlicher Massenreligion, während er in Deutschland und den katholischen Ländern Südeuropas kaum Anhänger fand.
Noch wichtiger aber als der Kulturprotestantismus oder der Spiritismus, die beide bevorzugt von sehr gebildeten und wohlhabenden Menschen gepflegt wurden, waren die **Erweckungsbewegungen,** die in den USA, in Großbritannien, Skandinavien und Deutschland den Protestantismus erneuerten. Sie knüpften an die Idee an, dass Religion ein innerliches Geschehen für jeden einzelnen Menschen war. Darin waren sie dem bürgerlichen Kulturprotestantismus recht ähnlich. In den USA waren die erweckten Christen zudem eifrige Reformer und Anhänger der demokratischen Verfassung. Insgesamt gab es also eine Vielzahl von Möglichkeiten, sich als protestantischer Christ mit den Herausforderungen der Zeit auseinander zu setzen.

BEMERKENSWERTES

Klopfzeichen von einem Toten – der Spiritismus

Um 1840 hörten zwei junge Mädchen im amerikanischen Staat New York erstmals Klopfzeichen, in denen ihnen angeblich der Geist eines Mordopfers mitteilte, wo seine Leiche lag und wer ihn ermordet hatte. Dieser Vorfall erregte in der gerade entstandenen Massenpresse großes Aufsehen. So entstand der Spiritismus, der in den USA um 1850 fast 20 Millionen Anhänger hatte. Später gestanden die Mädchen, dass sie gelogen hatten, und die Bewegung brach zusammen.

Was versteht man unter Kulturprotestantismus?

Der Kulturprotestantismus versuchte im späten 19. Jahrhundert evangelische Freiheit, moderne Wissenschaft, Liberalismus und christliche Religion miteinander zu verbinden. Dabei beriefen sich seine Anhänger oft auf die Philosophie des deutschen Idealismus, vor allem auf Hegel. Demnach war das Christentum eine notwendige Stufe in der Selbstbewusstwerdung des absoluten Geistes.

Was sind Erweckungsbewegungen?

Seit den 1740er Jahren gab es regelmäßig wiederkehrende Bewegungen vor allem innerhalb des amerikanischen Protestantismus, die von großer Emotionalität gekennzeichnet waren. Um 1830/40 waren die erweckten Protestanten die größte Religionsgemeinschaft in den USA. Insbesondere waren sie die Träger von gesellschaftlichen Reformbewegungen, etwa dem Kampf gegen den Alkohol, für die Schulpflicht und für die Abschaffung der Sklaverei. Damals schlossen sich Erweckungsbewegung und liberale Aufklärung nicht aus.

Die katholische Weltanschauung und die Neuscholastik

Was versteht man unter Ultramontanismus?
Der Begriff Ultramontanismus kommt von dem Wort ultramontan, das heißt »jenseits der Berge«. Von Frankreich aus gesehen, wo das Wort im 17. Jahrhundert erstmalig gebraucht wurde, war damit Italien gemeint, besonders Rom, wo der Papst regierte. Von da an meinte man mit Ultramontanismus eine katholische Weltanschauung, für die der Papst wichtiger war als der eigene König oder Fürst. Im 19. Jahrhundert wurde Ultramontanismus zu einem antikatholischen Kampfbegriff der kirchenkritischen Liberalen, die den Katholiken vorwarfen, nicht national genug zu denken.

Wie oft haben Päpste von ihrer Unfehlbarkeit Gebrauch gemacht?
Bislang nur zweimal: 1854, als Pius IX. erklärte, die Jungfrau Maria sei ohne Erbsünde empfangen worden (Immaculata) und 1950 als Pius XII. (1939–1958) die leibliche Aufnahme Mariens in den Himmel zum Glaubenssatz (Dogma) bekannte.

Wie der Protestantismus hatte auch der Katholizismus sich mit den Ergebnissen der Aufklärung, der Französischen Revolution und der wissenschaftlichen Moderne auseinander setzen müssen. Auf Grund seiner ganz anderen Denkart und seiner unterschiedlichen gesellschaftlichen Verwurzelung war der Katholizismus indessen einen anderen Weg gegangen. Gerade weil nur wenige Menschen aus dem liberalen Bürgertum Katholiken waren, stand die katholische Kirche vielen Entwicklungen des 19. Jahrhunderts kritisch gegenüber. Vor allem wandte sie sich früher als die Protestanten der sozialen Frage zu. Viele Katholiken lehnten den liberalen Kapitalismus ab und strebten einen harmonischen Ausgleich zwischen den Interessen der Arbeiter und der Kapitalisten an. Einige Ideen dieser katholischen Soziallehre sind in den 1920er und 1950er Jahren in Deutschland verwirklicht worden. Allerdings ging der katholische Antiliberalismus noch deutlich weiter. Nach Auffassung der Kirche hatte der Irrtum kein Lebensrecht. Deswegen konnte es keine Volkssouveränität, keine Gewissens-, Meinungs- oder Pressefreiheit und schon gar keine Religionsfreiheit geben. Allein die unfehlbare Kirche konnte sagen, was wahr war.

Die katholische Kirche reagierte auf die Moderne, indem sie sich auf ihre Organisation und die Autorität des römischen Papstes besann. Allerdings dauerte es bis in die 1830er Jahre, ehe die Bischöfe der älteren Generation, meist aufgeklärte und liberale Adelige, durch jüngere **ultramontane,** papsttreue Bischöfe aus dem Bauernstand und dem Kleinbürgertum ersetzt worden waren. Immer wieder kam es nun zu Zusammenstößen, wenn etwa, wie 1837 in Köln, geklärt werden musste, ob der Staat oder die Kirche das Recht hatte, die Ehegesetzgebung maßgeblich zu gestalten. Zudem hatten die Katholiken nicht vergessen, dass man ihnen in der Aufklärung ihr Schulsystem zerstört hatte. Erst in der Säkularisation war so das berühmte katholische Bildungsdefizit entstanden. Vor 1804 waren Katholiken meist ebenso gebildet gewesen wie die Protestanten. Für die Katholiken war der Liberalismus des 19. Jahrhunderts nichts anderes als eine Fortsetzung der Französischen Revolution, die es mit allen Mitteln zu bekämpfen galt. Schließlich waren in der Revolution hunderte von Priestern und Nonnen hingerichtet worden.

Auch geistig wandte sich die ultramontane Bewegung von den Freiheitsideen der liberalen Moderne ab. Die ultramontanen Katholiken erblickten in der Philosophie seit Descartes und im Protestantismus mit seinem Glauben an die religiöse Freiheit des Einzelnen die Hauptschuldigen für den Abfall von Gott, den sie für das Elend der Massen verantwortlich machten. Also schauten sie zurück ins Mittelalter, wo die Dinge angeblich viel besser gewesen waren. Selbst einige protestantische Romantiker fanden Gefallen an dieser Sicht und wurden Katholiken. Seit 1850 erstarkte überall in der katholischen Kirche die Hinwendung zur Scholastik, der Philosophie des Mittelalters. Die so genannte Neuscholastik kam auf, deren Verfechter alle Formen moderner Philosophie bekämpften, insbesondere Kant. Nicht die Erkenntnis der Einzelmenschen prägt die Dinge, sondern die Dinge ermöglichen unsere sichere Erkenntnis, so die Überzeugung der Neuscholastiker.

1870 verkündete das Vatikanische Konzil das Dogma von der **Unfehlbarkeit des Papstes.** Damit stand der Kirche Ärger ins Haus. Nur kurze Zeit später rückten italienische Truppen in den Kirchenstaat ein und beendeten nach einem kurzen Feuerwechsel die tausendjährige weltliche Herrschaft des Papstes.

In Berlin empfand Otto von Bismarck die Unfehlbarkeitserklärung des Papstes als Kampfansage der katholischen Kirche an die moderne Welt des Nationalstaates. Der Papst beanspruchte in seinen Augen etwas, das allein dem Staat zustand.

Überall in der Welt waren **liberale Katholiken** entsetzt. Manche traten aus der Kirche aus und begründeten die altkatholische Kirchengemeinschaft, die jedoch auf wenige gebildete Angehörige des katholischen Bürgertums begrenzt blieb. Die Mehrheit der Katholiken aber unterwarf sich den Beschlüssen des Konzils. Obwohl seiner weltlichen Macht beraubt, war der Papst von nun an wichtiger als je zuvor für die katholische Kirche.

Was wollten liberale Katholiken?

Um 1830 gab es in der katholischen Kirche, ausgehend von Frankreich und Belgien, eine starke liberalkatholische Bewegung, deren Anführer Hugues Félicité de Lamennais (1782–1854) und Charles Forbes de Montalembert (1810–1870) waren. Anfangs waren sie antirevolutionär und ultramontan, glaubten aber, die Päpste könnten eine stabile, auf den Glauben gegründete Form der Demokratie durchsetzen. Allerdings wurden sie von Papst Gregor XVI. (1831–1846) mehrfach verurteilt. Dennoch floss ihr Gedankengut in die spätere christdemokratische Bewegung ein.

BEMERKENSWERTES

Altkatholiken gelten als fortschrittlich

Die altkatholische Kirche umfasst heute rund 30.000 Gläubige. Sie haben schon lange vor 1967 die lateinischen Gottesdienste abgeschafft. Außerdem dürfen altkatholische Priester heiraten und es gibt weibliche Priester.

Klassik und Romantik

Wer war Johann Joachim Winckelmann?
Im 18. Jahrhundert war Winckelmann durch seine Bücher zur Kunstgeschichte des Altertums sehr berühmt geworden. Fast kann man sagen, dass er die Wissenschaften der Archäologie und der Kunstgeschichte mitbegründet hat. In seinen Augen war die Kunst der Antike die beste und schönste aller möglichen Kunstformen. Obwohl er Protestant war, arbeitete er als Archivar für eine Reihe kunstbeflissener römischer Kardinäle, ehe er vom Papst zum Oberaufseher der antiken Altertümer bestellt wurde. 1768 wurde er in einem Aufsehen erregenden Fall von Raubmord getötet.

Wodurch wurde Joseph von Eichendorff so berühmt?
Eichendorff war vielleicht der bekannteste romantische Dichter und Schriftsteller überhaupt. Unter anderem schrieb er den Roman Aus dem Leben eines Taugenichts, *der zu den optimistischeren Werken der ansonsten häufig recht pessimistischen Romantiker zählte. Hinzu kam eine Fülle von Gedichten, die seine Naturverbundenheit und seine tiefe Religiosität zeigen.*

Der berühmte Reisende aus Deutschland war vom Papst nicht sonderlich beeindruckt. Er habe die Messe gelesen wie ein einfacher Dorfpriester aus der Provinz. Und die Kirche des heiligen Franz in Assisi besuchte er gar nicht erst. Dafür ließ Johann Wolfgang von Goethe sich keinen heidnischen Tempel entgehen. Zwei Jahre lang, von 1786 bis 1788, reiste der Dichter auf den Spuren des Altertums durch Italien. Er hatte die Bücher **Johann Joachim Winckelmanns** (1717–1768) gelesen und war nun tief beeindruckt von den Denkmälern und Ruinen der Römer. Die Italienfahrt Goethes war ein Wendepunkt in der deutschen Literaturgeschichte. Gemeinsam mit Schiller, der 1794 nach Weimar zog, arbeitete Goethe nun an dem »Projekt«, das man heute die Weimarer Klassik (1790–1810) nennt. Was aber versteht man unter Klassik? Zuerst einmal, ganz wie zur Zeit der Renaissance im 15. Jahrhundert, die Rückwendung zu den alten Griechen und Römern. Deren Kunst und deren Dichtung galten als vorbildlich. Sie hatten die Menschen gelehrt echte Menschen zu sein, sich durch Kunst und Kultur zu bilden. Dies konnte aber nur geschehen, wenn man sich an klare Formen und die Gesetze der Dichtkunst hielt. Von der Antike lernen hieß siegen lernen. Goethe und Schiller, die bedeutendsten Klassiker, glaubten zudem, dass die Rückkehr zur geistigen Welt der Antike allen Europäern helfen würde mit den Ergebnissen der Französischen Revolution fertig zu werden. Zwar teilten sie deren Ideale von Freiheit, Gleichheit und Brüderlichkeit, aber sie wollten die Menschen zu mehr Menschlichkeit und Toleranz erziehen. Die blutige Gewalt der Revolutionäre lehnten sie ab. Langsame Entwicklung zu einer besseren Welt, nicht schnelle, revolutionäre Gewalt schien ihnen die passende Lösung für die Probleme der Menschheit zu sein. Dafür aber bot das Altertum, wenigstens so wie Winckelmann, Goethe und Schiller es verstanden, die Rezepte. In der Zeit der Weimarer Klassik entstand das berühmteste deutsche Theaterstück aller Zeiten. Goethe schrieb von 1797 bis 1808 am ersten Teil seines *Faust.*

Gegen die strenge Form der Klassik erhob sich rasch eine Gegenbewegung – die Romantik. Wie der Sturm und Drang setzte sie auf das Gefühl. Ihnen erschien die Antike als eine verkrampfte Zeit, der Rückbezug der Klassiker auf die Welt des Altertums tötete in ihren Augen jede unmittelbare Regung. Gleichzeitig suchten die Romantiker nach der verlorenen Kindheit der Menschen, wo diese noch unschuldig und ohne künstlerische Gesetze dichten und malen konnten, wie sie wollten. Diese Welt leuchtete ihnen aus den Sagen und Märchen der Völker ebenso entgegen wie aus der Geschichte des Mittelalters und der katholischen Kirche. Auf diese Weise beförderte die romantische Kritik an Klassik und Aufklärung die Entwicklung der Geschichtswissenschaft. Besonders aber liebten Romantiker wie die Dichter **Joseph von Eichendorff** (1788–1854) und **Clemens Brentano** (1778–1842) oder der Maler Caspar David Friedrich (1774–1840) die Natur, genauer: dunkle Wälder, Schlossruinen oder altertümliche Friedhöfe in einer von Nebelschwaden durchzogenen Natur. Hier konnten sie ihren Gefühlen freien Lauf lassen. Mit der Revolution von 1848 und dem Beginn der Industrialisierung in Deutschland endete indes diese Hingabe an das eigene Gefühlsleben.

Clemens Brentano

Wer war Clemens Brentano?

Brentano gehörte wie Eichendorff zum engsten Kreis der Romantiker. Auch er war Dichter und Schriftsteller, seine Schwester Bettina von Arnim war ebenfalls eine bekannte Romantikerin. Berühmt wurde er durch eine Sammlung von Volksliedern, die unter dem Titel Des Knaben Wunderhorn *veröffentlicht wurde. Diese Lieder wurden in Deutschland überaus populär. Bis weit in die 1960er Jahren sang man sie in Schulen, Vereinen oder privat. Seitdem sind sie etwas in Vergessenheit geraten.*

BEMERKENSWERTES

Zitate aus dem Faust

Vermutlich gibt es kaum ein zweites Theaterstück, dessen Inhalt so unbekannt, einzelne Sätze aber so sehr in aller Munde sind, wie der Faust. Wer hat noch nie den Satz gehört: »Das ist des Pudels Kern!«, oder: »Heinrich, mir graut vor dir«? Schon die Einleitung des Faust (»Habe ich doch ach! Philosophie, Juristerei und Medizin und leider auch Theologie durchaus studiert mit heißem Bemühn. Da steh ich nun, ich armer Tor! Und bin so klug als wie zuvor.«) kennt fast jeder. Auch die sprichwörtliche »Gretchenfrage« (»Sag mir, Heinrich, wie hältst du's mit der Religion?«) entstammt Goethes Faust. Vermutlich hängt dies damit zusammen, dass das Stück oft in Schulen gelesen wird und diese Zitate deswegen so weite Verbreitung gefunden haben.

Die russische Literatur

***Wovon handelt* Schuld und Sühne?**
Es geht um den armen Jurastudenten Rodion Raskolnikow, der für sich in Anspruch nimmt, als ein außergewöhnlicher Mensch Dinge tun zu dürfen, die anderen verboten sind. In seiner Radikalität wendet er sich von der Familie ab und begeht sogar einen Mord. Dann aber kommt es zur Wende in Raskolnikows Leben. Die Schuld führt zur Sühne. Dank der Prostituierten Anastasia stellt Raskolnikow sich der Polizei und geht nach Sibirien in die Verbannung. Dort wird er durch die Lektüre des Neuen Testaments zum Christentum bekehrt.

Manchmal gibt es Zeiten in der Geschichte, in denen alles auf einmal zu passieren scheint. So war es im Russland der 1860er Jahre. Das Land befand sich in einer zuvor ungeahnten Aufbruchsstimmung. Zu Beginn des Jahrzehnts hatte Zar Alexander II. die Leibeigenen befreit. Die ersten Fabriken wurden gebaut. Alles schien in Bewegung geraten zu sein, obwohl es weiterhin viel Unzufriedenheit und Ungerechtigkeit gab. In dieser spannungsreichen Situation erschienen kurz hintereinander zwei gewaltige Bücher, die nicht nur in Russland zur Kenntnis genommen wurden. Mit *Schuld und Sühne* (1866) von Fjodor Dostojewski (1821–1881) und *Krieg und Frieden* (1868) von Lew Tolstoi (1828–1910) veränderten zwei russische Autoren unser Verständnis des Romans. Die beiden Schriftsteller waren einander in vielerlei Hinsicht ähnlich, trotzdem überwogen die Unterschiede. Aber in beiden Fällen waren Leben und Werk eng aufeinander bezogen.
Dostojewski entstammte einer verarmten russischen Adelsfamilie. Sein Vater war von einem Leibeigenen ermordet worden. Der junge Fjodor wiederum hatte an der Militärakademie studiert und war Bauingenieur geworden. Noch deutete wenig darauf hin, dass er zu einem der beiden wichtigsten Schriftsteller Russlands werden würde. Dann aber mischte er sich in die Politik ein. Er wurde als Revolutionär gegen den Zaren zum Tode verurteilt, aber von Nikolaus I. persönlich im Angesicht des Galgens begnadigt und nach Sibirien verbannt (1847). Kurz zuvor hatte er mit seinem ersten Roman *Arme Leute* großes Aufsehen erregt. Hier schlug er bereits jene gesellschaftskritischen Töne an, für die er auch später berühmt bleiben sollte. Nach dem Exil in Sibirien musste Dostojewski zwangsweise in der Armee des Zaren dienen. Ab 1860 erschienen dann in kurzer Folge seine bekanntesten Werke: ***Schuld und Sühne,*** *Der Spieler* und *Der Idiot. Die Brüder Karamasow* beendete er erst 1880, kurz vor seinem Tod. Zweifellos aber spiegelt *Schuld und Sühne* sein Leben und Denken am klarsten wider.
Auch Tolstoj kam aus einer adeligen, aber wohlhabenden Familie mit 350 Leibeigenen. Schon bald beschäftigte er sich eingehend mit religiösen Fragen. Tolstoi lehnte jede Form von Ritual strikt ab. Das Christentum sollte in seinen Augen eine Religion der reinen Nächstenliebe sein. Im Alter schrieb er eine *Kritik der dogmatischen Religion* (1881). Deshalb wurde er vom Heiligen Synod der Orthodoxie

exkommuniziert. Gleichzeitig wurde er – wie Dostojewski – zum Kritiker der russischen Gesellschaft. Die Armut und das Leiden der Menschen entsetzten ihn, auch lehnte er den Kriegsdienst strikt ab. Aber, anders als Dostojewski, wurde er nie zum Revolutionär. Weder der Sozialismus noch der Anarchismus sagten ihm zu. Dennoch beobachtete ihn die zarische Geheimpolizei. Aber Tolstoi war zu berühmt, um verhaftet zu werden. Mit seinem Buch *Krieg und Frieden* schuf er ein Stück Weltliteratur und revolutionierte die Gattung des historischen Romans. Wie in einem großen Gemälde schildert Tolstoi darin das Leben in Russland während des Krieges mit Napoleon 1812, so schildert er unter anderem den Brand Moskaus. Ihm gelingt es dabei, private Schicksale und die große Politik geschickt miteinander zu verknüpfen. Sein zweites bekanntes Werk, ***Anna Karenina,*** ist weniger ein historischer Roman denn eine Kritik der russischen Gesellschaft.

Lew Tolstoi

Was heißt Exkommunikation?
Das Wort bedeutet Ausschluss aus der Gemeinschaft der Kirche. Das katholische und das orthodoxe Kirchenrecht sehen die Exkommunikation als Strafe für schwer wiegende Vergehen gegen die Lehren ihrer Kirche vor. Tolstoi wurde exkommuniziert, weil er angeblich die Lehren von der Göttlichkeit Jesu Christi oder der Dreieinigkeit Gottes geleugnet hatte. In Wahrheit dürfte die Exkommunikation aber damit zusammenhängen, dass er gegen den Wehrdienst eingestellt war.

***Worum geht es in* Anna Karenina?**
Das Buch handelt von der unglücklichen Liebesgeschichte der verheirateten Anna Karenina mit einem anderen Mann. Am Ende wirft Anna sich vor einen Zug. In diesem gewaltigen Werk wird die russische Adelsgesellschaft am Ende des 19. Jahrhunderts in bunter Vielfalt dargestellt.

BEMERKENSWERTES

Kommunistische Revolution und die russische Literatur

Anfänglich hatten viele Menschen geglaubt, die kommunistische Revolution werde zu einer neuen, spannenden und guten Literatur führen. Allerdings kam es anders. Die kommunistische Partei sorgte mit ihrer Zensur dafür, dass oft nur mittelmäßige Werke veröffentlicht wurden, die sich an die Vorgaben der Politik hielten. Die beste Literatur erschien gegen den Willen der Partei. Hier wäre etwa *Doktor Schiwago* von Boris Pasternak (1890–1960) zu nennen, in dem die Zeit der kommunistischen Revolution eindringlich geschildert wird. Pasternak wurde 1958 mit dem Nobelpreis für Literatur geehrt, durfte ihn aber auf Befehl der Kommunisten nicht annehmen.

Das neue technische Bauen

Wer »erfand« den Eisenbeton?
Im Jahre 1867 meldete der Franzose Joseph Monier (1823–1906) das erste Patent für Eisenbeton an. Der Gärtnereibesitzer hatte zunächst versucht damit Blumenkübel zu bauen, erkannte aber dann den großen Vorteil des Materials für das Bauwesen.

Gab es noch mehr Weltausstellungen?
Im Jahr 1889 fand die nächste Weltausstellung in Paris statt. Für diesen Anlass errichtete Alexandre Gustave Eiffel (1832–1923) den Eiffelturm, der zum französischen Wahrzeichen wurde. Das 300 m hohe Eisengerüst setzte eine neue Stilrichtung fest: einfache geometrische Form ohne Verzierungen und Baumaterial, das nicht durch eine Fassade verkleidet wurde. Weitere Weltausstellungen (Expo) folgten in unregelmäßigen Abständen. 2000 fand eine Ausstellung in Hannover statt, 2005 war das Gastgeberland Japan.

Mit dem Aufkommen der industriellen Revolution entstand die Notwendigkeit, Gebäude zu bauen, die allein der Produktion dienten, d. h. so genannte Industriebauten mit großen Hallen und hohen Kaminen. Das war neu in der Geschichte der Architektur. Die Ingenieure, die man mit dem Bau der Fabriken beauftragte, konnten auf keine Vorbilder zurückgreifen. Durch neue Möglichkeiten der Prüfung von Baumaterial, der Berechnung der Tragfähigkeit und durch die Verwendung neuer Materialien wie **Eisenbeton** und Stahlträger, erschlossen sich für den Ingenieurbau und die Architektur jedoch ungeahnte Möglichkeiten. Eine neue Tradition des technischen Bauens, die »Industriearchitektur«, wurde begründet.

Im Jahr 1851 errichtete der englische Architekt Joseph Paxton (1803–1865) anlässlich der **Weltausstellung** in London den berühmten Kristallpalast. Paxton hatte bislang Gewächshäuser gebaut und dafür neue Techniken in der Glas- und Eisenkonstruktion erfunden. Diese »Leichtbauweise« wandte er nun bei seinem Kristallpalast an und bewirkte damit Bahnbrechendes für den Industriebau. Derartige Eisenskelettbauten konnte man nicht nur in der Fabrik vorfertigen und an anderer Stelle einfach aufbauen, was ein großer Fortschritt für die Organisation aufwändiger Baustellen war. Die Hersteller waren nun auch in der Lage, mit dem Skelettbau verschiedene Gebäudefunktionen zu bedienen: Fabriken, Kaufhäuser, Bürokomplexe, Bahnhofshallen.

Mit Brücken aus Gusseisen (später aus Stahlbeton) konnte man einen viel größeren Raum überbrücken als mit solchen aus Stein und sie hielten auch einer größeren Belastung stand. Schließlich fuhren nicht mehr nur Pferdewagen über die Brücken, sondern auch Eisenbahnen.

Paris, Eiffelturm

Im Rahmen der Industrialisierung zogen immer mehr Menschen in die Städte, wo es bald eine regelrechte Bevölkerungsexplosion gab. Arbeiterslums entstanden. Im 19. Jahrhundert gab es daraufhin Bemühungen, den Arbeitern bessere **Wohnbedingungen** zu bieten. Die so genannte **»Gartenstadt-Bewegung«** förderte den Bau von Fabriken mit angeschlossenen Arbeitersiedlungen außerhalb der Städte. So wohnten die Arbeiter nahe an ihrer Arbeitsstätte, aber gleichzeitig im Grünen.
Seit Beginn des 20. Jahrhunderts berücksichtigte man beim Bau von Fabriken zunehmend eine ansprechende Gestaltung der Anlagen, um damit einen Kontrast zum gleichförmigen Arbeitsalltag der dort Beschäftigten zu bieten.

Wie sollten die besseren Wohnbedingungen aussehen?
Man wollte abgeschlossene Wohnungen mit eigener Toilette errichten, die genügend Platz für größere Familien bieten und zugleich günstig zu mieten sein sollten. Außerdem versprach man eine gute Wasserversorgung, Müllbeseitigung, Spielplätze für die Kinder und wesentlich mehr Grün in der Umgebung.

Wo hatte die Gartenstadt-Bewegung ihren Ursprung?
Die Bewegung hatte ihren Ursprung in England. Sir Ebenezer Howard (1850–1928) war ihr Gründer. Seine Ideen wurden im 20. Jahrhundert für die Stadt- und Regionalplanung weiterentwickelt.

BEMERKENSWERTES

Industriebau wird Weltkulturerbe!

Als man in den 1960er und 1970er Jahren vor allem im Berg- und Tagebau viele Industriebauten bzw. Zechen in Deutschland stilllegte, drohte ihnen das Schicksal trostloser Ruinen. Da kamen einfallsreiche Architekten und Kulturförderer auf die Idee, diesen Bauten eine neue Funktion bzw. endlich die entsprechende Würdigung zu geben. So wurden die Essener Zeche Zollverein, die als Meilenstein der Industriearchitektur gilt, und die ehemalige Kokerei zum Weltkulturerbe erhoben. Im Ruhrgebiet gibt es sogar eine »Route der Industriekultur«, die u. a. über die Städte Duisburg, Mülheim an der Ruhr, Bochum, Dortmund, Hagen und Bottrop führt und entlang der man Häfen, Bergbauanlagen, Wassermuseen, Halden, Arbeitersiedlungen und Unternehmervillen besichtigen kann.

Raus in die Natur: von der Salonmalerei zur Freilichtmalerei

Wie wird die Kunstepoche des 19. Jahrhunderts bezeichnet?
Man kann zu diesem Zeitpunkt nicht mehr von einer bestimmten Epoche wie Renaissance oder Barock sprechen. Seit dem 19. Jahrhundert kamen mit der Befreiung der Künstler von den althergebrachten Regeln viele verschiedene und zum Teil sehr gegensätzliche Stilrichtungen auf, die sich oft auch parallel zueinander entwickelten.

War Rom für deutsche Künstler noch immer wichtig?
In Rom lebten viele deutsche Künstler und Kunstinteressierte. Man nannte sie auch »Deutschrömer«. Einer von ihnen war der Kunsthistoriker Johann Joachim Winckelmann (1717–1768), der Begründer der klassischen Archäologie und modernen vergleichenden Kunstgeschichte.

Nicht nur die Architektur stand unter dem Einfluss der großen politischen und wirtschaftlichen Veränderungen im **19. Jahrhundert.** Auch in der Malerei vollzog sich ein bedeutender Wandel.

Zu Beginn des Jahrhunderts war **Rom** der Hauptwallfahrtsort für Künstler und Kunstinteressierte und die antiken Themen, traditionelle Historiengemälde und religiöse Darstellungen standen im Vordergrund. Die französische Hauptstadt Paris kam an zweiter Stelle. Doch langsam entwickelten sich auch die deutschen Städte Berlin und München zu bedeutenden Kunstzentren. Gleichzeitig wandten sich viele Künstler von den Idealen der Antike ab und der Romantik zu. Sie griffen u. a. volkstümliche Themen auf und nahmen sich das Mittelalter zum Maßstab. In Dresden gründete sich eine romantische Schule, als deren Hauptvertreter Caspar David Friedrich (1774–1840) gilt und dessen andachtsvolle Landschaften Weltruhm erlangten. In England gab der romantische Landschaftsmaler William Turner (1775–1851) den Ton an. Ein großer französischer Romantiker war der Maler Eugène Delacroix (1798–1863). Seine vor Farbe und Dynamik sprühenden Bilder, die zu seinen Lebzeiten auf wenig Anerkennung stießen, wurden wegweisend für die moderne Malerei.

In Paris, aber bald auch in ganz Europa und in Nordamerika, war die **»Salonmalerei«** gefragt. Paul Delaroche (1797–1856) war einer der Maler dieser Richtung. Er schuf Werke, die in dramatischer Weise historische oder zeitgenössische Ereignisse erzählen, und legte dabei großen Wert auf eine wirklichkeitsnahe, d. h. realistische Wiedergabe der Details. Realistisch malte auch Gustave Courbet (1819–1877) seine Ausschnitte aus dem Alltag. Seine meist dunklen Farben betonen zusätzlich die »tristen dunklen Seiten« des menschlichen Lebens. Das bevorzugte Thema des Realisten Edouard Manet (1832–1883) war das Großstadtleben, das er wiederum in leuchtenden Farben präsentierte.

Der Engländer John Constable (1776–1837) löste 1836 bei einer Ausstellung in Paris eine »Revolution« in der Malerei aus. Constable wollte die Landschaft so malen, wie sie war, und ging dafür in die freie Natur. Er war das, was man einen »Freilichtmaler« nennen sollte. Das war bis dahin undenkbar, auch Landschaften malte man im Atelier! Constable fand vor allem in Frankreich viele begeisterte

Nachahmer. Dort fand sich 1873 eine Gruppe von Malern zusammen, die sich **Impressionisten** nannte. Ihre Themen waren hauptsächlich die Landschaft, das Meer und der Himmel. Manche beschäftigten sich aber auch, wie Auguste Renoir (1841–1919), mit dem Leben in der Stadt. In ihren Bildern waren in erster Linie die Farbe und das Licht von Bedeutung. Die Impressionisten malten die Dinge nicht, wie sie wirklich sind, sondern wie man sie empfindet bzw. in einem bestimmten Augenblick wahrnimmt. So konnte ein Baum in der Abendsonne durchaus lila Blätter haben, obwohl er natürlich grüne hat. Sie erscheinen aber in dem Licht der Abendsonne lila. Bei den Impressionisten gab es keinen bestimmten Bildaufbau und keine genauen Umrisslinien mehr, das Gezeigte wirkte eher verschwommen. Die Grenzen waren fließend.
Auch der Norweger Edvard Munch (1863–1944) zählte anfangs zu den Impressionisten, bis er verstärkt Gefühle wie Angst, Krankheit und Tod in seinen Bildern darstellte und damit zu einem Wegbereiter des Expressionismus wurde.

Was bedeutet »Salonmalerei«?
Darunter versteht man die Werke der Künstler, die sich an die »traditionellen« Kunstregeln der Pariser Akademien hielten und deshalb in deren öffentlichen Salons ausstellen durften. Im Rahmen dieser Ausstellungen fanden Begutachtungen und Preisverleihungen statt. 1884 gründeten Künstler, die von den Salons abgelehnt wurden, den »Salon des Indépendants« (Salon der Unabhängigen).

Woher kommt die Bezeichnung »Impressionisten«?
Der Begriff stammt von Claude Monets (1840–1926) Werk »Impression, soleil levant« und wurde von einem Kritiker in beleidigendem Sinne geprägt. Doch die Künstlergruppe um Monet machte sich diesen Namen stolz zu Eigen. Die Impressionisten versuchten ihren »spontanen Sinneseindruck« (frz. l'impréssion) *von Menschen und Gegenständen im Bild festzuhalten. Die deutschen Künstler Adolph von Menzel (1815–1905) und Wilhelm Leibl (1844–1900) orientierten sich ebenfalls an ihnen.*

BEMERKENSWERTES

Zurück ins Mittelalter?

An der Wiener Akademie gründete sich 1809 eine Gruppe von Künstlern, die sich nach den mittelalterlichen Lukasgilden der Maler »Lukasbrüder« nannte, später auch »Nazarener«. Die Künstler zogen sich in ein Kloster nahe Rom zurück und lehnten jede Kunstrichtung ab, die nach dem späten Mittelalter entstanden war. Allerdings verehrten sie als Vorbilder die Renaissance-Künstler Albrecht Dürer (1471–1528) und Raffael (1483–1520). Kurzerhand erklärten sie diese zu Vertretern des späten Mittelalters.

Der Denkmalkult

Was sind Beispiele für berühmte deutsche Nationaldenkmäler?
Das 50 m hohe Hermanns-Denkmal (1838–1875) von Ernst von Bandel (1800–1876) steht bei Detmold und erinnert an den Cheruskerfürsten Arminius, der Germanien angeblich von den Römern befreite. Die Bavaria (seit 1838, gegossen 1844– 1850) in München, erschaffen von Ludwig von Schwanthaler (1802–1848), verkörpert wie ihre Schwester in New York die Idee der »Freiheit«.

Wer erbaute die amerikanische Freiheitsstatue?
Der Franzose Frédéric-Auguste Bartholdi (1834–1904) erbaute die Statue, die eigentlich »Die Freiheit, welche die Welt erleuchtet« heißt. Dieses Geschenk Frankreichs an die USA anlässlich der 100-Jahr-Feier ihrer Unabhängigkeitserklärung ist 46 m hoch und besteht aus einem Stahlgerüst von Alexandre Gustave Eiffel (1832–1923).

Gegen Ende des 18. Jahrhunderts lösten sich die Bildhauer langsam, aber sicher von den klassischen Idealen der Antike und versuchten ihre Figuren realistisch, mit all ihren menschlichen Gefühlen darzustellen.

Das erwachte Nationalbewusstsein beim Volk und der Glaube an die große Bedeutung der Kunst für die Bildung des Menschen bewirkten, dass vor allem die Bildhauerei immer mehr eine Funktion erhielt, die auf den Zweck ausgerichtet war. Das beste Beispiel dafür ist das Denkmal. Es entstanden verschiedene Denkmalarten: **Nationaldenkmäler,** Herrscherdenkmäler sowie Denkmäler für bedeutende Bürger, Generäle und Staatsmänner. Dies galt nicht nur für Europa, sondern auch für die Vereinigten Staaten von Amerika.

Das Nationaldenkmal hat in erster Linie die Funktion, eine Idee zu verkörpern wie zum Beispiel die **Freiheitsstatue** (1871–1884) in New York. Idee, Statue und geschichtlicher Hintergrund sind so eng miteinander verknüpft, dass die Figur zu einem weltweit verständlichen Symbol wurde.

Freiheitsstatue in New York

Im 19. Jahrhundert wandelte sich die »Kleidung« der Statuen: Bislang waren selbst zeitgenössische Staatsmänner in römische Tracht gekleidet worden. Doch die Bildhauer des Realismus »zogen« ihnen die Uniform »an«, die sie wirklich getragen hatten. Es entbrannte ein regelrechter »Kostümstreit«, der zu Gunsten der »Realisten« ausging. Generäle und Herrscher wie der preußische König Friedrich der

Große und der deutsche Kaiser Wilhelm II. wurden nun in ihrer Uniform dargestellt.

Aber nicht nur um die Kleidung stritten sich Bildhauer und Publikum. So wagte es der berühmte französische Bildhauer Auguste Rodin (1840–1917), gegen die Regeln des **klassischen Denkmalaufbaus** zu verstoßen. Er stellte seine Personen nicht einmal mehr auf einen Sockel. Rodin sorgte in Frankreich für einen **Skandal** nach dem anderen. Die Statue war für ihn nicht mehr automatisch die Darstellung eines Übermenschen. So schuf er beispielsweise zu Ehren des Helden von Calais, Eustache de Saint-Pierre, eine Gruppe von Bürgern *(Die Bürger von Calais.* 1884–1995) in einer so erschreckend hilflosen Pose, dass damit die Verzweiflung der ganzen Stadt über ihre Belagerung zum Ausdruck kam. Der Ruhm des Einzelnen war hier zweitrangig.

Was war der »klassische Denkmalaufbau«?
Das klassische Denkmal bestand aus dem Postament, auf dem die Geschichte dargestellt wurde, dem Sockel, auf dem Volk und Staat abgebildet waren, und der Figur, d. h. Herrscher oder Staatsmann.

Für welche Skandale sorgte Rodin?
Die »Société des gens de lettre« orderte 1897 bei Rodin eine Statue des Schriftstellers Honoré de Balzac (1799–1850). Der Künstler, der sich intensiv mit Balzacs Werk auseinander gesetzt hatte, zeigte den Schriftsteller erst als nackten, dickbäuchigen Greis, dann als eine in einen Umhang gehüllte, langbärtige und felsartig wirkende, 3 m hohe, männliche Gestalt. Beide stießen auf großen Unmut bei den Auftraggebern.

BEMERKENSWERTES

Die Kopie des Goethe-Schiller-Denkmals

Denkmäler geistiger Helden waren im 19. Jahrhundert sehr beliebt, besonders in den USA, wo man sich sehr an der europäischen Bildung und Kultur orientierte. Daher »holte« man sich die geistigen Größen Europas aus Stein oder Bronze »ins Land«. Der deutsche Bildhauer Ernst Rietschel (1804–1861) hatte für Weimar ein Goethe-Schiller-Denkmal (1857) geschaffen. Eine Kopie davon steht seit 1907 im Washington-Park in Milwaukee/Wisconsin. Einige deutsche Bildhauer wurden sogar mit der Erstellung amerikanischer Denkmäler beauftragt, z. B. der Berliner Rudolf Siemering (1835–1905) mit dem George-Washington-Denkmal (1897) in Philadelphia/Pennsylvania.

Das Unsagbare sagen: die musikalische Romantik

Wer war E.T.A. Hoffmann?
Hoffmann (1776-1822), hauptberuflich Jurist, war leidenschaftlicher Dichter und Musiker und eine der prägendsten Gestalten der Romantik. Er trug eigentlich die Vornamen Ernst Theodor Wilhelm, nannte sich aber, Mozart zu Ehren, Amadeus statt Wilhelm. In Hoffmanns literarischem Werk spielt die Musik eine große Rolle. Er schrieb beispielsweise als »Kapellmeister Johannes Kreisler« phantastische Artikel für die Leipziger Allgemeine Musikalische Zeitung, die Robert Schumann zu seinen Kreisleriana *anregten.*

Was verbindet Robert Schumann und Carl Maria von Weber?
Beide entsprechen auf den ersten Blick dem klischeehaften Bild eines »romantischen« Künstlers – arm, wenig anerkannt, weltfremd, jung gestorben. Weber arbeitete pausenlos, verdiente nur wenig und erkrankte schließlich an Schwindsucht. Schumann, Literat und Musiker, musste lange um seine große Liebe Clara kämpfen. Er war oft dem Selbstmord nahe, einmal stürzte er sich sogar in den Rhein, konnte aber ge-

Sie [die Musik] ist die romantischste aller Künste . . . Die Musik schließt dem Menschen ein unbekanntes Reich auf . . .«, schwärmt **E.T.A. Hoffmann.** Das heißt: Die Musik kann das nicht mehr Sagbare sagen, weil sie nicht mit Begriffen arbeitet wie die Dichtung und auch nicht mit Abbildungen wie die Malerei, sondern weil sie gewissermaßen körperlos ist. Nur über das Gefühl kann man eine Ahnung von dem bekommen, was über den Dingen liegt. Und welche Dinge sind dies, zu denen die Musik der Schlüssel ist, welches Reich ist gemeint? Das Reich Gottes? Nicht ganz, es ist eine harmonische Einheit gemeint, die in früheren Zeiten einmal existiert hat – davon gehen die Romantiker aus – und die mittels der Vereinigung aller Künste im Menschen wieder zurückerobert werden kann.

»Das Unsagbare sagen« – das ist eine hohe Anforderung an die Musik. Das funktioniert nicht mehr mit der klassischen Formenstrenge. Das funktioniert nur, wenn der Komponist gottähnlich aus sich selbst schöpft und die Musik von ihren Grenzen befreit. Viele Musiker haben sich an diesem Projekt »Entgrenzung« beteiligt, sie hatten Ähnliches im Sinn und sind dies ganz unterschiedlich angegangen:

Franz Schubert (1797–1828) schuf die Gattung des Kunstliedes. In der Lyrik liegt, so sagt man, das Wesentliche zwischen den Zeilen, und dies drückt die Musik Schuberts vollendet aus. Abgesehen davon, spielte in der Romantik das Volkslied einen große Rolle und dessen Einfachheit und »Ursprünglichkeit« inspirierte die Komponisten nach »echtem« Gefühlsausdruck zu suchen.

Robert Schumann (1810–1856) veränderte die klassischen Formen beispielsweise in der Klaviermusik, indem er zahlreiche kleine lyrische Klavierstücke komponierte (z. B. *Kinderszenen*), die ein Augenblicksgefühl verarbeiten. Im Gegenzug dazu schuf er etwa auch die *Grande Sonate* f-moll op. 14, ein expressives Werk von großer Ausdehnung.

Carl Maria von Weber (1786–1826) erweiterte in seiner Oper *Der Freischütz* das Personal und die Inhalte: Die Natur wird gleichsam zu einer Handelnden und es tummeln sich übernatürliche Wesen und dämonische Kräfte, die in die menschliche Sphäre eingreifen. Die Figuren leben ihre Empfindungen stark aus, sodass die Zuhörerinnen und Zuhörer ergriffen werden.

Richard Wagner (1813–1883) führte als einer der ersten die Harmo-

nik an ihre Grenzen. Im Vorspiel zur Oper *Tristan und Isolde* weiß man über lange Strecken gar nicht, in welcher Tonart man sich befindet. Die Spannung, die sich dadurch aufbaut, spiegelt Themen wieder, die in der Romantik beliebt waren: Sehnsucht und Erfüllung, Tod und Erlösung. Wagner hat übrigens mit seinem Konzept des »Gesamtkunstwerks« – der Verschmelzung von Dichtung, Schauspiel und Musik in ein nicht zu trennendes Ganzes – den »romantischen Nerv« getroffen: die erhoffte harmonische Einheit der Künste. Neue Instrumente bevölkerten die Orchestergräben; naturnah sollte es klingen und so kamen das Waldhorn (klingt nach Mittelalter, Rittern, Jagd), die Flöte (klingt nach Hirtenidyll) und die Klarinette (klingt ähnlich der **Schalmei**) zu großen Ehren. Die Klangfarben wurden noch differenzierter, manche Tiefen wurden nur noch adäquat durch die **Tuba** ausgelotet. Die Harfe wurde neu ins Orchester aufgenommen, mit ihr konnten Klänge »romantisch« verschleiert werden.
Was also bedeutet »romantisch« in der Musik? Zunächst einmal, dass sich die musikalischen Formen dem Ausdruck von Empfindungen unterordnen müssen. Dass neue Konzepte zum Tragen kommen, die oftmals etwas mit »an die Grenze gehen« zu tun haben und die – ja, die eine Erlösung von der so gar nicht »romantischen« Realität des 19. Jahrhunderts bedeuteten.

Tuba

rettet werden. Doch sein Leben endete in einer Heilanstalt.

Was ist eine Schalmei?
Schalmei ist der Oberbegriff für (ältere) Blasinstrumente mit Rohrblatt, also mit einem Mundstück, das eine »Zunge« aus Rohr enthält. Im Mittelalter war eine schlanke, große Schalmei mit sieben Grifflöchern üblich.

Wie lang ist das Rohr einer Tuba?
Das Rohr einer gebräuchlichen Tuba – sie ist das Bassinstrument im Blechblasensemble – hat eine Länge von knapp fünf Metern! Eine Tuba klingt tief und rund, nicht so geradlinig wie etwa eine Posaune.

BEMERKENSWERTES

U-Musik und E-Musik

Zur Zeit der musikalischen Romantik begann das Bürgertum für sich einen Konzertbetrieb zu organisieren. Das hieß, dass nun ein breites Publikum nicht nur anspruchsvolle Musik hören, sondern auch seine Bedürfnisse nach eingängigen Kompositionen befriedigt haben wollte, die in erster Linie der Unterhaltung dienen sollten. Solche Kompositionen waren oft sentimental, flach und kitschig und wurden von den »wahren« Künstlern nicht mehr ernst genommen. In der Romantik begann also die Trennung von E(=ernste)-Musik und U(=Unterhaltungs-)-Musik!

Besser, schneller, exzentrischer: die Virtuosen

Warum sah Paganini »teuflisch« aus?

Paganini (1782–1840) soll an dem so genannten »Marfan-Syndrom« gelitten haben. Das ist eine Bindegewebsschwäche, die einen Menschen hoch und hager, ihm lange Arme und »Spinnenfinger« wachsen lässt, die dehnbare Gelenke macht und eine durchsichtige Haut.

Was ist ein Doppelgriff?

Das ist das gleichzeitige Greifen von bis zu vier Tönen. Auf der Violine muss man mit dem Bogen dann auch mehrere Saiten gleichzeitig streichen.

Was ist »Pizzicato«?

Wenn man eine Saite zupft, statt sie zu streichen, nennt man das »Pizzicato«.

Wann lebte Franz Liszt?

Liszt lebte von 1811–1886. Er wurde im damaligen Ungarn geboren. Seine Tochter Cosima heiratete in zweiter Ehe Richard Wagner – so erstaunt es nicht, dass Liszt in Bayreuth begraben ist.

Ganz in schwarz, groß, hager. Er stand alleine auf der Bühne, nur er und seine Violine. Das Publikum starrte auf sein Gesicht, dessen Züge viele Zeitgenossen als »teuflisch« beschrieben haben; der erste Ton der Violine ließ die Menschen erschaudern. Aber jetzt: Ungestüm entlockte **Niccolò Paganini** seinem Instrument nie gehörte Töne, Läufe, **Doppelgriffe.** Er vollbrachte technische Wunderwerke (etwa **Pizzicati** mit der linken Hand) und bewegte sich exaltiert. Er spielte gerne den diabolischen Menschen, der – der Legende zufolge – mit dem Teufel im Bunde stand. Das Publikum tobte, Frauen fielen in Ohnmacht. Wien, Paris, London – der »göttliche Geiger« war monatelang Thema Nummer eins, man konnte Paganini-Krawatten kaufen und Schnupftabak-Dosen mit seinem Bild.

Franz Liszt hörte Paganini. Wie in Trance soll er von der Begegnung gekommen sein, fest entschlossen der Paganini des Klaviers zu werden. Er übte bis zu 14 Stunden täglich. Und er schaffte es. Er überschritt Grenzen auf dem Klavier, die für das damalige Publikum nicht im Bereich des Möglichen lagen. Robert Schumann schrieb in der »Neuen Zeitschrift für Musik« von 1840 vom »Dämon«, von dem glühenden Instrument und von der Fähigkeit des Virtuosen, »ein Publikum sich zu unterjochen, es zu heben, tragen und fallen zu lassen . . .«

Paganini und Liszt waren die Stars der damaligen Zeit. Sie sprengten Fesseln, sie versetzten die Phantasien der Frauen und Männer in Erregung. Sie entsprachen ideal dem romantischen Zeitgeist, der mit den Schattenseiten des Menschen, mit dem Dämonischen liebäugelte. Paganini und Liszt waren die legendären Virtuosen des 19. Jahrhunderts.

Nun heißt »Virtuose« im ursprünglichen Sinn lediglich »der Fähige, Tüchtige«. Das hat erst einmal nichts zu tun mit ekstatisch-dämonischem Auftreten, sondern bedeutet ausdrucksvollen Vortrag verbunden mit staunenswertem technischem Können. Hier seien **Frédéric Chopin** (1810–1849) und **Clara Schumann** (1819–1896) erwähnt. Chopin begründete einen neuen Klavierstil, der die Virtuosität niemals Selbstzweck werden ließ, sondern immer dem gewünschten Ausdruck unterordnete. Herrliche Melodien, reiche Verzierungen, interessante Harmonik bzw. Rhythmik sind auch die

Kennzeichen von Chopins Kompositionen. Sie ließen sein Klavierspiel zu etwas wahrhaft Besonderem werden. Von Clara Schumann sagt man, sie sei bereits mit 16 Jahren eine Pianistin von europäischem Rang gewesen. Sie unternahm zeit ihres Lebens ausgedehnte Konzertreisen weit ins europäische Ausland. Ihr Repertoir umfasste vor allem Klavierwerke von Beethoven, Chopin, Johannes Brahms (1833–1897) und natürlich von ihrem Mann Robert Schumann.

Was aber war mit all den anderen Instumenten? Selbstverständlich hatte jedes Instrument seine ausgezeichneten Spieler – die **Maultrommel** etwa wurde von Karl Eulenstein (1802–1890) so virtuos gespielt, dass der Künstler eine Reihe von Jahren konzertierend durch die Lande ziehen konnte. Doch das war nicht so selbstverständlich wie heute. Die Konzerte mussten vor Ort organisiert werden; häufig waren sie ein Verlust. Das Reisen war mühsam. Dennoch war Eulensteins Enthusiasmus ungebrochen. Einige zeitgenössische Konzertkritiken bringen uns sein Spiel näher: »Er gebraucht ungefähr zwanzig Maultrommeln, welche vor ihm liegen, spielt auf zwei oder vier zu gleicher Zeit und wechselt sie während des Spieles mit einer Schnelligkeit, welche nicht die geringste Unterbrechung verursacht«, hieß es in der Times vom 5.8.1830. Und am 31.5.1833 hieß es dort: »Ein *Rondo à la Paganini,* ein Stück, dessen Wiedergabe man auf der Maultrommel für eine Unmöglichkeit gehalten hätte . . .« – nun, Eulenstein verblüffte alle. Als er jedoch durch sein Spiel mehrere Zähne einbüßte, wurde er Gitarrenlehrer. Damit konnte er seine Familie ernähren – auch zu jener Zeit musste man flexibel sein und die Arbeit je nach Gegebenheit wechseln . . .

Wo lebte Frédéric Chopin?

Chopin wurde in der Nähe von Warschau in Polen geboren. Seit 1831 lebte er aber in Paris. Dort ist er auch begraben.

Wer war Clara Schumanns Klavierlehrer?

Clara Schumann lernte bei ihrem Vater, Friedrich Wieck (1785–1873), das Klavierspiel. Es war auch ihr Vater, der sich jahrelang erbittert gegen eine Hochzeit seiner Tochter mit dem Komponisten Robert Schumann stellte.

Was ist eine Maultrommel?

Das ist ein hufeisenförmiges Instrument aus Eisen mit einigen Zentimetern im Durchmesser. Mit der Hand bewegt man eine kleine Stahlzunge, die in der Mitte steckt – zuvor aber setzt man das ganze Instrument zwischen die Zähne.

BEMERKENSWERTES

Ein Leichnam auf Reisen

Als Paganini auf dem Totenbett lag, schickte er den Priester wieder fort – er sei noch nicht bereit zu sterben, bemerkte er. Der Tod kam dann aber schnell und Paganini starb, ohne dass er von seinen »Sünden« losgesprochen worden wäre. Sünder durften aber nicht in geweihter Erde begraben werden. Der Legende nach soll nun der Leichnam von Ort zu Ort »gewandert« sein, manche Quellen schreiben sogar »von Grab zu Grab«. Erst Jahre später einigten sich die Verwandten mit den kirchlichen Behörden und Paganinis sterbliche Überreste durften auf dem Friedhof von Parma bestattet werden.

Wir sind unser Programm: nationale Strömungen in der Musik

Was ist »Programm-Musik«?
Das ist Instrumentalmusik, die sich auf einen außermusikalischen Stoff – eine Geschichte, ein Kunstwerk, aber auch z. B. eine Landschaft oder eine politische Idee – bezieht. Die Qualität der Musik hat mit dem Programm nichts zu tun. Die Programm-Musik hat keine formalen Modelle. Sie ist erzählend und jeweils völlig frei in ihrem Aufbau.

Wann lebte Hector Berlioz?
Er lebte von 1803 bis 1869. Berlioz war zeit seines Lebens umstritten, er erweckte stets Interesse und Widerspruch. In die Musikgeschichte ging er ein als einer der ersten großen Instrumentatoren.

Viele der Musiker, die wir als »Romantiker« bezeichnen, waren literarisch hochgebildet. Einige, etwa E.T.A. Hoffmann oder Robert Schumann, waren selbst als Schriftsteller tätig. Die Dichtung stand hoch im Kurs und man sprach in der Romantik gerne von der gewünschten Vereinigung aller Künste. So ist es nicht verwunderlich, dass die **Programm-Musik** entstehen konnte: Bahnbrechend war hier **Hector Berlioz'** *Symphonie fantastique* op. 14, der ein eigenes Erlebnis zu Grunde liegt, nämlich Berlioz' zunächst vergebliche Liebe zu einer englischen Schauspielerin. Maßgeblich waren auch Franz Liszts **sinfonische Dichtungen.** Am bekanntesten hingegen ist heute der Klavierzyklus ***Bilder einer Ausstellung*** des Russen Modest Mussorgski (1839–1881).
Zunächst nahmen noch die Themen aus Dichtung und bildender Kunst Einfluss auf die Musik bzw. gaben das »Programm« der Musik vor. Doch bald wurden politische Ideen zu programmgestaltenden Ideen: In Europa lag im 19. Jahrhundert die Idee des Nationalstaats in der Luft, jede möglicherweise politisch noch nicht einmal vorhandene Nation besann sich auf ihre Wurzeln und Vorfahren und strebte nach Unabhängigkeit. Was lag näher, als die eigenen Themen auch zum musikalischen Programm zu machen? Das konnten bestimmte Landschaften sein; das bekannteste Beispiel ist *Mein Vaterland* des Böhmen Bedrich Smetana (1824–1884), daraus *Die Moldau*: Mitreißend zeichnen zuerst die Flöten, am Schluss das ganze Orchester den Verlauf des Flusses von seiner Quelle ab nach – vorbei an geschichtsträchtigen Burgen, an einer Bauernhochzeit, einer Jagd und so weiter. Auch Personen oder gar ein Volk konnten von der Musik dargestellt werden: Gerade in der Oper, die jetzt gerne in der Nationalsprache gesungen wurde, bot es sich an, Politisches – meist die Sehnsucht nach Freiheit – auf die Bühne zu bringen. Prominentes Beispiel ist die Oper *Boris Godunow* von Modest Mussorgski, ein »Musikalisches Volksdrama«, wie der Untertitel heißt, und das zu Recht, denn das russische Volk spielt eine Hauptrolle.
Was lag jetzt, zur Zeit der nationalen Bestrebungen, näher, als den Versuch zu machen, eine eigene, nationale Musiksprache zu finden? Traditionelle Instrumente, auch Volkstänze kamen plötzlich zu neuen Ehren und hielten Einzug in die klassische Musik; für jeden

klingt eine **Balalaika** »nach Russland«, ein Dudelsack schottisch und eine Mazurka polnisch. Harmonische Wendungen aus dem Volksliedsatz eines Landes erinnern, in der klassischen Musik verarbeitet, an das jeweilige Land. Allerdings müssen einige Aspekte, wie beispielsweise eine Geschichte oder eine Landschaft, hinzukommen, um eine Musik als »Nationalmusik« zu kennzeichnen. Damit liegt das entscheidende Merkmal der Nationalmusik im Außermusikalischen, eben im »Programm«.

Der Norweger Edvard Grieg (1843–1907) hat ein solches Programm formuliert, das ihn sein Leben lang begleiten und ihn zum wichtigsten Vertreter der norwegischen Nationalmusik machen sollte: Bach und Beethoven, so meinte Grieg sinngemäß, hätten mit ihrer Musik Kirchen und Tempel errichtet. Er hingegen wolle Wohnstätten für die Menschen bauen, in denen sie sich heimisch und glücklich fühlen. Also komponierte Grieg die liebevollen und überraschenden *Lyrischen Stücke* für Klavier, kleine Miniaturen, deren Titel beispielsweise *Norwegischer Bauernmarsch*, *Volksweise* oder *Elfentanz* heißen.

Die nationale Musik hat viel zum kulturellen Selbstverständnis einzelner Völker beigetragen. Ihre besten Werke bereichern die gesamte Musik.

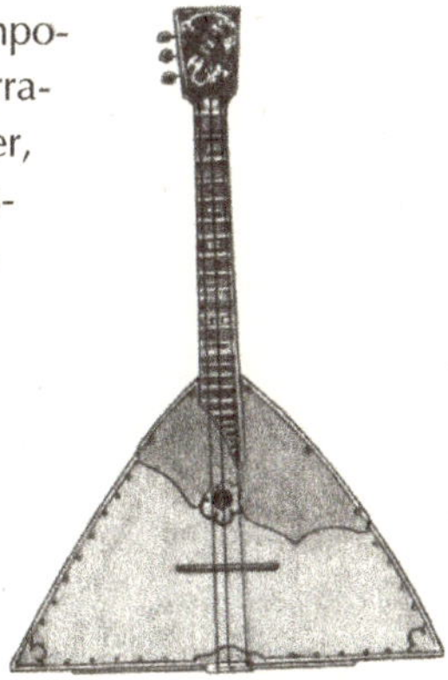

Balalaika

Was ist eine »sinfonische Dichtung«?

Das ist eine meist einsätzige Programm-Komposition für Orchester. Von Liszt gibt es etwa Prometheus, Orpheus, *die* Hunnenschlacht *oder die* Faust-Symphonie in drei Charakterbildern. Les préludes *erlangte eine traurige Berühmtheit als Erkennungsmelodie der nationalsozialistischen Kriegsberichterstattung im Radio.*

Worauf bezieht sich der Titel »Bilder einer Ausstellung«?

Mussorgski hatte die Idee zu dem Klavierzyklus, als er Bilder seines Freundes Viktor Hartmann (1834–1873) betrachtete. Diese »Bilder einer Ausstellung« haben also wirklich existiert.

Was ist eine Balalaika?

Das ist ein Zupfinstrument mit dreieckigem Corpus und einem langen Hals. Heute hat die Balaleika meistens drei Saiten, von denen zwei auf denselben Ton gestimmt sind.

BEMERKENSWERTES

Hauptsache irgendein Programm!

In seinen Lebenserinnerungen berichtet der österreichische Dirigent und Komponist Felix Weingartner (1863–1942) von der misslungenen Aufführung seiner 1. Sinfonie in Buenos Aires 1911. Der argentinische Dirigent wollte zwei Tage später mit dem gleichen Programm nicht noch einmal einen Flopp erleben und setzte Griegs »Peer-Gynt-Suite« aufs Programm – spielte aber trotzdem Weingartners 1. Sinfonie. Die Sätze hießen jetzt »Morgenstimmung«, »Åses Tod« etc. und das Publikum war begeistert!

Erkenntnisreiche Reisen

Welche Erkenntnisse gewann Humboldt?
Humboldt sammelte auf seiner Reise eine Fülle exakter geografischer Daten, darunter Höhenangaben und erdmagnetische Messungen. Darüber hinaus nahm er tausende von wissenschaftlichen Beobachtungen vor und brachte etwa 60.000 Pflanzen mit nach Hause. Der Forscher wurde zum Begründer mehrerer neuer Wissenschaften, so der klimatologischen Geografie, der Meeresphysik und der Pflanzengeografie.

Was fiel Darwin an den Finken auf?
Die von Darwin untersuchten Finken waren zweifellos miteinander verwandt, aber sie unterschieden sich andererseits auch deutlich voneinander. Jede Insel der Galapagos-Gruppe schien mit eigenen Formen ausgestattet zu sein. Dem Forscher drängte sich die Frage auf, ob wirklich eine übernatürliche Schöpfung eine solche erstaunliche Formenvielfalt hervorgebracht haben sollte – oder ob die abgestuften Ähnlichkeiten sich womöglich durch gemeinsame Abstammung von einer einzigen Art erklären ließen.

Das 19. Jahrhundert erlebte eine noch nie da gewesene Fülle von wissenschaftlichen Expeditionen. Eingeleitet wurden sie von Alexander von Humboldt (1769–1859). Der deutsche Naturforscher startete im Juni 1799 zu einer fünfjährigen Expedition nach Lateinamerika. Diese Expedition setzte Maßstäbe, denn noch niemals zuvor hatte ein Forschungsreisender eine derartige Reise sechs Jahre lang vorbereitet und fast 30 Jahre lang ausgewertet. Die **Erkenntnisse** Humboldts waren so vielseitig und neuartig, dass man ihn nicht nur den »zweiten Entdecker der neuen Welt«, sondern sogar den einflussreichsten Naturforscher des 19. Jahrhunderts nannte. Alexander von Humboldt gilt als Begründer der modernen Geografie.

Noch folgenreicher freilich waren die Ergebnisse der fünfjährigen Seereise von Charles Darwin (1809–1882). Sie führte den damals erst 22 Jahre alten englischen Studenten u. a. auf die Galapagosinseln. Die dort von ihm untersuchten Finken, heute auch **Darwin-Finken** genannt, regten den jungen Naturforscher an, über die Entstehung der Arten nachzudenken. Darwins beharrliches Sammeln von Informationen zu diesem Thema in den folgenden Jahren ließen ihn zu der Überzeugung gelangen, dass sich die heute lebenden Formen der Tier- und Pflanzenwelt über sehr lange Zeiträume hinweg aus einfacheren Formen entwickelt haben.

Seine ersten Gedanken über die Abstammung äußerte der Forscher 1844. Doch in den darauf folgenden zehn Jahren gelang ihm keine endgültige Darstellung seiner Theorie. Erst 1859, nachdem mit Alfred Russell Wallace (1823–1913) ein weiterer englischer Naturforscher unabhängig von Darwin auf ähnliche Gedanken gekommen war, brachte er sein berühmtes Buch *Die Entstehung der Arten durch natürliche Zuchtwahl*

Darwin-Finken

heraus. Ihn ihm erklärte er, auf welche Weise die Evolution vor sich ging: Durch »Überleben des Tüchtigsten« im täglichen »Kampf ums Dasein«. Darwin erkannte, dass die Individuen mit den meisten nützlichen Eigenschaften gegenüber den anderen im Vorteil sind und die meisten Nachkommen hervorbringen. Diese Auslese der begünstigten Lebewesen habe schließlich die Evolution von den primitivsten Lebewesen bis zum Menschen bewirkt.

Darwins Abstammungslehre wurde heftig angegriffen, da sie der christlichen Schöpfungslehre widersprach. Aber es gab auch Befürworter wie den deutschen Zoologen und Naturphilosophen Ernst Haeckel (1834–1919). Der Professor an der Universität Jena ging schon 1868 weiter als Darwin, indem er aus der Evolutionstheorie die Abstammung des Menschen von affenähnlichen Ahnen herleitete. Nun gab auch Darwin seine anfängliche Zurückhaltung auf und veröffentlichte 1871 seine Schrift *Die Abstammung des Menschen und die geschlechtliche Zuchtwahl.* Von vielen Gelehrten wurde die Evolutionstheorie als »Affentheorie« verunglimpft.

Eine Frage konnte Darwin allerdings nicht beantworten: Wie vererben sich Merkmale, die das Überleben einer Art sichern? In diese Lücke stieß der österreichische Mönch und Botaniker **Gregor Mendel** (1822–1884). In langjährigen Kreuzungsversuchen an verschiedenen Erbsen- und Bohnensorten entdeckte er die grundlegenden Gesetzmäßigkeiten der Vererbung, die mendelschen Gesetze. Sie sind – von wenigen Ausnahmen abgesehen – bis heute gültig. Mendel begründete mit seinen Versuchen unwissentlich die Vererbungslehre, später Genetik genannt.

Was entdeckte Mendel?

Mendel fand heraus, dass bestimmte Merkmale der Pflanzen – beispielsweise die Blütenfarbe – von zwei Erbfaktoren (oder Anlagen) bestimmt werden. Von jedem Elternteil stammt eine dieser Erbanlagen. Kreuzt man rot blühende mit weiß blühenden Pflanzen, entstehen nur Nachkommen mit roter Blüte. Diese Erbanlage ist dominant (vorherrschend). Dennoch besitzen diese Pflanzen auch eine »stumme« Erbanlage für weiße Blüten von ihrem weiß blühenden Elternteil. Kreuzt man diese Folgegeneration untereinander, können Pflanzen entstehen, die von ihren Eltern je eine Erbanlage für weiße Blüten erhalten. Das rezessive (unterdrückte) Merkmal »weiß blühend« ist nun reinerbig vorhanden und die Pflanze besitzt deshalb weiße Blüten.

BEMERKENSWERTES

Glückliche Wendung

Bevor Darwin ein berühmter Naturforscher wurde, hatte er Medizin studiert – erfolglos, weil lustlos. »Du interessierst dich für nichts als Jagen, Hunderennen und Rattenhetzen«, soll sein Vater geklagt haben. »Du wirst dir und der ganzen Familie nur Schande machen.« Als Darwin während seines folgenden Theologiestudiums für die Expedition ausgewählt wurde, wollte ihn sein Vater nicht reisen lassen. Erst auf Drängen zweier Professoren willigte er ein – und eröffnete seinem Sohn den Weg zu großem Ruhm.

Die zweite wissenschaftliche Revolution

Was heißt Elektrizität?
Elektrizität ist ein Grundphänomen der Natur. Es beruht auf der Anziehung bzw. Abstoßung elektrisch geladener Teilchen. Schon den alten Griechen war bekannt, dass Bernstein, wenn man ihn mit Tüchern reibt, leichte Körper anzieht. Um 1600 wurde die Reibungselektrizität auch bei anderen Stoffen entdeckt.

Was beeinflusste die Entwicklung der Optik?
Lange Zeit blieb die Frage nach der Natur des Lichts ungeklärt. Während Isaac Newton das Licht als einen Strom von kleinsten Teilchen sah, kam der Niederländer Christiaan Huygens (1629–1695) zu dem Schluss, dass sich Licht als eine Welle ausbreitet. Diese Erklärung fand aber erst im 19. Jahrhundert die ihr gebührende Anerkennung. Man fand heraus: Licht ist eine elektromagnetische Welle (James Clerk Maxwell, 1831–1879), und die verschiedenen Farben entsprechen unterschiedlichen Wellenlängen.

Gegen Ende des 18. und zu Beginn des 19. Jahrhunderts erlebten die Naturwissenschaften einen neuen, durchgreifenden Aufschwung. Ursache waren unter anderem die von der industriellen Revolution ausgelösten gesellschaftlichen Entwicklungen. Sie stellten besonders an die Physik eine Fülle direkter und indirekter Anforderungen.

Den Wandel der Naturwissenschaften kennzeichnen zwei wesentliche Strömungen: zum einen die Mathematisierung, zum anderen die Vereinheitlichung der klassischen (u. a. Astronomie, Medizin) mit den auf Francis Bacon zurückgehenden Naturwissenschaften (u.a. Elektrizität, Magnetismus). Als Folge begann sich immer deutlicher das Bild einer in sich geschlossenen, naturwissenschaftlichen Weltanschauung abzuzeichnen.

Ein wichtiger Bestandteil der zweiten wissenschaftlichen Revolution war die Entwicklung der **Elektrizitätslehre** und ihre Verzweigungen in die Bereiche des Magnetismus und der Chemie. Die Entdeckung des elektrischen Stroms wird häufig mit dem Italiener Luigi Galvani (1737–1798) in Verbindung gebracht. Der Anatomieprofessor beobachtete Zuckungen an Froschschenkeln, wenn die Muskeln mit zwei verschiedenen Metallen in Berührung kamen. Galvani glaubte einer »tierischen Elektrizität« auf die Spur gekommen zu sein, die »Lebenskraft« bewirke – zu Unrecht.

Alessandro Volta (1745–1827), ein wissenschaftlicher Rivale Galvanis, beschäftigte sich ebenfalls mit dem Phänomen der Elektrizität. Auch er vermochte elektrische Wirkungen zu erzielen – ohne Froschschenkel, nur mit verschiedenartigen Metallplatten. Später fand er heraus, dass sich die elektrischen Wirkungen beträchtlich verstärken lassen, wenn zwischen verschiedene Metalle verdünnte Säure eingebracht wird: Volta baute mit der »voltaischen Säule« die erste Batterie.

Alessandro Volta

Die chemischen Wirkungen des elektrischen Stroms wurden auch von dem Engländer Humphry

Davy (1878–1829) erforscht. Der Chemiker beobachtete die Freisetzung von Sauerstoff und Wasserstoff, nachdem er die Drähte einer voltaischen Säule in angesäuertes Wasser getaucht hatte. Mithilfe des elektrischen Stroms entdeckte er später neue chemische Elemente wie Natrium, Kalium, Barium, Magnesium und Kalzium. 1813 erzeugte er mit einer aus 1.000 Elementen bestehenden Riesenbatterie erstmals einen andauernden elektrischen Lichtbogen.
Den schon länger vermuteten Zusammenhang von Elektrizität und Magnetismus wies 1820 erstmals der Däne Hans Christian Oersted (1777–1851) nach. Dem Briten Michael Faraday (1791–1867) gelang es schließlich, Magnetismus in Elektrizität zu verwandeln: Der Generator, der Stromerzeuger, war erfunden.
Wesentlicher Bestandteil der zweiten wissenschaftlichen Revolution war neben Entwicklungen auf dem Gebiet der **Optik** auch das Studium der Wärme. In der ersten Hälfte des 19. Jahrhunderts vertraten immer mehr Wissenschaftler die Ansicht, dass die Kräfte der Natur – Wärme, Licht, Elektrizität und Bewegung – ineinander umwandelbar seien. Es dauerte nicht mehr lange, und das Erste Gesetz der Thermodynamik (griech. *therme* = »Wärme«; *dynamis* = »Kraft«) war gefunden, der **Energieerhaltungssatz.**
Die Thermodynamik war neben der Evolutionstheorie die zweite im 19. Jahrhundert entstandene Wissenschaftsdisziplin, die den Blick der Menschen auf die Natur von Grund auf veränderten.

Was besagt der Energieerhaltungssatz?
In der Physik ist Energie die Fähigkeit, Arbeit zu verrichten. Energie kann man weder herstellen noch vernichten. Man kann lediglich verschiedene Energieformen ineinander umwandeln. Beispielsweise wird in der altbekannten Dampflok die in der Kohle gebundene chemische Energie freigesetzt und in Wärme, Licht und mechanische Bewegung umgesetzt. Man unterscheidet sechs Formen der Energie: mechanische, elektrische, chemische, Wärme-, Strahlungs- und Kernenergie.

BEMERKENSWERTES

Forschende Firmen

Bis weit in die Mitte des 19. Jahrhunderts hinein wurde naturwissenschaftliche Forschungstätigkeit in erster Linie von Einzelpersonen in privaten Laboratorien oder in Universitäten, häufig auch in Sternwarten ausgeübt. Dann aber stieg die Industrie in die Forschung ein: Sie stellte bedeutende finanzielle Mittel bereit, richtete Forschungslaboratorien ein und nahm nicht selten ganze Gruppen von Wissenschaftlern unter Vertrag – um wissenschaftlichen Vorlauf und somit effektivere Produktionsmethoden für ihre Produkte zu schaffen.

»Strahlende Jahrhundertwende«

Wie kam Dalton zu seiner Hypothese?
Beim Vergleich vieler chemischer Reaktionen erkannte der Wissenschaftler, dass die chemischen Elemente nur in bestimmten Gewichtsverhältnissen miteinander reagierten. So vereinigten sich – nach seinen noch ungenauen Messungen – Wasserstoff und Sauerstoff im Verhältnis 1:7 miteinander. Das erklärte er sich dadurch, dass alle Materie aus Atomen aufgebaut ist. Jedes Element besteht dabei aus einer eigenen Art von Atomen und alle Atome eines Elements sind genau gleich. Die Atome der verschiedenen Elemente unterscheiden sich hingegen in ihrer Masse.

Woher kommen die Namen der Elemente?
Viele Elemente tragen die Namen ihrer Entdecker, andere haben griechische oder lateinische Bezeichnungen. Manche heißen auch nach dem Ort, an dem man sie zum ersten Mal fand. Bereits 1813 hatte der schwedische Chemiker Jöns Berzelius (1779–1848) ein einfaches Begriffssystem für die Elemente eingeführt, das noch heute gebraucht wird. Danach wird jedes chemische Element mit

In der zweiten Hälfte des 19. Jahrhunderts gelangen den Naturwissenschaftlern nicht nur entscheidende Einsichten und Entwicklungen; auf einigen Gebieten kam es auch zu revolutionären Umgestaltungen. So ging die Wissenserweiterung in der Chemie mit der Neufassung theoretischer Grundbegriffe wie Atom oder Molekül einher. Auch wurden erste wissenschaftlich begründete Atommodelle aufgestellt.

Ihren Anfang nahm die moderne Atomtheorie mit den Untersuchungen des englischen Naturforschers John Dalton (1766-1844). 1808 formulierte er die **Hypothese,** dass die chemischen Elemente nicht endlos teilbar sind, sondern aus kleinsten, chemisch nicht weiter zerlegbaren Teilchen bestehen, so genannten Atomen (griech. *atomos* = »unteilbar«). Dieser Begriff geht auf den griechischen Philosophen Leukipp und seinen Schüler Demokrit (ca. 460–370 v. Chr.) zurück. In einer chemischen Reaktion können die Atome verschiedener Elemente zu Verbindungen verknüpft werden. Diese Verbindungen lassen sich aber umgekehrt auch wieder in ihre Elemente zerlegen. Daltons Atomtheorie war ein riesiger Schritt für die Naturwissenschaften. Obwohl man sie nicht gleich überall akzeptierte, wurde sie doch schon bald zu einem grundlegenden Bestandteil der damaligen Chemie.

Mitte des 19. Jahrhunderts erkannten die Wissenschaftler, dass sich manche Elemente wegen ihrer ähnlichen chemischen und physikalischen Eigenschaften in Gruppen zusammenfassen lassen. Nach Vorarbeiten des deutschen Chemikers Johann Wolfgang Döbereiner (1780–1849) legten 1869 der russische Chemiker Dmitri Mendelejew (1834–1907) und der Deutsche Lothar Meyer (1830–1895) unabhängig voneinander im Prinzip nahezu identische natürliche Systeme der chemischen Elemente vor. Die Tabelle, in der sie die damals bekannten **Elemente** entsprechend ihren Massen und chemischen Eigenschaften auflisteten, nennt man das Periodensystem der Elemente. Es ist heute noch gültig. Mendelejew gelangen in seiner Tabelle beachtliche **Voraussagen.**

Die Systeme von Mendelejew und Meyer ließen eine Gesetzmäßigkeit erkennen, die ihre Ursache in der Struktur der Materie haben musste. Sie ließ vermuten, dass die Atome der Elemente nicht unteilbar, sondern aus noch kleineren Teilchen aufgebaut sind. 1897 entdeckte der britische Physiker Joseph J. Thomson (1856–1940) negativ geladene Teilchen als einen Bestandteil der Atome aller Stoffe. Die »Elektronen«, wie man sie später nannte, waren etwa 2.000-mal kleiner als das kleinste bekannte Atom. Der »Weltbaustein« Atom bestand tatsächlich selbst aus noch kleineren Teilchen – eine fundamentale Erkenntnis.

Das für die Naturwissenschaften so unruhige 19. Jahrhundert verabschiedete sich »strahlend«. Zum einen kam der Würzburger Physiker Wilhelm Conrad Röntgen (1845–1923) zufällig den »X-Strahlen« auf die Spur. Wir kennen sie heute unter dem Namen »Röntgenstrahlen«. Röntgenstrahlung, sichtbares Licht, Mikrowellen und Radiowellen sind miteinander verwandt; sie alle sind elektromagnetische Wellen. Wenig später fand der französische Forscher Antoine-Henri Becquerel (1852–1908) heraus, dass Uranerz auf unbelichteten Fotoplatten Schwärzungen hervorruft. Hier knüpfte das französische Physiker-Ehepaar Marie (1867–1934) und Pierre Curie (1859–1906) an. 1898 isolierten sie aus Uranpechblende zwei neue, stärker strahlende Elemente: Polonium und Radium.

Sie bezeichneten den neuen Effekt als Radioaktivität, das heißt so viel wie Strahlungsaktivität.

1903 erhielten die Curies gemeinsam mit Becquerel den Nobelpreis für Physik für ihre Forschungsarbeit.

Wilhelm Conrad Röntgen

einem Symbol benannt, das immer aus dem ersten Buchstaben seines lateinischen Namens besteht. Haben zwei Elemente denselben Anfangsbuchstaben, so fügt man einen zweiten Buchstaben hinzu.

Was sagte Mendelejew voraus?

Der Wissenschaftler hatte erkannt, dass die Eigenschaften der chemischen Elemente in einer periodischen Abhängigkeit von ihrem Atomgewicht stehen. In seinem Periodensystem ließ er neben den Elementen Bor, Aluminium und Silizium Lücken für noch unbekannte Elemente, deren wesentliche physikalische und chemische Eigenschaften er voraussagte. 1875, 1879 und 1886 wurden diese Elemente – man nannte sie später Gallium, Scandium und Germanium – tatsächlich entdeckt. Ihre Werte stimmten weitgehend mit den vorausgesagten überein.

BEMERKENSWERTES

»Entlarvende« X-Strahlen?

Bereits 1896, nur wenige Monate nach der Entdeckung der X-Strahlen, verschickte Conrad Röntgen fotografische Aufnahmen mit Röntgenstrahlen. Sie gaben u. a. die Handknochen seiner Frau wieder. Das sorgte für Aufregung und Missverständnisse. Sie führten u. a. auch dazu, dass schon wenig später eine geschäftstüchtige Londoner Firma verunsicherten Kunden eine »X-Strahlen-sichere Unterwäsche« zum Kauf anbot.

20. Jahrhundert

Das 20. Jahrhundert

Den Zweifel an unvergänglichen Wahrheiten, der sich aus dem Entwicklungsgedanken ergab, übertrug gegen Ende des 19. Jahrhunderts der Philosoph Friedrich Nietzsche auch auf die Wissenschaft. Seine vernichtende Kritik an Wissenschaftsgläubigkeit und Fortschrittsoptimismus lehnte jede Gewissheit, jede Wahrheit und jeden Glauben ab. Den Nihilismus (von lateinisch nihil) suchten andere Philosophen zu umgehen, indem sie den Sinn des Lebens im Erleben des Lebens sahen (Lebensphilosophie). Der Existenzialismus (Heidegger) erblickte den Sinn des Lebens darin, dass der Mensch sein Wesen in mühevoller Arbeit selbst finden und sein Da-sein mitten im Nichts in Würde gestalten solle.
Man muss diese Ideen vor dem Hintergrund der Katastrophen der ersten Hälfte des 20. Jahrhunderts sehen. Dabei ist die Frage schwer zu beantworten, inwieweit sie zu diesen beitrugen oder nur ihr geistiger Spiegel waren. Jedenfalls warfen schon der Zusammenbruch des europäischen Staatensystems im Ersten Weltkrieg und das Massensterben auf den Schlachtfeldern die Frage nach der Sinnhaftigkeit menschlichen Tuns auf.

Seine Wurzeln hatte dieser Krieg in nationalistischen Unabhängigkeitsbestrebungen, welche das habsburgische Vielvölkerreich auf dem Balkan sprengten. Dies wurde verstärkt durch den Anspruch Russlands, Sachwalter aller Slawen zu sein (Panslawismus). Hinzu kam, dass Deutschland von Bismarcks Gleichgewichtspolitik abließ und nach einer Rolle als Weltmacht strebte. Dem standen entgegen der Ehrgeiz Englands, einzige Weltmacht zu bleiben, und der Wunsch Frankreichs nach Rache für die Niederlage von 1870/71 und den Verlust des Elsass. Der erste »totale« Krieg der Geschichte zerstörte die Welt des 19. Jahrhunderts und beendete die Vorherrschaft Europas in der Welt. New York wurde an Stelle von London der wichtigste Finanzplatz der Welt.
Die einzige neue Weltmacht waren zunächst die USA, denn Russland wurde von der 1917 ausgebrochenen Revolution zerrissen. Hier fand die marxistische Ideologie mit Lenin ihre erstmalige praktische Anwendung. Auf einen mit größter Grausamkeit geführten Bürgerkrieg folgten brutale Säuberungen der Bevölkerung von »Klassenfeinden«. Die so genannte Diktatur des Proletariats, der Arbeiter und Bauern, mündete unter Stalin in einen Führerkult. Die Verstaatlichung des Privateigentums, rücksichtslose Industrialisierung, Hungersnöte und die Ermordung von wenigstens 20 Millionen Menschen waren nicht zuletzt Stalins Werk. All dies verhinderte bemerkenswerterweise nicht, dass eine solche Würde und Wert des Einzelmenschen verneinende Revolution in der ganzen Welt Bewunderer fand.

In der westlichen Welt war der Faschismus eine Antwort auf diese Ereignisse. Er verbreitete sich von Italien aus rasch über ganz Europa. Auch er trug totalitäre Züge und wies viele Ähnlichkeiten zum Sozialismus auf. Die faschistische Bewegung wollte ihre Ziele ebenfalls mit mitleidloser Brutalität erreichen. Ihre gesellschaftlichen Wurzeln waren der Erste Weltkrieg und die Wirtschaftskrisen der 1920er und 1930er Jahre. Der Faschismus war antikirchlich, antiliberal, antidemokratisch, antikapitalistisch und sozialrevolutionär. Ein begnadeter Führer (Mussolini, Franco, Hitler) an der Spitze einer Massenpartei mit uniformierter Parteiarmee sollte nicht den Sieg einer bestimmten Klasse, sondern einer Rasse bzw. eines bestimmten Volkes herbeiführen. Der italienische Faschismus wollte das römische Weltreich neu begründen, der Nationalsozialismus die germanische Rasse bzw. das rassisch definierte deutsche Volk zur Weltherrschaft führen. Die antisemitische Ideologie betrachtete die Juden als minderwertige, aber gefährliche Rasse. Sie galten als kapitalistische Ausbeuter und kommunistische Revolutionäre zugleich.

Straßenschlachten und Bürgerkriege zwischen Kommunisten und Faschisten erschütterten Europa. Die Weltwirtschaftskrise schien zu zeigen, dass der liberale Kapitalismus und die Demokratie in einer Sackgasse gelandet waren. Die Sowjetunion und das faschistische Italien schienen hingegen von dieser Krise nicht berührt und gewannen dadurch an Attraktivität. In den USA löste Roosevelts New Deal das Problem mit staatlichen Großaufträgen und Arbeitslosenversicherung. In Deutschland war der demokratische Neubeginn von vorneherein belastet durch die Kapitulation von 1918, die als Demütigung empfundenen Bedingungen des Versailler Friedensvertrags und die hohen Reparationsforderungen. Das war der Nährboden für den Aufstieg und die Machtergreifung Hitlers und der nationalsozialistischen Partei. Der auf Kriegsrüstung gestützte wirtschaftliche Aufschwung festigte die nationalsozialistische Diktatur und ermöglichte ihr einen Rassen- und Vernichtungskrieg. Die gewaltigen Zerstörungen des Zweiten Weltkriegs brachten Europa an den Rand des Abgrunds. Nicht nur Deutschland, auch Frankreich und England waren bei Kriegsende finanziell ausgeblutet. Die Sowjetunion wurde neben den USA die zweite Weltmacht.

Die totalitären Regime bekämpften auch die vielfältigen Entwicklungen in Kunst, Architektur, Musik und Literatur der ersten Hälfte des 20. Jahrhunderts. Um 1900 bezauberte der Jugendstil mit seiner Pflanzenornamentik und geschwungenen Linien. Das Bauhaus hingegen bevorzugte streng geometrische Formen und Zweckmäßigkeit sowie als Materialien Stahl, Glas, Beton und Aluminium. In der Malerei verwendete der Expressionismus naturwidrige Farben, stellte Gegenstände aus mehreren Perspektiven zugleich dar oder zerlegte im Kubismus das Dargestellte in seine Einzelteile, um diese dann ganz neu zusammenzusetzen (Picasso). Der Surrealismus wollte das Unbewusste, die Traumwelt abbilden, der Dadaismus mit Sinnlosem die Sinnlosigkeit des Weltgeschehens. Diese gegenstandslose, gesellschaftskritische Kunst wurde von den Nationalsozialisten, aber auch in der Sowjetunion ebenso unterdrückt wie entsprechende Tendenzen in der Musik. Auch hier gab es einen Impressionismus, der Stimmungen hervorrufen wollte; einen Expressionismus, der das Innere, Unbewusste des Menschen durch unregelmäßige, atonale Musik auszudrücken versuchte (Schönberg). Gemeinsam war ihnen, dass die »alte« Tonsprache als nicht mehr brauchbar galt. Hingegen versuchte die neoklassizistische Musik (Strawinsky), in Anknüpfung an ältere Musiktraditionen wieder hell und klar mit melodischen Linien zu komponieren. Die (national-)sozialistische Kunst, Architektur und Musik zielte hingegen auf so genannte Volksverbundenheit, die Verherrlichung des kämpferischen Helden im Krieg und bei der Arbeit und auf eine monumentale Herrschaftsarchitektur.

Die nationalsozialistische Bücherverbrennung richtete sich gegen eine Literatur, welche eher weltverneinend war. Die Schriftsteller der ersten Hälfte des 20. Jahrhunderts schilderten die Absurdität des Geschehens in Romanen und Erzählungen (Franz Kafka), die Anonymität des Menschen (Robert Musil), seine Irrungen und Wirrungen (James Joyce, Marcel Proust), Pflichterfüllung in der Sinnlosigkeit des Lebens (Albert Camus), den Niedergang des Bürgertums sowie Verfall, Krankheit und Tod (Thomas Mann), die Ungerechtigkeiten der Gesellschaft der Weimarer Republik (Alfred Döblin, Bertolt Brecht), den Zwiespalt von Lebenslust und Lebensangst (Ernest Hemingway).

In den Naturwissenschaften machte vor allem die Physik einen gewaltigen Sprung nach vorn. Die Quantenphysik (Max Planck) zeigte die Energieübertragung in Form kleiner Energiepakete auf. Einstein entdeckte den fotoelektrischen Effekt und entschlüsselte mit der Relativitätstheorie Geheimnisse des Universums. Der Zweite Weltkrieg entschied das Rennen um die Beherrschung der Atomtechnologie. Die Entdeckung, dass der natürliche Zerfall von Atomkernen eine Strahlung und hohe Energie freisetzt, führte zum künstlichen Auslösen des radioaktiven Zerfalls. Damit war der Weg frei für Atomwaffen und Kernkraftwerke.

Auf den Zweiten Weltkrieg folgte der Kalte Krieg, der ein Kampf zwischen zwei Weltanschauungen, Gesellschaftssystemen und Kulturen war, nämlich zwischen Sozialismus und liberaler Demokratie. Krisen um Berlin, Korea und Kuba sowie das atomare Wettrüsten hielten die Welt in Atem. Die USA hatten mit Marshallplan und NATO finanzielle Voraussetzungen für das Wiederaufleben von Marktwirtschaft und Demokratie sowie für eine amerikanische Führungsstellung in Westeuropa geschaffen. Die Sowjetunion errichtete in Osteuropa mit sozialistischen Diktaturen und Planwirtschaft eine auf Panzer gestützte Herrschaft. Der Niedergang Europas und das Eindringen nationalistischer und marxistischer Ideologien in der Dritten Welt führte zum Verschwinden der Kolonialherrschaft. Der französische Indochina- und der Algerien-Krieg, die Aufgabe Indiens und Palästinas seitens der Briten, schließlich die Entkolonialisierung Afrikas schufen zahlreiche neue souveräne Staaten, die oft mit großen Problemen zu kämpfen haben. Willkürliche Grenzziehungen, Stammeskonflikte sowie geschichtlich gewachsene Denkweisen führen bis heute zu immer neuen Kriegen, Völkermord und Massenelend. Der Versuch des Westens, die Ausbreitung sozialistischer Systeme einzudämmen, waren zunächst nur in Europa erfolgreich. In Asien scheiterten die USA im Vietnamkrieg. In China war dem Sturz des Kaisertums im Jahr 1912 der Bürgerkrieg der Jahre 1946–1949 gefolgt, in dem die Kommunisten unter Führung Mao Tsetungs siegten.

Eine in Wohlstand, Freiheit und bürgerlicher Werteordnung aufgewachsene Generation im Westen wurde des Konsums und der Enge der bürgerlichen Welt überdrüssig und versuchte sich seit der zweiten Hälfte der 1960er Jahre in neuen Lebensformen: Sexuelle Freizügigkeit, Verzicht auf Hygiene sowie Ablehnung der Familie, der liberalen Demokratie und der Marktwirtschaft – dies waren die Anliegen der Hippie-Bewegung und der antiamerikanisch und marxistisch geprägten außerparlamentarischen Opposition. Sie hatte ihren Höhepunkt in den Protesten gegen den Vietnamkrieg. Die neuen Lebensformen zeigen sich auch in der Kunst. Auf die in den 1950er Jahren entstandene Pop-Art (Andy Warhol), die sich kritisch mit der Konsumwelt und dem Verschwinden menschlicher Individualität auseinander setzte, folgte die so genannte postmoderne Kunst. Sie unterwirft sich gar keinen festen Regeln mehr und wählt ihre Materialien nach Gutdünken aus: Filz, Fett, Erde, Sand, Stroh, Haare, Metallschrott. In der Architektur spiegelt der brutale Betonstil der 1950er Jahre auch die Notwendigkeit raschen Wiederaufbaus. Heute lassen Leichtbauweise, Aluminium, Glas und die Wiederentdeckung der Formenvielfalt ästhetischem Empfinden wieder mehr Raum. In der Musik folgten aufeinander die elektronische Musik des Serialismus und der Fluxus, welcher Klavierkonzerte ohne Klavier, nur mit Geräuschen des Publikums veranstaltete. Hingegen wendet sich die Zwölftonmusik gegen solche totale Freiheit. Auf eine Stabilisierung der Musik zielt auch die »Neue Einfachheit«, die mit Konsonanzen und dem Rückgriff auf die Tradition wieder hörerfreundlich sein will.

In den letzten 15 Jahren des 20. Jahrhunderts erfolgte eine polititsche Neuordnung Europas. Der Marxismus erwies sich in der praktischen Politik als untauglich und der Zusammenbruch des Sozialismus im Jahr 1989 war eine Folge der Unbeweglichkeit der Planwirtschaft, dem Wettrüsten mit den USA und der oppositionellen Bewegungen in einigen osteuropäischen Ländern wie Polen. Die Entspannungspolitik der 1970er und 1980er Jahre trug wohl dazu bei, dass erstmals eine Weltmacht ohne Krieg abdankte.
Die Auflösung des Sowjetimperiums und das Ende der Spaltung Europas mit der deutschen Wiedervereinigung schienen alle wesentlichen Probleme dieser Welt gelöst zu haben. Doch spätestens das Attentat auf das World Trade Center in New York am 11.9.2001 zeigte, dass dies eine Illusion war. Der seit dem Ende der 1970er Jahre zunehmend aggressiv auftretende Islam scheint eine ernsthafte Bedrohung darzustellen. Große Teile der islamischen Welt betrachten sich als Verlierer der so genannten Globalisierung. Die mit diesem Begriff bezeichnete enge Verflechtung der nationalen Wirtschaftssysteme wird am besten sichtbar an den Börsen und den weltweit agierenden Firmen. Die islamischen Länder des Vorderen Orients haben dem außer dem Rohstoff Öl wenig entgegenzusetzen. Sie befürchten zudem von der westlichen Kultur überrollt zu werden. Dem Westen drohen seinerseits auf Grund des Gefälles in Lebensstandard und Löhnen die Verlagerung der Industrieproduktion in Billiglohnländer, der Verlust von Arbeitsplätzen und ein Zusammenbruch der Sozialsysteme.

Das Ende des 20. Jahrhunderts steht neuen Herausforderungen durch die Naturwissenschaften gegenüber. Auf das industrielle ist das biotechnologische Zeitalter gefolgt. Mit der Entdeckung der Träger des Erbgutes (Genetik) scheint die gezielte Veränderung auch menschlicher Erbanlagen möglich. Die seit der Aufklärung mit recht grauenhaften Folgen erhobene Forderung nach Schaffung eines »neuen Menschen« scheint in Gestalt der Genmanipulation wieder aufzuleben. Die Experimente der Vergangenheit versprechen nichts Gutes.

Der Erste Weltkrieg und das Ende der bürgerlichen Ära

Was stand im Schlieffenplan?
Schlieffens Ziel war ein Zwei-Fronten-Krieg gegen Frankreich und Russland. Im Westen sollten die Deutschen das französische Heer vom Meer abschneiden und rasch besiegen. Ein Hauptproblem des Schlieffenplans war, dass zu diesem Zweck auch das neutrale Belgien besetzt werden musste, was automatisch Großbritannien in den Krieg gegen Deutschland zwang.

Zu Beginn des Jahres 1914 war jedem klar, dass ein großer Krieg unmittelbar bevorstand. Das Mächtesystem, das Bismarck, Cavour und die Briten seit 1871 errichtet hatten, hatte zwar allen Unkenrufen zum Trotz 40 Jahre lang den Frieden gesichert, aber schon seit Mitte der 1880er Jahre war es mit unschöner Regelmäßigkeit zu Krisen zwischen den Großmächten gekommen. Später hatte es auf dem Balkan mehrere Kriege gegeben, in deren Verlauf sich bereits andeutete, wie schwer wiegend die politischen Spannungen auf dem alten Kontinent lasteten. Ein Hauptproblem war Deutschland. Das von Preußen dominierte Kaiserreich war zu groß für Europa und zu klein für die Welt. Es war ein nach innen und außen äußerst unsicherer Staat, eine nervöse Großmacht, wie ein Historiker einmal gesagt hat. Außenpolitisch strebten die Herrschenden in Berlin nach mehr Macht. Gerade der unsichere junge Kaiser Wilhelm II. (1888–1918) wollte die Gleichgewichtspolitik Bismarcks aufgeben und sein Reich auf eine Stufe mit der Weltmacht Großbritannien stellen. Dies führte zu Reaktionen. Großbritannien fühlte sich herausgefordert und verbündete sich mit seinen alten Rivalen Frankreich und Russland. Den Deutschen blieben als Verbündete nur noch das unsichere Österreich-Ungarn und das stark angeschlagene Osmanische Reich. In dieser Situation fielen im Juni 1914 in Sarajewo die tödlichen Schüsse auf den österreichischen Thronfolger Franz Ferdinand und seine Frau. Das Attentat auf Franz Ferdinand war jedoch nur der äußere Anlass für den Ausbruch des Ersten Weltkriegs. Der preußische Generalfeldmarschall Alfred von Schlieffen (1833–1913) hatte schon lange einen **Plan** ausgearbeitet, der dann im Herbst 1914 ohne Rücksicht auf die politische Lage ausgeführt wurde. Der große Krieg kam, weil vor allem Deutschland keine der Möglichkeiten zum Frieden ergriff.

Der Erste Weltkrieg (1914–1918) wurde zum ersten totalen Krieg der Geschichte. Tag um Tag stürmten Millionenheere gegen Stacheldrahtverhaue und Schützengräben an. Wochenlang beschoss man sich gegenseitig. Derartige Verluste hatte es noch in keinem Krieg gegeben. Für wenige Meter Geländegewinn starben oft tausende von Menschen. Kurz vor Kriegsende kam dann noch die Spanische Grippe hinzu, die 1918 annähernd 20 Millionen Todesopfer forderte.

Am Ende stand die völlige Zerstörung der Welt des 19. Jahrhunderts. Die europäischen Mächte hatten sich gegenseitig so zerfleischt, dass das Ende der europäischen Vorherrschaft in der Welt absehbar geworden war. In Deutschland, Österreich-Ungarn und dem Osmanischen Reich, aber auch in Russland waren die Monarchien gestürzt und die Vielvölkerreiche zerstört worden. 1917 waren zudem die USA in den Krieg eingetreten. New York löste London als wichtigsten Finanzplatz der Erde ab. Das britische Weltreich wankte und wirkte auf seine indischen und afrikanischen Untertanen ebenso nachhaltig geschwächt wie das französische Kolonialreich. Immerhin hatten die Kolonialvölker am Krieg teilgenommen. Nun forderten sie ihren Anteil am Frieden.

Dieser Friede aber war bereits der Auftakt zum nächsten Krieg. Die öffentliche Meinung in den siegreichen Demokratien wollte Rache und keine diplomatische Meisterleistung. Daher wurden den besiegten Staaten, vor allem Deutschland, in den **Pariser Vorortverträgen** harte Bedingungen auferlegt. Ein besonderes Problem des Friedensvertrags waren die Reparationen. Deutschland verpflichtete sich seine alleinige Schuld am Krieg anzuerkennen und dafür den Siegermächten Entschädigungen in gewaltiger Höhe zu zahlen. In Deutschland führte dies zu hitzigen Reaktionen. Als die deutsche Republik ab 1930 in die Krise geriet, standen jene Kräfte schon bereit, die die Ergebnisse des Ersten Weltkrieges rückgängig machen wollten.

Was waren die Pariser Vorortverträge?

1918 und 1919 verhandelten die Siegermächte des Ersten Weltkrieges unter der Führung der USA, Großbritanniens und Frankreichs mit den besiegten Staaten in unterschiedlichen Vororten von Paris. Mit den Deutschen wurde in Versailles verhandelt, weswegen man in Deutschland immer vom Versailler Vertrag spricht. Deutschland sollte auf absehbare Zeit geschwächt werden, um Frankreichs Lage sicherer zu machen. Dennoch gelang es nicht auf Dauer, die Wiederaufrüstung Deutschlands zu verhindern.

BEMERKENSWERTES

Der totale Krieg

Das Wort stammt aus der Militärwissenschaft und meint einen modernen Krieg, in dem sämtliche zur Verfügung stehenden Möglichkeiten aus der Wirtschaft und der Bevölkerung genutzt werden. Im totalen Krieg soll der Gegner nicht nur besiegt, sondern vollkommen vernichtet werden. Angesichts der unglaublich hohen Verluste im Ersten Weltkrieg sprach man schon in den 1920er Jahren von einem totalen Krieg. Die Nationalsozialisten planten den Zweiten Weltkrieg von Beginn an in diesem Sinn. Heute sagt eine Mehrheit der Forscher, dass es den totalen Krieg nicht gibt, wohl aber Kriege, die ihm nahe kommen.

Die Russische Revolution und der Stalinismus

Was heißt Bolschewisten (oder Bolschewiki)?
Das bedeutet wörtlich »Mehrheit«. Bezeichnung für eine Gruppe innerhalb der Russischen Sozialdemokratischen Arbeiterpartei, die sich 1903 in die Menschewiki (»Minderheit«) und eben die Bolschewiki spaltete. Während die Menschewiken, zu denen zeitweilig auch Trotzki gehörte, eher für allmähliche Veränderungen eintraten, strebten die radikaleren Bolschewiki unter Lenin die Revolution im Sinne von Karl Marx an.

Was bedeutet eigentlich Sowjetunion?
Unter Sowjets verstand man jene Arbeiter- und Bauernräte, die an Stelle eines echten Parlamentes die Gesetze in der UdSSR erließen. »Union der Sozialistischen Sowjetrepubliken (UdSSR)« war die Bezeichnung für das kommunistische Staatswesen, das an die Stelle des russischen Zarenreiches trat. Die Sowjetunion wurde im Dezember 1923 gegründet und 1991 aufgelöst. In Wahrheit wurde der Staat jedoch nicht von den Räten, sondern zentral von der Kommunistischen Partei der Sowjetunion (KPdSU) regiert.

Es waren die Entschlossenheit und der revolutionäre Wille Lenins und seiner engsten Mitarbeiter, die während der russischen Revolution von 1917 zum Sturz der zarischen Herrschaft und der jungen russischen Demokratie geführt hatten. Ohne die Kompromisslosigkeit dieser Gruppe von Berufsrevolutionären hätte die winzige Minderheit der **Bolschewisten** vermutlich niemals die Macht in dem osteuropäischen Riesenreich an sich reißen können. Mehr noch als die Französische Revolution zeichnete sich die Revolution der russischen Bolschewisten durch besondere Brutalität und Grausamkeit aus. Am Ende sollten ihr mehr als 20 Millionen Menschen allein in der **Sowjetunion** zum Opfer fallen. Dennoch – oder vielleicht gerade deshalb – rief die Revolution von 1917 überall in der Welt nicht selten große Bewunderung hervor, auch bei vielen Schriftstellern, Journalisten und Philosophen. Sie alle glaubten, die Morde und Folterungen in der Sowjetunion dienten den höheren Zwecken des Fortschritts der gesamten Menschheit. Spätestens 1989, als das Weltreich der Kommunisten zusammenbrach, wurde deutlich, wie sehr sie sich geirrt hatten.

Dass es überhaupt zur Revolution kommen würde, zeichnete sich schon seit 1905 ab. Alle Versuche, die Macht Zar Nikolaus II. durch auswärtige Kriege zu festigen, endeten in einer Katastrophe. Dann kam der Erste Weltkrieg und wieder erwiesen sich die zarischen Armeen als hoffnungslos überfordert. Drei Jahre lang litten die Soldaten und das einfache Volk. Hunger und Elend waren an der Tagesordnung. Im März 1917 gelang es Liberalen und Demokraten, den Zaren zu stürzen. Aber die neue Regierung unter dem bürgerlichen Liberalen Alexander Kerenski (1881–1970) konnte sich nicht dazu durchringen, den Krieg gegen Deutschland und Österreich-Ungarn zu beenden. In dieser Lage verstanden es die Bolschewisten, die Unzufriedenheit unter den Arbeitern und Soldaten auszunutzen, und forderten die Diktatur des Proletariats. Dies war insofern problematisch, als es in Russland gar nicht viele Proletarier gab. Also stützten sich die Bolschewisten eher auf verarmte Bauern, darunter viele Nachfahren einstiger Leibeigener.

Als Folge der bolschewistischen Oktoberrevolution brach ein blutiger Bürgerkrieg aus. Truppen der Amerikaner, Briten, Franzosen und Japaner unterstützten die Einheiten der **Weißen.** Beide Seiten verübten Gräueltaten an der Zivilbevölkerung. Zeitweise sah es so aus, als würden die Bolschewisten besiegt werden. Dann aber siegte die von Leo Trotzki genial geführte Rote Armee. Aber als Lenin im Januar 1924 starb, konnte sich Trotzki im Nachfolgekampf dennoch nicht gegen Josef Stalin durchsetzen. 1940 wurde er von sowjetischen Geheimagenten ermordet.

Unter Stalin versuchten die Kommunisten rücksichtslos ihr Konzept der Verstaatlichung umzusetzen. Landbesitzer wurden ermordet, es brachen Hungersnöte aus. Kaum besserte sich die Situation Mitte der 1930er Jahre ein wenig, begann die Phase der großen Verfolgung. Stalin ließ durch seinen Geheimdienst (NKWD) hunderttausende von Kommunisten ermorden oder in Lager bringen, weil er sie verdächtigte Agenten der Westmächte oder der Deutschen und Japaner zu sein. Bis zum deutschen Angriff 1941 regierten Gewalt, Willkür und Terror das Land.

Wirtschaftlich kam die Sowjetunion mit den Folgen der Weltwirtschaftskrise (1929/30–etwa 1940) besser zurecht als die liberalen Mächte. Überdies war ihre Verfassung wenigstens in der Theorie mustergültig. Aus diesen Gründen glaubte eine Menge Menschen im Westen, der Kommunismus sei eine sinnvolle Alternative zum liberalen Kapitalismus.

Wer waren die Weißen?

Unter den »Weißen« verstand man im russischen Bürgerkrieg von 1917–1923 die ganz unterschiedlichen Gegner der »roten« bolschewistischen Revolutionäre. Dazu zählten Anhänger des gestürzten Zaren Nikolaus II., der 1918 mit seiner gesamten Familie ermordet wurde, aber auch Sozialreformer, Liberale, nationale Minderheiten (v. a. Finnen und Polen, die um ihre Unabhängigkeit kämpften) und ausländische Truppen.

BEMERKENSWERTES

Die Trotzkisten

Die Anhänger Leo Trotzkis folgten im Unterschied zu den straff geführten Stalinisten keinem einheitlichen Lehrgebäude. Trotzkistische Parteien waren daher meist sehr klein und in viele verfeindete Gruppen mit sektenartigen Zügen aufgeteilt. Zu ihren Hauptlehren zählte die Überzeugung, man müsse die Revolution weltweit andauernd vorantreiben. Es hieß, Trotzki sei menschlicher gewesen als Stalin. Das ist wahrscheinlich, obwohl auch Trotzki mit seinen Gegnern gnadenlos umging. Es war jedoch schwer, noch unmenschlicher zu sein als die Stalinisten. Die Trotzkisten wurden von den Stalinisten in den 1930er Jahren blutig verfolgt.

Das Zeitalter der faschistischen Bewegungen

Woher kommt der Begriff Faschismus?
Er kommt aus dem Italienischen. Die fasci *waren die Rutenbündel, welche den römischen Amtsinhabern in der Antike vorangetragen wurden.*

Was bedeutet Totalitarismus?
Unter Totalitarismus versteht man antiliberale und antidemokratische Ideologien auf der extremen Rechten und Linken. Demnach wären Kommunisten und Faschisten einander in mancherlei Hinsicht gleich.

Was ist eine Parteiarmee?
Parteiarmeen waren zum Beispiel in Italien die »Fasci di Combatimento« und in Deutschland die »Sturmabteilungen« (SA) oder die »Schutzstaffeln« (SS). Bezeichnend für die Parteiarmeen war der Versuch, nach der Machtübernahme von Faschisten aus ihnen und der Armee eine Art parteiabhängiger Volksarmee zu schaffen. In aller Regel gelang dies nicht. Die Fasci und die SS kämpften aber dennoch wie reguläre Armeen in Kriegen.

Der **Faschismus** war ein Kind des Ersten Weltkrieges. Solange die bürgerliche Gesellschaft noch intakt gewesen war, hatten faschistische Inhalte keine Chance. Erst mit dem Krieg und seinen Ergebnissen wuchs die Unsicherheit gerade im angeschlagenen Bürgertum. Die Welt war in eine tiefe Krise geraten. Vielfach waren in der Inflation der unmittelbaren Nachkriegszeit die Vermögenswerte der Mittelklasse zusammengeschmolzen. Ehemalige Frontoffiziere wollten mit den morschen Monarchien ebenso wenig etwas zu tun haben wie mit dem Sozialismus. Frühere Anhänger von Liberalismus und Konservativismus suchten nach einer neuen, modernen Ordnung.
Genau diese aber verkündeten die Faschisten. Sie gaben sich bewusst jugendlich und revolutionär. Viele von ihnen waren einst Sozialisten gewesen. Ihre neue Heilslehre war antikirchlich, antiliberal, antidemokratisch und antikapitalistisch. Zugleich aber glaubten die Faschisten an moderne Technik und an Fortschritt. Lange Zeit haben besonders liberale und sozialistische Historiker unterstellt, die Faschisten seien bloß rückwärtsgewandt gewesen. Je mehr man aber über den Faschismus lernt, umso deutlicher wird sein revolutionäres Anliegen.
Eines aber zeigt diese Diskussion. Im Unterschied zur anderen **totalitären Ideologie,** dem Kommunismus, fällt es schwer, inhaltlich zu bestimmen, wie sich Faschismus eigentlich definiert. Wichtig waren in der Regel weniger die Inhalte, als die Art, wie die Bewegung organisiert war. An der Spitze stand ein Führer, der beinahe wie ein religiöser Erlöser auftrat. Er stützte sich auf eine straff gegliederte Massenpartei, zu der immer auch eine uniformierte **Parteiarmee** gehörte, deren Aufgabe es war, unter den Gegnern mit größtmöglicher Brutalität Angst und Schrecken zu verbreiten. Die offene Liebe zur Gewalt gehörte durchweg zu den Kennzeichen aller faschistischer Parteien. Allerdings hielt sich der Italiener Benito Mussolini (1883–1945), der eine Art Urvater aller faschistischen Führer wurde, darin deutlich zurück. Verglichen mit Hitler oder Stalin ließ er nur relativ wenige seiner Gegner ermorden. Inhaltlich spalteten sich die faschistischen Parteien meist in drei Flügel: Auf der »linken« Seite standen Sozialrevolutionäre, denen es darum ging, die alte Gesellschaftsordnung zu zerstören. Sie sammelten sich mehrheitlich in den Parteiarmeen. Den »rechten« Flügel bildeten jene, die glaub-

ten, man könne alte Mythen aus germanischer, keltischer oder römischer Zeit erneuern. Sie hatten oft vollkommen versponnene Vorstellungen von der Zukunft. In der Mitte standen meist der »Führer« und seine Gefolgschaft, die vor allem an die Macht kommen wollten. Oft waren faschistische Bewegungen antijüdisch. In allen Fällen aber waren sie extrem nationalistisch.
Italien war nicht zufällig die Heimat des Faschismus. Hier war das liberale System bereits seit dem ausgehenden 19. Jahrhundert besonders korrupt und unfähig gewesen. Breite Teile der italienischen Gesellschaft, besonders aus dem Bürgertum, hatten sich von den Liberalen angewidert abgewandt und waren auf der Suche nach einer neuen Weltanschauung. Mussolini bot sie ihnen, zumal er es nach seinem **Marsch auf Rom** 1922 verstand, vergleichsweise gemäßigt zu regieren. Von Italien aus verbreitete sich der Faschismus in ganz Europa. Nur in Großbritannien und den USA blieben die faschistischen Bewegungen schwach. Hier war die liberale Demokratie zu gefestigt und hatte bereits mehrere Krisen überstanden. Ansonsten sah man um 1930 überall in Europa die bunten Uniformhemden der faschistischen Parteiarmeen. Auf den Straßen kam es zu Gefechten mit kommunistischen und anarchistischen Arbeitern. Besonders im Spanischen Bürgerkrieg (1936–1939) wurde die faschistische Gefahr infolge der Zusammenarbeit zwischen Italien und dem nationalsozialistischen Deutschland offenkundig. Der aufkommende Faschismus brachte viele Menschen dazu, sich den Kommunisten anzuschließen.

Was geschah beim Marsch auf Rom?

Im Oktober 1922 marschierten die »Fasci di Combatimento«, die man auch als Schwarzhemden bezeichnete, auf Rom, um den König Vittorio Emmanuele II. dazu zu bewegen, die liberale Regierung zu entlassen. Der Marsch auf Rom wäre mit Sicherheit gescheitert, wenn der König oder die Liberalen entschlossener gehandelt hätten. Noch 1922 bildete Mussolini eine Regierung aus Faschisten, Katholiken, Nationalisten und einigen Liberalen. 1925 übernahm er die Alleinherrschaft.

BEMERKENSWERTES

Der Spanische Bürgerkrieg

Im Sommer 1936 putschten Teile der spanischen Armee gegen die aus Sozialisten und Kommunisten bestehende Regierung. Die Offiziere wurden von Katholiken, Monarchisten und Faschisten unterstützt. Auf der anderen Seite standen Liberale, Sozialisten und Kommunisten. Der Spanische Bürgerkrieg wurde zum Symbol des Kampfes gegen den Faschismus, obwohl die Faschisten in Spanien selbst nur schwach waren.

Die Weltwirtschaftskrise und der New Deal

Was ist eine Inflation?
Unter Inflation versteht man eine negative Entwicklung in der Menge des umlaufenden Geldes. Sie entsteht, wenn der Wert der in einem Land hergestellten Güter deutlich unter der Menge des von der Zentralbank oder der Regierung gedruckten Geldes liegt. Das Geld verliert im Laufe einer Inflation immer mehr an Wert.

Was ist ein Börsenkrach?
Ein Börsenkrach oder »crash« passiert immer dann, wenn innerhalb kurzer Zeit (oft nur eines Tages) diejenigen, die Geld in Aktien an der Börse angelegt haben, aus welchen Gründen auch immer dieses Geld wiederhaben wollen. An sich ist das ein normaler Vorgang. Wenn aber plötzlich zu viele Menschen ihre Aktien verkaufen und keiner mehr kauft, verlieren die Aktien schnell an Wert. Dann verkaufen noch mehr Aktienbesitzer ihre Anlagen und der Wert rutscht noch weiter nach unten. In diesem Moment sind alle schlecht dran, die noch nicht verkauft haben, aber dringend Geld benötigen, weil ihre Aktien keinen Wert mehr haben.

Über die Ursachen der Weltwirtschaftskrise von 1929 bis 1941, die gerne auch als »große Depression« bezeichnet wird, rätseln Wissenschaftler seit über 70 Jahren. Inzwischen haben Volkswirtschaftler komplizierte Modelle entworfen, um die damaligen Vorgänge zu erklären, aber sie haben noch keine Einigkeit über alle Einzelheiten erzielen können. Aber ein paar Probleme scheinen doch halbwegs gelöst zu sein. So ist sicher, dass das internationale Finanzsystem seit dem Ersten Weltkrieg aus den Fugen geraten war. Alle beteiligten Staaten hatten die **Inflation** angeheizt, um den Krieg finanzieren zu können. Sie hatten gehofft, die Verlierer müssten am Ende alles bezahlen. Daher kam auch die Idee der Reparationen in den Pariser Vorortverträgen. Allerdings reichte die Finanzkraft der Deutschen nicht aus und von den Österreichern und Türken war kaum etwas zu erwarten. Also sprangen die USA ein. Sie vergaben kurzfristige Kredite, damit die Wirtschaft in Europa wieder in Schwung kam und dann die Amerikaner ihr Geld aus dem Krieg zurückbekamen. Dies aber schuf ein weiteres Problem. Das amerikanische Bankensystem war ausgesprochen krisenanfällig, weil die meisten Banken zu wenig Geld hatten. Dieses Geld war zudem in Krediten vergeben worden, mit denen an den Börsen spekuliert wurde. Zwischen 1922 und 1929 war das äußerst attraktiv. Die Börsenwerte stiegen rasch an. So konnten die Kredite zurückbezahlt werden. Im Hintergrund aber zerbröckelte die Wirtschaft. Zu viel Geld wurde in die Börse investiert, weil sie mehr Gewinn brachte als Investitionen in Betriebe. Gleichzeitig geriet die Landwirtschaft in eine Krise, weil zu viel produziert und zu wenig gekauft wurde. Mit dem **Börsenkrach** vom Oktober 1929 brach dieser Kreislauf dann zusammen.

Anfangs sah es noch so aus, als käme man mit einem blauen Auge davon. Im Frühjahr 1930 schien sich die Wirtschaft zu erholen. Doch dann begann das Bankensterben. Eine Bank nach der anderen musste aufgeben. Die Amerikaner zogen ihre Kredite aus Europa zurück, konnten aber ihre eigenen Banken auch nicht mehr retten. Im Gefolge der Finanzkrise begannen alle Staaten heftig zu sparen, woraufhin der Absatz von Industrie und Landwirtschaft einbrach. Dies führte dazu, dass fast alle Staaten den Freihandel aufgaben, um wenigstens die eigene Wirtschaft zur retten. Daraufhin sackte der Welthandel insgesamt ab. Die Arbeitslosigkeit stieg erneut an, der Absatz

ging noch weiter zurück, die Produktion brach zusammen. Die Jahre 1932 bis 1934 gehörten zum Schlimmsten, was die damaligen Menschen jemals erlebt hatten.
In dieser Situation versuchte es der neue amerikanische Präsident Franklin D. Roosevelt (1933–1945) mit einem Experiment. Bisher hatte man geglaubt, der Staat dürfe nicht in die Abläufe der Wirtschaft eingreifen. Roosevelt begann daher erst nach einigem Zögern dem britischen konservativen Wirtschaftsfachmann John Maynard Keynes zu glauben. Demnach sollte der Staat in einer derartigen Krise aktiv werden. Binnen kurzer Zeit baute Roosevelts Regierung gegen den heftigen Widerstand der Liberalen eine umfangreiche staatliche Bürokratie auf, die große Geldmengen in die Wirtschaft pumpte. Man nennt dies **New Deal.** Von heute aus betrachtet, war der New Deal nicht so erfolgreich, wie Roosevelt behauptete. Aber es gelang dem Präsidenten, den Amerikanern Optimismus einzuhauchen. Die USA vermittelten so den Eindruck, dass der Kapitalismus mit einigen Reformen doch noch zu retten war. Auf diese Weise wiesen sie den Weg in eine erneuerte Demokratie und gaben all jenen eine Hoffnung, die sich in der Krise nicht den Kommunisten und Faschisten zuwenden wollten.

Franklin D. Roosevelt

Was bedeutet New Deal?
Der Ausdruck kommt aus dem Kartenspiel und meint, dass die Karten neu gegeben werden. Roosevelt benutzte den Ausdruck in seinem Wahlkampf 1932, um zu zeigen, dass er eine andere Wirtschaftspolitik als sein Vorgänger Herbert Hoover (1929–1933) verfolgen würde. Im Rahmen des New Deal wurden Straßen, Staudämme, Kanäle und Flughäfen gebaut, Universitäten erweitert, eine Art Arbeitslosenversicherung eingerichtet und viele andere Maßnahmen durch den Staat durchgeführt.

BEMERKENSWERTES

Das Ende des freien Marktes

John Maynard Keynes (1883–1946) lehrte, dass die alte liberale Vorstellung, die Wirtschaft heile sich im Geschehen des freien Marktes selber, falsch sein konnte. Nach seiner Ansicht gab es Krisen, die der freie Markt nicht bewältigen konnte. Die große Depression gab ihm Recht. Keynes glaubte, dass es Aufgabe des Staates sei, die Wirtschaft stabil zu halten, indem die Regierungen in guten Zeiten Geld zurücklegen, um dann in Krisen investieren zu können.

Der Nationalsozialismus und der Zweite Weltkrieg

Was besagte die Dolchstoßlegende?
Schon kurz nach dem Ende des Ersten Weltkriegs hatten Paul von Hindenburg und Erich von Ludendorff behauptet, die deutschen Armeen hätten den Krieg nur wegen der Revolution verloren. Sie seien »im Felde unbesiegt« gewesen, der »Dolchstoß aus der Heimatfront« hätte sie aber zusammenbrechen lassen. Dies war nachweislich falsch, Nationalisten und Konservative zogen es aber vor, an die Dolchstoßlegende zu glauben.

Was geschah in der Novemberrevolution?
Angesichts der militärischen Niederlage der Deutschen, war es im November 1918 deutlich, dass die Monarchie nicht überleben würde. Um radikalen Kräften zuvorzukommen, erklärten die gemäßigten Sozialdemokraten am 9. November 1918, der Kaiser sei abgesetzt.

Der Untergang der Weimarer Republik war spätestens seit 1930 absehbar. Besonders die deutschnationalen Konservativen aus Adel und Großbürgertum hatten es der Republik mitsamt ihrer demokratischen Verfassung nie verziehen, dass sie vorwiegend von den früheren Reichsfeinden getragen wurde. Sozialdemokraten, Katholiken, Liberale und Juden, sie alle gehörten zur Koalition der Vernunftrepublikaner. Ihr neuer Staat hatte es zu keinem Zeitpunkt leicht gehabt. Die kaiserlichen Generäle schoben in der **Dolchstoßlegende** die Schuld für die Niederlage im Weltkrieg auf die **Novemberrevolutionäre** von 1918, vor allem auf die Sozialdemokraten, ab. Dann kamen der Versailler Vertrag, kommunistische und nationalistische Aufstände, die Inflation. Die Weltwirtschaftskrise gab der ungeliebten Republik den Todesstoß. Von Wahl zu Wahl wurde die Koalition der Demokraten kleiner. Besonders die Liberalen verschwanden beinahe vollkommen. Seit 1930 regierte Reichskanzler Heinrich Brüning von der katholischen Zentrumspartei fast autoritär und ohne parlamentarische Mehrheit. Viele ehemalige Liberale und Konservative, aber auch Kleinbürger, Arbeiter und Angestellte suchten im Nationalsozialismus eine neue Hoffnung angesichts der miserablen Situation, in der sie sich befanden. Die »Nazis« würden mit den Schuldigen schon aufräumen. Vor allem die Juden wurden für den Zustand des Staates verantwortlich gemacht, aber auch die Kommunisten, die SPD und das Zentrum. Nur wenige machten sich Gedanken darüber, was die Nationalsozialisten wirklich wollten. Das Parteiprogramm und Hitlers redselige Bücher waren weitgehend ungelesen geblieben und nach seinen Reden fragte man sich regelmäßig, was er eigentlich gesagt hatte. In dieser Situation verhalfen die Konservativen Hitler an die Macht. Er wurde am 30. Januar 1933 zum Reichskanzler ernannt.

Der neue Reichskanzler und seine Parteigenossen nutzten die Chance, die sich ihnen bot. Binnen kurzer Zeit vernichteten sie alle demokratischen Strukturen. Nach dem **Reichstagsbrand** setzten sie mithilfe des katholischen Zentrums das Ermächtigungsgesetz durch. Deutschland wurde zur Diktatur, alle Parteien aufgelöst, die Länder zerschlagen. Jeder, der offen Opposition übte, konnte verhaftet und in ein Konzentrationslager eingewiesen werden. Selbst Personen, die nichts getan hatten, waren in Gefahr, zu verschwinden, nur weil

sie Juden, Zigeuner, Homosexuelle, Zeugen Jehovas oder Angehörige einer anderen Minderheit waren. Trotzdem waren viele Deutsche mit der neuen Regierung zufrieden. Bald ging es mit der Wirtschaft aufwärts, auch wenn kaum jemandem klar war, dass dies eine Folge der Kriegsvorbereitungen war. Ab 1935 rüstete Deutschland hemmungslos auf. Seit 1937 war in der Regierung ein neuer Krieg beschlossene Sache. Deutschland sollte zur größten Weltmacht aller Zeiten aufsteigen. Die Franzosen, Briten und Amerikaner sahen lange aus ganz unterschiedlichen Gründen zu. Sie fürchteten einen weiteren Weltkrieg, dessen Folgen völlig unabsehbar waren. Darum ließen sie es zu, dass Hitlers Wehrmacht 1938/39 Österreich und die Tschechoslowakei besetzte. Erst als er sich mit Stalin zusammentat und Polen angriff (1. September 1939), kam es zum Krieg, der 1941 mit dem Überfall auf die UdSSR ausgeweitet wurde.
In Asien hatte der Zweite Weltkrieg bereits 1937 begonnen. Japan strebte seit geraumer Zeit danach, endlich als Weltmacht anerkannt zu werden. Dazu aber musste es seine Position in China ausbauen, was wiederum die Amerikaner auf den Plan rief. Beide Seiten schaukelten sich gegenseitig hoch, bis am 7. Dezember 1941 die Japaner den amerikanischen Hafen Pearl Harbor überfielen. Nun wurde der europäische Krieg zum Weltkrieg. Deutschland, Italien und Japan kämpften vier weitere Jahre lang gegen die überlegenen Streitkräfte der Alliierten. Am Ende standen die bedingungslose Kapitulation, die Atombombe und die totale Vernichtung vieler europäischer und asiatischer Städte. Man schätzt, dass im Zweiten Weltkrieg über 50 Millionen Menschen, darunter allein 20 Millionen Russen, starben.

Was geschah beim Reichstagsbrand?
Am 27. Februar 1933 brannte plötzlich das Reichtagsgebäude in Berlin nieder. Bis heute ist umstritten, ob die Nationalsozialisten selbst das Gebäude in Brand gesteckt haben. Auf alle Fälle nutzten sie das Ereignis, um am 28. Februar in einer Verordnung des Reichspräsidenten die Grundrechte außer Kraft zu setzen.

BEMERKENSWERTES

Was wusste Roosevelt?

Seit dem japanischen Angriff auf Pearl Harbor hält sich hartnäckig das Gerücht, Präsident Roosevelt habe von dem bevorstehenden Angriff gewusst, aber niemanden gewarnt, um allen Kritikern an der Kriegsteilnahme der USA die Argumente zu nehmen. Bereits 1946 prüfte eine Kommission des amerikanischen Parlaments diese Vorwürfe, fand aber keine Beweise. Auch heute glaubt eine Mehrheit der Historiker nicht an diese Theorie. Allerdings gibt es einige Wissenschaftler, die Roosevelt vorwerfen, die Japaner derart unter Druck gesetzt zu haben, dass sie angreifen mussten, wenn sie nicht wirtschaftlich untergehen wollten. Auch diese These ist sehr umstritten.

Der Holocaust und andere Genozide

Was bedeutet Holocaust?
Dieses Wort stammt aus dem Griechischen und steht in der griechischen Übersetzung der hebräischen Bibel für das hebräische Wort Shoah. *Beides bedeutet Brandopfer, zum Beispiel bezogen auf die Opferung von Tieren im Tempel von Jerusalem. Es gibt viele Juden, die den Begriff Shoah vorziehen. Wieder andere lehnen die Übertragung eines religiösen Wortes auf den Massenmord vollkommen ab.*

Woher kommt der Antisemitsmus?
Schon seit der Antike hatte es im Christentum erhebliche Vorbehalte gegen die Juden gegeben. Schließlich war das Christentum anfangs eine jüdische Splittergruppe gewesen, die sich nur allmählich von der Mutterreligion gelöst hatte. Die Christen warfen den Juden die Kreuzigung Jesu vor und behaupteten immer wieder, Juden würden kleine Kinder töten oder Brunnen vergiften. Häufig wurden Juden verfolgt und ermordet.

Während am 20. Januar 1942 in einer Villa am Berliner Wannsee einige Beamte bei Branntwein und Zigarren darüber diskutierten wie die »Judenfrage« in Europa zu lösen sei, zogen schon seit Monaten Einsatzgruppen der SS durch Europa, um Juden in Lager zu sperren oder zu ermorden. Den Organisatoren des Massenmords ging das alles aber viel zu langsam. Die Techniker des Massenmords waren besorgt ihre Planziele nicht erfüllen zu können. Daraufhin begannen einige mit Giftgas zu experimentieren. Nach der Wannseekonferenz wurde dies zur bevorzugten Methode des Tötens. Während an allen Fronten gekämpft wurde, waren weite Teile der deutschen Verwaltung, der Reichsbahn, der SS und der Wirtschaft damit beschäftigt, industriell Millionen von Menschen umzubringen, deren einziger Fehler in den Augen der Naziführung darin bestand, Juden zu sein. Insgesamt wurden etwa sechs Millionen Juden und Angehörige anderer Minderheiten von den Nationalsozialisten grundlos ermordet. Wie hatte es so weit kommen können?

Bis heute sind die Ursachen des **Holocaust** nicht restlos geklärt. Vermutlich wird man auch nie völlig in der Lage sein, die Gedanken der vielen Täter und ihrer Helfer nachzuvollziehen. Dennoch kam das massenhafte Töten nicht von ungefähr. Eine wichtige Ursache lag im **Antisemitismus.** Aber die christliche Judenfeindschaft war ursprünglich nicht darauf ausgerichtet, alle Juden zu vernichten. Solche Ideen kamen erst im 19. Jahrhundert auf. Sie waren Ausdruck der modernen Gesinnung, Probleme abstrakt zu formulieren und sie möglichst umfassend zu lösen. Ganz im Sinne der darwinistischen Naturwissenschaft jener Zeit wurden Juden nun nicht mehr als Angehörige einer Religion gesehen, sondern als Vertreter einer **Rasse,** der man bestimmte negative Eigenschaften zuschrieb. Das Problem wurde noch schwieriger, weil der Nationalismus im 19. und 20. Jahrhundert die Nation bevorzugt über das »Volk« definierte, das wiederum über die Rasse definiert wurde. Wenn man aber die Nation über die Rasse begriff, waren Juden immer Außenseiter, da man stets sagen konnte, dass sie einer fremden Rasse angehörten. So wurde der Nationalstaat zu einer der Wurzeln des Holocaust.

Um 1880 herum verschärfte sich das antisemitische Denken noch einmal. Infolge andauernder Wirtschaftskrisen machten viele Menschen, die um ihre Lebensbedingungen fürchteten, die Juden zu Sündenböcken für die Schwierigkeiten des Kapitalismus. Juden galten seltsamerweise gleichzeitig als kapitalistische Ausbeuter und kommunistische Revolutionäre.

Dies war der Hintergrund für die nationalsozialistische Judenvernichtung. Rassistische, völkische und antisemitische Ideologien mischten sich mit Angst- und Neidgefühlen sowie mit der Neigung zur technischen, unmenschlichen »Problemlösung«. Hinzu kamen ganz persönliche Motive, vor allem bei den Helfern der Nazis in ganz Europa. Menschen wollten sich bereichern, sich den Herrschern andienen, selber Macht und Grausamkeit auskosten. Hinterher behaupteten alle, sie hätten nur Befehle ausgeführt.

Obwohl nach dem Krieg einige der Täter vor Gericht gestellt wurden und die Staaten der Erde feierlich gelobten nichts Vergleichbares mehr zuzulassen, hat es seit 1945 eine ganze Reihe weiterer Völkermorde gegeben. Nach 1975 wurden in Kambodscha zwei Millionen Menschen aus ideologischen Gründen ermordet, in den 1990er Jahren kam es in Ruanda zu einem Völkermord. Jedes Mal sahen die Menschen dem Geschehen nur zu.

Was bedeuten Rasse und Rassismus?

Der Begriff der Rasse kommt aus dem Tierreich und bezeichnet unterschiedliche Formen einer Art, etwa Hunderassen oder Pferderassen. Auf Menschen wird diese Unterscheidung seit dem 18. Jahrhundert angewendet. Im 19. Jahrhundert entwickelte sich daraus der Rassismus. Nun wurde nicht mehr nur gesagt, Menschen unterschiedlicher Hautfarbe gehörten unterschiedlichen Rassen an, sondern zusätzlich wurde behauptet, diese Rassen seien besser oder schlechter als andere. Heute ist der ganze Begriff fragwürdig geworden.

BEMERKENSWERTES

Warum haben die Alliierten nicht Auschwitz bombardiert?

In der öffentlichen Diskussion taucht immer wieder der Vorwurf auf, die Amerikaner, Briten und Russen hätten während des Zweiten Weltkrieges gewusst, dass die Juden vernichtet wurden und hätten nichts getan, weil sie selber antisemitisch eingestellt gewesen seien. Dies stimmt nur teilweise. Tatsächlich gab es bei den Alliierten viele Antisemiten, besonders bei den Amerikanern und Sowjets. Stalin war bekannt für seinen Antisemitismus. Deswegen wurde auch nie offiziell verlautbart, dass man den Krieg zur Rettung der Juden führte. Auch tat man wenig, um Juden etwa in die USA einreisen zu lassen. Umgekehrt ist einzuräumen, dass ein Bombenangriff auf das Konzentrationslager Auschwitz oder die Bahnlinie dorthin das Vernichtungsprogramm der Nationalsozialisten vermutlich nur um wenige Wochen verzögert und nicht aufgehalten hätte.

Der Kalte Krieg

Was geschah bei den Berlin-Krisen?
Insgesamt gab es drei Berlin-Krisen (1948/49; 1958 und 1961). Die erste ist berühmt geworden, weil hier die Westalliierten (USA, Großbritannien und Frankreich) die Westberliner Bevölkerung mit einer Luftbrücke versorgten. Der Mut der Westberliner und die Haltung der Alliierten sorgten dafür, dass sich Deutsche und Alliierte nach dem Zweiten Weltkrieg wieder näher kamen. Daraufhin konnte Deutschland auch in die NATO und die europäische Einigungsbewegung einbezogen werden. Die zweite Berlin-Krise war weniger entscheidend, die dritte bestand im Bau der Berliner Mauer, die erst 1989 wieder geöffnet wurde. Berlin war als Symbol wichtig, da hier »Ostblock« und »freier Westen«, wie man damals sagte, direkt aufeinander stießen.

Bereits während des Zweiten Weltkrieges hatte sich ein neuer Konflikt zwischen den Großmächten angebahnt. Die demokratisch-kapitalistische USA und die totalitäre Sowjetunion wurden allein durch den gemeinsamen Gegner Deutschland zusammengehalten. Für die Nachkriegszeit verfolgten beide Seiten unterschiedliche Ziele. Dies zeigte sich schon früh nach dem deutschen Zusammenbruch 1945. Die Sowjets begannen energisch damit, in Ost- und Mitteleuropa Regierungen nach eigenem Muster aufzubauen. Jede Opposition wurde brutal unterdrückt. Bald wurde Deutschland zum Hauptschauplatz des Konflikts. Die Sowjets riegelten 1948/49 den Zugang zu Berlin ab, dessen westlicher Teil von den Amerikanern, Briten und Franzosen gehalten wurde. Mit dieser ersten **Berlin-Krise** wurde klar, dass der Kalte Krieg unwiderruflich ausgebrochen war. Es würde nun vor allem an den USA liegen, ob die Ausbreitung des Kommunismus gestoppt werden konnte. Die Amerikaner hatten schon seit 1947 die Führungsrolle in Westeuropa und dem Mittelmeerraum übernommen, weil Großbritannien finanziell ausgeblutet war und als Weltmacht abdanken musste. Auch Frankreich lag am Boden. So stiegen die USA zur Führungsmacht des westlichen Lagers auf. Sie verfolgten dabei durchaus eigene Interessen. Im so genannten **Marshallplan** wollten sie zum Beispiel sicherstellen, dass zumindest Westeuropa marktwirtschaftlich organisiert würde. Aus ähnlichen Gründen unterstützten die USA auch die europäische Einigungsbewegung, die schließlich zur heutigen Europäischen Union (EU) führte. Freiheit, Demokratie und Kapitalismus waren für die Amerikaner untrennbar miteinander gekoppelt.

Zum ersten Mal waren die Grenzen der Machtblöcke unklar geworden. Fragen der Ideologie, der Wirtschaftsorganisation, der Kultur waren ebenso wichtig wie die Anzahl von Soldaten, Panzern und Raketen. Die Amerikaner pflegten zu sagen, dass dies ein Kampf um die Herzen und Hirne der Menschen sei. Die Frage, wer als Erster den Mond erreichte, wurde behandelt, als müsse man eine militärische Operation planen. Der Kalte Krieg war nicht nur eine Auseinandersetzung zwischen Staaten und Regierungen, sondern zwischen ganzen Gesellschaften. Alles, jede Frage, jedes Problem konnte als Bestandteil des gewaltigen Ringens zwischen Kommunismus und liberaler Demokratie angesehen werden.

Gleichzeitig allerdings blieb der Kalte Krieg nicht ohne Folgen für die Freiheit in den USA oder in Westeuropa. Man hatte Angst vor kommunistischen Agenten. Dies war nicht unbegründet. Immerhin war es den Sowjets gelungen, die amerikanischen Atomgeheimnisse auszuspionieren. So kam es in den USA zur Verfolgung von Andersdenkenden, denen man – oft zu Unrecht – vorwarf Kommunisten zu sein. Erst als Stalin 1953 starb, ließ die antikommunistische Panik nach.

Trotzdem stand die Welt nach Stalins Tod immer wieder am Rande eines Krieges. Im Herbst 1956 etwa kam es zu einer schweren Krise, als gleichzeitig sowjetische Panzer die Freiheitsbewegung des ungarischen Volkes unterdrückten und die Briten, Franzosen und Israelis Ägypten angriffen. 1962 stand die Welt am Abgrund der Katastrophe, als das kommunistische Kuba mithilfe der Sowjets atomar aufrüstete. Erst in letzter Minute einigten sich die Amerikaner und Russen auf Gespräche, um den Kalten Krieg im Zaum zu halten. Das Wettrüsten zwischen beiden Blöcken ging indes unvermindert weiter.

Wozu diente der Marshallplan?

Am 5. Juni 1947 kündigte der amerikanische Außenminister George C. Marshall einen umfassenden Plan zur wirtschaftlichen Gesundung Europas an. Die USA waren bereit große Geldsummen in Europa zu investieren. Dafür sollten die Europäer umgekehrt ihre Wirtschaft im Sinne der freien Marktwirtschaft und nicht als Planwirtschaft organisieren, sodass beiden Seiten gedient sein würde. Die Amerikaner richteten dieses Angebot auch an Staaten im sowjetischen Einflussbereich. Die UdSSR zwang aber die Tschechoslowakei und andere Länder dazu, das Angebot abzulehnen. Damit war die Spaltung in zwei Systeme unwiderruflich geworden.

BEMERKENSWERTES

Alle Welt schaut auf ein Schiff

Ein sowjetisches Schiff kreuzt über den Atlantik. Dort warten amerikanische Kriegsschiffe, um zu überprüfen, ob sich an Bord Raketen oder atomare Sprengköpfe für Kuba befinden. Dieser Tag im Oktober 1962 war möglicherweise einer der spannendsten und dramatischsten Tage in der Geschichte der Menschheit. In Washington saß der Krisenstab des Präsidenten John F. Kennedy (1961–1963) zusammen, der entschlossen war keine sowjetischen Atomraketen auf Kuba zu dulden. Kubas kommunistischer Staatschef Fidel Castro (seit 1959) aber drängte den sowjetischen Parteivorsitzenden Nikita S. Chruschtschow (1958–1964), auf keinen Fall nachzugeben und die Raketen zu liefern. Kuba sei bereit zum Krieg gegen die imperialistischen Yankees aus den USA. Chruschtschow aber wusste, dass auch sein eigenes Schicksal an dieser Entscheidung hing. Dann griff er zum Telefonhörer. Wenige Stunden später atmete die Welt auf. Das sowjetische Schiff hatte abgedreht.

Die Entkolonialisierung in Asien und Afrika (1945–1970)

Was bewirkte Mahatma Gandhi?
Gandhi (1869–1948) rief die Inder zum zivilen Ungehorsam gegen die britischen Besatzungsbehörden auf. Er organisierte einen Boykott britischer Waren und entwickelte seine Methode des gewaltlosen Widerstands, die letztendlich zur Unabhängigkeit Indiens führte. Allerdings hielten sich nicht alle an Gandhis Parolen. Insbesondere zwischen den Hindus und Moslems wuchsen die Spannungen, die sich immer wieder gewaltsam entluden.

Obwohl die europäischen Kolonialreiche im Jahre 1920 größer waren als je zuvor – allein Großbritannien beherrschte ein Viertel der Erde –, kamen die hellsichtigeren Politiker nicht um die Feststellung herum, dass die Zeit des Imperialismus ein für alle Mal vorbei war. Schon seit Anfang des 20. Jahrhunderts war die Unruhe in den Kolonien gewachsen. Der Glaube an die Unbesiegbarkeit und Überlegenheit der Europäer schwand dahin. Der Weltkrieg beschleunigte diese Entwicklung noch. Alle Kolonialmächte waren gleichermaßen davon betroffen. In Syrien und dem Libanon erhoben sich um 1920 Araber gegen die Franzosen, im Irak kämpften sie gegen die Briten. Selbst das »Juwel in der Krone des britischen Empire«, Indien, wackelte. Dort war ein asketischer, eher klein gewachsener, aber unglaublich wirkungsvoller Mann an die Spitze der Unabhängigkeitsbewegung getreten: **Mahatma Gandhi.** Sein Glaube an gewaltlosen Widerstand bewegte die indischen Massen und trieb die britischen Behörden allmählich in den Wahnsinn. Nach 1945 stellten sich die USA gegen die verbliebenen Kolonialreiche. Die Briten mussten einsehen, dass ihre militärischen und finanziellen Fähigkeiten nicht mehr ausreichten, um die alte Machtstellung zu erhalten. Beinahe fluchtartig verließen sie Indien und Palästina. In Frankreich war man noch nicht so weit. Nach der schmählichen Niederlage gegen die Deutschen 1940 klammerte man sich in Paris mit aller Gewalt an die verbliebenen Kolonien in Indochina und Nordafrika, wenn auch vergebens. Erst verlor man den Indochinakrieg (1946–1954), direkt im Anschluss auch den Krieg in Algerien, das Teil des französischen Mutterlandes war (1954–1962). In dieser verfahrenen Lage ergriff General Charles de Gaulle (1958–1970) die Macht. Er verzichtete auf Algerien und rettete damit Frankreich vor einer Katastrophe.

Mahatma Gandhi

Nach dem Rückzug Frankreichs war die Situation für die afrikanischen Besitztümer Großbritanniens unhaltbar geworden. Im Unterschied zu den Franzosen bereiteten die Briten ihren Rückzug besser vor. Zwischen 1958 und 1970 räumten sie in relativer Ruhe ihre letzten Kolonien. Nur im Süden Afrikas scheiterte ihre Politik. Dort klammerten sich weiße Rassisten in Südafrika und Rhodesien gemeinsam mit den portugiesischen Kolonien in Angola und Mosambik verzweifelt an einen letzten Zipfel der Macht. Als 1974 in Portugal die Revolution ausbrach, neigte sich auch hier die Kolonialzeit dem Ende entgegen.

Das Erbe des Imperialismus war zwiespältig. Auf der einen Seite hatten die Europäer Straßen, Krankenhäuser und Schulen gebaut, auf der anderen Seite waren die Kolonien oft rücksichtslos ausgebeutet worden. Vor allem aber hinterließen die Europäer den neuen Staaten willkürliche Grenzen und eine Reihe ungelöster Konflikte, wie der **Biafra-Krieg** (1967–1970) in Nigeria oder der Konflikt um Israel und Palästina belegen. Gleichwohl ist nicht jedes Problem in Afrika oder Asien auf die koloniale Vergangenheit zurückzuführen. Manchmal dient der Hinweis auf die europäische Herrschaft in der Zeit des Hochimperialismus dazu, eigene Fehlleistungen zu übertünchen.

Warum kam es zum Biafra-Krieg (1967–1970)?

Seit seiner Unabhängigkeit im Jahre 1960 war Nigeria ein Bundesstaat, in dem viele Völker und Religionen einen Platz hatten. Nach mehreren Militärputschen 1966 wurde das Land allerdings zum Einheitsstaat. Daraufhin erklärte das christliche Volk der Ibo in der Ostprovinz Nigerias seine Unabhängigkeit. Der neue Staat hieß Biafra. Zuvor waren bei Massakern etwa 50.000 Ibo ermordet worden. Es folgte ein erbittert geführter Krieg, in dem die Zentralregierung von Großbritannien, den USA und der UdSSR unterstützt wurde, die alle kein Interesse daran hatten, die Grenzen in Afrika zu verändern. Dennoch kämpften die Ibo verzweifelt, bis sie 1970 kapitulieren mussten. Insgesamt kam in diesem Krieg eine Million Menschen ums Leben. Viele davon waren einer Hungersnot zum Opfer gefallen. Daher kommt auch der Ausdruck »Biafra-Kind« für ein vom Hunger gezeichnetes Kind.

BEMERKENSWERTES

Der Konflikt zwischen Israel und den Arabern

1917 hatten die Briten das Gebiet Palästina sowohl den Arabern als auch den in der zionistischen Bewegung organisierten Juden versprochen, die auf der Suche nach einem jüdischen Staat waren. Danach hatte Großbritannien es nicht verstanden, die beiden Volksgruppen zu einem Kompromiss zu bewegen. In den 1930er und 1940er Jahren strömte wegen der deutschen Judenverfolgung eine große Zahl von Juden nach Palästina. In der Folge kam es zu terroristischen Akten und Unruhen, an denen Juden und Araber gleichermaßen beteiligt waren. Angesichts dieser Situation zogen sich die Briten 1947 aus Palästina zurück. Es kam zu einem Krieg, in dem das Land zwischen beiden Seiten aufgeteilt wurde. Damit begann der eigentliche Konflikt aber erst. Seit den 1980er Jahren hat es zwei große Palästinenseraufstände (Intifada) gegeben. Der Streit geht um Landbesitz, Sicherheit und das knappe Wasser. Auch religiöse Fragen spielen eine wichtige Rolle.

Die Kriege in Korea und Vietnam

Was bedeutet UN?
UN ist die Abkürzung für United Nations oder Vereinte Nationen. Die UN wurden als Nachfolgeorganisation des Völkerbundes 1945 in San Francisco gegründet. Ihr Sitz ist New York, die wichtigste Institution der Weltsicherheitsrat, dem als ständige Mitglieder die USA, die UdSSR (Russland), Frankreich, Großbritannien und China (bis 1971 Nationalchina/Taiwan) angehören. Die UN waren eine Lieblingsidee des amerikanischen Präsidenten Franklin D. Roosevelt, der gehofft hatte, so den Frieden dauerhaft bewahren zu können. Seine Hoffnungen haben sich seitdem als trügerisch erwiesen.

Man muss weit zurückgehen, um die Haltung der USA in den Kriegen in Vietnam und Korea zu verstehen. Die ostasiatische pazifische Küste war für die Amerikaner seit 1850 von einigem Interesse gewesen. Die Märkte Chinas, Japans und Koreas lockten. Von 1898 bis 1946 waren die Philippinen amerikanische Kolonie gewesen. Mit dem Zweiten Weltkrieg und dem entscheidenden Ringen mit den japanischen Großmachtansprüchen waren die Interessen der USA dort noch gewachsen. Nach 1945 hatte man in Washington keinesfalls vor, die eroberten Positionen einfach aufzugeben. In dieser Situation trat ein neuer Gegner auf, der mindestens ebenso furchtbar war wie zuvor die Japaner: der Kommunismus. 1949 eroberten die Truppen des chinesischen Kommunistenführers Mao Tse-tung Peking und vertrieben die antikommunistischen Nationalisten auf die Insel Taiwan. Sofort waren die Amerikaner zur Stelle, um Taiwan – oder Nationalchina, wie man damals gerne sagte – zu schützen. In ganz Asien wuchsen die Spannungen. Die Franzosen kämpften bereits in Indochina gegen nationalistische Kommunisten. Es war absehbar, dass die USA künftig noch stärker in Ostasien auftreten würden.

Im Juni 1950 überschritten nordkoreanische Militärverbände die Grenze zu Südkorea. Wie Deutschland war die einstige japanische Kolonie Korea seit 1945 zwischen Amerikanern und Sowjets geteilt worden. Der nordkoreanische Parteiführer Kim Il Sung nutzte nach Absprache mit Mao und Stalin die Phase der Unsicherheit in der US-Führung aus. Seine Armee überrollte die koreanische Halbinsel. Daraufhin riefen die USA den Sicherheitsrat der **UN** zusammen, den die UdSSR gerade boykottierte. So gelang es, eine internationale Armee der UN unter amerikanischer Kontrolle nach Korea zu entsenden. Der zweijährige Stellungskrieg zwischen UN-Truppen und Amerikanern auf der einen, Nordkoreanern und Chinesen auf der anderen Seite endete 1953 mit einem Kompromiss.

Es war jedoch schon klar, wo die nächste Runde ausgefochten werden würde. 1964 bot der Tonkin-Zwischenfall den USA die Möglichkeit, massiv in Vietnam einzugreifen. 1967/68 kämpften 550.000 US-Soldaten in Vietnam. Kampfbomber warfen über dem kleinen Land mehr als zweimal so viele Bomben ab wie während des gesamten Zweiten Weltkrieges, sie setzten Giftgas und Napalm, einen Brandbeschleuniger, ein. Weit über eine Million Menschen starben, noch viel mehr wurden verwundet oder verstümmelt. Beide

Seiten kämpften mit äußerster Grausamkeit. In den USA und schließlich weltweit wuchs der Widerstand gegen den Krieg. Dann kam das vietnamesische Neujahrsfest 1968, das Tet-Fest. Wie aus dem Nichts begann eine Offensive der Kommunisten. Für ein paar Tage hatte es den Anschein, als würden die Amerikaner besiegt werden. Beinahe alle wichtigen Städte Südvietnams wurden von den **Vietcong** erobert. Doch dann kam die amerikanische Gegenoffensive. Die Kommunisten wurden nahezu vernichtet. Trotzdem zerfiel nun die Moral der amerikanischen Einheiten, zumal die Nordvietnamesen den Krieg unverdrossen weiterführten. Die US-Einheiten brachten teilweise ihre eigenen Offiziere um, tranken Alkohol, rauchten Rauschgift oder verübten Massaker an der Zivilbevölkerung. Die Verluste stiegen an. Dies nahm die neue Regierung unter dem konservativen Präsidenten Richard M. Nixon (1969–1974), der den liberalen Befürworter des Vietnamkrieges Lyndon B. Johnson (1963–1969) abgelöst hatte, zum Anlass, Friedensverhandlungen zu beginnen. 1973 zogen die meisten US-Soldaten aus Vietnam ab, zwei Jahre später brach der schwache südvietnamesische Staat in sich zusammen. Die Kommunisten vollzogen die Wiedervereinigung des Landes.

Was bedeutet Vietcong?
Abfällige Bezeichnung für die nationale Befreiungsfront von Vietnam (FNL). Der Begriff Vietcong sollte nahe legen, dass alle Angehörigen der FNL Kommunisten waren. Zumindest für die frühe Phase stimmte dies nicht. Die FNL war 1960 von einer Reihe kommunistischer, liberaler, nationalistischer und buddhistischer Widerstandsgruppen gegründet worden. Bald allerdings übernahmen die Kommunisten, die am besten organisiert waren, das Kommando.

BEMERKENSWERTES

Im Golf von Tonkin

In den Nächten zum 2. und zum 4. August 1964 sicherten die amerikanischen Zerstörer »Maddox« und »C. Turner Joy« in nordvietnamesischen Gewässern eine Sabotageoperation der südvietnamesischen Armee in Nordvietnam. Was genau passierte, ist unklar. Die USA behaupteten, ihre Schiffe seien zweimal grundlos in internationalen Gewässern von Nordvietnamesen angegriffen worden. Bis heute weiß niemand, ob in jenen Nächten überhaupt geschossen wurde und wer auf wen wann und warum geschossen hat. Die amerikanische Regierung nahm jedenfalls diesen »Zwischenfall« zum Anlass, Vietnam zu bombardieren und 1965 Bodentruppen in das Land zu entsenden.

Die Entwicklung des kommunistischen China

Was ist die Kuomintang (KMT)?
Die KMT war die Partei von Sun Yat-sen (1866–1925), dem bürgerlich-nationalistischen Revolutionär, der 1912 die seit knapp 4.000 Jahren bestehende kaiserliche Herrschaft in China gestürzt hatte. Sein Nachfolger war Tschiang Kai-schek, der nach der Niederlage von 1949 mit der KMT-Führung nach Taiwan floh und dort bis 1975 als Präsident von Nationalchina herrschte. Noch heute gehört die KMT zu den wichtigsten Parteien im inzwischen demokratischen Taiwan.

Was war der Lange Marsch (1934–35)?
Als Langen Marsch bezeichnet man die Flucht der Kommunisten vor der siegreichen KMT 1934. Es war ein mühseliges Unterfangen, sich durch oftmals schwieriges Gelände, bei Regen, Schnee und Sandstürmen bis in die Provinz Shaanxi durchzuschlagen. Dabei verfolgten die KMT-Einheiten die Kommunisten während der gesamten Zeit. Nach dem Sieg der Kommunisten 1949 wurde der Lange Marsch zur Legende. Seine Teilnehmer wurden hoch geehrt.

Es war eine schwere Zeit, in der Mao Tse-tung (1893–1976) zum Politiker wurde. Unversöhnlich standen sich in China Kommunisten und Nationalisten gegenüber. Der Führer der **Kuomintang,** General Tschiang Kai-schek (1887– 1975), tat alles, um die Kommunisten zu vernichten, deren Vorsitzender Mao seit 1927 war. Mao und seine Kommunisten traten daraufhin in ihrer Not den **Langen Marsch** an und flüchteten in die abgelegene Provinz Shaanxi im Westen des riesigen Landes. Von dort aus bekämpften sie weiterhin die Nationalisten, die ihrerseits gleichzeitig noch gegen die Japaner antreten mussten. So konnte Mao geschickt die Machtübernahme der Kommunisten einleiten. Insbesondere passte er die marxistische Lehre, die ursprünglich auf Industriestaaten wie Großbritannien oder Deutschland zielte, der gesellschaftlichen Lage im überwiegend bäuerlichen China an. Die Bauern und ihre Gemeinden sollten künftig das Rückgrat der Nation bilden. Ihnen sollte alles Land gemeinsam gehören. Da bislang in China eine winzige Minderheit von Großgrundbesitzern gemeinsam mit einer korrupten Beamtenschaft den Ton angegeben hatte, hörten die Bauern dies gern. Mehr und mehr unterstützten sie Maos Kommunisten. Im Bürgerkrieg von 1946 bis 1949 besiegten sie die Truppen der Nationalisten, obwohl Tschiang Kai-schek von den USA Waffen geliefert bekam.
Seit 1949 regierten die Kommunisten auf dem chinesischen Festland. Nur die Insel Taiwan wurde noch von den Nationalisten regiert. Während Taiwan bald ein moderner, kapitalistischer, aber autoritär geführter Industriestaat wurde, zeigte es sich, dass das kommunistische Programm für das Land schwer wiegende Probleme mit sich brachte. Wieder und wieder befahl Mao Tse-tung, die Modernisierung durch den Bau von Fabriken voranzutreiben, aber es gelang einfach nicht. Obendrein führten die Bodenreformen zu Gunsten der Bauern zu Hungersnöten. Wiederholt regte sich Opposition, die grausam niedergeschlagen wurde. 1966 steigerte Mao den Terror erneut. In der Großen Proletarischen Kulturrevolution forderte er die Jugend seines Landes auf gegen sämtliche missliebigen Personen vorzugehen. Parteifunktionäre, Professoren, Lehrer, selbst die eigenen Eltern wurden geschlagen, gefoltert und getötet. Viele Menschen wurden zwangsweise zur Arbeit aufs Land geschickt, um dort umerzogen zu werden. Erneut brach die Wirtschaft Chinas vollkom-

men zusammen. Dennoch glaubten junge Studenten in den USA und Westeuropa, Maos China sei ein vorbildlicher Staat, in dem eine bessere Gesellschaft entstand. Jubelnd hielten sie das kleine rote Buch mit Maos Zitaten, die »Mao-Bibel« in ihren Händen. Dabei wusste niemand genau, was in China wirklich geschah. Das Land hatte sich von der Außenwelt abgeschottet. Seit 1968 flaute die revolutionäre Begeisterung der chinesischen Jugend etwas ab. Mao stoppte die Kulturrevolution und versuchte Staat und Partei wieder in ein ruhigeres Fahrwasser zu bringen. In dieser Zeit, um 1972, suchte er zudem die Beziehungen zu den USA zu verbessern. Erst nach Maos Tod beruhigte sich die Situation in China wieder. Für einen Moment sah es 1976 so aus, als käme es zu einem Bürgerkrieg. Die **Viererbande** um Maos Witwe Jiang Qing wollte die Ideen der Kulturrevolution wieder beleben. Dagegen setzten sich Deng Xiaoping und andere Parteiführer mithilfe der Armee durch. Deng führte nun zahlreiche Reformen durch. Zunehmend wurde das kommunistische China zu einem kapitalistischen Industriestaat mit riesigem Wirtschaftswachstum. Aber die politische Freiheit blieb den Chinesen versagt. Darum kam es 1989, als in Osteuropa die kommunistischen Diktatoren gestürzt wurden, auch in China zu Protesten, die vor allem von Studenten angeführt wurden. Im Gegensatz zu den osteuropäischen Kommunisten waren die chinesischen Parteiführer bereit Gewalt anzuwenden. In einem Massaker auf dem »Platz des Himmlischen Friedens« wurden die Demonstrationen niedergeschlagen. Seitdem hält China an seinem Kurs, einer Mischung aus Kapitalismus und Kommunismus, eisern fest. Dabei entwickelt es sich allmählich zur Weltmacht.

Was verstand man unter der Viererbande?
So nannte man vier chinesische Parteifunktionäre, die 1976 nach Maos Tod versuchten, dessen Erbe weiterzuführen. Vor allem wollten sie vermutlich eine neue Form der Kulturrevolution durchführen. Gegen die Viererbande schlossen sich zahlreiche andere Parteifunktionäre zusammen. Sie wurden verhaftet und zum Tode verurteilt.

BEMERKENSWERTES

Hundert Blumen

Die Hundert-Blumen-Bewegung von 1956/57 hatte sich Mao ausgedacht, um die Revolution in China zu befördern. Jeder war aufgefordert die Missstände im Land öffentlich zu kritisieren. Aber als 1957 zunehmend auch die kommunistische Partei in die Kritik geriet, wurde die Bewegung abgebrochen. Die wichtigsten Kritiker wurden verhaftet und einige hingerichtet.

Die gesellschaftlichen Aufbrüche der 1960er Jahre

Was bedeutet Terrorismus?
Unter Terrorismus versteht man die Anwendung brutaler Gewalt im Interesse nichtstaatlicher Organisationen. So wenden sowohl kommunistische oder nationalistische Befreiungsbewegungen wie rechtsradikale Parteien terroristische Mittel (Morde, Bombenattentate, Entführungen, Bankraub) an, um ihre Ziele zu erreichen. Als 1970 die Studentenbewegung auseinander brach, gingen einige besonders radikale Studenten in den Untergrund und gründeten zahlreiche terroristische Bewegungen.

Nach Jahren eines unglaublichen Wirtschaftswachstums begann gegen Ende der 1960er Jahre die Jugend des Westens zu rebellieren. Nicht nur in Berlin, auch in den USA, Frankreich, Italien und sogar in Prag zogen junge Menschen auf die Straße und demonstrierten. Bis zu einem gewissen Grade war die Bewegung der 68er, wie man sie bald nannte, Ausdruck eines tief sitzenden Generationenkonflikts. Die Eltern der jungen Rebellen hatten nacheinander den Ersten Weltkrieg, die Inflation, die Weltwirtschaftskrise, die totalitären Diktaturen, den Zweiten Weltkrieg und den Kalten Krieg mitgemacht. Sie sehnten sich nach Ruhe, Sicherheit und materiellem Wohlstand. Im Gegensatz dazu war die Jugend der 1960er Jahre in einer Phase bislang unbekannten Wohlstands aufgewachsen. Gleichzeitig glaubte sie an die Ideale der Demokratie, ganz so, wie man es ihr in der Schule beigebracht hatte. Die meisten westlichen Demokratien wurden zu dieser Zeit von älteren Männern regiert, die nicht selten noch im 19. Jahrhundert geboren und aufgewachsen waren. Deren Vorstellungen davon, wie ein junger Mensch zu leben und sich zu verhalten hatte, waren manchmal noch recht altertümlich und passten nicht mehr zum Lebensgefühl gerade der freiheitsbewussten Studenten, die den Kern der protestierenden Jugend ausmachten. Dies galt besonders im Bereich der Sexualität. Hier stießen die Welten des Viktorianischen Zeitalters und des 20. Jahrhunderts ungebremst aufeinander.

In Deutschland gab es einen weiteren Streitpunkt. Eine ganze Reihe von Erwachsenen war während der Zeit des Nationalsozialismus Mitglied in der nationalsozialistischen Partei gewesen oder hatte gar an den Verbrechen der Nationalsozialisten mitgewirkt. Nach dem Krieg hatte man darüber nie gesprochen. Einige belastete Personen, darunter Mitglieder der Regierung von Konrad Adenauer (1949–1963) und der spätere Bundeskanzler Kurt-Georg Kiesinger (1966–1969), waren in der Bundesrepublik zu hohen Positionen aufgestiegen. Dies wurde nun von manchen Jugendlichen als Skandal angesehen. Als dann auch noch 1966 eine große Koalition aus CDU/CSU und SPD das Land regierte und es keine richtige Opposition mehr gab, versuchten die Studenten eine außerparlamentarische Opposition auf der Straße zu organisieren.

Ab 1967 wurden die Protestbewegungen in allen westlichen Län-

dern immer radikaler. Dazu trug wesentlich der als ungerecht empfundene Vietnamkrieg bei. Bald überdeckte die Vietnamdiskussion jede Frage nach dem Verhalten der Väter und Mütter während der Nazizeit. Gleichzeitig wandten sich die Jugendlichen von der antikommunistischen Einstellung ihrer Eltern ab. Es wurde eine Mode, Marx, Lenin, Trotzki und Mao zu lesen. Dies führte aber dazu, dass die Studentenbewegung sich in einer Fülle von Streitigkeiten zwischen kleinen, immer radikaler werdenden Gruppen aufrieb. Am Ende wandten sich einige dem **Terrorismus** zu.
Wesentlich erfolgreicher als die politische Bewegung der 68er war die so genannte Gegenkultur der **Hippies.** Sie waren mehr an einer anderen Art, zu leben, als am Sozialismus interessiert. Ihre Musik, ihre Haartracht, ihre Kleidung, ihre Form der Sexualität, all dies wurde typisch für Jugendliche der Zeit zwischen 1966 und 1980. Vieles aus der Gegenkultur wurde im Laufe der 1970er Jahre in die Kultur der Mehrheit übernommen. Die Umgangsformen wurden lockerer, ebenso die sexuellen Normen. Eine Reihe von Gesetzen (etwa über Ehescheidung, Kuppelei, Homosexualität usw.) wurde geändert. Auch verloren die Kirchen, wenigstens in Westeuropa, an Einfluss. Sowohl die 68er als auch die Hippies hatten eine Revolution, eine völlige Umwälzung der Gesellschaften und eine Abkehr von Materialismus und Konsum angestrebt. Heraus kam am Ende eine etwas liberalere, aber umso konsumorientiertere Gesellschaft.

Wer waren die Hippies?
Bei den Hippies handelte es sich um eine von den USA ausgehende Bewegung, der es vor allem um einen neuen Lebensstil ging. Man hörte Rockmusik, nahm Rauschgift und lebte eine ungebundene Sexualität. Viele Hippies weigerten sich zu arbeiten oder lebten gemeinsam in so genannten Kommunen, wo alles allen gehören sollte. Die Kinder sollten »antiautoritär«, das heißt ohne Befehle, Ohrfeigen oder gar Prügel, erzogen werden.

BEMERKENSWERTES

Frauenpower aus Protest

Am meisten hat die Bewegung von 1968 das Alltagsleben verändert. Dass etwa Studenten sich mit du und nicht mit Sie anreden, dass man nicht mehr Anzüge mit Krawatte trägt, dies gehört zu den oberflächlichen Erfolgen der 68er-Bewegung. Sehr viel mehr leistete sie im Bereich der Gleichberechtigung von Frauen und im Bereich der Sexualität. Dies geschah jedoch zum Teil ungewollt. So entstand zum Beispiel die feministische Bewegung aus Protest gegen die Frauenfeindlichkeit der überwiegend männlichen Führer der studentischen Protestbewegung.

Die Politik der Entspannung und der Zusammenbruch der Sowjetunion

Was war die Sozialistische Einheitspartei Deutschlands (SED)?
Die SED war 1946 aus dem zwangsweisen Zusammenschluss der ostdeutschen Kommunisten mit den Sozialdemokraten entstanden. Von da an bestimmten die Kommunisten in der SED die politische, wirtschaftliche, kulturelle und gesellschaftliche Entwicklung in Ostdeutschland. 1990 wurde die SED aufgelöst und in die neue Partei des Demokratischen Sozialismus (PDS) überführt.

Was bedeutet Solidarnosc?
Das polnische Wort Solidarnosc bedeutet »Solidarität«. Die gleichnamige Gewerkschaft war 1979 während eines Streiks der Werftarbeiter von Danzig entstanden. Es war die erste unabhängige, nicht von den Kommunisten beherrschte Vertretung der Arbeiterinteressen im Ostblock. Die Bewegung wurde von der in Polen überaus mächtigen, antikommunistischen katholischen Kirche unterstützt.

Das alles hatte sich die Parteiführung der **SED** ganz anders vorgestellt. 40 Jahre alt wurde der ostdeutsche Staat in diesem Herbst 1989. Nun aber zeigten sich unglaubliche Auflösungserscheinungen. Bürger der DDR hatten schon während des gesamten Sommers versucht über Ungarn oder die Tschechoslowakei nach Westdeutschland zu fliehen. Um die DDR herum zerfiel das Weltreich der sowjetischen Kommunisten mit rasender Geschwindigkeit. Und in der DDR gingen die Menschen massenhaft auf die Straßen, um gegen die offenkundigen Wahlfälschungen ihrer Partei- und Staatsführung unter dem alternden, unbeweglichen Erich Honecker zu protestieren. »Wir sind das Volk!« gellte es durch die Straßen von Leipzig, Dresden und Ostberlin. Bald sollte es heißen: »Wir sind ein Volk!« Am 9. November 1989, nur einen Monat nach den verordneten Jubelfeiern zum 40. Geburtstag der DDR, wurde wie beiläufig die Mauer geöffnet. Das Schicksal des ostdeutschen Staates hatte sich erfüllt. Nur zwei Jahre später zerbrach auch die riesige Sowjetunion – und kein Krieg war ausgebrochen, kaum ein Schuss gefallen. Erstmals trat eine Weltmacht friedlich von der Bühne ab.

Der Niedergang der Sowjetunion, der die deutsche Wiedervereinigung am 3. Oktober 1990 überhaupt möglich machte, vollzog sich schleichend und hatte viele Ursachen. Immer noch streiten sich die Historiker, was wirklich entscheidend war. Sicher ist, dass sich bereits zu Beginn der 1980er Jahre der Kollaps der kommunistischen Planwirtschaft abzeichnete. Das sowjetische Reich war überdehnt, in Afrika und vor allem in Afghanistan führte man teure und nutzlose Kriege. Gleichzeitig waren die Kommunisten nicht in der Lage, den Übergang von der schwerindustriellen zur Computertechnologie zu vollziehen. Was im Westen ab 1973 zu eine schweren Anpassungskrise führte, wirkte sich im erstarrten Osten tödlich aus. In den Parteizentralen plante man nicht mehr den Fortschritt, sondern verwaltete nur noch den Abstieg. Gleichzeitig wurden die Sowjets von innen her bedrängt. 1978 wurde in Rom der polnische Kardinal Karol Wojtyla zum Papst Johannes Paul II. gewählt. In Polen entstand daraufhin die unabhängige Gewerkschaft **Solidarnosc,** der die Kommunisten nicht mehr Herr wurden. Konservative Politiker wie der US-amerikanische Präsident Ronald Reagan, die britische Premierministerin Margaret Thatcher oder der deutsche Bundeskanzler Hel-

mut Kohl drängten auf stärkere Rüstungsanstrengungen im Westen. Viele Menschen in Europa befürchteten, es könnte sogar zu einem Krieg kommen.
Angesichts der Krise versuchte der neue Generalsekretär Michail Gorbatschow (geb. 1931), der 1985 an die Macht kam, das untergehende System zu reformieren. Ungewollt trieb er es damit erst recht in den Abgrund. Dass es dennoch zu keinem Krieg kam, ist der Entspannungspolitik der 1970er Jahre zu verdanken. Damals hatten viele Politiker in Ost und West einen Ausweg aus den Spannungen des Kalten Krieges gesucht. Insbesondere deutsche Staatsmänner, darunter der damalige Bundeskanzler Willy Brandt und sein Berater Egon Bahr, aber auch die Amerikaner und Franzosen, hatten auf Gespräche mit den Kommunisten gesetzt. Sie wollten langsame Veränderungen auf der menschlichen Ebene erreichen. Dadurch schufen sie Kontakte und Institutionen, etwa die **KSZE,** die 1989 halfen die Krise zu bewältigen. Weil antikommunistische und kommunistische Politiker im entscheidenden Moment einander vertrauten und vor einem atomaren Krieg, der alle vernichtet hätte, zurückschreckten, konnte erstmals in der Geschichte eine Weltmacht ohne Gewaltanwendung abtreten. Viele Menschen glaubten damals, nunmehr sei die Geschichte an ihrem Ende angekommen. Sie irrten sich.

Was heißt KSZE?
Konferenz für Sicherheit und Zusammenarbeit in Europa. An dieser Konferenz, die erstmals 1975 in Helsinki stattfand, nahmen sämtliche europäischen Staaten sowie die USA und Kanada teil. Die Teilnehmer aus Ost und West verfolgten dabei unterschiedliche Interessen. Während die UdSSR und ihre Verbündeten vor allem die bestehenden Grenzen sichern wollten, war das Anliegen der Westmächte, zusätzlich über Menschenrechte zu reden. Am Ende kam es zu einem Kompromiss, der allerdings im Ostblock unvorhergesehene Menschenrechtsaktivitäten in Gang setzte.

BEMERKENSWERTES

Spechte an der Berliner Mauer

Als es am 9. November 1989 zur Öffnung der Berliner Mauer kam, strömten viele Menschen aus Ost- und Westberlin an die Grenze. Viele von ihnen durchbrachen die Polizeiabsperrungen und stiegen auf die Mauer, wo sie anfingen zu tanzen, zu singen und Sekt zu trinken. Einige unter ihnen hatten Geräte mitgebracht und begannen nun die Mauer damit einzureißen. Die abgetragenen Steine wurden oft an Museen oder Freunde verschenkt und gelten heute noch als Andenken an diesen Tag. Die Menschen, die als erste die Mauer abtrugen, nannte man bald »Mauerspechte«.

Der Prozess der Globalisierung

Wie kam es zum Irakkrieg?
Schon seit dem Golfkrieg von 1991 hatten die USA immer wieder behauptet, der irakische Diktator Saddam Hussein bedrohe mit seinen Massenvernichtungswaffen die ganze Welt. Nach dem 11. September 2001 wurde ihm zusätzlich unterstellt, er habe Kontakte mit islamistischen Terroristen. Allerdings glaubten die meisten Regierungen und Völker nicht an diese Angaben der Amerikaner und Briten. So wurde der Irak 2003 in einem kurzen Krieg von der grausamen Herrschaft Saddam Husseins befreit. Doch nachdem Präsident Bush den Krieg offiziell für beendet erklärt hatte, kam es zu einem Aufstand, in dem beide Seiten mit großer Brutalität kämpfen.

Es gibt Bilder, die man nicht vergisst, wenn man sie einmal gesehen hat. Zu ihnen gehören diejenigen vom 11. September 2001. Vor dem Hintergrund eines strahlend blauen Himmels rasten kurz nacheinander zwei Passagierflugzeuge in die Zwillingstürme des *World Trade Center* in New York. Wenig später brachen die beiden Hochhäuser in sich zusammen und begruben beinahe 3.000 Menschen in ihren Trümmern. Mit einem furchtbaren Schlag wurde vielen Menschen überall auf der Erde bewusst, dass sich mit diesem Angriff auf die Lebensweise der Amerikaner vieles geändert hatte. Alte Sicherheiten zerbröckelten. Die USA schlugen unerbittlich und nicht immer durchdacht zurück. Binnen zweier Jahre führte die letzte Supermacht der Welt Kriege in Afghanistan und im **Irak,** aber die Anschlagserie endete nicht. Weltweit kam es zu neuen Angriffen. Auch der Terror war global geworden.

Vermutlich wird man nie genau sagen können, was die **islamistischen** Terroristen des 11. September in ihrem Innersten bewegt hat. Aber gewiss war dieser Angriff auch ein Ergebnis der Globalisierung. Was aber bedeutet dieses Schlagwort, das Politiker, Journalisten und Wissenschaftler andauernd im Mund führen? Im Grunde bezeichnet man damit einen Vorgang, der sich bis ins 16. oder 18. Jahrhundert zurückverfolgen lässt. Infolge besserer Transportmöglichkeiten und immer schneller werdender Kommunikationsmittel wächst die Welt immer enger zusammen. Besonders die Wirtschaft ist ein Vorreiter der Globalisierung. Der Handel über Staatsgrenzen hinweg ist längst eine Selbstverständlichkeit geworden. An den Börsen dieser Welt werden täglich ungeheure Geldmengen hin- und hergeschoben. Für viele Menschen bedeutet dies bessere Einkommen und angenehmere Lebensverhältnisse. Andere aber fürchten sich vor den Veränderungen, die ja nicht nur die Wirtschaft betreffen. In Europa und Nordamerika gehen Arbeitsplätze verloren, die Einkommen sinken und die Sozialsysteme werden zu teuer. Manche haben Angst um ihr kulturelles Erbe und glauben, die Globalisierung führe entweder zu einer amerikanischen Einheitskultur oder zu gesichtslosen Mischkulturen. In manchen Firmen wird nur noch Englisch gesprochen, worunter die Vielfalt der Sprachen und damit des Ausdrucksvermögens verloren zu gehen droht. Umgekehrt lernt man wesentlich mehr über fremde Kulturen als jemals zuvor, was viele als Bereicherung empfin-

den. Globalisierung ist also ein wechselvoller Prozess mit ungewissem Ausgang.
Vor allem in der islamischen Welt sorgt diese Entwicklung für Aufregung. Dies hängt damit zusammen, dass nach dem Ende des Kalten Krieges die USA zu einem Imperium geworden sind. Sie sind das militärisch, politisch, wirtschaftlich und kulturell bedeutendste Land der Erde. Oft führt die Globalisierung der Wirtschaft dazu, amerikanische Werte und Lebensweisen in anderen Länder zu verbreiten. Dort sind manche Menschen fasziniert, andere wiederum wollen davon nichts wissen. Sie glauben insbesondere, die Wahrheiten ihrer Religion seien bedroht. Da die islamischen Länder, im Gegensatz etwa zu den asiatischen Staaten China, Indien, Korea und Vietnam, von der Globalisierung bislang kaum etwas gewonnen haben, führt dies zu schweren inneren Spannungen, die sich oft gewalttätig entladen. Hierin dürfte eine der Wurzeln des islamistischen Terrors liegen.
Sehr viel positiver hat man in Süd- und Ostasien auf die Globalisierung reagiert. Gerade in China wächst die Wirtschaft in bislang ungeahntem Ausmaß. Nicht wenige Beobachter glauben, dass China bald einer der mächtigsten Staaten der Welt sein wird. Was dies für unsere Zukunft bedeutet, ist noch nicht absehbar.

Was heißt Islamismus?
Nicht jede Form von Islamismus ist gewalttätig. In erster Linie geht es den Islamisten darum, den Islam zu bewahren. Allerdings weichen ihre Lehren manchmal vom traditionellen Islam ab. Seit den 1990er Jahren gibt es eine extrem gewalttätige Art von Islamismus, die ihre Wurzeln im antisowjetischen Widerstand in Afghanistan (1979–1991) hatte und anfangs von den USA unterstützt worden war. Mit dem Ende der UdSSR wandte sich der gewalttätige Islamismus allerdings gegen die westliche Kultur und gegen die Vorherrschaft der USA.

BEMERKENSWERTES

Kostet die Globalisierung Arbeitsplätze?

Derzeit gehen vor allem in Westeuropa Arbeitsplätze verloren, während sie bevorzugt in armen Staaten Osteuropas, Ostasiens oder Mittelamerikas neu entstehen. Dort sind die Löhne so niedrig, dass man kostengünstig produzieren kann. Dafür entstehen in Westeuropa neue Arbeitsplätze im so genannten Dienstleistungssektor oder im Billiglohnbereich. Was all dies für die Gesellschaften in Westeuropa und Nordamerika langfristig bedeutet, ist momentan noch gar nicht zu erkennen.

Von der Lebensphilosophie zur Existenzphilosophie

Wer war Friedrich Nietzsche (1844–1900)?

Nietzsche war einer der eigentümlichsten, wortgewaltigsten und radikalsten Philosophen der Geschichte. Er lehnte jedes System und jede Gewissheit, jede Wahrheit und jeden Halt ab. Alles hing für ihn von der Perspektive des Betrachters ab. Der Glaube war für Nietzsche Schwachheit. Auch die Vernunftgläubigkeit und den Moralismus der Aufklärung bekämpfte er mit beißendem Spott. In seinen Augen musste der Mensch zum Übermenschen werden, der sich selbst in völliger Freiheit gestaltete, ohne von irgendwelchen Vorgaben abhängig zu sein.

Seitdem **Friedrich Nietzsche** in den 1880er Jahren die Gewissheiten der Philosophie des 19. Jahrhunderts einer vernichtenden Kritik unterzogen hatte, befand sich das Fach in einer schweren Krise. Weder die Wissenschaftsgläubigkeit und der Fortschrittoptimismus der Positivisten noch der Glaube an die Sinnstiftung durch Geschichte oder gar der trockene Neukantianismus überzeugten die nachwachsende Generation. Diese wollte sich nicht mehr mit den überkommenen Schulmeinungen herumschlagen, sondern die ursprünglichen Fragen der Philosophie neu entdecken. Zu denen, die das nach Nietzsche als Erste verstanden, gehörten der Franzose Henri Bergson und die Deutschen Wilhelm Dilthey (1833–1911) und Edmund Husserl (1859–1938). Für Bergson und Dilthey war das »Leben« eine Grundkategorie der neuen Philosophie. Dieses Leben und die ihm innewohnende Kraft waren unmittelbar erfahrbar. Aus dem »Erleben des Lebens« sollten die Menschen die Kraft gewinnen, die Krise der Gegenwart zu bewältigen. Dilthey verband sein Anliegen noch mit der Idee der Geschichtlichkeit des Lebens und lehrte zudem, dass man geistige Dinge anders erkennen müsse als naturwissenschaftliche Fakten. So schuf er die folgenreiche Trennung von Geistes- und Naturwissenschaften. Einige Lebensphilosophen verweigerten sich jeder vernünftigen Auseinandersetzung. Ludwig Klages etwa behauptete, der Geist und die Vernunft zersetzten bloß die Kräfte des Lebens, denen man sich im Gefühl hingeben müsse.

Einen ganz anderen Weg ging Edmund Husserl, der stets an die Kraft der Vernunft glaubte. Er begründete die Phänomenologie, mit deren Hilfe er den Dingen, so wie sie uns erscheinen, auf den Grund kommen wollte. Martin Heidegger war sein berühmtester Schüler, der Lebensphilosophie und Phänomenologie miteinander verband. Für ihn war nicht so sehr das Leben schlechthin die Grundkategorie seines Denkens,

Edmund Husserl

sonders die **Existenz** des Menschen – weniger im Sinne eines einfachen Da-seins, sondern als Bewusstwerdung der Besonderheit und Würde von Da-sein mitten im Nichts. Mit seinen Fragen nach dem Sein und dem Nichts wollte Heidegger zurückkehren zu den Wurzeln der Philosophie bei Platon und Aristoteles, um den Wust der Traditionen des Denkens hinter sich zu lassen. Zugleich vermittelte er Sinn in einem Zeitalter, das sich zunehmend vor der Sinnlosigkeit einer Welt ohne Gott und ohne sichere Wahrheiten fürchtete. Der Sinn lag für Heidegger im tapferen Aushalten der Spannung von Sein und Nichts. Der Mensch hatte kein Wesen, sondern musste es in mühevoller, aber lohnenswerter Arbeit finden und erhalten. Viele Denker, darunter Karl Jaspers oder die Franzosen Jean-Paul Sartre und Albert Camus waren von dieser Art, »existentialistisch« zu denken, äußerst angetan. Auch einige Theologen, so beispielsweise der Jesuit Karl Rahner, schlossen sich der existentialistischen Bewegung an, um sie im Licht ihres Glaubens zu deuten.

Was bedeutet Existenz?
In der traditionellen Philosophie bedeutet Existenz nur das tatsächliche Da-sein der Dinge im Unterschied zu ihrem So-sein oder Was-sein. So ist etwa ein real existierender Tiger etwas anderes als die Idee des Tigers. Für Heidegger und die Existenzphilosophen hingegen ist Existenz etwas, das nur Menschen betrifft. Sie allein haben die Chance, ihr Leben verstehen zu wollen und es aktiv zu gestalten, obwohl auch sie im Nichts existieren. Seine Philosophie zielte darauf, die Bedingungen des Seins, innerhalb dessen sich die Existenz vollzieht, von Grund auf neu zu bestimmen.

BEMERKENSWERTES

Das Wesen der Teetasse

Die Phänomenologen schlossen sich Kant in dem Gedanken an, dass wir die Dinge nur als Erscheinungen, nicht aber an sich erkennen. Aber für Husserl (1859–1938) war Erkenntnis nicht nur das Produkt der stets beliebigen Umstände, sondern – zumindest als Untersuchung der »Phänomene«, also der Erscheinungen – im strengen Sinne möglich, wenn der Erkennende bemüht war, ohne Vorurteile sich auf die Sache selbst einzulassen. Phänomenologen waren berühmt und berüchtigt für ihre oft stundenlangen Untersuchungen gegebener Gegenstände, etwa einer Teetasse oder eines Kreidestrichs, die sie auf ihr »Wesen« hin befragten. Wichtig dabei war, dass sie sich von vorgefertigten Meinungen und Traditionen lösen wollten, was Heidegger dann aufgriff. Im Gegensatz zu Nietzsche oder Heidegger ging es den Phänomenologen aber nicht um einen völligen Bruch mit der Vergangenheit.

Die Wende zur Sprache

Wer sind die Hauptvertreter der Sprachanalyse?
Wichtige vertreter der Sprachanalyse sind Bertrand Russell (1872–1970), Gilbert Ryle (1900–1976) und teilweise Ludwig Wittgenstein (1889–1951).

Was will der kritische Rationalismus?
Der kritische Rationalismus versteht sich als bürgerlich-liberale, undogmatische Philosophie, die kritisch jeden Geltungsanspruch weltanschaulicher Aussagen überprüfen will. Dabei wird oft auf die Denkweise der Naturwissenschaften Bezug genommen. Ihr Hauptvertreter war Karl Popper (1902–1994).

Eine der grundlegenden Fragen der Philosophie lautet von jeher: Was erkenne ich eigentlich, wenn ich etwas erkenne? Im Laufe der Zeit haben Denker ganz unterschiedlicher Richtungen darauf sehr verschiedene Antworten gegeben. Manchmal waren sie optimistisch, manchmal pessimistisch, wenn es um das Erkenntnisvermögen der Menschen ging. Ein Gedanke aber schwang bei der Antwort immer mit: Was auch immer ich erkenne, ich muss es mithilfe der Sprache bezeichnen. Lange wurde dieser Aspekt unseres Denkens fast als selbstverständlich angesehen. Erst im 19. Jahrhundert und dann vor allem seit den 1960er Jahren wurde die Frage nach der Rolle der Sprache zu einem der wichtigsten philosophischen Probleme überhaupt. Sprache, so eine Einsicht, die der Franzose Fernand de Saussure (1857–1913) hatte, hängt eng mit dem Denken zusammen. Man kann diesen Sachverhalt noch drastischer formulieren: Die Gesellschaft formt die Sprache, die Sprache formt unser Denken. Wir können also nichts denken, was nicht sprachlich vorgegeben ist. Damit aber wird unser Denken über die Sprache in einen gesellschaftlichen Rahmen gestellt. Es gibt also keinen vorurteilsfreien, unmittelbaren Zugriff auf irgendwelche Sachverhalte oder Dinge, sondern stets, wie auch Nietzsche es gesagt hatte, nur Perspektiven, von denen aus wir uns den Dingen nähern. Bemerkenswert ist allerdings, dass wir genau über diesen Punkt nachdenken können.

Die Philosophen haben aus dieser Erkenntnis de Saussures keine einheitliche Schlussfolgerung gezogen. Das war auch gar nicht zu erwarten. Einige, die so genannten **Sprachanalytiker,** aber auch die **kritischen Rationalisten,** untersuchten die Logik und damit auch die Gültigkeit bestimmter Begriffe und Annahmen. Sie strebten eine von aus dem Alltag gewonnenen Vorannahmen freie, reine Wissenschaftssprache an. Einen anderen Weg gingen die Anhänger der **kritischen Theorie,** die sich mehr mit dem Zusammenhang von Sprache und Gesellschaft befassten, um daraus Vorschläge für eine bessere und gerechtere Gesellschaft abzuleiten. Wieder einen anderen Zugang wählten die Strukturalisten. Sie fragten nach den inneren Gesetzmäßigkeiten, die zwischen Sprache, Gesellschaft und Denken herrschten. Auf diese Weise führten sie eine neue Form von Objektivität in das Denken über die Sprache ein. Nach ihrer Ansicht erlaubte es der Blick auf die Strukturen der Sprache (oder der Gesellschaft), genaue und allgemeingültige Angaben über die Inhalte des Sprechens zu machen.

Gegen diesen Versuch, das Denken in bloßen Perspektiven aufzugeben, erhoben die Poststrukturalisten oder **Postmodernen** heftig Einspruch. Wie Nietzsche und Heidegger, auf die sie sich beriefen, beharrten die postmodernen Philosophen darauf, dass es keine allgemein gültigen Strukturen gebe. Jede Erkenntnis sei relativ, jeder Wahrheitsanspruch im Grunde ein versteckter Dogmatismus. Man müsse radikal mit allen Annahmen, es gebe feststehende Wahrheiten, brechen. Dies sei nur eine durch die Sprache selbst hervorgerufene Täuschung. Nicht abstrakte Wahrheiten seien interessant, sondern kleine, aber wichtige Brüche und Unterschiede, die »Differenzen«, nicht vom »Sein«, sondern vom »Werden« dürfe man noch sprechen. Alles sei im Fluss. Manche postmodernen Philosophen gingen so weit, die Ironie an die Stelle einer Vernunft zu setzen, die sich immer noch um allgemein gültige Erkenntnisse bemühte.

Einen eigenständigen Weg, der aber eng mit der Postmoderne verknüpft war, ging die feministische Philosophie. Auch für sie war die Kritik der Sprache überaus wichtig, da sie hier eine Grundlage für die Herrschaft der Männer in der Gesellschaft fand. Es sei notwendig, eine Sprache zu entwickeln, welche die Erfahrungen von Frauen gleichberechtigt aufnehme. Auf diese Weise wurde die feministische Philosophie zu einer der gesellschaftlich wirksamsten Arten des Denkens im späten 20. Jahrhundert. Es ist jedoch unsicher, ob die einseitige Beschäftigung mit der Sprache von Dauer sein wird.

Worum ging es der kritischen Theorie?
Die kritische Theorie, die auch als Frankfurter Schule bekannt war, übte ihren größten Einfluss in den 1960er und 1970er Jahren zur Zeit der Studentenbewegung aus. Ihre wichtigsten Denker waren Max Horckheimer (1895–1973), Theodor W. Adorno (1903–1969), Herbert Marcuse (1898–1979) und Jürgen Habermas (geb. 1929). In der kritischen Theorie verband sich eine marxistische Gesellschaftsanalyse mit Überlegungen zum Zusammenhang von Sprache, Kommunikation und Gesellschaft.

Was bedeutet Postmoderne?
Mit dem Begriff der Postmoderne fasst man eine Reihe französischer Philosophen zusammen, die oft gar nichts miteinander zu tun haben, darunter François Lyotard (1924–1998), Jacques Derrida (1930–2004), Michel Foucault (1926–1984) und Roland Barthes (1915–1980). Was sie allerdings verband, war der Gedanke der »Dekonstruktion«, also des Versuchs, bestehende Gewissheiten kritisch und ironisch ihrer Gewissheit zu berauben.

BEMERKENSWERTES

Political Correctness – alles p.c.?

Die Political Correctness, ironisch auch p.c. genannt, ist eine besonders in den USA beheimatete Bewegung an den dortigen Universitäten und in der Politik, die mit der Idee Ernst macht, dass Sprache in besonderem Maße gesellschaftliche Herrschaftsverhältnisse widerspiegelt. Deswegen sollen alle sprachlichen Begriffe, die als abwertend gelten (Greis, Krüppel, Neger etc.) durch »ausgewogenere« sprachliche Formen ersetzt werden. Ebenso müssen sämtliche Begriffe, die sich auf Menschen beziehen, in der männlichen und weiblichen Form genannt werden. Inzwischen scheint sich die Political Correctness auf dem Rückzug zu befinden, da der Versuch, eine politisch »reine« Sprache durchzusetzen, gelegentlich bevormundend wirkte.

Neuaufbrüche im Christentum

Was ist die ökumenische Bewegung?
Seit dem frühen 20. Jahrhundert gibt es verstärkte Versuche, die getrennten Kirchen und religiösen Gemeinschaften innerhalb des Christentums wieder zu einen. Anfangs stand die katholische Kirche diesen »ökumenischen« (auf die Einheit aller Christen auf dem gesamten Erdkreis bezogenen) Bemühungen skeptisch gegenüber, da sie befürchtete, der Kompromiss könne die Sorge um die Wahrheit ersetzen. Seit dem II. Vatikanischen Konzil bekennt sich auch die katholische Kirche vorsichtig zur Ökumene. In einer Reihe von Erklärungen wurden Missverständnisse in den Glaubenslehren abgebaut. Dennoch gibt es weiterhin eine Vielzahl ungelöster Probleme. Deswegen ist es zum Beispiel so schwierig, dass Katholiken und Protestanten gemeinsam Gottesdienst feiern.

Wir müssen Licht und frische Luft in die Kirche hineinlassen. Wir brauchen ein Konzil, um die Kirche der Welt von heute anzupassen.« Mit diesen Worten sorgte Papst Johannes XXIII. (1958–1963) im Katholizismus für gewaltige Furore. In der Tat steckte der Katholizismus in der Mitte des 20. Jahrhunderts in einer Krise. Die Kirche wirkte verstaubt, altbacken, nicht mehr im Einklang mit der modernen Welt. Immer noch wurden weltweit die gleichen lateinischen Choräle gesungen und die Messe im gleichen Ritus gelesen wie vor 400 Jahren. Allerdings war die katholische Kirche zur größten Religionsgemeinschaft der Welt geworden. Es gab Bischöfe in Afrika, Asien und selbst auf kleinen Inseln im Pazifik. Johannes, der den entscheidenden Anstoß für eine Erneuerung der Kirche gab, sollte das Ende des Zweiten Vatikanischen Konzils (1962–1965) nicht mehr erleben, aber sein Nachfolger, der feinsinnige, aber zögerliche Intellektuelle Paul VI. (1963–1978), brachte das Kunststück fertig, das Konzil der Weltkirche zu einem Abschluss zu führen. Das war nicht ganz einfach. Zu groß waren die Spannungen zwischen den konservativen Katholiken und den leidenschaftlichen Reformern, besonders aus Deutschland, Belgien, Frankreich, den Niederlanden und den USA. Sie wollten der Kirche ein neues, weltoffenes Gesicht geben und setzten sich am Ende durch. Die lateinische Messe verschwand, die Seelsorge sollte intensiviert werden, die Laien mehr Mitspracherechte erhalten. Außerdem bekannte sich die katholische Kirche vorsichtig zur **Ökumene.** Damit aber begann eine schwere Krise des Katholizismus. Die alte Geschlossenheit zerbrach. Viele, selbst Priester, verließen die Kirche, weil sie Erwartungen hatten, die nicht erfüllt werden konnten. Erst unter Pauls Nachfolger, dem polnischen Papst Johannes Paul II. (1978–2005), der die katholische Kirche wieder autoritärer führte, kam es zu einer leichten Beruhigung. Heute ist kaum absehbar, wohin sich der Katholizismus entwickelt. Während die Kirche in Europa und den USA schwach und zerstritten ist, wächst sie in anderen Gebieten dieser Erde. Der neue Papst aus Deutschland, Benedikt XVI., steht ohne Zweifel vor einer schweren Aufgabe.

Aber auch der Protestantismus hatte mit den Problemen der Moderne zu kämpfen. Zu Beginn des 20. Jahrhunderts zerfiel der liberale Kulturprotestantismus. An seine Stelle traten die Schulen von Rudolf Bultmann (1884–1976) und Karl Barth (1886–1968). Bultmann vertrat die Meinung, dass die mythischen Wunderberichte der Bibel nicht mehr wörtlich ausgelegt werden sollten, sondern auf die Situation der Menschen in der Gegenwart hin zu lesen waren. Damit verfocht er das Erbe der liberalen Theologie des 19. Jahrhunderts. Karl Barth hingegen stand für die so genannte dialektische Theologie, die den unmittelbaren und unableitbaren Anspruch von Gottes Wort für den Menschen ohne jede vermittelnde Instanz neu durchdachte. Für Barth war das Christentum keine Religion wie jede andere, sondern der direkte Anruf Gottes an die Herzen der Menschen. Gott aber war so anders als die Menschen, dass man ihn begrifflich nicht fassen konnte.

Seit den 1970er Jahren sind es aber nicht mehr die Entwicklungen der Theologie, die den Protestantismus der Gegenwart prägen. Die liberalen Kirchen verlieren an Gefolgschaft. Dafür wachsen **evangelikale und pfingstlerische Erweckungskirchen,** die in Afrika und Amerika weit verbreitet sind. Das protestantische Christentum wird im 21. Jahrhunderts vermutlich ein völlig anderes Gesicht haben als im 20. Jahrhundert.

Wer sind Evangelikale und Pfingstgemeinden?
Das sind Bewegungen innerhalb des Protestantismus, die sowohl die Bibel sehr ernst und oft auch wörtlich nehmen (Fundamentalisten) als auch darauf vertrauen, dass sie der Heilige Geist in einer Art neuem Pfingsterlebnis direkt leitet. Die Evangelikalen und Pfingstler stehen den herkömmlichen Kirchen häufig kritisch gegenüber. Sie pflegen eine unmittelbare, gefühlsorientierte Frömmigkeit.

Papst Benedikt XVI.

BEMERKENSWERTES

Ein deutscher Papst nach fast 500 Jahren

Joseph Ratzinger war in den 1960er Jahren ein gemäßigter Berater des II. Vatikanischen Konzils gewesen. Danach, als Theologieprofessor und Erzbischof von München und Freising, galt er als Konservativer. Nachdem Papst Johannes Paul II. ihn 1981 zum Präfekten der Glaubenskongregation gemacht hatte, die für die Reinhaltung des katholischen Glaubens zuständig ist, verfestigte sich dieser Eindruck. Nach dem Tod Johannes Paul II. wählten die Kardinäle seinen engen Mitarbeiter Kardinal Ratzinger zum neuen Papst. Er nannte sich Benedikt XVI. Er ist der erste deutsche Papst seit Hadrian VI. (1523)

Auf der Suche nach der neuen Form

Was heißt Kakanien?
Der Begriff bezieht sich auf die offizielle Bezeichnung für die Behörden der Habsburger Monarchie seit 1867. Damals war das Königreich Ungarn zu einem gleichberechtigten Bestandteil des Habsburger Staats geworden. Die Einrichtungen des Gesamtstaats Österreich-Ungarn wurden dann als kaiserlich und königlich (k. u. k.) bezeichnet. Die Abkürzung wurde dann zu Kakanien.

Die Welt, die sie schilderten, war manchmal abgründig, manchmal voller Humor, immer aber sehr schwierig und unübersichtlich. Marcel Proust (1871–1921), James Joyce (1882–1941), Robert Musil (1880–1942) und Franz Kafka (1883–1924) lebten in einer Zeit des Übergangs und sie wussten es auch. Mit dem Aufkommen der Industrie, vor allem aber mit dem Massensterben im Ersten Weltkrieg, zerbrach die schön gefügte Ordnung des Bürgertums. Die Menschen betrachteten das kommende Neue mit gemischten Gefühlen. Diesem Lebensgefühl verliehen die vier Schriftsteller, jeder mit seinen Mitteln, Ausdruck. Ihnen war zudem klar, dass man in dieser neuen Zeit nicht mehr so schreiben konnte wie im vergangenen Jahrhundert. Um das Neue darzustellen, bedurfte es einer neuen Form und einer neuen Sprache.

Robert Musils umfangreicher Roman *Der Mann ohne Eigenschaften* ist noch in einer vergleichsweise normalen Sprache geschrieben. Musil hat über 20 Jahre an dem Buch gearbeitet und konnte es dennoch nicht vollenden – es bricht nach über 1.000 Seiten in der Mitte ab. Mit liebevoller Ironie schildert Musil die Vorbereitungen zum so genannten »weltösterreichischen Jahr«, dem 70. Thronjubiläum Kaiser Franz Joseph I. in **Kakanien.** Andererseits erzählt er die Liebesgeschichte zwischen der Hauptfigur Ulrich und seiner Schwester Agathe. Damit schlägt er ein wichtiges Thema der neueren Literatur an: Wie verhalten sich Einzelmenschen gegenüber der Masse, dem Staat oder anderen Einrichtungen, deren Macht oft kaum einzuschätzen ist? Was ist der Wert eines Menschen angesichts dieser anonymen Apparate?

Diese Themen griff auch Franz Kafka, ebenfalls ein Untertan Franz Josephs, auf. Aber wo Musil noch Ironie zeigen konnte, erleben die Helden von Kafkas Romanen und Erzählungen nur noch verzweifelte und ausweglos absurde Situationen. In *Der Prozess* zum Beispiel wird die Hauptfigur K. grundlos vor ein Gericht gestellt und zum Tode verurteilt. Alles geschieht nach einem nicht mehr erkennbaren, aber vorgegebenen Muster, dem K. hilflos ausgeliefert ist. Dabei interessiert Kafka das psychologische Moment, also die Frage, wie Menschen mit solchen Erfahrungen umgehen. Dies verbindet alle vier Schriftsteller miteinander.

Der Franzose **Marcel Proust** schrieb das siebenbändige Werk *Auf der Suche nach der verlorenen Zeit* als einen Rechenschaftsbericht des Ich-Erzählers Marcel über sein Leben. Er schildert in zahlreichen Wiederholungen seine Liebesgeschichten und fragt sich dabei, ob er möglicherweise seine Zeit verloren, also vergeudet, hat. Wie und warum erinnert man sich an etwas? Möglicherweise ist es gerade die Erinnerung, mit deren Hilfe wir die verlorene Zeit wieder finden. Proust neigt zu unglaublich langen Sätzen, wechselt manchmal die Erzählperspektive oder fügt dem Roman Gedichte über Naturereignisse hinzu.

Am schwierigsten sind wohl die beiden Spätwerke des Iren James Joyce zu lesen. Im *Ulysses* schildert Joyce einen kompletten Tag aus der Sicht mehrerer Figuren, darunter des Stephan Dedalus, des Leonard Bloom und seiner Frau Molly. In loser Abfolge erzählt er angelehnt an den *Odysseus* von Homer die Ereignisse oder auch das Fehlen von Ereignissen als inneres Gespräch. Berühmt ist das letzte Kapitel, in dem die Gedanken von Molly fast ohne Punkt und Komma nachgezeichnet werden. In *Finnegans Wake* erfindet Joyce eine Kunstsprache, die voller Anspielungen steckt, die vom Leser erst entschlüsselt werden müssen. Das eigentliche Geschehen ist dabei nur noch Nebensache. Es geht um die Beerdigungsfeier für Tim Finnegan. Aber alle Personen stehen auch noch für andere und anderes. Am Ende ist Finnegan nicht einmal tot. Zwar greift Joyce hier auf eine alte irische Erzählung zurück, aber er verleiht ihr einen völlig anderen Sinn, der jedoch nicht eindeutig zu bestimmen ist. Für viele postmoderne Erzähler und Philosophen wurde *Finnegans Wake* deswegen zu einem Kultbuch.

Was für eine Person war Marcel Proust?

Nach allem, was wir wissen, war er nicht ganz einfach zu nehmen. 1897 duellierte er sich mit dem Literaturkritiker Jean Lorrain, weil der Prousts erstes Buch nicht besonders gut besprochen hatte. Auf der anderen Seite konnte er sich für seine Freunde einsetzen. So engagierte er sich für den jüdischen Hauptmann Robert Dreyfus, der in den 1890er Jahren fälschlicherweise als deutscher Spion verurteilt worden war, was in Frankreich zu einem großen Skandal führte.

BEMERKENSWERTES

Bloomsday

Seit 1954 feiert man an jedem 16. 6. noch heute in der irischen Hauptstadt Dublin den Bloomsday (oder: Bloom's Day). An diesem Tag wird an den Ulysses erinnert, der am 16. Juni 1904 spielt. Dies war der Tag, an dem Joyce seine Frau kennen lernte. Zusätzlich gedenkt man des Werkes und der Person von James Joyce. Dazu finden Veranstaltungen aller Art statt, zum Beispiel Dichterlesungen. Manche Menschen kritisieren, der Bloomsday diene nur den Interessen des Tourismus. Inzwischen feiern Joyce-Fans auch in Deutschland diesen Tag.

Die deutsche Literatur

Was ist ein Schlüsselroman?
Unter einem Schlüsselroman versteht man ein Buch, das zwar vorgibt eine erfundene Geschichte zu erzählen, in dem sich aber viele Hinweise auf wirkliche Personen und Ereignisse finden. Diese Hinweise werden gewissermaßen »verschlüsselt«.

Was ist der Nobelpreis?
Ein Preis, der von dem Erfinder des Dynamits, Alfred Nobel gestiftet wurde. Seit dem frühen 20. Jahrhundert werden alljährlich in Stockholm und Oslo die Nobelpreise für Physik, Medizin, Chemie, aber auch Frieden und Literatur vergeben. Gerade um den Literaturnobelpreis gibt es häufig heftige Diskussionen, weil es schwierig ist, ein objektives Urteil über ein literarisches Werk abzugeben. Mit dem Preis ist ein Preisgeld von etwa einer Million Euro verbunden. Thomas Mann hat mit diesem Geld unter anderem ein Haus gekauft und die Schulden seiner Kinder bezahlt.

Thomas Manns (1875–1955) **Schlüsselroman** *Buddenbrooks* über den Niedergang einer Lübecker Kaufmannsfamilie erschien im Jahre 1901. Drei Jahre lang hatte Thomas Mann an seinem ersten Buch gearbeitet. Es war ein großer Erfolg. Im Jahr 1929 erhielt er dafür den **Nobelpreis** für Literatur. Schlagartig wurde aus dem jungen Mann einer der berühmtesten deutschen Schriftsteller des 20. Jahrhunderts. In mancherlei Hinsicht spiegelten die *Buddenbrooks* sein eigenes Leben. Auch Thomas Mann entstammte einer wohlhabenden Lübecker Kaufmannsfamilie, auch in ihm schlummerte die Neigung zum Künstler wie in seiner Figur Hanno Buddenbrook. Bereits als Schüler verfasste Thomas Mann Gedichte. Und wie bei Thomas Buddenbrook drehte sich sein Leben viel um Verfall, Krankheit und Tod. Auch in Manns Roman *Der Zauberberg* geht es letztlich immer wieder um diese Grundthemen seines Lebens. Dabei lebte Thomas Mann im Unterschied zu anderen großen Schriftstellern nie in Armut, ganz im Gegenteil. Nicht zuletzt dank des Nobelpreises konnte er sich einen bürgerlichen Lebensstil leisten. Auf Besucher wirkte er immer wie ein pedantischer preußischer Beamter, der nach einem fest geregelten Plan arbeitete. Zudem liebte er es, mit seinem Wissen zu glänzen. All dies machte ihn unter seinen Kollegen nicht gerade beliebt. Dennoch kam kaum einer darum herum, in Mann einen der größten deutschen Schriftsteller überhaupt zu bewundern.

Thomas Manns Leben war fest mit der deutschen Geschichte seiner Zeit verbunden. Während des Ersten Weltkrieges hatte er sich noch vorsichtig für den Krieg ausgesprochen. Erst im Laufe der Weimarer Republik wurde der Schriftsteller zum überzeugten Demokraten. 1933 ging er ins Exil in die Schweiz und die USA, weil er den Nationalsozialismus strikt ablehnte. Nach 1945 rechnete er heftig mit der politischen Schuld der Deutschen ab, was zu hitzigem Streit zwischen ihm und anderen Schriftstellern führte, die nach 1933 in Deutschland geblieben waren.

Ähnlich erging es zwei anderen wichtigen Schriftstellern. Auch Alfred Döblin (1878–1957) und Bertolt Brecht (1898–1956) mussten 1933 Deutschland verlassen. Döblin war Jude und kritischer Republikaner, Brecht sogar Kommunist. Beide hatten in den 1920er Jahren in ihren Romanen und Theaterstücken die Ungerechtigkeiten der deutschen Gesellschaft angeprangert. Döblins Buch *Berlin Alexanderplatz* (1929) ist die finstere Geschichte des unglücklichen ehemaligen Häftlings Franz Biberkopf, der, was immer er auch tut, keine Möglichkeit mehr hat, einen Platz in dieser Gesellschaft zu finden. Brechts Stücke waren noch radikaler und kritischer. In der *Dreigroschenoper, Aufstieg und Fall der Stadt Mahagonni* oder der *Heiligen Johanna der Schlachthöfe* wollte er das Bewusstsein für die Unzulänglichkeiten des Kapitalismus wecken. Im *Leben des Galilei* klagte er Diktaturen und Unterdrückungssysteme an. Er hoffte auf die Revolution, um all diese Probleme zu überwinden. Deswegen musste er 1947 von den USA in das kommunistische Ostdeutschland ziehen.

Dass Krieg und Diktatur im 20. Jahrhundert Deutschlands Schicksal war, musste selbst der einzige noch lebende deutsche Nobelpreisträger Günter Grass (geb. 1927) erfahren. In seinem wichtigen Roman *Die Blechtrommel* wird anhand des Schicksals des jungen Oskar, der nicht erwachsen werden will, die deutsche Geschichte seit den 1920er Jahren erzählt und kommentiert. Dabei spielt Danzig, wo Grass geboren wurde, eine ebenso große Rolle wie Lübeck in Thomas Manns *Buddenbrooks.* Mit der *Blechtrommel* begann Ende der 1950er Jahre der Aufstieg von Grass, der durch die **Gruppe 47** stark gefördert wurde. Heute gilt Grass als unbequemer politischer Mahner, der sich bewusst von der unpolitischen Tradition des frühen Thomas Mann abgewendet hat.

Wer war die Gruppe 47?

Die Gruppe 47 war eine lose Vereinigung deutscher Schriftsteller, die nach der Zeit des Nationalsozialismus die deutsche Literatur besser und demokratischer machen wollte. Der Gründer der Gruppe, die sich 1947 erstmals traf, war Hans Werner Richter. Besonders in den 1950er Jahren förderte die Gruppe 47 unbekannte junge Autoren, darunter Günter Grass, Heinrich Böll und Ingeborg Bachmann. Seit den frühen 1960er Jahren wurde sie zunehmend kritisiert, 1977 löste sie sich auf.

BEMERKENSWERTES

Keine Kommunisten in den USA

Bertolt Brecht musste 1947 die Vereinigten Staaten verlassen, weil er Kommunist war. In der frühen Phase des Kalten Krieges verfolgte das so genannte »Komitee für unamerikanische Angelegenheiten« Schriftsteller, Schauspieler und Regisseure, die man für Kommunisten hielt oder die tatsächlich Kommunisten waren. Einige Amerikaner glaubten sogar, Thomas Mann sei Kommunist, weswegen Mann in die Schweiz zog. Erst als der Kalte Krieg an Bedeutung verlor, ließ der Antikommunismus in den USA etwas nach.

Die amerikanische Literatur

Was ist die Dust Bowl?
Unter Dust Bowl verstand man zwischen 1925 und 1940 die Farmgebiete in Oklahoma und Arkansas. Dort waren die Böden erschöpft und die ansässigen Farmer konnten weder Vieh züchten noch ernten. Sie verarmten, verloren ihr Land und zogen in kleinen Gemeinschaften, den Okies und Arkies, elend durch die USA.

Was ist Initiation?
Ursprünglich kommt der Begriff aus der Völkerkunde und bezieht sich auf Feiern, die den Eintritt in eine Stammesgemeinschaft zum Inhalt haben. In der Literaturgeschichte meint man damit ein bestimmtes Thema, nämlich die Probleme von Jugendlichen beim Erwachsenwerden. In der amerikanischen Literatur wird dieses Thema besonders häufig behandelt.

Die Weite und Vielfalt des Landes, aber auch die Einsamkeit mancher Amerikaner in einer Gesellschaft, die nur Bewegung, aber keinen festen Halt zu kennen scheint, beschäftigt amerikanische Schriftsteller mehr als ihre europäischen Kollegen. Nicht selten pendeln sie zwischen überbordendem Optimismus und einer tiefen Verzweiflung über die öde Trostlosigkeit amerikanischen Lebens.
Ein in diesem Sinne mustergültiger amerikanischer Autor war Ernest Hemingway (1899–1961). Er war schon fast besessen von einer Frage: Wann ist ein Mann ein Mann? Sein ganzes Leben war von dem Zwiespalt von Lebenslust und Lebensangst gekennzeichnet. Hemingway diente in mehreren Kriegen als Berichterstatter, er war Abenteurer, Großwildjäger, Fischer, Bergsteiger, er trank Unmengen von Alkohol und liebte den blutigen spanischen Tierkampf. Ständig wollte er sich als Mann beweisen. Auch seine Bücher handeln letztlich von diesen Erfahrungen seines Lebens. In *Farewell to Arms* (1929, dt. *In einem anderen Land)* arbeitete er seine Erlebnisse als Krankenpfleger im Ersten Weltkrieg auf, in *To Whom the Bell Tolls* (1940, dt. *Wem die Stunde schlägt)* befasste er sich mit den Grausamkeiten des Spanischen Bürgerkriegs. Weltberühmt aber wurde seine Erzählung *The Old Man and the Sea* (1952, dt. *Der alte Mann und das Meer),* die den verzweifelten und am Ende sinnlosen Kampf eines alternden Fischers mit einem großen Fisch schildert. Wie auch in seinen Kurzgeschichten nutzte Hemingway in dieser Erzählung sein Talent, Dinge in knapper, einfacher Sprache genau auf den Punkt zu bringen. Gerade darin zeigte er sich als amerikanischer Autor. Als er fühlte, dass er seinen Vorstellungen von Männlichkeit nicht mehr gewachsen war, brachte er sich um.
Kaum weniger amerikanisch waren Leben und Werk von William Faulkner (1897–1962). Nahezu alle seine Romane spielen in seiner Heimat im Süden der USA, in Mississippi. Sie zeigen das Leben der Menschen im Süden seit dem Beginn der Besiedlung durch die Weißen bis in die 1950er Jahre. Aber obwohl sich das provinziell anhört, ging es Faulkner immer um mehr. In *As I Lay Dying* (1930, dt. *Als ich im Sterben lag)* schildert er etwa den Leichenzug einer Farmerin aus Mississippi und macht daraus eine Geschichte über die Ortlosigkeit von Menschen allgemein. Faulkner wirkte weit über die USA hinaus. Gerade in Deutschland beeinflusste er viele jüngere Schriftsteller. 1949 erhielt er den Literaturnobelpreis.
John Steinbeck (1902–1968) stammte aus Kalifornien im amerikani-

schen Westen. Auch bei ihm waren Werk und Herkunft eng miteinander verbunden. Besonders berühmt wurde er durch den sozialkritischen Roman *Grapes of Wrath* (1939, dt. *Früchte des Zorns),* für den er 1962 den Nobelpreis erhielt. Hier nähert er sich dem Schicksal der Farmer in der berüchtigten **Dust Bowl** in der Art eines Reporters, um in einer genauen, beinahe kühlen Sprache die Folgen von Armut und Verzweiflung zu beschreiben. Ein anderes Thema wählte er in *East of Eden* (1952, dt. *Jenseits von Eden),* einem **Initiationsroman,** der später mit James Dean in der Hauptrolle verfilmt wurde. Hier geht es um eine tragische Familiengeschichte und – wie bei Hemingway – um das Problem, wie ein Junge zum Mann wird.

Der amerikanischste aller Schriftsteller sprach als Kind nur französisch. Er kam aus einer franko-kanadischen Familie. Jack Kerouac (1922–1969) wurde mit seinem Buch *On the Road* (1957, dt. *Unterwegs)* zur Kultfigur der **Beatgeneration** und der Hippies. Keiner hat das Problem der mangelnden Bindung an einen Ort derart auf die Spitze getrieben wie Kerouac. So erzählt das Buch von seinen Reiseabenteuern auf den Straßen und in den Städten Amerikas. Drogen, Gewalt, Alkohol und Sexualität stehen im Mittelpunkt. Ein Getriebener versucht darüber nachzudenken, warum und wovon er getrieben wird. Kerouac war unterwegs, ohne je anzukommen. Daran zerbrach er am Ende.

Was meint man mit Beatgeneration?

Die Beatgeneration war eine Gruppe von jungen Schriftstellern und Künstlern, die in den 1950er Jahren lebten. Sie wurden zu Vorläufern der Hippies in den 1960ern. Die »Beatniks« lehnten sich gegen den Leistungsdruck und die nur am Geld orientierte Gesinnung ihrer Eltern auf. Sie pflegten einen Lebensstil, in dem Alkohol und Drogen eine wichtige Rolle spielten.

BEMERKENSWERTES

Spannendes aus dem 19. Jahrhundert

Schon das 19. Jahrhundert hat bemerkenswerte amerikanische Autoren hervorgebracht. Edgar Allan Poe (1809–1849) gehörte bereits in dieser Zeit zur Weltliteratur. Er erfand zum Beispiel mit *Der Doppelmord in der Rue Morgue* den Kriminalroman und verfasste andere, bis heute weltberühmte Erzählungen zum Beispiel *Grube und Pendel* oder *Der Rabe.* Hermann Melville, von dem *Moby Dick* stammt, oder Mark Twain gehören ebenfalls zu den bekannten amerikanischen Schriftstellern aus dem 19. Jahrhundert.

Die französische Literatur

Was war die Résistance?
Résistance heißt übersetzt »Widerstand«. Mit diesem Begriff bezeichnete man die französische Widerstandsbewegung gegen die Deutschen nach der Niederlage Frankreichs 1940. Nach dem Zweiten Weltkrieg wurde die Résistance zum Mythos. Viele Franzosen behaupteten im Widerstand gewesen zu sein, was aber nicht immer stimmte. Erst heute fängt man auch in Frankreich an, über die Rolle von Franzosen zu diskutieren, die mit den Deutschen zusammenarbeiteten.

Wer war Honoré de Balzac (1799–1850)?
Balzac war einer der bekanntesten Schriftsteller des 19. Jahrhunderts. Besonders berühmt wurde er durch seinen 80-bändigen, aber dennoch unvollendet gebliebenen Romanzyklus La comédie humaine *(Die menschliche Komödie). Dabei handelt es sich um den groß angelegten Versuch, eine vollständige und realistische Gesamtdarstellung der französischen Gesellschaft im frühen 19. Jahrhundert zu geben. Balzac verbindet die unterschiedlichen Werke dadurch, dass er immer wieder dieselben Personen auftreten lässt.*

Es war ein ganz normaler Morgen im Jahre 194., an dem Dr. Rieux das Krankenhaus in Algier betrat. Fast hätte er von der toten Ratte zu seinen Füßen keine Notiz genommen. In diesem Moment schien sie ihm kaum besonders wichtig zu sein. Er konnte nicht ahnen, dass sich in den kommenden Tagen sein Leben total verändern würde. In Algier war die Pest ausgebrochen. Erst ganz allmählich, dann immer schneller starben die Menschen. Der Arzt Dr. Rieux führte einen aussichtslosen Kampf gegen die Plage, aber er stellte sich dieser unerbittlichen Herausforderung.

Pflichterfüllung in einer Welt ohne Sinn, das ist eines der zentralen Themen in dem Roman *La peste* (dt. *Die Pest)* von Albert Camus (1913–1960). Wenn man so will, ist es ein zutiefst philosophisches Buch. Das ist auch kein Zufall. Albert Camus stammte aus ärmlichen Verhältnissen. Er war in Algerien, das damals zu Frankreich gehörte, geboren worden. Der Vater war früh gestorben. Seine Mutter konnte weder lesen noch schreiben. Ihr Sohn kämpfte sich mühsam nach oben. Er besuchte eine höhere Schule, wo er versuchte seine Herkunft zu verheimlichen. Camus war ein äußerst fleißiger Schüler. Er schaffte es bis zur Universität, wo er Philosophie studierte. Eine Zeit lang war er mit dem existentialistischen Philosophen Jean-Paul Sartre befreundet, obwohl Camus stets Wert darauf legte, kein Existentialist zu sein. Dennoch nahm er viele existentialistische Fragestellungen auf. In beständig neuen Anläufen diskutierte er in seinen Schriften das Problem, wie der Mensch frei sein Schicksal, in eine vom Nichts geprägte, sinnlose Welt geworfen zu sein, annehmen kann (*L'Homme révolté* von 1951 und besonders im *Mythos des Sisyphos* aus dem Jahr 1942). Abert Camus war mehr als ein philosophierender Schriftsteller. Wie seine Zeitgenossen André Gide (1869–1951) oder André Malraux (1901–1976) stand er in der typisch französischen Tradition des politisch aktiven Intellektuellen. Er war ein heftiger Kritiker des Kolonialismus und

Abert Camus

deswegen für eine gewisse Zeit Mitglied der Kommunistischen Partei Frankreichs. Während des Zweiten Weltkriegs kämpfte Camus gemeinsam mit anderen Schriftstellern in der **Résistance** gegen die deutschen Besatzer. Solange er lebte, äußerte er sich häufig zu aktuellen politischen Fragen. Gerade die Algerienpolitik fesselte ihn. Er blieb immer am Schicksal seiner alten Heimat interessiert. Die alte deutsche Vorstellung, ein Schriftsteller habe unpolitisch zu sein, war für französische Autoren undenkbar.

Die Zeit nach dem Zweiten Weltkrieg, vor allem die 1940er und 1950er Jahre, wurde zur großen Epoche der französischen Schriftsteller. Gide erhielt 1947 den Literaturnobelpreis, Camus im Jahre 1957. Gide und Camus führten eine Tradition fort, die im 19. Jahrhundert von **Honoré de Balzac** und **Victor Hugo** begründet worden war. Das machte die Franzosen stolz. In einer Phase, in der sie außerdem ihr Kolonialreich und damit ihre Weltmachtstellung einbüßten, konnten sie wenigstens auf dem Gebiet der Literatur und der Philosophie weiterhin Einfluss ausüben. Der Lebensstil der Existentialisten in Paris, ihre Art, sich ganz in Schwarz zu kleiden, ihre runden Brillen, ihre Vorliebe für verrauchte Kneipen in bestimmten Stadtvierteln und besonders starke Zigarettenmarken, all dies wurde von Intellektuellen in anderen Ländern nachgeahmt. Erst in den 1960er Jahren verlor die französische Literatur ihre Weltgeltung.

Wer war Victor Hugo (1802–1865)?
Neben Balzac gehörte Hugo zu den großen Schriftstellern Frankreichs im 19. Jahrhundert. Er war ein außerordentlich politischer und sehr kritischer Mann. Anfänglich hatte er mit der Monarchie sympathisiert, dann aber wurde er zum überzeugten Demokraten und Republikaner. In seinen Büchern schildert er vor allem das Leben der Armen, Benachteiligten und Ausgestoßenen, die nicht vom Kapitalismus profitierten. Seine bekanntesten Werke sind Der Glöckner von Notre Dame *(1831) und* Les Misérables *(Die Elenden) von 1862.*

BEMERKENSWERTES

Französische Schriftsteller und die kommunistische Partei

Es gehört zu den auffälligsten Erscheinungen in der französischen Literaturgeschichte des 20. Jahrhunderts, dass so viele Autoren der kommunistischen Partei angehörten. Vermutlich war dies eine Folge der sozialkritischen, politischen Tradition, die Männer wie Balzac und Hugo begründet hatten. Allerdings blieben gerade die besten Schriftsteller nie lange in der Partei, die ihnen zu dogmatisch und selbstgefällig war. Gide etwa musste die kommunistische Partei verlassen, weil er nicht positiv genug über die Sowjetunion berichtete. Camus brach mit den Kommunisten, weil sie ab 1939 nicht mehr antikolonialistisch genug waren.

Vom Bauhaus bis zur Nachkriegskunst

Wer war Walter Gropius?
Der gebürtige Berliner Walter Gropius arbeitete erst bei dem großen Architekten Peter Behrens (1868–1940), bevor er sich selbstständig machte und dann das Bauhaus gründete. Nach dessen Schließung wanderte er erst nach England, dann in die USA aus und errichtete dort eine eigene Architekturschule. Gropius baute u. a. das Hansaviertel in Berlin (1955–1957) und das PAN AM Building (1958–1963) in New York.

Was ist Industriedesign?
In den Anfängen des Industriedesigns versuchten die Künstler als Massenware hergestellte Nutzgegenstände durch ein eigenes Dekor von ihrem »industriellen Charakter« zu befreien. In der Zeit nach dem Zweiten Weltkrieg unterstützte das Industriedesign das Entstehen von Markenartikeln, mit denen bestimmte Lebensanschauungen verbunden werden.

Das Bauhaus entstand aus dem Zusammenschluss der Hochschule für Bildende Kunst und der Kunstgewerbeschule in Dresden und wurde 1919 unter der Leitung von **Walter Gropius** (1883–1969) ins Leben gerufen. Es umfasste Werkstätten für gestaltendes Handwerk, Architektur und bildende Künste. Später kam der Zweig **Industriedesign** hinzu. Ziel des Bauhauses war, alle Künste zu vereinen und den Studenten nicht nur eine künstlerische, sondern auch eine handwerklich-technische Ausbildung zu ermöglichen.
In den Niederlanden hat das Industriedesign bereits durch die De-Stijl-Gruppe einen Aufschwung erfahren. Für die Gruppe um Piet Mondrian (1872–1944) standen strenge geometrische Formen und die Grundfarben im Vordergrund. Ihr Einfluss auf das Bauhaus war groß.
1923 wurde das Bauhaus unter der Führung des vielseitigen ungarischen Künstlers László Moholy-Nagy (1895–1946) um den Bereich Fotografie erweitert. Ein Jahr später musste das Bauhaus Dresden aus politischen Gründen verlassen und zog nach Dessau. 1931 übernahm der Architekt Ludwig Mies van der Rohe (1886–1969) die Leitung. Doch seine Zeit als Leiter war kurz. Am 22. 8. 1932 musste das Bauhaus schließen. Mies van der Rohe versuchte noch, es in Berlin weiterzuführen, doch am 20.7.1933 zwangen ihn die Nationalsozialisten endgültig zur Schließung.
Die nationalsozialistischen Ideologen führten eine strenge Zensur der Kunst ein. Sie erlaubten in der Kunst nur die Verherrlichung ihrer politischen Ideale und bezeichneten alles andere als »entartete« Kunst. Unter diesem Motto gab es 1937 sogar eine »Schandausstellung«. Betroffen waren hauptsächlich Bilder jüdischer und kommunistischer Künstler und generell die moderne Kunst. Die Nationalsozialisten in Deutschland förderten einen Realismus mit monumentalen Figuren und einer Anlehnung an die altdeutsche Malerei bzw. an das 19. Jahrhundert und Maler wie Wilhelm Leibl.
Viele Künstler, die sich den faschistischen Kunststil nicht aufzwingen lassen wollten und deren Bilder verboten oder sogar vernichtet wurden, gingen ins Exil. Das bedeutete einen großen kulturellen Einschnitt für Deutschland, denn die meisten kehrten nach dem Krieg nicht wieder zurück. In Spanien wurde die Kunstentwicklung für noch längere Zeit auf Grund des faschistischen Franco-Regimes (bis 1975) verhindert.

Mit dem Ende des Zweiten Weltkriegs waren nicht nur die politischen und wirtschaftlichen Vormachtstellungen weltweit sichtbar verschoben, sondern auch die in der Kunst: Die Vereinigten Staaten, insbesondere die Städte New York und Chicago, lösten Europa als Kunstzentren ab.
Einer der einflussreichen amerikanischen Künstler der Nachkriegszeit war **Jackson Pollock** (1912–1956). Er gilt als Vater des »Action-painting«. Diese Kunstrichtung entwickelte sich aus dem »abstrakten Expressionismus« heraus, bei dem der spontane »Akt des Malens« im Vordergrund steht und das Unbewusste dabei auf die Leinwand übertragen wird. In Italien entstand unter amerikanischem Einfluss der Movimento Arte Concreta (Initiative Konkrete Kunst) und später die **Arte Povera** (Ärmliche Kunst).
In der noch jungen Bundesrepublik stand die gegenstandslose Kunst im Vordergrund. In der Deutschen Demokratischen Republik (DDR) führte man den in der Sowjetunion von Josef Stalin ins Leben gerufenen sozialistischen Realismus weiter.

Womit arbeitete Jackson Pollock?
Pollock verarbeitete u. a. Sandpasten, Glasscherben und Hölzer in seinen Werken und versuchte Raum, Maßstab und Inhalt neu zu definieren.

Was war die Botschaft der Arte Povera?
Arte-Povera-Künstler lehnten die klassischen Materialien der Malerei und Plastik ab und verwendeten stattdessen für ihre Objekte Werkstoffe wie Filz, Sand, Blei, Stein, Eisen oder Neonröhren.

BEMERKENSWERTES

Malen nach Vorschrift

In der DDR war wie in der Sowjetunion genau vorgegeben, was und wie die Künstler zu malen hatten. Der sozialistische Realismus wollte die Volksverbundenheit und den »positiven« Helden des Arbeiter- und Bauernstaates verherrlichen. Die Künstler schufen monumentale Porträts führender Politiker, Historienbilder und Szenen aus dem »beschönigten« Alltag der Menschen. Fast 1.500 Künstler, u. a. A. R. Penck (geb. 1939), verließen zwischen 1949 und 1989 zwangsweise die DDR. Erst in den 1980er Jahren gelang es einigen Künstlern in der DDR, die strenge Zensur zu durchbrechen und »nicht parteitreue« Ausstellungen zu veranstalten.

Die Zeit der Hightech-Architektur

Wer war Richard Buckminster Fuller?
Er war Architekt, Erfinder und Professor für Poesie und sehr vielseitig: Er entwickelte einen Mast mit Ausleger für die Bergung von Wasserflugzeugen, ein transportables Einfamilienhaus, ein (verkehrsuntüchtiges) Auto auf drei Rädern und einen Wohncontainer. Schließlich beschäftigte er sich intensiv mit räumlichen Tragwerkkonstruktionen und Umweltproblemen.

Was ist der Jugendstil?
Der Jugendstil (um 1890–ca. 1914), auch Art Nouveau oder Modern Style genannt, war eine Stilrichtung, die in der Architektur, Bildhauerei, Malerei, Grafik, Schmuck u. a. Künsten auftrat. Die Jugendstil-Künstler lehnten das Wiederholen hergebrachter Formen in der Kunst und die industrielle Massenproduktion ab und suchten sich ihre Vorbilder bei den japanischen Holzschnitten und chinesischen Lackarbeiten, bei der minoischen Keramik oder keltischen Ornamentik und auch in der Kunst des Barock. Typisch für den Jugendstil sind die Pflanzenornamentik und geschwungene Linien.

Im 20. Jahrhundert waren vor allem zwei Ziele in der Architektur wichtig: das Schaffen von viel Wohnraum auf wenig Platz und die Errichtung außergewöhnlicher Gebäudeformen! Mittlerweile waren ganz neue Bedingungen vor allem für den Wohn- und Siedlungsbau gegeben und immer mehr Gebäude hatten eine rein funktionale Aufgabe: Industriebauten, Verwaltungsbauten, Kulturzentren, Sporthallen, Verkehrszentren wie Flughäfen und Bahnhöfe. Dadurch standen die Stadtplaner ganz neuen Ansprüchen und Problemen gegenüber. Die Zweckmäßigkeit der Gebäude sollte durch die Baustoffe Stahl, Glas, Beton und Aluminium hervorgehoben werden.

Als Wegbereiter der so genannten Hightech-Architektur gilt **Richard Buckminster Fuller** (1895–1983). Er wurde berühmt für seine »geodätischen« Kuppeln. Das Tragwerk der Kuppeln besteht aus an ihren Kreuzungspunkten miteinander verbundenen Stäben. Die einzelnen Flächen haben die Form eines Achtecks oder gar eines Tetraeders (Pyramide mit dreieckiger Grundfläche). Das Centre Pompidou in Paris (1971–1977) ist das Paradebeispiel für die zeitgenössische Architektur. Es wurde von Renzo Piano (geb. 1937) und Richard Rogers (geb. 1933) erbaut und umfasst u. a. eine öffentliche Bibliothek, eine Abteilung für Kunstgewerbe, eine Filmsammlung und ein Museum für moderne Kunst.

In den 1920er Jahren spielte das Bauhaus in der Architektur eine große Rolle, besonders unter seinem Leiter Ludwig Mies van der Rohe. Dieser war anfangs noch von neoklassizistischen Architekten wie Karl Friedrich Schinkel (1781–1841) beeinflusst und orientierte sich dann u. a. an dem deutschen Architekten Peter Behrens (1868–1940), einem Vertreter des **Jugendstils**, der niederländischen De-Stijl-Gruppe und der Novembergruppe (benannt nach der Novemberrevolution von 1918). Ab 1919 fertigte er Entwürfe für Hochhäuser aus Glas und Stahlbeton an. Seine Bauten, deren dreieckige oder kurvige Formen aus dem Rahmen fielen, sollten dem Betrachter eine Leichtigkeit vermitteln, die durch die von einer vorgehängten Glasfassade bewirkten Lichtreflexe unterstrichen wurde.

Wie Mies van der Rohe und der Amerikaner Frank Lloyd Wright (1869–1959), ein Vertreter des »organischen Bauens«, sprach sich **Alvar Aalto** (1898–1976) für eine »humane« Architektur aus. Dem Finnen war das individuelle Lebensgefühl des einzelnen Menschen wichtig.

Der Franzose **Le Corbusier** (1887–1965), der als Meister der modernen Architektur gilt und ebenfalls eine Zeit lang am Bauhaus tätig war, errichtete die ersten »Wohnmaschinen« für über 1.000 Menschen. Er gründete außerdem u. a. die Architektenvereinigung CIAM, die wichtige Leitsätze für die moderne Architektur erstellte. Nach dem Zweiten Weltkrieg suchte man weniger, die alten Stile wieder zu errichten, sondern stellte sich Neuem: In den 1950er Jahren entstanden so etliche Gebäude, die man heute oft als »Betonbunker« bezeichnet. Sie sind Ergebnis der damaligen Architekturströmung »béton brut«. Diese legte Wert darauf, den Baustoff in seiner Ursprünglichkeit zu belassen. Installationen wie Heizungsrohre wurden nicht versteckt, sondern durchliefen sichtbar die Räume.

Was sind Alvar Aaltos Hauptwerke?

Zu Aaltos Hauptwerken gehören neben etlichen Stadtplanungen u. a. das Kulturhaus in Helsinki (1955–1958), die Technische Hochschule in Otaniemi/Helsinki (1962–1965) und das Kulturzentrum in Wolfsburg (1958–1962).

Wie sahen Le Corbusiers Häuser aus?

Le Corbusier orientierte sich stark am Kubismus. Daher waren seine Häuser aus kubistischen Elementen (Würfel, Kegel und Kugel) zusammengesetzt, besaßen eine klare Gliederung, große Fenster und ein flaches Dach.

Haus von Le Corbusier

BEMERKENSWERTES

Die »fließenden« Räume des Ludwig Mies van der Rohe

Decken und Wände bilden geschlossene, aber auch offene Räume. Schmale seitliche Durchgänge erzeugen den Eindruck, als würden die Räume ineinander »fließen«. Gleichzeitig ist das Gebäude in seiner Form der Natur angepasst: nach allen Seiten hin offen und damit wie die Natur »richtungslos«. Frank Lloyd Wright und Alvar Aalto führten als Vertreter des organischen Bauens die Gedanken van der Rohes weiter. Das organische Bauen spielt auch eine wichtige Rolle bei der Errichtung von Freizeitparks und Massensportanlagen.

Die neue Bedeutung von Form, Farbe und Wirklichkeit

Was ist Fauvismus?
Die Vertreter des Fauvismus malten ihre Werke in leuchtendem Rot, Blau und Gelb, aber ohne Tiefenwirkung durch den Hell-Dunkel-Kontrast. Das Bild wirkt wie eine Fläche. Der französische Kunstkritiker Louis Vauxcelles hatte diese Künstler als »wilde Tiere«, frz. fauves, *verspottet. Heute gelten sie als Mitbegründer der modernen Malerei.*

Was bedeutet der Expressionismus?
Die Vertreter des Expressionismus wollten Seelenzustände wie Angst, Schmerz oder Wut in ihren Bildern festhalten. Als Ausdrucksmittel verwandten sie dafür grelle Farben, einfache, verzerrte Formen und kräftige dunkle Linien.

Zu Beginn des 20. Jahrhunderts entwickelten sich in der bildenden Kunst in kürzester Zeit die vielfältigsten Stile: **Fauvismus,** Expressionismus, Kubismus, Surrealismus, Dadaismus usw. Die wichtigste Neuerung bestand darin, dass es nicht mehr darauf ankam, WAS abgebildet wurde, sondern WIE. Der Franzose Paul Cézanne (1839–1906) »befreite« das Bild aus den Zwängen der Zentralperspektive. In seinen Bildern gab es nun nicht mehr nur eine Perspektive – der Blick entweder von vorne oder von oben auf das Geschehen –, sondern mehrere gleichzeitig: Man sieht in einem seiner Stillleben z. B. einen Tisch sowohl von vorne als auch von oben! Außerdem setzte er die Farben nach seinen Vorstellungen ein, nicht mehr so, wie es die Natur vorgab. Die Äpfel auf dem Tisch sind als Äpfel erkennbar, aber sie haben keine natürliche Farbe. Cézannes Bilder haben ein Eigenleben entwickelt.

Der Spanier Pablo Picasso (1881–1973) und der Franzose Georges Braque (1882–1963) führten die Idee vom »Eigenleben« weiter. Sie zerlegten das Dargestellte in viele Einzelteile und setzten es wieder neu zusammen. Hierbei kommt es mitunter vor, dass sich bei einer dargestellten Person die Nase am Hinterkopf wiederfindet. Doch obwohl nichts mehr aussieht, wie es sein soll, versteht der Betrachter, was der Künstler darstellen will. Und er »fühlt« es. Denn der Formenwirrwarr und die leuchtenden Farben rufen bei ihm Emotionen wach. Franz Marc versuchte in seinen berühmten Tierbildern sogar die Gefühle der Tiere mittels der Farben darzustellen. Den Kunststil, den Cézanne, Picasso, Braque und Marc vertraten, nennt man **»Expressionismus«.**

Es bildeten sich viele **Künstlergruppen.** Eine davon war der »Blaue Reiter«, der 1911

Expressionismus – Künstlergemeinschaft »Brücke«, E. Heckel, 1910

in München von Wassily Kandinsky (1866–1944) und Franz Marc (1880–1916) gegründet und nach einem Bild von Kandinsky benannt wurde. Bedeutende Mitglieder waren u. a. Paul Klee (1879–1940), Gabriele Münter (1877–1962), August Macke (1887–1914) und Alfred Kubin (1877–1959). Der Blaue Reiter forderte eine Einheit aller Künste: Malerei, Skulptur, Theater, Musik. Die Mitglieder griffen auf die Elemente primitiver Kunst, auf die mittelalterliche Kunst und auf Kinderzeichnungen zurück.

Pablo Picasso und George Braque waren nicht nur bedeutende Expressionisten, sondern gelten auch als Begründer des **»Kubismus«.** Die Künstler konzentrieren sich hier auf das Helldunkel und die Auffächerung der sehr vereinfachten Formen.

Ab ca. 1921 kam der »Surrealismus« auf. Seine Vertreter wie Max Ernst (1891–1976), René Magritte (1898–1967), Salvador Dalí (1904–1989) und Joan Miró (1893–1983) beschäftigten sich mit der Traumwelt und dem Unbewussten.

Welche berühmten Künstlergruppen gab es?
Berühmt wurde auch die 1905 in Dresden gegründete »Brücke«, zu der u. a. die bekannten Expressionisten Ernst Ludwig Kirchner (1880–1938), Erich Heckel (1883–1970), Karl Schmidt-Rottluff (1884–1976) und Max Pechstein (1881–1955) gehörten.

Woher kommt der Begriff »Kubismus«?
Den Begriff prägte der französische Kunstkritiker Louis Vauxcelles, der in Braques Bildern kleine »Kuben« (Würfel) erkannte. Im Kubismus werden erstmals auch andere Materialien bei der Bildherstellung verwendet, z. B. Buntpapier, Blätter oder Zeitungsausschnitte.

BEMERKENSWERTES

»Sinnloses« wird Kunst

Nach dem Ersten Weltkrieg sorgten Schweizer Künstler im Cabaret Voltaire für literarische und musikalische »Skandale«, indem sie u. a. Sätze und Klänge (da, da, da ... u. Ä.) sinnlos aneinander reihten. Damit wollten sie auf die Sinnlosigkeit des Krieges und die zerrüttete Gesellschaft aufmerksam machen. Zürich und New York waren die ersten Zentren des »Dadaismus«. Berlin, Hannover, Köln und Paris folgten. Der amerikanische Dadaist Man Ray (1890–1976) machte mit außergewöhnlichen Fotocollagen auf sich aufmerksam, der Berliner John Heartfield (1891–1968) durch seine bissigen Fotomontagen und satirischen Porträts von Hitler.

Kunst und die moderne Gesellschaft

Welche Künstler vertraten die Neue Sachlichkeit?
Berühmte Vertreter der Neuen Sachlichkeit waren Otto Dix (1891–1969), Georg Schrimpf (1889–1938), Alexander Kanoldt (1881–1939) und George Grosz (1893–1959).

Wie sehen die Bilder von Andy Warhol aus?
Warhol nahm für seine Werke Motive aus der Konsum-Alltagswelt und produzierte sie »in Reihe«: Suppendosen oder Porträts von Prominenten wie Marilyn Monroe bzw. Mao Tsetung. Er stellte aber auch schockierende Ereignisse wie z. B. eine Hinrichtung auf dem elektrischen Stuhl dar.

Schon ab den 1920er Jahren wurde Kunst immer mehr zum Spiegel der Gesellschaft. Und was man in diesem Spiegel sah, war nicht schön! In den Werken der Künstler zeigte sich die Zerrissenheit der Gesellschaft der Weimarer Republik. Die Kunstrichtung **»Neue Sachlichkeit«** versuchte die zeitgenössischen Missstände mit kühler »Sachwirklichkeit« (daher der Name) darzustellen. Ab Mitte der 1950er Jahre wurde diese Gesellschaftskritik in der Kunst wieder verstärkt aufgenommen. Dabei stützten sich die Künstler längst nicht mehr nur auf das traditionelle Ausdruckmittel »Gemälde«, sondern arbeiteten mit Film- und Videomaterial, gestalteten ihre Malaktionen und Ausstellungen als »Performances« (Aufführungen). Die Zuschauer bezogen sie mit in das Geschehen ein.

In New York und London entwickelte sich Mitte der 1950er Jahre die Pop-Art als Reaktion auf die abstrakten Kunstrichtungen. Die Pop-Art-Künstler setzten sich mit der Konsumwelt und dem Comic auseinander. Vertreter wie **Andy Warhol** (1928–1987) oder Roy Lichtenstein (1923–1997), richtungsweisend für die moderne Kunst der nächsten Jahrzehnte, zeigten in ihren Werken die Faszination unserer neuen Glamour-Welt auf. Ihre Bilder wiesen aber gleichzeitig auf das Verschwinden der menschlichen Individualität hin und das Vortäuschen einer falschen Wirklichkeit, etwa durch die Werbung für Massenprodukte.

Lichtenstein versah seine dargestellten Personen mit Comic-Sprechblasen, um auf den Mangel an Kommunikation zwischen den Menschen durch die Massenmedien hinzuweisen. Aus der Pop-Art entwickelte sich u.a. die **Graffiti-Kunst.**

In England wandten sich die Künstler einem sozialen Realismus zu und stellten mittels ihrer Werke das ungeschönte Arbeits- und Alltagsleben der Middleclass (Mittelschicht) dar. Ein berühmter Vertreter ist **Francis Bacon** (1909–1992).

In Deutschland machten Sigmar Polke (geb. 1941), Joseph Beuys (1921–1986) und Anselm Kiefer (geb. 1945) von sich reden. Polke, ein Schüler von Beuys, war Mitbegründer des »kapitalistischen Realismus«, der u. a. als Gegenreaktion auf den sozialistischen Realismus der DDR zu sehen ist und sich an den Dadaismus und die Pop-Art anlehnt. Große Rasterbilder oder bemalte Stoffbahnen halten dem Betrachter sein eher inhaltsloses, konsumorientiertes Alltagsleben vor Augen.

Beuys gilt als einer der rebellischsten Künstler des 20. Jahrhunderts und war auf keine Stilrichtung festgelegt. Er benutzte viele verschiedene Kunstgattungen, -techniken und -stile, um seine Botschaften an die Öffentlichkeit zu bringen. Seine Lieblingsmaterialien waren Filz und Fett.

Anselm Kiefer bricht mit seinen großformatigen Bildern und Installationen gerne Tabus und schockiert die Öffentlichkeit. Typisch für ihn ist die Verwendung von Erde, Sand, Stroh und Haaren, zum Teil in verbrannter Form und in dicken Schichten aufgetragen.

Die zeitgenössische Kunst nennt man »Postmoderne« – die Zeit nach der Moderne – und meint damit Kunst, die sich keinen festen Regeln mehr unterwirft. Doch obwohl der Maler Hervé Fischer am 15.2.1998 in Paris bei einer Ausstellungseröffnung die Geschichte der Kunst für beendet erklärte, wird es so lange Kunst geben, wie sich Menschen künstlerisch mit ihrer Umwelt auseinander setzen.

Joseph Beuys

Ist Graffiti-Sprühen wirklich Kunst?
Graffiti sind ursprünglich politische Proteste, die mittels Farbdosen auf Busse, U-Bahnen und Wände gesprüht wurden. U. a. förderten Harald Naegli (geb. 1939, »Sprayer von Zürich«) und Keith Haring (1958–1990) die Anerkennung des Graffiti-Sprühens als neue Kunstrichtung.

Wie malte Francis Bacon?
Francis Bacon (1909–1992) orientierte sich zunächst an Picasso und dem Surrealismus, bis er seinen eigenen Stil entwickelte, der die Öffentlichkeit in der Regel sehr schockierte. Bacons Hauptmotiv war der unter gesellschaftlichen Zwängen leidende, verzweifelte Mensch, den er mit aufgerissenem Mund schemenhaft und verzerrt darstellte.

BEMERKENSWERTES

Ist das wirklich Kunst?

Das amerikanische Künstlerehepaar Christo (geb. 1935) und Jeanne-Claude (geb. 1935) Jawatschew gelten als die Verpacker schlechthin. Sie verpacken Monumente und Gebäude, wie 1995 den Berliner Reichstag, in hunderte von Quadratmetern Stoff oder verändern mittels Folien Landschaften, wie 2005 den Central Park in New York. Das Verpacken soll das Gewohnte, Alltägliche in einen neuen Zusammenhang setzen und den Betrachter aufrütteln. Das Ehepaar gehört zu der Künstlergruppe »Nouveau Réalisme«, die den radikalen »Ausstieg aus dem Bild« fordert.

Auf der Suche nach neuen Wegen: Ismen in der Musik

Was ist der Tristan-Akkord?
Im Vorspiel zur Oper Tristan und Isolde erklingt dieser Akkord, den man keiner Tonart mehr zuordnen kann. Der Tristan-Akkord besteht aus den Tönen f, h, dis, gis (=> a) – diese Ungewissheit, welche Tonart dem Akkord zu Grunde liegt, nennt man »schwebende Tonalität«.

Welche Merkmale hat der musikalische Impressionismus?
Den Werken des Impressionismus liegt keine vorgegebene Form, wie etwa die Sonatenhauptsatzform, zu Grunde. Keine abrupten dynamischen Wechsel »stören« den Eindruck der Stimmung. Die Motive sind kurz, oft nicht abgeschlossen und kennen kein Ziel. Natürlich ist auch die Tonart nicht eindeutig bestimmbar. Die Klangfarben sind schillernd, die Klangmischungen raffiniert. Selten spielt das ganze Orchester zusammen.

Nach Richard Wagners **Tristan-Akkord** ging es vergleichsweise schnell: Die »alte« Tonsprache hatte ausgedient. Aber was tun, wenn eine Sprache nicht mehr funktioniert, wenn das, was man sagen möchte, in dieser »alten« Sprache nur noch verbraucht klingt oder wie das eigene Klischee? Man muss sich auf die Suche begeben, auf die Suche nach einer neuen Sprache, die das, was zu sagen ist, auch angemessen ausdrückt. Zu Beginn des 20. Jahrhunderts machten sich viele Musiker gleichzeitig auf diese Suche. Der musikalische Horizont hatte sich durch Tonaufnahmen, Entwicklung der Maschinen-Technik, breite Kenntnis der Musik auch weit entlegener Völker und die Kenntnis der eigenen musikalischen Vergangenheit rasant erweitert. So gab es viele individuelle »Lösungen« zur gleichen Zeit:

Claude Debussy (1862–1918) sprach davon, ». . . den ganzen Zauber einer Nacht oder eines Tages, der Erde oder des Himmels einzufangen.« Statt sich etwa um klare Melodielinien oder um eine fassbare Form zu bemühen, versuchte Debussy, den man als den wichtigsten Vertreter des musikalischen **Impressionismus** bezeichnet, einen Eindruck von Stimmung und Atmosphäre herzustellen. Das Werk *Prélude à l´après-midi d´un faune* (1894) ist ein gutes Beispiel für ein impressionistisches Musikstück.

Um die radikale Darstellung der Gefühlswelt des Künstlers (beziehungsweise eines Menschen) geht es dem **Expressionismus.** Er ist der Versuch, mit gänzlich neuen, revolutionären Ausdrucksmitteln das Innere der Menschen, das Unbewusste, auszudrücken. Unregelmäßig, **atonal** und keinesfalls in erster Linie schön waren die Musikstücke: Sie sollten »wahr« sein. So komponierte Arnold Schönberg (1874–1951) sein op. 17 *(Erwartung),* das eindrucksvoll die Suche einer Frau nach ihrem toten Geliebten schildert.

Viele musikalische Erscheinungen von 1920–1950 werden heute mit dem Begriff **Neoklassizismus** versehen. Ihnen eigen ist, als Reaktion auf Impressionismus und Expressionismus, der Versuch, wieder hell und klar zu komponieren, kühl und wieder mit Betonung der Formen und melodischen Linien. Dazu blickte man auch in die Vergangenheit und sah genau auf die Kompositionsweise der »Alten«. Keinesfalls aber käme man heute auf die Idee, Vertreter des Neoklassizismus (etwa Igor Strawinsky, 1882–1971) nicht als »modern«

oder »zeitgemäß« zu bezeichnen, denn die musikalischen Stile und ihr Material sind verfremdet.

Es ist natürlich ein schlechter Scherz, den Nationalsozialismus auch unter die musikalischen Ismen, die »Suche nach neuen Wegen« zu stellen. In einem beispiellosen Rundumschlag wurde alles »Undeutsche« verboten; die avantgardistische Gegenwartsmusik und jede musikalische Äußerung von jüdischen Komponisten in Deutschland verstummten. Nur noch systemverherrlichende Musik durfte komponiert werden oder Musik, die in den Augen der Nationalsozialisten ästhetisch wertvoll war. Die Folgen waren verheerend. Zahllose Musiker wanderten aus, viele wurden umgebracht. Andere gingen in die »innere Emigration« und »schlingerten« durch die Jahre. Die »Leistung« dieses Ismus der Musik kann also nur negativ beschrieben werden: Er unterbrach beziehungsweise tötete Entwicklungen und vertrieb einen großen Teil der Komponisten und Interpreten ins Exil. Er löschte die lebendige, widersprüchliche Vielfalt aus oder verlagerte sie in andere Länder.

Zu dieser Art von Musikpolitik lassen sich durchaus Parallelen im Stalinismus finden. Dort war es – bekanntestes Beispiel – vor allem Dmitri Schostakowitsch (1906–1975), der in der inneren Emigration zwischen Zugeständnis und eigener Willensbekundung pendelte und diesem Leiden in seiner Musik einen ergreifenden Ausdruck gab.

Dmitri Schostakowitsch

BEMERKENSWERTES

Ein Zug rast durch den Konzertsaal

Die Technik hielt auch als Thema Einzug in die Konzertsäle des 20. Jahrhunderts: Arthur Honeggers Stück *Pacific 231* von 1923 stellt musikalisch einen Zug dar, der quer durch den Konzertsaal rast. Ein Publikum, das nicht weiß, was es erwartet, erstarrt vor Schreck. Es erwartet jeden Moment berstende Mauern und ein großes Unglück!

Wann entfaltete sich der musikalische Expressionismus?

Eng gefasst ist der Expressionismus etwa in der Zeit um den Ersten Weltkrieg anzusiedeln. Der Expressionismus hat viel mit der Kriegserfahrung der Menschen zu tun. Weiter gefasst sind es die ersten Jahrzehnte des 20. Jahrhunderts, in dem die Komponisten den totalen Bruch mit der musikalischen Romantik vollzogen.

Was ist Atonalität?

Das ist eigentlich ein falscher Begriff, denn a-tonal bedeutet »ohne Töne«. Es geht hier aber um den Verzicht auf ein tonales Zentrum. Streng genommen, müsste – nach Arnold Schönberg – die Atonalität »Atonikalität« heißen.

Bezieht sich der Neoklassizismus nur auf die Klassik?

Nein. Die Komponisten des Neoklassizismus bezogen sich keinesfalls nur auf die Klassik. Sie meinten eher das freiwillige Aufsuchen eines bereits historischen Stils wie der Musik der Renaissance oder des Barock und deren Verschmelzung mit eigenen Ideen.

Was tun mit der Freiheit? Neue Systeme und Experimente

Wie funktioniert die Zwölftonmusik?
Eine Oktave auf einem Klavier besteht aus zwölf Halbtönen, jeder ist – nach der Zwölftontechnik – gleichberechtigt. Nun muss eine Reihe von Tönen erfunden werden, in der jeder der Töne einmal vorkommt. Nur so ist gewährleistet, dass kein Ton über den anderen dominiert und wieder ein tonales Zentrum entsteht. Die Reihe kann im Laufe des Stücks umgekehrt, von hinten gelesen, auch dies wieder umgekehrt werden. Außerdem kann sie als »Melodie«, aber auch in Akkorden erscheinen. Sie setzt sich also in zahlreichen Erscheinungen immer und immer fort.

Was ist Serialismus?
Das ist die »Gleichberechtigung aller Elemente einer Komposition« (Karlheinz Stockhausen, geb. 1928) – hier sind also auch Rhythmus, Klangstärke und -farbe durch Reihen festgelegt.

Tatsächlich – was tun? Die totale Freiheit hatte die Komponisten nicht glücklich gemacht. Einige Komponisten wollten die Musik nun wieder stabilisieren; sie suchten nach einem Prinzip, das »die Töne ordnete« und ihnen wieder Halt gab. Ein solches Prinzip – das prägendste für die 20er bis, in seiner Weiterentwicklung sogar 50er Jahre – war Schönbergs *Methode der Komposition mit zwölf nur aufeinander bezogenen Tönen* (1921), kurz: die **Zwölftonmusik.** Diese Methode ermöglichte es, wieder größere Instrumentalwerke zu komponieren, und sie ließ den Komponisten dennoch genug Freiheit, schöpferisch tätig zu sein: Rhythmus, Klangstärke und -farbe sind von der Reihe gänzlich unberührt und die Reihe selbst kann in verschiedenen Formen vorkommen. Viele Komponisten nahmen die Anregung auf und komponierten streng, weniger streng oder recht frei mit dieser Methode. Nach dem Zweiten Weltkrieg – die Zwölftonmusik fiel unter »entartete Musik« – griff man sie wieder auf und entwickelte sie weiter, konsequent und sehr streng: im **Serialismus**. Doch welcher Interpret soll ein Musikstück zum Beispiel auf dem Klavier spielen, dessen einzelne Töne in einer Lautstärke-Reihe von **»pppp«** bis **»ffff«** festgelegt sind und die er dann genauso (laut oder leise) mehrfach wiederholen muss? Und welcher Hörer soll die verschiedenen Reihen noch erfassen?

Das Problem mit den Interpreten war rasch zu lösen: Die elektronische Musik machte sie kurzerhand überflüssig, die Kompositionen konnten exakt und stets wiederholbar aus elektronischen Klängen »zusammengebraut« werden. Es gab also keine Interpretation mehr. Die Tonbandversion war das Werk.

Das Problem des Publikums war weniger leicht zu lösen. Denn, mit Verlaub, einen Abend lang vor Lautsprechern zu sitzen und kaum mehr erfassbarer Musik zu lauschen ist ein wenig anstrengend und fad . . .

Die Gegenbewegung war deutlich: Die Musik musste wieder »zufällig« werden, also Überraschungen bieten, so etwa in Stockhausens *Klavierstück XI*, in dem der Interpret über die Reihenfolge einzelner Abschnitte spontan entscheiden kann. Dieses »Prinzip Zufall« heißt in der Musik **Aleatorik.**

Das war aber längst nicht alles! Parallel zu anderen Künsten stellten Komponisten und Interpreten vor allem nach dem Zweiten Weltkrieg (in Deutschland: 1960er Jahre) die gesamte traditionelle Musik, den Begriff »Werk« und überhaupt den ganzen Konzertbetrieb in Frage. Geistiger Vater dieser Bewegung war John Cage (1912–1992) etwa mit seinem Klavierstück *4'33*. Es erklingt kein Ton auf dem Klavier. Die Geräusche des Publikums im Konzertsaal sind die Musik. **Fluxus** nannte sich diese Bewegung und jetzt ging es wirklich zur Sache: Jetzt wurden Konventionen gebrochen, der Alltag in die Kunst integriert – jetzt sollte der übliche Konzertbetrieb aus den Angeln gehoben werden. Ein Fluxus-»Werk« konnte so aussehen: Der Komponist und Künstler Nam June Paik (geb. 1932) hob langsam seine Arme, eine Violine haltend, etwa fünf Minuten lang – um das Instrument plötzlich auf einem Tisch zu zerschlagen (*One for Violin Solo*). Oder *For A Drummer – for Eric* (1966) von George Brecht (geb. 1926): Die Spielanweisung an den Interpreten besagt, dass er auf etwas trommeln soll, auf dem er nie zuvor getrommelt hat. Dann soll er mit etwas trommeln, mit dem er nie zuvor getrommelt hat . . .

Wurde der Konzertbetrieb dadurch dauerhaft aus den Angeln gehoben? Oh nein. Es wird selbstverständlich weiter auf traditionelle Weise konzertiert!

John Cage

Was bedeutet p, was f?

»p« bedeutet in der Musik »piano« (ital. = »leise«), »f« »forte« (ital. = »laut«). Ein vierfaches »p« gibt es normalerweise nicht, es ist so gut wie unhörbar.

Woher kommt das Wort »Aleatorik«?

Der Begriff stammt aus dem Lateinischen alea und bedeutet »Würfel«.

Was bedeutet »Fluxus«?

Auch dieser Begriff ist dem Lateinischen entlehnt: fluxus = »fließend, in Bewegung«.

BEMERKENSWERTES

Bitte selbst komponieren!

In einigen Fluxus-»Werken« heißt es sinngemäß: Fahre im Konzertsaal Rad! Zerstöre den Flügel! Warte still, bis das Publikum sich rührt! Verstecke dein Klavier unter dem Küchentisch oder im Badezimmer . . .! Erfinde doch selbst ein Fluxus-»Werk«!

Konzerte für klingelnde Kassen: unser Konzertbetrieb

Was ist ein Ensemble?
Das ist jede Art von Kammermusikvereinigung. Auch das feste Personal einer Opernbühne wird »Ensemble« genannt.

Was geschieht jährlich in Donaueschingen und in Darmstadt?
In Donaueschingen finden jährlich die Donaueschinger Musiktage statt. In Darmstadt sind es die Internationalen Ferienkurse für Neue Musik, die jährlich das interessierte Publikum locken.

Vorgestern erklang die 8. Sinfonie von Gustav Mahler (1860–1911) – eine perfekte Aufführung. Gestern Abend hörte man an gleicher Stelle gregorianische Gesänge bei Kerzenlicht. Heute freut sich der Zuhörer über Mozarts *Don Giovanni* und isst Erdnüsse. Im »Konzertsaal Wohnzimmer« sind auf CD alle musikalischen Epochen verfügbar. Und schon an der Auswahl dieses Musikliebhabers wird deutlich, dass die Musik der Vergangenheit unser heutiges »klassisches« Musikleben beherrscht. Im Live-Konzertsaal stellt sich das ähnlich dar: Von den Orchestern und den **Ensembles,** aber auch in den Opernhäusern werden überwiegend Werke aus dem 18. und 19. Jahrhundert gespielt. Denn das möchten viele Menschen hören, und zwar mit möglichst bekannten, aufregenden Stars am Pult oder an den Instrumenten. Oder man möchte beim Besuch einer Oper interessante Sängerinnen und Sänger bewundern. So werden etwa in Deutschland – mit seiner wahrhaft einzigartigen Opernlandschaft – meistens die 60 gleichen Opern gespielt; natürlich mit neuen Interpreten und in neuer, gerne auch provokanter Inszenierung. Da die Orchester und Bühnen größtenteils von den Städten und Bundesländern finanziert werden, sind sie allerdings auch in die Lage, einmal neuere Werke zu wagen, die das Publikum irritieren.
In der Oper und im Konzertsaal klingeln die Kassen allerdings nicht. Die Produktionen der Orchester und Opernhäuser werden teurer und die öffentlichen Geldgeber können nicht mehr so viel bezahlen. Deshalb hat man für diese Art von Konzert- und Opernbetrieb eine Krise ausgerufen.
Deutschland und Österreich sind Festspielländer. Über 200 Festspiele gibt es jährlich; in Klöstern, Scheunen, am Wasser, in eigenen Festspielhäusern sitzen und genießen Millionen von Besuchern meist in den Sommermonaten die ausgewählten Programme und Stars. Ob in Bayreuth oder in Salzburg, der Festspieltourismus ist auch für die Städte eine erfreuliche Einnahmequelle.
Die ganz neue, also die zeitgenössische Musik, findet man ebenfalls überwiegend auf Festivals. Einige ausgewählte Orte haben sich dieser Musik verschrieben, etwa **Donaueschingen** oder **Darmstadt.** So kann sich das kleine Publikum, das bereit ist sich mit den neuesten Strömungen in der Musik auseinander zu setzen, hier treffen, gemeinsam hören und miteinander diskutieren. Allerdings wäre die

zeitgenössische Musik, die den Kontakt zum großen Publikum schon lange verloren hat, nicht denkbar ohne die Unterstützung durch den Rundfunk, durch Mäzene und zum Teil auch durch öffentliche Gelder.

Hier klingeln also ebenfalls keine Kassen, im Gegenteil. Die Menschen besuchen lieber ein Musical, die Konzertsäle sind längst nicht mehr ausverkauft und das Publikum gehört der älteren Generation an. Die Festivals sind teuer, die neueste Musik sperrig . . . Hat denn niemand eine Idee, wie man die ernste Musik für jüngere Menschen wieder attraktiv machen kann? Wie man diese mediengewohnte Generation wieder an E-Musik hinführen kann, vielleicht sogar an die zeitgenössische Musik, die doch eigentlich aus ihren eigenen Reihen kommt?

Prof. Dr. Enjott Schneider, Professor an der Hochschule für Musik in München und Komponist, hat die Lösung: »Das Classic-Video muss her«. Unsere Musik ist multimedial, argumentiert Schneider, die Sehkultur ist längst an der Hörkultur vorbeigezogen: Multimedia-Performances, Musicalproduktionen und durchgestylte Großveranstaltungen ziehen die Massen an. Die U-Musik demonstriert es: ohne Video kein Hit. Warum also nicht das neueste Klavierstück von **Wolfgang Rihm** mit aufregenden Bildern verknüpfen? Natürlich gilt das auch für den Konzertsaal: Warum sollten nicht gleichzeitig zum Orchester auch Bilder auf Leinwänden zu sehen sein? In den Konzertsälen der Zukunft hört und sieht man also gleichwertig und der zukünftige technische Träger klassischer Musik muss die audiovisuelle DVD sein.

. . . und alle sind glücklich, meint Schneider, denn die jungen Menschen werden strömen und die Kassen werden klingeln. Man darf gespannt sein.

Wer ist Wolfgang Rihm?

Wolfgang Rihm ist einer der bekanntesten zeitgenössischen Komponisten. Er ist 1952 geboren und lebt in Karlsruhe. Wollte man ihn einer Richtung zuordnen, so wäre dies die »neue Einfachheit«. Natürlich hören das die Komponisten, die man dieser Richtung zurechnet, nicht gerne, da ihre Werke alles andere als »einfach« sind. Es ist eine Richtung, die wieder den Hörenden »sucht«. Konsonanzen sind erlaubt, das Geschichtsbewusstsein hoch. Werke von Wolfgang Rihm sind häufig auf den Spielplänen zu finden.

BEMERKENSWERTES

Das Jahrhundert der Popularmusik

Die E-Musik, also die klassische Musik, stellt im 20. Jahrhundert nur einen geringen Teil der Musik dar. Rock- und Popmusik, Schlager, Tanz- und Unterhaltungsmusik, Musical, Liedermacher, der Jazz und die Weltmusik beanspruchen den Löwenanteil des Publikumzulaufes und Geldumschlags!

Die Formierung des Atoms

Was ist das Planetenmodell des Atoms?
Laut Rutherford ist das Atom wie ein Miniatur-Sonnensystem beschaffen. Die gesamte positive Ladung des Atoms ist in einem kleinen »Atomkern« konzentriert. Die negativen Elektronen ordnete Rutherford in der »Elektronenhülle« an, wo sie sich wie Planeten auf Ellipsenbahnen bewegen. Als Träger der positiven Ladungen identifizierte man die Protonen. Sie sind sehr viel schwerer als die Elektronen, sodass im Atomkern nicht nur die positive Ladung, sondern auch 99,9 Prozent der Masse des Atoms konzentriert ist.

Was sind Neutronen?
Atome enthalten außer den positiven Protonen und den negativen Elektronen noch einen weiteren Bestandteil, die elektrisch ungeladenen, also neutralen »Neutronen«. Sie befinden sich im Kern und besitzen etwa die gleiche Masse wie die Protonen.

Die Entdeckung des Elektrons und der Radioaktivität hatten bereits Ende des 19. Jahrhunderts die klassische Vorstellung vom unteilbaren Atom zutiefst erschüttert. Die Wissenschaftler sahen sich vor einer neuen Herausforderung: Da die Atome insgesamt elektrisch neutral sind, musste es in ihnen – neben den negativ geladenen Elektronen – auch eine positive Ladung geben. Doch wie sollte man feststellen, wie die positiven und negativen Ladungen in den winzigen Atomen verteilt sind?

1903 schlug Joseph J. Thomson ein Atommodell vor, in dem negativ geladene Elektronen wie Rosinen in einem Kuchen verteilt waren. Der Durchbruch jedoch gelang dem aus Neuseeland stammenden Ernest Rutherford (1871–1937). Der Forscher entwickelte 1911 sein berühmtes **Planetenmodell** des Atoms. Nun offenbarte sich auch der Zusammenhang zwischen dem Aufbau der Atome und den Eigenschaften der chemischen Elemente: Jedes Element ist durch eine bestimmte Anzahl von Protonen (Teilchen mit positiver Ladung) im Kern und der gleichen Anzahl von Elektronen in der Hülle charakterisiert. Wasserstoff, das leichteste Element, besitzt genau ein Proton und ein Elektron. Beim nächstschwereren Element, dem Helium, sind es jeweils zwei Protonen und zwei Elektronen. Und so geht es weiter durch das gesamte Periodensystem. Das rutherfordsche Atommodell bildet bis heute die Grundlage unseres Verständnisses vom Aufbau der Materie, auch wenn es später immer weiter verfeinert wurde. Dazu trug auch die Entdeckung des **Neutrons** 1932 durch Rutherfords Schüler James Chadwick (1891–1974) bei.

Atome sind also tatsächlich keineswegs unteilbar wie einst angenommen. Sie bestehen aus noch kleineren Einheiten. Überdies erkannte man, dass ihr Zerfall ein natürlicher Vorgang ist. Er lässt sich bei den schwersten Elementen des Periodensystems beobachten, deren Atomkerne nicht stabil sind. Sie zerfallen im Laufe der Zeit zu leichteren Elementen und senden dabei radioaktive Strahlung aus. Die Erkenntnis, dass bei der Radioaktivität aus einem chemischen Element ein völlig anderes entsteht, gelang Ernest Rutherford und Frederick Soddy (1877–1956). Obwohl ihre Theorie vom radioaktiven Zerfall zunächst heftig angegriffen wurde, erwies sie sich als richtig.

Bald standen die Forscher vor einer neuen Frage: Kann man den Zerfall von Atomen auch künstlich auslösen? Man hatte herausgefunden, dass beim Zerfall eines Atomkerns millionenfach mehr Energie freigesetzt wird, als man es von normalen chemischen Reaktionen her kennt. Also bestrahlten der Italiener Enrico Fermi (1901–1954) und seine Forschungsgruppe 1934 erstmals Uranatome mit Neutronen. Die Forscher glaubten auf diese Weise schwerere Elemente als Uran herstellen zu können. In Wirklichkeit aber spalteten sie so die Uranatome in zwei leichtere Atome. Das wiesen die deutschen Forscher Otto Hahn (1879–1968), Lise Meitner (1878–1968) und Fritz Strassmann (1902–1980) 1938 nach. Ein Jahr später zeigte Irène Joliot-Curie, dass die Aufspaltung eines Urankerns die **Spaltung** weiterer Kerne zur Folge haben kann.

Das Zerteilen der Atome in noch kleinere Bestandteile führte zu einem neuen Zweig der Physik, der **Elementarteilchenphysik.**

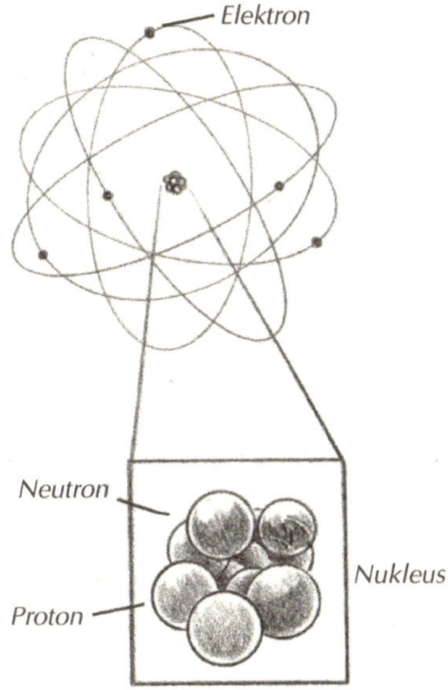

Rutherfordsches Atommodell

Was geschieht bei der Uranspaltung?
Bei der Uranspaltung werden auch Neutronen freigesetzt, die in einer so genannten Kettenreaktion weitere Uranatome zerlegen, die wiederum noch mehr Neutronen erzeugen und so weiter. In Kernkraftwerken nutzt man eine kontrollierte Kettenreaktion zur Erzeugung von elektrischem Strom.

Was sind Elementarteilchen?
Als Elementarteilchen bezeichnet man alle Bestandteile der Materie, die noch kleiner sind als Atome. Neben Elektron, Proton und Neutron sind heute mehr als 200 verschiedene Elementarteilchen bekannt. Die Wissenschaftler stoßen immer wieder auf neue Arten. Das gelingt mit Teilchenbeschleunigern, gigantischen Anlagen, in denen Atome mit hoch beschleunigten Elementarteilchen beschossen werden. Beim Zusammenprall entstehen neue Elementarteilchen.

BEMERKENSWERTES

Das Manhattan-Projekt

1941, während des Zweiten Weltkrieges, startete in den USA das größte naturwissenschaftliche Forschungs- und Entwicklungsprojekt der Geschichte: das Manhattan-Projekt. Es diente der Schaffung von Atomwaffen, wurde von einem General geführt und beschäftigte 43.000 Menschen in 37 Einrichtungen im ganzen Land. Das Manhattan-Projekt stand für eine neue Art von Wissenschaftsbetrieb: für die Industrialisierung der naturwissenschaftlichen Produktion, die so genannte Bigscience.

Umbruch im Weltbild der Physik

Wo geriet die klassische Physik in Erklärungsnot?
Weil nach dem rutherfordschen Atommodell die Elektronen um den positiv geladenen Atomkern kreisen, müssten sie nach den Gesetzen der Elektrizitätslehre ständig elektromagnetische Wellen abstrahlen. Experimente hatten aber gezeigt, dass dies nicht geschieht. Gäbe es diese Abstrahlung, würden alle Elektronen des Universums innerhalb von Sekundenbruchteilen in die Atomkerne stürzen. Offenbar versagten die Gesetze der Mechanik und der Elektrizitätslehre im Bereich der Elementarteilchen.

Was ist der Laser?
Das Wort »Laser« steht für den englischen Begriff »Light Amplification by Stimulated Emission of Radiation«, das bedeutet »Lichtverstärkung durch angeregte Aussendung von Strahlung«. Sein Funktionsprinzip: Die Atome eines geeigneten Mediums (Gas, Kristall, Glas oder Farbstoff) werden durch ein besonderes technisches Verfahren gezwungen, einen Teil ihrer gespeicherten Energie als elektromagnetische Strahlung abzugeben. Diese Strahlung wird durch Spie-

Das 20. Jahrhundert war das Zeitalter der Wissenschaft schlechthin. Es wurde von drei gewaltigen Wissensexplosionen eingeläutet: der Quantenphysik, der Genetik und der Relativitätstheorie.
Gleich zu Beginn des Jahrhunderts schreckte der deutsche Physiker Max Planck (1858–1947) die Welt der Physik mit seiner Theorie auf, nach der jede Energie in Form kleiner Energiepakete, so genannter »Quanten«, übertragen wird. Plancks Quantentheorie erweiterte die Bewegungslehre, sodass sie den Weg für ein neues Verständnis der Welt der Atome vorbereitete. Die **klassische Physik** war nach den neuesten Entdeckungen der Atomphysik in eine Sackgasse geraten. Allein die Quantentheorie vermag die Vorgänge in und zwischen den Atomen zu erklären. Mit ihrer Hilfe lassen sich nicht nur viele Eigenschaften chemischer Verbindungen vorhersagen, auch wichtige Erfindungen wie der **Laser** wären ohne sie undenkbar gewesen.
1905 verallgemeinerte der junge deutsche Physiker Albert Einstein (1897–1955) die planckschen Ideen. Für seine Erklärung des fotoelektrischen Effekts (griech. *phos* = »Licht«), die nur unter der Annahme gelang, dass Licht nicht gleichmäßig abgestrahlt wird, sondern stoßweise in »kleinsten Paketen«, bekam er 1921 den Nobelpreis für Physik.
1913 erhielt die Quantenhypothese in der berühmten Arbeit des Dänen Niels Bohr (1885–1962) *Über die Struktur von Atomen und Molekülen* eine unerwartete Anwendung. Nach dem bohrschen Atommodell bewegen sich die Elektronen nur auf ganz bestimmten Kreisbahnen um die Atomkerne, auf denen sie keine Strahlung abgeben. Nur beim Sprung von einer Bahn auf eine andere können sie Licht und andere elektromagnetische Strahlung aussenden. Jedes Element strahlt dabei Licht einer ganz bestimmten Farbe ab.
Aufsehenerregender als seine

Albert Einstein

Arbeiten zur Lichtquantentheorie war Einsteins Relativitätstheorie. Sie machte ihn zum überragenden Physiker des 20. Jahrhunderts. Ausgangspunkt für Einsteins Erkenntnisse war die wenige Jahre zuvor festgestellte Unveränderlichkeit der Lichtgeschwindigkeit (300.000 km/s). Der Physiker berechnete, wie sich diese Tatsache auf die Gesetze der Physik auswirkt. Er fand heraus, dass Uhren umso langsamer laufen, je schneller sie sich bewegen. Das liegt nicht an der Konstruktion der Uhr, sondern an der Zeit selbst, die bei hohen Geschwindigkeiten langsamer läuft. Bei Geschwindigkeiten, die im Vergleich zur Lichtgeschwindigkeit klein sind, handelt es sich allerdings nur um unmessbar kleine Sekundenbruchteile. Eine Folgerung, die Einstein aus seiner Relativitätstheorie zog, ist die Gleichung $\mathbf{E = m \cdot c^2}$. Sie ist wahrscheinlich die berühmteste Formel aller Zeiten. Der Effekt der »relativistischen« (spätlat. *relativus* = »sich beziehend, bezüglich«) Zeitverlangsamung begegnet den Forschern heute im Teilchenbeschleuniger. Teilchen, die in Ruhe eine Lebensdauer von einer Mikrosekunde haben, »leben« für uns 80 Mikrosekunden!

gelflächen mehrfach hin und her reflektiert und verstärkt.

Was besagt die Gleichung $E = m \cdot c^2$?

E bezeichnet die Energie, m den Massenwert und c die Lichtgeschwindigkeit. Die Gleichung bedeutet zweierlei: Zum einen wird ein Körper, der sich sehr schnell bewegt, etwas schwerer. Mit der Geschwindigkeit nimmt seine Bewegungsenergie zu, die als E auf der linken Seite der Gleichung steht. Damit nimmt aber auch seine Masse zu, die auf der rechten Seite steht; der Körper wird schwerer, solange er sich bewegt. Zum anderen besagt die Gleichung, dass Masse in Energie verwandelt werden kann und umgekehrt. Eine solche Umwandlung von Materie ist die Quelle der Energie, die bei der Kernfusion freigesetzt wird.

BEMERKENSWERTES

Zeitreise

Ein Astronaut, der mit annähernder Lichtgeschwindigkeit in einem Raumschiff unterwegs wäre, würde etwas sehr Merkwürdiges erleben: Die Zeit verginge an Bord langsamer als auf der Erde. Kehrte er also nach einer zehnjährigen Reise – in seiner Zeit – auf die Erde zurück, so würde er die Heimat nicht wieder erkennen. Denn dort wäre eine viel längere Zeitspanne vergangen!

DNA – die Urschrift des Lebens

Welche Erkenntnisse waren wichtig für die moderne Genetik?
Bereits 1869 hatte der Schweizer Wissenschaftler Friedrich Miescher (1844–1895) aus den Kernen von Zellen eine Substanz isoliert, die er »Nukleinsäure« (von lat. nucleus = *»Kern«) nannte. 1879 beobachtete der deutsche Forscher Walther Flemming (1843–1905) während der Zellteilung die Ausbildung und Trennung fadenförmiger Strukturen: Chromosomen (nach den griech. Wörtern* chroma *= »Farbe« und* soma *= »Körper«). Diesen Namen erhielten sie, weil man sie mit Farbstoffen leicht anfärben und sichtbar machen kann.*

Nachdem sich die Physik im 20. Jahrhundert buchstäblich mit einem »Quantensprung« an die Spitze der Naturwissenschaften katapultiert hat, gelang der Biologie eine nicht minder bedeutsame Wissensexplosion. Die Grundlagen dafür wurden bereits in den letzten Jahren des 19. Jahrhunderts gelegt, als Wissenschaftler in Anknüpfung an Darwins Evolutionstheorie und Mendels Erbgesetze die Grundprinzipien der Vererbung ausweiteten und damit die Voraussetzung für die moderne Genetik schufen. Doch erst im 20. Jahrhundert fügten sich diese **Erkenntnisse** allmählich zu einem Gesamtbild.

1944 gelang dem amerikanischen Mikrobiologen Oswald T. Avery (1877–1955) der Nachweis, dass der Hauptbestandteil der Chromosomen, die Desoxyribonukleinsäure, kurz DNS oder DNA (von engl. **D**esoxyribo**n**ucleic **A**cid), Träger der Erbinformation ist. Averys Erkenntnis fand zunächst allerdings nur wenig Beachtung. 1952 bewiesen zwei weitere Forscher, dass die Erbinformationen in der Nukleinsäure verschlüsselt sind. Ein Jahr später beschäftigte sich die britische Chemikerin Rosalind Franklin (1920–1958) mit der Struktur der DNA. Sie schlug für das Molekül eine Spiralform vor, konnte aber den Aufbau nicht endgültig klären. Dies gelang 1953 zwei jungen Forschern: dem US-amerikanischen Biochemiker James Watson (geb. 1928) und seinem britischen Kollegen Francis Crick (1916–2005). In der Zeitschrift »Nature« stellten sie die **Doppelhelix-Struktur** der DNA vor. Mit ihrer Arbeit läuteten die Forscher das biotechnologische Zeitalter ein.

Die Gentechnik entwickelte sich von nun an unaufhaltsam weiter. Um direkt in die Erbsubstanz eingreifen zu können, fehlten nur noch zwei wichtige Entdeckungen. Beide folgten Ende der 1960er, Anfang der 1970er Jahre. Zuerst entdeckte der Schweizer Mikrobiologe Werner Arber (geb. 1929) die so genannten Restriktions-Enzyme, chemische »Scheren«, mit denen die Erbsubstanz DNA an bestimmten Stellen aufgeschnitten werden kann. Gleichzeitig wurden in verschiedenen Laboratorien die Ligasen, die »Kleber« für die Erbsubstanz, isoliert. Damit standen den Wissenschaftlern jetzt die wichtigsten Werkzeuge der Gentechnik zur Verfügung.

Wenige Jahre später gelang es dem indischen Biochemiker Har Gobind Khorana (geb. 1922), ein fremdes Gen in die DNA einer Bakterienzelle einzubauen, dieses gentechnisch veränderte Bakterium am Leben zu erhalten und zum Arbeiten zu bringen. Dieses Experiment spaltete das Lager der Wissenschaftler: Die Lehre von der Vererbung diente nun nicht mehr nur der Beschreibung genetischer Vorgänge – sie konnte auch zur gezielten Veränderung der Erbsubstanz eingesetzt und somit missbraucht werden. Es gibt noch immer keine Einigung darüber, wo die Grenze zwischen Forschung und Missbrauch verläuft.

Bahnbrechend waren auch die Forschungen zur **Entzifferung** des menschlichen Erbguts. 1977 entwickelten der US-amerikanische Forscher Walter Gilbert (geb. 1931) und der Brite Frederick Sanger (geb. 1918) unabhängig voneinander zwei Methoden, mit denen die Abfolge der Bausteine in einer DNA geklärt werden kann. Die so genannte DNA-Sequenzierung wird heute auf breiter Basis angewendet, um das Erbgut von Organismen zu entziffern. Die Erkenntnisse sollen helfen neue Gene zu entdecken und das Zusammenspiel der Gene besser zu verstehen. Davon erhoffen sich die Wissenschaftler neue Medikamente und neue Ansatzpunkte zur Bekämpfung von Krankheiten. 2001 lag eine erste »Rohfassung« des menschlichen Genoms, der kompletten Gensequenz des Menschen, vor; 2003 wurde die »vorläufige endgültige« Abfolge der Bausteine bekannt gegeben – ein Meilenstein in der Geschichte der Menschheit.

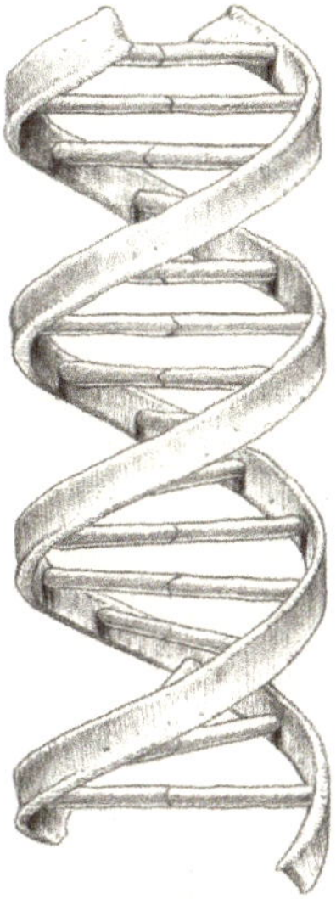

DNA-Doppelhelix

Was ist die Doppelhelix?

Das DNA-Molekül ist wie eine doppelte Wendeltreppe oder in sich verdrehte Strickleiter aufgebaut. Auf der so genannten »Doppelhelix« (engl. helix = »Schnecke«) ist die chiffrierte genetische Information niedergelegt, der »Bauplan« des Lebewesens. Die menschliche DNA enthält etwa 40.000 Gene. Diese Gene tragen die Anweisungen zur Bildung aller Bau- und Funktionsstoffe eines Lebewesens, der Proteine. Den gesamten genetischen Bauplan eines Lebewesens bezeichnet man als Genom – das ist die komplette Erbinformation.

BEMERKENSWERTES

Das Klonschaf Dolly

1997 war es Wissenschaftlern gelungen, erstmals von einem erwachsenen Säugetier ein genetisch identisches Double herzustellen – das Schaf Dolly. 2003 wurde das geklonte Tier eingeschläfert, nachdem die Forscher bei Dolly verfrühte Alterungserscheinungen festgestellt hatten. Mit seinen sechs Jahren war Dolly eigentlich ein Schaf im besten Alter. Das Klonen von Tieren geht weiter: 2004 gab es etwa 200 Klon-Säuger, darunter Rinder, Schafe, Ziegen, Schweine und Katzen.

Zeittafel

Die Zeittafel wurde vom Verlag in Zusammenarbeit mit den Autoren erstellt.

Zeit	*Politik und Geschichte*	*Religion und Weltsicht*	*Schrift, Sprache und Literatur*	*Kunst und Architektur*	*Musik*	*Naturwissenschaft*
30. Jh. – 24. Jh. v. Chr.	**MESOPOTAMIEN:** ab 3000 v. Chr. **Hochkultur der Sumerer** Bildung von Stadtstaaten Einwanderung semitischer Nomadenstämme um 2500 v. Chr. Trennung von geistlicher und weltlicher Macht Tempel- und Palastwirtschaft **ÄGYPTEN:** 2982–2657 v. Chr. **Frühdynastische Zeit** 2982 v. Chr. Reichseinigung Beginn der ersten Pharaonendynastie (2982–2803 v. Chr.) Zentralistische Verwaltung 2657–2297 v. Chr. **Altes Reich** Glanzzeit Ägyptens: Verwaltungsreform, Handelsexpeditionen, Expansion	Bau von Göttertempeln Vorstellung von Gottheiten in menschlicher Gestalt und Glaube an das Jenseits Einflussreiche Priesterschaft Vorstellung vom Universum als Kugel Verehrung von Gottheiten in Tiergestalt Höchster Gott ist die Sonne Verehrung des Pharaos als göttliches Wesen Priesterschaft als Machtfaktor Glaube an das Jenseits mit Totengericht; deshalb Einbalsamierung des menschlichen Körpers (Mumifizierung) und Grabbeigaben	Sumerische Bilderschrift Entwicklung der mesopotamischen Keilschrift Entwicklung der ägyptischen Hieroglyphenschrift Religiöse Texte, Weisheitslehren, Königslisten	Stufentempel (Zikkurats) der Sumerer Früheste Großplastiken aus Stein (z. B. ägyptische Stand-Schreit-Figur) Bau von Pyramiden als Grabmäler für die ägyptischen Pharaonen 2520–2494 v. Chr. Bau der Cheopspyramide		Erste geschriebene Zahlzeichensysteme in Ägypten und Mesopotamien Bronzeherstellung aus Kupfer und Zinn in Mesopotamien 2778 v. Chr. Etablierung des exaktesten antiken Kalenders in Ägypten
23. Jh. – 21. Jh. v. Chr.	**MESOPOTAMIEN:** ab ca. 2300 v. Chr. **Erste Reichsbildung in Mesopotamien** unter Sargon I. von Akkad (ca. 2350–2279 v. Chr.) **ÄGYPTEN:** 2297–2025 v. Chr. **Erste Zwischenzeit** Zerfall der Zentralregierung Ägyptens		Beschwörungsformeln und religiöse Lieder Gesellschaftskritische und didaktische Texte sowie Erzählungen			

eit	*Politik und Geschichte*	*Religion und Weltsicht*	*Schrift, Sprache und Literatur*	*Kunst und Architektur*	*Musik*	*Naturwissenschaft*
20. Jh. – 16. Jh. v. Chr.	**MESOPOTAMIEN:** ab Anfang 20. Jh. v. Chr. Zerfall des von Sargon I. gegründeten Reiches 18.–16. Jh. v. Chr. **Reich der Amurriter** mit Zentrum Babylon **(Babylonisches Reich)** Veröffentlichung der Gesetzessammlung *Codex Hammurabi* durch den amurritischen König Hammurabi (1728–1686 v. Chr.) Das Altassyrische Reich beherrscht das nördliche Mesopotamien		Sichtung und Abschriften sumerischer Literaturwerke in Schreiberschulen des amurritischen Babylon, Entstehung einer »Schul-Literatur«	ab 20. Jh. v. Chr. Blüte der Reliefkunst in Mesopotamien und Ägypten		
	ÄGYPTEN: 2010–1793 v. Chr. **Mittleres Reich** Vorübergehende Vereinigung von Ober- und Unterägypten 1648 v. Chr. Eroberung Ägyptens durch die Hyksos 1648–1540 v. Chr. **Zweite Zwischenzeit**		Der ägyptische Roman *Die Geschichte des Sinuhe, von ihm selbst erzählt* wird verfasst Kultspiel-Text für Theateraufführungen			
	GRIECHENLAND: 20. Jh.–15. Jh. v. Chr. **Minoische Kultur** auf Kreta		Silbenschrift Linear A in Griechenland			

Zeit	*Politik und Geschichte*	*Religion und Weltsicht*	*Schrift, Sprache und Literatur*	*Kunst und Architektur*	*Musik*	*Naturwissenschaft*
16. Jh. – 12. Jh. v. Chr.	**VORDERER ORIENT:** 1530 v. Chr. Eroberung Babylons durch die Hethiter ca. 1530–ca. 1160 v. Chr. Unter der Herrschaft der Kassiten wird **Babylonien** zum **Großreich**					
	1353–1076 v. Chr. **Mittelassyrisches Großreich** im Vorderen Orient		Ein historisches Epos feiert den Sieg des Assyrerkönigs Tukulti-Ninurtas I. über Babylon			
	im 12. Jh. v. Chr. Sturz der Kassitenherrschaft					
	ÄGYPTEN:					
	1540 v. Chr. Gründung des **Neuen Reiches**		18. Dynastie (1540–1292): Märchen als beliebte Literaturgattung in Ägypten			Entstehung der ägyptischen medizinischen Lehrbücher *Papyrus Ebers* und *Papyrus Smith*
	Vertreibung der Hyksos, erneuter Aufstieg Ägyptens zum Großreich		Ägyptische Jenseitsschilderung *Schrift des verborgenen Raumes*			
	Größte Ausdehnung unter Pharao Thutmosis I. (1494–1482 v. Chr.)	Erhebung der Sonne zum einzigen Gott der Ägypter durch Echnaton (ursprünglich Amenophis IV., 1353–1336 v. Chr.). Sein Nachfolger Tutanchamun (1333–1323) macht dies wieder rückgängig.	*Sonnengesang* des Echnaton preist den Gott Aton als Schöpfer			Erste nachgewiesene Wasseruhren in Ägypten
	1292–1070 v. Chr. Streben der Ramessiden nach der Vorherrschaft über Palästina und Syrien		Tatenbericht des Pharao Ramses II.	1290–1224 v. Chr. Rege Bautätigkeit in Ägypten unter Ramses II. z. B., Tempel bei Abu Simbel und Luxor		Herstellung von Glas in Ägypten
	1274 v. Chr. Schlacht bei Kadesch Die Ägypter unterliegen unter Ramses II. den Hethitern					
	1259 v. Chr. Friedensvertrag zwischen Ägyptern und Hethitern					
	um 1200 v. Chr. Angriffe verschiedener Seevölker auf Ägypten					
	GRIECHENLAND:					
	16.–12. Jh. v. Chr. **Mykenische Kultur** in Griechenland		Silbenschrift Linear B in Griechenland			
	12. Jh. v. Chr. Untergang der mykenischen Kultur					

Zeit	Politik und Geschichte	Religion und Weltsicht	Schrift, Sprache und Literatur	Kunst und Architektur	Musik	Naturwissenschaft
11. Jh. – 9. Jh. v. Chr.	**VORDERER ORIENT:** ab 11. Jh. v. Chr. Aramäer und Chaldäer bringen Babylonien unter ihre Kontrolle ab 9. Jh. Das **Neuassyrische Reich** wird größte Macht im Vorderen Orient **ÄGYPTEN:** ab ca. 1075 v. Chr. Niedergang Ägyptens und Fremdherrschaft **GRIECHENLAND:** ab 11. Jh. v. Chr. Besiedelung der ägäischen Inseln und der kleinasiatischen Westküste durch die Griechen		Entstehung des *Gilgamesch-Epos* in seiner abschließenden Fassung Aramäisch wird zur wichtigsten Verkehrssprache des vorderen Orients			
8. – 6. Jh. v. Chr.	**VORDERER ORIENT:** 669–627 v. Chr. Höhepunkt der **Macht Assyriens** unter König Assurbanipal (669–627 v. Chr.) 648 v. Chr. Assurbanipal erobert Bablyon 609 v. Chr. Chaldäer und Meder teilen sich das Assyrische Reich Zerstörung Ninivehs 626–539 v. Chr. **Spätbabylonisches Chaldäerreich** 539 v. Chr. Eroberung Babyloniens durch den Perserkönig Kyros (559–530 v. Chr.)					

Zeit	Politik und Geschichte	Religion und Philosophie	Schrift, Sprache und Literatur	Kunst und Architektur	Musik	Naturwissenschaft
8. – 6. Jh. v. Chr.	**ÄGYPTEN:** 653–525 v. Chr. Vorübergehende Unabhängigkeit Ägyptens 525 v.Chr. Eroberung Ägyptens durch die Perser Das **Perserreich** wird zum größten Weltreich des Alten Orients **GRIECHENLAND:** **Archaische Epoche** Entstehung der griechischen Polis 750–550 v. Chr. Große griechische Kolonisation 660–510 v. Chr. Tyrannis in vielen griechischen Staaten **ROM:** ca. 600 v. Chr. Rom wird unter etruskischem Einfluss zur Stadt um 500 v. Chr. Vertreibung des letzten etruskischen Königs aus Rom	776 v. Chr. Erstmals Olympische Spiele in Griechenland (religiöses Fest) um 600 v. Chr. **Ionische Naturphilosophie** Thales (624–548 v. Chr.) Anaximander (611–546 v. Chr.) Anaximenes (585–525 v. Chr.)	Tatenbericht des Perserkönigs Dareios I. in der Felsinschrift von Behistun Entwicklung des griechischen Alphabets Homer schreibt die *Ilias* und die *Odyssee* Hesiod schreibt die *Theogonie* und *Werke und Tage* 7. / 6. Jh. v. Chr. Frühe griechische Lyrik um 650 v. Chr. Tyrtaios um 600 v. Chr. Sappho und Alkaios	700–500 v. Chr. Entwicklung des antiken Tempelbaus mit drei Säulenordnungen: dorisch, ionisch, korinthisch Blüte der griechischen Großplastik (Kuros) Griechische Vasenmalerei	Entwicklung des griechischen Tonsystems Gesang zum Aulos (Aulodie) Gesang zur Lyra (Lyrik) Musiktheorie des Pythagoras Zahlenverhältnisse als Grundlage der Musik	Suche der griechischen Naturphilosophen nach allgemeinen Gesetzen zur Deutung der Welt Thales von Milet (um 624–546 v. Chr.) Mathematiker und Astronom Pythagoras von Samos (ca. 570–480 v. Chr.) Gründer der Schule der Pythagoreer oder Mathematikoi. Integration der Mathematik in die Naturphilosophie
5. Jh. v. Chr.	**GRIECHENLAND:** 500–336 v. Chr. **Klassische Zeit Griechenlands** 500–478 v. Chr. Perserkriege 478–431 v. Chr. Dualismus Sparta–Athen 461 v. Chr. Entstehung der Demokratie in Athen 431–404 v. Chr. Peloponnesischer Krieg **ROM:** 500–340 v. Chr. **Frühe Römische Republik** 450–287 v. Chr. Ständekämpfe zwischen Plebejern und Patriziern 450 v. Chr. Zwölftafelgesetz	**Sophisten** in Athen Protagoras (490–420 v. Chr.) Gorgias (480–380 v. Chr.) Entwicklung der **Philosophie** als Gegenbegriff zur Sophistik durch Sokrates (469–399 v. Chr.)	5.–4. Jh. v. Chr. Blüte der Theaterdichtung, Geschichtsschreibung und Rhetorik in Athen Geschichtsschreibung: Herodot (485–425 v. Chr.) Thukydides (460–396 v. Chr.) Tragödie: Aischylos (ca. 525–456 v. Chr.) Sophokles (496–406 v. Chr.) Euripides (480–406 v. Chr.) Komödie: Aristophanes (446–388 v. Chr.)	**Klassische Zeit** Proportionenlehre für die Architektur von Polyklet 448/7–438/7 v. Chr. Bau des Parthenon in Athen Einführung des Kontrapost in der Bildhauerei	5.–4. Jh. v. Chr. Musik in der Tragödie Instrumentalisten und Chor Chorlieder und Solo-Lieder	Theorie der Atomisten Hippokrates von Kos (ca. 460–377 v. Chr.) Begründer der abendländischen wissenschaftlichen Heilkunde

eit	***Politik und Geschichte***	***Religion und Philosophie***	***Schrift, Sprache und Literatur***	***Kunst und Architektur***	***Musik***	***Naturwissenschaft***
4. Jh. v. Chr.	**GRIECHENLAND:** 386 v. Chr. Königsfrieden 371 v. Chr. Schlacht bei Leuktra 359–336 v. Chr. Aufstieg Makedoniens unter Philipp II. ab ca. 350 v. Chr. **Zeitalter des Hellenismus** 336–323 v. Chr. Alexander der Große 323–276 v. Chr. Zeit der Diadochen **ROM:** 340–133 v. Chr. **Mittlere Römische Republik** 340–270 v. Chr. Unterwerfung Italiens	Platon (429–347 v. Chr.) 387 v. Chr. Gründung der Akademie Aristoteles (384–322 v. Chr.) Epikur (341–270 v. Chr.) um 300 v. Chr. Gründung der Stoa durch Zenon von Kition	Rhetorik: Isokrates (436–338 v. Chr.) Aischines (390-315 v. Chr.) Demosthenes (384-322 v. Chr.) Komödie: Menander (342-292 v. Chr.) Dichtung: Theokrit (um 275 v. Chr.)			Verselbstständigung einzelner Fachwissenschaften Aristoteles (384–322 v. Chr.) Aufstellung physikalischer Lehrsätze. Begründer der Zoologie Theophrastus (um 372 –287 v. Chr.) Begründer der Botanik 325 v. Chr. *Elemente* von Euklid, mathematisches Lehrwerk
3. Jh. v. Chr.	270–200 v. Chr. Hellenistische Staatenwelt **ROM:** 270–168 v. Chr. Aufstieg Roms zur Herrschaft im Mittelmeerraum 264–241 v. Chr. Erster Punischer Krieg (Rom–Karthago) 218–201 v. Chr. Zweiter Punischer Krieg (Rom–Karthago)	204 v. Chr. Einführung des Kultes der Magna Mater in Rom	Geschichtsschreibung: Polybios (200- 120 v. Chr.) 250 v. Chr. Anfänge der lateinischen Literatur Livius Andronicus Naevius Ennius	Beginn des Baus von Aquädukten, Thermen, Theatern und großen Straßen Erfindung des Beton	Erfindung der Wasserorgel	**GRIECHENLAND:** Eratosthenes (um 290–214 v. Chr.) Begründer der wissenschaftlichen Geografie Archimedes (287–212 v. Chr.) Hebelgesetze Kreiszahl π Aristarch von Samos (ca. 310–230 v. Chr.) Heliozentrisches Weltbild

Zeit	Politik und Geschichte	Religion und Philosophie	Schrift, Sprache und Literatur	Kunst und Architektur	Musik	Naturwissenschaft
2. Jh. v. Chr.	**ROM:** 200–168 v. Chr. Unterwerfung des östlichen Mittelmeerraumes durch Rom 146 v. Chr. Zerstörung Karthagos und Korinths 133–30 v. Chr. **Späte Römische Republik** 133–122 v. Chr. Gracchenzeit	186 v. Chr. Verbot der Bacchanalien durch den Senat um 150 v. Chr. Scipionenkreis	Geschichtsschreibung: Fabius Pictor Cato der Ältere Römische Komödie: Plautus Terenz	180–160 v. Chr. Bau des Pergamon-Altars Römische Porträtplastik Römische Mosaikkunst		
1. Jh. v. Chr.	88–30 v. Chr. Bürgerkriege 30 v. Chr. Octavian (später Augustus) wird Alleinherrscher Roms 27 v. Chr.–235 n. Chr. **Principatszeit** 27 v. Chr.–68 n. Chr. Julisch-Claudische Dynastie	Erneuerung der stoischen Philosophie durch Poseidonios (135–50 v. Chr.)	1. Jh. v. Chr. – 1. Jh n. Chr. Blüte der lateinischen Literatur Cicero (106–43 v. Chr.) Cäsar (100–44 v.Chr.) Vergil (70–19 v. Chr.) Ovid (43–17 v. Chr.)	Nach 23 v. Chr. Entstehung des Werkes *De architectura* über Architektur von Vitruv		
1. Jh. n. Chr.	68 / 69 n. Chr. Vierkaiserjahr 69–96 n. Chr. Flavische Dynastie	64 n. Chr. Christenverfolgung unter Nero **Kaiserzeitliche Stoa** Seneca (4–65 n. Chr.) Epiktet (50–135 n. Chr.)	100/120 n. Chr. Plinius Tacitus Sueton Plutarch	1.–3. Jh. n. Chr. Blüte der römischen Baukunst und Bildhauerei 80 n. Chr. Fertigstellung des Kolosseum in Rom	1.–6. Jh. n. Chr. Musik der Frühkirche Verbot von Instrumenten in der Kirche Hymnodie Psalmodie	
2. Jh. n. Chr.	96–192 n. Chr. Adoptiv- oder Antoninenkaiser	**Kaiserzeitliche Stoa** Marc Aurel (121–180 n. Chr.) Entwicklung einer festgefügten Organisation des Christentums, der Kirche	Rhetorik: Aelius Aristides (117–180 n. Chr.) Satire: Lukian (120–180 n. Chr.)	118/125–128 n. Chr. Bau des Pantheon in Rom		Ptolemäus (ca. 100–170 n. Chr.) Umfassendste Darstellung astronomischen Wissens der Antike

Zeit	*Politik und Geschichte*	*Religion und Philosophie*	*Schrift, Sprache und Literatur*	*Kunst und Architektur*	*Musik*	*Naturwissenschaft*
3. Jh. n. Chr.	**ROM:** 193–235 n. Chr. Severische Dynastie 212 n. Chr. *Constitutio Antoniniana* verleiht allen freien Bewohnern des Reiches das römische Bürgerrecht 235–284 n. Chr. Krise des Römischen Reiches, Zeit der Soldatenkaiser 284–305 n. Chr. Reichsreform unter Diocletian Tetrarchie	ca. 250–260 n. Chr. Christenverfolgungen im Römischen Reich unter Decius und Valerian **Neuplatonische Philosophie** Plotin (205–270 n. Chr.)	Geschichtsschreibung: Cassius Dio (155-235 n. Chr.) Herodian (um 245 n. Chr.) **Christliche Literatur und Theologie** Tertullian (160-220 n. Chr.) Laktanz (250-325 n. Chr.			284 n. Chr. Einführung der Diocletianischen Zeitrechnung in Alexandria, spätere Übernahme durch die christlichen Kopten
4. Jh. n. Chr.	330 n. Chr. Einweihung Konstantinopels Ab 375 n. Chr. Völkerwanderung 378 n. Chr. Schlacht bei Adrianopel	303–311 n. Chr. Christenverfolgung unter Diocletian und Galerius 312 n. Chr. Konstantinische Wende 325 n. Chr. Konzil von Nikaia 392 n. Chr. Verbot heidnischer Kulte	Ambrosius (339-397 n. Chr.) Altgläubige Literatur: Libanios (314-393 n. Chr.) Ammian (330-400 n. Chr.)	ab 4. Jh. n. Chr. **Byzantinische Kunst** Einzug christlicher Symbole in die bildende Kunst Beginn des Kirchenbaus Beginn der Ikonenkunst	ab 4. Jh. n. Chr. **Byzantinische Kirchenmusik**	
5. Jh. n. Chr.	410 n. Chr. Eroberung Roms durch die Westgoten 476 n. Chr. Absetzung des Romulus Augustulus und Ende des Weströmischen Reiches **MITTELEUROPA:** 5.–8. Jh. n. Chr. Das Geschlecht der **Merowinger** bildet die Herrscherdynastie der Franken	Augustinus von Hippo (354–430 n. Chr.) Kirchenvater, größte theologische Autorität des Mittelalters ca. 498 n. Chr. Übertritt Chlodwigs I. zum christlichen Glauben. Von nun an verstärkte Ausbreitung des Christentums in Europa	Orosius (um 420 n. Chr.) Salvian (um 450 n. Chr.) Lebensbeschreibung des Hl. Martin von Tours wird Vorbild mittelalterlicher Heiligenlegenden			

Zeit	*Politik und Geschichte*	*Kirchenpolitik, Religion und Philosophie*	*Schrift, Sprache und Literatur*	*Kunst und Architektur*	*Musik*	*Naturwissenschaft*
6. Jh.	527–565 Vorübergehende Eroberung weiter Teile des früheren weströmischen Reiches durch den oströmischen Kaiser Justinian 528–534 Kodifikation des römischen Rechts im *Corpus iuris civilis*	Der heilige Benedikt von Nursia (um 480–547) verfasst die *Regula Benedicti*, eine Regelsammlung für das klösterliche Leben Entsendung von Missionaren zu den Angelsachsen durch Papst Gregor I. (590–604)	Cassiodor (490–583) Prokop (geb. 500) Gregor von Tours (540- 594) Geschichten vom Drachentöter Siegfried und anderen Helden werden in ganz Europa weitererzählt	532–537 Bau der Kirche Hagia Sophia in Konstantinopel	6. Jh.–9. Jh. Ausbildung des Gregorianischen Chorals	
7. Jh.	6. Jh.–8. Jh. Bildung von sieben angelsächsischen Königreichen	610 Begründung der islamischen Religion durch Mohammed (551–632) 622 Auswanderung Mohammeds aus Mekka nach Medina. Beginn der islamischen Zeitrechnung				
8. Jh.	751 Pippin der Jüngere (*714 – † 768) wird erster **karolingischer** König 772–804 Sachsenkriege	Bonifatius als Missionar und Kirchenreformer im Frankenreich Christianisierung des sächsischen Volkes		787 Zweites Konzil von Nikaia: Ende des Bilderstreits mit Anerkennung der Bilderverehrung von Jesus und Maria		
9. Jh.	800 Kaiserkrönung Karls des Großen (768–814) 843 Teilung des Frankenreiches mit dem Vertrag von Verdun 9. Jh.–10. Jh. Raubzüge der Wikinger in ganz Europa	Reformen des Gottesdienstes und des kirchlichen Lebens im Frankenreich nach dem Vorbild der römischen Kirche Slawenmission der Brüder Kyrill und Method	**Karolingische Bildungsreformen** 830 Abschrift des althochdeutschen *Hildebrandsliedes* im Kloster Fulda Entstehung des altsächsischen Großepos *Heliand*	Ende 8.– Mitte 9. Jh. **Karolingische Renaissance** Blüte der Buchmalerei, Wandmalerei und Mosaikkunst	Erfindung der Neumenschrift	Errichtung der ersten Windmühlen in England

Zeit	*Politik und Geschichte*	*Kirchenpolitik, Religion und Philosophie*	*Literatur*	*Kunst und Architektur*	*Musik*	*Naturwissenschaft*
10. Jh.	919–1024 **Ottonen** Wandel vom ostfränkischen zum Deutschen Reich 962 Otto der Große (936–973) wird als erster ostfränkisch-deutscher König zum römischen Kaiser gekrönt 983–1002 Kaiser Otto III. 987–1328 **Kapetinger:** Wandel vom westfränkischen Reich zum Königtum Frankreich	910 Gründung des Reformklosters Cluny in Burgund 997 Adalbert von Prag erleidet den Märtyrertod bei den Pruzzen	Lateinunterricht in Dom- und Klosterschulen: Lektüre und Erklärung der lateinischen Bibel und antiker Schriftsteller	ab Mitte 10. Jh. **Romanik** Bau großer Kathedralen, u. a. mit den für die Romanik typischen Rundbogenfenstern ca. 920–ca. 1040 **Ottonische Kunst** Erneute Blüte der Buchmalerei		Verbreitung der indisch-arabischen Ziffern in Europa
11. Jh.	um 1000 Wikinger unter Leif Eriksson entdecken Nordamerika 1066 Wilhelm I. (Wilhelm der Eroberer) (1027–1087) wird König von England Ausbildung des Rittertums	Kirchenreform: Kampf gegen die Ehe von Priestern und gegen die Vergabe kirchlicher Ämter gegen Bezahlung 1075–1122 Investiturstreit Papst Gregor VII. (1073–1085) 1096–1099 Erster Kreuzzug		um 1000 Entstehung des Evangeliars Ottos III. 1024–1106 Bau der Kathedrale von Durham	Anfänge der weltlichen Musik Einführung der Notation mit 4 Notenlinien durch Guido von Arezzo	
12. Jh.	1138–1254 Zeit der **Staufer** 1154–1399 Zeit der Plantagenêts in England 1152–1190 Friedrich I. (Barbarossa)	1122 Wormser Konkordat Aufstieg des Zisterzienserordens Bernhard von Clairvaux (1090–1153) Ausbildung der **Scholastik** Petrus Abaelard (1079–1142) Entstehung der Universitäten 1187 Eroberung Jerusalems durch Sultan Saladin	*Chansons de geste* in Südfrankreich Französisches Rolandslied *Parzival* Wolfram von Eschenbach (um 1170–1220) Walther von der Vogelweide (1170–1230) Sangspruchdichtung	ab 12. Jh. **Gotik** (Beginn in Frankreich) Bau großer Kathedralen mit den typisch gotischen Spitzbogenfenstern Blüte der Glasmalerei	ab 1150 Entwicklung des Minnegesangs ca. 1150–1250 Erweiterung der mehrstimmigen Musik durch die Notre-Dame-Schule	Übersetzung antiker wissenschaftlicher und philosophischer Schriften Wissenschaft im Dienst der Theologie 1190 Der Kompass gelangt aus dem Osten nach Europa

Zeit	Politik und Geschichte	Kirchenpolitik, Religion und Philosophie	Literatur	Kunst und Architektur	Musik	Naturwissenschaft
13. Jh.	Ausbildung der fürstlichen Landesherrschaften im Deutschen Reich 1245 Absetzung Kaiser Friedrichs II. durch den Papst 1273 Rudolf I. von **Habsburg** wird zum deutschen König gewählt	Nach der Eroberung Konstantinopels durch die Kreuzfahrer (1204) Vertiefung der Spaltung zwischen der römisch-katholischen Kirche des Westens und der griechisch-orthodoxen Kirche des Ostens 1210 Gründung des Franziskanerordens durch Franziskus von Assisi (1181–1226) Thomas von Aquin (1226–1274)	um 1200 Entstehung des Nibelungenliedes um 1220 Sammlung vorchristlicher Mythen und Sagen Skandinaviens in der *Edda*	1248 Beginn des Baus des Kölner Doms (Fertigstellung 1880) 1302–1305 *Fresken der Arenakapelle*, Padua Giotto di Bondone (1266–1337) Wegbereiter der neuzeitlichen Malerei	um 1200 Entstehung der Motette Mensuralnotation Entstehung des **Meistergesangs**	Beginn der abendländischen Alchemie Albertus Magnus (um 1200–1280) Wissenschaftliches Studium ohne moralisierende Wertung aus christlicher Sicht Peregrinus (13. Jh.) und Roger Bacon (1214–1294) Vorwegnahme des späteren experimentellen Ansatzes in der Wissenschaft
14. Jh.	1337–1453 Hundertjähriger Krieg England–Frankreich 1347–1353 Pestepidemie ca. 25 Millionen Todesopfer 1356 Goldene Bulle Kaiser Karls IV. regelt die Königswahl durch die sieben Kurfürsten	1302 Päpstliche Bulle *Unam Sanctam* Armutsstreit der Franziskaner Judenpogrome im Zusammenhang mit der Pest 1378–1417 Großes Abendländisches Schisma	ca. 1307–1321 *Göttliche Komödie* Dante Alighieri (1265–1321) Erstes großes Werk in italienischer Sprache Francesco Petrarca (1304–1321) Italienischer Humanist und Dichter	ab 1350 Zunehmende Bedeutung des Altarbildes	1300 Entstehung der weltlichen Liedsammlung *Carmina burana*	1350 *Das Buch der Natur* das erste wissenschaftliche Buch in deutscher Sprache, erscheint 1348 Karl IV. gründet die Prager Universität Die arabischen Ziffern lösen die römischen ab
15. Jh.	1412–1431 Jeanne d'Arc 1453 Ende des Hundertjährigen Krieges mit Sieg für Frankreich 1453 Eroberung Konstantinopels und des Byzantinischen Reiches durch die türkischen Osmanen Aufstieg der Habsburger zum dominierenden Adelsgeschlecht in Europa	1414–1418 Konstanzer Konzil Ende des abendländischen Schismas 1415 Verurteilung von Jan Hus wegen Ketzerei auf dem Konstanzer Konzil Theologischer Streit über die Autorität von Papst und Konzil	Mitte 15. Jh. Johannes Gutenberg (um 1400–1468) Erfindung des Buchdrucks Zunehmender Druck von Büchern in den Volkssprachen	ab ca. 1420 **Renaissance der bildenden Künste** (Beginn in Italien) 1409 *David* Donatello (um 1386–1466) Erste freistehende Statue seit der Antike 1419–1428 Bau der Alten Sakristei, Florenz. Filippo Brunelleschi (1377–1446) führt damit den kirchlichen Zentralbau ein	1400–1600 **Musikalische Renaissance** 1430–1560 Franko-flämische Schule Blüte der Vokalpolyphonie, u. a. der Messe	Impetus-Theorie Paracelsus (1493-1541) Bemühung um die Erneuerung der Medizin Wiederentdeckung bedeutender wissenschaftlicher Quellen der Antike Leonardo da Vinci (1452–1519) Stoß- und Bewegungsvorgänge, Fluggeräte

Zeit	Politik und Geschichte	Kirchenpolitik, Religion und Philosophie	Literatur	Kunst und Architektur	Musik	Naturwissenschaft
15. Jh.	Entdeckungsfahrten; u. a. Entdeckung des amerikanischen Kontinents und des Seewegs nach Indien 1495 Ansätze zu einer Reichsreform im Heiligen Römischen Reich Iwan III. der Große (1462–1505) Erster russischer Zar Beginn von Russlands Weg zu neuer Größe	**RELIGION:** 1481 Einrichtung der spanischen Inquisition 1487 *Hexenhammer* des Inquisitoren Heinrich Institoris erscheint **PHILOSOPHIE:** **Humanismus** Pius II. (1448–1454) Humanistisch denkender Papst		1498 *Selbstbildnis* Albrecht Dürer (1471–1528) Begründung eines neuen Verständnisses vom Maler als Künstler Ausbreitung der Renaissance in Deutschland, den Niederlanden und England		
16. Jh.	**Kolonialismus** (16.–18. Jh.) Kaiser Karl V. (1500–1558) Versuch einer Reform des Reiches und der Kirche 1519–1522 Erste Weltumsegelung durch Fernao de Magelhaes (1480–1521) ca. 1520–1580 Die Konquistadoren erobern das Gebiet zwischen Patagonien und Colorado für Spanien 1524/25 Bauernkriege in Deutschland Erster Höhepunkt der Ausdehnung Russlands unter Iwan dem Schrecklichen (1533–1384) 1571 Schlacht bei Lepanto Ende der türkischen Vorherrschaft im östlichen Mittelmeer 1588 Die spanische Armada wird von England geschlagen	**RELIGION:** Höhepunkt des Ablasshandels 1517 95 Thesen Martin Luthers Beginn der **Kirchenspaltung** in Deutschland Erasmus von Rotterdam (1466–1536) Priester und Humanist, Kirchenkritiker und Verfechter religiöser Toleranz Ulrich von Hutten (1488–1523) Protestantisch denkender Humanist 1529 Reichstag von Speyer 1530er Jahre Gründung der anglikanischen Kirche in England durch Heinrich VIII. (1509–1547) 1534 Gründung des Jesuitenordens ab 1536 Johannes Calvin (1509–1564) fordert die Reformation heraus	ab 1522 Luther übersetzt die Bibel ins Deutsche	1503–1507 *Mona Lisa* Leonardo da Vinci (1452–1519) Begründer der *Sfumato*-Technik in der Malerei 1508–1512 *Deckenfresko der Sixtinischen Kapelle* Michelangelo Buonarroti (1475–1564) Begründer des Manierismus und der *Figura serpentina* 1506–1666 Bau des Petersdom in Rom 1512/13 *Sixtinische Madonna* Raffael (1483–1520) ab ca. 1567 Bau der Villa Rotonda Andrea Palladio (Architekt, 1508–1580)	ab 1500 Entstehung des Madrigals als weltliches Gegenstück zur Motette Orlando di Lasso (1532–1594) 1501 Erfindung des Notendrucks mit beweglichen Noten 1524 *Wittenberger Gesangbuch* von Johann Walter Erstes Gesangbuch der evangelischen Kirche um 1562 *Missa Papae Marcelli* Giovanni Pierluigi da Palestrina (um 1525–1594)	1534 Das erste moderne Nachschlagewerk zur menschlichen Anatomie erscheint Konrad Gesner (1516–1565) Begründer der beschreibenden Zoologie Nikolaus Kopernikus (1473–1543) Heliozentrisches Weltbild Johannes Kepler (1571–1630) Beschreibung der Planetenbewegungen Francis Bacon (1561–1626) Einführung der empirischen Wissenschaftsmethode in England

Zeit	*Politik und Geschichte*	*Kirchenpolitik, Religion und Philosophie*	*Literatur*	*Kunst und Architektur*	*Musik*	*Naturwissenschaft*
16. Jh.		1542 Gründung der römischen Inquisition 1546–1563 Konzil von Trient (Gegenreformation) 1555 Augsburger Reichstag 1562–1598 Hugenottenkriege **PHILOSOPHIE:** Jean Bodin (1530–1596) Französischer Staatsphilosoph Das Buch *Vom Staat* legt den Grundstein für die absolutistische Staatsform Niccoló Macchiavelli (1469–1527) Humanistischer Staatsphilosoph Begründet die Loslösung des Staates von der Kirche.				
17. Jh.	1618–1648 Dreißigjähriger Krieg auf deutschem Boden 1648 Westfälischer Friede Ludwig XIV. von Frankreich (1643–1715) »Sonnenkönig« Klassischer Vertreter des Absolutismus 1649 Karl I. von England (1625–1649) wird von puritanischen Rebellen hingerichtet 1688/89 Glorreiche Revolution in England 1683 Türkische Truppen rücken auf Wien vor	**RELIGION:** 1685 Ludwig XIV. lässt die Hugenotten aus Frankreich vertreiben **PHILOSOPHIE:** René Descartes (1596–1650) Vertreter des **Rationalismus** »Mechanismus« in der Wissenschaft Baruch de Spinoza (1632–1677) Vertreter des **Pantheismus** Gottfried Wilhelm Leibniz (1646–1716) Vertreter des Rationalismus, Mathematiker Thomas Hobbes (1588–1679) John Locke (1632–1704) Vertreter des **Empirismus**	**SPANIEN:** 1605 und 1615 *Don Quijote* Miguel de Cervantes (1547–1616) **ENGLAND:** Höhepunkt der englischen Theaterdichtung mit William Shakespeare (1564–1616) **DEUTSCHLAND:** 1668 *Der abenteuerliche Simplicissimus* Wichtiges deutsches **Barockwerk** Hans Jakob Christoffel von Grimmelshausen (um 1622–1676) **FRANKREICH:** 1673 *Der eingebildete Kranke* Molière (1622–1673) Theaterdichter	ca. 1600–1750 **Barock** 1635/40 *Der Raub der Sabinerinnen* Peter Paul Rubens (1577–1640) 1595 *Grablegung* Caravaggio (1573–1610) Hell-Dunkel-Malerei 1624 – um 1765 Bau des Schlosses von Versailles **Blüte der niederländischen Kunst** 1642 *Nachtwache* Rembrandt Harmensz van Rijn (1606–1669) um 1669/70 *Der Liebesbrief* Jan Vermeer van Delft (1632–1675) **Genremalerei** in den Niederlanden u. a. Jan Steen (1626–1679) Frans Hals (1581/5–1666)	Um 1600 Generalbass, Monodie 1600–1750 **Musikalischer Barock** Affektenlehre 1607 *Orfeo* Claudio Monteverdi (1567–1643) Weiterentwicklung der Instrumente Glanzzeit der **Oper** Ende 17. Jh. Entwicklung des Concerto grosso	Endgültige Loslösung der Naturwissenschaften von ihren antiken Traditionen Entstehung wissenschaftlicher Akademien Einsatz von Technik zur Erforschung der Natur Galileo Galilei (1564–1642) Verknüpfung wissenschaftlicher Experimente mit der Anwendung mathematischer Sprache Isaac Newton (1642–1727) Einheitliche mathematische Beschreibung aller Bewegungsvorgänge

Zeit	*Politik und Geschichte*	*Kirchenpolitik, Religion und Philosophie*	*Literatur*	*Kunst und Architektur*	*Musik*	*Naturwissenschaft*
18. Jh.	**EUROPA:** 1701–1714 Spanischer Erbfolgekrieg 1701 Gründung des Staates Preußen durch Friedrich I. 1700–1721 Großer Nordischer Krieg Schweden – Russland, Sachsen/Polen, Dänemark Preußen (ab 1713) Hannover (ab 1713) 1718 Friede von Passarowitz Ende der Türkenkriege 1740–1748 Österreichischer Erbfolgekrieg 1756–1763 Siebenjähriger Krieg Preußen, Großbritannien – Österreich, Frankreich, Russland Reformen im Sinne der Aufklärung in Preußen, Österreich 1789–1799 Französische Revolution 1793- 1794 Schreckensherrschaft unter Robespierre in Frankreich **AMERIKA:** 1775–1783 Amerikanischer Unabhängigkeitskrieg 1787 Die Verfassung der Vereinigten Staaten von Amerika wird angenommen **RUSSLAND:** Zar Peter I. der Große (1682–1725) führt massive Reformen durch	**RELIGION:** 1784 Letzte Hexenverbrennung in der Schweiz Friedrich Schleiermacher (1768–1834) Moderne Theologie der Innerlichkeit, die nicht auf Vernunftbeweise angewiesen ist Johann Adam Möhler (1796 –1838) Moderne organische Theologie **PHILOSOPHIE:** Zeit der **Aufklärung** 1751–1780 Entstehung der *Enzyklopädie* unter Mitwirkung beinahe aller berühmten Aufklärer Charles de Montesqieu (1689–1755) Dreigewaltenlehre Immanuel Kant (1724–1804) Kategorischer Imperativ Transzendentalphilosophie David Hume (1711–1776) Vertreter des **Empirismus** 1776 Prägung des Begriffs **Merkantilismus** Adam Smith (1732–1790) Voltaire (Francois Marie Arouet) (1694–1778) tritt gegen die Lehren der Kirche ein	1740–1780 **Empfindsamkeit** 1748 *Messias* Friedrich Gottlieb Klopstock (1724–1803) 1767–1785 **Sturm und Drang** 1773 *Götz von Berlichingen* Johann Wolfgang von Goethe (1749–1832) 1781 *Die Räuber* Friedrich Schiller (1759–1805) 1767/68 *Fragmente über die neuere deutsche Literatur* Johann Gottfried Herder (1744–1803)	ca. 1723–1774 **Blüte des Rokoko in Frankreich** Johann Joachim Winckelmann (1717–1768) Begründung der modernen vergleichenden Kunstgeschichte 1745–1772 Bau der barocken Kirche Vierzehnheiligen durch Balthasar Neumann (ca. 1750–1830) ab Mitte 18. Jh. **Klassizismus** in Deutschland, ab 1770/80 Verbreitung in Frankreich und Spanien 1785 *Der Morgenspaziergang* Thomas Gainsborough (1721–1788) ab 1770 Spanische Künstler gewinnen an Bedeutung 1814 *Erschießung der Aufständischen am 3. Mai 1808 in Madrid* Francisco José de Goya y Lucientes (1746–1828) Entstehung erster Museen für das Volk	1721 *Brandenburgische Konzerte* Johann Sebastian Bach (1685–1750) 1729 *Matthäus-Passion* Johann Sebastian Bach 1742 *Der Messias* Georg Friedrich Händel (1685–1759) ab 1750 Verbesserung des Hammerklaviers 1770–1827 **Musikalische Klassik** 1788 *Jupiter-Sinfonie* Wolfgang Amadeus Mozart (1759 –1791) 1971 *Die Zauberflöte* Wolfgang Amadeus Mozart 1798 *Die Schöpfung* Joseph Haydn (1732–1809) **Konzert, Sonatenform** und **Sinfonie** erlangen Bedeutung	Carl von Linné (1707–1778) Klassifizierung sämtlicher bekannter Pflanzen und Tiere, Einführung einer biologischen Sprache George Buffon (1707–1788) Jean Baptist Lamarck (1744–1829) Erste Gedanken zu einer Evolution der Lebewesen Antoine Laurent de Lavoisier (1743–1794) Verdienste um die Chemie

Zeit	Politik und Geschichte Europa	Politik und Geschichte Amerika/Russland	Kirchenpolitik, Religion und Philosophie	Literatur	Kunst und Architektur	Musik	Naturwissenschaft
19. Jh.	1806 Ende des Heiligen Römischen Reiches Deutscher Nation Entstehung von **Nationalbewegungen** in Europa 1792–1815 Koalitionskriege gegen Frankreich 2. Dezember 1804 Napoleon Bonaparte (*1769 – † 1821) krönt sich zum Kaiser der Franzosen 1804–1812 Napoleonische Kriege 1812 Russlandfeldzug Napoleons 1813 –1814 Befreiungskriege gegen Napoleon 1815 Schlacht bei Waterloo 1814–1815 Wiener Kongress 1815 Gründung des Deutschen Bundes 1815–1848 System Metternich	**AMERIKA:** Die USA vergrößern ihr Territorium 1861–1865 Bürgerkrieg in den USA 1865 Beginn der Siedlungsbewegung in den amerikanischen Westen Die USA wird zu einem der führenden Industriestaaten der Erde 1898 Die USA erklären Spanien den Krieg und erobern Kuba, Puerto Rico, Guam und die Philippinen 1899/1900 Politik der offenen Tür (USA – China) **RUSSLAND:** Abschaffung der Leibeigenschaft in Russland durch Zar Alexander II. (1855–1881)	**RELIGION:** 1834 Abschaffung der spanischen Inquisition Spiritistische Bewegung Erweckungsbewegungen in den USA, Großbritannien, Skandinavien und Deutschland ab ca. 1850 **Neuscholastik** in der katholischen Kirche bekämpft moderne Philosophie 1870 Vatikanisches Konzil Dogma von der Unfehlbarkeit des Papstes **PHILOSOPHIE:** Georg Friedrich Wilhelm Hegel (1770–1831) Dialektik, absoluter und objektiver Geist, Aufhebung, Notwendigkeit und Entzweiung August Comte (1798–1857) Lehre des **Positivismus**	**DEUTSCHLAND:** 1790–1810 **Weimarer Klassik** 1797 *Faust I* Johann Wolfgang von Goethe (1749–1832) 1804 *Wilhelm Tell* Friedrich Schiller (1759–1805) 1795–1848 **Literarische Romantik** 1826 *Aus dem Leben eines Taugenichts* Joseph von Eichendorff (1788–1854) 1806 *Des Knaben Wunderhorn* Clemens Brentano (1778–1842) **FRANKREICH:** 1842–1848 *Die menschliche Komödie* Honoré de Balzac (1799–1850) 1862 *Die Elenden* Victor Hugo (1802–1865) **ENGLAND:** 1837–1839 *Oliver Twist* Charles Dickens (1812–1870) 1881 *Die Schatzinsel* Robert Louis Stevenson (1850–1894)	1818 *Kreidefelsen auf Rügen* Caspar David Friedrich (1774–1849) Begründer der **romantischen Schule** der Malerei 1815 Bau des Kristallpalastes für die Weltausstellung in London 1817/8 Bau der Wache in Berlin Hauptwerk des klassizistischen Architekten Karl Friedrich Schinkel (1781–1841) ab ca. 1873 **Impressionismus** 1872 *Impression Sonnenaufgang* Claude Monet (1840–1926) 1889 Bau des Eiffelturms in Paris ca. 1890–1914 **Jugendstil** 1898 *Mucha-Tanz* Alfons Mucha (1860-1939)	ab 1814 Blüte des Kunstlieds und des kleinen Klavierstücks (Schubert, Schumann, Chopin) 1821 *Der Freischütz* Carl Maria von Weber (1786–1826) 1824 *9. Sinfonie* Ludwig van Beethoven (1770–1827) 1827–1910 **Musikalische Romantik** 1830 *Symphonie fantastique* Hector Berlioz (1803–1869) 1838 *Kinderszenen* Robert Schumann (1810–1856) Beginn der Trennung von ernster Musik (E-Musik) und Unterhaltungsmusik (U-Musik) ab 1851 Sinfonische Dichtung Entstehung der **Programmmusik** 1874 *Bilder einer Ausstellung* Modest Mussorgskij (1839–1881)	1808 Atomhypothese John Dalton (1766–1844) Alexander von Humboldt (1769–1859) Begründer der modernen Geografie 1859 Veröffentlichung der Evolutionstheorie Charles Darwin (1809–1882) Gregor Mendel (1822–1884) Gesetzmäßigkeiten der Vererbung Entwicklung der Elektrizitätslehre 1842 und 1847 Formulierung des ersten Gesetzes der Thermodynamik (Energieerhaltungssatz) 1895 Entdeckung der Röntgenstrahlen Wilhelm Conrad Röntgen (1845–1923) 1896 Entdeckung der natürlichen Radioaktivität Antoine Henry Becquerel (1852–1908)

Zeit	Politik und Geschichte Europa	Politik und Geschichte Amerika/Russland	Kirchenpolitik, Religion und Philosophie	Literatur	Kunst und Architektur	Musik	Naturwissenschaft
19. Jh.	ab ca. 1820 **Industrielle Revolution** in Europa 1830–1900 Viktorianisches Zeitalter in England 1848 Ausbruch der Revolution in Wien und Berlin 1853–1856 Krimkrieg Russland – Türkei, Frankreich, England ab ca. 1860 **Imperialismus** der europäischen Großmächte 1866 Krieg zwischen Preußen und Österreich. Ende der habsburgerischen Vorherrschaft in Europa 1867 Entstehung der Doppelmonarchie Österreich-Ungarn 1870 Otto von Bismarck erklärt Napoleon III. den Krieg. Zusammenbruch des französischen Kaiserreiches. Das **deutsche Kaiserreich unter preußischer Führung** wird ausgerufen		Johann Gottlieb Fichte (1762–1814) Grundstein für den Übergang von der kantschen Transzendentalphilosophie zum Idealismus Karl Marx (1818–1883) Begründer des **Marxismus/ Kommunismus** Sigmund Freud (1856–1939) Neurologe und Psychiater Begründer der Psychoanalyse Friedrich Nietzsche (1844–1900) Konzept des Übermenschen	**AMERIKA:** 1851 *Moby Dick* Herman Melville (1819–1891) 1876 *Die Abenteuer des Tom Sawyer* Mark Twain (1835–1910) **RUSSLAND:** 1866 *Schuld und Sühne* Fjodor Dostojewski (1821–1881) 1868 *Krieg und Frieden* Lew Tolstoj (1828–1910)		1876 *Der Ring des Nibelungen* Richard Wagner (1813–1883) **Nationale Musik** 1882 *Mein Vaterland* Bedrich Smetana (1824–1884) Zeit der **Virtuosen:** Niccolò Paganini (1782–1840) Franz Liszt (1811–1886)	

Das 20. Jahrhundert				
Zeit	***Politik und Geschichte Europa***	***Politik und Geschichte Amerika***	***Politik und Geschichte Russland***	***Politik und Geschichte Afrika/Asien***
1900	Anfang 20. Jh. Das britische Empire erreicht seine größte Ausdehnung	Einstieg der USA in den Imperialismus		Einstieg Japans in den Imperialismus
1910	1914–1918 **Erster Weltkrieg** 1918 Novemberrevolution in Deutschland 1919 Pariser Vorortverträge/ Versailler Vertrag		1917 Russische Revolution, gefolgt von der Diktatur des Proletariats 1917–1923 Russischer Bürgerkrieg	1912 Sturz der kaiserlichen Herrschaft in China
1920	1919–1933 **Weimarer Republik** in Deutschland 1929 Beginn der Weltwirtschaftskrise	1929 Börsenkrach in New York Beginn der Wirtschaftskrise	1923 Gründung der Sowjetunion	
1930	30. Januar 1933 Adolf Hitler wird deutscher Reichskanzler 27. Februar 1933 Reichstagsbrand, Ermächtigungsgesetz – in Deutschland herrscht **Diktatur** 1938/39 Hitlers Wehrmacht besetzt Österreich und die Tschechoslowakei	1934–1941 »New Deal« des Präsidenten Theodor Roosevelt (1933–1945)	1930er Phase der großen Verfolgung in Russland	
1940	1939–1945 **Zweiter Weltkrieg** 8. Mai 1945 Kapitulation Deutschlands Aufteilung Deutschlands in vier Besatzungszonen nach 1945 Entstehung der Satellitenstaaten der Sowjetunion 1949 Gründung der **Bundesrepublik Deutschland** und der **Deutschen Demokratischen Republik** (DDR)	1941–1945 Beteiligung am 2. Weltkrieg August 1945 Atombombenabwurf über Hiroshima und Nagasaki (Japan) 1945–1990 Kalter Krieg	1941 Deutschland greift die Sowjetunion an 1945–1990 Kalter Krieg	1941 Einstieg Japans in den 2. Weltkrieg August 1945 Atombombenabwurf der USA über Hiroshima und Nagasaki (Japan) ab 1945 Entkolonialisierung Asiens und Afrikas 1946–1949 Chinesischer Bürgerkrieg 1947 Mahatma Ghandi (1969–1948) Gewaltloser Widerstand Ende der britischen Herrschaft in Indien 1949 Gründung der Volksrepublik China unter Mao Tse-tung

Das 20. Jahrhundert					
Zeit	Religion und Philosophie	Literatur	Kunst und Architektur	Musik	Naturwissenschaft
1900	Anfang des 20. Jh. Zerfall des Kulturprotestantismus Entstehung faschistischer Bewegungen	**Übergang zur lierarischen Moderne** Bedeutende Vertreter: Marcel Proust (1871–1921) James Joyce (1882–1941) Robert Musil (1880–1942) Franz Kafka (1883–1924) Thomas Mann (1875–1955) Alfred Döblin (1878–1957)	Ab 1902 Aufkommen des **organischen Bauens** 1907/1908 **Kubismus** in der Malerei 1907 *Die Fräulein von Avignon* Pablo Picasso (1881-1973) um 1907-1914 **Expressionismus** in der Malerei 1913/14 *Der Turm der Blauen Pferde* Franz Marc (1880–1916)	um 1900 Entwicklung des **Jazz** **Impressionismus** 1894 *Präludium zum Nachmittag eines Fauns* Claude Debussy (1862–1918) ab 1907 **Atonalität** 1909 *Elektra* Richard Strauss (1864–1949)	1900 Quantentheorie Max Planck (1858–1947) 1905 Spezielle Relativitätstheorie Albert Einstein (1879–1955)
1910	**Phänomenologie** Edmund Husserl (1859–1938)	1901 *Buddenbrooks* Thomas Mann (1875–1955) Literaturnobelpreis 1929 1913 *Das Urteil* Franz Kafka (1883–1924)	1918 Erste Zeitschrift der **Dadaisten** erscheint 1919 Walter Gropius (1883-1969) begründet das **Bauhaus**	**Musikalische Moderne** **Expressionismus** Arnold Schönberg (1874–1951) **Neoklassizismus** 1913 *Das Frühlingsopfer* Igor Stravinsky (1882–1971)	1911 Planetenmodell des Atoms Ernest Rutherford (1871–1937) 1916 Allgemeine Relativitätstheorie Albert Einstein
1920	**Existenzphilosophie** Martin Heidegger (1869–1976)		ab 1925 Le Corbusier (1887 – 1965) errichtet erste »Wohnmaschinen« **Surrealismus** in der Malerei 1929 *Der Verrat der Bilder* René Magritte (1898-1967)	1923 Zwölftonmusik Arnold Schönberg (1874–1951)	1929 Expansionsbewegung der Galaxien Edwin Hubble (1889–1953)
1930	**Kritische Theorie** Max Horkheimer (1895–1973) Theodor W. Adorno (1903–1969) Herbert Marcuse (1898–1979) Jürgen Habermas (geb. 1929)	1930 William Faulkner (1897–1962) *Als ich im Sterben lag* Literaturnobelpreis 1949 1939 John Steinbeck (1902–1968) *Früchte des Zorns* Literaturnobelpreis 1962	**Neue Sachlichkeit** in der Malerei 1932 Triptychon *Der Krieg* Otto Dix (191-1969)		1938 Die Kernspaltung wird entdeckt
1940	**Kritischer Rationalismus** Karl Popper (1902–1994)	1941 *Mutter Courage* Bertolt Brecht (1898–1956) 1947 *Die Pest* Albert Camus (1913–1960) Literaturnobelpreis 1957		1940/50 Entstehung des **Rock'n Roll** und der übrigen **Popularmusik,** (Pop. Schlager, Tanz, Musical, Liedermacher und Weltmusik) ab 1946 Darmstädter Ferienkurse	1944 Nachweis, dass die DNA Träger der Erbinformation ist Oswald T. Avery (1877–1955)

Das 20. Jahrhundert				
Zeit	**Politik und Geschichte Europa**	**Politik und Geschichte Amerika**	**Politik und Geschichte Russland**	**Politik und Geschichte Afrika/Asien**
1950				
1960	1961 Bau der Berliner Mauer	1962 Kuba-Krise		
	1965–1979 Entspannungspolitik in Europa	1964–1975 Vietnamkrieg		1964–1975 Vietnamkrieg
	68er-Bewegung	68er-Bewegung		1966 Große Proletarische Kulturrevolution in China
1970	1970 Beginn der Frauenbewegung Hippiekultur Terroristische Bewegungen			
	1975 Konferenz für Sicherheit und Zusammenarbeit in Europa			1976 Tod Maos Beruhigung der Lage in China
1980				1979–1991 Antisowjetischer Widerstand in Afghanistan Wurzel des radikalen Islamismus
	9. November 1989 Öffnung der Berliner Mauer		1985 Reformversuch durch Michail Gorbatschow, Generalsekretär der UdSSR	1989 Proteste in China
1990	3. Oktober 1990 Wiedervereinigung Deutschlands	1991 Golfkrieg zwischen den USA und dem Irak	1991 Auflösung der Sowjetunion	seit 1989 Entwicklung Chinas zur Weltmacht ab 1990er-Jahre Entwicklung von China, Indien, Brasilien, Südkorea und Taiwan zu starken Wirtschaftsmächten
2000		11. September 2001 Terroranschläge in New York Beginn des »Kampfs gegen den Terror«, Krieg der USA gegen Afghanistan und Irak		

Das 20. Jahrhundert				
Religion und Philosophie	***Literatur***	***Kunst und Architektur***	***Musik***	***Naturwissenschaft***
	1955 *Lolita* Vladimir Nabokov (1899–1977)	1949 – 1989 New York und Chicago entwickeln sich zu bedeutenden Kunstzentren	1956 *Klavierstück XI* Karlheinz Stockhausen (1928–) Aleatorik	Beginn der Computertechnologie
Papst Johannes XXIII. (1958–1963) Anstoß zu einer Erneuerung der Kirche	1957 *Unterwegs* Jack Kerouac (1922–1969) Kultfigur der Beat Generation und der Hippies	ab 1950er **Postmoderne** **Zeitgenössische Kunst** (unterliegt keinen festen Regeln)		
1962–1965 II. Vatikanisches Konzil	1958 *Der alte Mann und das Meer* Ernest Hemingway (1899–1961)	Aufkommen des **Action Painting** in den USA Jackson Pollock (1912-1956) Betonarchitektur		
Philosophische Postmoderne Francois Lyotard (1924–1998) Jacques Derrida (1930–2004) Michel Foucault (1926–1984) Roland Barthes (1915–1980)	1959 *Die Blechtrommel* Günter Grass (geb. 1927) Literaturnobelpreis 1999	**Sozialer Realismus** (England) in der Malerei ab 1962 *Köpfe* Francis Bacon (1909-1992) **Pop Art** (USA) 1968 *Campell Soup Can I* Andy Warhol (1928-1987)		
1970er-Jahre Wachstum evangelikaler und pfingstlerischer Erweckungskirchen			ab 1970 **Postmoderne**	
1978 Karol Woityla wird zum Papst Johannes Paul II. gewählt				ab 1977 Das menschliche Erbgut wird entschlüsselt
		1984 Leipziger Herbstsalon Sechs DDR-Künstler stellen erstmals unzensiert ihre Werke aus		
2005 Joseph Ratzinger wird zum Papst Benedikt XVI. gewählt		2005 Das amerikanische Künstlerpaar Christo und Jean-Claude schmückt den Central Park in New York mit zahllosen Folien	2005 *Licht* Karlheinz Stockhausen (1928–)	1997 Erster Klon eines erwachsenen Säugetieres

Der Herausgeber

Prof. Dr. Frank Peter Kolb,
geboren 1945 in Merzbach, studierte Geschichte und Latein an der Rheinischen Friedrich-Wilhelm-Universität in Bonn. 1970 wurde er an der Philosophischen Fakultät der Universität Bonn promoviert. 1975 habilitierte er sich im Fach Alte Geschichte am Fachbereich Geschichtswissenschaften der Freien Universität Berlin.
Von 1977–1986 war er Inhaber des Lehrstuhls für Alte Geschichte an der Universität Kiel, seit September 1986 ist er ordentlicher Professor für Alte Geschichte an der Universität Tübingen.
Er hat zahlreiche historische Werke für Erwachsene veröffentlicht.

Die Autoren

Dr. Hartmut Blum,
geboren 1966 in Biberach/Riß, studierte Alte Geschichte, Philosophie und Politikwissenschaft an de
Universität Tübingen und wurde dort 1997 promoviert. Nach der Promotion erhielt er ein Postdokto
randenstipendium und arbeitete von 2000 bis 2002 als Assistent für Alte Geschichte an der Techni
schen Universität Braunschweig. Seit 2002 ist er als akademischer Rat für Alte Geschichte an der Uni
versität Tübingen tätig.

Rainer Crummenerl,
geboren 1942, studierte einige Semester Wirtschaftswissenschaften und machte dann eine Ausbil
dung zum Journalisten. Er arbeitete bei verschiedenen Zeitungen. Seit 1980 schreibt er sehr erfolg
reich als freier Autor für Kinder und Erwachsene.

Anne Grimmer,
geboren 1965, ist Bibliothekarin und hat Germanistik und Musikwissenschaft studiert. Zur Zeit leite
sie die Musikbibliothek in Heilbronn.

Prof. Dr. Michael Hochgeschwender,
geboren 1961 in Würzburg, studierte Katholische Theologie, Geschichte und Religionsgeschichte a
der Universität Würzburg. 1996 wurde er mit summa cum laude promoviert und habilitierte sich i
Jahr 2003. Seit 2004 ist er Professor für Nordamerikanische Kulturgeschichte, Empirische Kulturfo
schung und Kulturanthropologie an der Ludwig-Maximilians-Universität München.

Prof. Dr. Ludger Körntgen,
geboren 1960 in Duisburg, studierte in Bonn und München Geschichte, Katholische Theologie un
Philosophie. Er wurde 1990 in Bonn promoviert und habilitierte sich 1998 an der Universität Tübin
gen für die Fächer Mittelalterliche Geschichte und Historische Hilfswissenschaften. In Tübingen leh
er als akademischer Rat und außerplanmäßiger Professor.

Susanne Rebscher,
M.A., geboren 1966, hat Amerikanistik, Anglistik und Kunstgeschichte studiert und arbeitet als freibe
rufliche Lektorin und Autorin im Kinder- und Jugendsachbuchbereich.